40

新现实主义小说

改革开放
40年文学丛书

陈晓明 主编

上卷

作家出版社

出版说明

今年是改革开放40周年。40年来，当代中国发生了翻天覆地的变化，社会经济繁荣发展，人民生活幸福美好，当代文学硕果累累。为了庆祝这一盛大的节日，展示改革开放40年来的文学创作成就，进一步树立文化自信和文学自信，推动中国文学创作的大发展大繁荣，根据中宣部和中国作家协会的部署，我们特别策划了这套规模宏大的"改革开放40年文学丛书"。

文学是时代的一面镜子。40年来，中国当代文学在反映时代变化和人民精神面貌上做出了突出贡献，一大批反映改革开放伟大历程和人民精神风貌变化的作品涌现出来，真实地记录了改革开放40年来我们伟大祖国和人民所走过的不平凡的道路。因此，这套丛书的编辑出版一方面在展示当代文学40年的光辉历史，同时也展现改革开放40年的伟大成就。

在体例上，丛书以文学思潮和重大题材为纲，选取了改革开放40年中出现的比较有典型性和影响力的文学思潮和重大题材，以此为中心，遴选最能代表该文学思潮的作家作品。需要说明的是，这些文学思潮是历时性地交叉出现的，有一个更迭演变的过程，彼此之间在文学理念上各不相同又有诸多联系。受此文学环境的影响，作家们的创作也多是穿插于这些文学思潮之间的，许多作家在不同的文学思潮中有多个优秀的作品出现。但出于丛书体量和编排体例的整体考虑，我们每位作家只选取了一部作品并放置于某一个文学思潮的类目之下，这绝不是说该作家只有这一种类型的文学创作，而是为了显示其对某一个文学思潮的突出贡献，展现其创作的独特性。

入选丛书的作品经过了论证委员会的认真评审，专家评审从文学性、时代性、影响力等多方面进行综合考察，选取了最具代表性的作品。在一定意义上，这些作品构成了一部特殊形态的当代文学史，代表了当代文学40年的伟大成就。

40年来，中国文学始终与人民同心，与时代同行，文学既植根于时代生活的沃土，又以自身的发展融入时代的洪流，推动历史的前进。我们期待，丛书的出版能够实现对于当代文学40年光辉历程的展示，能够实现对于改革开放40年伟大成就的留影。更期待当代文学能够继续为人民美好生活的需要提供更多更优秀的精神食粮，为中华民族伟大复兴中国梦的实现贡献力量。

由于丛书体量有限，遗珠之憾在所难免，恳请读者朋友理解并谅解，同时更盼批评指正。

作家出版社

2018年10月

目 录

分享艰难

刘醒龙

八月的夜晚，月亮像太阳一样烤得人浑身冒汗。孔太平坐在吉普车的前排上，两条腿都快被发动机的灼热烤熟了。车上没有别人，只有他和司机小许，按道理后排要凉快一些，因为离发动机远。孔太平咬紧牙关不往后挪，这前排座如同大会主席台中央的那个位置，绝不能随便变更。小许一路骂着这鬼天气，让人热得像狗一样，舌头吊出来尺多长。小许又说他的一双脚一到夏天就变成了金华火腿，要色有色，要味有味，就差没有燎毛。孔太平知道小许身上的汗毛长得如同野人，他忽然心里奇怪，小许模样这么白净，怎么也会生出这许多粗野之物哩。他忍不住问小许是不是过去吃错了什么药。小许说他自己也不明白，接下来他马上又声明自己在这方面当不了冠军，洪塔山才是镇里的十连冠。孔太平笑起来，说洪塔山那身毛没有两担开水泡他几个回合，再锋利的刀也燎不下来。两人说笑一阵，一座山谷黑黝黝地扑面而来。吉普车轰轰隆隆地闯了进去。小许伸手将车门打开，并说，孔书记，到了你的地盘，违点小规也不怕了。孔太平没说什么，他先将车上的拉手握牢，另一只手将车门打开。一股凉风从脚下吹向全身，酷热的感觉立即消散了许多。

刚刚有些凉爽的感觉，吉普车忽然颠簸起来，孔太平赶忙将车门关好。小许说不要紧，路上有几个坑。孔太平却厉声说，关上门，不怕一万只怕万一！小许没敢吱声，赶紧关上车门，同时减小油门让车速慢下来。这以后，两人都没说话，路况好，车子走得平稳时，这种沉默有些不对头。孔太平知道自己刚才说话声音太大了，便有意找话说说，缓和缓和气氛。他掏出烟，一次点燃了两支，并将其中一支递给小许。

小许抽了一口烟后，马上告诉孔太平这是假的阿诗玛。小许说，这烟是县城南边金家坳的农民做的。

孔太平说，金家坳是我县唯一一个有希望进入亿元级的村子哩。

小许说，若将那些假烟一查禁，恐怕同我们西河镇的情况差不多。

孔太平说，是该查禁，不然国家的事就全乱套了。

小许说，昨天我听人说了一副对联：富人犯大法只因法律小犯大法的住宾馆；穷人犯小法皆是法律大犯小法的坐监牢。

孔太平想了想，觉得这副对联有些意蕴，他问小许说，你还听见什么没有？

小许说，洪塔山近期内可能要出事。

孔太平忽然敏感起来，他问，出什么事？

小许说，县公安局还在整洪塔山的材料，似乎是经济上有问题。

孔太平说，不对，经济问题应该由检察院办理。

小许说，那要么就是嫖妓搞女人。

孔太平正要再问，迎面一辆汽车亮着大灯扑过来，灯光刺得他俩睁不开眼睛。小许踩了一脚刹车让吉普车停下，然后拉开车门跳到公路中间破口大骂起来。那辆车驶近了停在小许的身前，孔太平认出是一辆桑塔纳。他马上猜测可能是镇里养殖场经理洪塔山的座车。果然从桑塔纳车门里钻出来的那个人正是洪塔山的司机。小许用拳头擂着桑塔纳的外壳，说那司机也不屑泡尿照照自己，敢在西河镇里亮着大灯会车。那司机分辩说，是因为小许没关大灯他才学着没关的。

小许说，今天得让你付点学费，认清楚在西河镇能亮大灯会车的只有老子一人。

小许正要抬脚踢那桑塔纳车灯，孔太平大声阻止了他。孔太平下车后，那司机赶忙上前赔不是。孔太平支开话题，问那司机去哪儿。那司机说是送一个客人。孔太平见车内隐约坐着一个人，就挥挥手让桑塔纳开过去。桑塔纳走后，孔太平又说了几句小许，他担心那车内坐的是养殖场的客户。小许说那人绝不是什么客户，那副妖艳的模样，一看就不是正经路上的人。听说是个女人，孔太平也不再数说小许了。倒是小许来了劲，不断地说现在太不公平了，洪塔山算什么东西，居然坐起桑塔纳来，书记镇长却只能坐破吉普。小许说他若有机会，一定要治一治洪塔山，不让他太嚣张。

小许的话说得孔太平烦躁起来。这时，吉普车已来到镇外的河堤上。孔太平让小许停下来，打开车门时，他叫小许开车先走，自己一个人慢慢地走回去。

吉普车消失在镇子里，四周突然静下来。被太阳烧烤透了的田野，发出一股泥土的酽香，月亮被醺醉了，满面一派橘红。热浪与凉风正处于相持阶段，一会儿凉风扑面，一会儿暑气袭人，进进退退地叫人怎么也安定不下来。

河堤外边的沙滩上，稀稀落落地散布着一些乘凉的男女青年，女孩子嗲声嗲气的话语和男孩子有些浪意的笑声，顺着河水一个涟漪就漂出半里远。孔太平想起小时候自己从县城里来乡下走亲戚时，舅舅带着他走上几里路，同垸里的男女老少一道来这河滩乘凉的情景。有天夜里，满河滩的人睡得正香，忽然有人喊了声狼来了狼来了，惹得许多人慌忙逃个不迭。后来舅舅大喊了一声，说这么多人还怕几只狼，一人屙一泡尿就可以淹死它！舅舅的喊声制止了河滩上的慌乱，大家镇定下来以后才知道是有人在闹着玩，目的是想吓唬那几个睡成一堆的女孩子。舅舅走上前去揪着那人的耳朵，一使劲就将其扔到河水中去了。那人在水中挣扎时，大群女孩纷纷抓起沙子撒到他身上，直到那人急了，说若是谁再敢撒沙子，他就将身上的衣服全脱光，这才将女孩子吓退。那人从水中爬起来时，舅舅对他说了几句预言，断定其人将来不会有出息。孔太平记起这个故事，却不记得舅舅所说的这人是谁了。在当时他可是知道这人的姓名的，时间一长竟忘了。忘不了的是这人如今也该四十岁了。

想起舅舅，孔太平的目光禁不住拐到另外一个方向上。远远地一座小山之下，忽明忽暗地闪着一架霓虹灯，西河养殖有限公司几个字一会儿绿一会儿红，往复变幻不停。空洞的夜晚因此的确添了几分姿色，美中不足是那个"殖"字坏了半边，只剩下"歹"在晃来晃去。舅舅的家就在养殖场附近，虽然离得不算远，可他已有一年多时间没有进过舅舅的家门。孔太平打定主意，近几天一定要去舅舅家坐一坐，不吃顿饭也要喝几杯水。

孔太平从县商业局副局长的位置下到西河镇任职已有四年了，头两年是当镇长，后两年任的是现职。论政绩主要有两个，一是集资建了一座完全小学和一座初中，二是搞了这座养殖场。现在镇里的财政收入很大一部分来源于这座养殖场。所以他对养殖场格外重视，多次在镇里各种重要场合上申明，要像保护大熊猫一样保护养殖场。实际上，这座养殖场也关系到自己今后的命运。回县城工作只是个早晚时间问题，关键是回去后上面给他安排一个什么位置，这才是至关重要的。小镇里政治上是出不了什么大问题的，考核标准最过硬的是经济，经济上去了就是一好百好。

凉风一阵比一阵紧了，暑气明显在消退，河滩上几个女孩子忽然唱起歌来。孔太平心情好起来，他刚要加快步伐，迎面走来两个人影。不知为何，孔太平一认清那两人是镇完小的杨校长和徐书记，竟下意识地躲进河堤旁的柳丛里。

杨校长走到他跟前时忽然停下来说，等一下，我屙泡尿。

徐书记嗯了一声说，我陪你屙一点。

好半天没见水响。杨校长说，妈的，白等了半夜，哪知他竟留在城里偎老婆不回来。

徐书记说，这热的天再好的女人偎起来也没味道。

杨校长说，人家不像我们这些穷教师，去年家里就装了空调，改造了自己的小气候，你还当是大环境啦！

徐书记说，你别笑我土，我还真没见过空调是什么模样哩！

杨校长说，恐怕是你不注意，县城里好多楼房的外墙上挂着些像麻将里的一饼，二饼那样的东西就是空调。

孔太平差一点笑出声来。

杨校长继续说，胡老师突然发病住院，也不知是好是歹，三个月没发工资了，医疗费还要学校先垫付，他妈的这是什么道理！

徐书记说，镇长书记只管自己升官发财，哪里会真心实意地关心教育。你没听见刚才开车的小许在镇委大院里嚷，要全镇人勒紧裤带给镇里买台桑塔纳，不然出门太丢人了。杨校长说，也是，县里随便哪位领导卖台车子也够全县教师好好过上一个月——喂，老徐，我这一阵不知怎么的，屙尿特别费劲，老半天也整不出一滴。

徐书记说，莫不是前列腺有问题，得赶紧查一查，男人这地方最容易患癌症。

杨校长说，患了癌症才好，我就可以解脱了，死不死活不活反让人难熬——好好，总算屙出来了！憋死个人！

一阵水响过后，两人终于走开了。孔太平听出他们要去镇医院。孔太平明里暗里听惯了别人的牢骚话，他知道杨校长是在说自己，抬腿将眼前的柳树狠狠踹了几下后，心中的火气也就去了多半。

孔太平没走多远就碰上了地委奔小康工作组的孙萍。孙萍一个人正顺着河堤散步，孔太平一见她那模样就开玩笑，问她是不是又收到男朋友的信或者刚刚给男朋友写完信。孙萍挺大方，说不是这两样，而是一个三年不通音讯的老同学突然莽撞地给她写了一封求爱信。孔太平问她感觉如何。孙萍说她发现老同学的文章写好了。孔太平提醒她留心对方是不是抄了哪个名人公开发表的情书。孙萍笑着表示了认同。接着她告诉孔太平，镇里人都知道他今天回来，包括杨校长在内的好几拨人一直在镇委院里等着他，直到小许一个人开着车进院后，他们才散去。孔太平问清除了杨校长是准备找他要钱的以外，别人都是来申冤告状的，便多多少少有些放心下来。他告诉孙萍，这年头只要不涉及钱，一切都好办。说了一阵闲话后，孔太平要孙萍给他帮忙做件事，马上到镇医院去看看那个姓胡的老师到底是什么原因住院的。孙萍答应后便往镇医院方向去了。

一进镇子，街两边乘凉的人都拿眼光看他，同他打招呼的人却很少，偶尔开口也是那几个礼节性的字。孔太平平常进出镇子总是坐车，同镇上的人见面的日子不多，这般光景让他有些吃惊，自己刚来镇上时可不是这样，那时谁碰见他都会上前来说一阵话，反映些情况，提点建议什么的。孔太平看见街旁一位老人还在忙个不迭地招呼几个孩子，就走上去询问他家中的情况。他以为老人的儿子、媳妇外出打工去了，谁知老人气呼呼地告诉他，孩子的父母都让派出所的人抓了起来。老人说，自家几个人在一起打麻将带点彩犯什么法，开口就要罚款三千。那些个贪官污吏怎么不去抓，那么多贪污受贿的人怎么不去抓？老人一开口，四周的人都围拢来了。大家七嘴八舌地说了半天，孔太平总算搞清楚，原来镇派出所前天晚上搞了一次行动，抓了四十多个用麻将赌博的人，清一色是镇上的个体户，不要说是干部，就连农民也没有一个。他们认为这一定是派出所的预谋，十几万罚款够买一台桑塔纳。孔太平借口自己刚回来，不了解情况，转身往人群外面走。老人在背后说，我将话说明了，要钱没有，要命有几条。孔太平没有理睬。老人又说，这哪像共产党，连国……孔太平不等他那更刺耳的话出口，便猛地转过身大声说，不是共产党有意睁一只眼闭一只眼，让你们这些私营业主先富起来，你们能有今天这么大的铺子？钱来得太容易了，就想赌，是不是？莫以为自己逃税的手脚做得干净，让你逃才逃得了。孔明知道关羽会放曹操才让他去守华容道。不让你逃时，你就是如来佛手中的孙悟空。得了共产党的恩惠却想着王八的好处，这叫什么，这叫混账王八蛋！前年订《村规民约》时，你们都签过字，赌博就要挨罚。不想交罚款的人明天到镇委会里同我打个招呼。

孔太平一吼，街上突然静下来。他什么也不再说，一溜烟地回到镇委院内，也不理睬别人叫他，站在院子当中扯着嗓子大叫：老阎，老阎在家吗？分管政法的阎副书记应声从自家门口钻出来，孔太平要他马上将派出所黄所长叫来。

他刚开门进屋，住隔壁的妇联主任就送了两瓶开水进来，并随口问他怎么这次出去时间延长了三四天。孔太平说，刚开始只准备参观一下华西村，后来大家都闹着要去张家港市看看，参观团的领导只好修改日程安排。妇联主任问他有些什么收获，孔太平一边叹气一边告诉她，经验很多，可是太先进了，他们一下子学不了，还得敲自己的老实锣鼓。

孔太平开始解上衣纽扣，并说自己要冲个澡。妇联主任说，你冲你的澡，我说我的话。孔太平说，那我就脱裤子了。妇联主任笑着说，你那东西我家里也有，吓不着人。妇联主任说笑之间人也起身站起来，她跨过门槛后又回头告诉孔太平，他不在家里，宋家堰村超生了一个人。她说，本来差一点就是三个，另两个被她抓住了时间差，抢先将工作做妥当了。孔太平说，今年一切工作都白做了。他叹了一口气，随手关上门，一个人怔了一会儿后忍不住自言自语道，这些骚女人，老子非要用焊枪将她们闭了不可。

孔太平打开水龙头，放水冲了一阵身子，他刚用肥皂将身子涂抹一遍，水龙头里就没有水了。他打开窗户探出头冲着楼下叫道，一楼的，等会儿再用水好不好，让我将澡洗完。叫了两声，水龙头里又有水了。他赶忙凑过去。这时，电话铃响了起来。孔太平一怔，马上意识到一定是老婆打来的，目的是探听他的行踪，她总是怀疑自己在镇里有别的女人，常常出其不意地搭车跑来或在半夜三更打来电话。孔太平冲出卫生间，抓起电话大声说，是我，我是孔太平，我已经准时回到镇里，你该放心了吧！别用什么孩子不听话，钥匙找不见了等借口来掩盖自己的别有用心，我都明白，你不要耍这种小聪明！他吼了一通后，电话里竟无一点反应。他又说，有话你就快说，不声不响地到头来还是我付电话费。电话里轻轻地响了一下，接下来是一串蜂鸣声。孔太平愣了一会儿，伸手拨了自己家里的电话号码，电话铃响了一阵后有人拿起了话筒，他对着话筒说，我爱你，你放心，我不会三心二意！电话里忽然传出儿子的声音，儿子说，你是谁，不许你爱我妈妈，我妈妈只能让我爸爸爱！孔太平说，儿子，我就是你爸爸！儿子在那边欢叫道，妈妈，爸爸要爱你！孔太平放下电话，继续将身上的肥皂液冲洗干净。

　　派出所黄所长进来时，孔太平刚刚将裤子穿好，天气太热，他懒得再穿上衣，光着膀子，开门见山地问抓赌的情况。黄所长说他们的确是选择了镇上干部发工资的前几天行动的，因为这时干部们口袋里都是瘪的，无钱上麻将桌，这样可以减少许多麻烦和难堪。只不过他们没有考虑到镇上那些个体户竟敢公开抵抗，到现在连一分钱都没收上来。他们准备明天先放几个女人，探探风向。孔太平沉吟一会儿后，表态不同意这种做法，他说政权机构做事就得令行禁止，不能半途而废，否则就会失去威信。孔太平答应镇里出面帮他们维持一下，条件是收上来的罚款二一添作五，两家对半开。派出所长不同意，他们正指望用这笔钱添一些交通工具。孔太平告诉他，老百姓已猜出他们是想买辆桑塔纳，他们若真的这么做，会失去民心的。因此，不如将这批罚款分一半出来，捐给镇里，专门发放拖欠了几个月的教师工资。黄所长有些松口了，只是不同意交出一半，他觉得太多了，教育上困难，公安部门也同样困难。孔太平思考了半天后改变主意，提出只要明天一天，到时收到多少算多少。黄所长很高兴地同意了。

　　门外响起了高跟鞋的磕磕声。孔太平连忙抓住上衣往头上套，孙萍进来时，他那铜钱大的肚脐眼还没有盖住。孙萍刚坐下，黄所长便起身告辞，那模样似乎有点避嫌的意思。孔太平留他没留住，只好由他去了。

孙萍将乌黑的披肩长发甩到胸前，像瀑布一样垂着，然后说她想喝口茶。孔太平正要重新泡一杯，孙萍已拿过他喝过的茶杯，有模有样地抿了一口。孔太平想阻止却来不及，他看着孙萍那粉做的一样好看的手，心里咚咚地响了两下。

孙萍抬起头来说，孔书记这茶叶太好了，是哪个村里做的？

孔太平说，我这茶叶算什么好，这回出去考察，你们地委组织部的人那茶叶才真叫好哩，一连八九天，就是看不见他们茶杯里有哪片叶片是两芽的。

孙萍说，那还不是下面乡镇的干部送给他们的。其实我们镇上也应该搞点特制土特产，这对开展工作有好处。

孙萍这话是双关意思，暗里还指疏通关节可以早点向上提拔。孙萍是昨天回到镇里的，她在地区团委工作，团委同组织部在一层楼上办公。她这次回去休假，刚好遇上东河镇的段书记鬼头鬼脑地在组织部门口转，一看就知道是上门送礼的。孔太平本来对孙萍说话的口气有些恼火，但她话里的内容却很重要。东河镇的段书记是他的主要竞争对手，地县领导连续三次考察，都是孔太平排第一，老段排第二。这次地委组织部组织外出考察，人员名单都是戴帽下达的，上面没有东河镇的段书记，他原本有些暗暗高兴，没料到人家却来了这一手。

孙萍说，现在考察干部并不是光看政绩。

孔太平说，我不会这么贱，胡子一大把了，还低三下四地去巴结那些二十来岁的毛头科长。不说这个了，说说医院里的情况吧！

孙萍说，胡老师可能是中暑了。但医生还不敢贸然下结论，一般的中暑醒过来就没事了。胡老师却是醒过来后又接着昏过去了。所以非得住院观察。

孔太平嗯了一声。孙萍继续说，同胡老师一个病房里还有宋家堰村小学的一个民办教师，两人的症状几乎一样。

孔太平想了想说，我得马上去看看，不然万一出了事可没法交代。

孔太平领着孙萍走到门口时，看到院子里空无一人，他很奇怪。往常大家总是整个晚上都在外面乘凉，今儿个怎么一下子就变得不怕热了哩！他下到院子中央大声说，都睡了吗？还没睡的请出来一下。喊声刚落，家家户户都有人从门里钻出来。孔太平告诉大家，他准备到医院里看看两个住院治病的老师，谁家里有暂时用不着的罐头、奶粉、麦乳精什么的，请先借给他用用。孔太平一开口，几乎人人都转身进屋拿出一两样东西来，一会儿就积成不小的一堆。孔太平也不客套，找上两只口袋装好后就往医院方向走去。

走了半天，孔太平回头一看，只有孙萍一个人跟在后面。往常这种事他不用开口，鞍前马后总有几个人跟着，特别是妇联主任，哪怕是有意想甩也甩不掉。孙萍走上来，接过他左手提着的那只袋子时，无意中碰了一下他的手。顿时，一种别样的滋味袭上心头。他一下子明白过来，大院里的人为什么要躲进屋里，为什么一个人也没跟上来。他心里骂一句：这些狗日的东西，是想创造机会让我跳火坑哩！孔太平想到这里，脚下迈动的速度忽然加快了。孙萍跟不上，一会儿就被拉开几丈远，急得她不住地叫着等一等。结果，二十分钟的路程，他们只用了十五分钟。

一到医院，孔太平就嚷着找院长，见面后他二话没说，就要院长写一个收条，还注明时间是几点几分。写完收条后，他们才去病房。一边走院长一边同他说了实话。胡老师他们病因其实已查明了，主要是营养没跟上，身子太虚了，又赶上双抢季节农活太累，所以中暑的症状就特别严重。院长对政治问题比较敏感，知道现在教师的情况很复杂，搞不好一颗火星可以燎起一场大火，所以特别吩咐主治医生将病情说含糊一些。院长说杨校长他们推测出了几分，再三追问是不是有营养不足的问题，他们咬紧牙关没有说出真情。孔太平听说胡老师一家人已经有两个月没敢花钱买肉吃，就连端午节时也只是买了一堆杂骨熬上一锅汤。而那个民办教师情况更糟，民办教师有个孩子在地区读中专，为了供孩子上学，暑假期间，他除了下田干活以外，每天还要上山砍两担柴挑到镇上来卖。昨天中午他柴没卖完，人就晕倒在街上。院长的话让孔太平心里格外沉重起来。

孔太平出乎人意料地来到病房，胡老师他们特别感动。杨校长和徐书记还没走，他俩心里对镇委领导有些气，听孙萍说孔太平一到家就赶到医院里来，也不好一见面就发牢骚，但脸上的表情没有胡老师他们好看。孔太平不大理睬他俩，他询问了胡老师和民办教师的情况以后，当着大家的面表了硬态，他说，这个月十五号以前不将拖欠的教师工资兑现了，他就向县委递交辞职报告。孔太平这么一说，杨校长就不好再挂着脸色了，他主动上去说自己想了个减轻镇里负担的办法，让学生们再挤一挤，腾出几间教室租给别人办企业，只要一个月有它三五千元的收入，学校就可以维持下去。孔太平瞪了他一眼说，这样做你不怕人背后骂，我还怕哩，你若是想当校长就只管教书，若想做生意就将校长的位子让给别人。

这时，门口跑进来一个女孩，冲着孔太平问他几时回来的。孔太平反问她怎么在这里，是不是家里有人生病。躺在床上的民办教师忙说是学校里安排田毛毛来照料他的。田毛毛是孔太平的表妹，是他舅舅的独生女，高中毕业后在村办小学里当民办教师。田毛毛也不管是否有正经事，一下子就将孔太平拖到病房外面的走廊上，撒着娇非要表哥给她帮一回忙。田毛毛长相很动人，孔太平从小就很宠这个表妹，他早就在舅舅面前表了态，一定要给田毛毛找个适合她的工作。他的确联系了几个地方，可惜田毛毛都不愿去。孔太平以为又是找工作的事，就开口答应了，谁知田毛毛竟要他写个条子给洪塔山，让洪塔山以优惠价卖给她一千只幼甲鱼。

孔太平很奇怪，就问，你要这东西干什么？

田毛毛说，当然不是放在家里养，是别人托我买的。

孔太平说，毛毛，你别以为现在钱好赚，生意场上的深浅太变幻莫测了，你涉世太浅，经不住这种折腾。

田毛毛说，就这一回。赚点小钱将自己打扮打扮。

孔太平说，你要是想买什么就对我说。

田毛毛一撇嘴说，罢罢，我可不敢沾惹你家那只醋罐子。

孔太平笑起来，他抽出笔，就近处找到一张处方笺，随手写了几行字后递给田毛毛。他告诉田毛毛，幼甲鱼平常卖时要二十五块钱一只，他让洪塔山用十八块钱一只卖给她。他要田毛毛别出面，直接将条子交给那要买幼甲鱼的人，然后按差价的百分之五十拿回她应得的那一份钱。他怕田毛毛上人家的当，再三叮嘱她，要她一手交条子一手收钱。田毛毛不以为然地要他别太小看她了。

孔太平回到病房时，医院院长正同杨校长谈给自己的孩子换个班的事，院长说现在的班主任对他的孩子一直有些歧视。杨校长先否认有歧视这回事，但还是同意考虑，只不过得找个恰当的理由。孔太平来也就是看看，并没有具体的事，他向躺在病床上的人抚慰了几句，便转身往回走。

院长送了一程后正要打住，孔太平却要他一起走一走。一路上，院长不断讲些小故事，逗得孙萍笑个不停。院长说现在搞计划生育的真正阻力是男人，所以有的地方就针锋相对地让男人去结扎，免得他们搞些借腹怀胎的鬼名堂。有一回，他随计划生育工作组到一个村里去打堡垒时，一个七十多岁的老头缠着他们，非要代儿子做结扎手术，工作组不同意，老头反将工作组的头头训了一通，说他们挫伤了他计划生育的积极性。孙萍的笑声让孔太平心里很难受，他知道孙萍是下来镀金的，时间一到就要飞回去，再艰难的工作，在她来看也只是谈笑之间的事。然而，对他们来讲，越是让局外人发笑的事情，做起来越要呕心沥血，绞尽脑汁。

镇委会院子里依然没有人，孔太平拖着院长在院子里的空竹床上坐下来，直到有人从屋里走出来他才放其回去。孔太平回屋再次冲了一个澡，然后也搬了一只竹床到院子中间。他还没下楼就发现院子满是乘凉的人。

坐定后，不断有人凑过来问这问那。食堂炊事员最后过来，该问的别人都问了，炊事员就问华西村那么富，馒头是不是还用粉蒸。一院子的人都笑起来。孙萍一边笑一边说，何师傅，你这种问法，真有点毛主席的味道哩！孙萍这话提醒了孔太平，别人都睡着了以后，他还望着天上的星星和月亮心里细细琢磨。人再富吃的馒头也还是粉做的，一把手身上的脏东西多数是二把手偷偷扔的，这都是基本规律，到哪里也改变不了。孔太平下决心要在三天之内搞清楚，自己不在镇里的这段时间，到底发生了什么事。同时，他也要看看镇长赵卫东的政治手腕有没有长进。

鸡叫过后，天气转凉了。孔太平咳嗽一阵，翻身吐痰时，看见一个人影在一旁徘徊，有点欲前又止的意思。他认出是副镇长老柯。老柯平时跟他跟得很紧，有什么小道消息绝不会放在心里过夜。现在连老柯都犹豫起来，可见问题的严重性。

孔太平一翻身就想出了一个对策。

天亮以后，孔太平让办公室主任小赵通知早饭后开一个党委、政府和人大负责人会议。小赵告诉他，赵镇长原定今天到县里去要钱，这时恐怕已经走了。孔太平知道小赵与赵卫东是亲戚，他有意说，镇长知道我回来了，怎么连照面也不打一个就走，该不是我哪儿对不住他吧！小赵是孔太平与赵卫东之间有些摩擦以后，孔太平有意提拔起来的。老柯开始还替他担心，唯恐小赵为虎作伥。但后来的情况让老柯打心里佩服孔太平，小赵当了办公室主任以后，常常直接从孔太平那里领略到许多暗含杀机的话语，小赵当然会转告赵卫东，可赵卫东又不能就这些话有所表示和反应，那样就等于出卖了小赵，由于这种顾忌，赵卫东不得不多方做些收敛。

赵卫东果然没敢走，而且是第一个赶到会场。等人一到齐，孔太平就宣布开会。他说今天会议议题有两个，第一个议题是如何搞好社会治安，协助派出所收缴赌博罚款。孔太平没有说出自己昨晚与黄所长协商达成的协议，只说今天在家的干部都要上街，由他自己带队。有两个人当即表示不同意这么做，其中就有老柯。老柯平时总与孔太平保持高度一致，他一反对，反让大家迷惑不解起来，一个人都不敢轻易表态。事实上，老柯的反对是孔太平会前安排的，什么缘由他却没有说明。孔太平借口让大家再想想，转而进行第二个议题。他先问赵卫东有多长时间没有回家。赵卫东说差不多有四十天。他又问了几个人，得到的答复是最少的也有二十天了。这时，孔太平才说，第二个议题是干部休假问题。因为双抢已基本结束，所以他提议镇里的干部分三批休假，第一批优先照顾三十天以上没有回家的人。大家对这提议都表示赞同，只有赵卫东不同意。但一点用处也没有。孔太平说他若再不回去，老婆闹离婚时，组织上一概不负责任。大家都笑着劝赵卫东接受这个提议。赵卫东只好勉强笑着答应了。孔太平又要小赵以组织的名义通知赵卫东家里，从今天起给他七天休假。孔太平说，赵镇长太累了，必须强制他休息一阵。说着，他就回到第一个议题。九点钟时，他一敲桌子，说不能占了赵镇长等人的休假时间，第一个议题过后再说。

孔太平知道别人都不愿上街和群众对着干，他开这个会的真正目的只是放赵卫东的假，收罚款的事他自有主张。散会后，几个干部围着他说，他们还以为孔太平今天只是传达出外考察的情况。孔太平说这事过一阵有了空再坐下来细细地说。接着他又指出他们用词不当，考察情况只能汇报，不能传达。干部们都说，你是一把手，怎么能向我们汇报哩，只能是我们向你汇报。孔太平对这种回答在心里表示满意，他已经看出来刚才的会开始立竿见影了。

小赵按孔太平的吩咐，让税务所和工商所的头头带着所有的人都来镇委会开会。同时又以镇委会的名义发了一个通告，要那些收到派出所的罚款通知书的人，在今天之内将全部罚款送交到镇委会，否则后果自负。税务所和工商所一共二十多人，孔太平领着他们先上街走了一圈，他没有向他们做什么交代，只是叫他们一个个跟紧些，路上说说笑笑可以，但不准打打闹闹。当然制服是必须穿的，这是孔太平让小赵通知他们时最郑重地重申的一点。转了一圈回来，孔太平让他们集中在二楼会议室打扑克下棋，自己则一个人又到街上去走了一圈。见了人也不说话，人同他打招呼他也不理睬，顶多只是用鼻子哼一声。从街上往回走时，他到镇广播站去了一趟。他刚回到镇委会院子，镇上的几个高音喇叭就同时响了。先是报时的滴滴声，然后女播音员说，现在是北京时间十一点整，离镇委会上午下班时间还有半个小时，离镇委会下午下班时间还有七个小时。无论是镇委会院子里还是街上的人，一下子就听出了那种最后通牒的倒计时的味道来。孔太平上到二楼会议室，他要大家再出去走一趟，他要求这一次人人面孔必须十分严肃。天气很热，出门大家身上的制服就被汗水湿透了。因为镇里一把手在头里带队，他们也不好说些什么，加上心里对这些安排一直不摸底，神神秘秘的反让他们做起来挺认真。冷冰冰铁板一样的模样在小镇的窄街上流动时，虽然已近夏日正午，却也有一股凉飕飕的东西直接渗到四周的空气中。

孔太平正在当街走着，一辆桑塔纳迎面驶来。他看出那是洪塔山的座车，理也不理，昂着头仍然不紧不慢地走着，桑塔纳赶紧靠到街边，接着个子和模样都让人看了不舒服的洪塔山从车子里钻出来，老远就大声说，孔书记，我有急事正要找你。孔太平说，过了今天再说，今天我没空。洪塔山还要开口，孔太平突然说，你那养殖场的干部有没有人赌博？惹毛了我，就是经济命脉，我也要查封。洪塔山一愣说，你这是说的哪门子话？孔太平说，我还想见识一下，在西河镇有谁屙得出三尺高的尿！洪塔山也是在生意场上炼成精怪的人，他意识到孔太平是在敲山震虎，马上露出一副骨头软了的模样说，我这饭碗还不是书记你给的，我可不敢让它变成石头来砸自己的脚。洪塔山站在街边，一直等到孔太平领着那群人走过去后，才转身上车。

上街转了两圈，食堂的饭已熟了，还不见有谁送罚款到镇委会来。孔太平心里有些不踏实，却不让表情露出来。他让两位所长带着自己的人到镇委会食堂去吃饭，一个人也不许回家。有几个女人推说家里有急事，想回家去。孔太平开始没有阻拦她们，等她们走到院子门口时，他才暴跳如雷地吼起来，将她们骂得狗血淋头，一声声都是说，今天是非常时期，就是家里死人失火，也必须坚守岗位到最后一刻。孔太平骂她们时，许多人都从院门外边往里望，那些话都是一个字一个字能听清的。孔太平平时对人态度不错，从不直接批评普通干部和群众，对女同志尤其和气。这也是他老婆对他不放心的地方。今天他一反常起来，大家立刻想到这件事的严重性和关键性。

女人们哭哭啼啼地回到食堂，孔太平让司务长公开地大张旗鼓地到镇委会门前的商店里搬回四箱啤酒，然后自己亲自带头上阵，举着酒杯同大家一起闹酒。税务和工商的干部酒量都练得比较大，孔太平又让镇里一些会闹酒的人也加入其中，一时间，食堂里碗盏叮当人声鼎沸。转眼间四箱啤酒就喝光了，孔太平让司务长再去搬了两箱来。司务长搬了啤酒回来后，悄悄告诉孔太平，说是外面有些人借故有事，在偷偷地看动静。孔太平说自己心中有数，让他别着这个急。司务长刚走，老柯又凑过来，提醒孔太平是不是稍加收敛，这么大吃大喝传出去影响不好。孔太平说他现在不管好不好，只想影响越搞越大，大吃大喝多数时间是一种工作方法。

一顿饭用了两个小时，六箱啤酒全喝光了。大家都很高兴，连那几个挨了训的女人也都带着醉意说孔太平工作确实有方，跟着他她们愿意指哪儿打哪儿。孔太平没有醉，他只喝了很少几杯酒，看见拐角处有人在偷偷张望，他故意大声说，那好，下午依然是一边休息一边待命，一过六点钟就行动。

下午三点钟，广播喇叭里说离镇委会下班时间还有三个小时。

三点过五分，小赵接待了第一个来交罚款的人。紧接着交罚款的人像穿珍珠一样，一串接一串地来了。交完罚款，他们都要问一个相同的问题，就是交了罚款以后还会不会吊销他们的营业执照。税务所和工商所的人听了很奇怪，他们从没有说过要吊销谁的执照的话。孔太平不让他们将谜底揭穿，他要他们对那些人说，现在个体户太泛滥了，该关的就要关，该管的就要管。这话一点也没有违反国家政策，但从孔太平嘴里说出来时，却有一股子杀气。孔太平说，现在这个时候，当领导的就是要时时透露一点杀气给人看。

孔太平看着小赵的登记表上已有了整整四十个人，抽屉里的现金塞得满满的，脸上立即堆起了笑容。正在开心时，派出所黄所长急匆匆地闯进来。

黄所长腰里吊着一把手枪，见了面就嚷，孔书记，你可不能将我们的油水揩干净了呀。孔太平说，哪里哪里，我们绝对保证只收今天一天，以后的全归你。

黄所长说，你们还会给我以后，不到天黑就会收光的。

孔太平说，不会的，绝对不会。小赵，我们收了多少人的罚款？

小赵心领神会，马上说，才二十多个。

黄所长说，赵主任，你别太小瞧我们的侦察能力了，你们已经收了三十九个人的罚款，正负误差不会超过两人。

孔太平心里吃了一惊，他怕事搞僵，忙说，我们也没料到局势会变化得这么快。

黄所长说，你大书记也别挖苦我们，我们有我们的难处，枪杆子不能对着人民专政，人民公安是保护人民，不像你们人民政府是管着人民。

孔太平说，都是为党卖命。我看这样，镇里这边就收到现在为止，剩下的都让他们去派出所。

黄所长很干脆地说，不行。

孔太平一见黄所长的态度很强硬，就先拐个弯说，要不这样，剩下的还是你们收，至于我们已经收了的，找个机会，我们再好好商量一下。

他这边一软，黄所长就不好再强硬下去，但他要求今晚就开始协商。孔太平想了想，见找不出合适的理由，只好答应他。黄所长一走，孔太平就叫小赵先将现金送到银行里存起来。小赵从未见过这么多钱，一个人不敢去，就叫上小许开车送。他俩刚上车，马达尚在呜呜叫着没有发动起来，办公室电话铃突然响了。孔太平拿起话筒一听，竟是赵卫东。

赵卫东上午出了大院门，其实并没有回去。孔太平不便问他躲在哪里。赵卫东说，有人给他透露消息，派出所准备派人半路拦劫，将镇里收到的罚款控制在手里，争取分配的主动权。黄所长判断镇委会的人不敢将这笔巨款存放在办公室，一定会在天黑之前送到银行里去，所以他已派人在工商银行与农业银行附近分别把守着。孔太平心里很恼火，他没料到黄所长竟会这么干。不过他又有点不相信。他将小赵从车上叫下来，让小许开着车出去转了一圈。小许回来说情况真如赵卫东所说，不仅银行门口有派出所的人，就是镇委会大院门口也有一个拿着对讲机的警察在望风。孔太平不由得对赵卫东心生些许谢意来。

他冷静地想了一阵，终于有了对应的办法。首先他亲自给县教委、电视台和县里分管教育的副书记、副县长打了电话，请他们今晚来西河镇参加一项重要活动。接着又给洪塔山打电话，调他的桑塔纳去接县电视台的记者。然后他让小赵坐上小许的车，到两家银行门口去逛几趟，将黄所长的人从镇委大院门口调开。小赵和小许一动身，大门口的那个警察果然就尾随而去了。接着洪塔山的桑塔纳准时开了进来，洪塔山也随车来了。他还是找孔太平有事。孔太平让老柯去县里将一应人都督促来。

孔太平在等待镇教育站何站长的空隙里，听完洪塔山要说的事。洪塔山的养殖场里，昨天来了几个客户，偏偏甲鱼池旁边的棉花地有人正在打农药。洪塔山怕被客户碰见会有不利因素，影响他们之间产销合同的签订，就亲自去劝那打农药的田细伯稍缓两天再打，结果双方几乎发生冲突，田细伯差一点用锄头敲碎洪塔山的头。田细伯是孔太平的亲舅舅。孔太平听了又气又笑，他答应明天抽空去帮助他处理这事。两人分手时，孔太平告诉洪塔山，他写了一个条子，答应给人一些幼甲鱼，希望洪塔山给个方便。洪塔山说得很漂亮，他说只要是孔书记的指示，他绝对百分之一百二十地照吩咐办。

洪塔山刚走，教育站何站长就来了。孔太平非常严肃地先要他用党性来做担保，然后才告诉他，无论他想什么办法，一定要紧急通知全镇各学校校长，晚上八点钟准时赶到镇委会会议室开会，而且必须保密，开会之前不能让消息走漏给外界。何站长有些摸不着头脑，孔太平不肯透露半点信息，只说绝对是不让他们吃亏的事。何站长见模样真的有好处，就使出绝招，站到镇外的人必经之路上，分别告诉一些回到各村的人，让他们给村小学校长捎信，说是有民办教师转正指标下来，要连夜讨论。

从何站长告诉第一个人算起，到最后一位校长赶到教育站，总共只用了一个半小时。来得最早的是镇完小的杨校长，完小里没有民办教师，但他意识到这个会可能有其他目的，他问何站长时，吓得何站长赶忙摇手叫他别瞎猜免得让自己犯错误。杨校长不管这个，继续追问是不是镇里想用那笔赌博罚款补发教师工资，何站长一方面叫他别再说下去，一方面又回答说这种推测有几分道理，现在的事没有比钱的问题更让人敏感了，何况又是从派出所荷包里掏出来的钱，那敏感程度则更要翻倍了。其他校长来了后，他们就不再说这个。校长们争着先要看文件。何站长拿不出来，便随口说到时，县里领导要来亲自传达。校长们到齐后，派出所黄所长也来了。黄所长说自己是来帮一个亲戚开后门的。何站长装模作样地记下了他那亲戚的名字。黄所长忽然问，怎么中学唐校长没来。何站长本是将中学给忘了，他下意识地撒了一个谎，说中学里没有民办教师，倒是天衣无缝。黄所长走后，何站长越发感到杨校长的推测有道理。八点钟时，他带着一帮校长来到镇里，他一个人悄悄地将这一切都说给了孔太平，并重点申明自己是领会到领导的意图以后，有意不通知中学唐校长与会，免得引起派出所的怀疑。孔太平一点也没有给他面子，反说是画蛇添足，不让唐校长来才让人怀疑。何站长想一想终于悟出道理来，现在哪个会议不是毫不相关的人坐半屋子，来与不来是对会议主题的态度问题。看着何站长灰溜溜地走到一边，孔太平心里又有些感叹，他觉得文人的自作聪明真是又可嫌又可怜。这时，黄所长带着他的两个副手全副武装地走过来。

孔太平老远就冲着他们笑，并大声说，天气这么热，还这么注重仪表。

黄所长说，我这是向税务所和工商所学来的，有些事情是得用点威慑力量。

孔太平说，要是你威慑到党委和政府头上，那可就要犯大错误哟！

黄所长听出这话的分量来，他不甘示弱地说，要不要我们回去重新打扮一下，再找几个公关小姐陪着来！

孔太平见好就收。他说，不用不用，我们这些作地方领导的还巴不得请两名武装警察站在门口哩，你们一威风，我们也跟着像个英雄形象了。

听到这话的人都笑起来。孔太平趁机将黄所长等三人请进办公室。跟着县教委主任、电视台记者和县委肖副书记都来了。孔太平让记者们先打开摄像机，他一边介绍情况时，他们就可以同时做节目采访了。孔太平开门见山地对着摄像机镜头说，他代表全镇五万人民感谢镇派出所在自己经济状况十分困难的情况下，仍向全镇教育系统捐款人民币十二万元。黄所长一时没反应过来，摄像的强光一照，三个人都有些发呆。肖副书记表扬他们的话，他们一句也没有听进去。直到孔太平请他们一起到二楼会议室同全镇教育界的代表见面，走出办公室时，室外的凉风一吹，他们才清醒过来。两个副所长借口上厕所，便一去不回。黄所长挨着肖副书记，他不敢走，而且还在聚光灯下，亲手将孔太平交给他的一大提包现金，转交给何站长。在十几位校长的掌声中，黄所长还说了一些堂皇的话语。何站长抱着大提包发表讲话时，黄所长趁人不注意，踢了孔太平一脚。

孔太平没有还手，他小声说，你应该感谢我让你出了名，他们说了，这条新闻可以上省电视台的新闻联播。另外，上地区和省的日报一点问题也没有。黄所长说，你不该设下圈套让我钻。

孔太平说，我这也是没办法，镇财政太穷了。

黄所长说，只怕是有些事到时候我也没办法。

捐款仪式一结束，黄所长就走了。这时，校长们已知道民办教师转正通知完全是编造的，惹得他们一个个有喜有忧。喜自然是拖欠的工资可以到手了，忧则是回去没法向民办教师们交代。肖副书记只对结果满意，但对过程提出了批评。孔太平说，如果县里给他们镇一百万，他绝对负责一切都照党章和宪法法律办事。他说正确路线不能当饭吃，不能当钱花。批评归批评，肖副书记也明白基层干部的难处，他说自己在理论上是绝对不支持这种做法。正经话说完以后，他甚至要孔太平付给他当演员的劳务费。孔太平听到大家都跟着肖副书记喊他孔导演，不由得苦笑几声。

大家一一告辞时，何站长也想走，孔太平叫他先留下。待肖副书记他们都走了，孔太平将何站长叫到办公室，当着老柯和小赵的面，他要何站长将十二万块钱中分出四万块钱给镇委会。何站长有些不情愿，他觉得教育站将各方情意都领了，不能只得打折的好处。孔太平不说话，只是阴着脸坐在那里。小赵和老柯不停地劝何站长，要体谅孔书记的一片苦心，没有孔书记这破釜沉舟的一招，这拖欠的几个月工资可能再过一年半载也没钱发放。何站长说这钱本来镇里就是要给的，现在名义上给了十二万，可实际上只得到八万，这之间的亏空，教育站实在没办法背负。做了半夜工作，何站长还是不松口，孔太平火了，他指着何站长的鼻子说，老何，你别给面子还不知道要。十二万都给你，你也多得不了一分钱，我要四万自己也不敢都贪污了，就这样定了。就现在，你数出四万给赵主任。说着他一甩椅子到院子里乘凉去了。

他刚坐下，孙萍就将自己的躺椅搬过来。两人相距不远也不近。孙萍告诉他，镇里对今天发生的两件事反响很强烈，群众都说孔书记真有水平，一天时间就将当今最霸道的人和最难缠的人都摆平了。孔太平问孙萍还听说其他情况没有，孙萍说别的没有，就只看见赵卫东赵镇长在街上拦住肖副书记的车，似乎是回县里去了。孔太平心里又有些不爽，赵卫东同肖副书记是高中同学，关系不同一般，两人这一路同车，也不知会说些什么对他不利的话。孔太平犹豫了一阵，到底还是开口问孙萍在地委组织部有没有比较好的关系。他以为孙萍会理解他的意思，哪知孙萍只说了她有一个校友在组织部当干部科科长后，就没有下文。干部科正好管着孔太平这一类干部的升迁，孔太平对孙萍一下子重视起来。

这时，小赵走过来，说何站长已答应了，但他希望孔书记表个态，在镇里财政收入情况好转以后，采取某种形式给教育站增加四万块钱。孔太平毫不犹豫地说了两个字：没门。过了一会儿，他又斩钉截铁地说，这个先例不能开，党委和政府不是个体商店可以讨价还价。小赵回屋不久，何站长一个人提着大提包出来了。他有些垂头丧气地同孔太平打了个招呼。孔太平看着他的背影突然将他叫住，然后又叫起小赵和老柯过来，他要小赵和老柯护送何站长到银行去，将钱存起来，以免出现意外。何站长苦笑着说，别人抢劫偷盗我都能对付，我只怕你孔书记，大家都以为孔太平要发脾气，谁知他竟哈哈大笑起来。

老柯从银行里回来后，坐在孔太平的竹床上，两人说了一通悄悄话，老柯告诉孔太平，赵卫东这一阵在镇里放风说孔太平要回县里去当商业局长。孔太平心里响了一下。镇委书记去当商业局长，看起来是平调，实际上是降职使用。这种类似的职务一般只给乡镇长，书记则大多是到人事、财税、公检法等要害部门，或者到大委大办去，否则就有问题了。孔太平明白昨晚回来时的冷清场面，一定是这个原因，他没有责怪老柯不及时通风报信，老柯有老柯的难处，与他太亲近了，万一赵卫东当了镇委书记，他的处境会不妙的。他原谅了老柯还因为今晚的气氛已发生了变化，大家公开地说西河镇唯有他孔太平才能镇住，别人都不行。他对后面这句话感到特别舒服。但他心里还是打定主意要找机会让赵卫东出一回丑，杀杀赵卫东身上的那股邪气。他将小赵叫来，问他知不知道赵镇长现在在哪儿。小赵这次真算见识了孔太平的厉害，他不敢说假话，如实说赵卫东晚上才回去，整个白天赵卫东都在财政所同人下象棋。小赵说赵卫东是担心镇里今天有事万一用得着他，才没有走的。孔太平心里清楚赵卫东是怎么个想法，赵卫东一定是打算出来收拾残局的。他没有将这一点戳穿，他心里担心赵卫东将财政所控制得太死了。镇里分工，他管人事干部，赵卫东管财政金融。他在内心做检讨，今后对赵卫东分管的这一块也不能太放任了。

　　夜深以后，院子里静下来，天上的星星此时格外明亮。孔太平又想小时的河滩乘凉时有人喊狼来了的情节，他觉得如果现在能找到这个人，肯定十分有趣。

　　半夜过后，孔太平朦朦胧胧地感到有人用什么东西往他身上遮盖着。他以为是孙萍，睁开眼睛一看，是妇联主任。他没有作声，又将眼睛闭上。刚刚睡着，忽然有人将他摇醒了。摇醒他的人是洪塔山。洪塔山也不管他是否完全清醒，急如星火地告诉他，派出所将他的那几个客户抓走了。孔太平迷迷糊糊地问为什么抓他们，洪塔山说是因为有几个姑娘陪他们玩。这话让孔太平一下子惊醒了，他翻身坐起来，从头到尾细问了一遍。为了招待那几个客户，洪塔山专门从省城请来几个公关小姐，昨晚没事，哪知今晚派出所突然下了手。养殖场四周围墙上架有电网，派出所的人也做得出来，居然像特务一样剪断电网，从围墙上爬进养殖场，又用麻醉枪将几条大狼狗放倒，顺顺利利地钻进客房里，将那些男男女女光着身子逮走了。洪塔山说他们事先还专门请派出所全体人员吃了一顿，明明白白地请黄所长高抬贵手给企业一条活路，黄所长已答应只要不太出格，他们就睁一只眼闭一只眼。洪塔山断定他们出尔反尔只是为了报复镇委会和镇政府，因此这事非得由孔太平出面调解不可。

洪塔山的养殖场提供的税收占全镇财政收入的百分之五十以上，有时竟达到百分之六十左右，而这几个客户又保证了养殖场销售额的百分之五十到六十。派出所这一招实际上是冲着孔太平的咽喉而来，孔太平身上感到一股凉飕飕的寒气在弥漫，转眼之间浑身上下又有了一种火燎火烧的感觉。他朝洪塔山要了一支烟，吸了半截让人恢复冷静。他要洪塔山严格控制此事的知情范围，对养殖场内部的人要把话说绝，谁将此事告诉第二个人，就立即开除出场。对外部的人除了他以外，暂时谁也不要说。而且他估计，派出所那边也不会将此事大肆渲染，甚至有可能同样严格控制此事的知情范围。

洪塔山当即回场处理内部事宜。

孔太平一个人想了好久，才决定将此事扩大到小赵那里。他叫醒小赵并对小赵说这事到他那里应该画上句号，包括镇长暂时都不要让他知道，孔太平带着小赵往派出所走去。

让他们奇怪的是，派出所屋里屋外竟是一片漆黑。他们对着紧闭的大门叫了半天，也不见有人来开门。孔太平心里窝起一团火又不能发泄出来，他强忍着让小赵别再叫了，干脆回去睡觉，明早再来。

天亮后不久，洪塔山又跑来了，他告诉孔太平，五更里场里值班人员接到一个客户家里打来的电话，那个客户的老婆因为打麻将也被公安局抓了起来，家里要他赶紧回去救人。洪塔山也不管三七二十一，拉起半醒不醒的孔太平就往外走。孔太平生气地摆脱他，说自己总不能连脸也不要吧。他洗脸刷牙时，洪塔山一直在旁边催促着说，我的好书记，你动作快点吧！到派出所的路上，洪塔山将自己如何在场里做的安排，一一对孔太平做了汇报。孔太平没有挑出什么毛病，就说他是亡羊补牢。

派出所半掩着的大门前，一只肥猪正在拉屎，热腾腾的白汽升起老高。孔太平正要吃喝，从门缝里飞出半截砖头，砸在猪身上发出肉孜孜的一声响。大肥猪一下子蹿出老远，并且像有绳子牵着一样，从门缝里拖出一个人来。三人一碰面，孔太平发现他正好是黄所长。

黄所长拿着一把扫帚说，孔书记和洪老板一大早结伴而来，是不是向我们这些穷公安捐赠点什么？

孔太平说，黄所长你也别叫穷，我们不会在你这儿揩油吃早饭，还是让我们进屋去说话吧！

黄所长做一个请的手势。派出所办公室的确有些寒碜，两只破沙发上，几团黑棉絮从窟窿里往外翻着，水泥地面上尽是大坑小坑，办公桌上油漆已经剥落了许多，上面印着的一条毛主席语录已是残缺不全了。

洪塔山说，黄所长办公条件这样艰苦可不行，什么时候闲了到养殖场去走一走，我送几套办公用品给你们。

黄所长说，洪老板这么慷慨，我却不敢接受，艰苦点好，免得落下个腐败的嫌疑。

黄所长接着说，照我多年办案的经验，无论是当领导的，还是当老板的，如果是主动登我破门槛，一定是有求于我。

孔太平说，黄所长你也别绕弯子了，我们的确是无事不登三宝殿，当然，话说回来，你这儿也太森严了，个个腰间都别着一把铁公鸡，好人也还怕枪走火哩。

孔太平使了个眼色，洪塔山忙说，请黄所长高抬贵手，将我那几个客人放了。小弟我还懂得规矩，知道如何感谢你们。

黄所长正色说，你这话是什么意思，别说我们这儿没有你们的什么客人，就是有客人被逮住了，也会绝对按法律条文办事，要谢你们到北京去对着天安门磕几个响头就行。

洪塔山说，黄所长别戏弄我，我们职工昨晚亲眼看见你的两个副手带人冲进客房里，将那几个人带走的。

黄所长说，这不可能，他们做事不可能不先同我打招呼。公安不同官场和生意场，钩心斗角互不买账。我们这儿是军令如山，官大一级压死人，管你没商量！

孔太平说，不看僧面看佛面，昨晚我就亲自来过，无论怎么叫你们都不开门，现在是第二次了，你总该给我们一个准确的信息吧！

黄所长说，我们借贵处宝地安营扎寨，哪敢得罪你们，昨晚上所里的同志都出去巡夜去了，按规定，家属是不能管公事的，孔书记你也别见怪。我这就去替你们查，看看是否有人搞僭越，有事没有通过我。

黄所长让他们坐一会儿，自己去去就来。他一走，孔太平和洪塔山就相对骂了一声，妈的！果然，只一小会儿他就转回来了，进门就说，是抓了几个外地人，已搞清楚了，没什么问题，刚刚放了他们。孔太平和洪塔山赶到门口一看，果然有几个男女在往门外走，洪塔山一喜说正是他们。黄所长连声说误会误会，并将他俩一直送出门。孔太平心里觉得奇怪，跨过大门门槛后，他回头看了一眼，见派出所的几个人正相对而笑。

洪塔山也没顾得上同孔太平打招呼，连同客户和公关小姐们一起，六七个人挤进桑塔纳里，向养殖场疾驰而去。

孔太平刚回到镇委会，小赵就迎上来告诉他，昨天夜里，山里的一个村子发生了泥石流，其中一个百来人口的垸子几乎完全被毁，死了九个人，牲畜还没有准确统计，最少也有四十多头。孔太平头皮一下子发麻了，血气阻在那儿，仿佛要涨破头皮。他望了望初露的骄阳，真不敢相信这是事实。可山里就是这样，隔着一道山梁，一边暴雨成灾，一边赤地遍野。他让小赵将昨晚扣下来的四万块钱全部拿出来，同时大声吆喝，让镇委会在家的同志做好准备十分钟以后随他出发去救灾。镇里只留小赵一个人上传下达，小赵将四万块现金交给他时，提议火速通知赵镇长回来。孔太平没有同意，他只同意让赵卫东在县里做些联络，尽可能多弄一些救灾物资资金回来。他对小赵说，你告诉赵镇长，三天之内他要是不能搞到五万块钱现金，一万斤粮食，我跟他从此就是仇人。

十分钟以后，全镇的干部都出动了。孔太平带上老柯、孙萍和妇联主任坐上吉普车在头里走了。路过派出所，他让小许停一下车，自己跳下去找到黄所长，要他派两个人去帮助维护治安。黄所长听了情况后，连忙叫全所的人将自备的干粮与治外伤的药全都拿出来交给他，然后骑上那辆旧三轮摩托，亲自往灾区赶。黄所长的做法提醒了孔太平，他让孙萍下车返回去，协助小赵通知镇上各部门单位，轮流做些熟食送到山里，同时动员镇上的人将自家的旧衣旧物捐献出来。

黄所长的三轮摩托拉着警报在前开道，半路上果然见到路旁的河里在涨着浊水。被泥石流袭击过的村庄田野真是不忍目睹，半夜里从家里仓皇逃出来的人们，多数只穿着一条裤衩。失去衣服遮护的女人们全都挤成一团躲在一处小山凹里，高高低低的一声接一声地哭着。男人们望着面目全非的垸子，一声不吭地怔在那里。天上还在下着雨，泥泞在男人女人那半裸的身体上流淌着。孔太平记得垸子附近有所小学，就想将灾民转移到学校里去躲一躲，他蹚过齐腰深的泥泞过去看时，才发现学校已被毁得干干净净，就连学校操场边的一棵有八百多年树龄的银杏树，也被连根拔起，滚到很远的一处山崖下。

孔太平他们忙了半天，救灾工作才有点头绪。中午过后，县里的领导赶来了，赵卫东也坐着他们的车子赶了回来。一见面赵卫东就说他已按照他的要求完成了任务。孔太平免不了要说几句客套话。但他在心里还保持着警惕，赵卫东能在半天之内完成这些钱粮任务，可见他的潜力很大。孔太平让赵卫东仍旧回镇里去组织救灾的后勤保障工作。这时，天已晴了。太阳一出来，气温就急剧升高。孔太平夜里没有休息好，白天里一急一累，外加太阳一烤，早上和中午又没有好好吃东西，他正在指挥别人搭简易棚子时，突然一阵晕眩，人一歪倒在地上。大家七手八脚地将他抬到阴凉地方，早有医生上来给他推了一针葡萄糖。

孔太平醒过来不一会儿，洪塔山匆匆跑来。孔太平以为洪塔山是来救灾的，一搭腔才知道他还是为了那几个客户嫖妓的事。派出所名义上是将那几个人放了，但还扣着他们的身份证，以及他们的交代材料。他们被放出来时，派出所没有一个人对他们说什么。洪塔山推测，可能是要他们拿钱去赎回那些证词证物。

天灾人祸都处理不过来，洪塔山又拿这说不出口的事来烦他，孔太平真有点恼火了，他生气地质问洪塔山说，你是不是还想我去给养殖场当拉皮条的干爹！洪塔山并不示弱，他说你信任我，让我当这全镇财政顶梁柱的头头，我得对你负责，不然企业出了问题，到头来还得你出面收场。

孔太平说，你别拿这个来要挟我，好不好！洪塔山说，我说的是实话，换了赵镇长我还懒得这么跑腿费口舌哩。养殖场不是我的。办垮了我还正好去干个体。

洪塔山说能不能拿钱去贿赂派出所的人，他等着听孔太平的答复，有人挑担子他才敢做，不然恐怕将来跳进黄河也洗不清。洪塔山说着转身跳进淤泥中，帮忙寻找被掩埋的物件。

孔太平清楚自己是绝不能开口表态同意洪塔山这么做，这是原则问题。然而，卡着养殖场脖子的几个客户，实际上也在卡着他的脖子，养殖场一垮，全镇财政一瘫痪，自己的政治前途也就终结了。别人以为他还在休息，都不忍来打扰。他一个人苦苦思索了半天，终于觉得有个办法可以一试。他朝洪塔山招了三次手，洪塔山才发现。

他告诉洪塔山，天黑之前将那几个客户用车送到这儿来，名义上是找黄所长说情，实际上是要他们触景生情，主动表示爱心善心，先让他们受感动，再让他们自己去感动黄所长，形成一个连环套。洪塔山觉得除此以外别无他法，假如这个连环计成功了，也是最理想的结果。

西河镇虽然山多沟多，毕竟只那么大一个地盘，桑塔纳跑一个来回，也就个把钟头。洪塔山将那几个客户领上山时，孔太平也不失时机地将黄所长叫到身边，借口商议晚上要不要派人巡逻值班。黄所长说为了防止发生万一还是派人顶几夜为好。孔太平正在点头，洪塔山他们走拢来。几个客户严肃的面孔上都流露着震惊与痛苦。洪塔山正向黄所长说，他们是特地来请求宽恕的。年纪稍大一些的姓马的客户打断他的话说，我们的事算个屁，是自讨苦吃，这些人才是真正遭孽哟。太多钱我也拿不出来，说话算数，我捐一万块钱帮助他们重建家园。这位姓马的一带头，剩下几个也马上做出表示，大家都是不多也不少，每人捐出一万，他们身上没有带太多的现金，当场一人写了一张欠条给洪塔山，让洪塔山先替他们垫付，他们回去以后马上将钱汇过来。洪塔山与他们的业务关系很密切，信得过他们，所以没有不答应的道理。

孔太平见他们正按自己预计的去做，心里很高兴，自然说了不少感激的话，并且大声对现场四周的干部群众做了宣布。受了灾的那些人更是热泪盈眶。激动一阵后，大家又回过头来说泥石流，说到最后几乎都是一样的话：他们都听说过泥石流的厉害，可是没想到泥石流这么厉害，简直就像一群饿狼攻击一头瘦牛一样。孔太平抓住时机对黄所长悄悄地说了一句话。他说，其实，这些人心里也不坏，还算有良知。

黄所长看了他一眼说，孔书记，尽管这幕戏只有我一个观众，但我还是被感动了，不管怎样，我也得为这些灾民着想啊。

说着话，黄所长取出腰上的对讲机，他先喂喂地联络了几声，然后说，王八案子取消，放他们一马。洪塔山一高兴，当场表示要送一台大哥大给黄所长。几个客户也千恩万谢地说了不少好话，他们最怕这事捅出去在家人面前不好交代。黄所长叫他们到派出所去将身份证拿走，交代材料当面在派出所毁掉。

　　他们走后，剩下孔太平和黄所长站在树荫下，一时不知说什么好。过了好久，黄所长先找到话题，他说搞政治的人总以为自己比别人聪明，总爱耍些小花样，其实有些事明了说效果反而更好些。孔太平连忙做了一番解释，说自己这样做也是穷怕了，明里是一级政权，可是光有政没有权，有时只好做些违心的事，搞些短期行为，欺下瞒上敲左诈右，不这样日子就没法过。黄所长说，我也对你说点真心话，不是体谅你的难处，这一回非要让你服输不可，只要我咬住养殖场，你孔书记就是有九条命也过不去这一关。孔太平叹气说，我也说实话，哪个狗日的想赖在书记的位置上不下来。我早就不想干，可人总得争口气，不干了也得有个体面的退法。有人想撵我走，可我偏不走。黄所长说，我知道你指的是谁，是赵卫东，对不对？那小子鬼头鬼脑的，还总想同我套近乎！不是卖乖，我更喜欢你些，哪怕有时是对手，同你干仗很过瘾，输了也痛快。孔太平笑起来，黄所长也跟着笑，笑过之后，孔太平说，到了这份儿上，我们索性说个明白，你跟我说实话，是不是有人在告洪塔山的状？黄所长说，没有，我们这儿没有，县局有没有我就不知道了。孔太平说，你得帮助我探个虚实，查一查到底情况如何，至少让我心里有个底。黄所长说，我可以问出个九分谱，但别的你可不要找我。孔太平说，能这样我就很感谢了。黄所长问他检察院那边查不查，那边可是经济案子。孔太平想了想说不用查，别的问题他可以想法保洪塔山，如果是经济上有问题，保他反不如抓他，免得好好的一个企业被他搞垮了。听他这一说，黄所长当即擂了孔太平一拳，并夸奖孔太平是个清官坯子。他后面的话是在试探，因为百分之百有问题的领导，在下属案发以后，总是想方设法找检察院里的人探听，以判断下属是否将自己牵连进去。孔太平敢于置检察院而不顾，说明他在这方面是清白的。孔太平吓了一跳，他没料到黄所长在这种气氛下还在搞侦查，黄所长告诉他，许多案子其实都是在这样的不经意中发现并破获的。黄所长问孔太平想不想知道赵卫东的一些个人隐私。孔太平一口谢绝了，他有他的理由，他认为自己同赵卫东实际上是在搞一场政治竞争，知道了隐私就会加以利用，这会导致自己在工作上少花精力，别看一时可以得势，但最终还是不行的，因为别人知道了这一点后会充分做好防范，什么事都有一条暗暗的红线作界限。失去别人的信任比什么都可怕。黄所长觉得孔太平的这段话里充满了哲学辩证法。

救灾工作搞了差不多一个星期，灾民总算都安置下来了。资金紧巴巴的，但总算对付过来了。孔太平没有让洪塔山先将客户们的捐款垫付出来，他想着冬天，那时才是真正的困难，得预防着点。那几个客户回去后，怕邮寄出问题，包了一辆出租亲自将钱送过来。孔太平让小赵将钱分文不动地存进银行。

孔太平刚刚松口气，马上又担起心来，因为又到了月半发工资的日子。先是财政所丁所长找他诉苦，说自己无论怎么样努力奔波也只是筹集到全镇工资总数的一半稍多一点。孔太平要他去找分管财政的赵卫东。丁所长去了以后又依旧回来找他，而且是同镇委会的会计一起来的。孔太平摆出一副撒手不管的架势，说自己这个月工资暂时不领，为镇财政分忧。会计提出先将小赵存的那笔救灾款子挪出来用一用，到时候再填进去。孔太平正色说，不许提这笔钱，谁若是动一分，我就撤谁的职，丁所长这时才说，实在不行，可以将养殖场下月应交的款项先收了。孔太平心里早就料到了这一招，他估计这是赵卫东他们私下设计好了的，目的就是想插手进入养殖场。

他不动声色地说，这得看人家企业同不同意，若同意我没意见。

丁所长说，洪塔山那里得孔书记发话才行，别人去了不管用。孔太平愠怒起来，他说，你这是说的什么话，好像洪塔山是我的亲信家丁，可我听说你们哪一个去不是在他那里又吃又拿的，一箱阿诗玛一阵子就光了。他站起来大声说，我累了我要休息，现在该轮到我休假了。

孔太平让小赵通知镇上主要干部到一起开个会。会上他没说别的，只说自己这几天腹部很不舒服，因此打算从明天起休息一阵，顺便检查一下身体，家里的工作都由赵镇长主持，等等。赵卫东没有当面提钱的事，反而说希望大家在这一段时间里尽可能不要去打扰孔书记，让他安安静静地休养一阵。孔太平从这话里听出一些意思来，但他懒得同他计较。

回到屋里，孔太平独自坐了一会儿，然后开始将一些必需品放进手提包里。后来，他清点起口袋和抽屉里的钱，连毛毛票一起，刚好够一百元，钱是少了点，好在是回家，多和少不大要紧。屋子里很热，镇上又停了电，只靠自己用扇子扇风，实在够呛。他想起家里空调的舒适，老婆的温存，儿子的可爱，心里忽然有了几分期盼。这时，表妹田毛毛敲门进来了。几天不见，田毛毛变了模样，颈上多了一条金项链，身上的连衣裙不仅是新款式，而且没有过去的那种皱巴巴的感觉。孔太平多看了几眼，田毛毛就问自己是不是变漂亮了。孔太平则问她，洪塔山是不是已将幼甲鱼按数给她了。田毛毛说，如果不是做成了这笔生意，我能有钱买这些东西吗？她补充说，我现在既不像民办教师也不想当民办教师了。

孔太平说，那你想做什么？

田毛毛说，暂时保密，不过我想你到时肯定会大吃一惊的。

孔太平笑一笑，也不追问。他说，你父亲好吗，听说他同养殖场的人干了一仗？想必身体没有什么问题。

田毛毛说，他还是那个样，一天到晚都在那一亩半田里泡着，将棉花种得比我妈妈还漂亮。孔太平说，怎么不说他的棉花种得比你还漂亮？

田毛毛说，他心里是想，可是没能做到。不过他也不敢，他种的棉花若是比我还漂亮，恐怕每株都要变成迷人的妖精。

孔太平说，那也是，光你这小妖精就够他对付了。

田毛毛咯咯地笑起来。她忽然问，表哥，你知道我给幼甲鱼取了什么名字吗？

孔太平猜不出来。

田毛毛说，它叫迷你王八。

孔太平没听清，随口反问了一句。

田毛毛说，现在小家电等商品不是流行什么迷你型吗？这幼王八也是一种迷你型。孔太平差一点没将手中的茶杯笑跌落了。田毛毛得意时，那种娇态特别让人喜爱。田毛毛将一只红丝线系着的小玉佛送给孔太平，说是她特意买的，男佩玉女戴金，可以避邪，还搬出贾宝玉做证明。孔太平不敢戴这玉佛，且不说党政干部戴这东西影响不好，单就三十大几的年龄也不合适。田毛毛说干部们之所以老得快，根本原因是心态衰老得太快，总以为成熟是一件好事。孔太平不同她讨论这个，转而问那个住医院的民办教师的情况。听说那人已出了院，并且已领到拖欠几个月的补助工资，孔太平心情更加好起来。

说了一阵闲话，田毛毛突然提出要他帮忙，做做她父亲的工作，她想同家里分开过。孔太平吃了一惊，直到弄清她的真实目的是想分得那一亩半棉花田的三分之一面积后，他才稍稍宽下心来。孔太平一边问她要分地干什么，一边在心里做出推测。田毛毛不说她的目的所在，孔太平也想不出根由。他不肯表态做舅舅的工作，惹得田毛毛�’着嘴气冲冲地走了。孔太平追到门外留她吃过午饭再走，她连头也不回一下。他开玩笑说，看来自己不是迷你型的表哥。田毛毛这才回一句话，她说孔太平这个表哥是冷血型的。

田毛毛走后，孔太平又到办公室里转了转，翻翻当天的报纸，发现地区日报上有一篇消息说是西河镇党委政府高度重视教育，然后将孔太平去医院看望教师，千方百计组织资金，将拖欠的教师工资全部补发等几个例子举出来。孔太平一看文章没有点赵卫东的名就猜出是孙萍写的，因为本县的本镇的业余通讯员，无论何时也不会忘记在每一处都做到党政一把手之间的相对平衡。他拿上报纸去找孙萍，孙萍不在，随后他想起孙萍同自己打了招呼，说是回地区领工资去。孔太平让小赵将这张报纸剪下来，贴到会议室里的荣誉栏上去。小赵只将报纸剪下来，但没有上楼去贴。小赵说，办公室剩下的最后一点糨糊刚才已彻底用完了，赵镇长已吩咐，这一段一切办公用品都不许买，一分一厘钱都要用来发干部职工工资。孔太平将自己房间的钥匙扔给小赵，让他开了门去拿自己用剩下的半瓶糨糊。小赵没作声，拿上钥匙赶紧去了。孔太平忽然觉得自己这么待小赵一点意思也没有，他打定主意索性回避个彻彻底底，下午干脆去养殖场看看，再顺便看看舅舅，处理一下舅舅往棉花上打农药的问题。

养殖场占地有一百多亩，大小几十个水泥池子里放养的差不多全是甲鱼，从前这儿规模很小，只能从别人那里买来幼甲鱼自然喂养，两三年才能长到半斤以上，所以养殖场总在亏本。洪塔山来了以后，第一年就建起甲鱼过冬暖房，不让甲鱼冬眠，一只幼甲鱼一年时间就能长到一斤多。养殖场也有了丰厚的利润，接下来洪塔山就动手扩大养殖场规模，并创出了西河镇养殖有限公司这块响当当的牌子。

孔太平悄悄走近养殖场新搞成的甲鱼繁殖池，只见成千上万只幼甲鱼像一朵朵印花一样趴在池边的沙地上，那种娇小玲珑的样子实在有几分可爱，孔太平想着田毛毛给这些小家伙取个"迷你王八"的名字，一个人忍不住轻轻地笑起来。某一时刻里，他不经意地咳了一声，只见先是近处的"迷你王八"纷纷逃入水中，接着是近处和更远处，默默地骚动过后，印花般的小家伙都不见了，池边只有一带银色的沙滩。

孔太平绕着养殖场围墙墙根慢慢走着，好像是前年，他在年终总结大会上讲过，养殖场是自己的心头肉，他在位一天就决不许别人到养殖场里胡来，他规定镇里的干部进养殖场必须有镇委和政府办公室出具的通行许可证。这个规定开始执行得很好，后来同赵卫东的摩擦出现以后，他也不愿执行得太认真了，以免矛盾扩大化。正走着围墙转了一个九十度的急弯，跟着又闻到一股农药味。他紧走几步登上围墙角上的瞭望塔，就在眼皮下面，养殖场围墙呈现出一个"凹"字形，在凹字的凹处是一块长势极好的棉花田，一个老人正背着喷雾器在棉花丛中喷洒着农药。

孔太平叫了声：舅舅！

老人抬头望了望塔棚，又一声不吭地低下头去继续做自己的事。

孔太平又叫了声：舅舅，我是太平！

老人这次连头也没有抬。孔太平知道叫也无益，他走下塔棚，来到养殖场办公室，正好碰见田毛毛在同洪塔山说着什么，孔太平有些不高兴，就问洪塔山怎么带头违反规定，随便放人进来。洪塔山分辩说田毛毛是养殖场的客户，田毛毛也说自己在同洪塔山谈一笔生意。孔太平不准他们之间再搞什么交易了，迷你王八的事只能到此为止。田毛毛说她也不想再做这迷你王八的生意了，她现在同洪塔山谈判的是有偿租借土地的问题。孔太平马上想到那块凸进养殖场的充满农药味的棉花地，一时竟不知说什么好。

洪塔山说，希望孔书记能支持这项交易，棉花地的问题不解决，万一被客户发现，有可能危及整个养殖场的生存。

田毛毛说，那块凸进来的棉花地正好占整块棉花地的三分之一。

孔太平沉吟了半天才说，这事操作起来一定要慎重，毛毛她父亲人虽好，但涉及他的土地恐怕是不会让步的。

田毛毛说，我才不怕他，那地本来就有我一份。

孔太平瞪了她一眼说，你难道不了解土地是你父亲的命根子！

田毛毛说，我就不信他把土地看得比我还重要。

孔太平说，冒这个险我们可要慎重，我看还是将围墙加高几米。

洪塔山说，这个也行不通，田细伯连现在的围墙都要推倒，说是挡了他家棉花地的光和风。

田毛毛说一切都包在她身上。她走后，孔太平有一阵思绪老也集中不起来，心中总有一种异样的感觉。洪塔山以为是屋里太热了，就要引他到客房里去，打开空调凉爽一下，孔太平拒绝了，他婉转地告诉洪塔山，镇里有人在打他的主意，想方设法要从养殖场挖走一砣油，而自己从明天开始休假，镇里又等着钱发工资，没人撑腰时希望他巧妙对付。洪塔山心领神会地说他只有来个三十六计走为高，出去躲他一阵再回来。孔太平没有说这样做妥不妥，只说没事时，洪塔山可以到县城他家里坐一坐，接下来孔太平问起那几个客户的情况，洪塔山回答说那个姓马的，昨晚还给他打了个电话，并且还让转告对孔书记的问候。孔太平知道他这是卖乖，却不戳穿他。依然接着客户的话题问洪塔山对那些人的做法怎么看。洪塔山狡黠地回答，他没有看法。孔太平本想提醒一下他，让他各方面都收敛一点，特别要注意别撞在公安局那伙人的枪口上，见洪塔山有意不正面回答，自己也就不想说了。隔了一阵，他还是放心不下，就换了一个方式，告诉洪塔山，自己有意让他当上县人大代表，并且争取当上省人大代表，现在的关键是这一段时间里不要自己往自己脸上抹黑抹屎。若是又脏又臭了，那他就无法提名他当候选人。洪塔山赶紧表态说一定要管好自己。

孔太平又叮嘱了一些话，便起身往外走。洪塔山将他送到养殖场大门口后，人已转了身，又回头对孔太平说，镇里的司机小许，似乎有些同他的司机过不去，总是将吉普车拦在路当中，不让他们的桑塔纳舒舒服服地走。洪塔山说开始他那司机同他说时他还不大相信，但是前天傍晚，他坐在车上时正好遇上。小许的车故意在旁边慢慢地挤他们，弄得桑塔纳差一点掉到路旁的小河里去了。孔太平知道这事十有八九是真的，他还是说回去后问一问小许，看看到底是他的车出了毛病还是人出了毛病，再做处理。

田毛毛家在宋家堰村的边上，三户人家共着一个屋基场。田毛毛知道孔太平要来家里，早就在门口守候着。他进屋时，舅舅正在后门处用水冲洗着脑袋，屋里有一股农药味。孔太平开玩笑说是田毛毛身上化妆品的香气。舅妈泡了一杯茶端上来，田毛毛要孔太平别喝这烫人的茶，自己进房拿了一杯凉茶给他。孔太平笑一笑，放下凉茶，拿起热茶呷了一口。田毛毛不高兴，说他也守着老规矩、一点开拓思想也没有，这热的天，放着凉茶不喝，而去喝热茶，真是自找苦吃。舅舅走过来，找了张凳子坐下，然后从口袋里摸出一根没有过滤嘴的香烟，自顾自地抽起来。

屋子里忽然沉静下来。孔太平赶紧主动开口问，棉花长势很好吧！舅舅磕了一下烟灰说，不怎么样。孔太平说，能这样已经够不错了。舅舅不高兴地说，你不要当干部当修了，同前几年比起来，这棉花要逊好几分，连自己都不敢看，看了觉得自己可耻。他突然抬起头来，望着孔太平说，大外甥，你能不能让洪塔山将那些白水池子都拆了？孔太平说，为什么呢？全镇上的人都指望靠它发家致富。舅舅说，你这话不对，我就不指望它。舅妈插嘴说，你别以为自己是个国王，什么事都要以你的意志为转移。舅舅不作声了，低头吸烟的模样让孔太平看了后，心中生出许多感慨来。他说，舅妈，不要紧，我就是想多听听舅舅的想法。舅舅将一支烟抽完后，站起来，拿上一把锄头，帽子也没戴便往门外走。舅妈说，太阳这么毒，你光着头去哪儿？她没有等到回答。孔太平说，我同舅舅一起出去走走。

屋外热浪逼人，太阳照在地上反射出许多弯弯扭扭的光线，就像是白日里燃在野外的火苗。舅舅在前面缓缓地走着。一只狗趴在屋檐下懒洋洋地看了他们一眼，连叫也不愿叫一声。几头牛在一片小树林里无力地垂着头，偶尔用尾巴抽打一下身上的虻虫，发出一声声响来，却一点也不惊人。炎夏的午后乡村，比半夜还安静，半夜里可以听见星星在微风中唱歌，可以听见悠远的历史，在用动人和吓人的两种语调，交叉着或者混杂着讲述着一代代人的过去故事。骄阳之下，淳厚的乡土在沉默中进行着一种积蓄。孔太平跟着舅舅走过一垄垄庄稼时，心里都是一种无语的状态，两个人终于来到了棉花地前。

舅舅问，你怕农药吗？

孔太平说，不怕！

棉花叶子被太阳晒蔫了，白的花朵和红的花朵也都变得软绵绵的，垂着花瓣，颇像女孩子那丝绸裙子的裙边。

孔太平问，这地能产多少棉花？

舅舅说，从来没有少过两百斤。

孔太平心里一算账，也就两千几百来块钱，他正要说种棉花比养甲鱼收入低得太多了，舅舅指着养殖场的围墙说，那是洪塔山，将这么大一片良田熟地全毁了，也将这儿的好男好女给毁了。过去村里一个二流子也没有，现在遍地都是游手好闲的人，等着天上掉面粉，下牛奶。他还想要我这块田，没门。

孔太平说，有些人只是分工不同而已。

舅舅说，吃喝玩乐也是分工分的吗？我虽未出门，可心里明白，这围墙里进进出出的都是一些什么样的角色？大外甥，别看洪塔山现在给你赚了很多钱，可你的江山将全被他毁掉。

孔太平说，我哪来什么江山。

舅舅说，你还记得小时候在大河里乘凉时，半夜里有人喊狼来了的情形吗？

孔太平说，记得，可我不知道那人是谁。

舅舅说，还有谁，远在天边近在眼前，就是洪塔山。洪塔山自己成了狼。

孔太平怎么想也觉得不像。

舅舅说，人是从小看大，小时候大人都说洪塔山不是块正经材料。

孔太平说，大人们说过我吗？

舅舅说，说过，说你能当个好官，可就是路途多灾多难。

孔太平轻轻一笑。这时，从旁边的稻田里爬起来一只大甲鱼。舅舅上前一脚将其踩住。然后用手提住，看也不看一挥臂就扔到围墙那边去了。跟着一声水响传了过来。

孔太平说，这儿经常有甲鱼？

舅舅说，这畜生厉害，那么高的围墙，它也能爬过来。叫它王八可真没错，过去除非病急了，医生要用王八做药，人才吃它，不然会遭到大家耻笑的。没料到世事颠倒得这么快，王八上了正席，养的人当它是宝贝，吃的人也当它是宝贝。

孔太平说，事物总是在变化。

舅舅拍拍胸脯说，这儿不能变。

这时，围墙瞭望塔上出现一个人，大声问谁往水池里扔东西了。舅舅没有好气地说，是我，我往水池里扔一瓶农药。孔太平听了忙解释说是一只甲鱼跑出来，被发现后扔了回去。那个人认出孔太平，客气地招呼两句又隐到围墙后面去了。舅舅说这围墙里的那些家伙，总将周围村子里的人当贼，其实他们自己是强盗，将最好的土地强买强要去了。舅舅自豪地声称，他们那套在自己身上是行不通的。

孔太平还在想着那个喊狼来了的少年，他突然意识到一个问题，怎么现在无人喊狼来了呢？

舅舅在自家田地里摸索了一下午，孔太平不能从头到尾地陪他，他在四点半钟左右就离开了舅舅，太阳太厉害了也是其中原因之一。孔太平在舅舅家等了四十多分钟，为的是等出门到朋友那里借一本有关美容化妆的杂志的田毛毛。他在舅妈不在场时，郑重地提醒田毛毛，如果她执意将棉花地的三分之一转给洪塔山，很有可能会亲手毁掉自己的父亲，田毛毛还是不相信，她要孔太平别夸大其词吓唬她。

天黑后，小许开车送他回县城休假，一出镇子，那辆桑塔纳就从背后追上来，鸣着喇叭想超车，小许占住道死也不让。孔太平只当不知道，仿佛在一心一意地听着录音机放出来的歌声。压了二十来分钟，桑塔纳干脆停下不走了。小许骂了一句脏话，一加油门，开着车飞驰起来。这时，孔太平才问小许为什么同养殖场的司机过不去。小许振振有词地说他这是替镇领导打江山树威信。孔太平要他还是小心点为好，开着车不比空手走路，一赌气就容易出问题。他心里却认同小许这么做，有些人不经常敲一敲压一压，他就不知道自己有几斤几两几钱，腰里别一只猪尿泡就以为可以几步登天了。车进县城以后，小许主动说，只要不忙他可以隔天来县城看看，顺便汇报一下别人不会汇报的事，孔太平不置可否，叫他自己看着办。

孔太平进屋后，老婆、儿子自然免不了一番惊喜。随后，一家三口早早开着空调睡了。儿子想同孔太平说话，却被他妈妈哄着闭上了眼睛。儿子睡着以后，孔太平才同老婆抱作一团，美滋滋地亲热了半个钟头。事情过后，孔太平仰在床上做了一个大字，任凭老婆怎么用湿毛巾在他身上揩呀擦的。接着老婆将半边身子压在他身上，说起自己在西河镇发生了泥石流后，心里不知有多担心，她说她的一个同学的爸爸，当年到云南去支边，遇上了泥石流。同行的五台汽车，有四台被泥石流辗得粉碎，车上的一百多人都死了，连一具尸体也没找到。孔太平听说老婆每天都打电话到镇委办公室去问，同时又不让小赵告诉他，心里一时感动起来，两只手不停地在她身上抚摸起来，心里又有些冲动的意思。不料老婆话题一转，忽然问起镇里是不是有一个从地区下来的年轻姑娘。孔太平就烦她像个克格勃一样，想将自己的什么事都查清楚。他一推老婆说自己累了，想睡觉。他一翻身，不一会儿就真的睡着了。

孔太平一觉睡到第二天上午九点钟才醒，睁开眼睛时，见老婆正坐在自己身边，他以为自己只迷糊了一阵，听老婆说儿子已上学去了，连忙爬起来拉开窗帘一看，外面果然是红日高照。孔太平自己睡得香，老婆却一直在担心，怕他睡出毛病，连班也不敢上，请了假在屋里守着。他瞅着老婆笑了一阵，忽然一弯腰将她抱到床上，飞快地将她的衣服脱了个干干净净。

恩爱一场，再吃点东西，就到了十一点，孔太平也懒得出门了，索性开了空调坐在屋里信手翻着老婆喜欢看的那堆闲书。吃过中午饭，孔太平又开始睡午觉，他一直睡到下午四点半才爬起来，一个人在屋里说，总在盼睡觉，今天算是过了一个足瘾。傍晚，孔太平在院子里捅炉子，住楼上的邻居同他搭话。邻居说，从昨晚到今天，他们总感到这屋里有个男人，却又不见露面，还以为是什么不光彩的人来了哩，孔太平的老婆笑嘻嘻地将邻居骂了几句，孔太平则说现在找情人挺时髦，不找的人才不光彩哩。这话别人没听进去，老婆却听进去了，晚饭没吃两口，就撂下筷子坐到沙发上一个人暗自神伤。孔太平一个人喝了两瓶啤酒。趁着儿子在专心看动画片，他对老婆说，如果她总是这么神经过敏，他马上就回镇上去。这一招很灵，老婆马上找机会笑了一阵，接着又里里外外忙开了。

孙太平看完中央台、省台和县台的新闻节目后，换上皮鞋正要出门到县里几个头头家走一走，电话铃响了。孔太平以为是镇委会哪一位打来的，一接电话才知道是派出所黄所长。

黄所长说，你托我问的那件事，我已问过，的确是存在的。

孔太平开始没有反应过来，他连问了两声什么后，才记起自己托他问的是洪塔山的事。他问，具体情况如何？

黄所长说，其他该要的东西都有了，只是还没有立项。

孔太平见黄所长将立案说成立项，马上意识到他现在说话不方便。他问，果然黄所长是在公安局门房给他打电话。孔太平约黄所长上家里来谈，十几分钟后，黄所长骑着摩托车赶了过来。进屋后，免不了要同孔太平的老婆说笑几句。孔太平叮嘱老婆不要进屋，他们有要事要谈。

黄所长告诉孔太平，有人联名写信检举洪塔山，借跑业务为名，经常在外面用公款嫖妓，光是在县城里，那几个在公安局挂了号的暗娼，洪塔山都同她们睡过。告状信上时间、地点和人物都写得清清楚楚。黄所长翻看了全部材料，那上面有的连住旅店宾馆的发票复印件都有。看样子这几个联名告状的人大有来头，不然的话，得不到这些材料。孔太平听黄所长说了几个人的名字，他们都是镇上一些普通的干部职工，因为种种原因同洪塔山发生了冲突，所以一直想将洪塔山整倒。但是他们不可能有如此大的神通，以至能弄成这么完整的材料，只要一立案，洪塔山必定在劫难逃。孔太平听到黄所长说那住宿发票复印件上，有"同意报销"几个字，很明显是从养殖场账本上弄下来的。他马上联想到财政所，只有他们的人在搞财务检查时，才可能接触到这些已做好账的发票。黄所长说："现在唯一的办法是将那些检举信从档案中拿出来毁了。"不过这种事他不能做，他是执法者，万一暴露了，自己吃不消。他建议这事让地委工作组的孙萍来做，因为她同管理这些检举信的小马是大学里的同班同学。接着黄所长又帮他分析谁是真正的幕后指使，他断定必是赵卫东无疑。因为现在几乎每个在生意场上走的人，都有过这种黄色经历，镇上几个小企业的头头，甚至半公开地同妓女往来，可除了家里吵闹之外，从来没有人去揭发他们，主要是他们倒了无人能得到好处。洪塔山不一样，养殖场实际上在控制着西河镇的经济命脉，谁得到它谁可以获得政治上的主动。孔太平觉得黄所长言之有理，赵卫东管财政而不能插手养殖场，权力就减去了一半。按照赵卫东的性格，他是不会轻易罢休的，而且这种做派也的确像是他惯用的手法。

说着话，黄所长长叹了一声，他说，下午我去翻档案，见到的一些检举信上的情况真是让人惊心动魄，洪塔山这样的企业家在那些人当中还可以评上先进和模范，可这些案子都被封存了，领导上发了话，公安局若将所有被检举的经理厂长都抓起来，那自己就得关上门到街上去摆摊糊口。他接着说现在的景象很像资本的原始积累时期。

孔太平说，你怎么改行研究起政治经济学来了？黄所长说，哪里，是小马这么对我说的。孔太平问，你刚才说那些厂长经理的案子都被封起来了？黄所长说，话是这么说，但总得来它几下敲山震虎，同时也可以缓一缓老百姓心中的怨气。孔太平说，这就对了，谁撞在枪口上谁就算倒霉，是不是？黄所长点点头。他起身告辞时，一连看了几眼那嗡嗡作响的空调，并说，这东西真比老婆还让人觉得亲热。孔太平说，没有它就觉得它亲热，有了它老婆反而更亲热。他又说，你是不是想要一台，我可以同洪塔山打个招呼。黄所长说，你别试探我好不好，我就说了句要不要去检察院问问的话，你这么快就报复回来。两人笑起来，站在门口握了握手。孔太平一进屋就见老婆在那里抹眼泪，一问才知道老婆以为犯了什么法，才约黄所长来密谈的，老婆说他若是犯的经济案，她可以帮他退赔，银行待遇不错，她偷偷存了近八万块钱。若是男女作风问题，她可是要离婚的。孔太平安慰了她一番，她还不相信。惹得孔太平生气了，他说，夫妻几年，未必你还不了解我的为人，经济上家里沾没沾别人的光你应该最清楚，作风上怎么说你也不信，我发个誓，若是在外有别的女人，那东西进去多少烂多少，老婆一下子破涕为笑，还嗔怪他一张臭嘴只会损自己。

孔太平给洪塔山打电话，洪塔山不在家。孔太平告诉他妻子，明天一早将桑塔纳派到县城来，并让司机带足差旅费，他要到地区去一趟，同时他要求对自己的行踪严格保密。

打完电话，孔太平出门转了一圈，得到不少消息。最主要的有两点，一是县里已正式将自己同东河镇的段书记一起列为下一届县委班子的候选人，可实际空缺只有一个，因此竞争会很激烈。二是赵卫东今天在县财政局活动了一整天，最后搞到一笔五万元的财政周转金，拿回镇里去发工资。这两点都让他心绪难宁。首先镇里拿了县里的周转金，这是用于生产的，既要计算资金利用率，又要按时偿还，用它来发工资实际上是寅吃卯粮，现在不饿肚皮将来饿得更狠。可是别人不管这个，他们只管十五号来领钱，担心着急都是他一个人的事。其次是那没有把握的候选人资格，他很明白在人缘关系上自己远不如东河镇的段书记，段书记非常精明，在省地组织部门都有比较铁的关系户。回屋后，他第一句话就问镇上是否有电话来，听说没有，他的心里很不踏实，几次手都摸着了电话话筒又缩了回来。不仅是镇里，就是洪塔山也不见回电话。他第一次觉得有些心虚，同时他又不相信赵卫东一天之内就能扭转乾坤。

孔太平很晚没睡着，很早就醒来。正在刷牙，外面汽车喇叭响了两下。他以为是桑塔纳到了，开门一看却是小许的吉普。小许问他有事要他办没有，孔太平想了想说暂时没有。他本来要小许吃早饭以后再来看看，他担心养殖场的桑塔纳不会准时来或者根本不来，一转念又决定如果洪塔山胆敢这么快就翻脸不认人，他就让其尝尝监狱的滋味。孔太平要小许这几天在镇里守着点，赵卫东要车也别老不给他面子，小许应声走了。小许走后不一会儿，桑塔纳真的来了。

一上车，司机就告诉他钱带得很足，并说是洪塔山亲口说的数字。孔太平问洪塔山昨晚干什么去了，司机说洪塔山找赵镇长有事。孔太平一下子来了火，但忍着问那是为什么事。司机不知道，他随手拿出一只大哥大，说是洪塔山让他带给孔书记的，机器已办了全国漫游，走到哪儿都可以打电话。孔太平拿过大哥大，反复把玩一阵，心情渐渐好起来。车出了县城，他问司机来时碰见小许的车没有，司机说碰见了，但他不愿惹小许的眼，远远地拐进一条小巷，绕道而行。孔太平说他们都是小心眼。

桑塔纳跑得很快，半路上，孔太平给地区团委办公室打了个电话，孙萍不在。他说了自己的身份后，请团委办公室的人通知一下孙萍让她在办公室等候，他有急事。十点钟不到，车子就驶进了地委大院。孔太平是第一次越级来到上级首脑机关，一进那气势很压人的办公大楼时，腿竟有些发飘，他在找到团委办公室之前，先看到组织部办公室，一溜七八间屋坐着的全是一些二十啷当岁的年轻人，他一想到多少基层干部的前途都由这样一些涉世不深的大孩子来掌握，心里不由得感到几分可悲。

孙萍不在办公室。这让孔太平感到有些束手无策。本来可以马上回到车上，但他在楼里多待了一会，才出来。司机不知道他这段时间几乎都蹲在卫生间里，他对司机说组织部一个部长约他下午再来，现在他们先去找个地方住下。

地委办的宾馆就在地委大院旁边，登记了一个双人间后，孔太平说自己去看一个朋友，如果十二点没回来，那就是有事缠住，司机可以自便。其实，孔太平是去找孙萍的住处，找了好久总算找着了，门口晾着孔太平看熟了的衣服，却不见人。他给孙萍留了个字条，让孙萍回来以后到宾馆来找他。这时，十二点钟快到了，孔太平上街找了一处小饭馆要了一碗肉丝面和一瓶啤酒，三下两下就吃下去，他不想这么快就回去，街上太热没法待，他干脆花五元钱买了一张票，进到一家门口写有冷气开放的镭射影厅看起电影来。他没想到自己碰上了一部三级片，尽管很刺激，但他一直忐忑不安生怕万一被人认出回去不好交差。熬到散场时，他赶紧抢在头里第一个离开。出了门，他并没有直接回去，而是朝与宾馆相反的方向走了几站路。然后站在街边给宾馆打电话，说是几个朋友将他灌醉了，要司机到他说的地方来接他。司机开着车来后，他一头歪进后座，做出一副醉酒的模样躺倒在座椅上。回到宾馆，他趴在床上，吩咐司机四点钟喊醒他。司机果然在三点五十分叫喊起来，孔太平翻身起床，慌忙不迭地梳理一番，然后仅从提包里拿出一只小文件包，夹在腋下，匆匆出了门。

孙萍依然没去办公室，住处门上的字条也原封未动地粘在那儿。

孔太平从没遇到这样的冷待，心里难受极了。刚巧这时他看见东河镇的段书记从一辆车子里下来，拎着一只大包，朝比孙萍的住房好许多的那片小楼走去。孔太平躲在密密的灌木篱墙后面，足足等了半个小时，才看见老段空着手从那小楼群方向走回来，孔太平怔了好久，他慢慢地走着，觉得自己挺悲哀，费尽心机玩些小花样，目的只是骗司机，不想让司机小瞧自己，说自己没门路，来地区后鬼都不理。人家姓段的玩得多潇洒，大明大白，昂首挺胸，谁也不怕。走出宿舍区，孔太平又碰见老段的车停在办公楼旁。他等了几分钟，便看见一群人拥着老段从办公楼走出来，亲亲热热地送老段上车，老段与他们握手都握了两三遍，那些人一个个都在留他住一晚上，老段说他只有一天时间，时间长了，家里说不定会闹政变。老段走后，孔太平垂头丧气地回到宾馆。司机问他怎么了，他一惊后醒悟过来忙说是中午的酒还没醒。为了表示喜悦，他打开电视机的音乐频道，随着那些歌星唱起歌来。

晚饭他们是一起吃的。司机说孔太平有喜事临门，应该要个包房，自己庆祝一下。孔太平不肯，就在宾馆买了两张普通进餐票，进了普通餐厅。菜饭刚上来，门口忽地拥进四个姑娘，打头的正是孙萍。孔太平激动地叫起来，孙萍一看也有些惊喜。两人说了几句闲话。孙萍说她手上有些多余的会议餐票，今天没事就约了几个朋友来这儿吃饭。孔太平一时高兴，就说今天我请客，找个包房好好聚一聚。孙萍她们也不谦让，很熟悉地挑了一间叫梅苑的包房。大家边吃边唱，孔太平不会唱卡拉OK，在一旁专门听。那司机却唱得很好，转眼间就同每个姑娘联手来一曲对唱。孔太平瞅空问孙萍忙不忙，想不想就他的车去西河镇。孙萍说，要走她只能在后天走，孔太平连忙答应他可以等她一天。

孔太平不敢直截了当地请孙萍出马，他怕孙萍一口拒绝，准备到了县里以后再跟她挑明。

这顿饭花了一千多块钱，孔太平心情好，也不怎么心疼钱了。他原以为孙萍晚上要好好陪陪自己，哪知孙萍吃了饭就要走，一点也不像在镇上时那种总想往自己身边靠的样子。好在孔太平不大计较这点，他们约好明天晚上在宾馆房间里碰一下头，确定后天出发的时间。

第二天，孔太平让司机整天自由支配，走亲戚会朋友都可以，只要晚上早点回来睡觉就行。他说自己要写一个报告，是地委组织部要的，今天必须交给他们。司机走后，他一个人关在房间哪儿也没有去，看了一整天电视，闲得无聊时，他用那只大哥大给家里打电话，同老婆、儿子聊天。他一个人也懒得去外面吃饭，就在宾馆小卖部里买了些方便面、火腿肠和啤酒等，在房间里对付了两餐。晚上八点钟司机才回来，又过了半个小时，孙萍来了，大家说好明天吃过早饭就出发。孙萍坐了不到二十分钟就要走。她走后，司机有些不满意，说孙萍在下面当工作组时，乖得像个小媳妇，一回到上面就变成了冷眼看人的阔太太。孔太平替孙萍解释，说她本来有些安排，譬如请他们去跳舞、逛街，都被他推辞掉了，他说乡下干部不能学这些东西，学上了就更不安心在基层为普通百姓做实事。前面那些话是他现编的，后面的却是真心话。

孙萍一到县城便又变回来了，一举一动都乖巧可人。孔太平安排她在县政府招待所住下，她一进房间，脸也没洗就说自己忘了一件事，她本来应该带孔太平到组织部去见见那个当干部科长的熟人的，哪知一忙人就糊涂了。孔太平心知是怎么回事，但他不便计较，一边说这事来日方长，一边将这次去地区的真实目的告诉了孙萍。孙萍想了一会儿说自己先洗个脸。她在卫生间足足待了二十分钟才出来，也许是化过妆，那笑容显得更加动人。

孙萍笑眯眯地说，孔书记千万别以为我是在谈交换条件，其实我早就有在基层入党的愿望和要求，只是怕自己条件不够才一直没有向你表露出来。

孔太平沉吟了一阵说，派下来当工作组的同志，能不能在下面入党，这事还没有过先例，可能得研究一下。

孙萍说，说真心话，如果是别人，孔书记开了口，我不会有二话。可是对洪塔山我实在不想帮他。有件事我一直没有向你汇报，今年年初时，你派我同养殖场的几个人一起到南方出差，一路上洪塔山就反复说这次要我当他们的公关小姐，并说只要生意做好了，他给我从头到脚都按现代化标准进行包装。我开始以为他只是说说笑笑，谁知一到深圳他就来了真，深更半夜要我同他的一个客户到游泳池去游泳，气得我差一点当着客户的面甩他一耳光。当时我的确是为镇里的利益着想，只是推说身体不适例假来了，委婉地回绝他。我后来越想越气，无论怎样，我是地委派下来帮助工作的干部，洪塔山怎么可以如此狗眼看人哩。

孔太平记得自己似乎隐约听洪塔山说过，孙萍差一点当了他的公关小姐，他当时没有追问，现在也顾不上了。他说，无论怎样，小孙你得从我们西河镇大局去看，洪塔山是有不少坏毛病，可现在是经济效益决定一切，养殖场离了他就玩不转，同样镇里离开了养殖场也就运转不灵。说实话，这事到现在我还瞒着洪塔山，将来我也不想让他知道，免得他认为现在的党委政府都是围着他转，离了他就不行，因此变得更加有恃无恐。从这个道理上讲，你不是帮他，而是在帮我，稍做点夸张说，是在帮助西河镇的全体干部和人民。

孙萍说，我也说点心里话，尽管现在许多人把入党看得很淡，可在地委机关不入党就矮人一头，提职评奖都轮不上，可是机关里年轻人多，等排队轮上你时，人都快老了，那时再进党，当个科长、副科长有什么意思。所以下来帮助工作的人都想在回去之前能在基层将党入了。不然，基层又苦又累，谁愿意下来。

孔太平突然意识到，自己前天在地委大楼见到组织部那帮年轻人时产生的一种蔑视意识是完全错了，连孙萍这样的女孩都有如此成熟老到的政治远见，那些人想必会更厉害。

孙萍继续说，这事也不是没有先例，同我一同下到邻县的那些年轻人中，已有三个人在火线入党了。

孔太平咬咬牙，终于答应了孙萍，但他提出孙萍自己必须拿出一两件说得过去的事迹。孙萍脱口说出可以用自己在抢救泥石流造成的灾害活动中的表现做理由。孔太平差一点被这话镇住了，他实在佩服孙萍敢于说这种话的勇气。孙萍说她在救灾现场被碎玻璃割破脚掌，那件刚买的新裙子也被树刺拉破了。不管怎样，救灾过程中有她，这是一个不错的理由。

找公安局的小马是孙萍一个人去的，孔太平从司机那里拿了一千块钱给她做活动经费，孙萍没有要，她说小马不是那种可以用金钱收买的人，小马一向只看重一个情字，亲情、友情、爱情和真情，四者皆能降服他。趁孙萍去公安局时，孔太平回家了一趟。

家里一个人也没有，屋子里有几分零乱，这同老婆一贯爱整洁的习惯有些相悖。他便猜测是不是出了什么要紧的事，才让她变得手忙脚乱连屋子也顾不上收拾。他进到里屋，果然看见桌头柜上放着一张字条。老婆写道：你舅舅被恶狗咬伤，住在镇医院里，我去看看，下午赶回来。孔太平有些吃惊，他隐约感到那恶狗可能就是养殖场养的那些大狼狗。

孔太平努力让自己镇静下来。然后拨镇上自己房里的电话号码，电话没人接。他又给黄所长打电话。他想既是恶狗伤人，派出所一定会知道原因。果然，黄所长告诉他，的确是洪塔山养的大狼狗咬伤了田细伯，起因是为了那块棉花地的归属问题。具体细节还没搞清楚，但赵卫东已叫人将洪塔山扭送到派出所，收押在案了。黄所长说，他已看出一些端倪，这个事件的幕后人物是赵卫东，因为他听见田细伯骂出的那些难听的话语中，提到洪塔山勾结买通赵卫东想强行夺走他的土地。

孔太平刚同黄所长通完电话，孙萍就将电话打进来，要孔太平赶紧回招待所。孔太平锁上家门回到招待所，孙萍见面劈头盖脑就是一句：士别三日，真是刮目相看。孙萍说小马曾经是那么单纯的一个小伙子，过去还每星期写一首诗，可现在开口要钱连结巴也不打一个，舌头打一个翻就要五百。孔太平将孙萍方才没有要的一千块钱都给了她。孙萍只要一半，孔太平让她拿着备用。他有一种预感，孙萍再去时小马可能要加码。果然，孙萍再次回来，进门就很文雅地骂了一句小马，说他一日三变，刚说好五百，回头又要翻一番。孙萍说小马又新提出洪塔山刚在西河镇犯了案，所以这检举信就更加重要了。孔太平相信孙萍没有从中鲸吞，因为洪塔山刚刚犯案的事是不可能瞎编的。花了钱将心病去掉，怎么说也是值得的。孙萍告诉他，那些有关洪塔山的检举信及材料，小马都当着面烧毁了。小马问是谁请她出马的，孙萍没有告诉他真相，而说是洪塔山自己请的她。

孔太平无心陪孙萍，正好孙萍说她已有安排，不用任何人陪，县里有她三个同学，她们要聚一聚。回到屋里，孔太平一直盼着电话铃响，他急于了解舅舅被咬伤的情况，却又不想丢身份打电话到镇委会去问，因为这样的事，下面的人总是应该主动及时地向自己汇报的。等到下午三点半，镇里还无人打电话给他，倒是小许敲门进来了。小许一坐下就告诉他恶狗咬人的事情。

原来洪塔山这几天一直瞒着孔太平在同田毛毛办那棉花地转让手续。因为土地所有权在国家和集体，这事必须通过村里，村里知道田细伯视土地如生命怕闹出事，就推到镇上。那天晚上孔太平打电话找不着洪塔山时，洪塔山正在同赵卫东谈这棉花地的事。赵卫东一反常态，不仅支持而且非常积极，第二天就亲自到养殖场去敲定这事，村里的干部也来了，但村干部当中不知是谁偷偷向田细伯透露消息，田毛毛回家偷土地使用证时，被田细伯当场捉住，狠狠打了一顿，并搜出一份转让合同书来。田细伯拿上这合同书闯了几次养殖场的大门都被门卫拦住了。天黑以后，洪塔山牵着一只大狼狗在镇上散步时，被田细伯看见，他扑上去找洪塔山拼命。洪塔山挨了田细伯两拳头，但洪塔山牵着的那只大狼狗，只一口就将田细伯手臂上的肉撕下来一大块。事发之后，赵卫东翻脸不认人，指挥一些围观的人将狼狗当场打死，并将死狗和洪塔山一起送到派出所关起来了。另一方面，赵卫东又委派小赵代理养殖场经理职务，同时还让田毛毛协助小赵管理养殖场。在土地转让合同书中本来就有这一条，由田毛毛出任养殖场办公室主任。田毛毛正是在洪塔山许诺之后，才这么积极地要来分棉花地，想带着自己的那份土地进养殖场工作。

小许说的这些情况，完全出乎孔太平的意料之外，洪塔山瞒着他搞的这些更让他气愤。田毛毛一直想进养殖场，但他从内心里不愿这个表妹同洪塔山一起工作，所以他一直没有同意。他这才明白田毛毛那天说自己马上就有一个让他意料不到的工作，实际上就是指的这些。他特别想不通的是赵卫东这么安排田毛毛是出于什么目的。让一个十八岁的女孩去管理养殖场，哪怕只是协助也会让大家不相信赵卫东作为镇长的决策能力。

小许走后，孔太平决定给镇里打个电话，他要让那些人重新体会一下自己。他拨通镇里电话后，只对接电话的小赵说如果看到他老婆就让她马上回家来。说完这话他就将电话挂了，他很清楚老婆这时肯定已在回县城的末班车上。他知道小赵马上就会将电话打过来。果然，一分钟不到，电话铃就响了。他拿起话筒听见小赵在那边问是孔书记吗。他将话筒放在一边，随手用遥控器将电视机打开。小赵不停地问是孔书记吗，他不回话也不压上话筒，他要等足十分钟，连一秒钟也不肯少。十分钟后，他用一个指头敲了一下压簧，话筒里立即传出一声声的嘟嘟声来。

天黑之前，老婆回来了。她说的情况同小许说得差不多，另外还说舅舅同田毛毛断绝了父女关系。他估计小赵他们晚上可能要赶过来，便故意出去不见他们。他对老婆说，自己在十点半钟左右回来，小赵来了先不用催他们，等过了十点钟再找个理由让他们走。老婆心领神会地说，她到时就说孔太平事先打了招呼，若是十点钟没回就不会回来。

孔太平在第一个要去的人家坐了一阵后，出来时一眼看见孙萍同一个穿警服的小伙子在街边的林荫树下慢慢地散步，不时有一些比较亲密的小动作与小表情。孔太平不声不响地观察了一阵，他忽然觉得如果孙萍旁边的小伙子就是小马，那他是绝对不会开口朝孙萍索贿，破坏自己在一个漂亮女孩心目中的形象的。孔太平自己也不愿想下去，他同样不愿一个漂亮女孩的形象在自己心目中被破坏。

小赵他们果然来了。孔太平没有估计到的是，同行中还有赵卫东。他甚至有点后悔，自己的这些小伎俩有些过分了。老婆对他说，赵卫东在屋里坐的时间虽然不长，却用了四次向孔书记汇报工作这类词语。按惯例，镇长是不能用这种词语的，赵卫东破例这一用，竟让孔太平生出几分感动。躺在床上，他默默想了一阵，觉得自己还是提前结束休假为好，赵卫东没有明说，但他这行动本身就清楚表示了那层意思。他开口同老婆说了以后，老婆开始坚决不同意。他细心地解释了半天，老婆终于伸出手在他身上抚摸起来。见她默认了，他也迎合着将手放到她的胸脯上。

孔太平和孙萍坐着桑塔纳一进院子，小赵就迎上来，第一句话就是检讨。随后便是赵卫东将这几天的情况向他做了汇报。孔太平什么也没说，只是听着。直到听完了，他才说了一句话。他说，暂时就按赵镇长的意思办吧。这话明显是专指养殖场的情况。随后，他布置小赵，通知镇里有关领导和单位，开展一次抗灾救灾的评比表彰活动。

孔太平先到医院看望舅舅。舅舅将他臭骂一顿，一口咬定这些是他策划的，然后借故走开，让别人来整他。孔太平不便在人多口杂的地方多做解释，站在床前任舅舅怎么骂。骂到后来，舅舅自己不好意思起来，他见许多人都挤在门口围观，又骂孔太平真是个苕东西，这么骂都不争辩，哪里像个当书记的，这么不顾自己的威信。孔太平非要等舅舅骂完了再走，舅舅没办法，只好闭上嘴。

随后，孔太平便去了派出所。刚进门就看见田毛毛正在缠黄所长，要黄所长放洪塔山一个小时的风，她有要紧的业务上的事要问洪塔山。黄所长不肯答应。孔太平没有理睬田毛毛，只对黄所长说，自己要同他单独谈点工作。他说话时甚至看也不看田毛毛一眼。黄所长请田毛毛回避一下。气得她跺着脚说，当个书记有什么了不起，不就是个土皇帝吗，别人怕，我连做梦时也不会怕。

田毛毛一走，黄所长就开口问孔太平事情办得怎么样了。孔太平将经过简单说了一遍。最后才说到一千块钱的事，他还没说完，黄所长连忙摆手，说这个我不听，我什么也不知道，孔太平明白黄所长的意思，他情不自禁地叹了一口气。

黄所长问他想不想见见洪塔山。孔太平先没答复，反问这事会是什么结果。黄所长说照道理也就是罚罚款了事，但他觉得这种人得到机会应该关他几天，让他以后能分出做好歹人来。这话在孔太平心中产生一些共鸣。黄所长又问他，洪塔山随身带的大哥大要不要拿下来。自从洪塔山进来以后，他就一直用大哥大朝外联系。黄所长因担心将那大哥大拿下来后会影响养殖场的业务，就没敢下决心，但他一直在怀疑洪塔山在用大哥大调动客户来向镇里施加压力。田毛毛这么急着要见洪塔山一定也与此有关。孔太平马上给小赵打了个电话，问他养殖场现在的情况。小赵说洪塔山被关起来后，有四家客户打来电话，说是从前的合同有问题，要洪塔山在三天之内赶到他们那儿重新谈判，不然就取消合同。小赵随口漏了一句说赵镇长为这事挺着急。孔太平一下子想到赵卫东是感到不好收场才请他回来收拾局面的。他放下电话后，同黄所长合计了一阵，黄所长断定这是洪塔山做的笼子，目的是逼镇领导出面做工作放他出去。孔太平当即叫黄所长收了洪塔山的大哥大，同时又叫小赵安排人将养殖场电话机暂时拆了，免得外面有人将电话打进来。他要黄所长对洪塔山宣布行政拘留十天，实际上在第五天时他出面保洪塔山出去。

　　黄所长很快办好了与此有关的一些手续，然后一个人去通知洪塔山。回来时，他手上多了一只大哥大。黄所长说，他将裁决书一宣布，洪塔山竟跳起来，那模样实在太猖狂。洪塔山口口声声说这是政治迫害，他要求见孔书记。

　　孔太平稍坐了一会儿，然后让黄所长将洪塔山带上来。洪塔山见了他情绪很激动，说这是赵卫东设的圈套，原因是自己不该同孔太平走得太近。洪塔山嚷得正起劲，孔太平忽然一拍桌子，厉声说，你这是狗屁胡说，你哪儿同我走得近，我叫你别打那棉花地的主意，你怎么不听我的。当着黄所长的面跟你说实话，照你的所作所为，坐牢判刑都够格。洪塔山愣了愣，人也蔫了些。孔太平说了他一大通后，又说不是自己不保他，是因为回来晚了，裁决书已经下达，没办法收回，所以希望洪塔山这几天表现好一点，他再帮忙争取提前几天释放。孔太平问洪塔山业务上有什么要急办的。洪塔山说没有。孔太平就问他合同是怎么回事。洪塔山说那是自己串通几个客户来要挟赵卫东的。洪塔山回拘留室以后，黄所长说他这股劲头得送到县拘役所去灭一灭火。孔太平表示同意。

　　临走之前，黄所长提醒孔太平，他表妹田毛毛在洪塔山手下干不是件好事，稍不慎就有可能出差错。孔太平说他已想到了这个问题，只是目前她铁了心，连父亲都敢对着干，别人就更没办法约束，只能等一阵再想办法调开她。

　　过了两天，镇里开会，孔太平提出要发展孙萍入党，表态支持的人很少，妇联主任公开表示异议，认为不能开这个先例。孔太平谈了自己的看法，他认为从上面下来的人，又是女同志，能主动参加抗灾救灾活动，就很不容易了。现在上面下来的人越来越少，所以来一个人我们就应该让他们留下一些可以作纪念的东西，万一他们以后高升了，绝对对西河镇没坏处，从这一点上讲，这也叫为子孙后代造福。孔太平说孙萍年轻前途不可限量，他自己年纪大了，不可能沾她什么光，但镇里的年轻干部就很难说了。说不定哪天就需要人家关照。孔太平一席话将年轻干部的心说动了。孔太平抓住时机要赵卫东作为孙萍的入党介绍人，赵卫东犹豫片刻，点头同意了。他还接着孔太平的话说这也叫感情投资。他俩一表态，这事就成了。当天孙萍就拿到了入党志愿书。

有天夜里，孔太平突然接到一个陌生人打来的电话，那人说是洪塔山在拘役所磨得实在受不了，请孔书记无论如何要快点保他出去，哪怕早一小时也好。孔太平一算已到了第五天，便约上黄所长，第二天早饭后，一行人开着车直奔县拘役所。拘役所的犯人多，洪塔山在那里一点优越地位也没有，几天时间人就变得又黑又瘦。孔太平他们去时，洪塔山正光着头在火辣辣的太阳底下同另一个犯人搭伙抬石头。见到孔太平，他扔下抬杠就跑过来，看守在后面吼了一声，要他将这一杠石头抬完了再走。洪塔山二话不敢说，乖乖地回去拾起了抬杠，抬着石头往一处很高的石岸上爬。

洪塔山回来后，孔太平依然让他当养殖场经理。田毛毛则正式当上经理助理。孔太平见已成了既成事实，干脆让镇里下了一个红头文件，想以此来约束下他们。舅舅出院以后，很长时间胳膊都用不上劲，所幸狼狗咬伤的是左手，对干农活影响不大。秋天，棉花地换茬后，舅舅又将小麦种上。麦种是孙萍帮忙撒的，孙萍入党后，各方面表现都很好。因为田毛毛一直不回家去，孙萍没事时就去孔太平的舅舅家，替两个老人解解闷。种完小麦，还没等到它们出芽，孙萍下来的时间到期了，孙萍走时还到那块没有一点绿色的地里看了看。然后到养殖场拿走田毛毛养在一只小鱼缸里的两只长相很特别的"迷你王八"。

秋天的天气很好，可孔太平心情非常不好，上面一抓反腐败，这甲鱼的销路就大受影响。洪塔山带着田毛毛在外面跑了一个多月，可是销售量却比去年同期少了近三分之一。就这样也还算是最好的，好些养甲鱼的单位，干脆停止使用暖房，让甲鱼冬眠，免得它吃喝拉撒要花钱。

洪塔山神通比同行们大，这是他们一致公认的。然而就这三分之一让镇里财政处境更加困难。国庆中秋相连的这个月，孔太平咬着牙动用了那笔别人捐赠的救灾款中的一万元，全镇所有干部职工和教师的工资也只能发百分之五十。而上个月的工资到现在还分文未发。

孔太平天天盼着洪塔山回。等到十一月初，洪塔山和田毛毛终于回来了。两人气色都不好，孔太平以为他们累了，问了一些简单的情况以后，孔太平就叫他俩先回去休息。洪塔山头里走了，田毛毛却没有动。待屋里没人时，田毛毛忽然扑到他怀里号啕大哭起来。孔太平一时不知如何是好，只有用手轻轻地拍着她的背，反复叫她有话就说，别哭坏了身体。

哭了好久，田毛毛突然抬起头来说，表哥我想回家！

孔太平说，想回家，这太好了，我送你回去。

田毛毛说，可我怕他们不让进门。

孔太平说，你不用担心，有表哥我哩。

说着，他就叫小许准备车。然后将田毛毛牵出屋，上车往家里开去。舅妈见田毛毛回来了，喜得双泪直流，两个人正抱头痛哭，舅舅却一声不吭地拿上锄头往门外走，但他两脚一直未跨过门槛。孔太平看时，才发现舅舅脸上也有两行泪痕。

孔太平说，好了，毛毛回家你们应该高兴才是，别再哭。他还想宽慰几句，小赵骑着自行车，满头大汗地跑过来，结结巴巴地说，各个学校的代表来镇里请愿了。赵镇长请你马上回去。孔太平脑子轰的一声像炸了一样，他二话没说，转身就往外走。

在他上车时，舅舅叫了声，大外甥，别慌，吉人有天相，你首先得当心自己。孔太平嗯了一声，便吩咐小许快开车。半路上，碰见教育站何站长在路边匆匆忙忙地跑着，小许停下车将他也捎上。孔太平问他是怎么回事，何站长脸色发白，说他事先一点风声也没听见，倒是有不少老师在他面前说自己能体谅镇里经济上的困难。孔太平要他马上打听，背后有没有其他因素。

教师请愿团的总代表是镇完小的杨校长。孔太平有几个月没见到他了，一见面发现他人瘦了许多，而且气色也不正常。杨校长开门见山地说，教师们没有别的要求，只想要回自己的那份工资，如果不答复他们明天就停止上课，也出去打工自谋生路。杨校长很谨慎地避免使用罢课两字。孔太平同他们说了半天没结果，反而将气氛弄僵。这时，赵卫东提议镇里领导先研究一下，回头再同代表们见面。杨校长他们同意了。

到了另外一间屋子，赵卫东说他发现一个问题，杨校长用的是要回自己的那份工资，而不是补发，那意思像是干部们将他们的工资贪污了。孔太平觉得赵卫东的话有几分道理，不然教师们不会有这么大的火气。正在分析，何站长来了。何站长打听到这事的起因是派出所指出的那十二万块钱中，被镇里扣下四万块钱，前几天这消息被教育站的会计透露出去，教师们认为这钱被镇里的干部们私分了。

孔太平心里有了底，他回到会议室将四万块钱的事做了解释。杨校长他们听说这四万块钱全都用在被泥石流毁掉家园的灾民身上，一时间都无话可说了。孔太平索性向他们交了底，说镇委会账户上还有几万块钱，那也是别人捐给灾民的，上上个月实在无法，大家要过节，只好挪用了一万，现在眼看冬天就要来了，他们一分也不敢再挪用了，否则那些灾民就可能冻饿而亡。这样，轮到杨校长他们说要商量一下了。

很快教师们就有了商量结果，他们说应该相信镇领导会带领全镇干群共渡难关，因此他们不再提停课的事，还是回去安心将书教好。孔太平很感动，当即表态，这个月三十一号以前，他一定要兑现全镇在册人员的工资，他说哪怕是将自己老婆的私房钱拿出来也在所不惜。

教师们走后，赵卫东说孔太平最后那句话说过头了，两个月的工资，全镇共需十多万，这么急，哪儿去弄这多钱。赵卫东说他老婆不在银行工作，家里没有私房钱。孔太平认为赵卫东这是推卸责任，他不应该挑剔谁说了什么，谁没说什么，关键是管财经不能只管花钱而要想办法挣钱。两人绵里藏针地斗了一阵嘴，赵卫东一直不肯让步，孔太平火了，他说这件事自己一担挑，反正到月底他负责让大家领双份工资。赵卫东真是求之不得，他说这样更好，自己可以向一把手多学几招。

赵卫东一走，小许过来小声提醒孔太平，他这是中了赵卫东的激将法。孔太平有些恍然大悟，可话说出去收不回来了。

孔太平同老柯、老阎他们商量了一阵，决定开一个全镇企业负责人会议。他在会议上将各单位本月应上缴的资金数强行分解下去，还要他们立下军令状。企业头头们勉勉强强地答应了，可是会一散，他们又纷纷叫苦和反悔。孔太平不理他们，回头又去召集财政、工商和税务部门的负责人会议。

忙了两天两夜的会以后，孔太平又带着一帮人到各村去扫农业税死角，每天总是要到晚上十点以后才能回镇上。中间他还抽空到养殖场去了两次，要洪塔山挖挖潜力，能多缴多少就一定要缴多少，要打埋伏也得等到熬过这几个月再考虑。他每次去时，田毛毛都不在办公室，问时都说她从出差回来以后就一直没来上班。孔太平问洪塔山是怎么回事，洪塔山说他也不知道，或许是田毛毛想辞职不干了。孔太平觉得田毛毛真的辞职倒是件好事，省得他老是放心不下。

孔太平前些时一直没有机会告诉洪塔山，他们到县公安局帮他弄掉那检举信的事，到了这时候，为了让洪塔山对自己不存二心，他安排了一个时间，让洪塔山到自己房间里来，专门同他说了这件事。洪塔山听后脸色发白，没说一个字。

这天晚上，孔太平从村里回来时，发现自己门口蹲着一个人。他认出来那人是舅舅，连忙开门将他请进屋里。舅舅全身发抖，站不住也坐不稳，进了屋也只能蹲在墙根上。孔太平慌了，正要叫人请医生来，舅舅终于开口说了一个不字。然后绝望地要孔太平将洪塔山那畜生抓起来枪毙了。洪塔山在出差的第二天晚上就闯进田毛毛的房间里将她强奸了。田毛毛回来后不敢说，直到今天傍晚突然肚子疼，送到医院里一检查说是宫外孕，田毛毛这才说出了事情的真相。

田毛毛当即做了手术。孔太平简直气疯了，他拿起电话吼叫着让黄所长马上来。几分钟后，黄所长就到了，听完情况，他二话没说，回头就走。二十分钟以后，黄所长打来电话说人犯已押起来了。

孔太平随后去了医院，田毛毛脸和手白得像面粉捏成的，两眼不看他，但是泪水在哗哗淌。舅舅和舅妈像木人一样呆在床边。孔太平一个字也说不出，他转身找来院长，要他将这间病房的其余床位空着，不许安排别人，同时尽量封锁消息，不要让无关的人知道真相。院长对病床的事很为难。孔太平蛮横地说，不管他想什么办法，总之这间屋子不能有别人。

孔太平见到黄所长时第一句话就问是不是将洪塔山铐上关着，铐紧了没有。黄所长说他是将洪塔山双手捆着吊在窗户上，脚下垫着一块刚刚踮着能踩上的砖头。孔太平说就这样吊他个三天三夜。接着他又问能不能给洪塔山判死刑。听到黄所长说不能，他狠狠地说现在的法律太宽大了。他要黄所长加重刑罚，最少也要将这狗杂种弄成个废人。黄所长说这一点他能够办到。

从派出所出来，孔太平又去了医院。他怕田毛毛万一有什么闪失，整夜都在她床边守着。天亮后不久，黄所长骑着摩托车来到医院，见面后匆匆说了一句，有人要哄抢养殖场。孔太平连忙跟着黄所长跳上他的摩托车往养殖场疾驰而去。

养殖场门口果然聚了一百多人，都是田姓的，大家乱哄哄地叫嚷要养殖场赔偿田毛毛受害的损失。孔太平和黄所长劝说了好久才将他们劝走。黄所长见孔太平冷静了些，就告诉他一件事。昨天晚上赵卫东在财政所喝酒，他告诉丁所长，当初让田毛毛去养殖场就是为了现在而留下的伏笔，他早就看出洪塔山对田毛毛不怀好意。这事终于发生了，现在看孔太平还保不保洪塔山。没有洪塔山，孔太平的半壁江山就不存在了。丁所长听后觉得赵卫东这人太可怕，他不好直接告诉孔太平，就打电话托黄所长转告。

孔太平听这些后，人一下子清醒过来。他到黄所长家里一个人待着想了半天，黄所长回来吃中午饭时，他冷静地问洪塔山现在的情况怎么样。黄所长说一切照旧。他叹了一口气后让黄所长赶紧叫人将洪塔山从窗户上放下来，不能再吊了。黄所长问他怎么不想杀了或弄废了洪塔山。孔太平说谁叫当了这管着几万人吃喝的官呢，黄所长说他这样做才是对，黄所长又说他昨晚的言行也是对的，只有这样才让人觉得孔太平是个有血有肉的领导人。黄所长还告诉他，自己根本就没有用那些法子折磨洪塔山，他虽然被关着，但在小屋之中还有自由。孔太平又长叹了一声，说下辈子我决不再当这窝囊官。

孔太平一直没去镇里办公，一天到晚总待在医院里，镇里有什么事分管的人都来医院请示他。镇上许多困难，在说给孔太平听的同时，舅舅和舅妈也同时听见了。到了第三天，几乎所有人来后都要说养殖场不能就这么群龙无首，否则全镇干部职工就没有钱买过年肉了。孔太平对这些情况一概不表态。

第四天上，舅舅对他说，他应该去上班，为百姓做点事。孔太平说他在这里也是为百姓做事。舅舅说了这一句又不说话了，过了好久，他突然开口要孔太平出去一下，他一家人要商量一件事。孔太平一出门，舅舅就将门反锁上，他在门缝中听不出里面在说什么，不一会儿，屋里传出两个女人的号啕大哭声。孔太平急得用拳头直擂门。女人的哭声低下来时，舅舅将门打开放孔太平进屋。

舅舅用揪心的语调说，我们说定了，不告姓洪的了！让他继续当经理，为镇里多赚些钱，免得大家受苦。

孔太平扑通一声跪在地上，说，我一直想说这话，可我没脸说，我没本事将西河镇搞好，却害得表妹受这等罪孽！孔太平说着话眼泪像河水一样淌出来。

舅舅要田毛毛提前出院回家去休养。孔太平问过医生，并得到允许，便替他们办了出院手续，然后用车将他们送回家。回转来，孔太平让黄所长将洪塔山放了。黄所长说他知道事情会是这样的结局，所以连口供也没录。洪塔山出来时，要找他谢罪，孔太平不愿见。除了继续让他当养殖场的经理外，什么话也没传给洪塔山。

洪塔山第二天就让司机开着桑塔纳送自己到省城去了。孔太平许诺的日期已经很近了，收上来的钱离发工资还差得远。他没办法，只好真的回家翻箱倒柜将老婆八万块钱存折找出来，他打算以此作抵押，从银行里贷些钱出来。就在他跨进镇工商银行大门时，小赵追上来告诉他，洪塔山在省城将桑塔纳卖了，寄了十几万块钱回来给镇上发工资。

工资刚发完，县里通知孔太平到地委党校学习，同行的还有东河镇的段书记。两个人住在一个房间话却不多。有一天东河镇有人给老段送来不少茶叶。老段让他尝了尝，他觉得味道非常好。老段得意地说这叫冬茶，刚焙的，他每年只做十斤这种茶叶。孔太平说，这时候采茶叶，霜冻一来茶树不就要冻伤吗？老段说一棵茶树才几个钱，我用这十斤茶叶换来的效益，不知要超过它多倍。

刚好这天黄所长带着洪塔山来看孔太平。洪塔山在这段时间里做成了几笔生意，将镇里各家企业积压的产品都卖了出去，同时还搞回几项来料加工的产品，镇里只收加工费，稳赚不蚀，所以镇里的经济情况眼见就能好起来，孔太平听后对他说，再出去时将镇完小的杨校长带出去，找家大医院检查一下，看他是不是患了前列腺癌，并让他住院治一阵。洪塔山心领神会地说，孔书记放心，杨校长的医疗费我私人出。老段出去应酬去了，孔太平将他的冬茶拈了点，泡给黄所长和洪塔山喝，并说这一定是他用在要害上的，黄所长当即骂了几句。喝罢茶，孔太平提出到外面走一走，黄所长推说想躺一会儿，没有去。

孔太平领着洪塔山出了党校后门，进到一片僻静的树林。两人走了几步，孔太平忽然转身对着洪塔山就是几拳。洪塔山晃了几下没有倒，但他也没还手，任凭孔太平的拳脚雨点般落在自己身上。

孔太平踢了最后一脚后问，我待你怎么样？洪塔山说，很好。

他俩回屋后，黄所长依然躺在床上。

夜里，老段拿上茶叶出门了。过了几天那些冬茶又被人送回。老段很奇怪，以为是味道不好，便打开一只密封的盒子检查。盖子一揭开，上面有张字条。字条上写着：有权喝此茶者请三思，如此半斤茶叶可使一亩茶树冻死。再检查其他盒子，都有类似的字条，只是有些言语更激烈些。

九月还乡

关仁山

九月的平原，为啥没有多少围园的味道？

最后的一架铁桥，兀立在田野，将这里的秋野劈开了。土地的肠胃蠕动着，于这里盘了个死结。铁路改线，铁桥废弃多年，老旧斑驳，有的地方早已歪斜了。也许在雨天里，有什么鸟儿停在上面，欢欢快快啼啭。如果秋阳从周围的青纱帐里升起来，土地和庄稼都是滚烫的，铁桥能投下一片暗影，供那些田里做活的人们歇凉。长长的没有故事的秋天，晚庄稼还要在秋风里拔一节儿，而光棍汉杨双根却恼恨秋天，严格说来，他更加恼恨的是铁桥下的秋天。杨双根将锅里的剩饭剩菜都吃光了，然后牵着那头老牛到田里，将牛拴在铁桥下的铁架上，牛悠闲地吃草，他却拽出唢呐摇头晃脑地吹起来。田野很安静，棒子地里除了秋虫，再也没有别的杂响了。还有老牛许久才有的一声吆喊。

三尺远的地方就是棒子地。玉米胡子挑在唢呐嘴儿上。杨双根躺在草地上，愣是将唢呐吹成了哭调，与这丰收的年景儿极不协调。他的嘴巴鼓成了紫球，眉头也拧得苦。一边吹一边望桥下的庄稼。其实这并不是秋叶飘落时的田园，而是他家承包的责任田。他和父亲作为售粮大户的荣耀哪里去了？远处能听到唢呐声的人，都以为杨双根饱吹风光，遥遥召唤。

父亲杨大疙瘩坐在田头吸烟。他默默地听着唢呐声，看着青纱帐和远处的日头。只有他知道儿子心里恓惶。双根的唢呐不是吹给年景儿的，而是吹给九月的。四年前，双根心中的九月在桥底下丢失了。后来他才知道，九月和她的姐妹们到城里打工去了。四年前的入秋，九月到棒子地里看他，将她那处女身子献给了双根。在铁桥下的草滩上，九月的血洇湿了秋草。九月说咱们太穷，俺到外头挣些钱回来。俺娘和弟弟就托付给你啦！

双根眼见着九月从羊肠子一样的田埂上消失了，像梦一样虚幻。后来，地实在种不下去了，杨双根父子也去城里打工。杨大疙瘩明白，双根是奔九月去的，可是没有找到九月。第二年，村长兆田硬是去城里将他们爷俩拉回村种田。每年仲秋九月，杨大疙瘩都看见儿子躲在桥下吹唢呐。玉米林子比房屋还高，使老人看不见那铁桥。但他看见桥西头秋阳下的脊背。男人女人的腰朝棉田深深弯下去。四顾茫茫，都是无限耀眼的白棉花呀。他时常看一些鸟儿从棒子地飞到棉田那边去。棒子地是杨家的，棉田也是杨家的。让老人始料不及的是他们竟然雇用了城里人。城里破产企业的工人情愿到乡下打工。那些男女穿着洋里八怪的，又使荒弃的小村活泛起来。杨大疙瘩掐算着，花上几万元购置塑料薄膜，一入冬就该搞冬季大棚菜了。他没想到自己老了老了还露一回脸，美得不知是吃几两高粱米的了。这时有两只兔子蹦到老人身边来，睖着血红的眼睛瞅他。杨大疙瘩就怕看红眼睛。这些天他不断看见红了眼睛的村人。粮价要涨，土地要吃香，已经有不少外出打工的村人回乡。怕是九月里真的闹还乡团了。老人信服这个理儿，农民就是要种好地，贱种才疯跑野奔哩。灯不拨不亮，理不摆不明，天算不如人算呢。老人笑起来的时候，露出一嘴金牙，嘴边的皱纹一动一动。

狗日的，鬼眼睛！杨双根忽然不吹唢呐了，两眼定定地盯着桥顶。他感到疲乏和困倦，可桥顶上浮荡着那么多的眼睛。他觉得这是九月那双很大很亮的眼睛。九月在村里那阵儿，时常到桥底下的水塘里洗澡，在桥下换衣裳、梳头和照镜子。娘不让她在桥底照镜子，说会照见鬼眼睛。九月任性偏偏照了，还照出一股狐媚子气。杨双根大概就喜欢她这媚气吧，女人不媚就没啥味道了。他把眼睛合上，就会想起九月的模样来。自从他家成了售粮大户，给他提亲的不断弦儿，他哪个也不理。他等九月。父亲说九月这丫头在城里都野成六月花朵了，怕是大风里点灯没啥指望了。杨双根心想九月会回来的，她说挣些钱就回村过日子的。

老牛梗着脖子吼了一嗓子。这牛是九月家的。九月的母亲早年就守寡，又得了满身的病，弟弟九强才十四岁，所以九月家的责任田就由双根代种了。卖了粮，父亲都要嘱托双根送些钱给九月娘。每年腊月初八喝过腊八粥，杨双根还要将存储了一年的小麦拿出来，淘洗晒干，送到磨房碾成面送给九月家。杨双根是村民小组长，别人家的事他也要管管。父亲说精明人都外出了，留你这傻吃憨睡的东西也派上了用场。双根就抓着葫芦头得意地笑。杨双根自从当上组长，也干过几件露脸的事。如今的乡村，与过去那种单调缓慢的生活节奏大不一样了。前些年是半年劳作半年闲，秋收过去忙过年。眼下村人忙得脚后跟打脑勺子，再也没有农忙农闲之分。他们除了种地，还得跟市场和城市来往，同村里以外的许多人联系，各种各样的合同和威严的红印章，把他们与整个社会扭结在了一起。杨双根除了跟父亲母亲经营三百二十亩地，还要管小组里的事。农副产品加工不算，他还为开发荒地弄来一些资金。有几家地撂荒，男人外出做小买卖。乡里村里号召治理盐碱地，平整土地。那些户没资金，又贷不来款。杨双根愁得在田里转悠，后来他看见离地头不远的靶场，就有了来钱的招子。这块地方是武装部训练民兵的射击靶场，已闲置几年不用了，那里有许多废铁桩子及踏板。他将邻村收破烂的王秃子领来，当废铁卖给他，整整变成两万块钱，自己留些机动钱，余下就给那几户治理盐碱地了。有两年了，没有人追问他。只有村里老少爷们的夸奖。开始杨双根心里发毛，后来也就心安理得了，废着也是废着，变了钱派上用场也许就叫废物利用，而且是为集体。想到这里，杨双根的目光就盯紧铁桥不动。由那理儿推一推，这废铁桥也是可以废物利用的。他想卖这架铁桥的想法不是一日两日的了。这铁桥能卖吗？即使他敢卖，会有人敢买吗？就这样嘀咕了一年多，他不知道这桥的归属，因为过去这条铁路是从矿里运煤的，村北就是煤矿的九号风井。有人说是矿里的桥，也有人说是铁路上的桥，归铁道分局管。你也管他也管，互相一扯皮，就等于三不管了。坐落在杨双根村民小组的地面上，占着他们的地，迟早还要他杨双根操这份心的。顺着这根筋，他一下子就想远了。老天又赏给他一回露脸的机会了。再说杨双根也恨这旧铁桥。这种恨是否与九月出村有关他也说不上来，甚至是朦胧的不明确的。杨双根的眼睛盯着桥顶也盯得有些累了。

杨双根站起身，到玉米地里撒尿。宽大油绿的叶片直划他的脸和膀子。他一下一下地撩开。他系裤子的时候，看见玉米地上空的鸽群，就知道九月的弟弟九强来找他了。他扭脸吼，九强，你小狗日的出来！九强往往与鸽群同时出现。他从地垄里探出小脑袋嘻嘻笑，双根哥，张飞卖秤砣，人硬货也硬！杨双根知道九强看见了自己裆里的家伙，就骂，小流氓，没生一张好嘴！你说对了，你姐不回来，俺这家伙能软吗？九强不瞅他，嘴里哼着歌子，引着鸽群刮了一阵小旋风，将扬花的玉米梢儿摇得哗哗响。鸽群低伏下来，鸽子滴滴答答地落满铁桥。杨双根瞅着这群白色灰色的鸽子说，俺看肥了这些鸽子，你倒是瘦猴似的，别太上心了，喂不亲的贱货，早晚还不放飞到城里去！九强不吭，他知道双根是指桑骂槐说他姐呢。他喜欢这个憨厚的未来姐夫，也是常埋怨姐姐，为啥在城里野得收不回心？第一年姐姐九月每隔一月就给他写一封信，信里还夹一张纸，是给杨双根的。九月写给双根的信没啥甜蜜话，只说身体好之类的平安话。第二年九月的来信就稀了，只是还不断给家寄些钱来。今年九月就不来信了，从汇款邮戳上看，九月是流动的，九强想给姐姐写封信都不知寄到哪里去。今天姐姐九月突然来信了。这是姐姐九月走后的唯一一封信。信中只有"九月"两个字，字底下画了一只鸽子。九强让母亲看，母亲叹息着摇头。九强知道杨双根进了九月就想姐姐九月。他在村头都听见双根的唢呐声了。知道姐姐在家的时候就爱听他吹唢呐。九强看见自家的老牛朝他拱来，四只蹄子在田埂蹭着直响，嘴里还不停地低吼着。九强亲昵地拍拍牛腩子，然后扭头对杨双根说，俺姐来信啦。杨双根问，有俺的信吗？九强摇头说，没有你的，连俺的也没俩字，八成是她想家里的鸽子啦！说着就从兜里摸出那封信给双根看。杨双根接过信纸，看着九月画的鸽子。他知道九月喜欢养鸽子，不仅仅是要拿鸽子换钱。村里有好几家养鸽子的。他忽然笑了，笑得喉结上下滑动。他说，九强，你姐要回家啦！然后将九强抱起来抡了一圈儿。九强愣着眼问，你咋知道？杨双根举着信纸给他看，你瞧，画的这只鸽子往回飞。脑袋朝下的嘛！九强接过信皱紧眉头。杨双根弯腰拾起一块土坷垃，朝铁桥上扔去，鸽群在这不起眼的黄昏飞起来。

黄昏时分天气还是很热的。秋天的傍晚，对杨双根来说，是个顶可怕顶没劲的时辰。今天就不一样了。杨双根牵着牛欣欣地往村里赶，九强骑在牛背上甩着胳膊，鸽群像风筝一样跟随着他们缓缓盘桓。九强唱些歌谣，歌谣伴随秋风在田野里弥散，散到空中去，也散到泥土里。杨双根手里捏着那信纸，仿佛捏着一只鸽子，也仿佛拢住日月的甜蜜。乡路上，背着柴火的老女人五奶奶说，双根，有啥喜事儿这样高兴？杨双根知道自己啥事都显在脸上，笑说，这一年风调雨顺，灶王爷扭秧歌，丰收啦，能不高兴？然后他就将九强从牛背上拽下来，又把五奶奶背上的柴捆儿放到牛背上去。五奶奶笑呵呵地跟着。五奶奶是烈军属，大儿子是在部队抢险中牺牲的，二儿子又带媳妇孩子到外地打工了，家里就扔下她。她归属杨双根这个第二村民小组。她家的地荒着，后来就由村长做主统一承包给杨双根父子了。村里给老人一些补贴。杨双根隔三岔五就到老人那里，帮着挑水做些杂活儿。杨双根说，五奶奶，缺柴烧就朝俺说。你就在村里养身子吧！五奶奶说，俺这老胳膊老腿的还能动弹，等动弹不了了，还少了让你操心？杨双根说，村里秋天还乡的不少，你家老二一家子有信吗？五奶奶说，要回来，要回来！来信儿了，在外头混也不易哩！像你们爷俩，种地不也种成了状元？杨双根叹道，有些人在城里，是死要面子活受罪呢！五奶奶问，你们九月回乡吗？杨双根不置可否地笑笑。五奶奶说她听见他吹唢呐了，还说九月找这么个婆家算是跌进福窝儿了，还有啥不知足的呢？杨双根听五奶奶这么说，心里又没底了。是哩，鸟儿放出笼子，还能收回来吗？即便是收回笼子的鸟，还能在笼里生活吗？又让他想起秋天和女人的所有事情。

只有进了村里，残秋的景象才明显一些。村巷里滚动着最初落下的树叶子。杨双根让九强带着鸽子回家，他牵着牛一直送五奶奶。他看见有的人家关闭几年的大门打开了，院里秋草丛生，歪斜的门楼子掉着泥皮。过去村里很少见人，剩下的也是老弱病残，眼下偶尔能看到正常健壮的村人。杨双根分别与他们打招呼。五奶奶叹说，叶落归根，都回来了，村里又要热闹啦。杨双根看到的是像鬼子进庄一样的混乱情形。晒被的、扫房的和清除垃圾的人们互相说笑。杨双根来到五奶奶家。院里空空，五奶奶从牛背上拽下柴捆儿就愣了愣，然后坐在老旧的门槛上，倚着门框吧嗒老烟杆，目送着杨双根和牛拐进小北街。杨双根知道五奶奶盼儿子回乡，该回来的会回来，不愿回乡的盼瞎眼睛也白搭。杨双根掐算着九月里村人能返回七成就念阿弥陀佛了。进了家门，杨双根将牛送进棚里，让牛独自去槽里喝水。他瞧着牛饮水，心里又想九月了，悄悄拿出九月的信纸来看。村长兆田披着夹袄进院，笑说，咋着，牛槽里又多出驴脸来了？双根扭头说，大村长有何贵干？兆田村长不笑了，一脸褶子往一块聚，然后叹息说，土地吃香，大户心慌，粮价上涨，干部难当啊！杨双根从村长兆田的脸色看，就感到了不妙。村长兆田如今是书记兼村长了，村支书倪志强到外地当包工头，不辞而别，也没有任免手续，兆田就兼上村支书了。兆田很胖，说话时嘴张圆了，像被浑水呛晕了的胖头鱼。杨双根将兆田村长领到屋里。他们一落座就听见对屋母亲的咳嗽声。兆田村长问你娘的病还没好？杨双根叹说，怕是好不了，边说边往墙上挂那只唢呐。唢呐的红绸子卷起来，喇叭嘴又让双根插上一把谷穗。杨贵庄人过去很喜欢吹唢呐。慢慢地，唢呐几乎成为农人的护身符。他们认为唢呐是神仙的用物，他们常常将唢呐挂在门首或墙上，再将喇叭洞插满熟透的稻谷，似乎这样就吉祥避邪了。兆田村长觉着好笑，他眼下真的怀疑这玩意儿能避邪。在这金秋九月，带给这个农家的邪气还少吗？还乡的农民已经在争他们的土地了，还有这个家庭未来的女主人九月在外卖淫，被公安局抓住了，电话打到村委会，让村里去领人。一同被抓到的还有村里孙殿春的闺女孙艳。兆田村长没有声张，虽说这阵儿的城里笑贫不笑娼了，可村里还不行，嚷嚷出去这俩孩子就没脸回乡了。兆田村长很神秘地去了城里，跟公安局说了许多好话回村了。九月和孙艳说这些天回乡，说还有些事要办，并向兆田村长保证不干这事了，回乡踏踏实实过日子。她们的钱没被公安局完全罚掉，她们身上穿金戴银的，手上都有很多的钱呢。兆田村长说，限你们这两个鬼丫头九月里回家，不然你们就别怪俺不客气了。九月和孙艳满口答应。兆田村长回到村里跟谁也没说，但心里一直挂念着她们。他问杨双根九月回来没有。杨双根愣起眼，你知道她要回来？兆田村长情知说走了嘴，忙改口说，俺是琢磨着，这么多人都回来了，她也该回村吧。杨双根笑说，她来信啦，没说回来，挺能整，还画个鸽子。俺看是回家的意思。兆田村长叹一声，唉，回来就好哇，外头那么好混吗？不管进城还是还乡，这鸡巴年头，腰包最瘪的还是咱农民。穷些没啥，还处处吃瘪子气，你知道村里小木匠云舟吧？杨双根点头说知道，他咋啦？兆田村长说，他瘸着回来啦，在城里为人家装修房子，包工头拖欠他一万多工钱，他去找人要，不但没给钱，还被城里人打折一条腿！要是在家种地，也许不会碰上这灾的。杨双根骂了一句城里人，然后问村里都有谁还乡啦。兆田村长掰指叨念说，有文庆、杨双柱、败家子、康乐大伯、振良一家子、宽富一家子、广田一家子、徐大姐……他又说，多啦，有七十多户，也没见他们阔到哪里去。也就人家杨广田在外卖菜发了，回来就争着要地种大棚菜，还说把房子推了盖栋小楼！杨双根喜忧参半没说话，喜的是村里又有人味儿了，忧的是自家这售粮大户怕做到头了。于是两人愣坐着有一阵没说话，杨双根看见兆田村长的目光落在墙上的锦旗奖状上。这一墙的奖状锦旗都是他和父亲从县里乡里捧回的。什么售粮大王，什么劳动模范，什么小康之家。如果说这是杨家的荣耀，也是杨贵庄的光荣。兆田村长也曾以此为荣，毕竟是他一手扶植起来的。兆田村长面对这扇墙，眨蒙着眼，脖子直了半晌。杨双根只能看见他的侧脸，看见他那只肥肥的大耳朵。

　　院里老牛闹棚，院门就打开了，杨大疙瘩领着一男两女进来。杨双根知道他们是城里人，都是针织厂的工人。工厂停产放长假到乡下来打工。这仨人是领班，男的负责玉米田和稻田灌水，女的负责采摘头茬棉花。都是计件包工，每天都要发一遍工钱。城里人说半月领一次，杨大疙瘩喜欢日日清，一是不留啰唆，二来为城里人发钱是格外痛快的事。杨大疙瘩进屋与兆田村长打个招呼，然后就抱着钱匣子为城里人数钱。交钱的时候，老人还要叮嘱几句农活要领。城里人乖顺地走了。杨大疙瘩背驼得厉害，后脊上拱出一个大肉瘤儿。肉瘤儿容满慈善，也压弯了他一世傲气。杨双根几次催父亲将肉瘤做掉，杨大疙瘩舍不得花这个钱，而且田里的活儿逼得他没那份空闲。赶上粮价上涨的好年景儿，老人掐算今年秋收会是满意的。他吃着碗里又看着锅里，还想好好折腾一程子，没承想，兆田村长一开口就将他噎住了。他真没想到，九月里还乡的村民会抢他的土地了。老人脸暗着，后背的肉瘤哆嗦起来。兆田村长说，没办法，俺也是被逼无奈呀！俺也想了几天啦，跟村支委们碰了头，都没啥好招子，人多嘴杂，耕地越来越少！就说村北那片地吧，贾乡长的小舅子围了地，说要买下给台商搞造纸厂，圈了一年多也没动静，地钱还欠着！杨双根说，那就收回来呗！兆田村长为难地说，贾乡长能依？就是表面依了，从哪儿都能给你一双小鞋穿的。杨大疙瘩说，不管村里地多地少，俺们承包是有合同的，承包期十年。咋着，咋党和政府的政策又变啦？也大腿上号脉没准儿啦？兆田村长说，唉，政策没大变，可下头小九九多哇！你是知道的，当初地荒着，县里乡里逼俺跑城里找人，俺将你们爷俩找回来，是许下愿的。十年不变，十年河东十年河西，俺搂着十年没跑儿，谁承想刚三个年头，土地又吃香了，村里人不用找就自己往回颠！乡里就又开会了，重新承包土地！杨双根骂，这些势利鬼，粮价一涨就种地，不合算就往外跑。俺是想，明年粮价再变，还打白条子，他们难道又弃田而逃？兆田村长说，谁知明年咋样，再胡尿折腾，俺也不当这屌官啦！杨大疙瘩闷闷地吸烟，不吭。他刚才进村，就看见满街筒子的村人，也闹不清这些人从哪儿冒出来的。完了，这地是保不住了，这些人原来是奔土地回乡的。他闭着眼，眼眶子抖出了老泪。

兆田村长嘴困舌乏懒得说下去了。他呆呆地瞧着杨大疙瘩。他知道老人是厚道的庄稼人，种地都种出花儿来了。就是过去学大寨修梯田那阵儿，老人也当过标兵。老人跟土地亲哪。三年前家家田里荒着，老人还在自家责任田里种上冬小麦。杨双根急着去城里打工找九月，老头儿不放心这愣头青，才不情愿地离开土地走了。爷俩儿没找到九月，就偎在城里的居民楼旁炸油条卖豆腐脑。是兆田村长苦心劝说，才将这爷俩拽回土地上的。他们回乡的春天，正是一场大旱。老人招呼着村里的老弱病残到灶王庙里做了祈雨法会。杨双根跟父亲回乡种地了，他没找到九月，也懒得在城里泡了。再说九月走时有话，她娘和弟弟得靠他照料。对于九月，他向来是很顺的。兆田村长起身要走，杨大疙瘩留他晚上喝酒。兆田村长说，俺还有事的，这群杂种们一来，摁倒葫芦浮起瓢。然后又说，你们先收秋，秋后再分地。俺先顶着，你们没听别山村的事儿吧？杨双根问别山村咋啦？兆田村长鼓起腮帮子骂，咱村还算好呢，别山村的两家种田大户上县里告状去啦。回村的人，没收秋就抢地，敢情回家吃白食儿来了！玉米田该给撇光了。说还给人也打啦！杨大疙瘩惶惶地说，老和尚打伞无法无天啦？杨双根也慌了神儿，这政府就不管吗？兆田村长说，管是要管的，可这法不责众嘛！都将人抓了，一村里住着，子孙做仇哇！杨大疙瘩摇头晃脑地叹气说，人哪，这从城里浪荡回来的农民，胆子大得敢×天的！兆田村长，你可得给俺们做主哇！就跟乡亲们说，俺收了秋就让地。兆田村长满口应着，晃晃悠悠地走了。他走出几步不断回头张望，笑着招一招手。杨大疙瘩觉得村长的笑容里藏着东西，越发不踏实，回到屋里端出钱匣子，拿出红纸裹了钱，递给杨双根说，双根，去给兆田村长送去。杨双根迟疑了一下说，往年不是收了秋才给村长送红包吗？杨大疙瘩虎起脸训他，你懂个鸟，今年不是闹还乡团嘛！不给村长见点亮儿，谁来保护俺们？杨双根无话可说，接了钱扭身出去了。杨大疙瘩瞅着窗外黑咕隆咚的样子，顿觉胸口疼，就知道心病与疾病结伴儿来了，缓缓蹲到屋地上，老脸蜡黄而虚肿了。

从兆田村长家里出来，杨双根感到傍晚的小村确实有人味了。家家户户的炊烟，轻轻飘浮起来。晚炊在夜天里晃晃悠悠的，他的心也跟着晃荡。不知是谁家的门楼子塌了，几个人在那里清理道路。也不知是谁家放着录音机，里边的一首歌曲使杨双根耳目一新。咱们老百姓，今儿个真高兴！高兴高兴高兴……杨双根站了一会儿，听得血往头上涌，后来一想，心里骂这年头有啥事能让老百姓这样高兴？然后抬腿就走，大脚踩着了一窝聚群儿的鸡，鸡们咕咕叫着跑掉了，后来一路上总碰着黑天还不进窝的鸡。这鸡婆子跳骚，不是要闹地震吧！直到杨双根进了家门，才让他真正地高兴起来。

九月在屋里为杨大疙瘩捶背。

瞅着九月，杨双根的眼睛就亮了。九月问他自己变化没有。杨双根嘿嘿笑说，还那样儿。但他看出她身子消瘦，皮肤有些松弛。眉啦眼儿依旧透着媚气。她身子不板，腰肢柔软，在外面待久了，连说话走路的姿势都活泛了，懒懒怠怠的样子很好看。母亲放下灶台上的活儿，过来跟九月说话。她怕九月还要走，便试探着问她今年有多大了。九月说都二十五了。九月说这话时感到十分疲倦，好像已经相当苍老了，像朵还没正式开放的花过早地凋谢了。可她有钱了，有钱和没钱说话口气都不一样。九月看出婆婆的心思，咯咯笑，说她这次回来要跟双根结婚过太平日子了。杨双根想，你在城里的日子就不太平吗？父亲和母亲眉开眼笑的，他们太缺人手，而且盼着抱孙子呢。杨双根知道九月说话算话，这回肯定不是天上扭秧歌空欢喜。这样一来，九月不用捶背，杨大疙瘩的胸口也平顺许多。他将九月支开，独自在灯下鼓捣秋天收支账目。他没有账本，但全部账目都在心里装着。他知道，今年米价和棉价都上调不少，按最倒霉行情，除了全部开销，赚项仍是很大的，只盼今年政府别再打白条子。前年的白条子还有一半没兑现呢。尽管这样，他还是舍不下这片地。他在地上舍得花血本，化肥和大粪铺了几遍了。当初接手那阵儿，全是盐碱地，地皮冒白面儿，人走上去硬邦邦的。如今从地里抓把土，就能攥出油水来。他还添了那么多农具，水泵就买了三台。他领导着这个超负荷运转的家庭在地里奔忙，仿佛不是一个家，而像过去的一个生产队。老伴累垮了，有一次吐血晕在田里，杨大疙瘩怕她出闪失，就再也不让她下田了。九月回来了，九月能牢抓实靠地田里转吗？老人犯嘀咕的时候，九月笑说，听说种地也不少来钱呢。杨双根说，刚才村长来过，咱家的地被他们夺走啦！你也是奔地来的？九月瞪他一眼说，傻样的，俺奔谁来的？杨双根嘿嘿笑。杨大疙瘩在饭前又跟九月诉屈，售粮大户的如意算盘越发不如意了。九月问，就这么白白将地让出去？咱又不是稀泥软蛋，往上告，咱有合同的怕啥？杨双根说，村里那么多人都回来了，咱又不忍心，都得有口饭吃吧！杨大疙瘩叹说，再说兆田村长那里也挡不过去呀！听到兆田村长，九月的口气就软下来，眼睛恍恍惚惚总走神儿，后来就将话题转到城里打工上来。

夜里十点钟左右，九月起身回家。杨双根看着九月露出的一截儿暄白的胸脯儿，胸中便涌起一阵潮水，热热的发躁。他留她住下，九月说东西都在那头，等登了记结婚就正式搬过来。杨双根就以送她为名赖着跟了过来。他们先是到牛棚里看了看老牛，到村西九月家里时，那群鸽子早已进窝，咕咕地叫呢。杨双根听九月夸鸽子就说，是俺判断你回家的，你画的鸽子脑袋往地下栽呢。九月说，这年月傻人也练奸啦！杨双根不服气，你才傻呢！九月咯咯笑，傻人最不愿听别人说傻。不过，傻人心眼儿都好。杨双根夹着九月的腰进了屋。九强搬到母亲那屋睡下了，九月闺房都已布置好了。杨双根嗅到满屋子香水味。九月抿紧嘴儿看他，样子顽皮且好看。看了一会儿，九月从皮箱里拿出一堆衣裳，让杨双根站在灯光下试穿。她说你这土老帽儿，俺得着实给你打扮打扮。杨双根不客气地说，俺如今是村民组长，穿点好的也应该。九月撇嘴说，屁，这破官怕是跟城里扫大街的一个级别！杨双根说，你别拿村长不当干部！在咱的地面上，俺还有权呢！然后吹嘘说卖靶场废铁治盐碱地的事。吓得九月直打冷子。九月说，你别逞能，弄砸了会蹲大狱的！杨双根说，咱一颗红心为集体！自己嘛，只拿小头儿。九月说，别当那个组长啦，咱们往后开个家庭工厂，挣大钱！杨双根吸冷气，俺的姑奶奶，建厂哪有资金？九月大咧咧地说，俺还没想好上啥项目，资金不愁！杨双根斜着眼看她，哦嗬，几日不见你成财神奶奶啦！九月说俺就是财神奶奶，细想太过，忙拿话将其遮盖过去了。杨双根试了一件又一件，都觉得太洋了。九月说他，你别老汉选瓜，越选心越花。杨双根扔下衣裳，坐在床头说，俺还花呢，你再不回来，俺都该废啦！说着就动手动脚地摸九月的手和身子。九月这次回家不想马上跟杨双根同床，她想调整调整，可也架不住杨双根的搓揉，情不自禁地偎过来，抱了一阵儿两人就上床脱衣裳。杨双根一年没沾她了，饿虎扑食地凑过来，九月摇头晃脑地叫唤起来，仿佛愉快得要融化了。杨双根骂她，叫啥，俺还没挨你呢！九月马上意识到身上的男人是双根，脸立时红了。她睁着眼一把搂紧他，浑身冒了一层热汗。杨双根上去没两下就滚下来了，九月痴痴地瞅着他，鼻尖上渗出一颗颗美丽的汗粒。她想，在外面可没碰着一位这么乖的主儿。杨双根没发现九月的表情，自己却很理亏似的叹息着垂下头。

转天很早，杨双根被窗外的鸽子吵醒。他发现九强的小脑袋趴在窗台往屋里偷看。杨双根一点也不怒，一边穿衣裳一边朝九强眨眼睛。九强嗖地一下闪开了。这时候孙艳站在屋外喊九月。杨双根捅醒了九月，顺手将那条体形裤扔给她说，孙艳喊你呢。九月揉着眼睛穿衣裳，孙艳提着一包东西就进来了。孙艳说，刚回来就入洞房啦？杨双根笑说，赶早不赶晚，省着也是浪费！你跟小东没搂一宿？孙艳笑说，俺们可没你们神速！说话时九月就起床穿戴好了，这才想起她跟孙艳约定去看兆田村长。杨双根问，你这大包小包的孝敬谁去？孙艳说，俺跟九月姐去看兆田村长。杨双根点头说，也学会溜须了，想分几亩地吧？孙艳和九月对望一眼。杨双根说，看来你们这回真的想在村里扎根啦！九月一边照镜子一边说，电视里总讲，留在家乡建设家乡。杨双根说，你们在城里美够了，这回唱高调来啦？孙艳说，就是美够啦，气死你！气死你！杨双根骂，这刁丫头，回头告诉小东整不疼你！然后大大咧咧地回家牵牛去田里了。九月对着镜子要化妆，孙艳建议她别再像在城里化得那样浓了，浓妆淡抹总相宜嘛！九月就真的化了淡妆，一照镜子，发觉自己淡妆更好看更迷人。她们提着东西赶到兆田村长家。兆田村长家正来客人，兆田村长扭动着肥胖的脖子，一会儿跟客人说说话，一会儿扭头看九月和孙艳。他说，你俩平安回家就好，还拿啥东西？九月当着客人面也没把话说透，就说村长为俺俩操了不少心，日后还求村长守着这份秘密呢。然后就哧哧笑，脸蛋弯成柔情的月亮。兆田村长竟没发现她俩有点羞耻的意思。他看见两个人穿着漂亮的衣服戴着贵重的金首饰，头一回感到她俩真的姿色不弱，是副撩人的胚子。他笑笑说，如今你们姐俩也是在城里见过世面的啦！回村除了照顾家庭，村里有啥事还得求你们帮助呢！孙艳浅浅一笑，俺们能干啥！九月将话拖过来说，有啥事，你就吩咐！兆田村长笑起来，忙站起身将她们介绍给客人。客人是个三十出头的小老板，贾乡长的舅爷儿，现任金河贸易公司的总经理。那公司是乡供销社的三产。兆田村长说冯总经理可是财神爷呀！咱杨贵庄的好多事，还靠冯总关照哪！九月和孙艳朝冯经理礼貌性地点点头。冯经理自从九月她们进屋，眼睛就不够用了。他咂咂舌尖说，兆田兄，二位小姐光彩照人哪！想不到咱杨贵庄也出美女呢！兆田村长顺杆就爬，笑说，你别闹，当年乾隆爷选妃子，就从俺村选走一位！冯经理摇头说，不对，乾隆太晚，我现在怀疑，大名鼎鼎的杨贵妃是不是你们庄出去的？兆田村长笑说，这可就玄啦！九月和孙艳跟着笑。兆田村长见冯经理眼睛放光，就明白了一切，操持着放桌打麻将。冯经理的BP机响了几次，也不去看，只想着跟九月和孙艳打麻将。九月并不喜欢这位小老板，说家里还有活儿要干。孙艳只是听九月的，在城里九月一直是她的主心骨，九月想走她就站起身。兆田村长脸就阴了，冷冷地说，九月，这点面子都不给你叔吗？俺知道你们是搓麻的高手！冯经理说，女士只赢不输，一切由我兜着。兆田村长说，她俩有钱！俺琢磨着，咱村回乡的都算着，也不如你姐俩有钱！九月笑说，别给俺们戴高帽儿啦！兆田村长说，戴高帽儿？不对。瞧他们回家找俺要地的样子，就看出没啥出息啦。你俩咋没要地呢？冯经理说，大村长，小姐们是此地无银三百两啊！兆田村长赔着笑。九月眼见着兆田村长嘴里该把不住门了，就给孙艳递个眼色，悻悻地坐下来玩麻将。冯经理先从手包里取出大哥大，又掏出一沓百元一张的票子，嘴里骂骂咧咧地说，人生在世，生不带来，死不带去，不玩白不玩呢！兆田村长瞅着冯经理的那沓票子，心里骂，这杂种，村里的占地费老拖着不还，自己包里总是鼓鼓的。这一刻，他忽然冒出个念头来。玩起来的时候，冯经理总是打情骂俏地逗九月，九月不卑不亢的样子，让他心里骂她是不解风情的丫头片子。

九月离家的日子把杨双根挤出好多邪念头。这些念头最初是朦胧的，随着村民的大量还乡，这种念头越发强烈了。他搂着九月睡觉的时候，梦里不再有九月，原先九月的位置被田里的那架旧铁桥占据了。好似着了啥魔法，左右脱不掉这老桥。那天给村长送红包，他就跟村长说旧铁桥的事，兆田村长说得找矿上，那是煤矿的桥。那天他和村长都喝醉了酒，路过铁桥时，兆田村长醉眯眼地骂，这鸡巴铁桥和废铁道占了咱村不少地，哪天给它拆喽！杨双根架着村长也跟着骂。醒了酒他依然还记着。他围着铁桥掐算，这旧桥会拆下不少废钢废铁，准能卖个好价钱。拿这些钱去葫芦滩开荒地，他家就会保住大部分耕地，而且他这小组的人都有地种了。桥是公家的，地也是公家的。最终露脸的还是他杨双根。到那时连九月都不会小看他的。他为自己的计划欣喜。后一想，他怕跟村长讲了都来吃一嘴，都来分这块地，就先瞒着他们，等生米煮成熟饭就好了。他甚至埋怨父亲，埋怨村里争地的所有人，两只眼睛光盯着现成的地。这年月只要动一动脑子，来钱的招子多得很哩。他想。父亲说，自古以来天上有玉皇，地下有阎王，都管着咱庄稼人。杨双根都觉得阎王爷好见小鬼儿难挡。所以，他要对自己的行为进行咨询，以免出现意外枝杈。那天他随父亲指挥人将籽棉入仓，抽空就牵着老牛溜了。他总是用老牛做掩护。杨双根去了十里地开外的矿井，听说煤矿分局的办公室就在那里。进了院子，他就将牛拴在矿务局门口的电线杆上，自己去了办公室。人们都很忙，没有搭理他。这时他又多了一个心眼。他朝一个老者说，俺是杨贵庄第二村民小组组长杨双根。在俺组的地面上有你们一架铁桥和一段铁轨。眼下村里在外打工的人都还乡了，人多地少，你们是不是将桥和铁道拆掉，给俺们腾出一块地来？老者闻着了他身上的牛粪味，捂着鼻子将他打发到办公室主任的屋里。杨双根又这样说一遍。主任正在写材料，也是爱搭不理的，听完了半响回忆不起有啥桥。杨双根心中暗喜，心想你们忘个屌不剩的才好呢。主任不知给哪屋拨了电话，问了问情况，然后回绝他说，拆桥得花多少钱哪，你知道吗？再说那桥不归我们分局管，那是铁路分局的事。杨双根没想到他们一竿子支到铁路分局那儿去了。他愣了愣，赖着继续询问些情况。这时候楼下的老牛不停地吼起来，惊得门卫上楼嚷嚷谁的牛。杨双根急三火四地下楼牵牛走了。走到路上天就黑了。杨双根腿走得有些累，就骑到牛背上走。这阵儿就想，明明是矿上的桥，是运煤专线，怎么说就让给铁路局了呢？第二天上午落了一场秋雨，地里没法干活儿，连城里打工的也歇着，九月又被兆田村长叫去打麻将了，杨双根心里鼓鼓涌涌，就披上雨衣去了铁路分局。进铁路分局大楼时，杨双根心里很紧张，他怕铁路分局顺坡下驴赚个铁桥，就狗咬刺猬不知咋张嘴了，支吾半晌，还是照老样子说了。铁路分局很认真，查了查档案，还是矢口否认铁桥归他们管。杨双根心里踏实了，欣欣地下楼想，看来这铁桥非得俺这个组长管了。顶着雨，杨双根又直接回到铁桥那儿看了看，越瞅越像自个儿的财了。怎么拆，卖给谁，他心里还没谱呢。

父亲杨大疙瘩很相信节气对身体的影响。雨下得到处水啦啦的，天气也明显地凉了。他穿上薄棉背心，还叮嘱九月和双根多穿些衣裳。他见九月还穿着连衣裙，就说她别忘记穿衣裳。她笑说，爹，古语说春捂秋冻，不生杂病嘛！她说话时对着镜子描了眉，画了眼睛，涂着唇膏，烫过的半长头发在肩头随便一卷。杨大疙瘩瞅着不顺眼。他更喜欢过去的九月。杨双根跟父亲不一样，九月的美貌和丰姿常常使他激动。她在他眼里不仅媚而且洋了。杨双根不止一次听村人议论九月，说想不到一个女人家在外混得好好的，为了双根说回乡就回乡了，赚到钱了气也粗了，模样也俊气了，真不是杨双根那傻小子配得上的。杨双根听见别人夸九月，心里美。他早有金屋藏娇的意思，又怕拢不住九月，就想干点惊人的事儿，到时卖了桥开了荒地，让九月和村人对他刮目相看。下午兆田村长在喇叭里招呼村民组长开会。杨双根看兆田村长的意思还让他干下去。兆田村长还表扬了他，特别说那次治盐碱地的事。兆田村长让组长们准备重新分地，维护秋收秩序，安置好还乡农民，还要搞好科技兴农。末了他说，咱村这几年外出打工的多，文明村小康村的称号与我们无缘，今冬明春俺们要当上文明村，奋斗两年直奔小康。杨双根心里热乎乎的，脸上像过年一样快活。回到家里他还庆幸自己的机会来了，那架铁桥将会给他带来好运气。这样走道捡鸡毛又给他凑了点胆（掸）子。父亲对杨双根的高兴模样不以为然，九月也没理会他的变化。父亲的土地要丢了，心情很坏，默默地杀了几只鸡煮了。母亲说有的还能下蛋呢。九月说不过节杀鸡做啥？父亲沉着老脸像奔丧的样儿，不吭。问紧了就说今天午饭家人都要吃鸡肉。杨双根懂父亲的心思，他想爹挨饥受饿怕了，因为鸡与饥同音，吃了鸡就去饥，就不会闹饥荒哩。杨双根说，爹，咱家不同往年啦，咱是售粮大户还怕饥荒？去年收的玉米、大豆、稻谷、小米和高粱，卖了几十万斤，还剩二万四千多斤，厢房盛不下，还搭了粮囤。今年收成还比去年好，怕个啥？几年颗粒不收，也不会饿着咱们！父亲终于绷不住地说，没了地，光有粮顶个屁！遇上连雨发了霉，老鼠都不吃的！杨双根知道父亲难受。其实就剩下的地，养家糊口还是满富余的。老人是好强的人，他是怕售粮大王的荣耀丢了，不忍心将自己养肥了的土地让出去。九月劝说，爹，俺正想办法，替咱家多保住些地。父亲杨大疙瘩快快地吸烟。他不相信九月。杨双根又说，爹，俺可真正为咱家保住一些地啦！父亲扭脸凶他，少跟俺吹五唤六的，就你那两下子，吃屁都赶不上热乎的。老人说着又生气了，气是气，只叹家族没权没势吃哑巴亏了。杨双根愕然地扬起了脸，脸木在半空。他欲言又止。他还不愿将铁桥的事说漏了，走漏一点风声，都会招来村里一些见利忘义的人。这时候母亲将煮熟的鸡肉端到桌上来了。都吃鸡肉，无话可说。杨双根大口地吃肉，嘴弄得很响。九月说他吃饭不要出声，城里人都这样。杨双根说这是啥屁规矩，不出声能吃得香吗？然后他看见父亲费力地吃肉，喉咙也弄得很响。老人跟别人吃不到一块去，鸡块儿常常从牙的豁口处掉下来。窗外的雨没有停，杨双根扭头看见院里墙头挂着的玉米棒子，还有扎堆挂串的红辣椒，都滴答着水珠儿。红的黄的，好像开疯了的花朵，挺好看的。

秋天的雨点子画出一条条亮线。

午饭后，父亲吸着烟瞅雨。这场秋雨虽然使棉田误了工，可也为晚玉米灌了最后一茬水。这样可以省下一些抽水机的油钱。他手上的钱不多了，算计着晴天之后将摘下的那批籽棉交到乡收棉站去。他去过了，有交棉的了。政策变化的确有了显应，今年棉农领到现款，等级也高，打白条子的时代真要过去了？瞧瞧，刚刚碰着好年景儿，土地就丫头抱孩子不是自己的了。总也甩不开这档窝心事。眼下唯一能让他遂心的是这个家。九月回乡了，虽说九月变得厉害了，日后能挑起门户来，有啥不好？餐桌上暖融融的气氛，又使他对即将丢掉土地的大户，以及这个大户在村里的未来处境，生了几多希望。他将九月和儿子叫到屋里来，吩咐他们趁雨天闲时到乡政府登记结婚。等雨过天晴就忙了，他还给九月派了活儿，让九月指挥那些城里人采摘棉花。九月挺满意，她也有机会管管城里人，本身就是很神气的事。她又想起自己和孙艳初到城里打工的艰难。她们最初进的也是针织厂，遭城里人的白眼不说，活儿也是最脏最累的。她整日陪着那架破旧的织布机转，她和孙艳吞进的棉纱粉可以织件衣裳了。她腰疼、胸闷、月经不调、脑袋掉头发。她们忍着，谁让咱是乡下人呢？那个色眯眯的白脸厂长认为她们软弱可欺，凭几双袜子就将她们玩弄了。后来她们听说厂里乡下姐妹，有点姿色的都被厂长玩过，厂里私下传言：不脱裤就解雇，不解雇就脱裤。是这狗日的厂长带她们到舞厅去，使她们懂得了女人的本钱。多好的挣钱机遇哩！与其说在织布机旁卖力气，还不如在外卖青春，左右不过一个卖字，不然也在厂里被白脸厂长占有。她们主动将厂长解雇了，在城市男人之间游荡。这类营生也难也苦，也冒风险，可那是无本生意立竿见影的。如今她和孙艳都在城里银行存了十八万元，回乡吃利息都够了。后来她见到白脸厂长，白脸厂长说农民进城将城市的安宁搅乱了，农民是万恶之源，随后就列举一些男盗女娼的事例。九月反驳说，你们城里人坑害农民的事还少吗？假种子假农药假化肥，还有你们城里人吸毒。吸毒才是万恶之源呢！白脸厂长被噎住了。九月那样说的，实际上她也很难分清哪里好哪里坏了。她学会了喝酒吸烟，学会了玩麻将，学会了唱卡拉OK里的歌曲。但她始终告诫自己是个农民。不是吗，在城里时有位大款带她去听音乐会，都是一色美声、莫扎特之类的名字她首次听到。那位大款发现九月漂亮的脸蛋上泪水盈盈，以为她被音乐感动了，夸她的素质在提高。谁知九月却抽泣着说，一听这歌曲就使俺想起家里的牛和鸽子，俺家的牛吼和鸽鸣就这调子。大款知道她想家了，立马就倒了胃口。九月终于还乡了，每天听见牛吼和鸽鸣，亲切而踏实。只有闲下来的时候，她才感觉乡间也少了什么。当她走进白花花的棉田，在那些城里女工面前发号施令，感觉日子很好，土地也很好。当城里人喊她女庄主时，她感觉很神气，也就生出许多想法。土地不能丢，来日开个大农场，说不定真的当上女场长呢。她与杨双根结婚登记了，杨大疙瘩说收了秋正式举行婚礼，那时也有了钱，好好闹闹。杨双根也同意，他也正忙得烂红眼轰蝇子，反正九月已经正式搬过来住了，晚上她能陪他亲热就够了。眼下，杨双根被卖铁桥一事困扰着。原先他想九月想得梦里胡说八道，果真有九月了，他却不怎么拿女人当宝儿了。他梦里喊卖桥喽，九月就审她桥是谁家姑娘。杨双根就笑，笑声在嗓子眼里打嗝儿。九月嗔怨说，你跟那些打工回来的人比，是土地爷打哈欠！杨双根问咋啦？九月说，土气呗！有时俺觉得男人去城里打工，就像参军入伍，锻炼锻炼挺好的！杨双根不服气地说，你别门缝里瞧人，日后你有好戏看哪！九月揣摩着他的话，眼睛很忧郁。

秋天的上午，一直到晌午之前，杨双根和九月都在棉田。杨双根将老牛套上一挂车，将没有棉桃的棉秸拔下来，用车拉回村里，留作冬天烤火盆用，还可以做生炉子的引柴。晌午时的最后一车棉柴，他直接送到五奶奶的院里。五奶奶的儿子一家还没回乡。老人强挺着坐在门口张望，见到双根就哽哽咽咽哭得好伤情。杨双根说，也许你家二头在外混得好才不愿回家的，别太伤心。随后劝几句，就赶车去邻村找收破烂的王秃子。王秃子听说杨双根有生意，小眼睛比脑顶还亮，硬摁着杨双根在他家喝酒。王秃子十分羡慕杨双根总能找到财路。杨双根没有说透，酒足饭饱之后领着王秃子到铁桥那边来了。王秃子牵着那头灰色毛驴，嘴里不停地哼着没皮没脸的骚歌。杨双根发现他的毛驴上还搭着两个耳筐。杨双根觉得好笑说，你老兄跟俺捡牛粪蛋呀！这回可是大家伙，两个筐子盛个蛋！王秃子笑说，你们村还有啥值钱玩意儿？除了废锅就烂铲子。他越这样说，杨双根越不点透，心里想，等你见到铁桥抱着秃瓢儿乐去吧。王秃子坐在他的牛车上，一只手牵着毛驴。杨双根觉得王秃子挺对路子，也不知从哪儿捡来的铁路服装，脑袋顶着一只铁路大盖帽。他问王秃子家有铁路上的人？王秃子说，这一身衣服是从破烂堆里捡的。他妈的城里人就是富，这么好的衣裳都扔了。杨双根鼓动地说，这些天跟俺跑这桩生意，你就穿这身皮挺好的！王秃子瞪眼骂，你小子别拿咱穷人寻开心。杨双根懒模怠样儿地瞅他笑。沿弯曲的田间小路往棒子地走，王秃子一颗心揪紧了，禁不住咕哝起来，你带俺去哪儿，你不是想害俺吧？杨双根说，别自作多情了，害你俺还嫌脏了手呢！然后就拐到铁桥底下了。王秃子两眼贼贼地往桥下寻，没看见有一堆废铁。杨双根笑骂，你狗眼看人低，往上瞅嘛。王秃子说上面是桥哇。杨双根拍拍王秃子的瘦肩说，就是这铁桥，卖给你，你拆掉卖钢铁，咱算计计谈价吧。王秃子身架一塌，吸口凉气，妈呀，卖桥？杨双根稳稳地说，这是废桥，矿务局和铁路局都不要啦，由本组长卖掉，然后用这钱开荒地。王秃子搓了搓鼻子，说你饶了俺吧，俺可是上有老下有小哇！杨双根愣起眼。王秃子哆嗦着爬上驴，朝杨双根摆摆手，灰溜溜地颠了。杨双根追了几步喊他。王秃子一边拍驴背一边怨气地骂，白他妈管你一顿酒，人和驴就掩在青纱帐里了。杨双根也回骂，你他妈狗屎上不了台盘，送到嘴边的肥肉都不吃，受穷去吧。骂完了他就笑了，笑得很响亮。

这个平淡的午后，是杨双根最蹩脚的日子。杨双根独自发了一阵子呆，就去棒子地撒了尿，爬上牛车抻直了脖子望桥。午后的日头还很威风，晒得桥根儿热烘烘的，雨后的湿地上有地气升上来。他的鼻孔里嗯嗯地喷气，一只脚一下下踹着牛尾巴。老牛甩着尾巴吃草。有鸟儿在桥上鸣叫，细听是草棵里的蚂蚱蝈蝈叫呢。一只青蛙蹦上了车辕子，有一股尿水甩到他的脑袋上，凉凉的。他拿大掌撸一遍脑袋，就借着风将空中飞舞的葵花粉抹上去了。葵花粉很香，还有股子日头的气息。甚至是九月以前身上的香气。这时的九月已没有这香气了，也许被洋香水味冲掉了吧。那时的他和九月坐在桥下吃玉米饼瓜干馍，亲热劲儿连老牛都眼热，九月头扎红头绳，一件淡淡蓝色的小背心，遮不住她鼓胀胀的胸脯，他冷不防就伸手摸一下。九月咯咯笑，一点也不恼。眼下，他却觉得九月气息逼人，只有她支配自己的份儿了。他睁开眼，留心察看，周围的庄稼地里长出很多眼睛。一同盯着桥，他想铁桥是应该说话的，俺卖掉你愿意吗？铁桥脸总是戚戚的，对他待搭不理。他一时觉得挺没劲，脑袋一沉迷糊着了。他终于感到力不从心。老牛用秋草填饱了肚，就长长地吃喝了声。这声音将那头棉田里摘棉的九月引了来。九月腰里扎着棉兜儿，乌黑的头发揉成老鸹窝了，乱乱的。杨双根被九月揪住耳朵拽醒了，感到一股香气从她身上荡来。杨双根讪皮讪脸将她拽上车，伸手就揉她的两个大奶子。他发现九月回乡奶子格外大了。九月竭力挣脱他，还骂恶心不恶心。杨双根沮丧地松了手。九月变了，过去九月能在桥下的草滩跟他来。这阵儿的九月很挑剔了，即使在房里也要铺得干干净净。杨双根气得甩一长腔，屌样儿的。九月说，你中午不回家吃饭，也不去田里干活儿，跑这荡啥野魂？杨双根寒了脸说，俺做的活儿顶你们干一年的。中午有人请俺吃饭，还能饿着俺？九月忽地想起啥来说，谁请你？是不是刚才那骑毛驴的秃子？杨双根愣问，咋，你也认识王秃子？九月生气地说，你跟这拾破烂的能混出啥名堂？你还美呢，刚才爹就是伤在王秃子手里！杨双根越发糊涂了，这都哪跟哪儿啊？九月说，午后王秃子骑驴从田头过，他骑的是公驴，爹牵的是母驴，公驴见了母驴就发情地叫，将王秃子甩到河沟里俩驴就踢咕成一团了，糟蹋了一片棉花，爹上去拽母驴才被踢伤的。杨双根问，爹伤得重吗？九月说左腿被踢肿了，有瘀血，俺让人送回村里包扎了。杨双根问王秃子咋样。九月说，王秃子弄了一身泥水，跟鬼似的。杨双根嘿嘿笑，活该，摔得轻！这个秃子缺心眼儿。九月也轻轻地笑了，是人家缺心眼儿还是你缺心眼儿？杨双根说当然是他，随后噤了口，扭脸瞅铁桥。九月说，这铁桥有啥好看的？它还不如这老牛。杨双根偏偏地说，这老牛破车疙瘩套有啥好的？九月指着牛肚子说，这牛身上有个骚东西，可供你吹呀！杨双根锥起眼睛瞪她。九月就笑，仰脸看秋空干干净净的，一点云彩也没有。

　　每个人在倒霉之前总是巴望着转运。杨大疙瘩在家里养腿的最初几天，悄悄去邻村一位大仙那里卜算了。算算家庭，算算收成，还算算土地能剩多少。大仙望着缭绕的香火打哆嗦，说这几样哪桩也不好，家大业大，灾星结了伴儿来。杨大疙瘩求大仙给寻个破法。大仙让他回去，在没有月亮的夜里，将一块红砖洒上朱砂埋在院中间。杨大疙瘩默默地照说的做了。九月夜里看见两位老人埋砖头，引发了她许多神秘的猜想。她照例给父亲灌好热水袋。热水袋是她还乡时给老人买的，眼下真的派上了用场。她用一条灰旧的老布包了一层，搁在父亲的伤腿上。杨大疙瘩就说舒服多了，然后就听窗外街筒子上并不新鲜的骂街声。秋夜冗长而拖沓，以至连村人打架骂街的时间也拉长了。男人骂的声音粗了，女人骂声尖细，扭结在一起还夹了厮打的肉声，全村每个角落都能听到。杨大疙瘩心中诅咒九月的日子，这混账九月，小村像疯了一样。

没地的人家不如意，有地的大户也不安，狗咬狗一嘴毛，槽里无草牛拱牛。他更加害怕那些红眼睛的还乡人。这些天他家的庄稼连续闹贼了，棒子被掰掉不少，棉花也丢了一些，甚至连棉柴也丢。杨大疙瘩气得找出冬日打兔子的双筒猎枪，拖着病腿在村口放了几枪，还骂了几句。双根母亲会骂人，老人骂起来嘴边冒白沫子，兜着圈子骂，骂谁偷了玉米吃下会头顶生疮，会断子绝孙祖坟冒水。杨双根和九月到街上拽她，别骂了娘。老娘打他们的手，坐在街心伤心地哭起来，她哭说俺家种那些地容易吗？村里看热闹的人围了一层。九月怕两位老人不放心，就让杨双根和九强在秋田里护秋。杨双根背着那杆双筒猎枪巡夜，天亮方倦倦而归。每天上午是杨双根的睡觉时间，杨双根舍不得大睡，抽空去村外联系卖桥的事。几天下来，九月发现双根瘦去一圈，她审他干啥了，杨双根就是不说。说啥，的确没个眉目呢，但他一直希望这块云彩下雨呢。

这天晚饭后，杨双根找着猎枪刚走，九月就倚着门框暗自垂泪。眼瞅着膀大腰圆的汉子要毁了。她知道双根做事钻死理儿，是啥事折腾着双根呢？她抓拿不准，但有一点是明确的，双根想弄钱开荒地。就他这样儿的能找钱来？贷款是没指望的。有时她想将存入城市银行的钱取出来给双根用，又怕露了馅儿，还怕这愣头青拿钱打了水漂儿。她正想着，看见兆田村长慢悠悠地进了院子。兆田村长一见九月，就怀有深意地一努嘴儿。她将兆田村长领到父亲的屋里。杨大疙瘩见到村长就诉屈，大村长，你可得给俺做主哇！这叫啥鸡巴年头，从村里到城里，人们应该更文明。这可好，闹半天培养了一个个鸡和贼！兆田村长知道老人是骂城里打工还乡的人。这时他看见九月的脸色难看，就纠正说，你老人家不能都骂着，你家九月不也从城里回来的，谁不夸好哇？杨大疙瘩笑说，那是，俺不是骂自家人！九月这孩子更懂事啦！兆田村长说，俺在喇叭里广播几遍啦，谁再偷秋抓住送派出所，还要狠罚呢！杨大疙瘩心疼得直捶肋巴骨，连说俺家丢了不少庄稼哩！九月说双根和九强每天护秋呢。兆田村长眼睛亮，护秋好哇，那就让双根挨点累吧。随后他就说出晚上登门的来意。他说是来为乡里收划分土地款的。杨大疙瘩越发一脸哭相了，这划分土地，还收俺们的款？俺地都丢了，还出这钱，又是向大户乱摊派吧？兆田村长说，上头这么招呼，俺是没法子！不论丢田还是分田户都要出钱的。九月问得多少？兆田村长说，按目前占有土地的百分比收，你们家得交三千多块钱。杨大疙瘩猛地咳嗽起来，这不是欺负人嘛！瞧瞧，村长咱掏句良心话，俺是劳动模范，啥时耍过赖？要这划分土地款之前，你说收了多少杂费？计划生育费、地头税、教育费、农田设施维修费、村里待客费、铺路费，那些名目繁多的捐款还不算。谁吃得消哇？兆田村长点头，唉，深化农村改革，越改法越多，越改税越多。这问题俺都向上反映过。有几个真正替咱百姓说话？就说那次乡里收铺路费吧，说好各村收上钱就铺石渣路，这不，钱都交一年啦，大路还土啦咣叽的呢？杨大疙瘩作为重点户为铺路捐了两千块，他嘟囔说，俺听说乡政府把修路款挪用啦，买汽车啦。没听百姓说吗，当官的一顿吃头牛，屁股底下坐栋楼。兆田村长叹道，这年月你就见怪不怪吧，生气就一天也活不下去。俺这夹板子气也早受够啦。杨大疙瘩将老烟袋收起来，又骂，咱可是地道的贫下中农，苦大仇深，毛主席他老人家处处想着咱们。眼下可好，农民阶级都没了，叫俺们村民，村长叫主任，听着咋那么别扭，土地政策变来变去，还有鸡巴啥主人翁责任感啊！兆田村长不耐烦道，你别放怨气啦，上级已经意识到承包田调整太勤，造成农民短期行为，使土地恶性循环，这回重新划分之后，实行口粮田和承包田分离，谁要外出打工，只分给口粮田，回乡也不给承包田啦。像你家再分到的承包田要三十年不变！杨大疙瘩说，口粮田和承包田分开好，不过，谁还信你这三十年不变？俺记得几年前你跟俺说十年不变的，结果咋样？兆田村长板了脸说，你这老家伙不能像孩子一样翻小肠呀！贾乡长说啦，道路是曲折的，前途是光明的。杨大疙瘩撇着嘴说，快别提这贾乡长了，他那宝贝舅父冯经理，去年卖给俺的假农药，可把俺坑苦啦！减产四五成呢。九月听父亲说冯经理，就凑过来说，找冯经理索赔。兆田村长说，九月别瞎掺和，你也不是不认识冯经理，庄户人家惹得起他吗？九月说不就是有个乡长姐夫嘛！兆田村长说，贾乡长原先是县委书记的秘书，上头也有人。这年头反正有点背景的，都鸡巴硬气。杨大疙瘩大骂，冯经理咋硬气，咱惹不起总还躲得起吧？前几天这狗日的又找俺啦，说他们金河贸易公司今年也收棉花。不是粮棉油统购统销嘛，他这也敢干？兆田村长说，他负责供销社的三产，可以打供销社的幌子呗！你答应啦？杨大疙瘩摇头，笑话，交给他算个啥？不交国家，俺这售粮大王是咋当的？况且今年政府也不打白条子啦。兆田村长朝九月眽眼睛,九月就说到她屋里坐坐。兆田村长站起身又叮嘱收划分土地费的事。杨大疙瘩刚说完白条子,就想起去年乡里收大豆时给他一张整三千三百元的白条子,他从柜里翻出来,递给兆田村长说,这张白条子就还给乡里,对顶啦。兆田村长愣着看白条子。杨大疙瘩说那零头俺也不要啦。兆田村长黑了脸说,这不合适吧,歪锅对歪灶,一码顶一码。你这么对付俺,那秋后分地,可就三个菩萨烧两位香,没你的份儿啦。杨大疙瘩一听分地,他就蔫下来,收回白条子,将话也拿了回来。兆田村长说准备准备钱,抬腿要往外走,杨大疙瘩忙说,别瞅俺是大户,其实是秋后的黄瓜棚空架子,双根他们结婚还没钱呢。兆田村长笑说,别跟俺哭穷,你有钱,九月也是财神奶奶呢。九月见兆田村长又该抓拿不住了,赶紧将兆田村长拽到自己屋里。

闻着九月屋里的香水味,兆田村长满脸的阴气就消散了。九月为兆田村长倒水点烟,自从发生那件事以后,九月心里十分感激兆田村长。刚才父亲无意中骂还乡女人做鸡,又是兆田村长给遮过去了,这些天她为双根神不守舍的样子发愁,就想求兆田村长出主意。九月话一出嘴,兆田村长就夸奖双根说,你可别小瞧了双根这孩子,不窝囊,有理想,而且没私心。他跟俺说过想开荒地的事,俺跟他们组长们说,眼下村委会是逮住蛤蟆攥出尿,没钱!谁想开荒,各组想辙去,俺全力支持。九月笑着骂,没钱你支持个蛋哪。兆田村长说,这个鸡巴穷村,又回来这么多张嘴吃饭,你让俺咋办?俺就是浑身是铁能碾几个钉?九月眼睛亮亮地说,想致富的路子呀,古语说无商不富,村里得上企业。再说,开荒地也可以贷款干嘛!兆田村长上下打量着九月,你说话像吹糖人似的,你借俺俩钱吧。九月怯怯地说,俺在外没剩下钱。那次公安局又罚了那么多。兆田村长嘿嘿笑,别诓你叔俺啦,你和孙艳都趁钱。他眨了眨眼睛,忽地想起什么来说,贷款开荒也是个法子。不过人家信用社也奸啦,咱村欠他们的八万块还没还呢。他们还贷给咱?要是你和孙艳帮忙,将私款存入乡信用社以存放贷还是有戏的。九月的心咚咚地往喉眼里跳,说俺和孙艳没那么多钱,但又说可以让城里朋友存款。兆田村长说明睁眼漏的事儿,你们怕露富俺也理解。一来二去,这些事就敲定了,九月叮嘱村长贷来款多给杨双根第二小组一些。兆田村长应着,又往九月身边凑了凑,九月闪一下身子很慌,移开目光看墙上的唢呐。兆田村长好像有心事，又不知咋开口。屋里一时很安静，屋外棚里老牛喷鼻声都能听到。待了一会儿，兆田村长也将目光投向墙头的唢呐，久久才问九月啥时闹大婚礼。九月说秋后，婚礼也不想大闹啦，俺和双根旅行结婚。兆田村长笑说，敢情也学城里人的洋玩意儿呢。九月知道兆田村长心思跟这事儿不搭界，怕他动别的心思，就说双根护秋该回来吃夜饭啦。兆田村长见九月拿话点他走，就又闷了一阵儿，憋得额头淌汗了，就十分为难地说，九月呀，俺有事要求你，不，是咱杨贵庄老少爷们求你办一件事。九月喃喃说，有啥事，只要俺能办的就说。兆田村长的话在舌尖转了一圈儿也没张嘴。九月催他几遍，兆田村长才骂骂咧咧说，还不是为这鸡巴土地。眼下俺掐算着，地忒紧张，简直他妈没法分配。你不知道，冯经理那狗东西占着咱村八百亩地，说是围给台商建厂，围了二年也不给村里钱，俺要地他不给，就想、求你帮忙啦。九月愣了愣，眼白翻出个鄙夷说，让俺去找冯经理要地？俺要了他能给？兆田村长说，行，只要你出马准行。那狗日的会给地的，其实那小子没钱建厂，那个台商吃喝他一通蹽竿子了，他守着这片地，也跟娘儿们守寡一样难受呢。九月问，既然这样，他为啥还撑着？兆田村长说，这狗东西想再从咱村榨出点油来呗！咱这穷村，可经不住他折腾啦。九月很气愤，这臭老鼠能坏一锅汤的。咱老百姓还是老实啊。不会告他个兔崽子！兆田村长摇头说，这招儿万万使不得。九月呆坐着，一脸的晦气。兆田村长说，俺这长辈人，实在说不出口哇，冯经理那小子看上你啦！九月心里明镜似的，那天在村长家里打麻将，那小子就紧黏糊。兆田村长说，那东西眼够贼，说孙艳长得太面，没你性感，说你有倾国倾城的貌。说你就是咱杨贵庄的杨贵妃。九月一生气，在城里时的脏词就上来了，就他那猪都不啃的地瓜脸，也想跟老娘打洞儿？兆田村长不明白"打洞儿"是啥意思，忙说冯经理不是想打你。九月知道自己走了嘴，脸颊一片火热，说，大叔，俺和孙艳是在城里有过前科，可俺们也不是随便让人作践的人。俺们回村，就是证明。兆田村长慌了，忙说自己不是那意思，大叔从没小看你和孙艳。大叔看得开，谁家锅底没点黑呢？有黑抹掉就是了。九月心里很复杂，瞅了兆田村长一眼，耸动着肩膀哭泣起来。兆田村长慌慌地站起身，说大叔不为难你，你要不愿意咱就哪说哪了。他拔腿就要走，九月止住哭，喊住了他。九月不敢抬头，怕碰上她跟双根的照片。她喃喃地说，大叔，跟你老说心里话，俺既然回家了，就想当个好媳妇，当个好母亲，俺越发感到好人难当了。俺今天也不怪你，你老为村里奔波委实不易呢。兆田村长很感动，眼眶子抖抖得说不出话。静了一会儿，他才说，冯经理那王八犊子可会装人呢。是他找俺提的条件，俺都成啥人啦，哪像个村支书村长？都成皮条客啦。九月见兆田村长自责个没完，就抬起脸来说，大叔，为了夺回那八百亩地，虽说俺的处女膜恢复手术都做了，还是答应你这回，她多了个心眼，她知道孙艳回乡前花八百块钱做了处女膜恢复手术，她已将处女身子给了双根，就没这个必要了。但她怕村长将来还纠缠，只能这样唬他。兆田村长满脸喜气，你说那个手术多少钱？回头再做一回，花销村委会给你报销。九月说八百块，又说报销不报销没啥，但强调一点，请转告冯经理，俺只跟他睡一回，不拿他一分钱，只要他立马将地让出来。兆田村长高兴不起来了，心里很难受，只想着将来分地时多划给她家一些来报偿了。九月支棱着身子目送村长走了，扭头望天上的月牙儿，心里惦念着双根，更加觉得九月的日子很贱，也很沉重，想着想着眼睛就湿了。转天晚上，兆田村长笑呵呵地来叫九月打麻将，九月就明白是怎么回事了。她让兆田村长先在父亲屋里等着，自己换好衣裳，将过去用剩的避孕套、药水和手纸等杂七杂八的东西塞进小挎包里，末了坐在镜子前化化妆。以往会男人她都十分认真地化妆的。她不管面对的是怎样的男人，都希望自己以美好的形象出现，因为男人也付出了钱。这一次的付出和获得又是什么呢？九月从镜子里看到自己苍白的脸，还有一双忧郁的大眼睛。脸和眼睛很好看，真实而生动。看着看着，就被水浸湿成一片黑土地。印在平原上的脸不再苍白，变成红扑扑极鲜活的一张脸，分明是九月的秋风染就。

日子纯美如初。日子混账透顶。

九月离家的晚上，田野很安静。一层雾薄薄地弥漫着。杨双根和九强走累了，就坐在棉田与玉米地相交的田埂上歇息。杨双根仰脸看雾里的月牙儿。九强将马灯放在地头，照亮秋夜一大块地方。九强嚷着要与杨双根下棋。杨双根拿手指在地上画成为框，又摆好土疙瘩说，咱先讲妥喽，你要是输了，就将你家那群鸽子给你姐陪嫁。九强点头说你输了呢？杨双根说给你这杆双筒猎枪。九强欣喜地拍手，然后拿玉米叶儿当棋子。半个钟头下来，九强就输了那群鸽子。杨双根懒得再玩下去了，斜靠着棉柴垛打盹儿。他让九强先回家休息，大秋假该结束了，九强得把作业赶写完准备上课。九强走出老远，杨双根还吼着别忘了明天将鸽群赶过来，你姐就喜欢鸽子，特别喜欢白鸽子。鸽子使他产生对九月的许多联想，诱他进入了甜蜜的梦乡。棉柴垛很暖和，还有股子日头的气息。他感觉这里比铁桥底下睡觉舒服。秋虫鸣叫着，有几只野兔溜着柴垛钻来蹦去。他想睡一觉之后打两只兔子回去给父亲下酒，就迷糊着了。如果不是夜半被尿憋醒，杨双根是不会碰上这个尴尬局面的。他刚解开裤子，就听见柴垛后面有响动，扭头看见两个人影和一辆排子车。杨双根知道是偷棉柴的，就吼了一声，提着双筒猎枪奔过去。两人掉头就跑，杨双根几步就追上去，堵住了偷柴人。月光下他认出是村里小木匠云舟的媳妇田凤兰和女儿小玉。田凤兰见杨双根举着枪，吓得哆嗦着跪下求情。杨双根知道她们是瞧见九强刚回了家才敢来偷棉柴的。田凤兰一把鼻涕一把眼泪地说，云舟和你是同学，看在老同学的份儿上就饶过俺娘俩吧。云舟在城里学坏了，赌钱，赌光了就去找包工头要工钱，被人打瘫了。俺们回到乡里没有钱买过冬的煤，他又瘫着，俺娘俩就人穷志短啦。杨双根眼里闪着泪光，腮上的肉抽抽地抖了。他上去扶田凤兰和小玉站起来，没说话，就急着转到附近的棒子地里撒尿，他实在憋不住了。田凤兰好像看出什么，让小玉拖空排子车在路头等，自己整理头发，又拍拍身上的土，追着杨双根进了棒子地。她看见杨双根正系裤带，怯怯地凑过来，一把拖住杨双根说，双根，俺同意跟你来一回，只求你放过俺娘俩。杨双根吓得说不出话来。田凤兰说完就松开杨双根，很麻利地解开裤子，撅着白白的屁股拱他。杨双根马上意识到她误解了，就闷闷地吼，臭娘儿们，快系好裤子，你把俺看成啥人啦。田凤兰乖乖系好裤子听候杨双根发落。杨双根将田凤兰领到棉柴垛，又喊小玉将排子车推过来，他帮着装了满满一车棉柴。杨双根说，拉回家用吧，不够，俺改天送一大车过去。别黑灯瞎火地来啦，一车棉柴丢了脸皮值吗？田凤兰满口谢着就由泪蒙住了眼。杨双根问她是哪个村民小组的，田凤兰哽咽着，哪个组肯要俺们这累赘？村长让俺们待分配呢。杨双根笑说，就进俺们第二组吧，俺找村长说，往后有啥为难遭灾的就找俺双根。田凤兰母女谢了又谢拉着棉柴走了。第二天中午，杨双根又用牛车给她家送去两车棉柴。田凤兰同瘸子云舟说，你瞧双根，在家种田不也混得挺好吗？咱这外出打工，孩子上学误了，钱也没赚来，倒落这么个灾，说着就啜啜哭起来。杨双根听着心里受用，觉得自己真的行了。心想，等俺卖了铁桥开了荒地，你们还会重新认识俺杨双根的。

九月走在街上，分辨不出投向她的各种目光是啥意思。她不愿去猜测，因为她刚干了一件自己都无法解释的事情。当她早上从冯经理的汽车走到村口时，感觉很轻松。她将那张八百亩的土地契约交给兆田村长时，心情就更好起来。过去在城里拿肉体换钱，时常感到一种罪恶的话，眼下就莫名地消除了这种不安。她要求兆田村长带她去那八百亩土地上看一看。兆田村长带她去了，她走在那片没有播种的土地上，看见了疯长的藤草。还有刚刚枯黄的酸枣棵、白虎菜和双喜花。她站在蓬蓬乱草间，不知往哪里下脚。酸枣棵里的倒刺紧紧地钩住她的裤角，她慢慢蹲下身来摘掉酸枣藤，却看见一朵还没凋落的双喜花。白白的双喜花哩。九月轻轻将它掐下来捧回家里，插在镜框上。双喜花又小又普通，没几日就干巴了，险些被拾掇屋子的双根娘扔出去。九月就将干花夹在一本书里，一本从城里带回来的书。孙艳过来看九月，她不知道九月姐为啥心气那么平和，脸也灼灼放光了。这是在城里她从没有过的气色。孙艳问她用啥好化妆品啦。九月微笑着不吭声。孙艳问紧了。她说到家乡的田园里走走，就是咱还乡女人最好的化妆品。孙艳茫然不解，别诓人啦九月姐。九月想起一桩事来，就跟孙艳商量将城里存款挪回一部分，存入乡信用社，以存放贷为村里开荒。孙艳笑说，俺越来越发现九月姐像个村长啦。是不是跟双根哥在一起觉悟提高啦？九月骂，死丫头，说痛快话，愿意不愿意？孙艳沉了脸说，听俺爹说，咱乡太穷啦，存款的都支不出来。九月说，信用社不比农业合作基金会，是国家的，你爹说的是基金会。孙艳问那利息咋样？九月笑说，鬼丫头够精，利息跟城里一样。俺想呀咱那钱存哪儿都是存，不如帮咱村里办点实事，在这穷村里过，咱脸上也不光彩哩。咱村上都富了，就不用去城里打工受罪啦。俺们都要结婚了，生了孩子，有出息的，在外上大学做官，没出息呢，也有自己的土地。九月说得孙艳挺伤感。孙艳说，别说了，九月姐，俺听你的。九月搂着孙艳很开心地笑起来。当天下午，九月和孙艳悄悄去城里移回了十万元存款。办妥存款，九月就告诉兆田村长，说她让城里朋友在咱乡信用社存入十万元，现将存折抵押贷款。兆田村长接过存折看了看，客主署名李宝柱，就哈哈笑起来。他逗九月说，啥时咱村请这个李宝柱喝酒哇？九月噘起嘴巴说，人家不知道是抵押贷款，你要给保密的。兆田村长说，好，不跟你逗啦，要是走漏一点风声，你拿俺是问！九月又叮嘱村长一遍，多给杨双根的第二小组拨些贷款。兆田村长满口应着。九月一走，冯经理的伏尔加汽车就堵在兆田村长家门口。冯经理急三火四地下车，进屋就嚷嚷着承包开荒工程。兆田村长不知道冯经理从哪儿透来的消息，后来一想，他跟贾乡长汇报了，还跟贾乡长夸了一番九月。冯经理笑嘻嘻地说，俺能调来五辆大型抓车，保你满意，保质保量。兆田村长很恼冯经理，又不好闹僵，只是胡乱应付说，没钱开荒，眼下八字还没一撇呢。冯经理说，别唬俺啦，信用社的女主任都告诉俺啦！别不够哥们儿，俺拿下工程，给你高回扣的。兆田村长瞪了冯经理一眼骂，混账，你知道贷款从哪儿来？俺拿这昧良心钱，这张老脸真得割下喂狗吃啦！冯经理被骂愣了，哼了一声，悻悻地走了。兆田村长瞅着冯经理的影子，又嘟囔着骂一句啃骨头的狗。后来一静心，想想杨贵庄在乡里的处境，心里又鼓鼓涌涌不安生了。下午九月和杨双根一起看兆田村长。杨双根听九月说村里有钱开荒了，高兴得扭歪了脸。虽说不是他弄来的钱，可终归能开垦荒地，组里就不会闹地荒，家中的承包田也能保住。这鸡巴桥委实不好卖，折腾来折腾去的，仍是空欢喜。这桥怕是远水不解近渴了，但他不死心，日子无尽，慢慢来吧。兆田村长说，咱乡里要在冬天大搞农田基本建设。各村都闹地荒，乡里号召咱多开荒地。双根哪，你们第二小组得带个好头，把流动锦旗夺到手。杨双根憨笑说，俺会拼一场的，俺早想好了，这蜜月得到北大洼上度过喽。九月瞪他，这傻样儿的。兆田村长就笑。杨双根说，得拿钱哩，这年头可不比学大寨那阵儿，旗杆一插就干活儿。开荒地可累，给打白条子没人干。九月笑说，没有钱，也许就俺们这位缺心眼儿的傻干。兆田村长说，双根可不缺心眼，小伙子是大智若愚呢。九月也愿听别人夸双根，看着双根不再神神怪怪的，眼里便有了喜欢的人影儿。双根和九月一走，兆田村长就想起被他骂走的冯经理，忙将冯经理呼过来，晚上在家里摆了一桌。冯经理喝酒就念叨九月，派人去她家里叫，那人回到村长家说，九月全家都在地里收秋。兆田村长看着天都黑黑的了，叹道，这阵是庄稼人最累的季节，这售粮大户本是不好当的。冯经理已经喝糊涂了，就没再追问九月为啥没来。

晚秋的日头还是很毒的，想熬干这平原的河流、庄稼的汁液和种田人的精血。灿烂的日子照花了眼睛，身体和记忆被蒸烤着，一下子想不起是啥地方。动一下脖子就疼，又动一下，侧过脸搂住女人的身子，他腰又酸了。杨双根睁眼喝水，才知道是在炕头上睡觉。他发现九月睡得很香。他知道九月也累哗啦了，睡觉的姿势就很丑，两条白白的大腿都扭成了麻花。杨双根望着她露在薄被外面的白腿，一点心思都没有。好几天他都没挨她了，她也从不碰他。熬过这累人的秋天，日子就会轻闲起来。一想到分地和开荒，杨双根觉得自己不会有轻闲之日了。傍天亮儿，杨双根觉得九月软软的手在摸他，摸他最值钱的部位，他也没哼哼动一动。父亲蹶跶蹶跶地走到窗前叫他们下田收秋。其实在这之前，父亲已经像地主周扒皮一样，将鸡笼里的鸡放出来打鸣。九月就是被鸡叫惊醒的。九月将杨双根喊起来，刚洗漱穿戴好，兆田村长就慌慌地喊九月。兆田村长说贷款开荒的事砸了。九月惊直了眼。兆田村长说着就将九月拉到屋外悄声告诉她，乡信用社真他妈不讲信用，原说好好的，可他们将咱新贷的款子顶以前的贷款了。就是说咱村欠他们八万，这回贷的十万，只能支出两万元开荒。这仨瓜俩枣的管蛋用？九月明白了，是信用社捣鬼呢。又一想，谁让咱村欠人家钱呢？这不争气的穷村呀，你还有救吗？兆田村长见九月不语，心更慌乱，他只有向九月讨主意了。九月怕兆田村长破罐子破摔就说去乡里找信用社头头说情，早知这样，城里的存款还不往乡下转呢。九月和兆田村长急匆匆地走了。杨双根隔着墙头听见他们说话了，开荒贷款泡汤了。杨双根很泄气地愣了半天，骂，这鸡巴年头，当官不难，发财不难，骗人不难，学坏不难，就他妈咱老百姓干点正事儿难！父亲杨大疙瘩说，走了九月，你还愣着嚼蛆？快下地做活儿。杨双根跟父亲说了实情。杨大疙瘩叹声，说别指望啥新政策了，丢了地更省心。杨双根瞅着父亲枯树根似的蹲着，知道他说的不是心里话。丢了地，怕是他的魂儿也丢了，地里常有丢魂儿的事。

人到了没指望的时候就异想天开。杨双根将最后一捆豆秧装上牛车，又扭头朝那架铁桥张望了很久。他又不甘心了。人在机遇面前不能装熊了，也许过了这村就没这个店了。他从牛车上跳下来，笨拙拙地爬上铁桥，掏出腰间的皮尺又量了一番，然后掐指数数，按上次与王秃子卖废铁价格算，这铁桥得值十四万，开荒蛮够用了。他赶着牛车拐了下道，忽然看见桥头有几个人影晃动，心里就更着急了。他想再找一回王秃子，如果王秃子不干，就让他给介绍一位。他压根就没指望收破烂的王秃子这块云彩撒尿。傍晚杨双根又去找王秃子。王秃子眨巴着圆眼想了想，说帮他找一位城里收废铁的，成事了就提点劳务费，不成也求杨双根别露他。杨双根骂他咋变得跟老娘儿们似的，就拽着他连夜赶到城里。城东红星轧钢厂厂长的兄弟韩少军开了个公司，专收各种废铁烂钢，为城东红星轧钢厂供货。杨双根由王秃子引荐，认识了韩少军总经理。韩少军穿一身高档服装，小头儿吹得很亮，说话时大哥大响个不停，接一阵儿电话，问一会儿铁桥。杨双根手里摆弄着韩少军的名片，看见太平洋贸易公司总经理几个字，他就感觉这回十有八成。韩少军听杨双根将铁桥的事说一遍，就又将王秃子叫到僻静处问，你狗日的别诓我，这铁桥真归这姓杨的小子管？王秃子说，桥在他们组的地面儿上，桥占地多年拖欠占地费，就拿废桥顶啦！瞅他对铁桥的上心劲儿，他看得比老婆都紧！没错儿。韩少军又说，那得有煤矿或铁路的转让信，加盖业务专用章。这样我也他妈不放心，即使这阵儿没事儿，将来出啥问题，不行。王秃子说，杨双根是为集体开荒卖桥，你怕啥？盖章也没问题的。韩老板咋变成老鼠胆儿啦？是不是金屋藏娇啦？韩少军瞪着王秃子骂，别他妈瞎叨咕，说正经的，我们公司不做，引荐给东北的一伙倒废铁的朋友，咋样？过两天，我就让他们找你看货交钱，不过，转让信得有哇，别让我坐蜡。你小子敢骗我，小心你的秃瓢儿。王秃子嘻嘻笑，俺叫你见杨双根了，这可是俺们那片的大老实人哪！他家是售粮大户，肥着哪！王秃子把情况跟杨双根一说就去找旅店了。杨双根半喜半忧，喜的是铁桥找着了婆家，忧的是转让信和业务章到哪儿去盖？矿务局和铁路分局都不承认是自己的桥。到了小旅店里住下，杨双根还为这事发愁。这时王秃子从外面领来个鸡，让杨双根痛快玩玩儿。杨双根头一回见这场面，怯怯地推脱说，俺有九月，俺跟九月就要举行婚礼啦，不能对不起她。王秃子一边伸手揉着小姐的胸脯儿一边说，就你这傻蛋，还为女人守节，还不知你那九月给你戴了几层绿帽子呢。杨双根怒了脸骂，你再他妈胡咧咧，揍你个秃驴！九月可不是那样人。王秃子连连告饶说，好好，你眼不见为净更好！不过，你可记着，从城里打工回去的乡下姑娘，有几个还原装回去？嘿嘿嘿。杨双根骂你他妈狗嘴吐不出象牙。王秃子说，双根你去门口给俺看着点，俺可不客气啦。说着就拉小姐上床。小姐扭身一撒娇说，你先给钱。王秃子笑着骂，臭婊子，俺是乡下人，你也是乡下人，咱都是公社好社员，优惠点嘛。小姐笑说，今年大米都涨到两块钱一斤啦，乡下人肥呢。杨双根看见王秃子和小姐推推搡搡的样子，觉得晦气，快快地走出房间，他怕公安局来人抓到王秃子罚款，也不敢走远。这王秃子玩鸡或罚款都得他支付。杨双根蹲到门口，听着王秃子屋里的响动。对面厕所吹过来的臭气，熏得他脑仁儿疼。后来又凉了，不知不觉就伤风了。王秃子又犯了没完没了的驴劲儿，挺到后半夜三点钟才放那小姐走了。杨双根坐在地上睡着了，梦里的他像是在护秋，周围是一片寂静的田野。田野里飞舞着无数妖冶的红蛾子。

三天后的一个下午，一场雷阵雨刚过。杨家门口的歪脖柳被雷劈落两股树杈。这歪脖柳是杨家祖传下来的古树。父亲和杨双根望着劈散的老树发呆。树杈上筑巢多年的老鸹窝也连锅端了。树杈落下来的时候，还砸碎门楼的几块脊瓦。父亲指挥着家人收拾残局，嘟囔说，怕是咱杨家有妖了，这落地雷是专收妖魔鬼怪的。九月在一旁听着脸都白了。杨双根一边拽树杈一边说，爹，咱家都是本分人，哪有啥妖哇。母亲也说雷劈树杈的事常有的。杨双根发现九月脸色难看，仰脸就看见灰老鸹呱呱叫着，围着树冠划出弧线。叫声一直传到村子深处。杨双根说老鸹找不到家了，只好到外地打工去喽。多可怜的老鸹，村人都还乡了，这本是你的家，还得往外奔。杨双根独自乱想一气，就见王秃子的铁路大盖帽从墙头冒出来。王秃子怕杨大疙瘩骂他，就趴墙头上晃帽子。杨双根眼下十分崇拜王秃子，别看他吃喝嫖赌的，办事能力却不差。王秃子钻窟窿打洞从矿务局三产弄来了盖业务章的转让信，信是空白的，委托内容是杨双根填上去的。矿务局三产的一位副经理是王秃子的表兄，王秃子叮嘱杨双根说，俺可是一手托两家，那头章不是白盖的，得交人家公司一万元手续费。杨双根爽快地答应了。王秃子说他没告诉表兄桥的事。

杨双根理直气壮了，告诉他们也白搭，他们不承认有这座桥。这桥是俺们小组的，也是俺杨贵庄的，盖那戳子是给客人看的，省得狗咬狗一嘴毛。杨双根知道王秃子是给鼻子上脸的主儿，他是真想吃一嘴了，吃就吃吧，反正这全是无本生意，最终占了便宜的还是杨贵庄人。杨双根看见墙外的秃头就欢喜，放下手中的树杈子，带着满脸的兴致跑出去。王秃子告诉他太平洋贸易公司的韩总经理的客人到了。杨双根问人呢？王秃子笑骂，你小子一努嘴儿，俺他妈跑断腿儿。这群东北老客在俺家避雨，中午搭了一顿饭，还让俺老婆陪他们玩麻将。都他妈一群色鬼，俺老婆的屁股蛋都让王八蛋们捅肿啦。杨双根听着好笑，王秃子的老婆丑得闹心，还有捅她的？他听出王秃子是诓钱。杨双根说，只要拍板成交，亏不了你的。王秃子说俺老婆直接带客人去铁桥了。杨双根眼一亮，他们带钱没有？王秃子怀有深意地一努嘴儿说，带了，你说能不带钱吗？杨双根回屋带上皮尺和写满数据的小本子，就牵着牛去铁轿了。

　　雨水洗过的铁桥很好看，浮在上面的灰尘和蛛网被大雨冲掉了。躲雨的鸟们被来人吓飞了。杨双根站在桥上望天，天上竟有一弯彩虹。看远处的小村，小得像一段驼黄色的绳头。也许就是这段不起眼的绳头支撑着他，使他有了底气，很严肃地跟这群人讨价还价。客人当中领头的是个大胡子。他也拿出名片给杨双根看。杨双根发现大胡子的头衔实在，是辽宁的一家金属公司。他觉着这回是抱着猪头找到庙门了。大胡子围桥绕了三圈儿，大掌不停地揉着那几根毛说，如果我方负责拆桥，只能是十一万，不能再多啦。杨双根要价十四万是有理由的。他那小本子都算烂了。王秃子又凑上来，一手托两家，拿出十二万五千元的折中价。双方闷了一会儿就拍了。然后在王秃子的驴背上签合同。大胡子从皮包里摸出红戳子盖上去，杨双根哆嗦着签了字，又扭头朝那驼黄色的绳头张望。望见那棵被雷击伤的老树，也望见轻轻浮动的炊烟了。他心里说，杨贵庄哩，俺这一番苦心终于有了报偿。爹哩九月哩，你们压根儿就不了解杨双根。想着想着鼻头就酸了。大胡子观察着杨双根的表情，怎么也看不懂他的心思。他先交给杨双根三万五千元现款做预付款，说四天后拆完桥交齐那些款，并请求杨双根盯着拆桥作业。杨双根见王秃子凑过来吃蹭饭儿，就拿出了一万五千元钱给他，说那一万是他表兄盖章的手续费。王秃子躲在桥下的草棵子里数钱，杨双根让他打条子。王秃子说咱俩谁跟谁，还用得着这个？杨双根冷了脸说，这他妈是公款，都弄完了，俺要如数交给兆田村长。王秃子撇嘴说，你这傻蛋不留点？杨双根说那就看村长怎么奖赏啦。啥事都说破，这情分就浅了薄了。王秃子说，俺一上学就赶上学雷锋，今儿个才知道雷锋还活着，你让俺学学你吧。然后就讥笑。杨双根骂，玩你妈个蛋。王秃子说，有你小子后悔那天。你知道兆田村长吗，他妈的是人窝子里滚出来的人精，钱交他，他敢胡吃海糟光的。杨双根偏偏地说，俺们村长不比你们村长，他会拿这钱开荒种地的。为了开荒，也够难为他和九月的了。王秃子附和说，也许吧，你们村穷。一般穷地方都出好干部。杨双根硬逼王秃子打了条子。王秃子声明说这可不是交公粮的白条子，不会再兑现的啦。杨双根骂，美得你屁眼朝天。随后就冲着晚秋的田野笑起来。一连几天，杨双根都很快活，他在拆桥工地晃，心叹大胡子雇的这拨人够能干的，电割机的火花昼夜闪跳，很像荒野里溅落的星子。来往的行人称赞说，还是上级领导体恤咱农民，知道咱地少了，急着赶着给咱腾地方呢。杨双根听着从心底往外舒服，心里说没俺杨双根奔波，拆这桥还不知要拖到啥猴年马月呢。随后他看见一群看热闹的孩子，孩子们像兔子似的蹦来蹦去，还欣喜地抬手唱歌谣：乡巴佬看花轿，傻姑爷得不着……

烦恼来得不够顺理成章。杨双根在拆桥的最后两天顶不住了，父亲和九月以为他在桥头凑热闹，拉他回家装车送棉花。杨双根将王秃子派到拆装工地，自己跟家人庆丰收来了。杨家的棉花收成最好，风调雨顺，掐尖打杈及时，而且没有碰上假农药。父亲母亲笑着脸让九月唱支歌，一会儿又让杨双根吹阵子唢呐。杨双根没想到九月的歌唱得那么好，问她在城里打工是不是整天唱歌。九月说城里人都爱唱流行歌曲。杨双根说那屌歌软棉花似的，趴着屙屎没劲。然后就鼓起腮帮子吹唢呐。他努力回想往年丰收吹唢呐的情形，但那些内容总是模糊不清。今年有九月陪伴，他可以完完全全地陶醉过去。他眯眼吹着，鼻头下一条清水鼻涕，一闪一闪亮着。唢呐声招引来那么多看热闹的村人。他们不是来听唢呐的，他们是望着那一排排的棉车愣神儿。九月数了数，整整八辆装满籽棉的马车。车是雇来的，棉花是自己的，将来哗哗响的票子也是自己的。村人的眼更红了，红得滴血的眼睛曾经被城市的风吹拂。

杨大疙瘩坐在头车上，笑着朝路边的乡亲们作揖，作着作着就觉得不对劲儿了。村人的眼睛堆起仇恨，使杨大疙瘩想起一句古语，一家饱暖千家恨呢。想想本是杨家最后的风光，就蔫下来，觉得胸部阵阵发紧。

九月是押的中间那套棉车。她望着长长的棉车队朝乡收棉站进发，觉得做大户是很过瘾的。当她望见那赤裸的原野，充满湿润甘甜的胸腔漾着波浪。她在想一个问题，那笔"以存放贷"的开荒款终究没能拿下来。兆田村长说只要将工程活儿给了冯经理，款就会下来，兴许是这狗东西做了手脚。九月的口封得死死的，宁可鸡飞蛋打也不给冯经理低头。她跟他低过一次头，她只跟男人低一回头，开始就是结束，这是九月的性格。兆田村长说看不透九月这孩子，再也看不透了。九月悠在棉垛上，天也跟着晃悠，如果拿自己银行里的脏钱开荒，还能叫它处女地吗？这样的土地能打苗吗？收获的棉花还是这样洁白吗？这些问题使九月几乎泪下，甚至觉得有些不可思议了。杨双根押着最后一辆棉车。他与车把式轻松地说笑。丰收是乐事，他不理解父亲和九月为啥是这副样子。人无须看多深多远，只管眼皮底下的日子吧。快到乡收棉站的时候，他的心思跟这儿也不搭界了。桥！他能从这桥上走过去吗？他想是板上钉钉的事。交完棉花，他要给村人一个惊喜，然后跟兆田村长一起设计开荒方案。九月，你做梦也算计不到俺双根吧？爹哩，种田大户还是咱杨家的。可是脑顶上低低的云朵，压得他喘不上气来。头顶这方天，活像一块破尿布，说不定是啥时辰就会憋一场骚雨。

交棉途中，杨大疙瘩发现冯经理手下人拦车，让交到冯经理的第二收棉点上去。杨大疙瘩一听就知道冯经理打着公家的幌子赚自己的钱。全乡人都知道冯经理个人承包的公司。杨大疙瘩停住车，见九月和杨双根都奔过来，跟她们一商量，就合了老人的心意。他们一致拒绝将棉花交到第二收棉点上去。于是棉车队又缓缓行进了。到了乡第一收棉点，杨大疙瘩看见棉车的一蛇长阵渐渐松散。他跟棉农们打招呼。有些棉车调头往外走，杨大疙瘩问是不是又打白条了？一个棉农说，今年倒是现钱，可他们把价压得太低。这上好的籽棉，竟给压三级棉？杨大疙瘩下车摸摸那人的棉花，骂道，这么好的棉花交三级？真他妈黑呀！从互助组到初级社，从生产队到包田到户，也没这么压价的。他瞅瞅自己的棉花也发慌了。杨大疙瘩又问调头去哪儿交棉，那人说第二收棉点比这高一些，九月脑子快，她说怕是冯经理从中作梗了。杨大疙瘩骂这他妈还有没有王法了？粮棉油统购统销，为啥还要设第二收棉点儿？那人说第二收棉点也是供销社的。杨大疙瘩愤然道，也是挂羊头卖狗肉。他让九月和杨双根守着棉车，他穿过热闹的人群，到一里地外的第二收棉点转了转。这里的棉价比第一收棉点虽然好一些，仍不遂他心愿。他看见有些棉农托关系递条子塞红包，找质检员溜须，拿自己热面孔亲人家冷屁股，他很难受。另外，他发现这里交棉的没有大户，都是零散的小车小包，后来碰上东刘庄的售粮大王吕建国。吕建国说他的棉花在乡里压低价，一生气夜里悄悄交到外乡去了，又说哪儿的风气都不正，总归比咱乡里强。唉，往年打白条子没这么压级，该见着钱了，又都他妈刁难咱！杨大疙瘩呆了半晌，叹说，那样会少受损失，可就当不上售棉大王啦。吕建国丧气地说，这鸡巴年头，你还想名利双收？哪有刀切豆腐两面光的？杨大疙瘩说，年初粮棉油规划会上，咱可都是向乡政府表了决心的，做了保证的。吕建国骂，你跟政府做保证，谁跟你做保证？就说承包土地的事儿，村里打工的一还乡，原来的计划就全乱了。杨大疙瘩问你们村也重新承包吗？吕建国说，村干部没明着跟俺说，看样子也使坏招子挤对俺，提高承包费让你自己种不下去，乖乖地将土地交出来。杨大疙瘩心想，看来难受的种田大户不只俺一家。他看吕建国七股八岔越说越离题儿，就快快地回到第一收棉点。他不想跟吕建国学，也不想将棉花送到第二收棉点，只盼着这里的质检员公正些。即使自家受些损失，也还得瘦狗屙硬屎强挺着。人生在世啥金贵？人活名儿鸟儿活声儿。这个售棉大王的称号还想当下去。他将意见跟杨双根和九月说了说，一家人就守着棉车等。中午了，他们与车把式们一同吃的盒饭。等到下午五点钟，才排到他们这里。杨大疙瘩率先抓着一团籽棉，同着质检员撕碎，围观的人都夸绒长好。质检员却毫不思索地写下三级。杨大疙瘩脸都白了，恨不得给质检员磕头了，这是地道的一级棉啊。哪怕你给二级俺也认了。质检员说你别老汉卖瓜自卖自夸啦。杨双根和九月也上来说理，质检员说你们想吃人啊？再闹算你们干扰公务罪蹲局子。杨大疙瘩骂，你是瞎了眼，还是瞎了心？俺们种田的容易吗？质检员和保安人员都上来说，你们不易也不能坑国家呀！杨双根和九月上去评理，被杨大疙瘩拦住了。杨大疙瘩脸相很苦，蹲在地上吸烟，越发一脸哭腔地说，俺一家勤勤恳恳种地，老老实实做人，到头来成了坑害国家的人啦？他将手里的验质单撕碎，站起身牵着马车往回走。质检员说第二收棉点也不赖嘛。九月从这话里证实冯经理在这里安插了自己人。杨双根问父亲，难道咱就去求冯经理？杨大疙瘩倔倔地说，咱不坑国家啦，咱不当狗屁大王啦，咱去四远乡交棉。杨双根说那里保准不欺人吗？俺听吕建国说那里公道。九月说，对，宁可交外乡也不跟姓冯的低头。杨大疙瘩带领棉车队在黄昏时分出发。走到黄沽村北的小饭店，杨大疙瘩招呼所有人吃饭，自己在暗处守着棉车。他吃气都吃饱了，也不想吃饭，从饭店拿了一瓶二锅头独自喝着。几口就干了一瓶酒，眼睛蒙眬起来。他喝酒不醉，醉了也不吐不倒。等人们都从饭店出来，他就爬上棉车想眯一会儿，他让杨双根多留神路上动静。他听乡里怕棉花外流，从各村抽调了不少干部，沿乡里各路口设卡，堵截去外乡交棉。听吕建国说夜里出乡没有问题。谁知他眼皮还没合上，前面的路就被人堵上了，几个胳膊戴袖套的家伙晃着手电嚷，停车停车。杨大疙瘩心头一紧，醉眯呵眼地溜下棉车。几个人过来说不能到外乡交棉，乡政府明文规定。杨大疙瘩雷公似的一脸怒容，咱乡里太黑啦，这都是逼的。那几个人不理他，说快回村，还要罚款的。还有人认识杨大疙瘩，说你这售粮大王的觉悟呢？杨大疙瘩用烟熏酒精的粗哑嗓门说，你们让俺过去，别往死路上逼俺。那些人挺横，说你甭想过去。杨大疙瘩觉得一兜儿气冲头，脸古怪地扭皱着，蹲到地上抱头哭了，呜呜的，像个老妇人。杨双根和九月劝他，老人抢了抢胳膊，掏出打火机，点着了第一车棉花，嘴里骂俺的棉花是后娘养的，俺烧光个的蛋的总可以吧？他又要烧第二车，被众人抱住了。车把式忙将马引开，人们七手八脚地扑火。火苗子在夜里格外显眼。截车的人呆住了。九月在家的温顺劲儿全然消尽，凶得像一只母老虎，骂杨大疙瘩老糊涂了，就是烧，也要拉到乡政府门口去烧。她指挥着车往回赶。七车棉花和那辆烧焦的马车行进在乡路上。一路上都默默的，谁也没有一句话。棉车堵在乡政府门口的时候，已经是夜里九点钟了。贾乡长不敢露头，派乡政府办公室齐主任来劝说。九月不依，杨大疙瘩更不依。九月嚷着要见贾乡长，是他的舅爷儿将俺逼到这份儿上。贾乡长刚刚从县里回来，不摸头脑，听说是杨贵庄售粮大户杨大疙瘩一家闹事，就打电话将兆田村长叫来。兆田村长也劝不回去，引来好多人围观。九月说有人看见贾乡长回来啦，躲着不见人。他再不出来，俺就带车去县政府门口闹。咱老百姓还有活路吗？这些话传到楼上去，贾乡长坐不住了，将杨大疙瘩一家和兆田村长叫到办公室。贾乡长前前后后听九月一说，当下就将供销社主任和冯经理叫来，当场没鼻子没脸地骂一顿，谁他妈叫你们设两个收棉点的？谁叫你们压价压级？供销社主任上楼时顺便抓了一把棉花，在灯下看了看，说这棉花够一级的，这鸡巴质检员胡来，回头俺撤了他。冯经理刚进来时嘴巴硬，一见是九月，就蔫下来，悄悄捅九月，早知是你家的棉花就不会有这场了，你咋不直接找俺？九月没理他。贾乡长真的急了眼，咱们乡的棉花被挤到四远乡去，咱乡完不成收棉任务，县里怪罪下来，谁担得起这个责任？再说，老百姓辛辛苦苦种的棉花容易吗？他说着责令供销社主任收棉，而且补偿那烧掉了的一车棉花。杨大疙瘩听着很解气，瞪了冯经理一眼才下楼招呼送棉花，杨双根也跟下来。贾乡长留兆田村长和九月多谈一会儿。他刚才从九月的怨气里看出点什么。他们谈了半天村里的事情。冯经理见杨双根父子走了，就赖在楼梯口等九月。九月和兆田村长下楼时，冯经理凑上来说拿汽车送他俩回村里。九月故意拿手捏兆田村长。兆田村长对冯经理说，你姐夫可是挺赏识九月的，说俺太老实挺不起门户来，想提拔九月做村长呢。冯经理问那你老家伙就退位啦？兆田村长说，俺当支书，日后你小子在九月面前可得自重呢。冯经理凑九月身后笑说，九月，你咋老躲着俺？俺可是真心对你好哇。俺没别的指望，你拿俺当你一个朋友准行吧？九月没说话，脸冷得像块冰蛇子，怕是拿心拿血都暖不过来。

趁着早晨的弥天大雾，杨双根骑着自行车去田野里看铁桥。哪里还有铁桥？铁桥被拆掉了，两断土坎子中间是凹坑。坑沿儿只有零零散散的碎铁碴儿，一些无处藏身的鸟儿在那里乱飞。杨双根愣了愣，埋怨大胡子不打声招呼就吹灯拔蜡走了，拖欠的九万块钱还没给呢。杨双根气不打一处来，直接骑车去邻村找王秃子。王秃子大白天还偎在被窝里，屋里酒气熏天。王秃子见到杨双根就诉苦，大胡子他们真他妈损，在工地上往死里灌俺酒，喝得俺跟死狗似的，眨眼就不见人啦，铁架子都拉走了。要不是俺老婆去工地找俺，俺就他妈没命啦，回家就吐血。杨双根狠狠地说，大胡子也他妈太不够意思啦，咱们去找他。王秃子说先给沈阳拨电话，俺猜想他们也不会把废铁运回东北，很可能就地卖给关内的轧钢厂。说着他就按大胡子的名片拨了电话。金属回收公司的人说没有大胡子这个人。杨双根一听就慌了，当下腿一软，莫不是一个骗局？王秃子也骂韩少军给介绍这么一位不托底的买主。第二天，杨双根和王秃子去县城找韩少军。韩少军将他们俩骂回来了，韩少军说俺这做媒人的还管生孩子？俺后来就没见过大胡子。杨双根也不知这幕后的勾当，哀求韩少军给找找大胡子。韩少军说，听王秃子说你老婆九月长得不错。弄来陪俺一宿就帮这个忙。杨双根恨不得将韩少军的脸蛋子扇歪了，气呼呼地回了村。杨双根没心思进家，独自坐在铁桥遗址上发呆，看看桥下的大坑，像个深潭一样吓人。他又看看手里盖有红戳子的合同书，就觉心里一阵疼。他双手抱住头，胡乱地揪扯着自己的头发哭了。

哭了一会儿，杨双根觉得窝囊，就骂自己快省几滴猫尿吧。他擦着眼睛，泪珠被揉碎了，转眼也被很凉的秋风吹干了。他想人不能就这么完蛋，他想去乡派出所报案，用法律追回铁或是追回欠款。只能这样了。杨双根把想法跟王秃子一说，王秃子就反对说，他妈是麻秆打狼两害怕，吃个哑巴亏算啦。你一报案万一追问铁桥的产权咋办？杨双根很硬气地说，矿务局和铁路分局都说没这桥，产权就是俺杨贵庄的。王秃子撇嘴说，就算他妈是杨贵庄的，你小子是庄里啥人？是村长还是支书？杨双根说俺带兆田村长一起报案。王秃子骂他蠢，简直蠢到家了。杨双根见王秃子阻拦，一时竟疑心他跟大胡子合伙糊弄自己。杨双根就更生气了，回村直奔兆田村长家里，见兆田村长不在，就揣着合同书只身去乡派出所报案了。乡派出所的人不摸底，值班人员看了杨双根的合同，并把详情记下来，说追查看看，一有消息就去村里通知你。杨双根说了好多感谢话就回村了。到了家里，杨双根想将那两万元钱和有些条子送到兆田村长那里去，都找出来了，又迟迟疑疑藏下了。他还指望乡派出所能找到大胡子那伙人，找回欠款。他的心里霎时就宽敞起来。

交完公粮就快入冬了。受冷气流的影响，一夜之间落了场大雪，原野便裹上了冬装。雪后的第一个上午，杨大疙瘩与村人一起聚到村委会门前开会。贾乡长来时，检查一下重新承包土地的事，又宣布九月给兆田村长当助理，没明说也是干村长的事。杨大疙瘩没有怎样高兴，他发现儿子杨双根沉着脸。这个小家庭各有各的心事。杨大疙瘩知道九月的升迁并不能使杨家留住土地，甚至还会更少。他知道九月和兆田村长操持开荒，但这也是远水不解近渴的。春天订下的大棚塑料，已经送货上门。杨大疙瘩只留下极少部分，然后就说尽好话将人家央告走了，随后他就走到田野上去。雪停之后，天空仍然很晦暗。他没法说清楚这个初冬，田野上的人慢慢多起来。他们议论着哪块地好哪块地坏，脑里却是想象来年秋收的景象。人们没有发现一个老人久久徘徊在原野，当风哭泣。似乎土地上发生的事在老人的脸上都显露出来。在那天的乡政府表彰会上，政府依然奖给杨大疙瘩售粮大王的锦旗。杨大疙瘩没有去开会，锦旗是九月领回来的。眼下这个家庭最活跃的就是九月了，与满面春风的九月相比，杨双根明显地委顿下去，整日唉声叹气像是丢了魂。杨大疙瘩猜想儿子的魂儿是丢在田野里的。他们家里供着菩萨，他和老伴儿面朝着龛里的那个面孔慈祥的观世音，缓缓跪下去，祈祷菩萨保佑他们的儿子。杨大疙瘩想到重新承包土地之后，将儿子的喜事办了。这个家庭是该拿喜气冲冲积了很久的晦气了。分地的前两天，杨大疙瘩将兆田村长和几个村支委请到家里吃饭喝酒。喝酒的时候，匣子播放着一首歌，叫《九月九的酒》。杨大疙瘩说今儿的酒本该是九月九来喝的，只是收秋太忙了。杨双根心事很重地说，这九月九的酒也怕是假酒，这年月连眼泪都鸡巴假了，何况这酒？兆田村长呵呵笑。九月边端菜边哼唱，思乡的人儿漂流在外头，走走走走走啊走……兆田村长骂，走马灯似的上城，走来走去的，竟他妈都走回家来啦！原先请都请不来，眼下打都打不走啦，真有意思哩。然后苦笑着举杯说，都回来也好哇，咱就喝了这杯九月九的酒！全桌人都笑了。喝完酒的傍晚，杨大疙瘩一下子病了两天，发高烧。到重新承包土地那天，杨大疙瘩强撑着去田里抓阄儿。他从来不曾像现在这样深刻地意识到，他硬硬朗朗出现的重要性。

　　尽管是一个晴日，地上还残存着积雪，踩上去咯吱咯吱响着。好多饥饿的麻雀在雪野里觅食。西北风扬着晶莹的雪粉，砸得杨大疙瘩总想闭眼睛。杨双根默默地跟着父亲。父子俩几乎同时发现自己家承包过的土地慢慢膨胀，被冻酥，像棉团样蓬松地胀开。人们红着眼盯着这些土地。没有谁挨门吆喝，村人便很兴奋地拥到田野里来。杨大疙瘩觉得像土改、合作化或是三中全会以后的大包干儿，人们脸上的喜气依然不减当年。与这气氛格格不入的是杨大疙瘩垂头丧气的样子，俨然像被分了田地的地主。杨双根开始为第二小组张罗抓阄儿。他悄悄走到父亲跟前说，爹，没有斗争你，高兴点儿吧，这地谁种不是种？杨大疙瘩狠狠地瞪了他一眼，直到兆田村长和九月都凑过来跟他打招呼，他的老脸才松快一些。他蹲在雪地里，吧嗒吧嗒地吸烟。一群孩子在人群里钻来钻去，拍着小手唱歌谣。杨大疙瘩几乎不认识这些孩子，孩子们大多是城里生的，模样很洋气。他们随父母还乡了，还拿城里人眼光唱童谣，乡巴佬看花轿，傻姑爷得不着……杨大疙瘩歪着脑袋瞅他们，庄稼佬不打腰，拿着鸡巴当辣椒。杨大疙瘩感到被嘲弄了，扭头臭口臭嘴地骂，婊子养的，不准你们糟践庄稼人！孩子们被老人的凶样吓跑了。已经闹闹嚷嚷地抓半天阄儿了，兆田村长几次喊杨大疙瘩过来抓阄。杨大疙瘩泥塑木雕似的不动，烟锅早已熄了，可烟袋杆仍在嘴里叼着。杨双根走来，有些焦急地说，爹快去抓阄儿哇，不然好地就没啦！杨大疙瘩还是没理他。杨双根说你不抓，俺可要下手啦。杨大疙瘩扭头凶儿子，你别给俺抓，剩下啥是啥！杨双根茫然地盯着父亲。这时候，在城里卖菜发了财的杨广田笑悠悠地走过来说，老叔哇，俺抓着原来承包的那块地了，真是天凑地巧的。这块地几年不荒，比先时还肥了，感谢老叔的料理呀！杨大疙瘩嗯嗯着点头。杨广田见杨大疙瘩绷着脸，就说俺在城里学会了管理大棚菜技术，你老有用得着俺的就叫声。然后哼着歌子走了。杨大疙瘩心腔一热。他觉得杨广田还算有良心，还知道是俺将他的地养肥啦。是哩，几年来他往地里使了多少底粪呢，总算换回一句热肠子话。

西北风越刮越紧了，杨大疙瘩的老脸被冻得挤成一团。他看见九月了，九月举着小牌嚷着村人的名字。她长大了，长成挑梁拿事的能人了。她的脸蛋被风吹得红扑扑的，脖子上的红围巾被风一掀一掀，像一只在田野里扑棱着的大鸟。她支使着杨双根干这干那，杨双根只有被使唤的份儿了。杨双根瞅着父亲的样子很难受，也在自责，自责自己没能把铁桥卖成，没有为杨家赢来土地。看来追桥钱也没啥指望了。一切就像没有发生过一样。他在寻找适当时机，将剩下那点啰唆跟兆田村长办了。杨大疙瘩不动声色地瞅着村人来来往往，杨家剩下的承包地有结果了，有好有坏。杨大疙瘩听着儿子数叨那些地，还有九月娘家的地，以及五奶奶的地，仍由杨大疙瘩承包。杨大疙瘩闭上眼睛就能想到那几块地的方位和模样，因为那里还留着他和双根的气味儿，他的影子，支棱耳朵还能听到他留在地里的吆喝声，尽管这些地少得可怜。

过了一会儿，杨大疙瘩听到人群里有女人的哭泣声。他被女人哭得浑身发紧。杨双根告诉父亲，说那是小木匠云舟媳妇田凤兰在哭，她抓阄抓到一块很远很差的地。杨大疙瘩问是不是被城里人打瘸了的那个云舟？杨双根说是，还说她们很可怜的。爹，咱们帮帮她吧。杨大疙瘩咳了一声，�趷趷趷地走去了。他对田凤兰说，云舟媳妇，莫哭鼻子啦，你那块地咱两家换过来。田凤兰立马止住哭，这咋行，你家的地够少的啦，俺咋好意思雪上加霜呢。杨大疙瘩瞅了一眼双根说，你家是双根那组的，要不双根也得帮你种田。田凤兰泪流满面了，喃喃地说，还是咱乡下人情厚哩！俺代表云舟给你老磕头啦。说着就缓缓跪在雪地上了。

人都散尽了，雪野被人群踩黑了。杨大疙瘩还独自蹲在田野里，只有几只觅食的麻雀陪着她。杨大疙瘩竟忆着很早的往事，解放后搞土改分田地时，他和父亲分了地。那时他还是个孩子，他看见老地主蹲在土地上吸烟，还不时抓把地上的活土。眼下他忽然明白老地主为啥最后一个离开田野。这茫茫一片都曾是杨家的田野。从今天开始，或许到有生之年，再也看不到昔日的景象了。就像没生过娃的女人做不得娘一样，他这售粮大王算是做到头了。杨大疙瘩忽然觉得脸上烫烫的，一摸，才知道有泪水流下来。

烈风扑打着杨大疙瘩昏花的眼睛。

婚礼就要到了日子。杨双根和九月婚礼的前一天，杨贵庄又落了一场大雪。一切都操办好了，只欠这场瑞雪。这天早上，九强将那群陪嫁姐姐的鸽子引过来。门口的残树枝上落满了白鸽子，分不清是鸽子还是雪。杨双根被鸽子的啼啭叫醒了，一睁眼，发现九月一双眼睛痴痴地看他。杨双根笑问她不认识俺啦？九月将脸贴过来，很伤感地说，双根，俺做了一夜噩梦，梦里你背着行李外出打工去啦，一去就再也没回来。杨双根憨笑说，俺这鸡巴组长有啥好，又窝囊，你见俺不回来就再找一家呗。九月紧紧地抱紧杨双根，将自己的胸脯贴在杨双根胸脯上，喃喃地说，俺不能没有你哩。杨双根笑说，梦打心头想。刚分了地，你自然梦着俺上城打工。九月的慌乱给杨双根带来桃红色的遐想。他趴到九月的身上去，九月这一次渐渐入境了，做得很真实。她那好看的鼻眼挤弄着，声音像夜鸟儿轻唱。杨双根仿佛觉得自己牵着那头老牛走在田野里，九月的脸渐渐化在平原里了。他牵着老牛走，越走越远，待回首最后看一眼小村时，小村竟被一团亮色的云遮蔽，像段驼黄色的绳头。

吃过早饭，兆田村长到杨双根家里贺喜，贺过喜就跟九月商量开荒的事。九月将那笔存款直接提出来开荒，兆田村长感动得说不出话来。杨双根听说九月从城里引一笔资金过来，从心眼儿里佩服。杨双根知道自己掺和不过去，就抄起扫帚扫院子里的积雪。扫完自家门前的，又去扫大街上的雪。鸽子们在他头顶上旋飞，常能听到鸽哨。一群孩子在村巷里堆雪菩萨，雪地上留下他们奔跑的足印。杨双根站在雪菩萨前，歪着脑袋瞧着，发现雪菩萨很和善，很慈祥。这个时候，杨双根和孩子们一同扭头看村口，那里缓缓开来一辆警车。红灯警车没有鸣笛，到杨双根跟前就停下了。车门打开，走下一位很威严的警察，问杨双根村长家在哪儿。杨双根说现在村长正在俺家，然后憨厚地笑笑，就领着警察往他家走。杨双根边走边笑问，俺村有犯法的啦。警察点头走着。杨双根还骂了一句，俺村还有这样的家伙？看来从城里回来的人学坏啦。说说笑笑就进了院子。兆田村长迎出来问了问，警察出示逮捕证说，你们村有个叫杨双根的人吗？兆田村长愣起眼问，有哇，给你们引路的就是。杨双根脑袋轰地一响，就有冷冷的铁铐铐住手腕。杨双根抻着脖子喊，俺咋啦？俺没犯法哩！卖铁桥是为公家开荒，俺他妈还被骗了呢。兆田村长说，你们抓错人啦，俺这个村谁犯法俺都信，就是双根俺不信，有事好商量，放下人。警察不理睬兆田村长，七手八脚地将杨双根推上了警车。杨双根舞着双手喊，九月救救俺哩。五奶奶看见这一切就瘫在雪地里号，俺村就双根这么一个好人哪。随后她就将刚刚堆好的雪菩萨抓碎了。

九月奔跑着追到村外，汽车就沿着村路消失了。她狂奔的时候，也滑去了许许多多哀戚的面容。唯一有那一片原野跟着她游动、起伏，眨眼的工夫就牢牢地筑在那里了。她的身子慢慢软向大地，喉咙里挤出一阵短促的呜咽，这冤家，别人都还乡啦，你为啥走啦？然后就朝那个遥远的地方好一阵张望。

纷纷的雪，又在飘。

落雪的平原竟有了田园的味道。

年前年后

何申

往年一进腊月，各乡镇早早地就老和尚收摊吹灯拔蜡放众人回家喝酒去了。今年不行，今年上下抓得都特早特紧：县里是一过元旦就把一九九五年的事都给安排了，该签字的签字，该定指标的定指标，该翻番的谁也不能含糊全得认下；各乡镇的头头一看县里拉出的这架势，谁也不敢把活推到年后去，都噌噌蹿回去紧招呼。七家乡乡长李德林愣忙到那种地步吧，他家离县招待所也就有二里地，在县开好几天会他竟然没回家住一宿。其实他也不是真忙到那份儿上，他曾经偷着回家一次，可没想到于小梅根本就没露面，那天晚上等到十一点半了，李德林心想别再是这娘儿们跟旁人相好去了吧，一个半路夫妻，这都是没鸡巴准的事，我别傻老婆等汉子了，回头一回招待所那帮乡镇长再招咕我说我回家搂媳妇，其实我在这房子里挨一宿冻，我也太不合算了，于是锁上门就回招待所了，回去编瞎话说让人拉去喝酒去了。往后几天会下还就真忙了，主要是找县领导和一些部门的头头谈要上的项目，完后散会就蹿回七家乡安排部署，一直忙到腊月二十三过小年头一天，琢磨琢磨差不离了，才给大院里的干部放了假。放了假人家都走了，李德林还走不了，他惦记着夏天让洪水冲了的那些受灾户，又叫上秘书老陈坐车到各村转了一圈，看看临时借住的房子严实不严实，发下去的衣服被子到没到人家手，过年包饺子的肉和面都备下了没有。一看还真行，各村基本都给落到了实处，有些灾民得的东西比他们原来自己家的还多还好，有一个老汉披着嘎吧新的绿棉大衣，他说多亏了受灾啊，要不受灾这辈子恐怕穿不上这好衣服。李德林说可别那么看，还是少受灾的好，各位都好好吃好好喝把身体养得棒棒的，来年想法子把损失补回来。有个村民说身体没问题，要是补孩子嘛，这一腊月就能种下一茬，来年旱涝保收还个个肥头大耳。这庄稼够呛，因为好多地都给冲走了，再着急也不能往石头上去种。李德林一听给老陈使个眼色，老陈心领神会跟村干部就讲过年期间哪个村要是弄出规划外的肚子来，村干部们你们喝过二月二就拎尿罐子到乡里报到，咱来个全封闭学习班，夜里不许上厕所的，把村干部都说乐了。李德林说："别乐，这可是真格的，叫你们半年不许沾老婆边儿。"

村干部们说："破老婆子没劲，能打麻将就行，再能喝酒。"

李德林说："喝酒？喝尿吧！"

转完一遭老陈说，李乡长你也该回家去了，我也得走了，要不然咱俩都成规划外的了。李德林一想真是的，心中不由暗暗叫苦：他从县委办下到这七家乡当副乡长后来当乡长整三年了，原指望干个一两年就挪回去，不承想这七家乡太偏僻太穷没人愿意来，原来党委书记调走了就把李德林一个人撂在这儿了。李德林心里明白，要想调回县城弄个好位置，一个重要的条件是当上乡镇一把手，所以就耐着性子等着当书记，偏偏这一阵子说要机构改革，人事都不动，结果愣瞅着一把手的位子就是得不着。还有不省心的就是李德林在个人家庭生活上是有喜有忧，喜的是按照这几年时兴的做法，各乡镇的头头都在县城盖房子，李德林也张罗起三大间，跨度都是六米半的，跟他原先住的县委家属院一间半简直是天上地下的差别。倒霉的是他先前的媳妇没那命，才住上新房不到半个月，跟她们单位外出旅游出了车祸撞死了，这可把李德林坑够呛。幸亏他爱人打结婚就有毛病没孩子这些年抱过俩都不合适又还给人家了，李德林料理完后事才得以轻手利脚继续在外边工作。后来朋友们又给撮合了一个，就是现在的于小梅，于小梅三十八，李德林四十四，于小梅是纺织厂的会计，是离婚的，娘家就在县城，人长得比李德林原来的媳妇强多了，但也看得出来是好打扮好交际的人。李德林一开始有点不同意，心想我找的是踏踏实实过日子的，找这么一位到时候把我再甩了咋办。朋友们说现在像于小梅这样光身一个人的女的不好找了，旁的起码给你带一个犊儿来，你当后爹光拉套也得不着好，不如同意了小梅。李德林一想真是那么个理就同意了。五月节时办的事，于小梅就住进了新房，但后来下面发水受灾，李德林也没度啥蜜月就回乡下忙活去了，偶尔来县开会办事在家住上一两宿，两人上床看着也像夫妻，但彼此都有点生不愣的感觉，加上这次去县开会回家没见着于小梅的影儿，更使李德林心中不安，所以这一腊月忙里漏闲时李德林不由自主地就想那新房子和于小梅的事，还好一忙起来又忘个屁的了。

在老陈的催促下李德林点头说回家，老陈叫司机小黄把乡里唯一一辆破吉普车开来，又帮李德林装车。别看乡是穷乡，但到了过年的时候也断不了有人给头头送些东西，李德林还不赖呢，尽量不收礼，但牛羊肉蘑菇核桃还有烟酒都有一些，这都是明睁眼漏的事，也没必要羞羞答答。李德林让老陈和小黄往车上装，又客气客气问你们用不，那二位说我们都有家里啥都不缺。装好了车都要开了，李德林跟老陈说：

"我还是担心计划生育那事，那事家家是工厂人人是车间的，没人发动积极性都挺高的，过年一喝酒弄不好就麻烦了。"

老陈说："这事防不胜防，咱也不能在旁边盯着，好在不是十天半月就生，回头有了再往下鼓捣呗。"

李德林叹口气说："妈的，一个翻番，一个人口，弄得咱一年到头跟坐火炉子上过日子一样。"

老陈说："过年了你就好好放松一下吧，别再想这些事了，想也那么鸡巴回事，不如不想。"

李德林说："有时它自己就冒出来，非得让你想不可。"

小黄说："把酒喝足了就不想了。"

老陈说："这是个法儿。"

李德林说："回去试试吧。"

车就开了。七家乡离县城一百多里地，都是山道挺不好走，这乡从地名看便可知当初肯定没几户人家，要不然也不能叫七家，现在虽然比七家人家多多了，但论乡镇企业论人均收入在全县还是个末拉子。本来这两年有点起色了，但夏天发了一场大水把人给冲苦了，虽然李德林在县里硬着头皮也说了什么任务不减指标不变时间不延该翻番准翻番，但他心里明白，一九九五年折腾一年能恢复到发水前的水平，就烧香磕头阿弥陀佛了。可这些话还不能说，说了人家县领导肯定不高兴，自己想往县里调也会受影响，所以只能瘦驴拉硬屎赖汉子拽硬弓强撑着，到什么时候说什么话，估计这么大个县不会就一个李德林这么干，山再高总有过去的路，河再深急了眼也能扑腾过去。

李德林心事重重坐在车里，隔一会儿抽根烟隔一会儿抽根烟还给小黄点着让他抽。小黄开车好几年了，对李德林家里的那点事全清楚。小黄说乡长您想啥呢大腊月的咋不大高兴呢。

李德林苦笑道小黄啊你想想我心里哪有高兴的事呀。小黄说您那是高标准严格要求自己，其实咱们七家乡在您领导下这两年都发生了翻天覆地的变化，其实您只要往开处一想就全想开了，其实您最主要的是要……他说着说着把话又咽回去了。李德林明白小黄说的是啥，小黄说的就是要养个小孩。李德林心想这小黄呀，说那么两句话哪来那些口头语，"其实"个啥呀！还有什么天翻地覆，如今连司机都学会说奉承话了，这事最好别往下发展，回头开车净琢磨词儿，再琢磨到沟里去，真来个天翻地覆，那可就奉承大发劲了。

李德林在乡下这么多年了，说话根本不忌讳啥，就说：

"小黄，乡长我不是跟你吹，这回打结婚我就没在家待，儿子都耽误半年了，往下一过年就行了。"

小黄见乡长这么跟自己说，很高兴："那当然了，要不然咋是领导呢，干啥就得像啥，咱乡上下要都像您一样，还愁翻不了番，翻十个跟斗都宽绰绰的。"

李德林听得心里怪别扭的，暗说你是说生孩子翻番还是经济翻番呢？看来要想溜须拍马还得好好学习，弄不好就叫人心里硌硬。李德林忙换了个话题，说过年咋过，和小黄又聊了一阵。后来路上的车和人多起来，有几个集市把路堵得水泄不通的，小黄顾不上说话了。李德林看着可地的过年的物品和一张张咧着大嘴笑的脸，他的心情慢慢又好起来，毕竟这几年忙的就是为了老百姓都富裕起来，甭说产生了什么感情啊什么爱心呀，那都是时髦的词儿，说起来就是看原先穷得叮当响的村民们变得富裕些了，心里就痛快。这里还有啥缘由呢，李德林自己明白，自己从小也是在山沟子穷窝子长大的，小时候能喝碗糨粥就美得不知道太阳从哪边出来，可惜爹娘死得早，要是活到现在，看着你们儿子当乡长，吃肉比当初吃红薯还方便，你们该多扬眉吐气呀！李德林想着想着眼窝子有点发潮，他呼啦冒出个念头：来年清明我弄他半只子猪肉埋爹娘坟里去让他们慢慢享受；忽然又一想不能埋还得烧，烧了故去的人才能得着吃着，可就怕烧不透烧不没，还是纸扎的啥东西燎了吧。后来他就想这事先放放吧，回家弄出个儿子来最要紧，那么着就可以把于小梅给拴住了。说来可气，于小梅她们那一大家子人本来并不很同意这门婚事，总觉着他们都是城里人，找我这么一个乡镇干部给他们减了色似的，幸亏那阵于小梅可能是离了婚没房子又不愿意回娘家去住或者还有旁的什么原因，没大挑这挑那就应了下来，但现在看来这婚姻的基础还是不牢，非得有个孩子之后才好。

　　吉普车跑了小半天，终于进了县城，李德林扭头瞅瞅，群山绵绵云蒸雾绕，他真想说一声老天爷啊，你当初造这个圆球时咋就弄出这些沟沟来呀，哪怕用腔一屁股都坐平呢，也少了那么多在深山老峪里的百姓。这倒可好，七家离着县城一百多里，这县还有个三家离着二百多里地，看来过去封建社会也太可恶了，硬把那几户人家逼得跑那老远去生存，这给现代化建设增加了多大困难呀。往下没容李德林再想，车已经停在家门口。还真不赖，这回于小梅就一个人在家里待着，挺欢喜地迎出来帮着搬这抱那，完事小黄说快过年了我也得回家了，硬是连口水也没喝就往回奔。李德林进屋瞅瞅于小梅，于小梅粉头花脸地找茶倒水，一弯腰小屁股鼓鼓的，李德林隔着窗子看院门是插上了，伸手就抓于小梅，于小梅早有准备把杯放到一边，问："还是晚上吧?"

　　李德林说："晚上再说晚上的。"就拉她进里屋。于小梅说："等会儿，让我再看你两眼再干。"李德林笑道："咋啦？怕弄错啦?"于小梅说："嗯，现在都打假，回头来的是假老爷们，我不就窝囊了。"李德林摸摸胡碴子，指着墙上的照片：

　　"对着看清楚啊，可能瘦点了，这阵子太累。"于小梅进了里屋，说："太累还忙着干这事?"李德林忙说："脑子累，这不累，这累就麻烦了。"过了一会儿把事办完了，于小梅说："看来还没违反三大纪律八项注意。"李德林笑道："你咋样？也一直闲着吧。"于小梅给了李德林一拳，说："你快成从威虎山上下来的人了，见面就是这点事，怪不得我爸瞧不上你。"

于小梅说完了也就觉出来这话说得有点不合适，但也没办法了。这时外面有人敲门，有个男的喊："小梅，大白天插门干啥？走啊，刘厂长让你赶紧去呢！"

　　于小梅整整头发，对李德林说："昨天一宿没睡觉，真没办法，厂里的事太多，你先歇会儿，我一会儿回来做饭。"穿上大衣她就走了，剩下李德林一个人躺在沙发上，心里这个来气哟，先骂一声于小梅他爸，这个老家伙，他还敢小瞧我！

　　你不就是过去当过几天工商局长吗，也早退个鸡巴的了，还神气个蛋！咱们走着瞧，我要不叫你用夜壶盖上那只眼高看我一下子，我就不姓李！

　　李德林忽然想起刚才门外喊的啥刘厂长，他噌地站起来里屋外屋仔仔细细看了两遍，连土簸箕都看了，果然发现了几个烟头，再想找出点别的来却没找出来。他提着一个烟头看了看，是红塔山的，档次不低，也不像是扔了许多日子的。

　　再把其他的烟头都捡起来看看，都是红塔山，看来是一个人抽的没错。李德林心想这可就有了问题了，于小梅是不抽烟的，肯定是一个男的来这里抽的，这可是啥来着……对！是可忍，孰不可忍！老子在前面带着老百姓苦干实干，你们在家也真打实凿地干啦？……还不错，过了一会儿李德林又冷静下来，暗暗跟自己说别急别急，心急吃不了热豆腐，万一是于小梅他爸或他哥来抽的，咱又能说啥？还是继续往下观察吧。不过，看来当务之急的事是啥这回是彻底弄清了，当务之急就是赶紧调回来，要不然费劲巴拉地盖了房子给不忠于自己的娘儿们和她情人啥的使用，自己不成傻小子了嘛！

　　"旧历的年底毕竟最像年底……"

　　李德林走在县城街道上，不知怎么就想起鲁迅有一篇小说开头有这么一句话。他想这话真是不假，别看有元旦新年，那不叫年，那就是比星期天多歇一天事，在乡下呢，老百姓根本就不过。乡下老百姓一年就过三个节，端午节中秋节和春节，按老百姓的话说是五月五、八月十五和过年，前两节都是在忙活的时候过，也就是吃顿像样的饭，就是这大年在闲时候过，可以不分黑白地尽情吃喝玩乐。李德林虽然在县城里工作过多年，但这两年毕竟是在七家乡的时间长，七家乡政府所在地就一条街，土啦咣叽的车一过卷得对面看不清人，往各岔沟里一走空气是好了，但也见不到多少人。要那么说计划生育就不难了，不是，是说现在在地里根本看不见几个做庄稼活的，你也弄不清人家什么时候该耪的耪了该蹚的蹚了。还有就是年轻人往外去打工的人多，到村里开会也净是老人妇女和孩子。县城这街上可好，到这个时候都是提兜子拎包买东西的人啦，而且年轻人都穿着贼时髦的衣服，美不滋滋地逛。今年腊月一个雪花也没掉，天蓝蓝的像块水冲后的大玻璃，白亮亮的日头在上面一悬，就耀得街上像通天大道一般，叫你心里啥烦事都没了似的那么舒服痛快。李德林深深吸了口气，冷不丝地一直钻到小肚子里。他自言自语道：

"唉，还是县城的年底毕竟最像年底呀……"

这话一出他心里就更痒痒了，他急急忙忙就奔县委去了，进县委大院就直奔组织部。组织部在新楼二楼，一楼是县委办公室，李德林就是从办公室走的，所以到这就跟回娘家一样熟。不过今天这楼内腥乎乎的跟鱼市的气味差不多了，看来是刚分了带鱼，而且这带鱼不怎么新鲜。办公室的秘书小丁正在楼道里捆鱼呢，小丁原先和李德林坐对面桌，抬头见是李德林，小丁忙站起来抬抬手："哎哟，你回来啦，这手也没法握。"李德林说："这带鱼味儿可有点不大对头。"小丁苦笑道："凑合吧，党委机关能分点鱼就不赖了，哪比得了您大乡长。"李德林想起这两年里小丁曾给自己打几次电话告诉上面的动态，就问："年货置办得咋样？"小丁晃晃脑袋说："别提了，我媳妇厂子一分钱不发，我这还是调资前的工资百分之六十，我还能置办啥年货……"李德林听得直想叹口气，后来一想我替旁人难个屁受，乡里不也是一年没发工资，一直到腊月十五东敛西凑的才能补上百分之八十。

李德林问小丁："真是百分之六十？领导也这些？"小丁说："数都是那么个数，可人家领导的含金量和咱不一样，我两块顶不上一块，人家一块能顶一百块。"李德林毕竟也是领导，就笑了："可不是像你说的，到街上买东西都是认钱不认人。"小丁把带鱼捆好拎起来："完了，官官相护了，我不说啦，说这些不好，你这是上哪？"李德林说："去组织部。"小丁朝四下瞅瞅，见楼道人来人往的，就拉李德林到了没人的屋里，关上门说："重要消息，重要消息啊，机构改革，要免下去一批老的，机会难得，赶紧去找。"李德林听了表面上挺镇静，但心里有点发毛，他说："真是不好意思找呀。"

小丁说："你不好意思，你就在下面待着吧，人家可早就动上了。"

李德林沉不住气了，忙问："你是说有的乡镇长已经盯上了？"

小丁说："那当然了，你还以为咋着。"

李德林说："小丁你回头上我家去，我带回点牛羊肉。"

小丁说："不，我可不是冲那，我是冲咱哥们的情谊。"

李德林说："是情谊没错。肉是肉。"

他推门就出去了，才走到楼梯处，就见前面有个胖子正往上走，一看就认出是三家乡的书记胡光玉。胡光玉原来是县委书记的秘书，比李德林下去还早半年。胡光玉一扭头也看见了李德林，俩人就都乐了，互相问些见面常问的话，后来还是胡光玉说："找得咋样？快回来了吧？"

李德林不好意思地说："我，我是说别的事。"

胡光玉乐了："好样的。我可得回来了，再不回来我儿子就得进去了，媳妇也得离婚。"

李德林明白他说的是啥意思，调到基层去的干部他自己苦点累点都没啥，往往都是家里这边坚持不住了，特别是家里有上学的孩子，没人辅导功课不好还是小事，打架偷东西闹出惊动派出所公安局的麻烦来，那才叫人头疼呢。李德林怕胡光玉再问自己到组织部究竟干啥，自己撒谎的本事连两下子都够不上，再说就得露实底了。于是李德林忙没话找话说："你那小子给你闹啥祸了？"

胡光玉说："妈个巴子的，成天看那些破录像……"

李德林说："武打的吧？"

胡光玉小声说："要是武打的还好呢，都是搞对象的，妈的，这么点小就想搞对象，今年说啥得让他当兵去。"

李德林连连点头："对，当兵好，锻炼人。"

胡光玉脸上突然出来点笑意，问："老兄，我那位新嫂夫人咋样？"

李德林脸上发烧，嘴上却不能软，说："能咋样？都鸡巴一个样。"

胡光玉说："不是我瞎说，像咱们这样在乡镇的，不提防着点可够呛，你这媳妇长得又那么漂亮……"

李德林说："妈的，谁愿意使谁使去，反正都是二荏货。"

胡光玉摇摇头说："话是这么说呀……"

往下没等说，组织部一个副部长叫郝明力的推门从办公室出来。郝明力眼神不咋着高度近视，戴个瓶子底眼镜，走道盯着自己鼻子走。别看他相貌不咋样，那也是县里四大能人之一，那顺口溜是这么说的——郝明力的眼，鲁宝江的喘，于小丽的屁股，刘大肚子的脸。郝明力的眼就是上面说的；鲁宝江是人大主任，是掌着全县实权的人，可惜就是喘，一年喘一回，从正月十五喘到腊月二十三，虽然如此不影响上班不影响做报告，而且凡是有他在的场合谁都不能抽烟，倒也带出不少不抽烟的干部；于小丽呢，是于小梅的二姐，酒厂女厂长，喝酒跟喝水一样，小时进过杂技团学蹬大缸，后来臀部就特发达，结婚那天一屁股坐塌过床板，后来因工作太忙顾不上家，她男人跟她生气，她一屁股把她男的撞门外硌折一根肋骨；至于刘大肚子可了不得了，跟李德林是小学同学，考试没及格过，可人家二百块钱起家，现在手里有一个大纺织厂和一个商场，二十年前因为脸上疙瘩太多连对象搞得都费劲，现在可好，疙瘩上摞疙瘩了，他却看不上他媳妇了，听说打了离婚，给他媳妇十万块，谁叫人家有钱没处花去呢。话说回来，这郝明力可没钱，他之所以能列入四大能人之一，除了眼之外，更重要的是他的记忆力惊人，全县干部只要经过他的手的，就跟入了电脑一样，你的出生年月在哪任过啥职呀受过什么表扬得过什么处分是头婚还是二婚违反过计划生育没有等等他张口就能来。可惜就是眼神差点，走对面了也常认不出是谁，所以他一直当副部长，有两次要提他，上面领导来考察，见面他不跟人家说话，人家说他傲气，把好事都给耽误了。胡光玉可能和郝明力还沾点什么亲戚，所以胡光玉捅了李德林一下，意思是逗逗他先别跟他说话，结果他俩硬是和郝肩擦肩地走了过去郝都不知道，可是胡光玉一推郝的办公室门，郝明力就站住了，转过身问："是哪位呀?"胡光玉笑道："耳朵挺好使。"郝明力笑了："不能都不好使。"

进了办公室李德林一脚就绊在一捆带鱼上，那鱼跟小丁的一样，胡光玉说这臭鱼咋放这儿呀。郝明力说哎呀我说屋里咋这么大鱼味儿呢，这是谁放在这儿的。胡光玉笑道："这是人家给你送的礼。"郝明力说："不会，我眼神不好，人家怕送了我也看不见，都不送了。"胡光玉说："那就送钱，直接送到手里。"郝明力说："更不会。我两次把一百块钱当十块的花了，大家伙都知道。"胡光玉问："那我给你送点啥，你才能把我从三家调回来？"郝明力说："送我个金山银山我都不要，我这里有一个你的政绩的好报告就行。"胡光玉说："我这几年考察都不错，咋不调？"郝明力说："不错的多了，那还得领导定。"胡光玉说："那我们去找书记。"他这么一说郝明力才意识到这旁边还有一个人呢，忙说："真对不起，我还以为就你一个人呢，失礼啦失礼啦，这位是……"李德林跟郝关系一般，不能像胡光玉那么随便，忙自报家门，郝明力连忙上前握手，说道："你辛苦啦，才回来吧，听说七家乡落实县里会议落实得很扎实呀，怎么样，家里都挺好吧。真对不起，五月节时我去省里开会，要不非喝你的喜酒去了，你有啥事就说吧。"

李德林听得心里热乎乎的，原来人家连自己生活上的事都记得清清楚楚。李德林一感动就说了实话，他说我跟胡光玉的想法差不多，想问问县里对我的下一步有什么想法。

他这么一说，旁边的胡光玉就直眨眼，说德林，你不是不想调嘛。李德林扭头小声说："那会儿不想，刚才让你一吓唬，就想了。"

郝明力回到自己的座位上，略思索一下说了几句套话，意思是领导上都想着你们呢，但目前能在各乡镇主持全面工作的人还不是很多，所以，你们身上的担子不是说放就能放下的。看来人家郝明力毕竟是做了多年组织工作的，说出话来在亲切的同时又有理有据，说得李德林心里挺服气的，也不好意思再强调个人的困难了，心想只要领导上想着自己，这事早晚能办成。不料胡光玉这家伙不吃这一套，胡说："拉倒吧老郝，这话你留着会上说吧，头年就说这么重要那么重要不能调，那税务工商银行的不是都有人调上来干吗？"

李德林一想对呀，呼啦一下刚平整点的心情又翻过去了，跟着说："还有烟草呢？这回机构改革不是要调整吗？"

郝明力倒也实在，估计这大年根子了，他也不愿意把下面的同志弄得不高兴，便说："胡光玉你到哪哪乱。实话跟你俩说，机构就是不改革往上调干部也是必然的，但调谁我可做不了主，你俩要是很着急的话，就得和主要领导谈，到时候我给你们帮个腔。"

胡光玉说："这还不赖，够意思。"他说完了就摸自己的兜，手没拔出来眼睛却瞅李德林，李德林也不傻，一下就明白了是怎么回事，心里忽悠也就颤悠一阵，他不由自主地就给胡光玉使了个眼色，那意思是该上就上吧，随即也摸自己的口袋。为啥李德林一下子就想到胡光玉这是要给郝送红包之类的东西呢，因为乡镇头头在一起开会喝酒时说过送礼的事，说如今拉着大米拎着烟酒去领导家又受累又扎眼不说，人家也不缺这些东西，遇上那过日子还挺省的领导老伴，大米多了也舍不得给人，到夏天隔三岔五的就晒大米簸虫子，这也太给领导家添麻烦了。不是说上下团结奋斗跟一个人一样吗？跟一个人一样其实不现实，跟一家人一样倒差不多，或者就把领导当作咱乡镇的人，年终给他们一份奖金就是了，人家愿意买啥就买啥，哪怕他打麻将都输了呢，咱那份情谊也算走到了。李德林当时喝着酒也跟着说这法子不赖，但他没敢干，主要原因是七家乡没这个财力，包括自己在内，乡干部们也没这个承受力，一说乡里来个客人都没钱请人家吃饭，教师工资都不能按时发，你那边拿多少多少钱给领导送礼，传出去非反了浆不可。但从胡光玉的举动看，人家可能就这么干了，胡光玉这家伙的口袋挺鼓的，没准都是红包吧。

可没想到胡光玉掏咕掏咕从口袋里掏出盒烟来。郝明力因坐得近忙说对不起忘了给你们拿烟了，转身拉开橱子，拽出一条红塔山来，李德林恍惚瞅着那橱里还有烟啥的，他自己的手在兜里也就松开了。他临出来时带了一百块钱，还都是十块一张的，刚才已经攥到手里，现在真庆幸胡光玉这家伙滑头没掏，要不自己这一百块钱也太丢人了，连一条红塔山烟钱都不够，还想请人家关照，也太不懂行情了。过了一会儿胡光玉要走，李德林也走，郝明力又一次嘱咐找找主要领导或者在主要领导面前说话占分量的人，比如人大主任鲁宝江。因为鲁是前任县委书记，又是现任书记的老领导，他说句话不能说是一言九鼎吧，在一些小事上也能一锤定音。

李德林出了门自然是往前走，胡光玉走了几步忽然说把打火机忘在屋里了，说德林你先走吧，转身又回了郝的办公室。李德林自然不能再跟回去，但他眼睛却好像跟了回去，他足以想象得到这胡胖子进了屋之后就会把口袋里的红包掏出来送给郝明力，那个红包里不会是十元一张的票叠成一摞，而应该是百元一张的，有那么十来张就够可以的了……

"李大乡长想什么呢？"

迎面过来几位和李德林相识的秘书，都是县委办的，叮咣的正往楼里扛整箱的饮料，小丁也在其中，他们都顾不上跟李德林说啥，跟李德林打招呼是因为怕相互在楼道里撞上。

小丁有意往后退退，小声问："咋样？"

李德林说："没戏。"

小丁说："还是功夫没下到。"

李德林说："我这种功夫不行。"

小丁说："那就抓紧练。看这饮料，整车地往这造。"

李德林说："我能造啥？除了土豆子。"

小丁笑道："那你就在下面弄土豆子吧。"扛着饮料进去了。

李德林再走出楼时，发现这会儿楼前停了不少的车，上上下下人来人往很热闹，天气又很暖和，很有些春天就要来到的感觉。李德林正琢磨是不是去找一下鲁宝江，大门口进来县委书记的车。县委书记姓强，比李德林还小一岁呢，强书记一下车就看见了李德林。强书记说李德林你来的正是时候，农业局水利局林业局正召开联席会，研究九五年小流域治理，你们乡要想上赶紧去找他们，去晚了黄花菜可都凉了。李德林还能说啥，忙谢谢书记的关怀，就噌噌去找那些局。这种小流域治理，是国家扶贫工作中的一项内容，早先扶贫就是给钱给东西，都是带点救灾性质的，现在是给项目，比如这小流域治理就是改造山区的山水林田路，国家拨钱，你干了得了钱，完后也就长久受益。所以各乡镇都把这事很当回事，李德林和班子成员已经商量好了，开了春就正式跑这事，因为小流域治理一般都是夏末以后开始，有关材料也都在整理中，可刚才强书记说这事都动起来了，实在叫人想不到。

李德林知道小流域治理办公室在一家新建成的宾馆里办公，他赶到那一看傻眼了，敢情好几位乡镇党委书记和乡长都在那里谈呢，随来的人有的正从车上往下搬东西。李德林有点着急了，进屋说："各位来得可够早的呀。"那些老兄老弟笑道："早下手为强，谁叫你回家搂起媳妇没完。"李德林道："你们早都搂过了吧，要不就快回家去搂，给我让个地方。"就凑上前跟人家谈七家乡小流域治理的想法。工作人员说我们只管谈项目的有关规划，至于你们的项目能上不能上，还得领导定。李德林说那就找领导，人家说领导不在这儿。李德林拉过一个乡长问你找的谁啥时找的，那乡长说找的是农业林业水利局长，已经在这里蹲了四天了。李德林心中暗暗叫苦，直埋怨自己实在是太迟钝了太迟钝了！扭头出去连忙去各局找头头。可哪那么容易说找就找着，都年根了，头头们事多了去啦，慰问啦开座谈会啦看离退休老干部啦，还有抓时间跟关系单位和重要人物喝酒打麻将啊，反正是忙得一塌糊涂。在机关找不着，李德林就往这几个局头头的家里去找。找了两家人没找着不说，心里还挺别扭，有的连大门都没开，说声不在家就拉倒了。李德林琢磨是不是社会治安不太好造成的，可也不至于连面都不露，也太不讲礼貌了。等再到一家根本就没人应声，只有大狼狗汪汪叫，李德林就彻底灰心了，只好转身回自己家。吃晚饭时他就把这事跟于小梅说了，于小梅乐了说："你在乡下待傻了。"李德林最不爱听这话，便问：

"谁待傻了？"于小梅说："你傻了呗，现在有钱有权的人根本不串门，一是人家在打麻将，你进去影响人家。二是房里装修得太豪华，不愿意让外人看。"李德林问："那他们就谁都不见了？"于小梅说："当然见，不是都有电话了吗，一般都是先打电话通了信以后再定。"李德林听罢不由得点点头。忽然于小梅腰里嘟嘟嘟地响起来，小梅低头就瞅，瞅着说厂长又呼我了，然后就打电话，说起来没完。李德林坐在一旁看着，他这个电话装上半年了，李德林没打过几次，看来于小梅的使用率是挺高的。李德林说："有你腰里那个机，再有电话，你和你们厂长快成一个人了吧。"于小梅放下电话，眨眨眼反问："你这是什么意思？吃醋啦？"李德林说："不不。我是说一个女的腰里有这么个东西，男的一呼这边就响，怪有意思的。"于小梅说："方便，好多人都有，将来你调回来也得有。"李德林："我可不往人家女的肚子里呼。"于小梅不高兴了，一边穿衣服一边说："德行，就你这点小心眼，还想带着群众奔小康，回去还扛你的老锄头去吧。"李德林把半杯白酒一仰脖喝下去，说："没有老锄头，就没有白面馒头！妈的，你还别小瞧我！我问你，咱家哪那么多烟头？"于小梅急了："怎么着？来人打牌时抽的！告诉你，这大年根底下，你要想不好好过，就明讲，犯不上在这一点点恼气，我们厂最近正分房子，你要是不想过快说别耽误了我……"

于小梅砰地把门一摔出去了，剩下李德林一个人火冒三丈地嗷嗷乱叫。正叫着呢小丁愣头愣脑地进来，说："就你一个人在家呀，我还以为谁在这唱样板戏呢！"

李德林说："妈个巴子的！敢跟老子叫板，老子不吃你那一套！"

小丁挠了挠脑袋，说："是和你那位吧，我告诉你一个新闻，而且跟你有直接关系。"

李德林问："跟我有啥关系？"

小丁说："刘大肚子要跟你成连襟啦。"

李德林愣了好一阵子："哪个刘大肚子？四大能人之一？我那小学同学？"

小丁说："三尺六的裤腰，全县就他一个。"

李德林问："小梅她有俩姐，哪个换了？"

小丁说："能是哪个，能人碰能人，她二姐于小丽呗。才进腊月散的，可能过了年以后就结婚。"

李德林问："我那个老丈人同意啦？"

小丁说："没钱的换有钱的，还能不同意。你也得注意。"

李德林听了小丁的话还真有点发蔫，心想要真是这么着，可别自己这边再傻巴呵呵瞎吆喝，还是想好了再喊吧，如果散伙了冲自己这年龄再找一个是不成问题的，找大姑娘也能找着，问题是你还有多大能力再折腾一回。当几年乡长，要说酒啊烟啊是没少喝没少抽，吃饭也用不着花钱，可除了攒下那份工资，旁的大便宜也没得着过啥，唯一的便宜就是盖这房子时砖啊料啊弄得便宜点，像报纸上登的那些一下子就受贿多少多少万，那是不可能的事，就是有咱也不敢收。于小梅这女人虽说不那么守谱，可她毕竟是城里人，人家家里没刮吃这头，原先那媳妇人倒是不错，娘家在乡下，那儿还说是头一批奔小康的地方，你瞅瞅她家那些三姑二大爷来一趟城里，不是让你带着去看病就是托人打官司告状，你给他们啥东西都要，总也丢不了那个穷相，你这边一年到头能得到的也不过是腊月里的一摞煎饼烙糕啥的，有一年说杀猪了给送点血肠子来，黏糊糊的吃完拉屎全是黑的……

小丁不知李德林想啥，说："德林，你别怕，要是走到那一步，我能给你再介绍一个，东关有个小寡妇，挺漂亮的，就是有俩孩子。不过没啥，只要你有钱……"

李德林站起来就去找牛羊肉，说："中啦老弟，我也不是拍电影，一会儿换一个媳妇。"

小丁接过一坨牛肉挺高兴："当乡长不赖，这肉多了也行。"

李德林说："太多了也是不廉洁。"然后他自己拿了一大坨，又往身上装了几百块钱，就和小丁一起出了门。他要去人大主任鲁宝江那儿，他知道小丁也不知从哪儿论的管鲁宝江叫舅爷，让小丁跟着一块去，估计叫门啥的人家能开。

这时候天色已经黑墨一片了，月亮还没有出来，星星在寒风中抖动着。街上的灯火却是热热烈烈，新开业的商店和老铺子都抓紧一年中最好的销售时机，不分黑白地干，时不时地就见卖东西的人举着张大钞票在灯前照，看看是不是假的，路边卖拉面的一个个笑面土匪一般拉顾客，卖瓜子水果的个个让秤杆子撅上天，也没有人注意他放在哪个星星上，小孩子们已经在放炮，有消息说县城来年就跟大城市一样不让放炮了……李德林在这夜色和灯光中走着，浑身上下有些发热。他明白他现在是在感受着一种生活，而这种生活是一种极具生命力的生活，让世间一切正常的都感到——活着，多美好……

小丁路过自己家时把自己的那份肉放下，然后就听他在院里跟他爱人说你加点小心别傻呵呵一个劲给人家"点炮"，后来他就跑出来陪李德林去鲁宝江家。鲁宝江住的是平房，论他的资格，县里多好的楼房他也能住得上，但人家不住，这就跟北京一样，大干部就住四合院。当然，那种四合院和一般大杂院就不一样了。县里不比北京，但鲁宝江的大院也不简单：一圈红砖墙，里面有五间正房和三间厢房，挨着厢房还有两间小棚，院里有葡萄架石桌石凳，还有一口压水井和一个窖，其他像小花墙石子路也都该哪有哪就有。小丁一路走着就跟李德林讲鲁宝江院里屋里是啥样，李德林问你咋这么清楚，小丁说他家挖窖时找过我，搭小棚时我和泥。李德林说你这么瘦干得了吗？小丁说人家那是瞧得起咱才叫咱去，再累也不能说累，结果怎么样，我媳妇从镇办厂一下子调到国营厂了。李德林笑道："现在不是发不出工资吗？"小丁苦笑一声："这不能怨我舅爷，当初没看准，没关系，过了年再调回去，那个镇办厂子现在红火了。"

两人边说边走不知不觉就到了鲁宝江的家，小丁敲了敲里面就来人开了门，小丁管那人叫舅奶，李德林一看见过但没说过话，便自我介绍，小丁也跟着帮腔。人家那女人一看就是有身份的，很客气地点点头，然后小声说真对不起，强书记正和老鲁说事呢，这大冷的天，你们如果事不急的话，改日到单位找他吧。李德林一想自己再急也不敢在书记主任面前说急呀，就给小丁使个眼色说我们就不打扰了，小丁就拿起牛肉说这是李乡长的一点心意，他那舅奶略微客气一下就让小丁放到小棚里。这工夫李德林瞅瞅这静静的院子和挂着窗帘微微透出些亮光的屋子，真跟小丁说得一样，不知怎么他就感到有一股子惭愧，自己盖了那么三间秃尾巴新房就美得屁眼朝天，要是过到这架势上，兴许还经受不住呢。

出了大门走了几步李德林小声说："还挺给我面子，收下啦。"小丁笑道："收下也白填圈了，小棚里肉太多了。"李德林愣愣地就不往前走了，前面雪亮的车灯，嗖地擦身而过停在他俩刚离开的大门口，就听小丁那位舅奶笑着说："来啦，快进屋，老鲁等着你呢。"一个男人笑道："就是，缺我不行……"

小丁拽了一把李德林，李德林才慢慢地往回走。小丁说：

"别不高兴，好事多磨，人家那是打麻将呢。"

李德林点点头。后来小丁先到家了，李德林就一个人往回走，走到一条比较静的街道上，他仔细听，就听见四下房里有些哗哗洗牌的声音，再听一会儿又听到哗啦啦的水声，一看是个小饭馆外有一位冲着墙根正尿呢，尿着尿着哇地又吐起来。李德林饭往上反赶紧往前走，这时凉风吹得他浑身上下有点发紧了，他找了个黑地方也想尿尿，还没等站稳就听黑处有人咳嗽，把他吓得尿都出来了，一看黑地里一对男女正搂着啃呢。李德林转身又走，终于找个地方把那壶热茶尿出去，然后就打了个激灵，浑身都轻松。他不禁自言自语：

"旧历的年底毕竟最像年底，县里的领导毕竟最像领导，城里的夜晚毕竟最像夜晚。妈的，全城就我一个傻瓜……"

憋气时说啥都行，但毕竟是乡长，咋也不至于在街上走一趟就把觉悟都走没了。转过来两三天李德林猛跑小流域项目，跑了一阵他发现这事吧也不都像有些人说的非得送多少才行，要那么着共产党的天下早完了，人家管项目的人也得看你能干得差不离才能给你，要不经他手批出去的项目放出去的钱到年底一验收任嘛效益没有，他也不好受。当然，如果你对项目的落实规划做得好，让他听了放心，他就有意在你的名下打个钩，你再多少意思点，联络联络感情，你的事当然办得就比旁人快些，这倒是实情。

李德林找着了一两个头头，又跟项目办具体办事的人疏通得有点门了，再往下定就得领导拍板了。可这会儿人家领导都来无影去无踪了，连项目办的人也没几个能在班上静下心坐一会儿，一个个全是电话找BP机叫，买这个分那个。

女同志还得忙扫房洗东西，人家就跟李德林说你这事过了年再说吧，李德林一想也是，都鸡巴这时候了算了吧，就回家了。到家一看于小梅也忙呢，穿件薄毛衣两大奶子嘟嘟颤，袖子挽挺高使洗衣机洗衣服呢。于小梅说德林咱俩把话说开就得了，我都这岁数了也不想再干啥，就跟你一心过了，你别总疑心我，别看我跟他们喝酒打麻将啥，到真格的时候我保证把住，身上这些东西所有权就归你一个人还不行吗！李德林说那是应该的事，要不然我乡长还不如一头叫驴了，好叫驴还占八槽不让别的叫驴占便宜呢。于小梅笑得咯咯的，说："好好，我嫁给你也算进驴圈了，这就过年了，见着我爸妈会说点话，给我做个脸。"李德林说："话咱会说，就怕人家瞧不起咱。"于小梅说："不会不会，有我呢。另外，我姐的事你可能也知道了吧，刘大肚子那人挺牛气，你别跟他置气。"李德林心里咯噔一下，刘厂长刘厂长就是刘大肚子呗，小梅不就是给他当会计吗，这回一下变成他小姨子了！李德林说："好家伙！全县四大名人你家就占俩，一个屁股一个脸，他俩咋凑一块的呢？能不能吃饭时让他戴个面罩之类的东西？"于小梅说："去你的，人家疙瘩多，钱更多，你脸上光溜，口袋也光溜。"

按往常于小梅一揭这短处李德林肯定犯急，但这会儿心情还不错，他也就没往心上去，抽着烟跟小梅接着瞎逗。他说："现在有的顺口溜说得特准，'不管多大官，一人一件夹克衫，不管多大肚，一人一条健美裤'，就你姐那肚子屁股，也穿健美裤，真能赶时髦。你说你们姐俩可真能，一个把肉长在后面，一个长在胸脯子上，净往值钱的地方长……"

于小梅拿着两个瓶子说："去去去！打酱油醋去！不搭理你吧，你就生气，给你点脸吧，你就胡扯八扯，让我姐知道了还不撕你的嘴！"

李德林说:"到时候我不承认,我就说都是你晚上在床上说的。"

于小梅说:"好好,咱晚上见,就你四十五个熊样!"

李德林一听这话有点发怵。这地方男人都忌讳四十五,起因是说一个二婚男人再当新郎时说自己四十五,其实比这大,头一宿就现了原形,那媳妇就起了疑惑,手掂着那堆不争气的物件说:这是四十五?这是四十五?这故事一传开来,男人自然而然就回避这个数。李德林过三年偏偏就是四十五,而且回来这两天他又发现个秘密,就是现在这女人吃得好身体又壮,可能又加上那些搞对象的电视剧啥的影响,到晚上一沾两口子那点事,不但不怵头,有时弄得你都挺难招架,像于小梅这块头这火力,俩李德林也不是个儿,所以人家于小梅在屋里把话说到点子上,李德林还真有点胆虚。他赶紧说去打酱油醋就打酱油醋,也没拿个兜子啥的,一手一个瓶子就上了街。找了家副食店进去一看打酱油醋还排队呢,没法也得排,排着就听前后的人说现在酱油有假的,都是用猪毛熬的,喝酒也得注意,净拿酒精兑的,另外就是走道得注意,交通队新发展了一批特爱往人和电线杆子上撞的司机,要是两天不撞点啥他们就失眠睡不着觉;最后有一个人说过小年那天修鞋的给各鞋厂发了不少感谢信,感谢一种新出的棉鞋穿一个星期准掉底但鞋底不折,如果折了就得换新的,底掉了重新缝一遍线,使全体修鞋的收入提高了不少……等李德林把酱油醋打完了,他脑子里都装得腾腾的了。他心说这城里哪来的这么多热闹事,烦不烦呀。出了副食店还没走几步,嗖地一辆黄面包车擦着李德林身子就蹿过去,李德林左手的醋瓶子叭地就摔了,人家那车却跟没事似的悠地钻人群里不见了。李德林刚要骂两句,一看周围的人都瞅傻小子似的瞅自己乐,赶紧又进了副食店买了整瓶的,这时他才觉出刚才那些人的话不能都不信,有些事看来自己这两年在乡下的时间长,是不大了解行情了。

再走到街上他就格外加小心了,不是舍不得一瓶子醋钱,实在是怕让哪位愣爹给撞了,要是一下撞死也行,两眼一闭不知道了,就怕给你撞个半死不活的,特别是把男的撞得下肢瘫痪,简直是比掘他祖坟都难受。李德林和他乡里的人去看过一个挨撞的同志,回来大伙说可把人家那小媳妇坑了,他那一撞甭说四十五呀,四百五都不如了。别多说,能坚持下来一年的女的就是好样的,能坚持十年的死后肯定成神仙。李德林心想要是于小梅恐怕也就能对付个俩仨月的，就冲这我可不能像在乡里走道除了自己撞电线杆没人敢撞自己那样子了。

过了街李德林就溜边走，走走就路过一家饭店门前，他一眼就看见胡光玉正腆个肚子站在那儿等谁呢。李德林长了个心眼，忙悄悄躲进一条小胡同口瞅着，他想看看这胡胖子到底请谁。虽然说整个腊月天气不错，但毕竟是腊月，在大街上走得急还不显得多冷，在小胡同一站长了就不行了，小胡同起小风，嗖嗖地往裤脚里钻。再看胡光玉那也等得够受，一会儿看看表一会儿朝左右望望，比当年盼八路军还着急呢。李德林这会儿更难受了。身上冷点还能对付，两只手攥着俩瓶子都冻得邦老硬，他心说胡胖子你咋鸡巴跟人定的点，把今天说成明天了吧。后来李德林一看不能再靠下去了，因为他身后过来两个戴红箍的老头，四只老眼睛上下直打量李德林。李德林知道那是搞综合治理的，万万惹不得，他连忙跟二位笑了笑，可能他那冻木的脸硬笑起来怪不好看的，把那两个老头笑得有点发毛不敢上前，李德林趁机就逃之夭夭。到饭店门前一看那胡胖子还在看表呢，李德林骂道："我说你在这等你爹哪！"胡光玉扭头一瞅是李德林，无可奈何地说："叫你说着了，比我爹还重要。"李德林骂了一句，心里的火也就消了大半，说："说真格的，请谁呀？"胡光玉倒也实在，说："还不是为了小流域项目，年前咋也得砸下来，要不过年喝酒都不踏实。"李德林说："他们不是说过了年再定吗？"胡光玉说："可别听那一套，项目和资金差不多都放出去了，年后吃屎都吃不着热的啦！"李德林一听腿都软了，心里说亏了于小梅让我出来打酱油醋，要不还在家打嘴架玩，年后让你哭都找不着地方。李德林说光玉啊，今天这饭也算我一份东家吧。

胡光玉说那不合适人家会觉得咱心不诚你还是单来吧。李德林一琢磨也是，就赶紧回家，到家于小梅问咋去这长时间，李德林两只手猫咬似的疼，被问急了，他说："我碰见个熟人，跟人家学点招数。"

于小梅说："啥招数？不当乡长当书记的招数？"

李德林点点头："没错，你真聪明。"

于小梅问："啥招？"

李德林伸出冻得鸡爪子似的两手："'两手抓，两手都要硬'，就这招！"

到了晚上李德林心情不好，躺在床上脸转过去朝墙，于小梅收拾完了上床拽他，问："怎么啦？四十五啦？"

　　李德林说："今天不行，今天心情不好，等明天项目争上了再说吧。"

　　于小梅说："还挺革命的。"

　　李德林说："哼，心里得有老百姓。"

　　于小梅说："我也是老百姓。"就拉了灯跟李德林亲热，李德林慢慢也就轻松了些，后来他就起身忙活起来，忙到半道不知怎么又想起小流域项目，便狠狠地一顿一顿地说："我日你个——项目！我日你个——小流域！"

　　时间不大于小梅就急了说："你快下去吧，你打山洞子呀！"

　　李德林抹把头上的汗，下地捅捅地炉子，看桌上有吃剩的猪头肉，抓了两块吃下去，又喝了口水，后来打了个喷嚏，然后钻被里睡觉。

　　准是那两块猪头肉吃坏了，半夜里李德林就肚子疼，连着跑院里拉了两泡稀，于小梅没法子下地给他找药，哆嗦着说谁叫你昨晚上没好造吗，回头非把我也冻感冒了。李德林吃了三粒氟哌酸又喝了些热水，才顶过去那股子难受劲。天亮了他起床后觉得两腿发软，于小梅说好汉架不住三泡稀，你好好在家歇着吧，要是有空去看看我爸我妈，真的假的问问过年有啥事需要你干。李德林苦笑道："嗯，再不去都忘了丈母娘长啥样了。"于小梅问："那我爸呢？"李德林说："你爸是领导，扫着一眼就忘不了。"于小梅笑了："看来还是爱认识当官的。"李德林说："嗯，记住了在大街上好躲开点。"于小梅上来给他一拳头："你咋就不得意我爸呢！"李德林说：

　　"你爸工商局长出身，看谁谁像小商贩似的，我怕他把我当秤杆子给撅了。"于小梅说："我咋又跟了你这么个乡镇干部，我算倒了霉啦。"李德林说："可别这么说，咱乡下人心直口快，您别见怪，一会儿我就去看你爸他老人家。"于小梅说："行啦行啦，别狗过门帘子，全靠嘴对付。"

　　吃了早饭李德林上街，找了家饭馆订下一桌。老板说都年根了你可别请神容易候神难，李德林把二百块钱撂到桌上说到晚上一个菜毛不动也付钱。然后他就去请人，他对自己说这回我背水一战了，说啥也得把小流域的项目争过来。说来也巧，才过街就觉得身后有辆吉普车过来，李德林想起头天打酱油醋的情景赶忙跳便道上去了，可那车也跟着往路边开，李德林刚要说你这车咋鸡巴开的，那车停了，老陈从车里跳下来，李德林愣了，问："你咋来了？"老陈说："可别提了，各村宰猪这两天喝坏了十好几个，有几个重的没法送县医院来了。"李德林笑道："挺好，挺好！"老陈说："胃出血还好？"李德林忙说："不是说胃出血好，是说你和小黄来得好，我正需用车呢。"就上车跟他俩说怎么怎么回事，你二位最好跟我跑一天，老陈小黄都说没问题你乡长这么干是为谁呀，走吧，你指哪咱就开哪去，保证把他们都拉来。

话说得容易，干起来就费劲了，现在甭说找那几个局的领导难，连项目办的几个具体办事人也找不着了，破吉普车嘟嘟嘟蹿到中午，也没找着个正头香主，后来李德林发现小黄开的这车不好好走道了，直想跟树啊电线杆子啥的亲热，李德林问："这车咋啦？"小黄说："车没咋着，我俩不行啦，昨天一夜我俩没睡觉。"李德林看看老陈："你咋不早说呢。"老陈说："你也没问呀。"李德林让车开到自己家，等着于小梅回来做饭吃。正中午时于小梅回来了，一见老陈小黄二位油滋麻花的样子，就有点不高兴，到厨房叮里咣啷煮了一锅挂面，又说这两天太忙家里啥也没准备只好将就点吃吧。李德林脸上就有点挂不住了，老陈赶紧说太好了正想喝点热乎的，小黄也挺明白事，抄筷子抓碗就要吃，李德林挡也挡不住只好看他俩吃了，吃完了老陈说这车有毛病，我俩还是趁着天亮赶回去吧，李德林一想也是就送他俩上路，又嘱咐过年时别喝得太凶注意别着火，又说过初六就来接自己回乡里。老陈说那不行咋也得过了正月十五，李德林说你没看见我忍着嘛，要到正月十五我没准把这娘儿们就劈巴了。老陈又劝了劝，小黄把车发动着，排气管子爆炸似的当当响着去了。

李德林一肚子火回屋，小脸上全是杀气，于小梅做了这事也觉得理亏，躲一边不敢撩惹德林，后来以为没事了她说晚饭我好好炒几个菜，中午实在没时间。李德林一蹦多高：

"炒你妈个×！老子堂堂一乡之长，为民谋幸福，拉着稀满街跑，他们一宿没睡到咱家，你就煮挂面？你的心是什么长的？今天咱得说清楚！"

于小梅向后退两步硬撑着说："我，我就煮了挂面，你能把我咋着？不行咱就分开！"

李德林又听着这话反倒坐下了。回家来这几天情景他都看明白了，马善受人骑，人善受人欺，咱这乡长在人家眼里根本就不是一盘菜，与其这么窝囊，还不如亮了咱的本色，大丈夫宁死阵前，不死人后，一个女人岂能凉了咱一肚子大曲和热血。李德林笑笑说："也罢，咱俩明说的好，散就散，东西各拿各的，想办手续明天就办，不愿意办年后也中。我李德林本来就不稀罕这小窝，咱身后有一乡好几万老百姓，甭说你这二婚的，咱带着奔了小康，老百姓高兴了，给我找个对象那不太容易啦！你别往下惹我，要是我手下的人知道你是这人品，给你一哄哄，先让你臭遍半拉县！"

这回是于小梅听完这些话有些发傻了。估计她是没想到平时回来热乎一宿就跑了的李德林还有这一顿话，这话可够人吃一阵子了，尤其够一个女人吃一阵子。这年头虽然离婚不算个啥，可在这小县城里你要离得太多了，人家也戳后脊梁骨，回家在老人面前也不那么好交代……于小梅又瞅瞅这宽宽绰绰的房子，心里也就后悔了，说："德林，算啦，这事……这事……你抽根烟吧，我给你弄了条红塔山，厂里请客人时，我在饭馆开出来的。"

李德林还抽自己的烟，说："一条红塔山就想软化我？还不是正道来的，不抽。"

于小梅说："那咋办？要不咱……上床。"

李德林说："去你的吧，我一肚难事，哪有那心思。"

于小梅："那你让我咋着？"

李德林也让请客的事给逼急了，说："你有能耐，帮我请客人吃饭……"

于小梅听罢还就还了仰八劲，一拍大胸脯子说这点小事，包在我身上，到时候你就在饭馆子门前候着吧。李德林不信，于小梅说你别不信，我能把强书记请来，你说旁人能不来吗！

李德林更不信了，后来于小梅说这事太好办了，咱未来的姐夫刘厂长刘经理一句话就全都齐了。李德林想想真是的，刘大肚子办的那个大纺织厂和商场，一年税收占全县小一半，县领导跟敬财神爷一样敬着他，他要是出面请谁那准是一请一个准儿。

李德林不愿意看于小梅的得意样，说："要是请刘大肚子出面，我去请也行，我俩同过学。"

于小梅笑道："同过学的多了，你去恐怕够呛，一般乡镇长都进不去他办公室的门。"

李德林脸上发烧，说："我们这不就要成为连襟了吗？"

于小梅说："连襟那是冲着我们姐妹。你要是觉得自己行，我可走了。"

李德林叹口气，说："那就有劳你跑一趟，晚上我在饭馆门前候着。"

于小梅说："把事办成了，你还跟我厉害不？过年到我家闹气不？"

李德林一想反正都到这份儿上了，就说："不厉害，不闹气，放心吧。"

于小梅抹了阵子脸出去了，剩下李德林一个人在屋里乱转悠，心里乱麻似的，不为别的，都说小姨子有半个屁股是姐夫的，看于小梅这股劲，还真没准儿的事，这回要是刘大肚子出面把事办成，我的身价肯定又往下降，剩下那半拉屁股没准儿也是人家的了……等转到后来李德林就想起夏天那场水来，那会儿一天一夜把全年的雨都倒下来了，水顺着山沟往下卷，什么房子地树人马猪羊，冲着啥没啥。也就是遇见现在这好时代，不光政府拿钱拿物，连北京天津还有香港的个人都给捐东西，那些衣服被子全是新的，人家那叫啥精神？全是白求恩精神！咱李德林能接着在那灾区安安稳稳当乡长，还不是托了党和政府还有那些好人的福！为了早点把灾区的经济搞上去，我个人还有啥舍不得，特别那于小梅，人家压根也不是咱的，将来是谁的也说不清，我何苦思想那么不解放，能利用这关系给老百姓办点事，多少年过后大家一说当年的李德林那可是个好干部，比白求恩还白求恩，那就不就流芳千古了吗！

人要是遇事往开处想，啥事都能化解开，李德林在家歇了一阵子，自我感觉情绪平稳了，就洗脸换衣服去饭馆等着。

这时候天短，县城西又有座大山，四点钟天就暗下来了，李德林估摸还得一会儿才能来人，就去离饭馆不远的医院看看老陈送来住院的人，一看都在那龇牙咧嘴地哼哼呢，李德林说你们还愁咱乡灾情不重咋着，夏天挨水冲，冬天用酒灌。那几位说这不是高兴嘛，就是有点高兴大发劲了。李德林又问问钱带够了没有，有俩动手术的估计就得在这过年了，李德林说到时我给你们送饺子来，那二位说多谢了切的是胃可能吃不了饺子。李德林说你俩不吃陪床的得吃，临走又说我说你们两句别往心里去，好好治病，那些人说让您这么一批评里面都不那么疼啦。李德林笑了说要那么着我训一顿开刀别用麻药了，大家都乐了。

再返回饭馆时，于小梅已经站在门口了，埋怨李德林说你咋才来！李德林说我早来了！朝屋里一看他也急了，敢情满满一桌子客人都到了，打头的正是强书记，往下是鲁宝江，其余是那几位他好几天找不着的局长，刘大肚子和于小丽坐在强书记左右，说说笑笑像多少年的老朋友一般。李德林进来后赶紧道歉，然后就倒酒上菜喝起来，李德林先跟众人喝仁名曰前进三，然后跟每人喝一盅叫打一圈，喝的过程就说了小流域项目等事，众人说好说好说。然后，人就听强书记鲁宝江刘大肚子说纺织厂要上新项目的事，这时候还就真看出来了，鲁宝江那是久经风雨的不倒翁，稳坐江山不动声色，刘大肚子财大气粗，眼珠子直瞅房顶，强书记端着个架子放不下，动不动就是形势很好，其余的人也都适当地插一两句话，于小丽的酒厂因为是赢利户，说话也挺气势，加上与刘大肚子的关系，更是锦上添花，连于小梅好像都跟着沾光，到末了只可怜了李德林一会让服务员上餐巾纸一会去要啤酒，后来上螃蟹有味了，强书记吃一口就放下了，刘大肚子直皱眉头，鲁宝江一闻那味就要喘，吓得李德林赶紧给端走，到外屋跟老板好一阵子交涉又换了个别的菜。总的来讲这饭吃得大家都挺高兴，临走时都跟李德林说感谢，刘大肚子还拍拍李德林的肩膀，说过年见。李德林搭了人家的交情，连忙谢刘大肚子。一边谢着一边想，妈的这人可没处说去，上学时候刘净留级成天挨老师骂，没承想现在成这样。最后于小梅帮李德林结账，才结完她腰上的那个机又叫了，于小梅看一眼说我得去厂里，李德林说刘不是刚走吗，于小梅说我也不知什么事可能要结账。李德林不好意思说啥，就一个人回家了，进家捅炉子添煤烧水，想想这一天忙成这个样子，觉得怪好笑的，后来他就觉出酒劲上来了，脑袋迷迷糊糊的，他拉过被盖在身上，就在要睡的前一瞬间，他忽然问自己：今天这桌饭是我请的吗？人家那些人领情吗……

三十那天晚上大家都在家看电视。于小梅把炉子弄得挺欢，屋里热得穿件毛衣还冒汗，李德林抽烟喝茶嗑瓜子，看到高兴时说："要是天天这样嘛，那就比共产主义还共产主义了。"于小梅叮当剁馅和面准备包饺子，时不时进里屋瞅一会儿电视，瞅见那个"复印活人"的节目时，开始他俩还笑假赵忠祥长得有点面，后来见变出来四个小孩，于小梅就不笑了，李德林明白她想啥，就说小梅啊，咱俩虽然是半路夫妻，但我心里可没往半路上想，腊月根这几天咱俩都忙得脚后跟打脑勺子，说点气话就当西北风吹过去拉倒吧，我想咱俩最好还是养个孩子，将来咱俩老了也有个人照顾。于小梅抽抽鼻子紧眨眨眼，点点头说："德林，你说这话让人心里热乎，其实我也想跟你过到老，要孩子我也不反对，问题是咱结婚这么长时间咋就没怀孕呢？"李德林说我原来的媳妇输卵管堵了，可能是她小时候吃得赖又干活累的，你是不是也堵了，你可能是肚子里油多，鸡要是太肥了就不下蛋。于小梅笑了说去你的，我原先那男的冬天下水坐了毛病，要不然我也不跟他离婚，在他坐毛病前我做过人工流产，我能有啥毛病？李德林说那咱俩年后得检查检查，看看原因到底在谁身上。于小梅说对，就是你没问题我也得让你戒仨月酒以后再要孩子，要不生个孩子都带酒味。李德林笑道瞧你说的，全国多少乡镇干部，哪个不喝酒？要是他们媳妇一块坐月子，那不成酿酒厂了吗！

俩人说得都挺高兴，看到十二点放了挂鞭，然后包饺子，包着包着李德林上下眼皮直打架，就去睡了。转天早上街上静静的，吃了饺子李德林说我得出去转转，于小梅说你有点眼色，人家要是玩着呢，你别傻坐着不走。李德林说我不傻，就先奔了鲁宝江家，他还想着郝明力的话，起码过几天求鲁帮助说句话好调回县城来。因为是大年初一吧，鲁宝江家的大门开着，很容易就进去了，不过客厅里只有鲁的老伴，人家挺客气地跟李德林互相拜了年，然后说老鲁去团拜啦，走了有一会儿了。李德林心里一沉，说瞧我这时候赶的，只好满脸是笑地退出来，接着又走了几个头头家，都说去团拜了，李德林心里这个来气呀，心说你们三磕九拜啊，怎么没完没了啦。后来心情就不大愉快，就去于小梅她娘家，到那一看还行，老丈人和丈母娘都在家没人请他们去团拜，但正和儿子儿媳团团围着打麻将呢。见李德林来了，不管咋说还算是新姑爷子头一年拜年，大家都停下手跟他说了一阵子话，后来小丽她爸说德林也不是外人你待着我们接着玩，就重新开战。开战就开战呀，这老爷子一个劲磨叨说坏啦这会儿手气不好了，让李德林听得怪犯疑惑，好像自己一来把人家手气给弄坏了。坐了一会儿李德林说走，老丈母娘送出来嘱咐初二来，李德林明知道初二回娘家，嘴里却问："明天都回来打麻将咋着？"老丈母娘笑了："也打麻将也吃饭。"李德林问：

"你老输了赢了？"老丈母娘说："赢不了他们，一个个鬼着呢，一点也不让。"李德林嘿嘿笑笑走了，心里说还刺刀见红了呢，回头输急眼再捅起来。

到家不见于小梅，李德林抄起电话说我叫腰里叫唤，就呼她，一会儿小梅还真回电话了说我正跟我姐玩呢，你也找一拨玩吧，晚上饭都是现成的。李德林叭地把电话撂下，真有心去小梅她姐家看看是不是和她姐玩，没准是和她姐夫玩呢！

后来转念一想大过年的可别生气，生气了一年都不顺当，也就不想去小丽家了。但一个人在家也实在没劲，干脆也去打麻将，打不好还打不赖吗。李德林就给几个比较熟悉的朋友打电话，先问过年好，然后说过去打麻将。结果怎么着，人家说对不起都开了桌手儿也齐了，胡光玉在电话里还说你应该早定好，县委县政府团拜会后就有组织有计划地"撤退"了。

李德林听完心想今年爱国主义教育准好搞了，从大年初一开始就修我"长城"。他叹了口气，琢磨自己该干点啥，一眼瞥见厨房里还没煮的饺子，他就想起说过给住院和陪床的村民送饺子的事，忙点着煤气煮，煮得了用个小洋锅盛着往医院送，在医院门口遇见几个熟人，人家张口问咋了，你媳妇住院了？李德林心里说你媳妇大过年的才住院呢，又怕饺子凉了便支吾两声跑了进去。那几个住院的村民原先以为李乡长可能就是说着玩呢，没承想真把饺子给端来了，都挺感动的，可庄稼人就是真感动了也不会说啥，擦把手拨过几个说那我们趁热就吃啦，嗯，还是羊肉馅的，要是蘸点腊八醋就更香了，李德林说美得你们吧，往后你们再往死里喝，把胃全割去喂狗，吃啥都不香了。村民们都咯咯笑，互相盯着谁也不占便宜多吃。正吃着进来一个人端着小摄像机，问问是咋回事，然后就横竖照起来，照完了说是电视台的，对李乡长正月初一给群众送饺子这件事很受感动，请李乡长讲几句。李德林愣了一阵子，说："我可不知道你采访，要知道我就不送了。"那记者说："我来采访眼科看放鞭炮受伤的，正好碰上，您就说吧。"李德林想想说："没啥说的，咱当干部的得关心群众。"记者说好，转身问那些村民，村民把饺子赶紧都咽下去，说李乡长可是好人呀，别看他收钱时挺狠，到真格的时候关心人呢……李德林不爱听了，问："我啥时收钱狠了？"

"有一回副乡长把我家猪给赶走了。""那是我吗？""反正在你领导下。"李德林拎着空锅扭头走了，其余的村民送出来说：

"乡长你别生气，他不会说话。你家饺子要是吃不了，我们去吃，别送了。"李德林笑说："剩下的都给你们端来了，你们要想吃，就得自己去包。"李德林知道跟这些人没法生气，也就不生了。

还没到家呢，身后嗷嗷地开过一辆救火车，李德林想这是哪位呀不注意防火，后来就发现那救火车朝自己家那边去了，等到再走近了，有邻居对他喊："老李，你家着火啦！"李德林脑袋嗡地一下差点炸了，甩了锅嗖嗖跑过去，见院里院外不少人，消防队员把厨房窗户打开，冒出一股黑烟。于小梅满头满脸全是黑的，喊李德林你跑哪去了你抽什么疯！打开煤气不关！李德林恍然大悟，但解释也没用了，忙看烧得咋样。还真幸运没把房子燎着，只把厨房的东西都烧个黑不溜秋。邻居们都说没事没事，今年的日子一定过得红火，缺啥少啥只管说话。等消防队和旁人都散去，于小梅说多亏我回来得早，你放着地炉子不用开煤气干啥。李德林不敢说实话，瞎编说我饿了煮饺子我使不好地炉子。于小梅四下看看问："锅呢？您连锅都吃啦？还有那么多饺子？"李德林稀里糊涂又对付过去，赶紧收拾残局。到晚上李德林怕于小梅又问锅和饺子，又说养孩子的事，于小梅说就你这打开煤气就忘的手，回头有了孩子你说不定哪天带出去就给丢了。李德林说孩子和煤气是两回事，你就养吧，你一下养四个，我就辞了乡长回家带孩子。于小梅说去你的，我还养八个呢！我成老母猪啦！这么一扯淡，俩人都挺乐呵，把着火的事就给扔到一边去了。

转天一早李德林特别主动说今天去丈母娘家不能晚了，吃饭时一定好好地给二位老人家敬几杯酒。于小梅挺高兴说你到那儿要注意，我哥我嫂子厂子不开支，我妹妹的单位什么都发，我妹夫做生意赔了，两口子正闹意见，刘大肚子和我姐正在高兴头上，我爸看啥都来气，就我妈还行，你说话要注意对各家的影响。李德林正系着领带，停下来有点紧张说："这么复杂？要不咱别去了。"于小梅说："你头一年到我家，不去不行！不过，你别土里土气的一看就是个乡镇干部，也有点风度。"李德林说:"好好,我多笑少说话就是了。"于小梅说:"也别光笑,傻小子似的。"李德林心里说要是厨房不烧成这个黑驴样,我说啥也不去你家。

到了小梅家,一看局面果然严峻,小梅她爸头天可能是输多了点,看啥啥都不顺眼,直说中央电视台成心破坏计划生育国策,晚会变出那么多孩子来,这不是鼓励多生吗!小梅她哥两口子一年多没发工资了,开了个小铺不咋挣钱,张嘴没三句就说完了,今年要是不弄点假烟假酒卖,这一家人就得喝西北风了;小梅她妹在银行工作,一个劲臭显摆跟她妈说这几个月钱发得都糊涂了,东西更不用说了,光电热壶就发了四个,她爱人在一边吹这回要做笔大买卖,把俄罗斯和车臣开仗中打坏的坦克当废铁买回来,回来修理修理改成推土机,准能挣大钱。小梅她妹说你干脆把巴黎铁塔也买来算啦,俩人就哈哈起来。小丽和刘大肚子是开饭前十分钟到的,一进屋就说太忙了差点出不了门,然后就给孩子们压岁钱,新票子嘎嘎地点,很有派头。还好小梅大姐去外地婆家了,要不还得增加点情况。李德林和小梅也抓紧给孩子压岁钱,由于自己没孩子,给来给去最吃亏。吃饭时大家围着桌喝酒,都给老两口敬酒,李德林有点拘束,把赞扬领导的话全拿出来了,小梅她爸倒挺实在说我现在是平民百姓你别说那些跟我没关系的话。李德林说:"那就祝您身体健康!永远健康!"小梅一把就把他拽坐下了,大家都乐了。小梅她爸说没事,林彪用的不见得就不用,反正我这辈子也不可能再坐飞机了,你们有啥只管说。他这么一说,大家都放松了,又是敬酒又是打围还划拳打杠子。刘大肚子说别看人家都说我是企业家有多大能耐,其实我就是胆大,上学时我就敢逃学,不信你们看过去当班长啥的现在没一个能挣大钱的!小梅他哥说真是没错,这年头不能太老实了,我原来就当班长,后来一工作给个小组长工会委员啥的就把我拴住了,要啥也不是,没准早出去干了;小梅她妹夫喝多了说我倒是胆子不小往老师抽屉里放过蛤蟆,可我咋做啥赔啥呢?小梅她妹说你就赔吧,哪天把你自己也赔进去也省得我跟你操心了;大家都说了,小梅捅捅李德林那意思是你别傻姑爷干听着啦,也说说吧。李德林心想刚才犯过一个错误了,这回可别犯了,就说:"刚才我说得太正经了点,这回说……"小梅她妹夫说:"不正经的?"

把大家都逗乐了。李德林说:"不是,是说点轻松的。说有个退休干部开饭馆，写对子上联是'奋斗一生两手空空'，下联是'开个饭馆补充补充'，横批是'概不记账'。"小梅她爸笑了，发话说："每人说个笑话，好喝酒！"刘大肚子就说："镇长乡长下饭馆回家带回不少餐巾，媳妇舍不得扔就做了内衣，晚上一看上身的字是'红宝石请来品尝'，下身是'塞外酒家欢迎再来'。"说完看于小梅，小梅脸就红了。李德林忙反击说："那是你们厂长经理下饭馆带回去的。"于小丽说："是你们乡镇长。"李德林说："我说一个，厂长参加全厂大会睡着了，临结束时副厂长捅他请他讲话，厂长揉揉眼说，'那就上饭吧'。"

这笑话挺有水平，一下子把全桌人都笑得弯腰捂肚子的，都夸李德林有两下子，这一来喝得痛快，一圈一圈一会就造下两瓶。都喝得有点多了，小梅她妹夫还想表现表现自己，强睁着眼说："有个小偷大白天搬邻居电视，被抓住了还不服，说不是让胆子再大一点吗？我的失误就是步子慢了一点。"刘大肚子舌头都短了，笑道："这是你吧？"小梅跟着说："你胆子可别再大了。"小梅妹夫历来喝多了爱闹事，扔下酒盅说："干啥干啥？看我赔钱了也别这么寒碜人呀！你不就是有俩臭钱吗……"刘大肚子把脖子一扭："你说啥，找不四至呀！"不四至就是不舒服的意思，刘大肚子肚子里酒多了也就显出了本相。小丽忙说刘大肚子，刘不服，小梅她妹管她男的，他男的也耍梆子骨，吵吵嚷嚷的。老爷子后来就摔了筷子，老婆子跑屋里心脏不好受了，小梅他哥本来心里就不痛快，就势骂一顿。李德林一看大势不好，拉起小梅就回家，到家一摸满头是冷汗。小梅说起祸的根子就是你，说什么笑话！李德林说谁叫你捅我的？再者说谁叫你跟刘大肚子一起气你妹夫的，你俩到底是怎么回事？这一问可问坏了，于小梅拉着李德林就要去刘大肚子那说个清楚，李德林嘴里不服输，腿下可不动地方，末了气得于小梅摔门走了。李德林叹口气说，这鸡巴年过的！吓人呼啦的。正不知干啥呢，小梅她妹妹找上门来，问凭啥合伙欺侮我男人，李德林忙请她坐又解释这事跟自己没关系，说着说着就发现这小姨子长得比小梅要好，跟她说话心里挺舒服的，转念一想我媳妇跟她姐夫挺猫腻，我就不兴跟我小姨子亲热点，于是就忙着沏茶倒水的，可不知怎么心里往那一想手都不好使了乱哆嗦，话也跟不上了，人家小梅她妹客气两句抬屁股就走了。李德林送到门口，暗问自己你那胆呢？后来又回答自己，压根咱就没那贼胆，这几年忙得天昏地暗的，连那贼心都没起过。回屋抽烟喝茶看电视，思量思量自己一晃都四十大几了，从山沟子里一点点走出来，就跟蚂蚁出洞去觅食，转来转去也就是在方寸之间，寻得一块比自己身子还大的食物，匆匆搬回去供众蚁享受，倒也是很高兴的事，至于人嘛，也不见得是进了京到了省去当大官才算荣耀，能给旁人特别是老百姓多做点事，也是光耀前者后荫来人的积德的事……突然李德林就想起要孩子的事，忙站起身在挂历正月初十上打了钩，他算计正月十五一过就必须回去了，至于跟老陈说初六后去，那是气话，回去伙房饭馆都没生火，净得到旁人家吃去，麻烦人家是小事，那通喝法受不了，头年大夫说自己有点脂肪肝，弄不好就得喝成酒精肝了。

过年都是两顿饭，吃后晌饭前于小丽来了，说上午大家都喝多了，晚上老爷子让大家还去，咱们都少喝点就是了。李德林说我害怕，于小丽说你害啥怕，应该是我害怕。然后就说："德林你也说说小梅，她跟老刘那么腻乎，外人怎么看！"

李德林一听就急了："我还正要说呢，应该是你说说你妹妹和你男的，我这还一肚子火呢！"于小丽说："我怎么好说，我俩也没登记，小梅的脾气你也知道，弄不好就得跟我干架。"

李德林说："那可得了，咱俩都成受害者啦。"于小丽笑了："你要不管，他俩成了，干脆我就跟你过了。"李德林连连摆手："别别别，我哪敢霸占您呀……"说完他自己都乐了，万一有那一天，还说不上谁霸占谁呢。于小丽也笑了，压得沙发弹簧嘎吱嘎吱直响，站起来说跟你闹着玩呢，瞧把你吓的，就先去了。李德林这回又冒了一脑袋凉汗，暗道城里如今女人可真开放啥都敢说，真的假的叫咱这乡镇干部也分不清了，往后要是调回来看来还得好好学习学习。

再吃饭情况就好多了，都像个人似的说点得体的话，觉得没把握的话也就搁肚子里不说了。后来老爷子说你们大家得互相拉扯一把，刘大肚子就表示可以拿出点钱来而且不要利息借给亲戚们，但到时候必须还上。小梅哥嫂表示愿意借，小梅妹夫说一旦和在俄罗斯当倒爷的哥儿们买来废坦克，如果人手不够，还想请各位都跟着参加一下经营活动；李德林一看大家都这么热心肠了，也表示将来提拔到县里来，有什么需要自己办的大家都说话。他刚说完又热闹了，差不多所有人都说你李德林当那个破官没劲，挣不了一壶醋钱还整天操心受累，不如早点办个公司啥的。李德林说不行我在这条路上都奔了二十多年了，不能半道而废。小梅她爸说对，咱这一家子可分成几条战线，有奔官的有奔钱的还有奔坦克的，形成一个多元化的局面，就能适应发展变化的形势。大伙一听全服了，说老爷子哟，敢情您在家也没闲着，都研究起战略问题了。老爷子说要不也是闲着，发挥点余热吧。

这顿饭吃得皆大欢喜，接着打麻将，刘大肚子痛痛快快输给老爷子一千块，老爷子转身拉着李德林就问："老婆子，小丽的喜事是不是抓紧办了……"李德林赶紧把丈母娘让到前面说话。小梅的牌总不顺，动不动就给人点炮，李德林在一旁扒眼跟着着急，后来小梅她妹指着电视喊："看呀，我姐夫给人家送饺子吃呢！"大伙一看可不是嘛，本县新闻正演在病房里李德林跟村民有说有笑地吃饺子呢，当然是人家吃他说话。于小梅一看就喊："我说我们家饺子和锅都没了呢！"

又在几个熟人家喝了几顿，李德林喝得胃口火辣辣的，还凑热闹玩了两宿麻将，输了四十多块钱，大家说你爱民如子这回组织上准重用你了，你得请吃一顿。李德林说对不起我家着火了，等我调回来头一件事就是请各位喝茅台。话题往这么一说就又勾起了心事，正月初六他就去找刘大肚子，不料刘去深圳谈生意了，据说得十天半个月的才能回来，想找小丽留个话给刘，小丽去北京办事了。李德林一跺脚直接去找鲁宝江，鲁宝江正犯喘，也不便再跟人家张口。正发愁呢，又在街上碰见胡光玉，胡光玉兴高采烈说你怎么样了，我可快调回来了，强书记跟郝明力发话了，你还不快去直接找强书记。李德林就去了，没说几句强书记就说你已经在考虑之列，当务之急是把你乡里的工作抓好，还有什么想法可以跟组织部去谈。李德林吃了个定心丸一样去找郝明力，郝明力说李德林你给群众送饺子的事干得不错，强书记在常委会上提了两回。李德林心里这个乐哟，说我乡里的工作安排得差不多了，送饺子那是应该的，本来还想炖点肉送去呢，我和群众处得很好……郝明力说既然处得很好你就在下面多待一阵嘛，估计乡党委书记的职务很快就能给你。李德林说我现在不是想当书记，我实在是想调回来，我家里有困难。郝明力想想说："你一直没小孩，是不是你爱人怀孕了？"李德林心想咱就顺杆爬吧，就说："是啊，再有一个月就快生了。"郝明力乐了："那也不够月份呀。"李德林挠挠脑袋："可能还有俩仨月，我也闹不清。"郝明力又说现在如果非要回来可没有什么好位子，体委副主任文明办副主任还有个文化局副局长但得兼评剧团团长，李德林说不行打死我也不能去当团长，你看看还有哪儿，有没有局长就要退了，我去三二年能顶上的地方，郝明力说这倒有不过得好好谋划一下，你先回乡下抓工作吧。

这回从组织部出来，李德林脚步格外轻快，在楼外碰见小丁，小丁要去妇幼保健医院了解点数字和情况。李德林告诉他调动有门，小丁也很高兴。不知怎么又说起回来得养个孩子的事，李德林心里就一动，暗想这些年都说我原来的媳妇有毛病，到了小梅这还是人家有毛病？不如我偷偷先查查，好有个思想准备。他把这想法一漏，小丁说正好啊我认识的这人还能给你保密。李德林就跟小丁进了医院，找了个熟悉的大夫，人家说首先得化验点那东西，李德林钻个小屋里把任务落实了，然后就找个没人的地方等着。过了一阵那大夫跟李德林说你可能从来就没检查过吧，你的精子没有几个活的，即使是怀上了也得流产。李德林冷水浇头一般，连小丁都没找就出了医院。一边走一边想人家说得真对，刚结婚那几年死去的那位就是一个劲的流，结果就认定是人家的毛病，现在小梅连流都不流，看来自己派出的那点兵将都惊动不了人家。

硬着头皮到家，发现桌上有个字条，是小梅写的，说有紧急任务出门了，过十五就回来。李德林看罢心头轻松一点，心想躲过一站是一站，我别让她拉到医院露脸，我得抓紧办事然后找个乡医吃点偏方啥的。于是他就去小流域项目办，人家说得把报告啥的全报上来，李德林琢磨不是一个人办的事，打电话就把老陈几个人都叫来了。正好小梅也不在家，这一帮人吃住就都在李德林家里，连着忙了两三天，就到正月十四了。县里这时闹花会花灯，白天扭秧歌踩高跷晚上灯光灿烂的，李德林也顾不上看啥，盯着那些办事的人不放松，该请吃饭请吃饭该意思的意思，结果人家就表示正月下旬去实地考察，一旦山水林田路的规划跟实际差不离，就能批准立项，全年七家乡就能得着一百多万。李德林美得差点蹦高，老陈说我们先回去安排部署一下，到时候您陪着他们去就是了。

正月十五这天是李德林一个人在家过的，吃了晚饭他站在自己的小院望着那个圆圆的黄月亮发了好一阵子愣，他想这么一个大东西就在天上悬着掉不下来也飞不远去，看来这都是事先安排好的事，就好比自己命里大概注定就得在乡下滚些年后再上来，月亮没人给她充电添柴就自觉自愿地给人间照亮增景，白天的太阳就更不用说了，自己好歹拿着工资还断不了白吃白喝白抽，往后调县里来看来得格外注意廉洁了，要不然就对不起从小就照看自己的日月星辰了。回到屋里电话响了，是小梅打来的，说业务太忙回不去，可能还得在外十来天。李德林也不傻，不动声色地问："你在哪儿，衣服带够了没有。"小梅说我在南边，这边挺暖和。突然小梅小声说德林告诉你个喜事，咱不用去检查了，我好像是怀上了，你高兴吗？李德林一下子就明白了怎么回事，这时他要不是想起刚才看到月亮和想到的太阳，他非把电话机砸了不可。他叹口气说："不高兴，咱别养个酒精孩子。"小梅说："我也这个意思，回去先做了。"李德林说没啥事我歇着了，另外你告诉刘大肚子，如果真有的是钱就把那张脸皮换一换，换个再厚一点的。那边于小梅肯定是吃惊了，啥话也没说。

　　转过天一早老陈就打来电话，说一冬天旱得厉害，就怕山上栽树的规划不好向人家交代，李德林说到时候再想办法吧。他骑车子又去找项目办的人确定去七家的时间，人家说最起码还得等十天，李德林说正月十五也过去了，年也就算过完了还是早点去吧，人家说再商量商量。正说着呢电话找来，是郝明力叫李德林去，李德林强按着呼呼跳的心往县委大院走，在大门口碰见胡光玉，胡光玉说我回来了上体委当副主任，不管咋的先回来再说。李德林想着自己回来能上哪儿呢，匆匆找见郝明力，郝明力开门见山说县委刚开过会，让你去三家乡接胡光玉当书记，希望你做出成绩来，至于什么时候回县里来，组织会考虑的。李德林坐在沙发上愣了一阵没说话。郝明力说："上面电视台要采访你送饺子的事，你做点准备，下午他们就到。关键要讲透送饺子的思想感情，弄好了能上焦点访谈，中央正重视农业。"

　　李德林心里说要是有人让自己去打麻将就送不上饺子了，转念一想也别糟践自己，腊月里不就是说要送吗……后来他就问郝明力什么时候下文，郝说你把七家乡的事再安排一下回来就下。李德林说等我把小流域治理项目落实了再下文，郝说可以但要抓紧。然后李德林就到办公室打电话让老陈快来，争取把项目办的人请去。放下电话他又去项目办，走到街上就听到处唱"天不下雨天不刮风天上有太阳"这歌，抬头看看真是没雨没风有太阳。李德林想这事也怪了，那年唱"一把火"就着大火，头年春天唱妹妹坐船头，夏天就发水，现在又唱这个，弄得天挺旱！回头我编一个"风调雨顺风调雨顺快快奔小康……"他哼哼着就过了大街。

大厂

谈歌

　　早上一上班，厂长吕建国就觉得机关这帮人都跟得了鸡瘟似的，这年过得好像还没缓过劲来呢。就狠狠地想，今年一定要精简机关。在走廊里，工会主席王超见面就跟吕建国诉苦，说厂里好几个重病号都住不了院怎么办？吕厂长您得想法弄点钱啊。吕建国含含糊糊地乱点着头说，行行，就往办公室走，心里直骂娘：我他妈的去哪儿偷钱啊？

　　进了办公室，吕建国发现窗子没关，早春的寒风呼呼往屋里灌着，窗台上的那两盆月季花都打蔫了。吕建国忙关上窗子，才发现窗子的插栓坏了，就又忙着找铁丝想把窗子拧上。厂里越来越不景气，日子长长短短地瞎过着，已经两个月没开支了。前任许厂长让戴大盖帽的带走了，据说是弄走了厂里好几十万块钱，工人们恨得牙疼。吕建国上台一年多了，也没闹出什么起色来，春节前倒闹出来两件大事。

　　一件是厂办公室主任老郭陪着河南大客户郑主任嫖妓，让公安局抓了。今年郑主任要跟吕建国订一千多万的合同呢，所以吕建国叮嘱老郭，姓郑的要干什么，你就陪着他干什么，只要哄得王八蛋高兴，订了合同就行。郑主任是个酒色之徒，那天喝多了，非要找鸡玩玩。老郭傻乎乎地就真去找了两个鸡，也闹不清是正嫖着还是刚刚嫖完，公安的就踹开门进来了。要是乖乖地让人家逮走，关上几天，再罚点钱，也就没什么事了，偏偏那天老郭和姓郑的都喝多了，跟公安局的动手打起来了。那个郑主任可能是练过几下子，还把两个警察给打坏了，一个打成了乌鱼眼，一个打得下巴脱了钩，还一劲瞎嚷嚷哪里有压迫哪里就有反抗。问题就严重了。人到现在还没放出来呢。郭主任的老婆又哭又叫，天天到厂里来找，要求厂里快快把老郭保出来，老郭是为革命工作去陪客的，是为革命被捕的。闹得吕建国乱藏乱躲，像个地下党。

第二件是厂里唯一的一辆高级轿车丢了。前任许厂长买了不少高级轿车，吕建国一上台都卖了，就留下一辆车为了跑业务，怕被客户们瞧不起。春节前，市里管计划生育的钟科长的儿子结婚，说要用用车。厂里管计划生育的老吴不敢得罪钟科长，就死乞白赖地跟吕建国求情，把车借出去了。谁知道开车的小梁那天接了亲就没回来，让人家留下喝酒，等喝完了酒，晕晕乎乎地出来，车就没了。

不光这两件窝心的事，还有那一大帮要账的，住在厂招待所里不走，嚷着要在沙家浜扎下去。这帮人吃饱了喝足了睡醒了打够了麻将，就到厂里乱喊乱叫各办公室乱窜着找吕建国要钱，有几个还在吕建国家门口盯梢，跟特务似的。吕建国实在藏不住了，就和党委书记贺玉梅在饭店请这帮爷吃了一顿。这帮爷一边吃一边骂，说欠账不还是什么玩意儿啊？贺玉梅赔着笑说：我们已经撒出去大队人马要账了，一回来钱，马上还大家。吕建国也满脸堆着笑说：我姓吕的也是要脸的人，也不愿跟各位耍滚刀肉啊，实在是没钱啊。不瞒各位，我刚刚回来点钱，也得给工人们发工资啊。就快过节了，我要是一分钱不给职工发，我这个厂长还是人吗？求各位替我想想，我给各位磕头了，说着就四下作揖，揖着揖着就泪流满面了，弄得这帮人也说不出什么来了。山东的老刘苦笑道：吕厂长把话说到这份儿上了，那就算毬的了，我们先回去过年吧。于是，这帮爷们就忙着回家了。吕建国算是松了口气，也忙着没头没脑地过年。

吕建国年也没过好。大年初一，郭主任的老婆又找上门，进了门就号，吕建国急不得恼不得，连蒙带劝把她哄走了。大年初二，厂里的总工袁家杰来拜年，又说起他想调走的事情。袁家杰是吕建国的同学，现在是技术上的台柱子。吕建国好话说了一火车，袁家杰阴着一张脸也没说不走的话。吕建国心里起火，就一下子病了好几天，发高烧，厂卫生所还没药，说现在除了量量体温血压什么的，别的都不行。吕建国的老婆刘虹在电厂上班，慌着把电厂的医生请来，给吕建国打了几天针，才算好些了，可嗓子眼还是肿肿的。

好容易过了年，吕建国一上班，就把丢车的事交给秘书方大众办去了。方大众有个同学在派出所，想求那个同学卖卖力气，快点把车找回来。吕建国则去公安局说好话，先得把那位郑大爷弄出来再说啊。本想拉着贺玉梅一块去，可是贺玉梅回老家看老娘了，吕建国只好自己去，可是去了几趟都让公安局的呛回来了。公安局的说：你还是厂长呢，这是什么性质的事情啊？你还有脸找？嫖娼不说，还敢打我们，不好好治治要造反了哩。吕建国没办法，就又到处找关系。昨天晚上，吕建国跑了好几家，可找谁谁都嗑牙花子，都说不好办，吃了什么了？撑得敢打公安局的？弄得吕建国灰溜溜的。昨天贺玉梅上班了，吕建国就让贺玉梅去找找梁局长，请梁局长找人把那两个混蛋弄出来。吕建国最近跟梁局长关系挺紧张，有一次开厂党委会，吕建国说局里就知道天天开会，不干正事。不知道这话让谁捅给了梁局长，还给歪曲了，说吕厂长说梁局长不干正事，梁局长见了吕建国就直翻白眼。局里有跟吕建国不错的就告诉了吕建国，吕建国气得牙疼了好几天，可又不能跟梁局长解释，这种事越描越黑。贺玉梅跟梁局长关系挺好。贺玉梅是工农兵大学生，毕业后跟着当时还是科长的梁局长当科员。后来梁局长当了局长，就把贺玉梅提拔起来当局团委书记，去年厂里换班子，她就来当了党委书记。

吕建国找了根铁丝，把窗子拧上。屁股还没坐稳，财务科长冯志文就苦着一张刀条脸进来了，朝吕建国嚷嚷着：我这个科长不当了，厂长您另派别人吧。

吕建国笑道：你是不是过年吃多了，还没消化呢，乱叫唤什么？

冯科长骂道：赵明不肯交钱，说要钱没有要命一条，我去找他，他还想动手打人呢。我这个财务科长成什么了？我不当了。

吕建国脸上就硬了：他不是说过了年就交钱的嘛？说话是放屁呢？这事你别管了，我去找他。

冯科长苦笑：您去？怕是您也要不回来的，他就听齐书记一人的。

吕建国说：我就不相信他赵明没钱。对了，现在有回款的没有？

冯科长摇头叹气：也就是回来仨瓜俩枣，现在谁还钱啊？节前撒出去十几个人，要回万把块钱来，还不够差旅费的呢。这月的工资也还没影呢。

吕建国想了想：催催市里的几家，四海商行该咱们六十多万呢，弄回来够开工资的了。

冯科长摇头笑道：四海商行的赵志高是个地痞，怕是更不好要了。我去了好几趟，连人影也见不到。说完冯科长起身走了。

吕建国就给方大众打电话，想问问那车找得有没有眉目了。方大众不在。吕建国想了想就给袁家杰拨电话，想找袁家杰谈谈。他不想让袁家杰走，现在厂里的技术还真得靠老袁呢。袁家杰办公室也没人，吕建国骂了一句就放了电话。门一推，党委书记贺玉梅进来了，脸上血啦啦的好几道子。吕建国吓了一跳：怎么，又干仗了。

贺玉梅叹口气，眼睛就红了：这日子没法过了。就坐下闷闷地叹气。

贺玉梅两口子最近总干架。爱人谢跃进原来在局里当办公室主任，前几年下海开了个公司，听说挺挣钱的。谢跃进有了钱就不安分，贺玉梅管不了，两人总打架。她是个挺要强的人，好几回想离婚算了，可又下不了狠心。吕建国也做过工作，说你刚刚当了书记就闹离婚就不怕别人说你什么嘛？贺玉梅活得真是挺难的。

吕建国叹口气，他想不出怎么劝贺玉梅。班子里，他跟贺玉梅挺团结，纪委书记齐志远和赵副厂长几个都跟他尿不到一个壶里。老齐和老赵原来都憋着要当书记当厂长的，恨吕建国抢了饭碗，总跟他弯弯绕。贺玉梅家里又是这样一个情况，天天脑袋耷拉着，心不在焉。吕建国就觉得自己挺孤立，就后悔不该当这个毬厂长的。

吕建国就问：你去找梁局长了吗？他怎么说？能保出来吗？

贺玉梅苦笑：我昨天晚上找他了，他说给试试。看样子他不想给使劲的，谁让你说他坏话来着。

吕建国骂：就是老齐那家伙乱造谣，我什么时候说过那种话的？

贺玉梅笑道：反正你是洗不清了。你这两天找公安局怎么样？

吕建国叹道：一下半下不好说的，那两个公安局的躺在医院不出来，听医院的偷偷告诉我，两人都不在医院睡觉，早就好了，每天到医院去一趟就是乱开药，什么鳖精啊太阳神啊的乱开一气。昨天又交给我两千多块的药条子，让报销呢。

贺玉梅恨道：真黑啊。

吕建国皱眉道：先不说这个了。老袁找你了吗？他坚持要走，得想办法留下他啊。

贺玉梅苦笑：你留不下他。换我也走，我听说那家乡镇企业一月给他两千块，还不算奖金。现在咱们厂都快开不出支了，有点本事的都想往外蹦呢，袁家杰这算是开了个头啊。

吕建国叹了口气：我想再找他谈谈。

贺玉梅摇头说：谈也没用，别看你俩是老同学，关系又铁，现在这社会都认钱了。

两人就闷闷的，觉得没什么话说了。都感到挺压抑。

贺玉梅站起身：我去车间看看。三车间那点活挺吃紧呢，别误了工期啊！

吕建国想起赵明的事，就说：刚刚老冯来了，说赵明欠承包款还不给，还骂人，这事真是难办了。我想终止这小子的合同，你看呢？

贺玉梅想了想：还是跟他谈谈，咱们得关照着点他姐夫的面子啊，总是常常用人家，慎重点的好。

吕建国皱眉道：可这小子也太给鼻子上脸了。我去找他谈谈，他要是硬不交钱，就停了他算了。有的是人想承包呢。不然工人们还觉得咱们吃了他多少黑心钱呢。

贺玉梅笑笑：那你可得注点意，那小子是个二百五。说完就走了。

吕建国心说你贺玉梅是不是激我啊，你以为我怕他赵明啊。我偏找他试试。他抬起屁股就要去找赵明，桌上的电话急急地响起来了。

电话是妻子刘虹打来的。刘虹说：咱们村的志河来了，想弄点废钢材，你就给他弄点吧，也算咱们老三届支援贫困地区了。

吕建国苦笑道：你说得容易！我倒是有啊？志河是当年吕建国和妻子下乡那个村的团支部书记，这几年在村里开工厂，闹腾得挺欢实。每年都给吕建国送土特产，什么地瓜干儿啦，玉米碴子啦小米啦绿豆啦，吕建国就有点烦了，集贸市场有的是，还送这干什么啊，还得承他们的人情，这老乡们是越来越精了。

刘虹不高兴道：我就不相信你办不了这事？刘虹要面子，当年的老乡们一找她她就帮人家。

吕建国想了想：他要多少？我这儿可也不好过呢，还到处找米下锅呢。

刘虹笑道：他要不多，看把你吓的。你回来一下吧。跟志河坐坐。咱们找个饭馆吃点得了。

吕建国为难地说：我真是脱不开身啊，现在我正找人忙着往回弄车呢。

刘虹笑道：找回来也没有你一个车轱辘啊，志河可是等着你呢。

吕建国恨不得给妻子磕头了：你就替我解释解释吧。我真是脱不开身啊。

刘虹无奈地说：那我先陪志河喝着吧，你要是有空就来一趟。就放了电话。吕建国就拔脚去找赵明了。

这几年厂里效益不好，在厂门口盖了一个饭馆。来了业务在那儿招待，方便，也比在街上吃便宜。盖好了就让销售科承包了。谁知道，饭馆弄得不像样子，价钱还挺宰人。厂里再来了客人，还是得到市里的饭店去吃，饭馆就冷清了。前年，销售科就又把饭馆转包给了赵明。赵明是个滚刀肉，厂里没人敢惹他。前年的承包费就没交，说是赔了。前任许厂长屁也没敢放一个，就算拉倒了，去年吕厂长上台，就重新找人承包，可是赵明把价钱抬得高高的，几个想承包的都吓跑了，于是还是给赵明承包了，讲好每年向厂里交十万块钱。春节前，赵明赖着说没钱，过了年一定给，这又不给了。吕建国心里蹿火，就准备亲自去找赵明谈谈。

吕建国走到厂门口，突然又停下了，他想自己去找赵明要是谈崩了怎么办，那小子仗着他姐夫是市委常委，谁的账也不买。这年头反正有点背景的，都鸡巴硬硬的。吕建国就多了个心眼，在门卫给保卫科打电话，保卫科有人接了电话，听出是吕建国，就忙说：我给您找徐科长啊。吕建国听见电话里边吵吵嚷嚷的，心里就烦。这些日子厂里总丢东西，年前四车间还丢了一台电机，保卫科长老徐从各车间抽调上来十几个人，夜里乱转，徐科长的两眼熬成了猴屁股，也没逮住谁。可东西还总是丢。

等了一会儿，徐科长接了电话。吕建国说：你来一趟。就低声说了去赵明饭馆的事情。老徐笑道：行，我就来，这小子欠钱不给，还挺牛的。厂长，这事你是该出马了。

贺玉梅进了三车间，见工人们正在扎堆说什么呢，就笑道：上班扎堆聊天，小心我扣你们的工资啊。工人们就轰地笑起来，有人说：贺书记，您扣什么啊？都两个月不开支了。说着就散了。

车间主任乔亮说：贺书记啊，您来得正好，您看这事怎么办啊？章荣师傅病了，他儿子刚刚找来了，跟我大吵了一通，说厂里卸磨杀驴，他爸爸干不动了，也没人管了。还骂骂叽叽的，讲了些不三不四的话。要不是看在章师傅面上，我真想揍他。

贺玉梅问：章师傅怎么了？

乔亮苦笑道：还是他那老病。去年老汉有两千多块钱的药条子没报销，不是厂里没钱嘛！这回老汉说什么也不去住院了。

贺玉梅就心里乱乱的。章荣是厂里的老劳模，还出席过全国的劳模大会，也是市里的知名人物了，现在弄得药费都报不了。这事传出去，让人家怎么看啊！贺玉梅硬硬地说了一句：你到章师傅家把那药条子要来，我去找吕厂长签字，报销。

乔亮苦笑：厂里不是没钱吗？

贺玉梅说：有钱没钱也得给章师傅治病。他那些年没日没夜地干，累了一身的病，老了老了，连病也看不了，日后谁还干活啊！我听说财务刚刚进了一万多块钱的回款。

乔亮看看贺玉梅，眼睛就潮了：贺书记，我不是当面奉承您，您这话叫话。现在真是没人好好干活。您知道，现在连工人阶级都不叫了，叫什么？叫工薪阶层。厂长不叫厂长，叫老板。真是他妈的，都成了打工的跟资本家的关系了，还有鸡巴什么主人翁责任感？工人们都骂，说办公室老郭带人去唱卡拉OK，还嫖，给抓起来了。厂里用的这叫什么鸟人？

贺玉梅不耐烦道：行了行了，别乱说了，你那嘴整天没个准头。那个姓郑的想嫖，老郭不带着去行吗？咱们指着人家的合同呢。这个月的活能按时完成吗？

乔亮苦笑道：看看吧，我也吃不准，现在大家都憋着要工资呢，没钱大家不愿干。这半年多，我可是让人骂着过来的啊。

贺玉梅笑道：少哭穷，你上个月卖废铁的钱都哪儿去了？听说你卖了好几千呢。

乔亮吓了一跳，心说这车间里有汉奸呢，嘴上就叫：冤死了。好几干？我偷去啊？

贺玉梅笑道：你急什么？我又没说没收你的。反正你能让工人干活，我就不管你。

乔亮笑道，您真是个开明领导，不像吕厂长天天黑着个脸。

贺玉梅笑说：你小子当着我骂吕厂长，当着吕厂长骂我。迟早我和吕厂长得当面对质。你忙不忙？要是不忙，跟我去看看章师傅。

两人就骑着自行车出了厂，到了街上，进了一家食品店，买了几听罐头两袋奶粉出来。刚刚上了车，贺玉梅就听到有个女的喊她，回头一看，就跳下车来，笑了：袁雪雪，你打扮这么漂亮干什么啊？

袁雪雪穿得挺洋气，骑着一辆大摩托车，赶过来就停住，笑道：老远看着就像你们。袁雪雪是袁家杰的妹妹，原来是厂里的车工，嫌累，前几年辞了职，跟男人去开饭馆。听人说她钱都挣海了，还花了几十万买了一套商品房呢，有人去过，说里边装修得跟宫殿似的。袁雪雪看看乔亮手里提的东西，问：你们这是去哪破坏党风啊？

乔亮笑说：章荣师傅病了，我们去看看他。

袁雪雪皱眉道：我听说他病得挺厉害的？就掏出一百块钱说，你替我给章师傅吧。贺玉梅忙说：我可不给你带这个，要去你自己去吧。

袁雪雪就笑：怎么，还怕我脏了谁啊？就骑上摩托嘟嘟地跑了。

贺玉梅看着袁雪雪的背影，就苦笑道：袁总一肚子学问也赶不上他的这个小学没毕业的妹妹啊。

乔亮笑道：现在谁出去干都比在厂里傻干强。要不袁总也要走呢。

贺玉梅看看乔亮：你也听说袁总要走的事情了？

乔亮笑道：这种事还能瞒住谁啊？厂里都嚷嚷动了。

吕建国和徐科长去了赵明的饭馆。进了门，没几个人吃饭，可能是刚刚过了年的原因。两个打扮得花大姐似的服务员正跟一个大胡子男子乱逗呢。那个大胡子吕建国认识，是赵明的一个哥们儿，姓蔡，市委秘书长的外甥。

蔡大胡子起身笑道：吕厂长啊，哟，徐科长也来了。有饭局？

吕建国问：赵明呢？

蔡大胡子笑道：赵老板两天没来了，有事跟我说一声吧。

吕建国说：他去年的承包费还没交呢，什么时候交啊？

蔡大胡子笑道：这事啊，不瞒您说，现在真是没钱。

吕建国冷笑一声：没钱？鬼才相信。你告诉赵明，不交钱，厂里就把这饭馆封了。

蔡大胡子脸上就硬了，恶笑道：吕厂长，你也太凶了点吧。

吕建国火往上撞：凶？我今天就是要凶一凶了。我要是让你们坑厂里，我这个厂长就不是厂长了。老徐，把门给他们封了。

雅间的门就开了，赵明走出来笑道：吕厂长，有话慢慢讲嘛。

吕建国看了他一眼：你好容易露头了。什么时候交钱啊？

赵明嘿嘿笑道：烦不烦啊？不就是那点破钱嘛？都催了几回了？我不是不想交，可眼下真是没钱。这事我已经跟齐书记讲过了，齐书记也答应了。

吕建国一愣，没想到赵明把球踢到齐志远那里去了。

赵明一脸不耐烦：吕厂长，都是公家的事，您真是何必呢？

吕建国道：那好，我跟齐书记核实一下再找你。老徐，咱们走。就转身出来了。走出好远，老徐苦笑道：厂长，就这么算了？吕建国眼一瞪：算了？我先看看老齐是怎么乱答应的！就大步走了。

吕建国去了齐志远的办公室，齐志远不在，在走廊里迎面碰到了袁家杰。吕建国笑道：我一上班就找你，去哪儿了？

袁家杰皱眉说：我去四车间了，我想走之前把这批活弄完。

吕建国笑道：谁说同意你走了。真事似的。

袁家杰不笑：厂里真要是不同意，那我就辞职。

吕建国怔住，呆了呆，就问道：你真是铁心了？

袁家杰看吕建国一脸凄楚，就叹了口气，动情地说：建国，你跟我一块走吧。这个破厂有什么待头啊？你这个破官有什么当头啊？

吕建国摇摇头，空空地一笑：家杰，我可真不是舍不得这个破官。说实话，自上台那天起，我就后悔得肠子都青了。我是没脸走，厂里现在这种样子，两千多工人还指着咱们这几块破云彩下雨呢。我现在走了，我算怎么回事啊？就算是今后发了大财，我也没脸见大伙儿了。

袁家杰一愣，冷笑一声：你是说我吧？就生气地转身走了。

吕建国愣愣地看着袁家杰的背影，一时想不出自己哪句话说错了，苦苦一笑，转身回到自己的办公室。

刚坐下，门一开，齐志远笑嘻嘻进来了。吕建国忙说：我正找你呢。

齐志远一屁股坐在沙发上，笑道：找赵明了吧。我刚听老徐说了。

吕建国看了齐志远一眼：我正要问你呢，你答应赵明不交钱了？

齐志远笑道：我是他什么人啊？我替他担保啊。没有的事。

吕建国说：那我今天就停了这小子，把门给他关了。

齐志远忙说：厂长，咱们不能跟他来硬的啊，他姐夫是市委常委，咱们惹不起啊。

吕建国看看齐志远：老齐，咱们都穷成这样了，还怕什么常委不常委的？这十万块钱，够全厂发奖金的了。我去告诉赵明，他要是两天之内不把钱交来，就叫他滚蛋。

齐书记脸一红：你别火，我去跟他说说，也许这小子手里是没钱。

吕建国说：他爱有钱没钱，没钱就去给我借，反正得交。

从章师傅家里出来，已经快中午了。贺玉梅和乔亮半道上分了手，在小饭馆吃了饭，她就去了谢跃进的公司。这几天谢跃进真是给鼻子上脸，有时半夜也有女人往家里打电话，弄得贺玉梅心里起火。昨天晚上两个人吵起来，还动了手。她知道谢跃进的公司里有一个叫方晶的女孩，最近跟谢跃进打得火热，整天黏黏糊糊的。贺玉梅决定去公司看看，顺便问问妹妹贺芳。

贺玉梅想来个突然袭击，轻手轻脚进了谢跃进的办公室，谢跃进正躺在沙发上打呼噜，嘴角还淌着口水，挺难看的睡相。脑门上两道子伤痕，那是昨天晚上让贺玉梅抓的。贺玉梅正要悄悄出去，就听到有人在她背后笑道：姐，你来了。

贺玉梅回头一看，是妹妹贺芳。贺芳手里拿着一张电报，看看躺在沙发上的谢跃进，就把电报放在了谢跃进的办公桌上，回头低声对贺玉梅说：有事啊？

贺玉梅就转身走出去，姐妹俩进了贺芳的办公室。贺芳前几年在农村干得不耐烦，就进城投奔姐姐，贺玉梅给她找了份临时工，又让她上夜大读书。她读完了夜大，就来姐夫这里当了公关部主任，天天打扮得花大姐似的，跟刚进城那会儿判若两人。贺玉梅常常感慨这城市真是把贺芳同化了。

贺芳给贺玉梅冲了一杯热奶。贺玉梅笑道：我喝不了这东西，你还是给我冲杯茶吧。

贺芳笑道：你总是赶不上潮流，这东西美容。

贺玉梅接过贺芳递过的茶，呷了一口，笑道：你上次见过的那个怎么样啊？也不给个信，人家都等不及了啊。

贺芳笑道：我早就把他忘了。他长得什么样来着？我现在已经回忆不起来了。说着就咯咯地笑起来。

贺玉梅就不大高兴，都二十八岁了，见过的男人快一个排了，没有一个看上眼的，也不知道她心里憋着想嫁给谁呢？她好像也不着急，真让人摸不透。刚刚进城几年，就比城里人还城里人啊。为这事贺玉梅跟谢跃进说过好几回了，让他帮着贺芳找一个。谢跃进答应得挺好，可就是没动静，对这个小姨子的终身大事似乎没放在心上。

贺芳问：你找谢总有什么事。

贺玉梅笑道：什么谢总谢总的，他是我男人。

贺芳脸一红，也笑了：我几乎都记不得你们是两口子了。

贺玉梅想问问谢跃进最近的情况，可是张不开口，这种事不好跟妹妹讲的。可要是不问问，心里又放不下，就说：小芳，你姐夫是不是跟你们公司一个叫方晶的挺那个的啊？

贺芳一愣，就笑：挺哪个的啊？你说什么呢？

贺玉梅就皱眉道：你姐夫那人爱花花，你可替我盯着点啊。

贺芳脸一红，说：姐，让我说你什么好啊。姐夫干的是生意，生意场上的事离得开吃喝玩乐吗？你真是的，那个方晶是什么层次啊，亏得你还能想到她身上去，真是抬举她了。

贺玉梅就笑：嗬，嗬，我这才说他几句，你这个当小姨子的就吃劲了。不说了。就站起身说：我今天是有事找他，明明的学习最近下降得厉害，学校找了我好几回了。我想让他去学校一趟，跟老师说点好听的，哄哄人家。

贺芳就笑道：姐夫天天忙得恨不得长出四只手来，这事你还烦他啊！你自己去办办不就行了嘛。

贺芳送贺玉梅下了楼就回去了。贺玉梅拐弯去了百货公司，想去给自己买一件风衣，上次她看中了一件，浅绿色的，一千三百块钱。她想买，又怕穿出去让厂里人说闲话。最近她咬咬牙，还是想买下来。谢跃进开的这个公司，也没见他怎么费劲，可钱就挣得跟流水似的了。贺玉梅知道，实际上是市委的头头在后面撑着腰呢。贺玉梅恨得不行，厂里的工人们死干活干，也挣不来多少，钱就都让谢跃进这些人挣去了，这世道可真是有点不讲理了啊。谢跃进月月提回好些钱来，开始贺玉梅还挺高兴，后来就害怕了，她担心迟早谢跃进得让抓进去。

　　贺玉梅到了百货公司二楼，售货员说那种风衣早卖完了。贺玉梅心想这年头有钱的还真是不少呢，就怏怏地出来。走到存车的地方，刚刚把车子推出来，就听到有人喊她的名字。她回头看，就笑了。

　　吕建国中午在厂食堂吃了点，躲过了饭口。他怕跟志河喝酒，那家伙太能喝，每次都得把吕建国灌醉。吕建国不喝，志河就跟在自己家里一样理直气壮地不高兴，还使性子。儿子吕强背后就骂，说农民都这样，你越对他客气，他就越上脸，就敢在你家地毯上大模大样地吐痰。开始吕建国不爱听，可渐渐地也特别烦村里那帮乡亲，尤其烦志河。进了家，浑身酒气的志河正躺在吕强的床上，四仰八叉地呼呼大睡，大脚片子朝着门，袜子也扒了，一股汗臭在屋里弥散。吕强没在家，一定是躲出去了，大概又跟女朋友跳舞去了。吕强没考上大学，小小年纪开始乱搞对象了，气得吕建国没话说。刘虹还挺惯着吕强，两人就这么一个儿子。

　　桌上留着刘虹写的一张条子，说她有事到厂里去了。吕建国看了就轻手轻脚地躺到沙发上，闭着眼想厂里的乱事。想着想着，脑袋就沉了起来，刚要睡着，就有人敲门。他迷迷糊糊地应了一声，方大众就满头大汗地跑进来，笑道：厂长，车找到了。

　　吕建国马上精神了，压着嗓子问：真的？你这个同学还真办事。

　　方大众朝吕建国伸手：厂长来根烟抽。我的烟扔在派出所了。

　　吕建国忙打开抽屉，掏出一包红塔山，扔给方大众：奖给你了，快说说。

　　方大众低声说：妈的，就是结婚时来的那帮人中一个小子偷的，把车卖给下洼村了。真他妈的胆大，把牌子换了就开出来了。也该着，派出所去调查的时候，那辆车就在村边停着呢。

　　吕建国说：现在怎么着呢？

方大众说：派出所让去看车呢。

吕建国急道：那你就去一趟吧！

方大众笑：那我就去一趟。不过得请派出所的一顿吧，人家挺辛苦的。

吕建国说：行。你就看着办，也别太那个了，咱们是穷厂，工人们挣点钱挺辛苦的，不容易。财务上也就一万多块钱，还是刚刚追回来的呢。

早春的太阳明晃晃的，可风还是挺寒的。吕建国一路上打了好几个喷嚏，就觉着今天又不顺。他这些日子挺迷信的，总觉得要出点什么倒霉的事。他昨天晚上在家里跟志河喝了一场，又差点被灌趴下。志河一身高档服装，要不是那口土话，真像个城里的大款。志河一劲夸吕建国，说当年村里那些知青，就数吕建国有出息。吕建国听得挺受用，就迷迷糊糊地喝多了。志河提出要十吨钢材，吕建国就醒了些，说这种事他一个说了不算，得跟书记商量商量。志河就有点不高兴：你当厂长还说了不算啊。刘虹也在一旁说：建国你就给办办嘛！吕建国不好当着志河的面顶刘虹，就说过两天我给你话吧。现在厂里有几件烂事，等我处理出个眉眼来。志河就取出一个大信封，厚厚的往吕建国怀里塞，说是让吕建国买几包烟抽。吕建国酒就全醒了，忙说：咱们不闹这个，还不定办成办不成呢，要是来这个就成经济的事了。志河就尴尬地看刘虹，刘虹笑道：志河啊，建国可不是当年在乡下偷鸡的时候了，现在看不上这几个钱了。吕建国嘻嘻笑，没说话，心里骂刘虹爱小便宜，自己干这个要是传扬出去，在厂里就没法待了。

吕建国早上起来，已经把志河的事扔到脖子后头了，上班的路上就想着今天要拉上贺玉梅去找梁局长。梁局长总不能不给贺玉梅点面子吧。局里的人都知道贺玉梅跟梁局长好得不行，闲话委实不少。梁局长的爱人跑到局里闹过好几回了，为这事，才把贺玉梅放下来当书记的。可跟贺玉梅相处了这一阵子，吕建国又觉得这个人挺正经的，不像传说的那样啊？

一进贺玉梅的办公室，就看到贺玉梅和工会主席王超正在说什么呢，吕建国笑道：说我坏话呢？

贺玉梅抬头看看吕建国，说：正好，要找你呢。五车间一个工人的女儿病了，想借点钱呢。

吕建国连连摇头：不借不借。不是规定了嘛，私人一律不借款。

贺玉梅道：这次特殊。老王，你跟厂长说。

王超就说五车间小魏的女儿得了白血病，要做手术，得好几万块钱。小魏女人的厂子没效益，小半年不开支了。小魏还是车间的生产骨干呢。吕建国听完就闷住了，呆呆地抽烟。

贺玉梅想了想说：老王，工会能不能救济救济啊，你们不是还有工会经费呢嘛？

王超苦笑道：那才几个钱啊。下个月就是三八妇女节了，我正在发愁给女工们发点什么呢，还想让厂长赞助我点钱呢。

吕建国摇头叹道：厂里真是没钱啊！这可怎么办啊？

三个人谁也不说话了，空气中有一种让人压抑的味道在弥散着。吕建国看着窗台上，那几盆花实在是该浇水了，叶子都蔫蔫的，好像要枯萎的样子。

王超想了想说：算了，我先跟医院说说，先让孩子住院啊。现在医院没押金不收。我小姨子的婆婆在医院当副院长呢，我先找找她吧。

贺玉梅笑道：太好了，有这个关系你怎么早不说啊。你快去吧。

王超走了。贺玉梅叹了口气：厂长，你看这事该怎么办啊？

吕建国痛苦地摇摇头：玉梅，我最近好像傻乎乎的，什么事都没主意。眼瞅着……算了，先不说这事了。先说怎么把那姓郑的小子弄出来吧，我都愁死了。

贺玉梅苦笑道：你跟我乱骂有什么用嘛。

吕建国也笑了：我是急得不知道怎么好了。咱俩去找找梁局长吧，真得让他说话了。他认识人多，找找人把那混蛋放出来，哪怕破费点呢。我得罪了他，我去跟他说好话。

贺玉梅道：就怕梁局长不管这事。梁局长滑着呢，这种破事他躲还躲不及呢，他肯往泥里踩啊？

吕建国一瞪眼：他是主管领导，不管怕是说不过去吧。

贺玉梅摇头叹道：厂长，你真是实在。行，咱们去一趟。现在就去？

刚刚出门，徐科长疾步走来了，喊着：吕厂长，贺书记。

贺玉梅问：什么事？

徐科长说：昨天晚上抓住了，四车间的，六个工人，年前那台电机也是他们偷的。

吕建国大怒：人呢？

徐科长骂：几个王八蛋都让我关在保卫科了。我让人接着审呢。

贺玉梅忙说：老徐，你可不能打人啊！把事情弄清楚再说。

徐科长说：厂长，您是不是去看看啊。开除他们算了。

贺玉梅说：开除不开除，你说了不算。老徐，你接着问。我得跟吕厂长去找梁局长。有事呢。

梁局长正在开会，吕建国和贺玉梅就在办公室等着。等了一会儿，吕厂长不耐烦，就溜到会议室去扒着门缝听。就听到里边正嘻嘻哈哈地说笑话呢。梁局长有声有色地说他们家楼上的市委宣传部长老孙，天天给老婆按摩，按摩得他老婆性起就乱叫，就跟老孙复习夫妻功课，复习得老孙面黄肌瘦，天天跟犯了大烟瘾似的。众人就乱笑。吕建国听了半天，没一句正经的，就气嘟嘟地回来了，见贺玉梅正看报纸，也拿起一张报纸看，也不知道看的是什么。

过了一会儿，走廊里乱响。吕建国知道散会了，忙站起来。梁局长端着个大茶杯走进来，朝两人笑笑：这会开的，学《邓选》，学着学着就扯开了不正之风。乱七八糟的，也没学多少。你们喝水不？

贺玉梅忙笑道：不喝。您快坐吧。我们就是那点事，请您去帮着跑跑。您答应了我们马上就走。

梁局长苦笑道：这事情你让我怎么跟人家张嘴啊？

吕建国赔笑道：不管您怎么去讲，反正您得赶快把人帮我们弄出来，那小子手里有咱们一千多万合同呢，不能为这事泡了汤啊。

贺玉梅也说：是啊，局长，厂里今年还指望这一千多万活命呢。

梁局长皱眉道：嫖妓这事就够×蛋的了，还打警察。你们怎么让老郭干这种事啊，找个理由推了就得了嘛，打打麻将什么的，跳跳舞什么的，再不行去洗洗桑拿浴，也挺过瘾的嘛！说着，就嘿嘿地笑。

吕建国红着脸说：您现在说什么不是也晚了嘛。

梁局长叹道：你们总是找麻烦。我去试试，可不一定行。你也别抱太大希望。对了，那车有信了吗？

吕建国答道：派出所说有点眉目了，看看怎么办吧。就说了方大众的消息。

梁局长道：找到了就好，不过，这年头我有个经验，凡事太顺了，就不是什么好事了。不定还出什么妖事呢，你们也别高兴太早了。

吕建国笑道：局长说得是。心里骂，你盼着我们出事才高兴呢。

梁局长看看表，就站起身：就这样吧，我抽时间去公安局找找。你们也别太指着我这块云彩下雨啊，这年头的事情真是不好办呢。再说企业早就转换经营机制了，什么事局里不管了，你们今后别再跟局里找麻烦了。边说边送贺玉梅和吕建国出来，他走在前边，眼角的余光看到梁局长好像在贺玉梅的腰上拧了一把。贺书记脸上笑着没吭气。吕建国就想传说梁局长和贺玉梅有那种事一定是真的了。

从梁局长那里回来，一路上贺玉梅皱眉想着，突然说：老吕，我想起来了，找老齐啊，公安局陈副局长是他党校的同学呢。我这脑子，真是乱了。

吕建国苦笑了：我早就知道，可是找老齐不如不找，他恨不得咱们出点事才好呢。有些人你就别指着他给成事，他不给你坏事你就算是念佛了。

贺玉梅笑道：你这人就是太偏，把人想得太绝对。我去跟他说。

吕建国笑道：你就去试试。

保卫科关着那六个偷铁的，吕建国老远就听见徐科长沙哑着嗓子乱吼乱喊：我×你们八辈祖宗！谁带的头，说！

六个人低着头，谁也不吭气。

说话啊！徐科长又炸雷似的吼了一声。一个小个子站起来，沮丧地说：徐科长，反正事情犯了，您就看着处理吧，该怎么着就怎么着。

徐科长一把揪住小个子的脖领子，狠狠打了一个耳光：你他妈的还嘴硬。

小个子栽倒在墙角，血就流下来。老徐怒不可遏地冲过去，还要打。这时，吕建国进来了，伸手挡住老徐。

小个子就吼起来：姓徐的，老子犯了法有国家处理，也轮不着挨你小子的黑。吕厂长，你都看到了吧。

吕建国骂道：怎么，你们不该打是怎么着？厂子穷兮兮的你们还鸡巴偷，偷谁啊？打得你们轻！

有人就低低地说：现在干活也没钱，总不能让人饿死吧。

吕建国冷笑：就你们怕饿死啊？全厂两千多人都不怕啊？你们看看你们自己那样子，送进公安局判个几年也不冤。

几个人就胆小了，领头的问：厂长，还真送啊，我们退赔还不行啊？

吕建国黑下脸来：先把东西弄回来再说。你们……

话没说完，门就开了，方大众探进头来，朝吕建国说：吕厂长，您出来一下。

吕建国吩咐徐科长：让他们每人都写交代材料，等候处理。转身就出来了，徐科长忙跟出来：厂长，怎么处理啊？开除吗？吕建国恨道：往哪儿开？都开到社会上去，他们找谁吃饭啊？吓唬吓唬算了。徐科长笑笑，就进去了。

方大众正在门口等他，吕建国笑问：弄回来了吗？

方大众气呼呼地骂道：×他妈的，真不像话，车是找到了，可是开不回来。

吕建国纳闷道：你没带司机去啊？

方大众说：司机也没去，老百姓把车轱辘都卸了，还差点把咱们的人给打了。人家说得也有道理，这车是我们花钱买的，我们不知道是偷来的啊。

吕建国皱眉道：派出所的怎么说？

方大众说：派出所也没办法，李所长跟我说，不行厂里就掏点钱，赎回来算了。吕建国火了：赎？×蛋，我丢了东西还没理了？不赎，就跟公安要，我就不相信，东西找着了还弄不回来了。跟派出所的去找他们县长。

正说得热闹，宣传部的叶莉一脸惊慌地跑来：厂长，您快去看看吧，四车间的一帮人在财务科乱砸呢。

吕建国急了：怎么回事？

叶莉皱眉道：听说是为小魏借款的事，冯科长说没钱，就吵了起来。四车间就来了一帮人，说为什么有钱让姓郑的去嫖娼，工人的孩子有了病倒没钱了。就动手打起来，把财务科砸了。

吕建国骂道：反了的了，我看看去。撒腿就跑。方大众忙跟上去。

财务科真是乱套了。几个工人把冯科长推搡到墙角，冯科长挨了几下子，头碰到桌子角上，血都冒出来了。工人们开始乱砸，冯科长头上淌着血，嚷着：别乱来，别乱来啊。没人听他的，一会儿工夫，财务科已经一片狼藉。

吕建国赶到的时候，楼道里塞满了人，都是看热闹的。有人还起哄喊着：打啊。吕建国气得心里直哆嗦，眼睛红红地吼了一声：都干活去！有什么好看的！

众人忙让开一条道，吕建国进了财务科。就听到有人喊：厂长来了。

吕建国先把倒在墙角的冯科长拉起来，火冒冒地吼道：你们要造反啊？又对身后的方大众说：你先把老冯送卫生所去包一包。方大众就架着冯科长去了。

工人们都不吭气了。有人悄悄地从地上拣起账本放到桌上。

吕建国红着眼睛喊道：咱们都穷成这样了，你们还折腾？能折腾出钱来也行，我跟大家一块折腾！有事说事，这是干什么？谁带的头？站出来，有汉子做就有汉子当。

没有人吭气。

吕建国冷笑道：刚才的勇气都哪儿去了？砸了就是砸了，怕个×，站出来！

车间主任于志强红着脸走出来：厂长，是我带的头，你别骂了。该怎么办就怎么办吧，我就是恨有些当官的不能一视同仁。

吕建国看着于志强，就愣了，于志强

平常给他的印象挺不错，小伙子干活肯卖力气，刚刚提了车间副主任。

吕建国黑了脸：于志强，你知道这是什么性质的问题吗？

于志强闷在那里。有人嚷嚷起来：这事不能怪于志强，是我们一块来的。

吕建国看着于志强：你要是相信厂里有钱，你要是相信我姓吕的看着小魏的孩子住院不肯掏钱，你就当着众人打我吕建国的耳光！

于志强被吕建国说愣了，呆住了。

吕建国看看大家，难受地说：我这个厂长没本事，你们打我就打，想骂就骂，可别砸东西啊。咱们厂经不起折腾了。小魏的女儿得了白血病，你们以为我心里好受啊？我……可是……

吕建国声音就涩住了。他顿了顿：我说句没出息的话吧，现在大家指望不上厂里，咱们自己帮帮自己吧。于志强，你负责给小魏募点钱。说着，就从兜里乱七八糟地掏出一把钱来，几个钢镚蹦蹦跳跳地跑到桌子下面，吕建国弯腰捡起来，又把手表摘了，放到于志强手里，颤声说：志强，我就这些，算是带个头，大家也捐一点，就算厂里动员大家了。说着，就弯下腰去，深深给大家鞠了个躬。

屋里一片死静。吕建国转身出来，他听到有人哭了，呜呜的。

起风了，这个季节是个刮风的季节。浑浑黄黄的大风生猛地扬起来，烈烈地扑打着窗子。太阳软软的，像一个破了口的西红柿，鲜血般的汁液，在西天上弄得一片狼狈，一片零零乱乱地红。

贺玉梅今天决定继续跟踪谢跃进，看看他到底去哪儿？

那天她在百货公司门口碰到了贾小芹。贾小芹原来是局团委的干事，跟贺玉梅一起干了好几年，前年放下去当了副厂长。可那破厂子不行，一年多不开支了，厂子就放了长假，贾小芹找贺玉梅说了说，就去谢跃进的公司打工了。贾小芹告诉贺玉梅，公司现在有好几个女人整天缠着谢跃进，让贺玉梅小心些，现在这些小姐们可是不像咱们做姑娘的时候了，疯着呢。贺玉梅听了心里就更乱了。

今天谢跃进早上起来说：我中午不回家吃饭了，有客人。贺玉梅道：你最好天天有客人，我可省饭钱了。谢跃进苦笑道：我现在都吃怕了，真想天天回家吃点素的。贺玉梅心里好笑，就说：我们厂办主任老郭就跟你一样的，天天陪客吃白食，还卖乖。什么吃得太痛苦了，好像让你们去受刑似的。谢跃进笑笑，提着包就下楼了，贺玉梅感觉谢跃进已经出了楼门，就给吕建国打了个电话，说家里有事晚去厂里一会儿。放下电话，就跟了出来。

太阳亮亮的，街上没有风，真是一个好天气，街道两边的柳树都悄悄地抽条了。贺玉梅远远尾随着谢跃进，拉开一百多步的距离，就看到谢跃进在路边招手喊住一辆出租车。贺玉梅也忙喊住一辆出租，上了车，司机是个大胡子，问道：小姐去哪儿？贺玉梅说：跟着前边那辆黄车。大胡子看着贺玉梅，笑笑，就尾随着那辆黄车跑起来。

谢跃进进了一家酒店。贺玉梅急忙下车跟进去。大胡子在后边喊她，她才记起没付钱呢，忙掏出一张五十元的票子让大胡子找。大胡子磨磨蹭蹭地找钱，贺玉梅急道："快点啊师傅。"等大胡子找完了钱，贺玉梅已经看不到谢跃进的影子了，就在酒店里乱转着，转得眼花缭乱，觉得酒店就像一个装满了各种杂物的衣兜，谢跃进被装进去，就很难一把再掏出来。一个服务小姐走过来，朝贺玉梅笑道：您好。找人吗？

贺玉梅忙笑道：请问东方公司的谢跃进经理在哪儿？

服务小姐笑笑：请跟我来。就款款地走进了一个雅间。贺玉梅跟进去一看，一个二十多岁的女人正搂着谢跃进的脖子喝交杯酒呢。贺玉梅气得声音都颤了，怒喝一声：谢跃进！

谢跃进猛地回过头来，惊讶地张大了嘴：你怎么来了？

贺玉梅嘿嘿冷笑道：我怎么就不能来啊！就看看那个女人，那女人嘴唇抹得刺眼红，满不在乎地看着贺玉梅。一桌人也都呆呆地看着贺玉梅。

贺玉梅恶笑道：谢跃进，我搅了你的兴致了吧。你跟这种臭女人在一起也不怕着上点什么病啊？

那位小姐拉下脸问谢跃进：谢总，这人是干什么的？

贺玉梅骂道：滚一边去，你他妈的算干什么的？

谢跃进气得浑身哆嗦，他吼道：贺玉梅，你还像个有知识的人吗？我这里谈业务呢，你……

贺玉梅嘿嘿笑道：谈业务？我今天就让你业务业务。一伸手，把桌子掀了，响起一片瓶子盘子的碎裂声。满桌子的人都慌得四下散开，谢跃进气急败坏地过来跟贺玉梅抓挠在了一起。人们都傻傻地看着两个人打，这时慌慌地进来一个白胖白胖的男人，使劲把贺玉梅拉开了。贺玉梅认识这个白胖子，这人是这家酒店的老板，姓马，去过贺玉梅家。马老板气喘喘地赔着笑，贺小姐，贺小姐，消消气啊。

贺玉梅冷眼看了一眼马老板：你刚刚叫我什么，小姐？这年头婊子才叫小姐呢。转身就走。

下午一上班，吕建国先去了贺玉梅的办公室。进门就说：玉梅啊，你昨天不是说老齐公安局有熟人吗？咱们去求求他吧。他突然发现贺玉梅脸黄黄的，惊问道：你脸色怎么这么难看啊？病了？

贺玉梅强笑道：没事。

吕建国问：是不是又跟老谢生气了？

贺玉梅笑道：像你这样天天咒我，没事也让你咒出事来的。

吕建国笑了：没事就好。怎么样？咱们是不是去求求老齐啊？

贺玉梅说：就怕他不办事，还看热闹。

吕建国叹道：试试吧。

贺玉梅站起身，突然又想起什么，就开了抽屉，拿出一个纸包递给吕建国。吕建国问：什么啊？

贺玉梅说：这是一万块钱，我放着也没用，谢跃进能挣。就捐给小魏的孩子看病吧。你别说是我捐的，省得工人们说闲话。

吕建国呆了呆，忙说：这不行，太多了，老谢挣钱也不容易的。

贺玉梅苦笑道：屁，他们挣钱跟玩似的，算了，不说这个了，越说越上火。

贺玉梅说："你只当是打土豪了。"吕建国看看贺玉梅，一时不知道说什么好，就拿着那钱苦笑道：那我就处理了！就转身去办公室把钱锁了，然后两人就去了齐志远的办公室。一进门，齐志远正在给宣传部的叶莉看手相呢。

叶莉这女人长得太妖，总让男人色眯眯的，又特别爱跟男人犯贱，有事没事总往齐志远的办公室跑。她原是车工，上了两年文科函大，毕业后就想进机关，前任许厂长看中了她，调她到宣传部搞党员教育，机关里关于她和许厂长的闲话特别多。许厂长下台后，她又搭上了纪委书记齐志远，两人混得挺热乎。去年宣传部长老李退休了，齐志远就提议让叶莉上，贺书记没同意。吕建国还想着今年机关精简把她简下去呢。

齐志远抬头见厂长书记两人进来，有点不好意思地笑道：我最近正在研究周易，拿小叶练练技术。你们二位不算算？

叶莉忙站起身：齐书记算得真是准哟。

贺玉梅笑道：小叶，你就让齐书记骗你吧。全是胡说八道，没一句是真的。

叶莉笑道：是说得准呢。又对吕建国笑道：厂长，刚刚市委宣传部打电话来，说省报明天有两个记者要来采访，关于国有企业如何走出困境的话题。你见不见啊？

吕建国苦笑道：我现在就困境着呢。你就说我不在。

贺玉梅说：不见。不怕人家笑话，现在咱们真是饭都管不起了。

叶莉笑道：那就算了。转身走了。吕建国就坐在齐志远对面：老齐，我听说公安局陈局长是你的党校同学。你是不是求求他，把那个姓郑的王八蛋弄出来。

贺玉梅笑道：老齐你真得出山了啊。

齐志远笑道：厂长，姓郑的这种鸡巴人，就该抓进去，蹲上几年。咱们还给他跑这事啊？算了吧。

吕建国就苦笑说：老齐，不是我这人犯贱，他手里不是有咱们一千多万的合同吗？

贺玉梅也赔笑：就是，老齐，就找找你的那个老同学吧。

齐志远摇头道：真是，我不想为这件破事去求人。不够丢人的呢。

吕建国看看齐志远一脸不肯通融，就说，那就算毬了。转身出去了。贺玉梅走在后面，突然又回过身来，问：老齐，说实话，你是想看老吕的笑话吧。

齐志远窘住了：贺书记，别瞎说啊。

贺玉梅笑道：别不说实话，你和老赵都想让老吕早点滚下台呢。其实，老吕也是瞎操心，要是换上我，就不为这么个半死不活的破厂操心，谁们家的啊，还让别人暗着解气。说完，掉身就走。

齐志远脸就红了，笑骂道：贺书记，你怎么也跟吕厂长学坏了，嘴里也吐不出好话来了啊。

晚上临下班的时候，吕建国给四海商行打电话要钱。一劲在电话里说好听的，最后泄气地把电话放了，骂道：×他姥姥的。

齐志远贺玉梅一前一后进了吕建国的办公室。

吕建国淡淡地看了齐志远一眼，问道：有事？

齐志远笑道：老吕，我跟我那个同学说了，今天晚上在鸿宾楼谈谈放人的事。

吕建国一怔，喜道：老齐，真是得谢谢你。这事还得你出马。

齐志远笑道：怎么说也是咱们厂的事情。我要是不办，大家都得骂我。再说真是要发不出工资来，我也是一份啊。

吕建国没想到齐志远一下子变得这样，竟怔住了。

齐志远笑道：厂长，你是不是信不过我啊？

吕建国忙笑：看你说的。

贺玉梅苦笑道：老齐，这一桌子得多少钱？咱们厂可是真没钱了。

你这个同学好不好打发啊？

齐志远想了想：我去组织部借点党费吧。财务是没钱了，说完就出门走了。

吕建国苦笑：党员们要是知道咱们拿着党费去吃喝，而且还是给嫖娼的去走后门说情，不定骂咱们什么呢。

鸿宾楼是市里一家很有名的餐馆，据说请的是京城的名厨，价格高得离谱，但是每天仍然食客如云。齐志远带着吕建国贺玉梅到了鸿宾楼。贺玉梅说：老齐，你来过不少回了吧。

齐志远笑道：反正只要有人请，我就吃。齐志远在市委党校进修过，同学大都是头头脑脑的，平常总爱搞个小聚会，到处乱吃，乱找地方乱报销。进了餐厅，服务小姐好像跟齐志远很熟悉，微微笑着把他们三人让进了一个雅间。

陈局长还没来，三个人就坐着喝茶。吕建国笑道：老齐，这地方来一家伙得多少钱啊？

贺玉梅笑道：厂长你别害怕，钱不够，就把老齐押在这儿。

吕建国就看墙上挂着的一张画，一个外国女人，全身光光的，挺招人的眼神看着他们三个人。吕建国就笑骂：×蛋的，好像是干那个的吧。

齐志远就笑：厂长，您这叫什么眼神啊？这可是艺术品啊。

正要再说笑，就听到外边有人说话。齐志远忙站起身：来了。就迎出门去，引进来陈局长。

吕建国和贺玉梅忙站起来跟陈局长握手。

陈局长看看表，笑道：真是紧赶慢赶，还晚了十分钟。东城下午杀了一个出租车司机。

贺玉梅惊讶道：又杀人了？

陈局长骂道：这两年事出得太多，×蛋的。头春节到现在，我几乎就没睡过一个安生觉。

齐志远笑道：我也没见你瘦了。

一个亭亭玉立的服务小姐进来，微微一笑：几位点菜吗？贺玉梅笑道：点。就把桌上菜谱递给陈局长：陈局长，您点。吕建国也忙说：陈局长，点吧。

陈局长笑道：随便吧。不好让你们破费了，听老齐说，你们厂也太穷了。

吕建国就笑：再穷也不能穷了嘴，再苦也不能苦了胃。点。陈局长，咱们是头一回，一定得好好喝喝。

齐志远笑道：厂长，算了吧，你这话要是让工人听了，非得挨揍不可。老陈总在外面吃，今天就是坐着说说话，我来点。就拿过菜谱点了起来。

贺玉梅笑道：老齐你真是的，让陈局长点几个嘛，你知道他爱吃什么啊？

齐志远笑说：今天听我的。就点了几道便宜的菜，又要了两瓶古井贡。然后对服务小姐说：先吃着，不够再说。

贺玉梅给陈局长倒了杯茶，四个人闲扯社会治安。吕建国就想着怎么开口讲放人的事。菜上来了，齐志远起身忙着开酒瓶子。贺玉梅说不能喝，想喝饮料。陈局长笑道：不喝饮料，坐在一起就都喝一样的，现在女同志更能喝，都是改革改的。大家就笑。贺玉梅笑道：那我今天就舍命陪陈局长了。

四人连着干了三杯。吕建国就说了求陈局长放人的事。桌上的气氛有些紧张，齐志远看着陈局长：老陈，帮个忙吧。

贺玉梅叹道：真是没办法，我们还指着那小子吃饭呢。

陈局长对吕建国说：这人我们真是不好放，放了他，就等于给社会上的一些王八蛋长了志气，以后我手下的还不得让人随便打啦。换了你，你肯干吗？

吕建国苦笑道：陈局长，我也知道不该来找您，可是我实在没办法。刚刚贺书记也说了，我们厂两千多职工还指着那个王八蛋一千多万的合同过日子呢。现在外面欠我们好几百万，也弄不回来，工人们等着吃饭啊。那天几个工人找到我问，厂长，我们要是没干活也行，可是我们辛辛苦苦干了，还是一分钱也拿不到，这叫什么事啊？吕建国眼圈红了，说不下去，猛地喝了一杯酒。

齐志远赔笑道：老陈，你就给我一点面子吧。我们真是不容易啊。现在都说当企业家的能捞，你是没到吕厂长家去看过，穷兮兮的。他这个破厂长当的，别提多窝囊了。

吕建国心里一热。没想到齐志远能说出这样几句话来，他感激地看了齐志远一眼，接过话头：真是像齐书记说的，陈局长，要说我心里话，我恨不得你们枪毙了那个王八蛋。可我得为厂里两千多口子的嘴发愁啊，这……说着泪就淌下来。吕建国抬手去擦，可流得更猛了。吕建国就转过脸去，贺玉梅的眼睛也红了。

陈局长目光就软下来，叹口气：老吕，我看你这人也是个实在人，不像是那种不管工人死活的东西。你别急了，人，我想办法给你弄出来。掏出无线电话，拨通了，就说：刑警队吗，我是陈志雄，找杜洪。杜洪啊，那天打咱们人的那几个怎么处理的？什么？这么快？嗯，行，我下来再找你吧。陈局长脸灰灰地放了电话。

齐志远忙问：怎么回事？

陈局长叹道：不好说了，案子报到省里去了。怕是……

吕建国怔了怔，苦笑道：陈局长，您尽了心了。您的人情我领了。

陈局长想了想：我再想想办法。吕厂长贺书记，你们别着急。这事也就是晚了一天，我一准给你们办了。就仰脖干了一杯酒。

齐志远苦笑道：老陈，你这酒可不能白喝啊！你还是再想办法啊。

吕建国看看齐志远，心里热了一下，觉得老齐这人还是挺好的，自己不该跟他闹不团结的。

回到家里，刘虹刚刚吃过，见吕建国进了门，就说：志河走了，人家可是放下话了，过两天就来车提货呢。到底有戏没戏啊？

吕建国不耐烦地说：行了行了，快别烦我了。

刘虹不高兴道：全世界就好像你一个人忙似的，不就当了个破厂长吗？

家里的气氛一下子就沉下来，三口人呆呆地吃饭。吃完了，刘虹就进屋了，吕建国就去洗碗。吕强忙过来说：爸，您歇会儿吧，我来干。吕建国一愣，看了吕强一眼，吕强朝他笑着。吕建国心里一动，感觉儿子长大了，懂事了，就笑笑：好，好。就退出来，坐在沙发上看新闻联播。还没看出中央领导跟哪国的贵宾亲切友好地谈话呢，桌上的电话就响了。

是方大众从派出所打来的。方大众气呼呼地说：我们刚刚从县里回来，那辆车的事还是挺不好办，跟农民讲不出理来。那个县的县长就向着他们，说是要保护农民利益。那个乡长更不讲理。厂长您说这事还怎么办啊？×他妈的地方保护主义！

吕建国恨道：你就别乱×了。明天我去看看吧。把电话放了，又给厂汽车队打了个电话，明天一早要车去县里。先找他们的乡长。

一路上风景真是不错。田野里的麦子都探头探脑地钻出来了，绿绿的让人爽眼。吕建国想起当年下乡帮老百姓拔麦子的情景，就骂出声来：怎么这年头老百姓也都学坏了啊。

方大众笑道：您骂谁啊？老百姓还骂呢。这年头好像谁都不高兴，真是邪了。

吕建国想起来：您带上钱了吗？弄不好咱们得请兔崽子们一顿呢。

方大众苦笑：人家吃不吃你的请还是回事呢！

三十多里路一个多小时就到了。车子拐进了韩庄乡政府，就见一群农民正在乡政府门口吵吵什么呢，一群鸭子呱呱乱叫着，在院子里乱跑。

方大众把吕建国领到乡长办公室，门虚掩着，方大众敲敲门，里边传出一个细细的嗓音：敲鸡巴什么啊？

门开了，一个白胖子一脸不高兴地走出来，见到方大众，就说：你又来了？

方大众忙说：谭乡长，这是我们吕厂长。

吕建国忙上前跟谭乡长握手。谭乡长笑笑：屋里坐吧。

吕建国走进屋里，闻到满屋子酒气，就看到了办公桌下边一堆酒瓶子。屋里挺乱的，墙上挂着几面奖旗，什么先进之类的。

吕建国坐在靠墙的沙发上，笑道：谭乡长，我是来讨我们厂那辆车的，还请您多多帮忙啊。

谭乡长笑道：昨天方主任和两个公安的同志来过了，真是不好办啊。我们那家企业也是受了骗啊。

吕建国说：谭乡长，这车我们一定要带回去的，我们是个穷厂，还指着这辆车干活呢。现在国有企业也真是不容易啊。

门被轻轻推开了一个缝，一个妇女探进头：乡长，还开会不了？

谭乡长嘻嘻笑道：开你娘那脚，都把你们计划了。等着去吧！那妇女就笑着跑了。

谭乡长说：吕厂长，您也不容易，这我知道。可是老百姓也不容易啊，好容易攒俩钱，买辆车，你说是赃物，就弄走，真要是死两口子人咋办啊？您也替我想想。换换个，您能不管不顾去把车弄出来就让人家带走吗？

吕建国看着这个白白净净的乡长，总觉得他像某部电视剧里的太监，直想骂，可是脸上还得赔着笑：谭乡长，真是请您帮帮我们，我们厂真是太穷了。

谭乡长扑哧笑了：不能吧？穷厂还能买这种高级车啊？

吕建国叹口气：这不是图个脸面嘛。人是衣裳马是鞍嘛，不买车，人家看不起你，谁还跟你谈生意啊？

谭乡长看看表，起身说：吕厂长啊，您看这事是不是下来再商量，我还有个会，真是不好意思了。就坐到办公桌前，拉开抽屉乱找，也不知道找什么，嘴里还一个劲骂着脏话。

吕建国强笑道：好的，下来再说，您忙吧。就退出来。

上了车，方大众问：咱们去哪？

吕建国说：上县委，找那个鸡巴县长去。

贺玉梅听吕建国说了去要车的经过，就笑：你真是行，没让人家打一顿就算是便宜了。

吕建国骂：打人？我还想打人呢。那个姓门的县长简直就是个混蛋，你跟他说东他说西，最后还发脾气，说他不管这些破事，说完就躲了。正说着，王超进来了，笑道：两位领导都在，市工会知道了章荣的病，体谅咱厂的困难，拨下来三千块钱，让给章荣看病。

吕建国高兴道：真是不错。给章荣送去了吗？

王超苦笑道：章师傅不收啊，让把这钱交到卫生所，给卫生所进药。可人家市工会说，这是特批款，专款专用的。

吕建国说：那当然，章师傅是省管劳模。走，咱们一起去看看他。

章荣住的还是厂里的旧宿舍，本来早想把这破楼拆了重盖，可总是没钱。楼道里的墙皮都已经剥落了，露出灰灰的水泥，还用粉笔写着某某小王八大王八之类的骂人话。吕建国记得，章荣早就应该搬进厂里的新宿舍，可是章荣让了几回，就一直没有搬成。吕建国心里酸酸的，现在像章荣这样的老工人真是不多了啊。

进了章荣的家，一股呛人的中药味扑得吕建国要呕。

章荣的儿子章小龙迎出来，懒懒地点头道：领导们来了，屋里坐吧。

屋里光线挺暗，窗帘拉着。章荣正躺着，就睁开眼问：谁来了？章小龙忙说：厂领导来看您了。就过去把窗帘拉开，太阳光软软地漫进来。吕建国看到玻璃坏了两块，用纤维板钉着呢。灰灰的墙上贴着好些奖状，纸都泛着黄，有些已经看不出日期了，吕建国感觉那好像是上个世纪的故事了。

章荣撑起身子，笑道：快坐啊，小龙，给领导们拿椅子，沏点水来。章小龙就出去了。王超追出去：小章，别忙了，我们不喝。

吕建国凑到床前，笑道：好些了吗？整天瞎忙，也没顾上来看您。

章荣笑道：没事的，让领导操心了。老了，不中用了。想起咱们搞大会战的时候，就跟昨天似的。

吕建国笑道：可不是嘛！一眨眼，我都快五十岁了。

章荣笑笑：您那次为了赶活，出了废品还不想返工，我扣你的红旗分，你还哭鼻子哩……说着，章荣剧烈地咳嗽起来，脸立刻涨得通红。

章小龙忙过来给他捶背。吕建国摸摸章荣的额头，吓了一跳：章师傅，你发烧呢。

章荣笑笑：没事，一会儿泡点姜汤就行了。

贺玉梅说：章师傅，还是去住院吧。厂里都联系好了啊。

章荣说：我这病住院也不行了，就在家待着吧。我是真怕死在医院里。说着又咳嗽起来。

王超急道：章师傅，市工会拨给您的特款，让您住院的，您还是去吧。这不，厂长书记都来劝您了。

章荣摇摇头：不去了。我都这样了，干啥还糟蹋那钱啊。

吕建国看看章荣，眼睛就红了，叹道：章师傅，说什么还是要住院的，你是咱厂的老模范了，你不去，工人们要骂我们的。

章荣叹道：算了，厂长，是我自己不去的，谁骂你们啊。厂里对我挺好的，我满意着呢。现在厂里这么紧张，我这破病还治个什么劲啊？不给厂里添乱了。

吕建国说：您看病这点钱还是能挤出来的，再说市里也给了些钱专门给您看病的。

章荣还是摇头：不行，我知道厂里那点钱，都是工人们一分一分挣来的，我不能全扔在医院的病床上。市里要是真给点钱，就给咱厂的卫生所进点药吧。我听说现在卫生所连感冒药也没了，这怎么行啊？……

章荣说着又剧烈地咳嗽起来。

吕建国再也忍不住了，泪就流了满脸，说了声：章师傅，您歇着吧。就起身告辞。

章荣突然喊住吕建国：厂长，你站下，我、我有话说。

吕建国一脸泪水地回转过身：章师傅，您说。

章荣看看吕建国和贺玉梅：我老了，有今天没明天的，肚子里有句话，你们当领导的比我想得长远，我说得对不对的，就……

贺玉梅忙扶住章荣：您慢慢说，有什么困难就提。

章荣吃力地摆摆手：我没困难。我是说厂、厂里现在挺难的，你们千万顶住这一段困难，什么事情也有个潮起潮落的，别觉得天都要塌了，我说得不好，毛主席怎么说来着……

吕建国心头一阵痛热，他一下子抓住章荣的手，颤声道：章师傅，您说得对。您……吕建国的泪唰唰地流下来。

从章荣家回来，几个厂领导闷闷地坐在办公室里，吕建国突然抓起电话，让徐科长来一下。不一会儿，徐科长就颠颠地跑来，一进门看出气氛不对，小心地问吕建国：厂长，有事？

吕建国恶恶地说：老徐，你明天就把赵明的饭馆给封了。告诉他，三天之内把十万块钱交来。

徐科长看看齐志远。齐志远望着窗外，不说话。窗外灰灰的，天渐渐阴死了，太阳胆怯地躲进了云层。

徐科长问：他要是真不交呢？

吕建国恶笑一声：你就让他滚蛋。你告诉他，说这话是我姓吕的讲的。

徐科长答应一声就出去了。贺玉梅想了想：厂长，四海商行的钱也该再去要要了。

吕建国想了想说：我去一趟四海商行，找找那个姓赵的混蛋。这六十几万不是个小数啊。

贺玉梅叹道：怕是不好要啊！

吕建国说：不行就跟他打官司吧。

齐志远苦笑：赵志高那小子是个人精。他现在有好几个企业，跟咱们有关系的那个四海商行早就是个虚名了，法院就是查封，也掏不出几个子儿来，他盼着跟咱们打官司呢。再者，我听说他表姐夫就是法院院长。

吕建国骂：这叫什么事啊？

一上班，贺玉梅就进了吕建国的办公室，进门就笑：厂长，你猜我找到谁了，这回准能治了那个姓谭的。

吕建国笑道：除非你找到了他爹。不过他听不听他爹的，也难说哩。

贺玉梅笑道：他不听他爹的，他得听县太爷的。

吕建国摇头苦笑：算毬了，那个县长我上次就碰过了，也是个混蛋，根本不讲理。他能向着咱们说话？

贺玉梅坐下喝了口水，笑道：三车间乔亮告诉我，他们车间岳秀秀是那个姓门的县长的亲外甥女，我见岳秀秀了，岳秀秀说没问题，她姨夫肯定给办。她刚刚给姓门的打了电话。

吕建国一下来了精神：真这么简单啊。

贺玉梅说：一把钥匙开一把锁，说简单就真简单。

吕建国说：那你去一趟吧，上次我跟姓门的差点吵起来。我一去，别再把事情办砸了屁的。

贺玉梅到县里的时候，正是中午。贺玉梅想，正好把门县长请出来吃顿饭。到了门县长的办公室，门县长正跟几个人说话呢，见到岳秀秀就忙让那几个人走了，跟岳秀秀嘻嘻哈哈笑着，聊着家长里短。岳秀秀说了要车的事，门县长笑道：你怎么管这事啊？岳秀秀说：我在厂里负责呢，我不管谁管啊？门县长笑道：真的啊，早知道是这样一个关系，我早就让他们把车放了。说着，才看到贺玉梅。岳秀秀介绍了贺玉梅，贺玉梅笑着说：真是不好意思，我们办不了，只好麻烦您了。就说了谭乡长的态度。

门县长骂道：还挺牛的哩。放心，这事我给你们办了。对了，你们还没吃饭吧，咱们先吃饭去，就喊来一个瘦男人，门县长说：李秘书，你去打电话把老谭给我喊来。李秘书转身走了。贺玉梅笑道：不忙，咱们先吃饭吧。

门县长说：不是我着急，我上次开会听他们念叨了几句这件事，你们厂一个姓方的和一个姓吕的也来找过我。要是不赶紧找老谭，他们就敢再给你卖了。到时上哪儿找啊？

贺玉梅心里一紧张，脸上笑道：那真得快点，这年月什么都讲改革速度，真要是卖了，我们可就惨了。

门县长就带着岳秀秀贺玉梅去了县委门口的饭店。进了门，老板慌慌地迎上来：县长，您吃饭啊？门县长笑道：临时来了几个亲戚，在你这闹一顿吧。老板忙笑道：平常请也请不到您呢，我说昨天晚上做梦听到喜鹊叫呢，敢情今天有贵客来啊。门县长哈哈笑：你可真会说好话。几个人就进了雅间。门县长也不看菜谱，乱点了一气，老板就让人把菜端上来，又端上两瓶五粮液和两盒红塔山，客气了几句，就退出去了。贺玉梅心里就害怕，怕一会结账钱带得不够。小岳撒娇说：姨夫，这事您可真是给办了啊，要不厂长可得扣我的工资啊。

门县长笑道：外甥女的事，我还能不管啊。来，贺书记，喝酒喝酒。我这个外甥女你可得照顾着点啊。贺玉梅忙笑道：您放心好了。

吃过饭，贺玉梅忙去结账。门县长拦住她，笑道：贺书记，到我这地面上还用你结账啊。就对老板说：先记在农业局吧。老板笑道：您甭管了。就忙着送他们几个出来。

贺玉梅觉得喝得有点多了，头晕晕的，就笑着说：看起来，真是当个县长好，一方土地，说了算啊。

门县长笑笑：您是没见我受治的时候呢。

回到县委，刚在门县长屋里坐了，李秘书就进来说：县长，谭乡长来了。门县长点点头：让他进来。

李秘书出去，一会儿，谭乡长就进来了，进门就笑：县长，您真是改革作风啊，连饭也不让我吃好啊，今天您得请我。又朝贺玉梅小岳笑笑。

门县长哈哈笑了：你小子还用我管饭啊。坐吧，这两位找你有事呢。这是贺书记。就掏出烟来扔给谭乡长一支。

谭乡长点着烟，傻怔怔地笑问：县长，什么事啊？

门县长瞪眼道：什么事？你还好意思说，偷了人家的车，还不给人家。咱们县的脸快让你们丢光了。

谭乡长笑道：刚刚李秘书跟我讲了，县长，不大好办啊。谁知道是贼车啊，要知道是贼车，白给也不敢要啊。现在也不能说拿走就拿走啊，吴大水那个愣头青还不得跟我玩命啊？

门县长笑道：谁敢跟你玩命啊，说得吓人呼啦的。

谭乡长说：门县长，这事真是不好办。那车是吴大水花三十万买来的，手续都全，硬给他拿走，他真怕是接受不了。

门县长哈哈笑了：屁话。三十万？哄鬼呀？吴大水那个鬼精，我还怀疑他给钱没给钱呢！别废话了，这事你去办吧。这是我外甥女的车，你去告诉吴大水，他要是不放车，就是不给我老门面子，我还真就不要了。

谭乡长尴尬地站起身，朝贺玉梅笑道：上次您厂里的那位吕厂长找过我的，您能不能出几万？五万行不行？

贺玉梅心想这个姓谭的真够难缠的，笑了笑，刚想说几句没钱的话。门县长就火了：贺书记，你别理他，这小子见谁都想割一刀的。

谭乡长哈哈笑了：县长，我真是斗不过您的。好吧，既然县长发话了，我料定吴大水屁都不敢高声放一个的。我明天把车给您开到县委来。就朝贺玉梅笑笑，出门走了。贺玉梅有点愣，没想到这事就这样有一句没一句开着玩笑就办了。

门县长朝贺玉梅笑道：那您就住一夜吧。明天一早他就送车来。

贺玉梅笑道：还是您面子大。

门县长说：大个屁，我要不是县长，他们才不理我呢。

岳秀秀笑问：姨夫，他们明天要是不来呢？

门县长眼睛一瞪：敢？过明天中午我都饶不了他们。

吕建国正在给那几个要账回来的人开会呢，贺玉梅在门口探头。吕建国忙起身出来，贺玉梅笑道：车开回来了。就把事情跟吕建国说了个大概。

吕建国高兴道：行，真是有你的。你先回去歇歇吧，我看你累得也够呛。

贺玉梅笑说：我真得歇歇了，那个姓门的可真是个酒桶，昨天真把我灌坏了。

贺玉梅进了家，就想躺下睡一觉。躺在床上，又给妹妹打了个电话，问问谢跃进这两天的行踪，自上次在酒店闹了那一回，谢跃进就没回家。

贺芳不在公司，一个女的接的电话，说贺芳住院了，两天了。贺玉梅吓了一跳，忙问贺芳怎么了。那女的说：我知道怎么了？我又不是她妈。你愿去就去看吧，妇产医院。

贺玉梅更是吓坏了，就问：妇产医院，她住妇产医院干什么？

那女的好像跟贺芳有深仇大恨似的，干硬硬地冷笑道：你这人好烦啊，你去看看不就明白了嘛。

贺玉梅一点睡意也没有了，慌慌地跑到街上叫住一辆出租就朝妇产医院去。一路上没头没脑地乱想，越想越怕，直到进了病房，看到谢跃进正坐在贺芳床前，她仍是没有反应过来，脑袋木木的。贺玉梅急急地问贺芳：怎么回事？你怎么住这儿了？

贺芳脸色苍白，朝贺玉梅笑笑：我没事。你怎么知道的？

贺玉梅喘着气说：我出差刚回来，打电话说你住院了。又看看一旁的谢跃进，贺玉梅心里突然跳了一下，似乎明白了些什么。看看贺芳，再看看谢跃进，贺芳头歪向边，流下泪来。贺玉梅猛地搞清楚什么了。

谢跃进尴尬地站起身，笑笑：玉梅，你待一会儿吧。我还有点事，先走了。

病房里只剩下了姐妹两个了，空气有点发紧。贺玉梅低低地叫了声：小芳。贺芳回过头来，两人呆呆地互相望着。

贺玉梅叹口气：芳芳，你都让我糊涂了。你和谢跃进到底怎么回事？

贺芳突然不哭了，冷笑一声：姐姐，你既然全知道了，还说什么蒙在鼓里。你让我说什么？我喜欢他。但我并不想在你们中间惹是生非，否则，我决不会打掉这个孩子的。

贺玉梅叫起来：什么？你真的有了孩子？

贺芳淡淡地说：你放心，我不会让他跟你离婚的。

贺玉梅只觉得头疼得厉害，全身颤抖。她怒吼起来：你不该这样啊！你知道谢跃进在外面搞着多少女人吗？

贺芳冷冷地说：你别乱吵乱嚷。他没有欺骗我，是我情愿的。你别恨他，是我自己对不住你。

贺玉梅静下来，看看贺芳：好吧，你先住院吧。就往外走。走到门口，又回过头来：小芳，也许他在你眼睛里是个什么了不起的。但是在我眼睛里他很不值钱，你愿意跟他，我拱手让给你。就摔门出去了。听到病房里传出贺芳的哭声，贺玉梅脚步迟疑了一下，还是大步走了。

到了医院门口，看到谢跃进正在那里推着摩托车抽烟呢，似乎是在等她。贺玉梅没理他，取出自行车就要走。谢跃进跟上来：玉梅，你听我说。

贺玉梅哽声道：你还想跟我说什么？

谢跃进苦笑道：事情闹到这一步，我还能说什么？

贺玉梅冷笑：你到底跟芳芳什么时候有的这种关系？

谢跃进道：一年前。你就看着办吧。

贺玉梅冷笑一声：我看着办？你把芳芳毁了，还问我怎么办？说罢，扬手给了谢跃进一个耳光，掉头就走。

就听到谢跃进在她身后冷笑道：别把自己装成修女的样子，你跟姓梁的事谁不知道啊？

贺玉梅身子一颤，她回过头来，盯着谢跃进，突然笑了：你也相信这事？谢跃进，我真是白白跟你过了这些年了！

谢跃进骑着摩托车走了，就剩下贺玉梅呆呆地站在那里。阴阴的天空落下了几丝雨，夹着软软塌塌的雪花，冰冰的。贺玉梅仰起头，看着散散的雨夹雪，就记起上大学时一位老师讲过，这种东西叫作霰。

王超来找吕建国，说小魏的女儿明天要开刀了，问吕厂长是不是去看看？

吕建国说：去，厂领导们都去看看。

王超发愁说：职工们给小魏捐了五万多块钱，可还不够。医院要十万押金啊。怎么办啊？

吕建国叹道：下来再说吧，咱们先去看看。

两人起身出来，就听到楼道里一阵乱吵，赵明骂骂咧咧地走过来。

赵明喝得醉醺醺的，身后跟着蔡大胡子。方大众跟在他身后赔着笑：老赵，有意见慢慢讲嘛。赵明一把推开了方大众：滚你一边去。你他妈的就会拍马屁，我找姓吕的说话。

吕建国黑着脸站在走廊里，冷冷地问：赵明，你来交钱了？

赵明抬头看到吕建国，就恶笑道：吕厂长，你凭什么封我的门？

吕建国不想跟他在走廊里吵，就转身进了办公室，赵明跟了进来。

吕建国说：我正要找你，正好你来了。我就要你一句话，你到底交不交承包费。

赵明点一支烟，吐了个烟圈：我不是告诉你了嘛，现在没钱，先记着，年底一块算，少不了厂里一分钱。说完就往沙发上一躺，把脚蹬在了沙发扶手上。

吕建国摇头：那我跟你就没什么好说的了，厂里决定，你的承包合同就此终止。

赵明把烟在手里拧死了，狠狠摔在地上，跳起来：你姓吕的两片嘴一碰就完了？你不让我干，要包赔我的损失！

吕建国愤怒地站起来：赵明，你别在这里胡搅蛮缠。

赵明眼睛冒出火来，向前一步，一拳打在吕建国的脸上，吕建国鼻子就冒血出来。

王超和方大众呆住了，扑过去抱住赵明，赵明跳脚骂道：姓吕的，老子今天非打残了你不可。门外冲进来几个人，赶忙去扶吕建国。

吕建国摆摆手，对众人说：放开他，让他过来，我不相信他敢打死我姓吕的。

赵明愣住了，他不明白吕建国为什么不跟他急眼。

吕建国擦擦脸上的血，淡淡道：赵明，你小子用良心想想，如果你真是没钱，就算我姓吕的×蛋了。现在厂里穷得锅都揭不开了，好几个病号都……小魏的女儿白血病就在医院躺着，等着钱用。还有章荣，不说了，这你都知道。你该着厂里的钱不给，你要是有一点人味，你能不能这么干？我怎么也想不透，你也算是在厂里干了二十多年了。你……我告诉你，你今天不就是想惹急了我，让我也动手，你就可以赖账了吗？我就是当着这个厂长就算了，我真是连宰你的心都有了！说完，转身就走，走到门外，又转过身来，恶恶地骂一句：赵明，你是个王八蛋！就啪的一声把门摔上。门又弹开了，走廊里渐渐远去了吕建国生硬的脚步声。

一阵风生猛地刮进来，凉凉的寒风中，已经没有了严冬里那种尖厉的寒气。这是冻人不冻冰的季节了。

众人都愣在那里，呆呆地听着风呼呼地刮着，十分地单调。

赵明呆呆地，蔡大胡子一旁低声问道："赵哥，咱们……"赵明低声吼道：明天把钱交给姓吕的！一跺脚转身走了。

吕建国到医院的时候，毛毛刚刚醒过来。厂里好多人都呆呆闷闷地坐在走廊里，吕建国看到袁家杰也来了。

吕建国进了病房，毛毛眼睛艰难地睁开了，看看吕建国他们，笑了：谢谢叔叔们。

吕建国笑道：毛毛，就会好的。就会好的。

毛毛额头上淌着细细的汗珠。她艰难地说：还是让我出院吧。别再让厂里的叔叔阿姨们给我花钱了，治不好了，我知道的。谢谢叔叔阿姨们关心我。我现在一点都不疼了。

吕建国眼睛潮了，他努力克制着自己，不让眼泪掉下来，转身走出了病房。

病房外面，一帮人正在劝慰小魏。小魏两口子呆呆地坐着，傻了一样。吕建国走过来：小魏，先给孩子看病，有什么困难下来再说。

小魏哭着说：吕厂长，说什么也不看了，我不能拿着大家伙的钱往坑里扔啊。我……

于志强火冒冒地说：混账话。你怎么就知道治不好呢？

小魏泪流满面：我什么都明白。大家的心意我领了。真的，厂长，您就别让我难受了。

吕建国拍拍小魏的肩，叹道：别这样。治一定要治。只要咱厂子不垮，毛毛的病就得看。别说十万，就是二十万，厂里也会想办法。

小魏拼命地摇头：厂长，厂长。不能这样，真的不能这样。

齐志远眼泪落下来：小魏啊，你就别再乱说了啊。

小魏和他爱人就扑通跪下了。

吕建国心里一酸，怒声吼道：你这是干什么，混蛋！你给我起来！起来！一把扯起小魏。吕建国的声音颤抖：要骂，就该骂我，打我，我这个厂长无能啊。

走廊里哭声大作。

吕建国中午饭也没吃好，跟刘虹吵了几句就出来了。刘虹一个劲追问他志河的事办得怎么样了。吕建国恨不得狠狠骂妻子几句，他感到这帮人十分可恨，在自己倒霉的时候，连句安慰的话也没有，还一个劲地找事儿。他突然觉得自己挺没劲的，来到办公室，就坐在沙发上闷头闷脑地抽烟。

袁家杰走进来，看看吕建国，就重重地坐在沙发上，不说话。

吕建国笑道：又怎么了？看你样子怪怪的。掏出一支烟扔给袁家杰。

袁家杰接过吸了，吐出一团雾，叹道：我知道你挺恨我的。

吕建国抬起头：你说什么呢？我凭什么要恨你啊？

袁家杰苦笑笑，没说话，呆呆地抽烟。抽完了，又伸手朝吕建国要了一支。

吕建国叹道：我想通了，你还是走吧。在哪干好了都是国家的。

袁家杰一怔，迷茫地看着吕建国。吕建国也苦脸看着他。

两人一时没话可说了。风从窗子缝中溜进来，发出吱吱的响声。袁家杰呆呆地说：我不走了。今天把我那个专利卖了。

吕建国一怔：卖了？卖给谁了？

袁家杰苦笑道：卖给那个乡镇企业了，一百三十万。我跟他们要的现金，我怕钱汇过来让银行给截住抵了利息。

吕建国心慌地问：那你？……吕建国知道，袁家杰这个项目搞了好几年了，本来厂里想上这个项目，可是前任许厂长跟袁家杰闹不来，就耽误了。吕建国上台后想搞，可是厂里又没钱，银行一个子也不给贷了。

袁家杰脸色苍白地站起身：他们一两天就来谈。你接待一下吧。

吕建国站起身，声音有些发涩：家杰，这事是不是你再想想？这可是你十几年的心血啊！

袁家杰苦笑道：还想什么啊？厂里都到了这份儿上了，唉！转身就走。

吕建国猛地喊了一声：家杰……声音就哽住了。

袁家杰回过头来，也呆呆地看着吕建国。一时屋里静得能听到两人的心跳声。

太阳明晃晃地照进来，吕建国脸上滑下几滴泪，在阳光中跳跃着。

袁家杰涩涩地笑笑：建国……就再无话了。

两个人都呆呆地盯着窗台上那盆月季，浇过水的月季，叶子已经悄悄舒展了。

有人把门撞开了，吕建国一惊，就见章小龙脸色灰灰地跑进来，进门就哭：厂长，我爸过去了。

吕建国一惊，袁家杰颤声道：昨天不是还挺能吃的吗？怎么这么快啊?

吕建国难过地对袁家杰说:咱们去送送章师傅吧。

章荣真是死了。等吕建国几个人赶到医院的时候,章荣已经给推进太平间了。章荣静静地躺着,眉头却紧紧皱着,似乎有无限的心事还没有放下。吕建国心头一阵凄楚,泪涌下来,就闷着头出来了。走廊里已经站了一大片厂里的工人。十几个过去给章荣当过徒弟的,呜呜呜哭着,哭声在医院里低低地传远了。

门外,春雨下得正紧,啪啪砸在台阶上,让人感觉心里冰冷。吕建国抬头看看,天空白茫茫的,院中的几棵杨树绽出星星点点的绿,就要抽出新条了。

下午快下班的时候,吕建国接到了陈局长的电话。

陈局长在电话里笑道:老吕,人今天就放,你们派人来接一下吧,写个保证,罚五千块钱,不能再少了。

吕建国高兴道:谢谢陈局长了。我什么时候请您喝酒啊?

陈局长哈哈笑道:行了行了,你那个破厂能给工人开支就算念佛了,别把工人们逼得上了街就算照顾我了。最近怎么样啊?

吕建国苦笑道:挣扎吧。

又说了几句,陈局长放了电话。吕建国就打电话喊方大众来。方大众进来问:厂长,有事?

吕建国骂道:你一会儿去把姓郑的那个王八蛋接回来,刚刚陈局长打了电话,说今天放人,你去财务拿上五千块钱的罚款。

方大众笑道:厂长,还是您亲自去一下吧,显得重视啊。

吕建国恼了:你让我重视什么?我坐着车去接那个流氓?我没心思。

方大众笑道:算了算了,看您这么多话,我去吧。在哪儿给他们接风啊?吕建国想了想:你随便找个地方吧,就说我不在家。方大众笑了:那好,反正明天您得见人家啊。就转身走了。

吕建国就去告诉贺玉梅。进了贺玉梅办公室,就看出不对劲了,贺玉梅眼睛红肿着,好像是刚刚哭过。

吕建国就问:又打架了?

贺玉梅恨恨地说:厂长,你别劝我了。我要跟谢跃进离婚。

吕建国惊讶道:你怎么说风就是雨啊?到底怎么了?

贺玉梅叹口气，摆摆手：不提了，我不想说。

吕建国就暗暗想：这个女人挺不容易的啊。就不再问，闷闷地坐着。

吕建国突然又想起志河的那件事来，就对贺玉梅说：有件事我一直忘了跟你说了，我下乡插队的那个村来人找我要几吨废钢材，我不好推出去，先给你打个招呼，日后我老婆要是来问你，你就说党委不同意。

贺玉梅苦笑道：你要是推不开就给人家几吨吧，好歹你在人家那里下过乡呢。

吕建国说：我那天喝酒喝多了，就随口乱答应了。不说了，今后你要是不愿办的事，就往我这儿推，我要是不想办的事，就往你那儿推。

贺玉梅笑道：行啊，互相背黑锅吧。

吕建国看看表：下班了，走吧。

贺玉梅说：你先走吧，我想一个人再待会儿。

吕建国苦笑道：别有什么想不开的吧？

贺玉梅突然问：厂长，都传说我跟梁局长有事，你相信吗？

吕建国一怔，哈哈笑了：你说什么啊？我怎么一点都没听说啊，别瞎想了。就出来了。走出几步，听到贺玉梅在办公室呜呜地哭了。吕建国心里一酸，仰天长叹了一声，大步走出楼去。

吕建国站在厂门口，突然发现厂门口的树一夜之间，已经绿绿的了，恼人的春寒大概就要过去了。

学习微笑

李佩甫

一

刘小水眉心有一颗痣，于是，她被厂里抽调出来。

刘小水是食品厂糕点车间的女工。那天，她正站在案子前炸梅豆角，手里拿着油乎乎的笊篱，火太烤。她不经意地转过脸来，用手背捋了一下头发，不巧正好被厂办主任看见。厂办主任一眼就看见了她眉心的那颗痣。厂办主任说："你，说你呢，过来一下。"

刘小水手里抓着笊篱，迟疑了一下，说："说我呢?"说着，又望了望站在一旁包角儿的组长，组长接过她手里的笊篱，说："去吧，你去吧。"于是她就去了。

刘小水长得并不算十分好，嘴唇厚了，颧骨略高，人也有些木相，两只眼睛大也算大，就是呆，还一脸忧色。可她眉心有颗痣，那脸就活了。你也说不出她哪儿好，就觉得有一种什么东西，在悄悄地打动你，叫你不由想看她一眼。

同时被挑出来的还有七个女工，自然都是些厂一级的鲜艳，刘小水算是第八个，也是年龄最大的一个。厂里决定让她们去学些礼仪，好接待来厂投资的港商。

"礼仪"是由市文化馆的老师承包的，说是每人三百，厂里穷，最后搞价搞到二百五。拿钱时又落到一千八。一千八百块钱拿过去之后，就开课了。教礼仪的老师姓冯，是一位很高傲、很负责任的女性。她讲的第一课是微笑。她说："知道什么是微笑吗？微笑是一种艺术。是一种具有穿透力和征服力的艺术。微笑表现的是一种自信，一种女性特有的魅力。在公众场合它可以产生摄人魂魄的效用。微笑可以有千万种功能。它可以是热性的，也可以是凉性的。热性的，可以烧穿人的五脏；凉性的可以使人冻结，使人望而却步。你们知道蒙娜丽莎吗？谁知道蒙娜丽莎？不知道？没人知道……"

女工们有人在下边小声议论说："是不是一个姓蒙的演员，好像有一个蒙古演员……"

老师摇了摇头，说："不知道不要瞎说，这是一幅画。一幅以微笑而著名的世界名画。这幅画就叫《蒙娜丽莎的微笑》。那是一种穿越时间穿越国界的微笑，是永恒的微笑……"

接下来，老师开始指导微笑了。老师让她们站成一排。一个个练习微笑。老师说，笑一笑。她们就一个个轮着笑，有的嘴张得太大，有的笑得太响，有的不好意思，扭着腰笑，一个个都不太合格……老师就一个一个给她们以指点。老师说："你，笑得有点过头了。微微的，要微微的……你呢，目光要温柔，不要浮。对了，要含蓄。还有你，笑得太空了，你懂得我的意思吗？你的笑里要装上东西，笑里面有很多很多的东西……"

轮到刘小水的时候，老师看了看她，说："你笑一笑。"

刘小水就笑笑，可她一笑，泪先下来了。

老师说："你怎么连笑都不会？"

刘小水不好意思地擦了一下脸，说："我会笑，只是笑不好。"

老师看了看她说："你有一颗痣，这很好。你很有魅力。你笑一笑。"

刘小水就再笑。老师摇摇头说："不行，这样不行。你还是不会笑。你的眼没笑，光张嘴不行，要学会用眼睛微笑，眼睛是心灵的窗户，你要把窗户打开……"

刘小水的眼睛也跟着睁开，对着老师笑……

老师吓了一跳。老师说："你还是不会笑。听我说，要自信，一定要自信。你闭上眼睛，跟着我默念：春天来了，花儿开了，鸟儿叫，天空多么晴朗……"

刘小水就跟着念……

老师说："好一点了，稍稍好一点了，对……"

老师突然问："你叫什么名字？我好像在哪儿见过你……"

刘小水想起来了，她知道她在哪儿见过这位老师。她只是舔了舔嘴唇，她的嘴唇有点干。

马上就有一位叫李月琴的年轻女工报告说："老师，她叫刘小水，是糕点车间的。她很会做点心，差一点就当上技师了……"

老师喃喃地说："噢，刘小水。好像在哪儿见过。记不起来了。"接着她又说："刘小水同学，你要好好练习，你真的很有魅力……"

刘小水不知道什么是魅力，又是不好意思地舔了一下嘴唇。

老师说："你的魅力就在你的厚嘴唇上。你要记住这一点。"

女工们哄一下都笑了。老师说："好了，别笑了。让你们笑你们不笑，不让你们笑，你们又笑……"

老师对众女工说："不要小看微笑。我告诉你们，微笑其实是一种生活品位的体现。不是谁都会微笑的。不过……"老师说到这里停顿了一下，涩涩地说："我拿了你们厂的钱，我现在要告诉你们一个小窍门。人都有不想笑的时候，不想笑也不要紧。如果在一些场合，在一些不想笑又必须微笑的场合，你就微微把嘴张开，露三分之一牙，注意，是三分之一牙，这样你就会带出一些笑意……"

接着，老师给她们每人发了一只小圆镜子，让她们回去后自己练习。老师说："好，今天就讲到这里，下边练习猫步……"

二

临近中午，刘小水骑车来到了市医院门前。她把自行车扎在看车的老太太那里，老太太正忙着挨车挂牌，挂到她的跟前，抬头一看是她，就把牌收了回来。老太太不收她的看车费自然也不挂牌。老太太说："喂呢。"

她就说："喂呢。"说着，就巫巫地往公共厕所跟前跑。

公共厕所前摆着一张收费的小桌，她苍老的母亲就坐在小桌的后边，母亲旁边是一个小孩车，车里站着她那八个月的孩子。有风刮过来，荡起一片腥腥灰尘。母亲的脸很脏，孩子的脸也很脏，她的母亲一边收费一边摇着小孩车照看她的孩子。孩子许是饿了，在车里一蹿一蹿地动着，哇哇乱叫。母亲看了她一眼，说："你看你。"说着，就站起身来。

刘小水没有答话，就探身上前抱起孩子，顺势坐在母亲让出来的椅子上，把孩子往怀里一横，飞快地解开胸前的扣子，把奶头塞进孩子的嘴里……这一切她都做得很从容很自然。而后她抬起头来，望着医院门前的马路，中午了，正是下班的时候，马路上行人很多，自行车像河水一样淌淌地从眼前流过。有很多行人的眼睛一闪一闪地在眼前晃，她觉得那些目光正在注视着她胸前露出的一点点乳房……她仅是把衣服往下拉了拉。

母亲的目光从她头上漫过去，望着一个从男厕所走出来的男人，说："那事咋样了？"她说："还那样。"母亲说："不是就一回吗？"她说"就一回。"母亲说："要多少啊？"她说："三千。"母亲说："你说说，这算咋回事哪？"

她说："交了钱的，都回来了……"母亲说："看看你这一家，看看这一家人……"她说："也不全怨他。是我让他去的。车间主任叫他，他能不去吗。他说要去团结团结人家，我说你去吧。赶上了，也没有办法。"

母亲说："厂里，就不能……"她说："厂里不知道，我没让厂里知道，厂里三个月没有开工资了。厂长一直在跑合资，如果能合资就好了。厂长在会上说，跟港商合资后，至少月工资一千……"

这时，母亲突然跑起来了，母亲跑上去拽住那个从厕所里走出的男人，小声说："同志，同志，你还没给钱呢。"

那人一边走一边说："小便，小便也收钱？"

母亲赔着笑说："小便一毛，大便两毛……"

刘小水小声说："妈，没钱就算了。"

母亲也说："要是真没钱就算了……"可她仍在那人跟前站着。

那人转过脸来，望了母亲一眼，说："我说没钱了么？有钱。"说着，从兜里抽出一张一百元的票子，随手扔在了地上，说："找吧。"

刘小水再次说："妈，没钱就算了。"

母亲望着那人，很勉强地说："你真没零钱？要真没就算了。"

那人说："没有零钱。你找吧。"

母亲再次看了看那人，默然地从地上捡起钱，匆匆地向路边的一个水果摊前奔去，母亲跑动的姿势很像是一个陀螺……

母亲终于把钱换开了。她走回来，把一毛钱的纸币放在桌上的纸盒里。刘小水看见那一毛钱脏兮兮的。于是，她不由得张开嘴，舔了一下嘴唇。舔嘴唇的时候，她突然想起了老师，她的确见过文化馆的这位老师。那是几个月前，她就坐在这里给孩子喂奶，一边喂奶一边替母亲收费，她收过老师一毛钱……当时老师看了看她。老师穿得光鲜鲜的，那目光有一点那个，看得她很不好意思。接着，她又想起了老师的一句话："三分之一牙……"这时，母亲看了她一眼，母亲说："你笑啥？"

刘小水赶忙说："我没笑。"

母亲说："你看你。"

刘小水说："妈，我没笑。"

母亲说："是嫌丢你的人了？是不是嫌丢你的人了？要嫌丢人你把孩子弄走，别在我这儿放……"

刘小水心里一酸，说："妈，我真没笑……"

母亲说："你想想，你哥，你弟，啊？你妈抱着摇钱树呢？你把孩子抱走吧，我谁也不给恁看了……"

正说着，父亲从医院里走了出来。父亲脸上喜滋滋的。他随手把一张五元的票扔在桌上的钱盒里，说："一个肝癌早上断气了。洗洗，穿穿，给了十块。医院扣去五元。"说着就弯下腰，从刘小水怀里接孩子，一边伸手一边说："来吧，乖乖。"

刘小水看着父亲的手，父亲的手很粗。父亲曾是八级车工，退下来了，厂里却开不下工资……父亲老了，父亲的胡子很白。刘小水望着父亲，小声说："爸，你洗手了吗？"

父亲有点尴尬。父亲慢慢缩回手，说："你看你，我会不洗手？"过了一会儿，父亲又说："人死了，细菌也就死了。"

母亲不愿意了，紧着脸说："抱走抱走赶紧抱走。你爸这么大岁数了……"

父亲马上说："算了，算了。抱走咋办？她公公那样……把孩子给我吧。"

刘小水没有把孩子递给父亲。她把喂饱奶的孩子重又放进小孩车里，说："爸，你累了。让他自己玩吧。"而后，她站起身来，说："妈，我走了。"

母亲不说话，母亲一句话也不说。

父亲说："走吧，你走吧。回去还得给你公公做饭呢。"

她走了几步，听见父亲气喘喘地从身后赶了上来。父亲摇着白苍苍的头，一句话也没说，把五块钱连同一沓毛票塞到了她的衣兜里。她刚想说点什么。父亲说："走吧，快走吧。"

骑上车，蹬了几圈，刘小水回过头来，阳光下，她看见儿子在厕所门前的小孩车里站着，在一片明亮的臭烘烘的空气里，父亲蹲在车前逗孩子玩，孩子的小脸红扑扑的，在笑……

拐过路口，她停住车子，蹲在地上，"哇"一声吐出来了。她觉得今天的尿臊味特别重……

三

下午，仍是练习"猫步"。"猫步"之后是"三步""四步"……

老师说："走猫步的要领是高贵。要昂首挺胸，面带微笑，走出优越，走出高贵……"

可刘小水却趁上厕所的机会溜出来了。她先是跑出去给公公送了一趟汽水。公公也是退了休的工人，两年前得了脑血栓病。半身不遂，治了一段没治好，厂里就拿不起医疗费了，后来又在家里吃中药，吃了一段时间，却仍是半边身子能动半边身子不大能动。如今他在电影院旁边卖汽水。

当她来到电影院旁边的时候，看见公公正在为一个买汽水的孩子开瓶。公公的身子在开瓶时歪成了一个倾斜扭曲的支架。他一只手高高地半蜷着。那是一只僵硬的不听使唤的手，那不顺遂的胳膊就像只断了弦的弯弓；公公的另一只手却紧贴在汽水瓶上，手腕子一压一压，看了让人心酸；最用劲的是他的下巴，就好像是那个下巴在起那个瓶盖，他的下巴紧紧地绷着，绷成一斜一斜的肉棱，肉棱子一紧一紧地脉跳着，看上去惊心动魄。她赶忙走上前去，说："爸，我来吧，我来。"

公公斜斜地看了她一眼，却没松手。公公仍在开那个瓶子。公公曾是八级钳工，他一直在开那个瓶子，大约有半分钟的时间，他终于把汽水瓶子打开了。而后他很快地转过脸去，背对着那孩子含糊不清的语音说："喝。"

刘小水默默地望着公公，没有再说什么。她知道公公背过脸去的原因是怕吓着那孩子……

这时，她下意识地摸了一下衣兜。有一段时间，她总是不由得要摸摸衣兜，那时候她的衣兜里时常装着一沓子公公看病的报销单据，那一沓子小纸都快在她兜里磨烂了。大约在两年的时间里，她每天下班后都要去堵通用机械厂那个大背头厂长，她站在厂大门口等过，也在厂办公室门前候过，常常一站就是几个小时。有时候也到厂长家门口堵他。找得那大背头厂长一看见她就躲。有一次，天刚蒙蒙亮，她终于在厂长家门口把他堵住了。厂长刚刚起床，提着裤子说："你怎么这样？你怎么能这样？我们厂光偏瘫十八个，家属一个个都来堵门子，还让我活不让了?! ……"可还是有一沓子小纸没有给报销，那都是钱，是借的钱。

公公是病人，按说是不该让他出来的。不管怎么说，都不该让他出来做这种事。可公公是个倔人，他非要出来，她也没有办法。她唯一能做的，就是抽空给公公送趟汽水。送汽水也是为了还债，她觉得她是欠公公什么。自从有了那件事之后，她就觉得她欠了什么……

如今，她最害怕上街。走在大街上，她会有一种老鼠的感觉。阳光很好，她却成了一只老鼠。她脑海里常常出现一双老鼠的眼睛。那是童年里的一只老鼠。那只老鼠被邻居家的孩子捉住了，而后把它泡在油桶里，接着又点着了火，在人们的围观下，那只满身是火的老鼠往街上蹿去，那时她还小，一出门就撞见了那只带火的老鼠，老鼠望了她一眼……现在，她觉得自己就像是一只着了火的老鼠。街上的生活，还有那些声音那些颜色都是很烧眼的。她已经很久没有进过大商场了，她是不敢看，不敢看那些摆在柜台里的东西。东西真好，真艳，也真贵，她害怕那些东西。她觉得那些东西能吃人，那些东西会把人活吃了。

在骑车回去的路上，刘小水心里说，我不能再去笑了。我笑得不好，我不去笑了。这么想着，刘小水又回到了厂里，她走进车间，对正在包角儿的组长说："吴姐，我不去了，我不想去了。你给厂里说说，换个人吧。"

组长转过脸来，看了她一眼，赶忙说："别，你可别，千万别……"

刘小水说："我真的不想去了。"

组长四下看了看，忙把她拽到一旁小声说："水，你傻呀。你知道，如今梅豆角滞销。有钱的都吃高级点心去了，没钱的连梅豆角也不吃了。听小道消息说，你别问是谁说的，厂里跟港商合资后，立马就裁人，只留一半人。厂长正在广州跟人家港商谈判呢。将来不知道会裁到谁，你想想……"

组长又说："我是为你好。"

刘小水舔了一下嘴唇，愣愣地站了一会儿，说："那，我还是去吧。"

组长望了望她，说："你男人……出事了？"

刘小水脸上一紧，忙说："没有呀。好好的，上着班呢。"

组长又看她一眼说："你知道我不是好事的人。所里（派出所）来人了……"

刘小水望着组长，过了一会儿，轻声说："吴姐，你别跟人说。"

组长说："我不说，我不会说的。"

刘小水望着组长："……？"

组长说："来人是找你呢。戴着大盖帽，在车间门口问，刚好让我碰上。他问谁是刘小水，我说刘小水没来，刘小水抽出来了。他就说，你告诉她，让家里赶紧送钱，不送钱他们就不放人。他说，没钱他们是不会放人的……"

刘小水不吭了，好一会儿，她又说："吴姐，你别跟人说。"

组长再次说："你放心，我不说。"而后，组长问："多久了？"

刘小水说："半个月了。"组长问："啥事？"刘小水说："也没啥事。"

组长说："我不说，我不会乱说的。"

刘小水说："车间主任让他去玩玩，他就去了。"

组长说："就玩玩吧？"刘小水说："就玩玩。"组长说："罚多少？"

刘小水说:"三千。"组长说:"那你,那你……"刘小水说:"借遍了,没处借了。"组长叹了口气,说:"国福是老实人……"

刘小水说:"别人都出来了。交了钱的都出来了。也有没交钱的,托托人也出来了。他没经过事儿,出来的人就说他咬人家了……"

组长又说:"国福是老实人……"

片刻,刘小水说:"他一坦白,人家就要三千。还说他不老实。"

组长说:"我知道,国福是老实人。"

刘小水沉默了一会儿,说:"这日子没法过了。"

四

夜里,刘小水的枕头湿了两次。

她想,人是可以杀人的。有时候好人也会杀人。公公就有过杀人的念头,他是想杀死他自己。公公曾经有过强烈的"国营工人"的自豪感。那时候,他总喜欢说:"尿,我是国营。""我怕啥?我是国营。""我能报销,我是国营。"后来当医药费不能报销,他的病又迟迟不见好转的时候,他就再也不说他是"国营"了。他常常一天天地躺在床上,两眼望着房顶,眼里射出猫一样的光亮,一句话也不说。不久,公公就开始要安眠药了。他总是不停地要安眠药,一天两片。一天两片……可是,她发现公公要的药一片也没吃。他偷偷地把所有的安眠药全部积攒起来了。直到有一天,当她给公公拆洗褥子的时候,她才发现了那个藏在褥子下的药瓶,那个药瓶里整整装了一百二十粒"速可眠"!她悄悄地拿走了那个药瓶……

后来公公一直在找那瓶药,她知道公公在找。每当夜深人静的时候,公公住的房间里就会传出猫样的扒拉声,那是公公在床边上、褥子下扒拉着找那瓶药。公公只有一只手能动,所以那声音听起来很别扭。男人曾去问过两次,男人说:"爸,你干啥呢?"公公不说,公公一句话也不说。

可是,可是,怎么说呢?她也算是动过杀人念头的。两个月前,为了一件衣服……她,她鬼使神差地又把那瓶安眠药找出来了!那天下班后，她想买一只发卡，就绕到市场街去了。街上有很多卖衣服的小摊。她走得很快，没敢在那些小摊上多停，到处都是五光十色的，她不敢多停。可她还是被一个卖衣服的姑娘拉住了。她的目光仅是在卖衣服的架子上瞥了一眼。那件衣服的确好看，她不由自主地瞥了一眼，就被那卖服装的小姑娘拉住了，那姑娘很会做生意，她拉住她说："大姐，你看看，这件衣服特别适合你穿，你试试吧？"她偷眼看一下价格，那上边醒目地标着，1600。此刻，她就像小偷被人当场捉住了一样，一下子脸就红了，连声说："不不不……"那姑娘仍然不放她走，姑娘说："大姐，你是不是嫌贵？这件衣服的确很适合你穿。要不这样吧，我赔钱卖给你，一千！行不行？"她像是被烫住了似的，又连声说："不不，我不要不要……"那姑娘还是拽着她说："大姐，我是真心想给你，八百行不行？八百！"她低下头喃喃地说："我、我、我、不不不……"那姑娘急眼了，说："这样吧，大姐，你穿上试试，如果不合适，我一分钱不要，白送给你！这件衣服真是太适合你了！四百，四百行了吧？"

这一刻，她的脸火烧火燎的，她恨不得有个地缝钻进去！她扭过脸去，慌慌地说："不要不要不要……"那姑娘气了，说："大姐，我是看你穿上好看，真心想给你。你说多少钱，你说个价，你随便给，这、行、了、吧?!"

最后一句，那姑娘是咬着牙，一字一顿说出来的，那说就像刀子一样!!就在这时，她猛地转过脸去，她掉泪了，她眼里的泪一下子全涌出来，她用力地甩掉那姑娘，哭着跑了，她走一路哭了一路……

就是那天，就在那天，她竟然悄悄地把那瓶安眠药重新放在了公公的床头！她不知道这是为什么。她说不清楚到底是为了什么……第二天，她一天都精神恍惚。下班回来，她直接就进了公公房间，心里怦怦乱跳，直到看见那瓶药的时候，她才暗暗地松了一口气，又叹了一口气。在床头上，她一眼就看见了那瓶药，那瓶药仍然在床头上放着……

就在这时，公公突然睁开眼来，漠然地说："我看病借的钱，我自己还。"

那一刻，她觉得脸上很热，火辣辣的！

而后公公就瘫着半边身子去卖汽水……

是啊，她为什么要那样呢？现在她明白了，她是害怕。公公害怕过，男人也是害怕。夜里做梦的时候，她梦见了一棵树，树上有很多蚂蚁，她还梦见自己也变成了一只蚂蚁。他们都成了趴在树上的蚂蚁。很小很小的蚂蚁。树动了，他们感觉到树在动，树摇晃着，树一直在动。开初，他们都一直以为他们是在树上长着呢，他们跟树是一个整体，很牢固，可是。到了后来才发现，其实他们是一个一个的，很散很小的一个。跟树并没有直接关系。他们并不是树……

她记得男人下班回来的那天晚上，曾心神不安地在她身边走来走去。男人是个老实人。男人闷闷地说："主任说让去玩玩。"第一次说的时候她并没在意，男人在她身边扭了一圈，又说："主任让去玩玩。"当时她正在厨房做饭转过脸来，望着男人，说："是不是想让送礼呢？"男人说："主任只说去玩玩吧。"她没再说什么。吃过饭男人又说："车间里又要搞优化组合了……"她望男人一眼说："得多少钱？"男人说："他只说去玩玩吧。"男人又喏喏地说，主任说了他跟大伙不够团结。他说："我是不是去团结团结人家？"她不耐烦地说："去吧。想去你去吧。得多少钱？"男人说："我也不知道。"于是她从男人给她的工资里拿出三十块钱，默默地递给了男人，她又说："你早点回来。"可男人一去不回。男人是为团结而去，可男人的结局很糟糕。男人胆小，人家一问，把主任们的事全都屙出来了，屙得很净。男人说他只一回，他的确只一回。于是他们就说男人很老实。于是，主任们先后都放出来了，只有男人没出来。结局是很不团结。

妈的！刘小水从床上爬起来，只听"扑嗒"一下，那面发的小圆镜子从衣兜里掉了出来。她捡起镜子，对着自己的脸，照着看了一会儿，心里说：笑啊，你笑啊，你怎么不笑？笑吧，露三分之一牙。

那瓶药一直在公公的床头上放着。她把药拿出来后，不知为什么，公公却突然变卦了，不再需要那瓶药了。可那瓶药却成了压在她心上的一个秤砣。多少天来，她一直想把那瓶药取出来。奇怪的是，凡是公公不在的时候，那瓶药也不在。公公一在，那瓶药就在。每天下班回来，她都先去看那瓶药，她害怕看见那瓶药，又害怕看不见那瓶药。

这会儿，她一直谛听着公公房里的动静。她是想趁公公睡熟的时候，把那瓶药取出来。只要取出那瓶药，她就不再欠公公什么了。

夜深了。她悄悄地下床来到了公公的房里。刚一站定，就听见了公公的咳嗽声。黑暗中公公躺在床上，两眼发出猫一样的亮光，她望着公公，公公也望着她。终于，公公说："国福该回来了吧?"

她说："爸，不是给你说了吗，国福出差了。"公公说："也该回来了。"

她说："快了吧。大概快了。"公公咳嗽了两声，又说："不是说不超过十五天么? 我听人说拘留不超过十五天……"

她望着公公，不知道该说什么。国福的事，她没告诉公公，可公公还是知道了……

公公说："你去睡吧。"她说："爸……"公公说："知道。去睡吧。"

黑暗中，她看见了那个药瓶，那个药瓶就在公公的床头上放着。

五

课上到第三天，下午的时候，她们正在跟着老师走"国标"，厂办主任突然来了。厂办主任说："停停，先停停。"老师问："怎么了?"厂办主任说："先停停，有个活动。"

而后，厂办主任把她们召集在一起，很严肃地宣布说："晚上有个活动，不是港商，港商还没到。审计局的到咱们厂里来了。晚上咱请人家吃个饭，饭后到皇上皇去活动活动，你们都要参加。注意，一定要热情。特别是那个姓沈的，沈科长，一定要让他玩高兴了，这跟咱们厂的前途有关……"

一时，女工们都很紧张。有人说："国标还不大会呢……"

厂办主任说："有个三步四步也就应付了。主要是热情……"

刘小水对厂办主任说："主任，我想请个假。我……"

厂办主任看了她一眼说："不准假。养兵千日，用兵一时，谁也不准请假。"主任又看了看众人，接着说："都回去拾掇拾掇，弄得利落些，该化妆的化妆。"

晚上，一辆破面包车把她们拉到了"皇上皇舞厅"。进了舞厅，刘小水就觉得眼晕，到处都是半明半暗的光，到处都是半明半暗的颜色，闪闪烁烁的光。闪闪烁烁的颜色，人就像是在梦里一样。只见沙发是一小团一小团的，中间是一个圆圆的小矮桌，桌上放着各种饮料，人却没有几个。厂办主任走在前边，恭身对坐在一小团沙发里的人说："各位，各位，分开坐吧！分开坐。"于是那些人就分开坐了。厂办主任领着她们。一小团沙发里填一个，一小团沙发里填一个。填到一个红胖子眼前时，一下填了两个……刘小水也被填到了红胖子跟前。看到她们，红胖子很客气地笑了笑，她们也赶忙笑笑，"露三分之一牙"。还没等坐稳身子音乐响了，就听见厂办主任弯着腰四下里跑着小声说："上，都上，主动点。"

　　刘小水站起来时，发现有六对已经下了舞池。红胖子跟了女工小葵……她只好重新坐下来。望着眼前的小桌，桌上摆着各种饮料，还有瓜子和口香糖。这时，女工李月琴猫着腰凑了过来，贴着她的耳朵小声说："刘姐，你知道今晚厂里花多少钱吗？"刘小水问："多少钱？"李月琴说："舞场的雅座全包了，还打了折。要三千。"刘小水愣愣地望着她："多少？"李月琴说："不骗你，三千。"刘小水说："不会吧？不会。"李月琴拿起一罐"健力宝"，说："你知道一罐这个多少钱？"刘小水问："多少钱？"李月琴说："外头卖五块，这里卖二十。"她又拿起一盒口香糖问："你知道这个多少钱？十块。"刘小水说："就这么一小盒？"李月琴说："就这一小盒。你信了吧？"刘小水不吭声了。李月琴抓起一包瓜子塞进了刘小水的衣兜，说："不吃白不吃，给孩子带回去。"不知为什么刘小水突然想哭。

　　跳第二轮舞的时候，红胖子邀了刘小水，红胖子脸喝得红彤彤的，走路有点摇晃。他一边跳一边笑着对刘小水说："你，你有一颗痣。"刘小水赶忙"露三分之一牙"……那人又结结巴巴地说："你，你有一颗痣，很好。"刘小水再"露三分之一牙"。那人的手在刘小水的背上滑了一下，稍稍用了点力，看着她说："你，你那一位呢？那一位在哪儿工作？"刘小水又"露三分之一牙"，迟疑了一下，说："在局里。"那人的手又稍稍松了一点，说："哪，哪个局？"刘小水说："局里。"那人说："知道。是哪个局？"刘小水默然说："算了。不说他了。"那人说："噢，我明白了。"而后那人手很正常……

　　跳第三轮舞的时候，女工小葵正跟人跳着，却"呀"的一声，手捂着脸从舞场上跑下来了。她跑到刘小水跟前，往沙发上一坐哭着说：

"他捏我屁股。他捏我屁股。"这时,厂办主任匆匆跑过来低声说:"别吭,别吭。姑奶奶,不准再吭了啊。回头再说……"说着又赶忙拉起刘小水,说:"上去,你快顶上去。"刘小水就站起身来,顶上去跟那个酒糟鼻子跳。酒糟鼻子讪讪地笑着说:"开个玩笑嘛,开个玩笑……"刘小水只好重新"露三分之一牙"。酒糟鼻子说:"其实我们不愿来。是你们厂里非让来,像这种档次是比较低的,我们一般只去蓝天。去过蓝天吧?"刘小水摇了摇头。酒糟鼻子说:"那是个好地方。"跳了一会儿,酒糟鼻子又说:"你们厂那些破事不说也罢……早早晚晚还得我们盖这个章啊。"

说着,一只手又滑了下来,看样子想捏刘小水的屁股,看了看刘小水的脸色,手又浮上来了,说:"你很不一般,你有一颗痣。"

舞跳到了半夜,待送走客人,已是凌晨一点钟了。一直站在门口恭身送客的厂办主任,这时才把脸上的笑抹去,沉着脸走回来说:"开个会。"而后,他的目光在众女工脸上扫了一圈,严肃地说:"今天我要批评你们。批评什么你们心里清楚。老实说我也知道审计局那些人是王八蛋。我能不知道他们是王八蛋吗?他们走一处吃一处。什么没吃过?什么没玩过?……可是,咱们厂现在正是关键时候,厂长正在广州跟人家港商谈判,急需审计局的审计报告。咱们厂目前的情况是资不抵债,又必须让他们审计出资产雄厚的数字来,这样在谈判桌上才有话说。这是求着人家的事呀!你们是厂里的职工,说起来就和我亲妹妹一样。让你们受委屈我心里也不好受。哪个王八蛋心里好受!可是……你们能不能为厂里想想?"

众女工都被感动了,一个个愣愣地望着发火的主任,小葵眼里仍含着泪,小声嘟哝说:"他捏我屁股……"李月琴说:"那你说,让人家想怎么就怎么?"厂办主任说:"我也不是那个意思。我是,我是说,摸摸捏捏的……只要不是太那个了,就算了。这作为一条纪律吧。"李月琴说:"屁纪律。"

厂办主任说:"就算是屁纪律吧。"厂办主任说到这里,摆摆手说:"算了,时间不早了。以后注意就是了。"说着厂办主任从兜里掏出一小叠钱来,说:"今晚大家辛苦了,一人发十块钱吃碗烩面吧。"而后女工们一个个排队到厂办主任跟前领钱……刘小水手里捏着十块钱突然笑了。厂办主任愣了愣说："你笑什么？嫌少？"刘小水说："不是。"厂办主任说："那你笑啥？"刘小水说："我忘了给我公公掂尿壶了。"众女工全都哈哈大笑！

六

星期天，母亲耍了一个小小的阴谋。

母亲先是打发父亲去守厕所。而后把哥哥姐姐弟弟全都叫来，说是要开家庭会。等人来齐后，母亲从衣兜里掏出一张化验单，先递给大哥看，接着又递给二哥，二哥看了递给姐，姐看了后递给刘小水，刘小水又递给了弟……等他们都看过之后，母亲说："你爸以前是肺气肿，这你们都知道。现在又转成肺那个了，医生发现了那个细胞……这事你爸还不知道。我也不想让他知道。你们谁也不能给他说。今天把你们找来，就是跟你们商量商量，这病还治不治了？"

一时，屋里的空气就有些紧张。众人都不说话。片刻，大哥抖了一下乱糟糟的头发，蓦地站起身来，表现出了少有的果决。大哥说："治，怎么能不治呢。"

二哥是铁路工人，穿着一身体面的制服，他不大爱说话，只是慢慢地吸着烟。他工资是有保证的，手里略显宽裕些。不过，他也刚刚买下房子，说话就有点吞吞吐吐。他说："爸这么大岁数了，动手术怕是有危险吧？"

姐姐在糖烟酒公司上班，夫妻关系不好，两口子经常打架，一打就摔东西。她抿了一下嘴，说："这病，动手术、是不大好……"

母亲说："我也不主张开刀，那样花钱太多。人老了，早早晚晚也是一股烟儿，不能再给小的添累了……"

大哥从二哥拿的烟盒里摸出一支烟来，不慌不忙地点上，说："妈，看你说哩。不是怕花钱，只要能治病，花多少钱……"

母亲看了大哥一眼，大哥快快地坐下来，不再说了。

姐姐说："我们公司有个经理。也是这个病。花了十几万，也没治好……"

母亲脸一变马上说："你说这干啥？不治就不治，你说这话干啥？"

姐姐赶忙解释说："妈，我不是那个意思。我是说………"

母亲沉着脸说："那你是啥意思？你不用说了……"

立时，又是一片沉默。

过了一会儿，母亲接着说："我也没想让你们多花钱。我最近打听到一个吃中药的偏方，都说能治这个病。一服药一百多，一个疗程三十服。这得几千块呢。你们说说，看咋办呢？"

大哥立场鲜明，大哥说："治吧。多少钱也得治呀。"

二哥看母亲不高兴了，也说："治吧。花多少，我们几个抬出来。"

姐姐沉吟了一会儿勉强说："爸有病了，不是别的事，我，我也算一份吧。"

弟弟随口说："老头一辈子了，该花花吧。我也没说的。"

只有刘小水没有表态。刘小水觉得没法表态。她手插在衣兜里，紧紧地捏着母亲给她的二百块钱，手心里都捏出汗来了。这二百块钱是昨天晚上母亲偷偷塞给她的。母亲没说别的，只说："你先拿着，不是让你花的，明天给我拿来。"这就是说，母亲知道她拿不出钱来，所以母亲私下里做了一点手脚。她不安地看了大哥和小弟一眼。大哥厂里早就开不出工资了。大哥买房时交集资款还欠了一屁股的债。大哥经常来找母亲借钱，一次次地来……却从来没有还过。大哥不可能拿出钱来。小弟也拿不出钱来，小弟好赌，一次次的输，也常常跑到母亲这里混饭吃……可他们却仍然做出一副气壮的样子。她怀疑母亲有可能也在他们那里做了手脚。想到这里，刘小水心里很不是味。

母亲看了她一眼，那目光的含义是很清楚的。刘小水这才抬起头来，有些慌乱地说："我也……拿吧。"

这时，大哥再次站起身来说："我是老大，理应带头，我先拿吧。"说着，他很体面很从容地从兜里掏出三百块钱来，放到母亲的面前。

紧接着，小弟也从兜里掏出钱来，很豪气地说："我一时手头有点紧，先搁这儿二百，余下的回头再说。"

刘小水立时就明白了，大哥和小弟拿出来的钱肯定也是母亲给的。母亲心里像明镜一样……

终于，二哥说话了，二哥说："我也先拿三百吧。让爸先用着，不够回头再说。"说着二哥从兜里掏出钱来数数说:"只有二百九了,回头我送来。"

姐姐也从她掂的包里掏出钱来说:"我也拿三百吧。"她还特意说明:"这是我从银行取来的公款,回头我再补上。"

此刻,刘小水才有点不好意思地从兜里伸出手来,把手里捏了很久的那两百块钱拿了出来……她气不壮地小声说:"我,先拿二百吧……"

到了这时,母亲那绷紧的脸才露出了一丝笑容。母亲说:"不管多少,都是有孝心的。你爸的病,就那样了,也不多拖累你们,家里有我呢。"

等到天黑之后,哥哥姐姐弟弟全都走了。刘小水因为要等着给孩子喂奶,就没走。一直挨到了这般时候,母亲才默默地把那沓钱拿出来,放在了刘小水的身上……

刘小水说:"妈,这,这是……"

母亲说:"你大哥确实没钱,他好喝酒,成天喝,塌一屁股债,买房交集资款还是缠着我给他凑的。他拿那三百也是我给的。老三更不用提,自己还养不住自己哪,也别想要他一分。那两百也是我私下里给他的。你二哥在铁路上,日子好过一点。你姐那一窝,生气归生气,也比你强……他俩这六百,加上我借这六百。统共一千二。有四百还是从看车的老徐婆那儿借的。看能不能把国福赎出来……"

刘小水说:"妈,爸……"

母亲说:"你爸就那样了……"

刘小水眼里一湿,把钱又推了回去说:"妈,这钱我不要,我不能要。就让他在那儿住吧。"

母亲说:"当娘的,手心手背都是肉。如今姊妹们也不比往常了,各自一家,说起来都有难处,谁也顾不得谁了。我不这样说,怕是这六百块钱也挤不出来……"

刘小水哭了。她想,日子怎么过到了这种地步?亲哥哥亲姐姐的,一母同胞,还用得母亲这样去"诈"?!

母亲又说:"你爸说了,他不怕咒。咒咒也死不了人。"

刘小水默默地说:"妈,这钱我慢慢还吧。"

说话间,母亲就又变脸了。母亲说:"你别给我说这种话!"

刘小水说："妈,我是真还……我一定还。"说着,她又掉泪了,脸上的泪像断了线的珠子一样,一串一串地落下来。

母亲说:"就你泪浅。"

刘小水眼里含着泪,默默地笑了。

七

又是一个"活动"。

这次是跟银行搞"活动"。厂办主任说:厂长的电话打回来了,要我们想办法跟银行搞好关系。将来跟港商合资,港方出百分之六十,咱们出百分之四十,这"四十"里边有二十以厂房设备抵,余下的二十主要靠银行贷款。这次冯行长带队来咱厂考察项目,咱们一定要热情接待,去蓝天……

于是,学过些"礼仪"的八个女工也没让回家,六点钟就集合了。到了七点钟的时候,厂办主任又打发人回来通知:客人正在"全聚德烤鸭店"吃饭。吃过饭可能要去洗"桑拿",因为有客人提出要去洗"桑拿"。让她们不要动,耐心等待。于是,每人发一个烧饼,说让先垫垫饥。

女工们坐在那辆破面包车里,一边啃烧饼一边骂娘。都说厂办主任不是东西,拿人不当人,是个溜沟子货!骂着骂着,有女工不好意思地问:啥是桑拿?有人说:不就是洗澡呗,有人说:那可不是一般的洗洗。又有人问:那是怎么洗?有人说,带按摩呢,一个钟点几百块!又是一片骂声……只有刘小水一个人没有骂。刘小水有点心不在焉,她一直在想着男人的事。她早上到派出所去了一趟,兜里装着那一千二百块钱。所里人说:你就是刘小水?她说,我就是。所里人拍着桌子说:"太不像话了!你们这家人真出奇,别的人家出了事,都是跑前跑后的,恨不得立马把人弄出来。你们可好,一直不照面!怎么着,扛上啦?!"刘小水赶忙解释说:不是不照面,是借不来钱……所里人翻开眼看了看她,说:钱拿来了?刘小水说:他就一回。能不能……?所里人一拍桌子说:又是这话?!到现在了还不老实?告诉你,三千块钱一分也不能少！你不要以为熬过十五天就可以走人了，没那回事！回去吧，回去赶紧凑钱，啥时候钱凑齐了，啥时候来领人……出得门来，刘小水又掉了两眼泪。

八点半的时候，又有人来通知说：客人正在本市"第一楼"洗"桑拿"。很快就要出来了，让她们马上去蓝天等着。于是，破面包车立即开动，把她们送往本市最豪华的蓝天舞厅……

一直到九点钟的时候，客人总算到了。到底是银行的人，又刚刚洗了"桑拿"，一个个看上去西装革履，红光满面，厂办主任腰勾得像虾一样，头前领着。一边走一边对女工们小声吩咐说：快进去，快进去。咱们包了三个卡拉 OK 包间，一个是"玫瑰厅"，一个是"贵妃厅"，一个是"菊花厅"。于是，八个女工又分别被领进了三个厅。这些厅看上去有十几平方米大，光线半明半暗的，墙上到处都是红红绿绿的壁灯，地上还铺着厚厚的地毯，看上去金碧辉煌……刘小水和李月琴、小葵被分进了"菊花厅"，进"菊花厅"的银行客人是两个科长一个股长。科长一个姓马一个姓卞，听口气那马是正的，卞是副的；股长年轻些，姓吴。那姓吴的虽然年轻，因为在银行工作，又因为当上了股长，走路也是高视阔步，一副满不在乎的气派。三个人却又是三种爱好。马科看起来有四十来岁的样子，人长得富富态态的。他不喜欢跳舞，喜欢卡拉OK。他进来往沙发中间一坐，就是OK，而且特别喜欢唱"嫂子"，张嘴就是："嫂子，借你一双大眼……"卞科长很瘦，看起来很严肃很正统一个人，却也是喜欢唱卡拉OK，不过他最喜欢的是"潇洒走一回"，张口就是："红尘呀滚滚，痴痴呀情深……"吴股长是喜欢跳舞的。不过，他进来就瞄中了年轻漂亮的小葵，只抱着小葵一个人跳，而且只跳"一步摇"……这天晚上，小葵倒是没叫一声，只是不时地看刘小水和李月琴一眼，偷偷地给她们两人使眼色。希望能换一换她，可吴股长一换人就不跳了，结果还是小葵陪他跳。刘小水和李月琴则成了抄歌单的，两人轮换着跑出去送歌单。在一次次送歌单的过程中，刘小水才知道，在这里唱一首歌竟然要十块钱！当马科点歌点到五十一首（其中包括十六首"嫂子"）。卞科点到四十六首（其中包括十一首"潇洒走一回"）时，刘小水突然踉踉跄跄地跑到蓝天的门外抱头大哭起来！李月琴赶忙叫来了厂办主任，厂办主任匆匆赶出来，好言好语地问："怎么了？你到底是怎么了？"接着又骂着："我也知道那些王八蛋不是东西！是抠你了是掐你了？"刘小水只是哭个不停，哭得厂办主任眼也湿湿的。厂办主任红着眼说："你说吧，到底怎么你了？要是真作孽了，别看是银行的，我也不饶他！"到了这时，刘小水又不哭了，她擦了擦眼里的泪，默默地说："不是。"厂办主任又问："是摸你了？"刘小水又说："不是。"厂办主任愣愣地望着她，说："那到底是怎么你了？姑奶奶你说话呀！……"刘小水又默默说："啥也不为。"厂办主任说："啥也不为，你跑出来哭个啥？你说实话，到底为啥？"刘小水喃喃地说："主任，唱一首歌就要十块钱吗？……"说着又掉泪了。厂办主任仍然不明白，说："是呀，怎么了？"刘小水又喃喃地说："一首歌十块钱。"厂办主任说："十块就十块，碍你什么事了？"刘小水又说："我没想到，一首歌要十块钱……"厂办主任厉声说："你就为这事跑出来哭？！真是太不像话了！你马上给我回去，好好招呼客人。"刘小水喃喃地说："他们一直唱，一直唱……"厂办主任没好气地说："唱就给他们点吗！我告诉你，要是厂里贷款的事黄了，我可不饶你！去吧，去吧，好好招呼客人，来这儿就是让他们乐的吗，让他们随便点！"刘小水不再吭了，她擦了擦脸上的泪，重新又回到了"菊花厅"。走到门旁时，她站住了，重新露"三分之一牙"……一回到包间后，李月琴偷偷地对刘小水说："还唱，还唱。我真想掐死他们！"刘小水低声说："我也是。"正坐在沙发上喝饮料的马科长见她们两人在窃窃私语，笑着问："两位小姐说什么知心话呢？来来，也唱一首……"两人赶忙露"三分之一牙"……不料，马科长又非要唱"树上的鸟儿成双对"，于是，刘小水就只好跟他和唱"成双对"……唱着唱着，马科悄悄贴近刘小水低声说："你有颗痣，一晚上我都在看这颗痣，叫人心动……"

闹到凌晨两点半的时候，歌已唱到了二百六十四首。于是客人们兴尽而去……

八

刘小水回到家，已是将近凌晨三点钟了。

她太乏了，想赶快睡觉。可是，推开门，却听见公公房里有"呼哧、呼哧"的喘气声，她赶过去拉开灯一看，只见公公正挣扎着在地上爬哪！……这时候她才想起，她又忘了给公公掂夜壶了。公公半身不遂，一定是起夜时从床上掉下来了。她急忙上前叫一声："爸，你……"可她却撞上了一双恶狠狠的眼睛，那是公公的眼睛，公公两眼怒视着她，一下子就把扶他的手推开了！

　　她又叫一声："爸，我……"说着又要扶他起来。可公公就是不起来，公公像狗一样躺在地上，用那唯一能活动的胳膊撑着身子往外爬……

　　刘小水再去扶他，可公公又一次把她推开了，公公呼呼地喘着气一只手紧抓着床腿，慢慢地，慢慢地撑着身子坐起来……

　　刘小水说："爸，我不是有意的………"

　　公公喘着粗气，嘴唇颤抖着，好半天才说："匪了，你匪了！"

　　刘小水赶忙解释说："爸，是厂里……"

　　公公的目光像刀子一样，根本不容她说什么。公公只是重复说："匪了，你匪了！……"

　　刘小水听公公话里有话，再一次说："爸，真是厂里让我……加班。"

　　公公抬起头来重重地"哼"一声，竟突兀地吐她一口，说："呸！匪了！"

　　刘小水望着公公，不知怎么的就来了狠劲，她上去拦腰抱起公公，一下子就把他从地上抱了起来！公公的身子往下出溜着，可她硬是把他抱起来了……她把他往床边上一放说："坐好！"说着，一阵风似的刮出去了，旋即，她提着一把尿壶走进来，往公公眼前一递，微微闭上眼，说："尿吧。"

　　公公浑身像筛糠一样抖着……

　　她眼里含着泪，恶狠狠地说："你尿啊！"

　　公公哭了，公公像小孩一样呜呜咽咽地哭起来……

　　而后刘小水又折下身去给公公铺床。她铺床的目的是想找那瓶药，她想，公公一定是把那瓶药塞在什么地方了……可她把被子、褥子、单子全都翻了一遍，却仍然没那瓶药。她只是看到了一些钱，那是公公卖汽水挣来的钱，公公把卖汽水挣来的钱全塞在褥子里了，褥子里铺着一张张的毛毛票。她没动那些钱……

过了一会儿，公公塌着眼皮嘟咕说："你匪了。"她说："我就是匪了。"公公说："你匪了。"她说："我就是匪了！"

就这样，公公说一句，她还一句；公公再说，她再还……两人的目光对视着，都是恶狠狠的。片刻她觉得和老人这样对嘴没意思，一点意思也没有，就说："你老了，我不跟你一样。"说着扭身回房去躺在床上，刘小水仍觉得委屈。她知道公公是看她穿裙子了，又回来这么晚……过去她上班从来不穿裙子，她也只有两条裙子……她又想起回来的路上。她曾经遇上一个男人，那男人也是从舞厅里出来的。看上去西装革履，很体面很有钱的样子。那人在后边跟了她很久。那男人凑上来对她说："交个朋友吧？"她没吭声，只是越走越快。那男人又说："交个朋友嘛！"她走得更快了。可那男人仍死皮赖脸地跟着她，那男人说："认识一下嘛，明晚我请你吃饭怎么样？"她说："你别跟着我，你老跟着我干什么？"那人说："认识一下嘛。认识一下也没啥坏处……"走到一个十字路口的时候，她出溜一下钻到路边的厕所里去了。

蹲在厕所里，她的心怦怦乱跳，她想，那人要是……要是……要是……而后再……她会怎样呢？这样想着，她的脸不由得红了，她骂自己说，你不要脸，真不要脸。

过一会儿，她心里说，我要匪早就匪了……这么想着，她迷迷糊糊地睡着了。睡梦中，她感觉有一条蛇贴在了她的身上，那条蛇紧紧地缠着她。这是一条花蛇，蛇身上全是"人民币"样的花纹，每一个鳞片亮闪闪的，全是十元票，她揭呀揭呀老也揭不完……

第二天早上，刘小水又到派出所去了。可她去了之后却不敢进门，只是在门外边转来转去……她带钱不够，怕人家又熊她。这时，刚好警长小刘进门，见她在门口处可怜巴巴地立着，就说："哎，你在这儿干啥呢？"警长也姓刘，原是一个院的，早年曾经跟刘小水好过一段，有过那么一点点意思。后来多年不见，那旧日的情分也一点一点地褪色了……人家当了兵，又上过警校，调来调去的，现在是警长了。刘小水本不想见他，每次见他总有点不好意思，脸上烧烧的。这会儿撞见他了，也只好答话。刘小水低下头去，不好意思地说："国福出了点事……"警长小刘看了看她，说："噢，我知道，我知道这事，原来沈国福跟你是一家呀？"刘小水脸红，为男人也为自己……她吞吞吐吐地说："就，就一回。罚太多了……"警长小刘问："罚了多少？"刘小水眼湿了，低声说："三千……"警长小刘看了看她说："这样吧，你待一会儿再来，我给你问问。"说着甩手走进去了。

又过了一会儿，刘小水才硬着头走了进去。进去后当着派出所别的民警的面，警长小刘先是沉着脸把她训了一顿！警长小刘说："……怎么着？你们这一家是怎么着？真是杠上了？"

刘小水低着头说："不是杠，是真借不来钱……"

警长小刘一拍桌子，怒斥道："借不来钱？借不来别犯法呀?！"

刘小水小声说："也就一回……"警长小刘说："看看，看看，又不老实了。一回？哼，逮住一回就说一回，逮住十回还说一回！不认错是不是？"

刘小水忙说："认错，认错。"小刘警长看了看她，说："……算了，算了。少罚点，拿两千吧。"刘小水忙说："两千也借不来，真是借不来……"

警长小刘说："你看你看，还讨价还价呢?！你说多少，你说吧？"

刘小水灵机一动，说："我就借了五百块钱，我真是借不来了……"

站在旁边的一个民警喝道："不行！五百?！开玩笑。根本不行！"

警长小刘也说："五百？五百不行。闹了一晚上。除了上交，你总得让我们吃碗烩面吧？"说着，小刘暗暗地给她使了个眼色。

刘小水说："那，那就六百？我再去借借……"

警长小刘说："你们家的情况我知道一些，哼，这回就算了。六百就六百吧。赶紧找钱去吧。我可告诉你，超过今天，还是三千……"

出了派出所门，小刘警长出来送了两步，刘小水却觉得咫尺天涯，也艰难地"露三分之一牙"连声说："谢谢，谢谢。"小刘警长很大气地摆摆手，说："去吧去吧，赶紧弄钱去吧。"刘小水也觉得没脸再说什么，就勾着头紧紧。走着她摸了摸揣在兜里的一千二百块钱，觉得小刘还真不错，人家总算给帮忙了。这样想着，心里竟酸酸的……

九

钱交了，可男人还是没回来。小刘警长说："罚三千只交了六百，所长不大高兴呢。拖两天吧，我再做做工作。"刘小水也不好再说什么，只有等。

第二天，男人没能回来，港商却到了。厂办主任就丞丞地布置"活动"，让他们候着，随时准备给港商接风。

晚上，一辆破面包又把她们拉到了"蓝天"，说是等候通知。八点钟的时候，港商没来，主管局长来了，也在那儿候着，说是要陪陪港商。九点钟的时候，说是港商有可能来，副市长也要来，厂办主任就慌慌地把"蓝天"包下了。到了九点半，一个电话打过来，说是港商太累，又不来了。立时局长气了，局长说："这是干什么？要人呢！他不来算了，我们玩……"厂办主任吓出了一头汗，也不敢不让局长玩，可又怕花钱大多，不好交代，就偷偷地给厂长打了电话，厂长累惨了，哑着嗓子，很生气地说："他想玩就让他玩。"说着"啪"地把电话摞下了。厂办主任愣了片刻，小声吩咐说："跳吧，跳吧。"于是八个礼仪女工就轮流陪局长玩……

在局长跟人跳舞的时候，李月琴悄悄地对刘小水说："你知道港商住在哪儿吗？"刘小水说："我不知道。"李月琴说："厂长正生气呢。"刘小水说："我什么都不知道……"李月琴说："听说港商一下车就被副市长接走了。厂里为他安排的宾馆他没住，住到副市长家里去了……"刘小水说："真的？"李月琴说："这还有假。听说厂长非常生气……"刘小水说："怕是有什么关系吧？"李月琴说："这就不知道了。"刘小水又小心翼翼地问："不会有别的啥吧？"李月琴说："不会吧。谁知道呢。"接着，李月琴拿起桌上摆的香蕉说："吃，只管吃。"刘小水说："这跟吃金子一样，我吃不下去。"李月琴说："反正钱掏过了，不吃也白不吃。"刘小水想想也是，就跟着李月琴吃。边吃边说："真可惜真可惜呀……"这晚，两人一连跑了三趟厕所。

由于港商没来，厂办主任的脸色也不大好，女工们心里慌慌的，没跳出什么气氛。到十一点的时候，局长说："算了，算了。"而后拂袖而去。

由于今晚没跳出什么"效益"来，厂办主任就没发那十块夜餐费。女工们走的时候全都嘟嘟囔囔的……

刘小水回到家已经十二点了。进门一看发现男人回来了。男人看她的目光很阴郁。她默默地看着男人，似乎想说点什么，没等她开口男人劈头就给她了一巴掌！男人说："你，你匪了！……"

刘小水一下子愣住了，愣了很久很久……她没想到，她真的没想到男人会打她。男人很老实也很胆小。没想到在那里边住了半个多月，住出胆气来了。男人站在那里，腰也直起来了，脸上多了些横气。

刘小水一时觉得身上软，看一眼公公的房间小声说："我就是匪了……"

男人上前一把揪住了她的头发，这时她闻到了股很浓的酒气。男人过去是不喝酒的……男人又说："你匪了！"

她很委屈，她说："我就是匪了。"男人说："你是有外头了！……"

她说："我就是有外头了……"男人又扇了她一巴掌！她说："你别打我的脸，别打我的脸，我明天还要上班呢……"可男人就偏打她的脸。男人揪着她的头发往屋里拽时，一下子就把她惹恼了。她像疯了一样扑到男人身上，死命地跟男人撕打……一个时辰之后，公公房里传出了咳嗽声……

这时，男人像是酒醒了似的，突然抱着头蹲在地上呜呜地哭起来。刘小水也不理他，默默地爬上床去，眼里流着泪，身子扭向里躺下了。男人哭了一阵，又摸摸索索地爬上床来，扑到了刘小水身上，刘小水一下子就把他掀下去了！男人又扑上来掐她脖子，说："你说，你是不是有外头了？"

刘小水两眼望着他，说："我是有外头了。"男人说："你真有外头了?!"

她说："我真是有外头了。"男人看了她一会儿手一紧说："你要有外头我杀了你！"她说："你杀吧。"男人说："你以为我不敢？"她说："你敢。"

男人喘着粗气，跑进厨房拿出一把菜刀来，高高举过头顶，明晃晃地对着她，说："说，到底有没有？"刘小水忽地坐起身来迎着他："你砍吧。"

男人手一松，刀掉在地上哭起来，他擂着头，一下一下地打自己……

刘小水望着男人，她想男人还是太老实了。结婚的时候，她唯一不满意的就是男人太老实。可母亲说，老实人好，老实人你跟着不吃亏。可现在亏就亏在老实上了！要不是男人太老实，怎么会……过了一会儿，刘小水默默地盯视着男人，眼里的泪先是一滴一滴的，而后是满脸满脸的泪水……刘小水默然地说："算了。你既然这样说……"

男人惊呆呆地望着她，好久才说："没有那事吧？"她说："你说有就有。"男人又捧着头不吭了。她说："你是猪脑子？也不想想……"男人嘟囔着说："我知道是你送了钱……"

刘小水擦了擦眼里的泪，可她擦着擦着，越擦眼里的泪越多，越擦越伤心，她横眉立目地指着男人说："你，你知道那钱是哪来的？那钱是我妈从我哥我姐那儿诈来的……"

男人直起头，愣了片刻，慢慢、慢慢地在床前跪下了……

夜很深了，刘小水躺在那里，终于不忍心男人就那么跪着，她坐起身来，轻声说："算了。"

男人慢慢地从地上站起来，磨着身子爬到床上，悄悄地贴在刘小水的耳边，讨好说："我在里边遇上了个人，他告诉我了一个祖传的秘方，说是用潮虫喂鸡，能赚大钱……"

刘小水不吭，只暗暗地叹了口气。

男人说："你不信？是真的。那人谁都不说，就告诉了我……"

刘小水忍不住说："那是个啥人？"

男人说："是个老头。"

刘小水说："犯的啥事？"

男人说："我，我也不大清楚。说是跑江湖的，诈骗了谁……"

刘小水说："你是个猪脑子！"

男人不吭，好一会儿叹了口气，说："我怕。我怕这个家也散了……"

又过了一会儿，刘小水说："我真想匪了，我真想匪个样让你看看！"

男人一点点地磨着身子，慢慢地又爬到她身上去了。她想，男人真不是东西。

十

港商来了，学过些"礼仪"的女工们日夜都在等待着港商的召唤。她们期望着港商能尽快地跟厂里合资，那样的话，她们就是合资企业女工了……

可是，五天来，港商一次也没"活动"过，他们甚至没见过港商的面，谁也不知道这位港商到底是什么样子。只是不断地有小道消息传来，说是厂方跟港商的谈判正在艰难地进行着；双方有了一些新的矛盾……

厂办主任每天皱着眉头，却仍然要求他们候着，随时准备"活动"。于是，他们每天傍晚都老老实实地在那辆破面包车里坐着，耐心地等待。

这天下午，又到下班的时候了，可仍然没港商要"活动"的消息。厂办主任接连打了几个电话，垂头丧气地走到车前说："回去吧，都回去吧。"

女工们纷纷从车上跳下来，各自回家。刘小水和李月琴一路骑车走着，李月琴说："你听说了没有？港商是个小老头。"刘小水忧心忡忡地说："他不会变卦吧？"李月琴说："这个小老头也真是的，这么多人候着，让他玩，他还不玩。"刘小水说："只要能合资就行……"李月琴说："就是，谁想跟他露'三分之一牙'？"刘小水也笑了，默默地说："就是。"

当刘小水骑车来到电影院门前时，她突然发现电影院旁的汽水摊前围了很多人，人们都在愣愣地傻看着什么。她心里"咯噔"一下，紧走几步来到跟前，只见在夕阳的余晖下公公挺身在汽水摊前站着，仍是蜷着一只胳膊，伸着一只胳膊，那只伸着的手里夹着一个启瓶器。启瓶器紧紧地压在案上的一颗钉子上。刘小水知道，那只钉子是公公用来练习一只手启瓶用的。公公看上去满面红光，嘴角处流着长长的水涎……原来人们是在看公公嘴角的水涎，这么多人都看公公嘴角的水涎！水涎拉得很长很长，摇摇曳曳地吊垂着……

刘小水走上前去，叫了一声："爸……"老人没吭气，半勾着头一声不吭。脸上的皱纹舒展开去，看上去竟然笑模笑样的。

刘小水看着公公，倏地她的脸色变了，她上去推了一下公公，只见公公的身子慢慢地慢慢地歪下去！她赶忙扶住公公，到这时候，她才发现公公已经死了，公公竟是站着死的！……

这时围观的人群慌乱地动了一下，有人跑上前来说："送医院吧，赶快送医院吧！"此刻，刘小水反倒不害怕了。她默默地扶住公公，在众人帮助下，一下把公公背了起来，而后一步一步地往家走。她默默地说："爸，回家吧，咱回家吧。"

晚上，男人去通知亲友和单位。刘小水烧了一些热水，独自一人给公公擦洗身子。公公很安详地躺在那里，脸上透着从未有过的红润。换衣时，她一下就看见了那瓶安眠药，那瓶药原来就在公公的脖子里挂着！公公在药瓶上系了一根绳，他白天一直把那瓶药挂在他的脖子上……

刘小水一边给公公擦洗一边默默地流泪。她觉得很对不起公公，公公是个很硬气的人，没吃那瓶药，公公用半残的身子，用仅有的一只手，站在街口上劳作，直到最后那一刻……

掀床的时候，刘小水又发现，公公的褥子下铺满了他挣来的钱，那大多是一角一角的、一元一元的票子。更让人震惊的是，公公还写下了一张小纸，在这张小纸上，公公用铅笔记下了他患病以来所欠下的钱数，有一些数目打过钩了。还写下了火化费……刘小水看着，泪一滴一滴地落下来。

在以后的时间里，刘小水一直在数那些票子。那些钱的数目并不很大，可她总是走神儿，数着数着，眼前就出现了公公那张脸，她看到的是公公卖汽水时的那张脸：公公的脸很旧，纹路一道一道，一张歪脸，有着一股狠劲的脸，上边全是劳作的印痕。她听见公公说：我看病借的钱，我自己还。十点钟时通用机械厂的厂长和工会主席来了。厂长在老人跟前默默地站了一会儿，回过头说："家里有什么要求，说吧。"

男人看了看刘小水，刘小水默默地说："没啥要求。"

厂长愣了。厂长知道，每到葬人的时候，家属是最难缠的。厂长迟疑了一下说："这个，厂里效益不大好。不过沈师傅是老工人，老模范，力所能及的，政策允许的，我尽量满足……"

男人又看了看刘小水，说："那药费的事……"

刘小水说："不用。爸说过，不麻烦厂里。"

厂长看看刘小水，他知道这个女人去过他家多次，总缠着他报销药费……现在看她这样说，也不知什么意思，心里就有些怵怵的，就说："这样吧，厂里救济一千块钱，其他按规定办……"说着他看看工会主席："老王，你把这事办了。"工会主席赶忙点头说："行，行。"刘小水却十分果决地说："不用救济。我们不要救济。"

听这么一说，厂长更慌了。厂长看看工会主席，说："老王，你留下吧，看看还需要什么……我还有个会。"说着，又安慰了两句，赶忙走了。

厂长走后，工会主席忙说："天热，后事还是早办好。刚才厂长在这儿，你们不提，现在他走了，超过一千，我做不了主……"

刘小水很干脆地说："不要你做主……"

十一

一送走老人，刘小水就急着往厂里赶。她已经好几天没到厂里去了，不知道他们糕点厂跟港商合资的事到底怎么样了？她担着心呢。

当她来到厂门口的时候，却见大门口静悄悄的，一个人也没有，再在厂院里看看也没有人，院子里一个人也没有。她有点诧异，忙朝传达室里溜了一眼，只见那个看大门的老头无精打采地在屋里坐着，正眯着眼打瞌睡。她忙问："大爷，厂里怎么……"

老头睁开眼来，看了看她，仍是无精打采地说："……嗨，黄了？"

刘小水问："啥黄了？"老头懒得多说，只摆了摆手说："去吧去吧，厂里正开会呢。那事儿黄了！"刘小水快步走进会场，只见几百名工人全部在三车间里站着，黑压压一片。谁也不说话，没一个人说话。只有厂长一人在讲话，厂长的脸肿得像面包，不时吸凉气。厂长说："……我刚才已经说了，我对不起大家。跟港商的谈判失败了。港商提的条件我无法接受，也不敢接受。为了跟港方合资，咱们厂前前后后花了二十多万，可到现在，港商提的条件越来越苛刻。咱厂有三百多名工人，港商提出只留三十名。其余的全裁掉，这事我能答应吗？我要是答应了，怎么跟大家交代呢?！另外，港商提出让副市长妹妹做港商代理，我不能答应的……说心里话，这里边有许多弯弯儿，是我不能说的。可我必须给大家一个交代：为什么港商会一变再变，这主要是市里的某一位领导起了作用，这位领导把港商接到家里，别的话我就不能多说了……"

会场里很静，人们全部傻傻地望着厂长……就在这时，人群中突然响起了尖锐的哭声！而后又突兀地戛然而止……人们四下寻去，你看我，我看你。片刻，人们终于看到了一个戴黑纱的女人，这女人紧咬着嘴唇，却是满脸满脸的泪！这就是刘小水，刘小水憋不住大哭起来，整个会场上都响彻着她的哭声！谈判失败了，厂长没哭，主任没哭，刘小水哭了……

立时，会场炸了！工人们乱哄哄地嚷叫起来……

厂长大声说："在目前的情况下，咱们厂没别的办法，也没别的退路，只有宣布破产……"

这时，工人们全拥到前边，闹嚷嚷地围住了厂长……厂办主任在一旁挥着手说："这事不怪厂长，主要是市里，大家有意见可以找市里……"

工人们像没头苍蝇一样在车间里拥来拥去，只有刘小水站在那儿没动。她站在涌动的人群中，像木了就那么站着。李月琴走过来，拍着两手对她说："成天让人笑让人笑，笑来笑去这不还是一样吗？这不还是一样吗?！……"可刘小水就像没听见似的，仍是那么愣愣地站着……好久之后，她才发现身边已经没有人了，人们都闹嚷着到市政府去了。

外边的太阳很毒，阳光火辣辣地照着，可刘小水走出来的时候，却觉得身上很冷。此刻，组长走到她的跟前，小声说："厂长的意思是，让大家都到市里去反映情况。厂长说连去三天，市里肯定解决……"

刘小水想了想说："我不去了，我不想去了。"

组长说："去吧，厂工人都已经去了……"

这一次，刘小水很坚定地说："我不去了。你看我戴着黑纱呢……"

说着，就往厂外走去。

刘小水回到家，见男人也在家里坐着，她说："你怎么不上班？"

男人苦着脸说："我被车间组合掉了，车间主任说……"

刘小水默默地望着男人，说："掉了就掉了吧。"

男人小心翼翼地说："要不，再送送？"

刘小水说："送啥？礼轻了人家看不上，重了咱又送不起……"

男人张了张嘴，迟疑了一会儿，说："要不就炸些梅豆角吧？你过节炸的梅豆角，他们都说好吃……"

刘小水半天没说话，好久好久才站起身来说："你买糖去吧，买五斤糖。"

男人听话地站起身来，乖乖地买糖去了……

晚上刘小水整整熬了半夜，她先是揉出来七斤面，不用称她也知道有七斤面。她把面揉得很好，揉面的时候她什么也不想，只是两手在面里动着，动得很滋润，这里面含着一种感觉，有一种很快乐的东西在面里含着，她觉得揉到了，到了面不沾手的时候，她就知道揉到了，她揉出来的面从来没有这么好过。而后擀角了，角要擀得均匀，要厚薄一致，过去逢年过节给家里人做，都是马马虎虎的，是那个劲儿就行，这回是最后一次了，厂垮了，也许是最后一次了，以后她就不再是糕点厂的女工了，所以她格外讲究，她擀出来的皮、捏出来的角，一个个就像是机器做出来的样，比机器做的还要好。炸的时候，她仔细倾听着油锅的声音，到油开始发亮，油烟还未冒出来的时候，她才把角子丢进去，那是最佳的火候，丢进油锅里的角翻上来就是焦黄色了……接下去是熬糖。熬糖浆是很讲究温度的，超过六十度糖浆就灌不进去了，低于七十度也不行，家里没温度计，那就只有用手量，她不时地把手贴在熬着的糖浆上，一次次地试量糖的温度，凭感觉寻找最佳的温度点，而后把炸好的角丢进去……终于，她炸好了十斤梅豆角，那是她有史以来炸出来的最好的点心。每一个角都把蜜一样的糖浆灌进去了，灌得很好，一个个看上去饱嘟嘟的。她心里说：真好。

男人站在一旁，一直在看她做，男人忍不住想捏一个尝尝，她打了他一下说："这不是让你吃的，这么好的东西，不是让你吃的。"她自己也没有尝，她舍不得尝。接着她又对男人说："这是最后一次了。你记住，这是最后一次，咱总不能给人送一辈子！"男人喏喏的。

第二天，男人提着点心到车间主任家去了……没多久就又回来了，仍然是苦着一张脸，男人说："主任看都没看，主任那儿净好烟好酒。主任说，他做不了主……"

刘小水愣了一会儿说："他没看吗？他看都没看？"男人说："没看。"

刘小水默默地说："他要是尝尝……这是最好的点心。"

男人又说："也许是这个塑料袋太旧了……"

刘小水盯着那些梅豆角看了很久很久，整整十斤哪！整整炸了半夜……而后她二话没说，掂上就出门去了。男人忙问："你干啥呢？"她气呼呼地说："我扔了它！"可出了门她又有点舍不得，她掂着这袋梅豆角走了一条街，然后她又重新把梅豆角掂了回来，倒在一个大盘子里，再次走上街头，鼓足勇气高声吆喝说："谁要梅豆角，谁要梅豆角！尝尝，都来尝尝……"没想到，一个小时不到，竟然卖完了。

点心卖完后，刘小水回到家又大哭了一场。

十二

七天后，刘小水在街头上摆了一个卖点心的小摊，专卖梅豆角。男人成了她的下手，来来回回给她送货。她站在摊前，笑着对过往的路人说："尝尝吧，自己做的，干净。"生意居然很好。

她把孩子也接过来了，就在摊旁，摆放着一个小孩车，孩子站在车里，在阳光下笑笑立着，牙牙学语。

那个教礼仪的老师从她的摊前路过，望着她说："你会笑了。"

刘小水就很自然地露三分之一牙笑着说："我爸说人死了细菌也就死了。人活着细菌也活着。"

老师愕然。

那儿

一

开头很简单。

某天，半夜两点多了，霓虹灯下的哨兵杜月梅杜师傅顺着工人新村的小马路朝家走，走到公用自来水龙头拐弯的地方，冷不丁蹿出一条狗来。杜月梅妈呀叫了一声，那狗回头看看，也汪汪狂吠两下，然后就往工人东村方向去了。可就是这两声，把杜月梅吓瘫了，站不起来了。开头她还想爬回家的，她不想叫别人看见。但水龙头那儿结冰了，加上害怕和委屈，她居然爬不上台阶。绝望之中她只好喊救命。深更半夜的，惊动了很多邻居，出来好多人看热闹。一看，杜月梅把裙子都尿湿了，就七嘴八舌埋怨，说天寒地冻地你穿什么裙子呀？你找死啊。

杜师傅是那样一种人，每天早晨六七点就推着一辆小车，上头装着几个暖瓶，几袋面包蛋糕，穿白大褂戴大口罩满大街吆喝：珍珠奶茶，热的！珍珠奶茶，热的！而到了夜里却换上一身时装，浓妆艳抹，十分青春地去霓虹灯下做哨兵。逮住一个可疑分子就笑：先生洗头不洗？不洗？敲敲背吧，舒服，小费才一百！当然这种情形也不常有，主要是缺钱花的时候。干这事瞒得了一时瞒不了永远，谁都知道，可谁也帮不了她。她太穷，太需要钱，也太要强了。

人们把杜月梅抬回家再一看，见一脸的脂粉已经千沟万壑被泪水冲得不成样子了。他们这才知道夹住臭嘴，男的摇头叹气离开了，只剩下些妇女，有几个老娘儿们还抹起了眼泪。杜月梅捶着床哇哇大哭，说我们家小改后天就开刀了！我要有一点法子我都不会去的呀，我没法子啊！

开头就是这样，小事一桩，可后来居然也弄出七荤八素来。谁都没有想到。

所谓的工人新村其实并不新，只是顺着睡女山搭建的工人宿舍，东边的叫东村，西边的叫西村，中间的叫新村，随便取个名字而已。平时也都三号妈四号妈地叫着，其实全都是矿机厂工人，谁还不了解谁呀。所以到天亮的时候，角角落落都已经传遍了，都在叹息杜月梅命苦，都在骂那只缺德带冒烟的恶狗。

在我们那个地方，邻里纠纷吵嘴打架的事天天都有，但在这样的问题上人们不会有第二种看法。原因很简单，生活越来越难了。生活越难人们对领导的怨气也就越大，这也是常识。这样到了中午，住东村的小舅已经知道了事情的全过程。尽管小舅只是个破工会主席，但大小也是个厂领导（别的领导早搬走了，他算是坚持到了最后），何况那条狗就是他们家的罗蒂。这样他就不得不做出反应。

小舅经过怎样的思考不得而知，反正到了晚上，他趁月月在里屋看电视剧，跟着韩国美女抹眼泪的时候，把罗蒂牵到外头拿一只塑料编织袋套住，然后扛到西村跑个体运输的丁师傅家里，让丁师傅连夜开车出发，拉到两百公里外的芜城才放了生。

此后那几天，小舅就跟傻了似的整日发呆，一天总有五六个小时站在家门口，望着厂区沉默不语，叫他吃就吃一口，不叫他他就那么站着。厂区还有什么可看的？荒草，斜阳，铁疙瘩？小舅妈那几天也在气头上，也不愿管他。那几天的气氛确实不太好。

那条狗叫罗蒂，是条真正的好狗。让它代人受过实在有点不公平。

为了好狗罗蒂，月月跟我哭过两回了。说，捏不住鼻子揪耳朵，算什么本事啊？你心里有气你就怨我们罗蒂啊？

月月是我表妹，在集贤街开鞋店的，别看她读书不行，做生意绝对一流，她要有机会准能当上大老板。她是我们家的先进生产力。可她毕竟是个女孩，犟不过小舅。犟不过就一直哭，一直哭。

罗蒂是在很小很小就跟上月月的。说来也是有缘，考不上大学的月月有一天正无聊地闲逛着，罗蒂就来咬她裤脚，月月到哪儿它就跟到哪儿，躲都躲不开。月月回到家，罗蒂就跟到家，趴在门槛上，眼睛直眨直眨。后来月月给它一点水喝，一点馒头吃，它吃了喝了就爬到一个鞋盒子里睡下了，比人都乖。再后来，月月受到罗蒂的启发就开始卖鞋了，而且越卖越多，成了老板。罗蒂也就跟着越长越大，越长越漂亮。罗蒂的名字是这样来的：这小东西别看它平时不吭不哈，可一旦叫起来嗓门特别洪亮饱满，比那些大狗都厉害。我那时候非常崇拜帕瓦罗蒂，我就主张叫帕瓦罗蒂。月月说，万一它长出一脸脏兮兮的大胡子怎么办？就简称罗蒂吧。罗蒂长到八个月的时候，有个宠物贩子找到月月，愿意出三千块买它，磨了好几天。那月月就能干了吗？月月说你问它自己答应不答应。罗蒂就冲宠物贩子吼了一嗓子，那小子一屁股就坐下地了。后来那小子才说出来，这是一条纯种德国黑背，说跟着你们可惜了。月月说放你妈的屁。而罗蒂自从明确了身份，就越发显得优雅高贵，它目光深沉，神态安详，轻易不作声，可一旦发起威来没有哪条狗敢靠近。特别是罗蒂那身毛皮，黑缎子一样，油乎乎的，闪闪发亮，谁见了都想摸一把，只是不敢。还有罗蒂的额头，在眼睛上方长着两个白点，像黑夜里的星星，显得特别机警。总之那是一种无法言说的世外高人游侠武士派头，无与伦比。罗蒂好像对什么都满不在乎，只在乎月月。在外面如果月月不发话，任何美味佳肴也是休想引诱罗蒂的，它看都不会多看一眼。月月如果说那就吃一点吧，它才会慢腾腾地踱过去，用湿漉漉的鼻子嗅嗅，吃上一点，然后又很快回到月月身边。大多数时候它就蹲在月月身后，成了她的贴身保镖。月月长得不算太漂亮，可她个头高皮肤白，穿得又时髦，在集贤街那种地方自然也是少不了骚扰的。所以有了罗蒂，家里也都放心些。可罗蒂万万没有想到，是月月的老爸骗了它，把它骗进了麻袋。毕竟罗蒂是条狗，不像人那么狡猾。

也是该着罗蒂倒霉，那天月月的鞋铺关门才七点多钟，不知怎么就心血来潮想去看一个老同学，这样就到了湖边。那一带都是高档住宅，自然养狗的人家就多。有一只花皮的母狗见了罗蒂，多老远就把屁股撅起来。开头罗蒂还不为所动，守在人家门口等着月月。后来月月回来时，那只花皮狗就一直跟着，而罗蒂也显得焦躁不安，跑几步就回头看看，又瞧着月月呜呜地叫。这样月月就笑了，说我早就知道你花心了，说你想去你就去吧，记着早点回家。于是罗蒂就领着花皮，不知到哪狂欢了几个小时。于是就发生了深夜吓着杜师傅的事。

其实真正吓着的是我小舅。

那天，刮了一夜的风，还夹着冰雹。晚黑还挺来劲，风硬硬的，冰尖尖的，电线嘘嘘响着，要吃人的样子，可到早晨就化了。那天小舅只讲了一句话：终于下下来了。这话是什么意思？谁也猜不透。也许指的是暖冬，该下又不下。也许什么意思都没有。总之，那天小舅站门口看了半天，然后摔上门就走了。

另外在走之前，他和外婆还有几句对话：他说雪化了。外婆说雪化了好。他说外面不冷。外婆说不冷好。他说天暖和穷人就好过了。外婆说穷人好。他说妈，你好生躺着不要下床。外婆说好，好。

这些话是什么意思？雪早就化完了，哪儿哪儿都现了原形，坑坑洼洼，垃圾遍地，还有破鞋烂纸，一踩一腿泥。要是雪不化表面上还能好看一点，还能平整一点，心里也能素净一点？另外，人穷人富跟天气有什么关系？难道连一床被子都没有的人才能算上穷人？总之他是烦透了，糊涂了。

我妈来电话时我们报社正在传达文件，内容是关于正确掌握突发事件的宣传口径。有人进来说我们楼顶上有一个民工好像要表演跳楼秀，警察已经把这一带封锁。就在这时我妈来电话说小舅离家出走了。

当时会场就如一幅潦草的铅笔画，主编那张脸比擦脏的橡皮还难看。我的注意力肯定也在跳楼秀上，没怎么在意这事。我看见楼下有人正在给民工加油：跳啊跳啊，想跳就快跳啊，昭仓都跳下来了，你狗日的怎么还不跳？可是警察很快就拿来了充气垫。接着电视转播车也来了，主持人扔掉大衣就开讲，一阵风把她的裙子掀翻过来，露出了里头的红毛线裤。结果那哥们错过了时机，又不跳了，楼上楼下全都白为他激动一回。后来我们分析，那小子不是真想死，想死他早就跳了，不用等警察。他不过是想讨回三个月工资，三个月也才七百块，想想也不值。于是我们十分悲愤，感到这年头实在没劲，连跳楼都学会造假了。

后来才记起我妈来过电话，说小舅失踪了。我小舅不是小孩子了，过年就五十的人了，这情况怎么说也有点严重。我妈责备我，出了这么大事你也不说一声？小舅从前对你那么好，你良心叫狗吃了？又问：他们也没怎么大吵，怎么说走就走了呢？怎么走了连电话都不打一个呢？这样的连珠炮显然多余，谁也无法回答。既然是真想离家出走他就不会通知你，既然不通知你他就是不希望你知道，小舅可不是个能造假的人。

我听见手机里小舅妈在那头哭喊：这回你们信了吧？这是他的灵魂大暴露！小舅妈不识几个字，可有一嘴电视剧词汇，一见电视里有第三者就联想丰富义愤填膺。小舅和杜月梅究竟有没有关系谁都说不清，他们那代人在爱情上多多少少都有一点奇怪。依我看他们是没有，否则杜月梅就不会去做那种事。如今下岗女工靠上一个拉边套的并不稀奇，毕竟活下去是第一位的，毕竟比当霓虹灯下的哨兵强。稀奇的是小舅竟然也玩起离家出走了，这倒是闹出了新意。

然后就是数日不归，也没有任何消息。

我妈天天晚上和小舅妈通电话，了解最新动态。但每次说到后来小舅妈就来气，总要强调指出：就是因为罗蒂！罗蒂咬了那个婊子，他心疼了！

然后我妈就骂她，说你昏头了你！这话也能随便说的吗？

在我们那个地方，如今看法已经变了。下岗工人越来越多，人人都有亲戚朋友，骂婊子，被视为不凭良心。你可以骂小姐，可不能骂婊子。小姐都是外来的，她们年轻，一般都在娱乐场所坐台等候顾客上门。而这样的岗位下岗女工是很难参与竞争的，她们只好在霓虹灯下晃来晃去，打一枪换一个地方。谁家没有老婆孩子啊，谁家没有七灾八难啊，谁还不是为了混口饭吃啊？谁又敢保证自己没有那一天呢？所以她们是被划入好人行列的，她们是没法子才去当哨兵的。至于说小舅是因为心疼杜月梅才离家出走，这话就更加离谱了。所以我妈也每每坚决予以反击。我妈说：弟妹你这话就说岔了，朱卫国对你怎么样你自己心里还能没数吗？几十年夫妻了你这点良心都没有吗？现在人都失踪几天了，你不去找人你还说这种屁话！劈头盖脸一顿臭骂，舅妈才不敢吭了。其实小舅妈也是个老实人，她也是心里急，说话才不着四六的。

放下电话我妈就流泪了，说：你小舅是心里有事啊，他心里苦又不愿意说啊，他心事太重啊。父亲只好过来劝，说这年头谁没有心事，心事重又能解决什么问题？父亲及时提议把外婆接回来住，说这样小舅妈也用不着一心挂着两头，咱们也可以表现表现。于是我妈这才好过了一点点，商量着天一亮就去接外婆。而我心里想的是，小舅那样的人，怎么会为这点破事想不开呢？为一条狗？

我这样说当然是有为罗蒂抱不平的意思，可这毕竟是年轻人的看法。这点看法在父亲母亲、在小舅舅妈、在矿山机械厂几千名下岗职工看来简直太微不足道了。好人都快活不下去了，都在干那事了，你们还养狗？还放狗出来咬人？他们就是这么看的。所以小舅把罗蒂放生其实还是爱护它。要是留在家里迟早叫人砸死。所以小舅妈再有气也不敢到外头去说。所以月月要死要活要跟她爸拼命也不过是闹腾两天而已。大家冷静下来，都明白当务之急还得把小舅找回来。

可上哪儿去找呢？该汇报的汇报了，该报案的报过了，谁也不知他上哪了。最后只剩下领导说的那句话：再等等，再等等。

那天我们并没有把外婆接回来。外婆死活不愿下床，她说，躺着好，大头说躺着好。大头是小舅的小名，大头说过的话就是真理，她就听大头的。我妈把舌条都磨短了，气得眼睛直喷水，等于零。

外婆说好，好，就是不肯下床。你要来硬的，她就哇哇直叫，杀猪的样。

外婆的老年痴呆症其实并不严重。你要跟她聊天，她都能明白你的意思，只是她的反应是一律的好好。你说下雨了她就说下雨好，你说吃饭了她就说吃饭好，你说死人了她就说死人好，她是我们家的好好主义者。清醒的时候她还会唱歌：英——特——纳雄——那——儿就一定要实现……

我们说是英特纳雄耐尔，不是那儿。她说就是那儿，那儿好！一点办法没有。

对于小舅的失踪，她也说好。好，大头是去那儿了，那儿好！

母亲流着泪说：你可不敢瞎说啊妈，不吉利啊。

外婆说，不吉利好，那儿好！

二

回到家我妈一直难过，心口疼。父亲就劝，说老太太是有心灵感应的，她是要在床上等儿子回来呢，还举例说明谁谁家出过的怪事，以证明心灵感应确实是存在的。其实父亲是学理工的，这时也不得不装神弄鬼让我妈睡一会儿。

其实我妈气的是外婆，她对外婆偏爱小儿子一直心存不满。我外公去世早，两个大姨嫁人也早，从前一个家庭的全部重担早早就落在了我妈身上。她做出了巨大牺牲，自认为是家庭的功臣，甚至直到小舅插队回来结婚以后她才松下一口气。可外婆就是和她不亲，就是愿意和小舅过，一点法子都没有。这让母亲觉得很委屈，小舅讲什么外婆都说好，小舅至今住平房也说好，没有厕所也说好，她觉得她把心操烂了外婆也不心疼。我知道她心里最气的是这个，对小舅的事她还没绝望。只是这些琐事在我们这一代人看来，简直太可笑了。

我曾经问过母亲：小舅小时候是不是特别可爱？外婆是不是一直沉浸在过去的快乐里？母亲说才不是呢，你小舅从前特别淘，在家老挨打，上学老挨罚，天天站墙根，是个出了名的逃学大王。你外婆是有病才那样的！

说起来也确实奇怪，小舅是个天才的技工，车钳锻铆焊没一样不精通，年年是厂里的技术能手，可小时候居然也不爱上学，看见书就头疼。小舅说，那时候老师负责任，要是一天不给我板栗子吃（敲脑壳），老师就会觉得那一天没干活，缺了点什么。他说，小时候我耳朵天天都是红的，是让你外婆揪的，还是你妈最疼我，经常给我揉揉。

那时，小舅最爱做的事就是看人家打铁，他看见人家风箱一拉炉口火头一蹿，就浑身发热，血往外直喷，魂都不在身上了。他十来岁就学会给刀口淬火，能做出像样的锻工活。他说他有了这个手艺下乡插队也没吃过苦，他打的镰刀锄头在那一个县都很有名气。

小舅十五岁下乡，十九岁回城，招工单位就是外公干了一辈子的矿山机械厂。谁也没料到，进厂的第二年小舅就出了大名。那年江南造船厂在维修一条外国客轮时遇到了麻烦：有一种推八的铁楔要求手工砸进榫槽里，但作业的场地是个半人高的圆筒，大锤抡不开，小榔头又力量不够，而且铁楔必须一次到位，否则就报废了。这下可难坏了造船厂，没法子就向我们矿机厂求援。矿机厂就找老师傅们开会，问谁会打"腰锤"？老师傅说，现在什么都靠机械靠设备，这种手艺早就失传多年了。二十四磅的大榔头抡起来不能超过头顶，而且砸下去要准确够劲，谁都没把握。厂长说，这么个小问题咱都解决不了呀？咱矿机厂的脸叫你们丢尽了。还八级工呢，狗屎！

其实这问题并不小，人猫着腰，还得使那么大的榔头抡圆了砸，今天谁有这本事？这时小舅跑进来说，他愿意试试，他说他在乡下打过"腰锤"。老师傅们全都不信，说你小狗日的老鼠舔猫×呀，你知道虾子从哪头放屁呀？小舅不服，嘴巴又讲不清，只能睪着脑袋小声嘀咕：试试呗，不信就试试呗，连试都不叫试呀？这样就答应叫他试试，不试不知道虾子从哪头放屁。

厂里模拟了一个半人高的现场，新领了一把二十四磅大锤，砸核桃。要求是，核桃扔到哪儿榔头砸到哪儿，一锤下去核桃拍死，只准流油不准见碎壳。玩过榔头的人都知道，榔头不过顶就意味着重力不垂直，而榔头围着腰甩出弧线又不能见碎壳就必须做到正面落下，既准又狠一锤到位。这不光要技巧，更要一把好力气。那天的结果一些老师傅至今不忘，说是眼珠子都掉下地了：十几颗核桃砸完，居然四周找不到一粒碎渣。

厂长大喜，连夜就拉小舅坐上吉普车，送到芜城。在芜城，小舅更是风光无限，那个大胡子德国佬一再搂着小舅要亲吻，拉小舅照相。他说小舅要是在德国一定能当上议员，他承认自己是成心为难江南厂的，因为他根本不相信中国有这样好的技术工人。报纸电台也来猛吹，说小舅心怀祖国放眼世界苦练硬功什么的。

那年也是凑巧，中央美术学院有一个老师带学生到江南厂来写生，听说了这件事，就要求小舅光膀子打铁给他们看，看过了个个都叫美。真美，美极了。有个女学生摸着小舅的后背激动得浑身发抖。然后他们集体创作了一幅油画，名字就叫《脊梁》，这幅画今天还在省博物馆收藏着。

八十年代的审美趣味我说不上来，反正那种画搁今天白送人还嫌占地方。我们市百货大楼门口天天表演内衣秀都没人看。不过小舅打铁的样子我是见过的。他个子高皮肤白身材匀称，身上布满三角形的小块肌肉，榔头在火光中舞动的时候那些肌肉全都会说话，好像全都欢快起来聒噪起来，像一只跳舞的小老鼠浑身乱窜。那时的小舅也是最快活的，榔头像是敲在编钟上，每一个细胞都在唱歌，整个身心都飞升出去。根本不像现在，一副苦大仇深的样子，额头赛过皮带轮子。

那一年底，小舅评上了省劳模。

照说，那时的小舅稍微会来事一点就能走上另外一条道路。可实际上他并不是一个真正聪明的人，他所有的灵气都表现在手艺上。他不爱说话，也不会说话，嘴巴一张就伤人。所以他即使当了领导也是不讨好的。但是不提拔他好像也说不过去，因为同时期进厂的也都当了干部，何况他还是个劳动模范。

小舅不止一次对我说过：我要不当这个鸡巴干部就好了，我有手艺我上哪儿混不上饭吃啊？这个问题好像是个宿命，一直在折磨着他。我说，那你现在也可以走啊？听说上海那边就缺高级技工，一个月能挣好几千，你干吗不走？他把眼瞪圆了想半天说，我要是走了这边怎么办？说这话时他的眼睛洞穿出去，似乎看到很远想到很多，很深刻很全面，其实那里头很空洞，什么内容也没有。所以他的悲剧不是当不当干部，也不是有没有手艺，而是他心中有个疙瘩始终解不开。他太认死理儿了，只有一根筋。

小舅二十八岁才正式谈恋爱，这就足以说明问题。以他当时的条件，漂亮女工随手抓，可就是搞不成。这期间光我妈给他介绍的就不下四五个，没有哪个能处得下去。原因就一条，他不爱说话。不说行，也不说不行，问他什么都哼哼，哪个女的也受不了这个。

小舅到二十五六岁还爱找我来玩，一到星期天就来了。我妈总骂他：你就不能约个谁出去逛逛？跟个小屁孩玩个什么？没出息成这样！可他就愿意跟我玩，一点办法没有，钓鱼扳虾，上树掏蛋，逮什么玩什么。大头大头，下雨不愁，人家有伞，我有大头——这是我少年时代特有的骄傲。小时候我特别胆小，而且我对外界始终保持着足够的警觉，因为小舅没准儿就躲在哪个路口拐角，冷丁冲出来把我的裤衩往下一

�，让我捂着小鸡鸡满街乱跳。我急了也会骂他：看老子不告外婆收拾你狗日的！他把大拇哥一翘：你告啊，老子要怕你告老子就认你做老子！一直到他结婚，月月出生，小舅和我的友谊才算告一段落。

那时能跟他聊天逗笑的女人就一个，就是他十七岁的徒弟杜月梅。原因是他根本没把杜月梅当女人看，该说的说，该骂的骂，有时候还在屁股上拍一巴掌。小舅有个习惯，就是嘴巴表达不清的时候，喜欢用手，捅你一下或者打你一巴掌。但那时的杜月梅对他实际上是有意思的，很愿意挨他打被他骂。有两件事情可以证明：一件是小舅不爱吃蔬菜，但特别爱吃杜月梅腌的咸菜。那时上班就有保健票，两毛钱的保健票能打一个荤素炒菜，但小舅就怕吃这个，筷子翻翻眉头就皱起来了，什么鸡巴菜！这时杜月梅就跟变魔术似的拿出一缸子咸菜，高梗白腌得黄黄的脆脆的，淋上香麻油，小舅立马咧嘴笑了。所以有一段基本上是杜月梅替他买饭，打一个红烧肉或者米粉肉，就她的咸菜。吃完了也是杜月梅去涮饭盒。还有一件事是调工作。按规定干部是没有义务带徒弟的，但小舅坐不惯办公室，所以就带了一个钳工徒弟。可有一次厂长找他找不着，大光其火。后来发现小舅在帮杜月梅磨钩针（那时流行编织，钩针的精巧程度也是女孩的人气指标），就下死命令要杜月梅跟别的师傅做。小舅居然没敢反对，大概是觉得自己理亏。这件事杜月梅嘴上不说，可心里难受，据说眼睛都哭肿了。

那时候的杜月梅还是车间团支书，活泼，快乐，天天还唱着歌——年轻的朋友们，大家来相会，天也美，地也美，春风惹人醉……咱们二十年后再相会！

可惜这段日子并不长，如果长一点也许情况就会不同，两个人也许会认真考虑这个问题。可惜那时家里人太急，我妈还问过他，是不是对那个小徒弟有点意思，小舅张嘴就是：放屁！家里人只好算了。同时也认为杜月梅太小了，要等她能结婚小舅该三十多了，那是不可能的事。其实现在看来两个人心里不是没有，只是不敢承认。小舅对女人太紧张了，紧张到了无话可说，已经分不清喜欢和需要，以至于该正视的时候他也不敢面对。而那一年他已经二十八岁了。

那一年，出现一个戏剧性的转折，原因是工人开玩笑。

据我看凡有人群的地方都免不了男女关系方面的精神生活，谈不上谁高谁低，只不过工人更直接一点，更有创造性。矿机厂就发生过这样的事：一个平时嘴巴很油、爱占女人便宜的师傅中午睡觉，被女工解开裤带，裆下糊了一大捧黄油。当然他们全是结过婚的，玩了乐了也就忘了，并不当回事。那天也是这样，午休时小舅睡着了，这时来了个库工找他签字。有人就说，朱师傅啊？睡了，你能亲他一口立马就醒！又有人说，咱们朱师傅什么都行就是那玩意不行，就缺你这一口了！人们嘻嘻哈哈说着这些，库工并不恼，一个人拿着领料单往里去。可到了小舅身边她愣住了。工人睡觉简单，找一张晒图纸或者旧报纸随便一垫就能睡着。夏天，都穿着单衣，小舅那一身肌肉就显得特别动人，让她有点发呆。

这种表情很奇特，触了电抽了疯一样。这表情立刻被几个女工捕捉到了，几个人一嘀咕，一二三就把库工给拎起来放到小舅身上。放上了还不能算完，还搂着胯子来回搓上下磕。小舅就在这种哇哇大叫的集体快慰中坚挺起来。有人喊，硬了，他硬了，谁说他不行的？他硬了！工人们拍着巴掌笑啊跳啊，肚筋都笑断了，认为这是最富创意最过瘾的一次恶作剧。

但事后，库工哭了，骂了流氓。小舅傻了，觉得抬不起头来。再后来，他就决定跟这个库工谈恋爱，再再后来他们就结婚了。这个库工就是我的小舅妈。

当时我妈是不同意的（也没有其他理由，主要是觉得她不太好看），一再跟小舅说，现在改主意还来得及。小舅说，我都那样了，还怎么改？我妈说，哪样了？不就是开个玩笑吗？可小舅坚持说：我都那样了，我都那样了！

那个时代确实很奇特。在小舅看来，他都那样了就等于做出了承诺，他就不能不负责任，否则他就真是流氓了。

这件事我跟月月交流过看法，我认为人的命运确实不可捉摸。人这个东西，我说，真的很偶然，很虚无，很结构，很符号。如果不是那次恶作剧，可能你就不是现在的样子，假定小舅和杜月梅好上了，也许你就是个大美人，一切的一切都要重新改写。

但月月不以为然。她说，你是烧糊涂了吧？即使那样又能怎么样？如果我比现在漂亮，也许我就不开鞋店了，而是直接去当破鞋。那个来钱多快啊。

有一天深夜，十二点多了，小舅突然来了电话，说：我回来了。

我妈抓着电话，一个激灵就坐起来，憋了半天才哭出声，骂：你个死大头啊，你死到哪去了啊！

小舅说：我去了趟省城。

我妈说：那怎么不招呼一声啊？你要把人急死啊？

小舅解释，主要是跟月月妈干仗，他懒得啰唆。原来他是找老领导告状去了。一家人这才把心放回去。

三

小舅把一条烟放在我面前，又让月月给我沏了一杯好茶，然后一挥手就把月月撵出去，郑重其事地说：请你帮我搞一个材料。我搓着手说这么高的接待规格我不好意思啊真的不好意思！小舅说：应该的，应该的。月月在他身后一劲地撇嘴，我也装看不见。

搞材料就是写稿子的意思，工厂里把一切文字的东西统统称为材料。小舅知道我喜欢写小说而不是搞材料，但小说都能写了材料还不能写吗？我算是个还有点品位的人，也经常参加一些文学沙龙，只是暂时成就还不明显而已。但我们报社有个笔名叫西门庆的哥们儿，是专门写苦难的，已经很火了，他有一次到前街邮政所拿稿费，把柜台的现金都拿空了。这事在我们那个圈子里已经成为标志性美谈，我在家也吹过。我一直深信，有一天我也能这么爽一把。虽然我明白小舅这是因为看重这个材料，但小舅的庄重本身就说明了对我的承认。这也让我带上一点神秘激动的想象。

他首先申明：你放心，出了问题一切由我承担。

小舅说，你是我们家的知识分子！

其实事情很简单，他就是要把矿机厂这几年的衰落给领导汇报汇报，把工人现在的处境跟领导反映反映，把造成这种情况的原因给领导分析分析。其实照我看，这些破烂事你不说领导也未必不知道。现在我们那个地方哪家国营企业不是这样？哪个工人日子好过？男的蹬板车女的搞破鞋领导不知道？那些早年离职下海的反倒好了，有了位置也有了积累。而那些听领导话要以厂为家的，现在满大街都是。分工越来越细，连掏耳朵挠痒痒的都有了。现在谁要能想出一个挣钱的点子，立马就有成百上千学样的，可谁来消费呢？领导不知道。

但小舅不这么看，他坚决要我给他写。他说，不是你想的那样，我们厂落到这个地步是有原因的。别的厂我不了解情况，不好说，可我们厂我是一本清账，我是眼看着他们一步一步把厂子整垮的。他说，这是一场严肃的斗争！我要和他们斗争到底！他目光如炬气势如虹，很正义。

他都这样讲了，我也就无话可说，只当陪小舅玩上一把。

小舅告诉我，这一趟去省城他把矿机厂的第一任厂长给找着了。他说这老头是延安时期搞兵工厂的，现在住在干休所。他费吃屎的劲才把他给找出来。然后这老头又领着他去见了国资办和总工会的人，现在这些人全都答应帮他告状。他说要是省里告不赢，他就去中央告，非把他们告下来。

说着小舅又拉我到厂里去。他说：眼睛看着我们厂，我才能说清楚。就这样，又陪他在厂区转了大半夜。

其实这个厂我从小玩到大，龙门吊，大行车，车铣刨镗，全都是我熟悉的。这里有我一半的童年欢乐。而今却人去厂空，无比荒凉。小舅就在这荒芜中讲述了他认为不该如此荒芜的历史。冬夜，风很冷，可小舅却讲得一头是汗，把毛衣解开，胸口呼呼冒着热气。这很让我怀疑自己的观察能力。他高大的身影像鬼一样在墙壁上扭动，使他的动机显得宏大而且缥缈。

简单归纳一下就是这样：矿机厂的前身是东北某军工企业，五十年代由国家投资，转战千里来到江南，属于当时国家大型骨干企业中的配套项目，是为周围几家矿山服务的特大机械设备厂。到了七十年代末已经发展成设备总吨位号称江南第一的大厂，拥有三千多名工人和五百多名工程技术干部。按小舅的说法，除了飞机不能造，它什么都能干。到了八十年代实行价格双轨制的时候，厂里要求分出一部分生产能力开发电冰箱（那时海尔小鸭美菱那些牌子连影子都还没有呢），可上级就是不批准，说是要坚持为矿山服务的方向。好，就为矿山服务。那时厂里每年都有电解铜计划（当时市场上电解铜八千多一吨，而计划价才四千多一吨，谁能批到条子谁就能发财，当时倒腾铜的人比苍蝇都多）。厂里根据这种情况决定自己拉铜杆拉铜线，这样每吨可以卖到两三万，可上级一看又不干了，愣下文件把厂里的拉线车间给砍掉了，眼睁睁看着那些倒爷在厂门口倒卖调拨单。拿到调拨单还不提货，转手又卖给别人。就是活抢啊！小舅说。可领导还要我们维护大局。好，就维护大局。到了九十年代，等人家把市场瓜分完了，原始积累差不多了，领导说你们该下海了，要自己在市场经济中学会游泳了。也行，就自己学游泳。谁怕谁啊？一直到九十年代末，我们厂其实还是能生存的。虽然工人多一点效益差一点，可我们生产的收割机拖拉机还是不错的，农用机械还是有市场的，还是垮不了。好，他看你还不垮，他就给你换领导班子。非把你搞垮不可。他给你换上一帮贪污犯来当领导，看你垮不垮！

我笑起来，我说这也太邪乎了，领导还能是天生的坏蛋？非把你搞垮不可？小舅说：我看就是故意的。原来我也不明白，以为真是什么产业结构调整，什么阵痛，现在想想，就是故意的！我说，那领导图个什么呢？犯罪也要有个动机啊？小舅沉默了半天，说：捞钱呗。你想想，工厂是死的，设备是死的，怎么才能变成现钱？

我没有文化啊，是个猪脑子啊，我现在都后悔死了。小舅说。

我承认想不出这里的道道。但是我认为，这年头捞着了算你走运，捞不着也不用心里痒痒，对老实人而言吃亏是福乃绝对真理。现在出事的贪污犯没有一个是真正狡猾的，我在报社干我还能不精通这个吗？

小舅摇摇头：我说的捞钱没有那么简单，要拐很多道弯呢。他说：我会给你一些资料，那都是有数据的，不是瞎说的。

小舅承认，他犯过两次错误，都是不可饶恕的。第一件是让工人集资买岗位，一个人三千块，不掏钱就下岗。他说这是上一届贪污犯来干的事。他们哄他，你是工会主席，老工人，有威信，让他去动员。结果集资款全叫那帮人拿去投资，打了水漂。这帮人调走的调走了坐牢的坐牢了，只有他成了名副其实的猪主席。

第二件事更愚蠢，这一届新班子来了以后，政府牵头引进了一个港商，让厂里跟港商签订协议，由港商整体收购，全员安置，改成私营公司。但干这样的事要开职代会，表决通过才行，结果领导又来哄他，让他做工作。当时他想，工人已经吃了大亏了，港商又愿意拿出几千万建立收购发展基金，逐步偿还工人的集资款，就同意了。但职代会开完了通过了，到实际过户的时候才发现，原来自称资产十几亿的香港公司不见了，却变成了我们本省的一家港龙公司。注册资本金只有三千万，而且公司副总经理居然就是我们厂从前上级主管局的财务处长（清算时还挂着市中级人民法院破产清算组副组长）！更滑稽的是，他们所谓的注册资金就是以收购矿机厂以后的实有资本来充抵的。空手套白狼啊。

小舅说：我着急的还不是这个，这些都已经过去了。我现在最着急的是眼下，眼下我们一定要想办法保住厂子。所以你一定要帮我把这个材料写好，要有说服力，要能打动人，让人一看就明白，还不能太长！其实小舅已经讲得很清楚了，他是心里一遍一遍想，想过一百遍了，可一写到纸上就不是那么回事。

小舅说：我太笨了，没文化真的不行。

我说，我保证给你好好写。不过小舅你也别太认真了。你写了又能怎么样？现在有谁还关心这种事？你们厂工人关心吗？反正你也不少拿一分钱。人家爱怎么整就叫他整去，他能把喜马拉雅山搬回家当盆景，咱没意见呀。小舅发愣：说你怎么会这么想？你帮了忙，矿机厂全体工人都会感谢你。他说：现在我已经搞清楚了，这家公司的所有承诺都是放屁，不但拿不出一分钱来实现转产，而且还要职工掏钱集资。当然工人也掏不出钱，有也不可能再掏给他。这样他们就有理由卖厂房卖设备，他们真正的目的是要这片地，他们是搞房地产的！

小舅就是这样的人，他认准的道理是不可拐弯的。可是他在那儿一惊一乍地喊，十分痛苦十分正义，在我看来就二十分可笑。就算他是世界上最后一个把工厂当成自己家的人，又有谁信？就算你把这个事搞成了，又有谁来感谢你？这话我没有讲，我要讲出来他能把我拍死。

我问，他们现在进行到了哪一步了？小舅说：眼下还僵着。我没签字。我不签字就等于少了职代会这一道。我说，那不就结了吗？不签字他就不合法，不合法他还能把你吃了？小舅又摇头：你到底还年轻啊，法算个什么鸟呀？法院就是他们家开的。现在他还对你客气，又要送别墅又要送小姐。你等着吧，不答应好果子还在后头呢。

我阴笑，我琢磨着这才是问题的实质。我问，他真给你送过小姐？他点头，是啊。你没要？是啊。你真的没有一点点私心？他愣住了。

我说：我的意思是，让你下这么大的决心，让你激动成这样，就没有一点点个人的理由？小舅想想，说你是什么意思啊？我说，你太崇高太伟大了，所以让我不太相信。他说：你的意思是我想当厂长？我说一个破厂长能让你这样大动干戈吗？这还不够本质。你就说说为什么非要把罗蒂送走吧，罗蒂妨碍你什么了？你肯定还有别的原因。小舅咂着嘴想想，说你个小兔崽子，你究竟想知道什么？想让我说杜月梅呀，我就给你说了又能怎么样？

　　小舅证实了我的一个猜想：他确实去过杜月梅家。是杜月梅的处境让他受了刺激，让他决心去上访告状的。小舅妈说的没错，他确实是心疼杜月梅了。

　　小舅承认，他确实喜欢杜月梅，不过这种喜欢是结婚以后自己才发现的，那时已经有了月月，太迟了。但是他们并没有来往，只是在心里憋着。在厂里碰上了，就多看上两眼，看过了心里就酸酸的。有时候碰不上，他还特意去精工车间转转，转了心里就好受一点。这种心情持续了好几年，后来岁数大了才渐渐淡了。杜月梅到了二十七岁才结婚（是什么原因他也不清楚），嫁的是厂里的一个司机，当时小舅妈还包了钱去喝过喜酒。但后来杜月梅的命一直不太好，生过女儿以后丈夫也出了车祸，死了。前年，她女儿小改查出有骨髓炎，这以后日子就一天比一天恓惶。下岗以后她卖过血坐过台，但岁数大了连这种生意也不常有。这样小舅就时常会有一些愧疚和感慨，但并不像舅妈说的那样。小舅向我保证绝没有干过那种事。我想这也是一个男人非常正常的心态，算不上什么。

　　那天，杜月梅被狗吓着以后，小舅揣了点钱去看她（工会救济是不可能了，只能从家里偷点出来）。但没想到的是，杜月梅一见他就破口大骂，能捞着什么就砸什么。说朱卫国你妈了个×，你骗我们集资你喝我们血，你害得我们还不够惨啊？小舅本想说点好听话就走的，可遇见她这样就一句话也讲不出来，舌头被台虎钳夹住一样。杜月梅说，你是不是也想嫖啊？这些钱你够嫖几次的，你来啊！小舅吓得掉头就走，可杜月梅把那个钱揉成一团又扔出来。小舅捡起那些钱，可能比他一辈子锻出的铁器分量还要重，那时日头还没下去，空气里弥漫着尘埃，可他眼睛里灰蒙蒙的，什么也看不清。只听见大锤咣咣地在耳朵边上砸。

他一犟头又回来了，说，我早想和你好了，我都想二十年了，钱你先收下吧。他的意思是只要你收下钱就行，别的以后再说。谁知这下坏了，杜月梅身子一挺就扑到砧板上，菜刀也抓起来了，说我早知道你就是这么个人，说我就是跟狗睡我也不能叫你污辱我！……

现在我能体会到，小舅为什么坚决要把罗蒂送走了，其实他也喜欢罗蒂的，但现在罗蒂的每一声叫唤都让他心里滴血。他不杀死罗蒂，他就要去杀人。

现在我也能猜到，一连几天站在家门口的小舅其实并没有想什么，他脑袋里是一片混沌。破败的厂房，昏黄的流云，还有凛冽的北风，都不能让他清醒。在他眼前晃动的只有一个人，那个他从前喜欢过的女人。这个女人从前是那样的快乐那样的单纯，跟在他后面师傅师傅地叫着，咯咯咯咯地笑着，如今为了三十块五十块就能随便跟人睡一下！她没有法子，因为她还是个母亲，她还有一个住在医院里的孩子。可她心里还有尊严还有向往，她不能让小舅看不起她。这些都让小舅很受伤害，他不能不对这个女人，还有跟这个女人一样的工人负起责任。

他都那样了，他就不能不这样！

小舅站在龙门吊上，瞧着墓群一样的车间，眼睛里全是泪。说咱工人不贱啊，咱要求不高啊，咱工人卖的是力气靠的是手艺啊，只要有活儿干咱就能把日子打发得快快活活，咱怕谁个啊！

四

敬爱的×××同志，您好。尊敬×××首长，您好。此致工人阶级的崇高敬礼。××市矿机厂工会主席朱卫国。这样的信件我打印了十来份，每份两页纸，可以说有理有据，有情有义，把我自己都感动了。然后我又给了小舅一个软盘，告诉他不够了就找一家文具店再打，两块钱。这样小舅就揣着它去了省城。

接下来的日子就像转个不停的陀螺，每天都一样。我发现我也染上了某种宏大的毛病，我的额头也开始像皮带轮子一样深刻起来。我居然相信小舅能带回一点好消息来，居然。

这期间，我还给报社写过几篇小通讯，都是反映下岗工人看病难和孩子上学难的。当然，都给毙了。不过我本来就不抱指望，我知道这不符合主编的导向。我们主编操心的都是后现代问题，比如我市有多少人买了第二套房第二辆车，为什么野菜比蔬菜贵，吃骨头比吃肉还养人，死在家里比死在医院更符合人道精神，看谁能勇敢地面对乞丐，等等。但我还是写了这样的东西，惹得主编龙颜不爽要重新考虑我的续聘问题。直到有一天西门庆来拍我肩膀，说要请我去鸿运楼洗澡，说那儿新来的小辣椒特别有味道。他说，你呀你呀，你怎么会犯这样的低级错误？瞧你脖子僵的，快让小辣椒给你暖和暖和。

小舅是半个月以后叫人给领回来的。确切地说，是叫人给押回来的。被领回来的小舅蓬头垢面，满身黑泥，一笑一嘴白牙。不过看上去精神状态还不错，搞成这样是因为他又去了一趟北京。

这趟去省城开头还挺顺利，该见的人都见上了，该递的信都递上去了，总工会还给他介绍了一家便宜的小旅馆。但过了两天就不对劲了，来一个处长找他谈话，自称是美国回来的博士。博士开口就叫他先回去，然后又说一通工人阶级最拥护改革最通情达理最有组织纪律性之类的话。他觉着口风不对，就问，那我们厂的事怎么办呢？博士就笑了，说你是省劳模，又是领导干部，你怕什么呀？省里都有政策的。小舅说不是我怕，我怕谁个？我们厂还有三千多工人啊？三千工人都要吃饭呀。那人的脸就沉下来了，说你这个同志怎么这么不开窍呢？有个人要求你就谈个人要求，不要动不动拿三千人说话，你能代表三千人吗？组织上怕你吓唬吗？小舅说，我没个人要求，我不想吓唬谁，我就是担心国有资产流失。博士说：很好，既然你提到国有资产，你知道国有资产谁有处置权？是你吗？你连企业法人都不是，你来谈什么国有资产？你不是瞎掰吗？

小舅傻了，心想他上次来各级领导都很客气，还让他写材料，怎么几天工夫就变卦了呢？这个博士他上次没见到，说话果然有水平，一口咬定他是带着个人目的来的，弄得他浑身是嘴都说不清。小舅就要求见领导，可所有的领导都说没时间不愿见，都传话让他先回去，让他相信组织相信党。小舅心想我要不相信我干吗写材料告状，干吗来找你们呢？小舅觉得委屈死了，跳楼的心都有了。

还是干休所的老头有头脑，说：风向变了小朱啊，他们这是背叛啊。

老头给小舅指了两条路：一、向后转回家去，捏着鼻子不吱声，看他们怎么搞。二、去北京，去国资委，去财政部，去中纪委，去……老头问：你怕不怕死？

小舅当然不怕死。他又不是为自己，他相信组织相信党，他怕谁个？这样小舅就揣着老头写的几封信，上了去北京的火车。

这期间，还发生了一个小插曲，市委办公室的副主任领着矿机厂的两个领导也到了省城。他们是专程来接小舅回家的，在稻香宾馆摆了一桌，上了鱼翅和鲍鱼，还有乱七八糟叫不出名的海鲜。他们知道小舅酒量大，专门备了一箱五粮液。他们说，朱卫国你狗日的今天不喝够，我们回去不好交差。然后就喝酒，一人拿一瓶，亲不亲，一口闷。小舅心想你知道我去上访，还非要来给我送行？上访是我的权利，党纪国法上都写着，你还把老子鸟咬掉了吗？喝！看哪个狗日的先趴下。然后，那几个狗日的就滑桌肚里了。然后，小舅就摇摇晃晃上了火车。

小舅没钱，也不敢乱花钱，买的是夜间的硬座车。他盘算着上车就睡觉，眼一睁就到北京了，在哪儿睡不是睡？结果这一觉就睡出问题来了。车过德州的时候，他闻到了扒鸡香。车过天津的时候，他闻到了肉包子香。睡梦中他还记得扒鸡和肉包子都很好吃，只不过这种香甜的感觉很快就过去了。等他睁开眼，天已大亮，这才发现除了手上还捏着一张火车票，他已一无所有。他翻遍了所有的口袋，发现连裤兜里的手纸都没给他剩下。

这样，他头脑就开始盘旋。他相信，这绝不是一般的小偷。于是小舅坚定地认为：这一趟是来对了。不然他们为什么害怕自己上访呢？连一张纸片都不给他留下呢？这说明他们心里有鬼。于是这个小偷反而帮助了他，让他重新评估了此行的意义，让他觉着自己正在做着一件了不起的大事。而他们，并不像嘴巴上说得那么理直气壮。他想，老子一无所有就不能告状了吗？老子偏告给你们看。

这样他走出北京火车站的时候，心里一点都不沮丧不胆怯，而是瞄准了有塔吊的地方，直奔了建筑工地。兄弟，有活干吗？兄弟，我是来北京上访的，没钱了，帮个忙吧？这样问到第三家，他找到一个拌浆的活。可是北京的包工头也坏得很，只管饭不给现钱。现在眼看到年底了，更不愿给现钱。小舅对自己说，管他×的，先吃两顿饱再说，就干上了。有了这样的心态，以后什么也没难住他。小舅觉着，这正是一种考验，他要是连这点考验都经受不住，他还跟那帮人斗什么斗？这样想想他的这些磨难就非常合理了，甚至有了点精神提升的意思，再苦再累，再饿再冻，都是应该的。

北京的冬天我知道，我在那儿上过四年学。那是个屋里屋外两重天的世界，屋里能让你鼻子热得流血，屋外能让你觉得胸膛是个开放的空洞，冷风能从前胸直穿后背。而小舅没有这种感觉，只穿一件毛线衣整天站在寒风里，小舅觉得快活得很。在北京的这几天，他拌过砂浆，扛过麻包，在路边修过自行车。他给自己做了个纸牌子：高级技工，只收现金。还真管用，有一家汽车修理厂还想长期聘用他。最走运的一次是，某工地的罐笼卡在钢槽里，他爬几十米高给人修好了，一次就赚到三百元。开头经理还想赖账，小舅一把抓住那人的胳膊，还没开口，那小子身子就矮下来。后来他俩还成了朋友，经理还介绍他到郊区的一个上访村去住，五块钱一晚，还管一顿早餐。

有了这样的经历，小舅信心倍增。他一边给自己找活干找饭吃，一边满世界打听那些大机关。上访村的村友也都是各地来的，他们也教给他一些上访的诀窍，比如怎么排队拿号，怎么给关键的人物递材料等等。这样到了第十天，他给自己买了一套干净外衣，又去理发店修了边幅。

然而最严峻的问题出现了，他没有证件。一个不能证明自己身份的人凭什么走进那些大机关呢？怎么可以让人相信你的上访申诉是可靠的呢？甚至可以进一步推论：一个没有身份证的人是不是一个真实的人？小舅显然没有做这样的思考，他很容易就接受了别人的建议：花一百元给自己买了一个身份证一个工作证。他想，朱卫国还能是假的吗？他认为这个人是谁并不重要，关键是这些材料真实不真实，严重不严重。他相信组织上一定会来调查的，一查什么都清楚了。

果然，在各个大机关，人家都很客气地接待了他。都对国有资产流失很关注，都表示这个问题很严重，都说要认真对待。在总工会，人家还查了大本子，核对了朱卫国的省劳模称号，还对他的到访表示了感谢。可是有一天晚上拉网，小舅还是被拉进去了。警察眼睛毒得很，一眼就看出了他伪造证件的本质。

在一个大黑屋子里，小舅睡了两天。他太累了，一倒下就睡着了。这个表现让警察都有点疑惑，别人进来都是赶紧打电话托人求情，让人送钱来，六百块放人。可这个人不哼不哈，倒头就睡，连饭也不吃。他们反而担心起来，万一这个人有什么病，死在里头不是麻烦大了吗？于是就找他谈话，交代政策，提供方便，要他和家里联系。小舅说我不联系要联系你们联系，我把嘴磨破了你们都不相信。警察说不联你就在这儿凉快吧。小舅说凉快就凉快，反正我的事也办完了。说话的时候市政府正派了人满北京城在找他，最后交了罚款才把他领回来。

我不知道在身无分文的情况下我能不能坦然面对，也许被逼到绝境里人都会求生存，但小舅显然不是这种情况，只要他愿意，打一个电话就能解决问题。但他没有这样做。有意思的是，这趟北京历险让小舅开朗了很多，两眼贼亮，话也多起来。好像是去国外旅游了一趟，开阔了眼界，丰富了思想，整个人都长高了一截。他说，你瞧着吧，中央马上就要抓了，上头不会不管的。让他们这样搞下去，还得了？在他看来，咱们这儿的情况还不算最严重的，别处比这还厉害，这就是非抓不可的理由。我问过小舅，你怎么这么有把握呢？中央就听你的？他说：这不明摆着吗？他们让国家吃亏，让工人吃亏，这就是活生生抢银行啊。另外他听说，全国总工会正在起新大楼，盖一百多米高的新大楼，这说明什么？他说：这说明咱工人阶级还是有地位呀，工人还是国家的主人公不是。

有一件事我没搞懂，小舅连手纸都让人给偷走了，他拿什么材料向中央机关告状呢？小舅眨着眼笑，说你那个材料我早就背下来了，他就是把我衣服扒了，我光屁股也能进北京，不就是花两个钱找人打印吗？我不信，他就背给我听。我发现三四千字的文稿，几十个数据，只弄错了两个标点符号。

小舅得意地说，咱笨人自有笨办法，老天爷安排好的。

五

工友们，老少爷们儿，兄弟姐妹们，请你们有空回厂里来看一看，想一想，大家商量商量！小舅提了个电声喇叭，从东村喊到西村，从西村喊到新村。他的意思是，最好能开一个全厂职工大会，把当前的形势说一说。当前的形势是什么？就是有人要出卖咱工人阶级，侵吞咱国家财产，咱眼看就无家可归了。

小舅在厂门口支了张大桌子，上面放了一份倡议书，留了一摞子空白纸给人签名。倡议书是他口述我起草的，本来还有一千个不答应一万个不答应之类的话，我认为这也太文化大革命了，就删掉了一些。可小舅认为，就是这样的大白话才来劲，工人一听就懂，一看就明白，大家才能团结起来。现在谁怕咱工人团结？谁是工贼谁害怕！总之他是横下一条心了，要发动工人抵制卖厂。在他想来，只要三千个名字往上一写，吓都把他们吓死。

这期间还发生过一件事，市领导把他找去谈过一次话。小舅回来后脸青过两天，脸青过之后就让我帮他打倡议书。小舅说：他们也说不出什么道道来！你有理说理嘛，你敢说这不是侵吞？你敢说这不叫贪污？你敢公开包庇他们吗？你们也不敢。你们也说不出道道来！就说我不该上访不该去北京，我不去北京我找你管用吗？我找你找得还少吗？

小舅这一趟出去，明显能说会道了。一个人对着墙壁也能嘀嘀咕咕说个不停，好像一直在跟谁苦辩，好像他一辈子该说的话都积攒在心里，此时闸门大开。我听不懂他在说什么，却知道他的短发已经白了一片，看上去比我妈都苍老。而在他的脸上，刀刻斧凿的脸上却有一种神性的光辉——目光专注，印堂发亮——我这样说不是赞美，而是实实在在有点害怕。我真怕他支撑不住，走向崩溃。用小舅妈的话说，他这是想上电视了，想当名人了，过瘾！

那天回来我把小舅的情况一说，我妈就愣了。白菜刚撂下锅她也不管了，扔了锅铲就走。见了小舅又拉又推又喊又叫：大头啊，你想哭你就哭一场，啊？你别想不开啊，别吓我们啊！

小舅当然不是想哭，他正亢奋着。问：我干吗要哭？放什么屁呀！

可他的亢奋我妈十万分地不感冒。在她看来，小舅完全是疯了。企业改制，国家转型，是你一个工会主席管得了的事吗？你工资不少拿一分，饭不少吃一碗，别人能过你就不能过了？再说你还是个省劳模副县级干部，怎么改也不能把你改掉了。你操心什么？退一万步说，你就是心疼杜月梅也没啥，悄悄帮她几个不就完了吗？我妈大气磅礴地指出：谁爱贪就叫他们贪去，他能把长江水都喝干吗？咱们安安分分过咱的日子。可惜小舅的回答是不理睬，他认为这比放屁还不如。

我妈说那么多人不出头你为什么要出头？枪打出头鸟你懂不懂？你这是造反啊你知道不知道？古今中外有几个造反派得善终的？文化大革命的时候你还小啊，你根本就没见过事啊。你越来越不懂事了！我妈是当小学老师的，革命历史她知道得不少，可她就是不能说服小舅，而且从来没有说服过小舅。说服不了她就觉得很伤心，一伤心眼睛水就一泻千里。

后来我父亲也赶过来了，僵局这才打破一点。我父亲是个工程师，是搞机电一体化的，对矿机厂也算了解，小舅不敢不尊敬他。按我父亲的看法，写个倡议书还够不上造反，和文化大革命挨不上，只是他怀疑这种做法有没有价值。在他看来，当今世界五轴联动的机床都有了，咱们这个矿机厂也确实落后了，能改改不是更好？再说现在是市场经济，资源要向优势企业倾斜，你们硬顶着不是逆市场而动吗？

小舅叫道，它哪是什么优势企业啊？他们一分钱也没有，是空手套白狼啊。而且他们搞的是房地产，连名字都想好了。靠山的这一片叫睡女花园，靠厂区那一片叫雄风广场。我父亲这才傻了，说不对吧？我昨天才看的报纸，怎么会这样呢？怎么可能这样呢？小舅说：报纸上要有一句真话我何必去上访？他要真能改造矿机厂，别说五轴联动，八轴联动我都想要啊。我父亲经过严肃地思考，还是认为这一切太不可思议，便指着我骂：这就是你办的报纸？

这天晚上，一家人在一起吃了一顿饭。快过年了，有点最后晚餐的意思，虽说气氛沉重，可人总算是聚齐了。我妈也不劝小舅了，倒是一改往常劝他多喝酒，说：多喝点，喝醉了你就清醒了。

小舅站起来说：姐，那我就谢谢你！又说：我们家往上数几辈都是本本分分的工人，咱本分可咱不是孬种。你们猜我这几天看见谁了？我总能看见咱姥爷，我总想能起他说的那些话。他对外婆大声说，妈，我看见我姥爷了！

外婆答道，好，好，你姥爷好！

我看见母亲脸色一惨，热泪喷了一脸。

他们说的姥爷，就是我外婆的父亲。他老人家死的时候还不到三十岁。他没留下照片，谁也不知他长得什么样，可小舅居然说看见了他。我想小舅看见的应该是一幅素描画，这幅画至今还挂在大连市一座著名的监狱博物馆里。我读大三的时候，我妈和小舅回东北探亲，领着我去参观过。画上的那个人是个工人领袖，他正在驳斥法官的指控。他说：我们从来不隐瞒自己的观点，我们就是反对资本家剥削和欺骗，就是要为工人争福利，争权利，改善工人生活。那个人后来死于一次著名的监狱暴动，身上中了十几枪，肩上居然还扛着一铁栅栏。……我说小舅脸上的神性，指的就是这种表情。我明白，小舅真的是走火入魔了。

但是事情并不像小舅想象那样，他振臂一呼，然后应者云集，然后大家同仇敌忾就把厂子保住了。小舅的错误在于，他根本就忘记了这是一个什么样的时代，也忘记了自己的身份。这事我在报社也谈过，他们都认为这种事早就不稀奇了，连新闻价值都没有。他们说矿机厂要是以一块钱转让那才叫新闻。当然，这种话小舅是听不进去的。

几天过去了，回厂来看热闹的不少，真上来签名的并不多。小舅见人就讲形势严峻，见人就宣传保住工厂就是保护自己，他眼睛充血嗓子喊哑，可人家就是不愿签名。人家说对呀对呀，是这么个理儿呀，朱主席你真是个好人。这年头像你这样的恐龙已经不多了，可就是不签名。就这样他还不死心，他还要挨家挨户去做思想工作，上门去促膝谈心，掂着电声喇叭一遍一遍地宣讲形势。小舅说：我以前是犯过错误，大家上过我的当，所以大家不相信我，这我能理解。可我没有贪污过一分钱是真的，我为咱们厂着想为大家着想是真的，这点总可以信吧？请你们相信我，只要工厂还在，只要大家团结起来，厂子还有救……

到了后来，他身后只剩下一帮小孩，他走到哪儿都有小孩跟在后头喊：厂子还有救，厂子还有救，厂子还有救！

原先跟着签名的都是职代会的代表，还有跟小舅关系特别好的一些老工人。现在看见人气不旺，那些代表又后悔了，还偷偷摸摸把名字擦掉几个。小舅气得眼珠子都要飞溅出来，说你们怎么孬成这样？滚，怕死的都滚！

这样的结果是小舅完全没有料到的，他不能接受这样的事实。在他看来，他两次出去上访，经历千辛万苦，完全彻底为了维护工人的合法权益，到头来却是热脸蹭了冷屁股，这怎么可能？他想不通，工人阶级怎么能这么冷漠？这么自私？这么怕死？这还是从前那些老少爷们兄弟姐妹吗？

然而真正让小舅伤心的还不是这些。真正令小舅感受到人世间冰寒彻骨的悲哀是一个晚上。那天，他一口气喝掉一瓶大曲酒，正要摔瓶子，家里来了两个老头。老头是他从前的师傅，老头对他说：你随它去吧，孩死娘嫁人，折腾也是瞎折腾。我们是看你可怜，才来跟你说这个话。

小舅哭了，说师傅啊，师傅我真是为大家好啊，我没有半点私心啊。

可老头们说，现在的话都好听了，听了也都好过了，可谁知道哪句话是真的呢？搞不清啊，真搞不清啊。老头告诉他：你说你为大家好没有用，你算老几呀？就算厂子不卖了，你就能保证搞好吗？到时候不还是人家说了算。

小舅说，那他们也不能这样对我！

老头眼一瞪，说这样对你还是客气的，你坑了咱厂多少人啊？你摸良心想想，工人都拿一百二十八，你拿多少钱？你早就不是工人啦！

小舅这才一屁股坐下地了。在小舅看来，到这时才算真相大白，自以为代表工人说话的他，其实只能代表自己。而那个美国博士说得一点也不错，不要动不动拿三千人说话，你能代表三千人吗？组织上怕你吓唬吗？

就是这天晚上，小舅喝得大醉，瓶子摔了一地。小舅妈气不过，说：过完瘾了？过完瘾就爬到床上去，别在地下要赖。一会儿你女儿回来还说我怎么着你了！然后嘀嘀咕咕又说了些守活寡之类的话，小舅叫她夹住屁股嘴她也不夹。这样小舅积郁了一冬的怒火终于点燃了，他抄起一把竹笤帚劈面就打。

小舅并不是一个喜欢家庭暴力的人，作为工会主席他还调解过不少暴力纠纷。他和舅妈的感情虽说不大好，舅妈那张嘴巴虽说也有点臭，时常疑神疑鬼说些难听话，但真打这还是第一次。小舅真的是气疯了。

当时的情况是这样：小舅妈夺门而逃，嘴巴里大喊杀人了，朱卫国杀人了，朱卫国不要脸，搞不到婊子就打老婆。小舅在后面追，她就在前头喊，从工人东村一直喊到西村。当时晚上九点还不到，几乎全体工人和家属都看到了这一幕。在工人区吵嘴打架并不稀奇，当时也没有人出来拉架，人们只是觉得很惊讶，甚至还有点小快活，觉得很过瘾：朱卫国怎么也是这样的人？也许他们觉得，这才是本色的朱卫国。

正好月月收工回家，愣在小马路上，人都傻掉了。后来她就跪在路中间，抱住小舅的腿哭得撕心裂肺：爸呀，爸呀我求求你呀！你别再闹了啊！

小舅这才站住，然后直挺挺地倒了下去。

六

这是入冬以来少见的一个夜晚，皓月当空，纹风没有，暖得出奇。工人东村背后的睡女山在月色下显出了少有的凄清柔媚冷艳逼人，有点像冰心在乡愁想象里出现的月下青山。当时是十点来钟，一家人都还没睡。小舅被弄到床上呼呼吐着粗气，月月母女俩在堂屋里坐着没话可说，该吵的吵过了该骂的骂过了，相对无言而已。就是这时，她们听见大门上有指甲划动的声响。

月月打个激灵就跳起来，说，是罗蒂！

真的是罗蒂。好汉罗蒂流浪一个多月居然自己找回家来了。它一见月月就呜的一声扑进怀里，两个前爪搭在月月肩上不肯放下来。然后月月也哭了，嘴里喊着罗蒂罗蒂，一人一狗就倒在地上不停打滚。罗蒂没有放声吼叫，而是把声音憋在喉咙里，发出一种奇怪的哭声，好像生怕别人听见，好像生怕再次惹祸，好像它对人世间的一切都已经看透，只是发出那种小心翼翼的呜呜的低号。它一边哭还一边不停地抽搐，让人感受到它从心灵到肉体都经历了怎样的痛苦。

我相信人是无法体验这种痛苦的。芜城离我们那个地方有二百多公里，中间隔着好几条河流和大片的丘陵山地，我想象不出罗蒂是怎么找回来的。这一个多月，罗蒂肯定每一分钟都在寻找，它不会放弃任何一点熟悉的气息。但狡猾的人类把房子和公路都建得差不多，把每一辆汽车都造成轱辘和钢铁的联合体，而且到处是可疑的灯光和讨厌的石油废气。它肯定走过不止一座城市，走过不下几千里，从一点点细微的差别中辨别方向，一个地方一个地方地区别真伪。它还必须忍耐饥饿和疲劳，躲避人类的追捕，因为像它那样的体格和皮毛是无法不让人生出贪婪歹毒之心的。它不敢停下来休息，不敢放松警惕，因为稍有松懈就可能遭到毒手。还有，就是它内心的煎熬，它想月月呀，这种思念每一分钟都在折磨着它呀。它不懂贫穷和富有，也不懂高贵和低贱，更不懂文化和禁忌，它只相信一条，它只有一个家，只有那一种气味才是它需要的，只有那一个人才是它的朋友。也许它还想到了月月的痛苦，也许它认为月月也像自己一样在四处流浪，它不愿意月月也受着同样的煎熬。所以它只有不懈地顽强地寻找。现在它回来了，它怎么能不呜呜地失声痛哭！

后来小舅妈从震惊中清醒过来，说月月你先给它洗洗吧，你看罗蒂都成啥样了？月月这才发现罗蒂形容枯槁，满身污垢，毛发黏合，后胯上还带着一片血迹。月月说罗蒂你先吃饭吧，吃了饭我再给你洗。可是，罗蒂已经瘫在那儿起不来了，嘴角流着白沫，一条腿不住地抽搐。再一细看，有一根小腿骨露在了皮毛外边，已经发黑了。

月月一边流着泪一边给罗蒂擦洗，一边擦洗还一边让罗蒂喝牛奶，一边喝牛奶还一边给它上药、包扎、捆夹板。月月说，罗蒂呀罗蒂呀我对不起你呀，以后我俩再也不分开了好不好？我明天就带你去看腿好不好？罗蒂吃了喝了来精神了，爬起来打个激灵，然后又汪地叫一声表示同意。

月月说，罗蒂你好好睡一觉，明天我带你去买好吃的。罗蒂不动。月月拍它的头，罗蒂乖罗蒂听话罗蒂你先去睡吧。可罗蒂就是不动。在以前，月月只要发出指令，罗蒂就回它的小窝，她不让罗蒂进她的房间。月月奇怪，四下里看看，院子里也没有别人。月月问，你是不是想到我屋里去？罗蒂不吭，但喘息分明粗重起来，目光变得警觉而且凶狠。

月月不知道，罗蒂一声叫唤，把小舅叫醒了。小舅看见了罗蒂。于是小舅这些日子所有的委屈和怒火都有了发泄口，而且全部集中在罗蒂身上。于是小舅发了疯一样满屋乱窜，后来他抓到了一把榔头。舅妈本来想拦他的，可见到小舅两眼血红一副要吃人的架势也吓呆了，一个字也喊不出来。等月月明白这一切，小舅已经冲到了院子里，罗蒂在月月身后狂吠不已。

小舅骂个不停：你妈了个×，看我不砸死你！骂着就撵着罗蒂要砸。

罗蒂开头是要躲闪的，它在月月身后钻来钻去地躲。后来月月喊，爸呀爸呀，你干什么呀？我求求你呀！

但突然地罗蒂就不躲了，嗷地吼叫一声就站住了，吐出了血红的舌头和尖牙，喉咙里呼噜呼噜喷出热气。小舅被这个动作弄得一愣。

月月知道不好，她扑通一下跪在了地上。她想抱住罗蒂，可罗蒂闪开了。她想抱住小舅的腿，小舅也跳开了。她只好对着地面一下一下撞脑袋。她说爸呀爸呀你千万不要砸呀，又说罗蒂罗蒂他是我爸呀你不能咬他呀。

这时小舅妈也冲出来了，对着小舅就一头撞过去，说妈个×朱卫国，你把我们娘儿俩都砸死吧，我们都死了你就省心了。小舅这才清醒了一点。

当时夜已深了，这一家人的喊杀喊打和罗蒂的大嗓门惊动了不少人。也有邻居过来劝架的，劝小舅息怒，犯不着为一点小事动肝火。也有说月月的，说月月不懂事，说这条狗的确不能再留了，留在家迟早是个祸害。

后来有人把丁师傅也叫来了，丁师傅答应这次一定把罗蒂送到江北，他保证是放生，绝不把它卖给任何人。而可怜的罗蒂并不清楚这些，不清楚人们和颜悦色的表面，不过是掩盖谋杀。它只是缩在月月怀里一下一下舔着月月的手。

最后的时刻到来了，人们把塑料编织袋交给了月月。月月想留罗蒂到天亮他们都不能答应。在父亲和罗蒂之间她最终选择了父亲。

然而最不可思议的事情也出现在这一刻：罗蒂一看见那个编织袋就警醒起来，它狂叫不已，后退着躲闪着。月月拢不住它，就流着泪说，罗蒂乖罗蒂听话，罗蒂我给你找一个好人家。可是罗蒂再一次看见编织袋要罩过来的时候，它一口就咬住月月的袖子，月月一抖，被它挣脱了口袋，跑了。月月撵出去喊，罗蒂罗蒂，你听我说！罗蒂就停下来听她说，它腿瘸着跑得也不快。可是月月一追上，它就看见那只可恶的口袋，然后它就再跑。这样她们从东村一路喊着追着，罗蒂一路听着停着，一直跑到了厂区。在她身后跟着好几十人，看着这样的奇观，听着这样凄厉的呼喊，他们谁也不觉悟。后来月月再喊它也不听了，它一瘸一瘸地爬上了龙门吊。后来月月实在跑不动了，就趴在铁梯上哭，说罗蒂罗蒂我错了，我跟你走行不行？我不要咱爸了行不行？可是月月忘记了，她手里始终抓着那只编织袋，这种形象她说什么罗蒂都不信。这样，罗蒂最后回过头看了月月一眼，放开嗓门长长地吼了一声，一头栽了下去。

罗蒂是自杀身亡的，这点确凿无疑。当时在场的有好几十人，他们都看得清清楚楚，罗蒂跳下来时是屈着腿，伸着头，而且准确无误，一头扎进道岔铁轨的结合部。当时人们费好大劲才把它的脑袋从道岔里完整地扒出来。它把自己的天灵盖撞得粉碎。

当时虽是深夜，可月正圆，光正亮，在场的人都看见罗蒂划出了一条几十米长的高空弧线，发出了沉闷的钝响。虽是冬夜，清冷，可那条黑色弧线就像一把刀子，劈空一下就把人的胸膛豁开了，热辣辣地喊疼。虽是人多势众，热闹无比，可那一刻竟都齐齐铆在地下动弹不得，接着就是坟墓一样长时间的荒寒寂静。

我是第二天中午才得到消息的。月月打电话说，你来看罗蒂一眼吧。我赶到时，月月嗓子已经哭哑了，里外都透着冷漠。后山上聚集了很多人，都是来送罗蒂的。罗蒂躺在月月的五斗柜里。坑已经挖好了，旁边有一块木牌子，写着：义狗罗蒂。我看见月月的毛毯盖在罗蒂身上，它闭着眼，只有额头的两撮白毛还支棱着，像鲜亮的眼睛，像黑夜里的星星，冷峻，高傲，威风不减。

山上风挺大，也冷。人们都是来看这条义狗的，并没有什么话要说。看过了，心事了了，就有人用铁锨铲土。然后那些土就一点一点把罗蒂固定在睡女山上，然后就三三两两地下山。有人轻轻叹息，说人不如狗啊，人真的不如狗啊。然后这句话就跟着寒风在山沟里翻滚。

后来又有人抬杠，说人怎么能跟狗比呢？人活得本来就不如狗嘛。

而好汉罗蒂已经听不见这些了。它奔跑不止几千几百里，在荒原，在山岭，在冰冷的城市间四处寻觅，不知经历了多少痛苦，不知忍耐了多少残害和阴谋，它遍体鳞伤，还被打断一条腿。它终于回到了家，可是家里人不但不收留它，不可怜它，反而二话没有又要把它撵走。还用一条花里胡哨的编织袋！这些人说尽了好听话最后还是要抛弃它。任何一条有志气有感情有尊严的狗都受不了，何况是罗蒂？它怎么能忍受这样的侮辱？怎么能接受这样的安排？与其再度被冷酷的人类抛弃，它还不如自寻了断，在这个世界里寻求彻底解脱。

那天小舅没有来。他发起了高烧，一个人在家躺着。我猜他心里也不会好受，他的暴行直接伤害了罗蒂，他不会没有一点震动。如果说当时是发酒疯，还有情可原，可现在罗蒂都死了，你还有什么可怨的？小舅是一头犟驴，这是外婆和母亲的一致评价，我小时候常听她们这么骂他。但小舅的悲剧很难用一个犟字来说明。小舅不小了，出事的这一年整五十了。五十岁不是五十斤，怎一个犟字了得？写到这里我已经很难表达我对小舅的看法，我说过他那一代人的情感我理解不了。

下山时我们碰见了杜月梅。她拿着一束梅花，看样子也是去祭罗蒂的。可迎面碰上了，总还是有点尴尬。杜月梅轻轻喊了一声月月，说我对不起你。小舅妈哼一声就走过去，但月月却很大方，叫了声杜姨。后来这两个人凝视了一会儿，就慢慢走近，还搂在了一起。我觉得月月这一点就很不简单，比老一代强。

七

月月从家里搬出去，搬到集贤街她那个小鞋铺里住去了。她说她受不了了，在家她眼一闭就能看见罗蒂的目光，那种最后回头看她时的目光。她说那就像烧红的烙铁直插进脑袋里一样，眼一闭就痛。

舅妈也受不了家里的冷淡凄清，也回娘家去了，说要过了年才能回来。这样就苦了我们，我妈不能不去照顾外婆，还有躺在床上的小舅，我和父亲只好两头蹭饭吃。

元旦之后，市里突然下文要求所有的国营企业限期改制，先是3号文件，后来又是5号9号文件。我们报纸也公布了国有企业产权制度改革实施细则，好像是突然之间，领导都睡醒了。我们主编说，这次是休克疗法铁腕推进！而且靓女先嫁，把靓女都嫁完了，看你那些丑女还动不动。

三九天，人人都热得不行。先是几家股份有限公司相继宣告成立，走到哪儿都能闻到鞭炮的硝烟味……广播电视里也都是喜庆气氛，歌词是：看成败，人生豪迈，只不过从头再来。它们从原来的国有独资，一下就变成了国有资本不控股或相对控股。这是几家效益好的企业，通常被认为是市里旱涝保收的铁杆庄稼。此举的引人注目之处还在于通过一次性补偿，置换掉职工的身份，而且来势凶猛动作干脆。要求在十天内走完全部关键程序：员工购股、身份置换、召开首届股东会、员工重新招聘、把企业资产一次性量化分配到人。给人的感觉是，在产权明晰、国退民进的大气候下，无论怎样化公为私都可以。鬼子就要进村了，能捞一点就捞一点，赶紧把家给分了。

那天小舅是出来晒太阳的。他对外面的事情已经完全麻木，也不再感兴趣了。众叛亲离和我妈的强大思想攻势，使他彻底投降认输。他现在唯一的想头就是让月月赶紧回来家叫他一声爸。可月月就是绷着不理他，连我妈也说不动。月月对我解释，这个伤痛是她的永远，看来三五天是不可能修复的。小舅没法子只有求外婆，但外婆是个彻底的好好主义者，拿着电话说了半天好，好。那头月月早挂线了。

几天的高烧让小舅有点飘，明晃晃的日头也让他有点飘，后来他找到一只小板凳，才顺着墙壁慢慢坐下来。坐下来才发现，竹篱笆外头围了一圈人，而且人越来越多。这些全都是厂里的老师傅、他的老兄弟，还有职代会的代表，他们居然不敢进家来，只是隔着篱笆墙跟他笑，想讨他的好：好点啦老朱？你起来啦朱师傅？厂里宣布啦，出大事啦，朱……朱主席……

小舅把眼翻翻，不吭。

那帮人就七嘴八舌说，港龙公司已经进来啦，布告都贴出来了！

小舅把眼翻翻，还是不吭，

他们问：你不管了

小舅说：我不管。

他们说：你真不管

小舅说：我真不管。

他们说：你真不管我们就走了。

小舅说：走吧，走远远的。我要再管我就是你孙子。

后来他们急了，说那总得有人领个头啊？我们该怎么办？

小舅说，爱怎么办就怎么办。反正你们能过我也能过。

后来又有人骂，说日你妈朱卫国，你把大家都骗了又甩手不管了。

小舅就把眼翻白了，再也不吭声。这样人来人往，僵持到天黑，人们又把他师傅搬出来。俩老头来了也劝不出个道道，只是干叹气，完了，这个厂真的完了！小舅说，不是我不愿管，可我管有什么用？我算老几呀？反正大家能拿一百二十八我也能拿一百二十八，我不信别人能过我不能过。

我妈对小舅的表现一百二十个满意，在她看来只要小舅能顶住十天半个月，厂里旗号一换，人们再怎么闹腾都没用了。到时候小舅这个省劳模、副县级干部市里不会不考虑的。再说闹有什么用？厂里那么多干部，人家不出头凭什么我们要出头？这年头没有是非只有利益，谁出头谁倒霉。这个信念使她十分兴奋，她决定要把这半个月当作一场战役来打，住在小舅家不走了。她要看住小舅，她要保护小舅，她要为这个家庭在她退休前做一次辉煌的贡献。尽管这个念头在我和我父亲看来是可笑的，可她干得十分认真。当然，在工作方法上她也有所改进，现在以表扬为主。她说：大头哎，你这就对了，听领导的没有错，错了你也没有责任，天塌了有大个儿顶着。

可小舅的回答却是，放屁。然后回屋蒙头大睡。

我妈愣了一会儿，笑了，说，放屁就放屁。然后把围裙拍拍去做饭。

我猜想，我妈那几天是幸福的。如果在自己家里有人胆敢说她放屁，她不大闹几天决不罢休。可她是在小舅家里，小舅骂她放屁她不但不生气，她还笑了。她在小舅家里高声大气：大头你要吃干饭还是稀饭？要不你还是吃疙瘩汤吧，疙瘩汤好消化！我认为这就叫使命感，在这个社会转折的关键时期，她要像老母鸡护小鸡那样把小舅塞在翅膀底下。一个在为最高历史使命奋斗的人，无论有怎样的委屈，怎样的辛苦，她都会很幸福。

由此我推论，小舅那几天是痛苦的，因为小舅也有使命感。尽管我不清楚他脑子里具体想些什么（我的一言一行都受到我妈的监控，甚至我都不能和他通电话），可我能想象他那两天的沉默并非心甘情愿。这种沉默实际是在扇自己的脸。不是他不想站出来，而是他毫无办法。

本来他的想法是，通过全厂职工签名，来向上级表明态度，甚至走进法院。因为三千人的声音谁都不能装听不见，因为这样一来谁也不敢再说他不能代表三千人了，他也就不是吓唬谁了。可是来签名的不过一二百人，那他还能有什么话说？还能有什么办法？这个冬天并不冷，可他觉着骨头都冻酥了。

然而事情在起变化。谁都没有料到，轰动一时的"矿机厂员工购股事件"就是在绝望中发生的。这个点子是由一个女人想出来的，这个女人叫杜月梅。

这是一个早晨，好像还下着小雨，很冷，杜月梅穿着白大褂撑着一把伞，从小路上慢慢走过来，她走到篱笆外头喊：朱卫国，朱卫国！

我妈开头一见是杜月梅，还挺高兴，说进来吧，快进来，瞧外头多冷。我妈为什么欢迎杜月梅？这心理很奇特很复杂，也许她觉得这时候小舅特别需要杜月梅，只有杜月梅才能安慰小舅。也许她还有点阴暗心理，觉得反正小舅妈不在家，正好给他们一个机会。总之她非常热情地欢迎了杜月梅。

可是杜月梅没有进来，这个家她是不可能进来的。她说谢谢你大姑，我说几句话就走。这样小舅就隔着窗子和她说了几句话。就是这几句话，让小舅突然站立起来，自此再也没有人能阻拦他。几句话是这样的：

杜月梅：你真的就这么算了？

小舅：不算了又能怎么样？

杜月梅：孬种，朱卫国你真孬！

小舅：不是我孬，是咱厂的工人太孬。

杜月梅：你放屁，咱厂搞成这样是工人造成的吗？

小舅：那是另一回事。

杜月梅：厂门口的公告你看了没有？

小舅：我没看，不看我也知道是怎么回事。

杜月梅：你真该好好看看。员工购股是什么意思？

小舅：还想让工人掏钱呗，现在谁还愿意掏啊，上当还没上够啊？

杜月梅：你说工人成了股东，工人自己说了能算，他们还愿意不愿意掏？

小舅：就是愿意也没用，现在谁还掏得出钱来？

杜月梅：不见得。说着她从怀里摸出一个红本子来，说：你忘了，咱厂是搞过房改的。

谁家没有这个东西？有这个东西，就能上银行，抵押贷款！

小舅呆掉了，接着是浑身簌簌地抖。他说：你是说，拼了！

杜月梅眼睛亮着：拼了。

小舅：可是，可是……

杜月梅：可是什么？

小舅：可是你愿意拼，我愿意拼，大家都愿意拼吗？

杜月梅没有回答。她定定地瞧着小舅，瞧了好大一会儿，然后掉头就走。她越走越快，越走越快，然后再也没有回头。她举着一把小花伞，碎碎的那种小花，在灰蒙蒙的烟雨中越走越远。我相信，那一刻在小舅眼中，这是一团火，而且突然就燃烧起来。

后来我想，这种点子也只有杜月梅才能想得出来。这用信任解释不了，用爱情也解释不了（爱情没有那么伟大）。根本的原因是，这是一种在绝境中求生存的本能。只有一个濒临绝境的人，才会去认真思考、反复盘点自己手中究竟还剩下一些什么样的资源。也许在她心里不止一次想到过要拿房产证去换钱，她不止一次抚摸过那个红本子，在她女儿要做手术的时候，在她一次次去霓虹灯下游荡的时候。可最终她没有那样做，这可能就叫天意。

我小舅那一代人从前的工资是非常低的，一个月只有几十元。他们在那个时代被告知这叫低工资高福利，是由国家负责他的医疗、住房和子女教育的。我想这是为了平等，因为集中起来的财富办起了食堂、幼儿园、公费医疗、免费住房。这是低工资换来的，虽然不是很灵活的选择，但毕竟是不花钱的。据说这能最大限度地利用宝贵的资源。但接下来的事就很难解释，有人来说，为了更好的生活出现，我们必须改革，房子要卖给个人，医疗要自己交保险，幼儿园和食堂要交给专门的公司管理。一个工人，忍受了几十年的低收入，他创造的大部分价值已经变成了他的住房、公费医疗和幼儿园，这些东西本来就属于他的。凭什么要他们用嘴巴里一点点抠出来的钱去买回原本就属于自己的东西？又有人来说，已经考虑到你们的贡献，所以一间住房只要一两万块就可以买下来，你们已经占了大便宜了。可是按照当年的承诺，他们本该一分钱不花的啊。但他们还是把钱掏出来了，他们相信这叫阵痛，是必须为将来的好日子付出的代价。而现在，他们期盼的好日子并没有出现，甚至连住房也要舍去了，他们要付出双倍的价钱，买回更加属于自己的工厂，买回属于自己的劳动权利。

我认为小舅当时可能想到了这些，也可能想得不太清楚，他只能用两个字来表达：拼了。我相信小舅当时两眼是冒着火的，它们被一把小花伞点燃了，放出了异样的光彩。小舅就是带着这样的光彩，拉开门冲了出去。

我妈一把没有拉住，然后腿一软就跌坐在地。

她捶着水泥地，喊到了嗓音破碎。大头啊，你是找死啊——

八

我不清楚小舅这一次是怎么发动成功的。几乎是在一夜之间，全厂工人都活过来了，各家各户都在翻箱倒柜找那个小红本子。起码他们都在思考，要不要购买厂里的股权。也许这一次，大家都意识到了个人的危机。也许这一次，大家都觉着比上一次实在。也许股权二字，让人们看到了自己的利益。也许，在限定时间内，允许员工购股是政府的号召。也许是小舅拿着自己家的红本子做出了表率，也许大家觉得连杜月梅都舍得一搏，咱们还不敢搏？总之人人都莫名其妙地兴奋起来，行动起来。

其实在工人心目中，真正的疑虑不是舍不得一搏，而是看不到前途。他们都算准了，上级领导是不会让小舅这样的人当厂长的。他说了不算，所以说什么也等于放屁。谁愿意冒着风险跟着说话放屁的人干呢？他们上当上得还少吗？而现在就不同了，股权二字就意味着权力，意味着他们自己也能说了算，他们想让谁当厂长就让谁当，他们看着谁不顺眼就把他撸下来。所以开大会的那天晚上，要不要以房产为抵押购买工厂的股权已经不成为问题，大部分人已开始有了信心，愿意跟着小舅搏一把。他们更关心的是，你朱卫国究竟有什么点子能让工厂起死回生？头一个问题就是这个。

那天我们报社去了十几个人，毕竟这是本市最震撼的新闻。在这样的时刻有人逆潮流而动，这比人咬狗还来劲。大会是在矿机厂的金砂库开的，密密麻麻站了好几千人。小舅他们几个站在行车上，在探照灯下，人看上去渺小得很。

小舅说，我没有什么点子，点子靠大家出。但是我知道咱们厂是怎么一天一天落到这一步的，知道了原因就不难想出办法。另外，我还知道咱是工人，咱工人卖的是力气靠的是技术，只要有活干咱就能把日子打发得快快活活。

小舅说，上哪儿找活干？到市场上去找。我就不相信，咱们厂有这么好的设备，这么好的技术工人，在市场上找不到一口饭吃？搞不过一个街道工厂？搞不过一个乡镇企业？说到天边我都不相信。

小舅说，胡七你们知道吧？他是我徒弟，是个没出息的人。可就是这个没出息的人，开了一个小厂，生产铁葫芦，卖到美国去了。现在他还要生产家用割草机，成了一家大公司。这些破玩意儿咱们生产不出来？

小舅说，我还知道一个窍门：随便找一家外国公司，挂上外企的牌子，不要它真出钱，咱就可以免好多税。如果产品能出口，咱还能退税，缴多少退多少。你们知道为什么外企的员工工资高？那都是咱们缴税给他们开工资啊。他们拿了钱还不感谢咱，还笑咱没有竞争力，不会经营！这他妈×还讲理不讲？

我的小舅，从来不是个能言善辩之士，我也从来没听他说过一段完整的囫囵意思。可这会儿他的清晰准确，他的生动犀利，有如神助。他足足讲了半个钟头，一个磕巴都不打。从公司的组织到生产经营，从股东的权力到办事的章程，他似乎早就想好了，他早就在等着这一天，等着这一刻。我甚至有点怀疑，本省又一颗企业家明星就这么升起来了？这样的结果绝对超出想象。

这是个真正激动人心的不眠之夜。几乎没有多少异议，就通过了拿房产证抵押贷款的办法。唯一的疑惑是，这一切好像太容易了。根据以往的经验，太容易的事，往往都隐含着危险。所以有人提出来，大家最好绑在一起共进退，如果出现意外不能控股的话谁都不要出一分钱。小舅说，那怎么可能呢？还给大家解释，这次改制是市政府下的文件，对矿机厂资产评估是财政局下的文件，要求员工在有效期内自愿购股是厂里贴出的公告，而且时间这么紧，不可能说变就变的。接下来就是登记造册，回家去拿红本本，连夜干。

当然也有不同意见，那就是厂领导和准备入主的港龙公司，但在那样的气氛下他们的声音是微弱的。白纸黑字，覆水难收，他们说了也是白说。他们原先也没有估计到会出现这样的局面。他们认为工人再也拿不出钱了，即使有钱也不敢往外拿了。他们不相信兔子急了也会咬人。

实事求是地说，这么大一个矿机厂估价三千万，确实等于白送。但从市政府的角度看，由于国有资本存量太大难以卖掉，就干脆采用"界定"的方式，把企业创建时的初始投资算作国有，而以后的投资和积累都被"界定"为法人资产。他们的想法是能捞回一个是一个。这种改革堪称界定式改革。只是这么一界定，庞大的企业资产便从国家账面上消失并转入内部人手中，再经优惠赎买，余下的国有资产又缩水成了三千万。原来人们心目中几代人积累起来的国有资产被大笔一挥就这么界定掉了。

这是一个显而易见的漏洞。以矿机厂三千多职工计算，一个人只要拿出几千元就已经取得了绝对控股地位。这样的好事小舅他们也觉得不踏实，所以又连夜派人请律师，后来是委托了省里一家著名的律师事务所来代理所有的公证、贷款事项。这样到了第九天，差不多已经板上钉钉了，连贷款银行都已经来厂实地调查过了，矿机厂职工集体购股却成了一个事件！

原来的头条新闻变成了绝对机密。

就在这天夜里，市里下发了29号文件。文件提出了本市正在进行的企业改制进程中实行"经营者持大股"的原则，并且强调要确保核心经营者能持大股。文件对股权结构做出了规定：在股本设置时，要向经营层倾斜，鼓励企业经营层多持股、持大股，避免平均持股；鼓励企业法人代表多渠道筹资买断企业法人股，资金不足者，允许他们在三到五年内分期付清，亦可以以未来的红利冲抵；在以个人股本做抵押的前提下，也可将企业的银行短期贷款优先划转到企业经营层个人的名下，实行贷款转股本，引导贷款扩股向企业经营层集中。显然，这就是针对矿机厂来的。他们就是要把矿机厂界定为内部人所有，在内部人中又界定老板拿大头，看你能怎么样。

市里来传达文件的那个人，把文件念完后，还笑着对小舅说，朱卫国同志，根据文件精神，你最少能拿百分之三啊，你以后就是大老板啦。

小舅跳起来抓过那文件，抖抖地问：那以前说的都是放屁？

那人吓得身子往后一仰，说你这个同志，怎么能这样说话呢？

小舅嗷地大叫了一声，然后人就一点一点矮了下去。他想抓住那人的胳膊没有抓住，然后就跪在了地上。然后他咚咚地给他们磕头，说我求求你们了，无论如何请你们发发慈悲，把工人的房产证退给他们，还给他们，那是他们最后一点东西了。说我求求你们，求求你们了！

那人说，你是个省劳模，还是个领导干部，你看看你现在像个什么样子？你不能文明一点吗？没吃过猪肉还没见过猪跑吗？他后来掸掸袖口放缓了语气：你还是不是共产党员，啊？

小舅号啕大哭。

写到这里，我浑身颤抖，无法打字。我只能用"一指禅"在键盘上乱敲。我不能停下来，停下来我要发疯。我也写不下去，再写下去我也要发疯。

矿机厂事件和29号文件在报社内部传达以后，我们报社也疯了。他们说，这是有屎以来最臭的一泡屎，当今世界哪里去找这么好的投资环境？他们说，工人也太无知了，这帮人也太无耻了，究竟有没有长过牙（齿）啊？他们说，早知道这样，大家都应该到国营企业混，一觉睡过来就是个百万富翁。西门庆说得更绝，他说这就叫君要臣富，臣不得不富；父要子贫，子不得不贫。他托着腮咽着嘴，拇指恶狠狠地抠进下巴里庄严宣告：宁赠友邦，不予家奴！

我瞧着西门庆那颗硕大的脑袋，发觉那里面真的装满了智慧，就忽然像见到了救苦救难的菩萨。我说，求求你了西门大官人，你写了那么多苦难也给工人写一点吧，为什么不写写我小舅？我小舅真够你写的！西门庆怔着说，你真认为我应该写？我说当然，你是写苦难的高手啊。他说不对吧？我说怎么不对？他说写了你给我发表？我说你都成大作家了，我不就想借你的名气用一下吗？可是他身子一扭就进了厕所。我又跟进去求他，我说我给你磕个头行不行。

他甩着他的家伙笑起来，说你呀你呀你呀，你小子太现实主义了，太当下了。现在说的苦难都是没有历史内容的苦难，是抽象的人类苦难，你怎么连这个都不懂？那还搞什么纯文学？再说你小舅都那么大岁数了，他还有性能力吗？没有精彩的性狂欢，苦难怎么能被超越呢？不能超越的苦难还能叫苦难吗？

后来我说我听明白了，没事找抽，是挺苦也挺难的。你也能当主编了。

九

离开报社半年以后的一个早晨，我正坐在工地的一堆钢筋上吸烟，冷丁看见一个穿白大褂戴大口罩的妇女在路口卖早点。她喊着：珍珠奶茶，热的！珍珠奶茶，热的！

我心里一动，就走过去。杜月梅见是我，也把口罩摘了下来。我说杜姨你还干这个呀，说完了又有些尴尬。她说，不干这个我能干什么？不过她很快告诉我：那个事我不干了。于是我知道她们家小改已经出院了，失去了一条右腿。我们简单聊了几句就分开了，我还得去干活，也不能耽误她做生意。分手时她突然说：我信教了，现在心里平静得很。

我心里又一动，有点好奇，就问：能不能带我也去看看？她说行。这样就约好晚上见。这样，我又见到了另外一种生活。

杜月梅领着我去了一个居民点，那是教友聚会的一个点。杜月梅告诉我，矿机厂有不少人参加了教会。那天是大家为一个困难教友捐款，领头的一个老太太说，某某姊妹家里出了点事，大家想一想要不要帮她一把？大家说好的呀，要帮的呀。于是就有人把方桌抬到屋子中间，一个人把电灯关了，说，开始吧。然后就听见有人在掏钱。又有人问，好了没有？好了。然后灯又亮了，我看见桌上堆了一些钱。有十块的有五块的，也有二十的五十的。

忽然就有些感动，我说我也捐一点吧。杜月梅赶紧把我拦住，说这样不好，在这儿帮人是用心帮，你这样做反而亵渎了主。然后就把桌子抬开，大家再也不提这件事。然后就唱歌：

> 为了我们的罪恶，他受伤
> 为了我们的正义，他挨打
> 因他受责罚，我们得健康
> 因他受鞭打，我们得医治

我们是一群迷途的羔羊

各走自己的路

但我们一切的罪过

上主都使他替我们承当

哈里路亚，哈里路亚！

我不知道杜月梅心里除了主以外还有没有小舅，而我听见这样的歌只能想起小舅。我的眼睛模糊了，眼前飘起了漫天雪花。我不知杜月梅怎么想，只知道自己并没有平静。

从我的住处望出去，巷口就有霓虹灯，灯下有一些女人在游击。我知道杜月梅是退出去了，可又有千百个杜月梅站出来。我记起耶稣在山上的一个故事：众人抓住了一个行淫的妇人，就把她抓去见耶稣，众人都喊着：砸死她，砸死她！耶稣低着头在地上写字，好半天终于抬起头来，说：你们中间谁认为自己是无罪的，谁就可以用石头砸这妇人。众人你看看我，我看看你，最后都走了。

有时我也会思考，比如良知，比如正义，比如救赎什么的。当然更多的时候我什么也不想，只是为当天的工钱操心。其实我也想不了什么，比如我都不知道为什么自己还留在这座城市里。

月月说，你不就是想看看人间吗？这就是人间。月月说，富人的快乐都是相似的，穷人的痛苦各有各的不同，而且痛得稀奇古怪。月月不读托尔斯泰，却能说出这么经典的话来，让我很惭愧。

月月有时候也会来看我，来了就带一包卤菜，把我灌得烂醉。有一天她突然小声说，回家吧，我姑眼睛都快哭瞎了。说完就偷偷观察我的脸色。我当时心里是刺了一下，可很快就没有了那种感觉。我是下过决心要独立生活的，我顶多有时间回去看看他们。我不可能再回到过去了。

我租的这间小阁楼很好，视野很开阔，只是有点漏，一到下雨就滴答滴答，好像总在提醒我点什么。提醒我什么呢？

九月的一天，我给老板押车，车过矿机厂的时候，心跳忽然加速，颤个不停，我就跳下来了。我看见矿机厂的大铁门是关着的，门下长满了蒿草，只有港龙股份有限公司的铜牌牌还挂在门外。铜牌上不知让谁糊了一泡屎，是用那种小学生作业纸包着的，于是我就笑了。笑着笑着，泪就下来了。我突然明白，我之所以不走，其实就是在等待，我想等着最后一个结果。可是这个结果始终不来。

现在这个港龙公司的牌子虽然还挂着，可他们毕竟退出去了。那几个领导虽然还是领导，可卖厂毕竟不那么容易。因为据说现在上边已经有了明确说法，禁止这种自己定价自己买的内部人交易。也因为小舅虽然不在了，但他的幽灵还在厂里游荡，矿机厂还有三千多双眼睛。也许那些人并没有死心，他们也在等待，等着下一个机会。本市的企业改制依然成绩很大很大，问题很小很小。29 号文件再也没有人提起，就像从来没有发生过一样。事情就是这样僵着，我也这样等着。我相信矿机厂三千多职工也是这样等着。

实际上小舅在那个 29 号文件宣布的第三天就死了，死得很突然。但他没有白死，他的灵魂一直守在矿机厂里。他死的时候，矿机厂改制领导小组公布的方案刚刚贴出来，还没有干透。在这个方案里，朱卫国的名下写着百分之三的股权。

我想正是这百分之三的股权，让小舅彻底孤立了，崩溃了。在他看来，他做的一切不过是彻头彻尾的表演。他唯一想做的事，就是赶紧把房产证还给大家。可是就这一点，他都没有办法做到。他们回答，你不是说员工自愿购股的吗？

他没有办法解释，也没有人再相信任何解释。这是他第三次欺骗了他的老少爷们、兄弟姐妹。除了死，他没有办法证明自己。除了死，他也没有办法让他们良心发现。

事不过三啊！

他都已经那样了，他就不能不这样！

小舅自己砸死了自己，他为自己选择了一种最好的方式。躺在空气锤下，怀里抱着脚踏开关，那一刻我猜他没有犹豫。另外，此前他也过了一把瘾：那台空气锤周围，扔了一地的酒瓶子，还有一堆新打的镰刀和斧头。镰刀有长的短的，带齿的带钩的。斧头有宽的窄的，带改锥带撬爪的。我猜他站在火光里，抿上一口酒，然后叮叮当当敲打这些东西的时候，是快乐的。因为那才是他真正热爱的一种生活，那才是他身心舒畅灵魂飞升的舞台。

临死前他有没有想到过罗蒂？也许他至死都不曾想过。其实他的方式正是罗蒂的方式，他的绝望正是罗蒂的绝望，他的命运罗蒂早就暗示给他了。

在最后一刻，他有没有想到过他的姥爷，我的外爷爷？我猜他是想过的。因为那个素描画上的人一直是他心目中的英雄。他就像那个卖火柴的小女孩，在火光中看到了那个英雄。他向往那种生活。那个人肩上扛着铁栅栏，身上中了十几枪，可还喊叫着，让他的狱友往外冲。

冲啊，冲啊，为了明天，为了下一代，为了……冲啊，冲啊！

我们得到消息已经是早晨九点多了。几乎全厂人都到齐了，密密麻麻站了一地，全都挤在车间外面，当时正是大雪飞扬。

当时焦炭炉还没有熄灭，小舅平躺在工作台上，穿着工作服和大围裙，可是他的脑袋已经没了。没有了头颅的身躯并不可怕，只是有点怪。

我妈扑上去喊：大头啊，你怎么这么傻啊？不值啊真的不值啊！

月月抓着小舅的手猛扇自己耳光：爸呀爸呀，我对不起你呀！

那一刻哭声震天，他的徒弟们一个一个扑通扑通跪在雪地里，杜月梅也在他们中间，他们哭着叫着，师傅啊，师傅啊。

只有外婆一个人没有哭。我们告诉她，小舅已经走了，小舅这回真的走了。外婆拉拉小舅的手说：好，走了好。我们跟她解释不清，又不敢给她看小舅没有头颅的身体。外婆就固执地认为大头是去那儿了，说：走了好，那儿好啊！

那天的雪花出奇的大，一片一片都跟小孩手掌似的。雪花直直地泼下来，不一会儿就把大地给抹平了。那是憋了一冬的雪，所以才格外地激烈和肃穆，格外地庄严和洁白。

两天以后，矿机厂把职工的房产证退还给了大家。五天以后，港龙公司宣布撤出矿机厂。这年年底，也是这么个下雪天，市里忽然放起了炮仗，离过年还好些日子呢，居然噼里啪啦炸了一夜。后来才听说，市头头被抓进去好几个。

矿机厂也来了一个调查组。据说调查组讲了两个"没想到"：一是没想到一个停产几年的工厂能保养得这么好（不知是什么人，居然还去保养设备）；二是没想到矿机厂这支队伍还是这么整齐。

有这么光明的一个结局，我想，小舅也该瞑目了吧。

命案高悬

胡学文

夏日的中午，光棍吴响伏在芨芨丛中，虎视着牵着牛的尹小梅。

吴响想把尹小梅搞到手。在北滩，尹小梅算不上漂亮，一张普通的梨形脸，眉眼也不突出，总在躲着谁似的，更没有王虎女人那种风骚劲儿。她很瘦弱，走路慢悠悠的，像一棵失去水分的豆芽菜。可吴响就是喜欢她。从尹小梅嫁到北滩那天起，这种喜欢就固执地扎进吴响心里，在清淡的日子中蓬蓬勃勃地生长着。喜欢当然要费点儿心思，当然要下手。只是几年过去了，吴响仅接近了尹小梅两次。一次是在河边，尹小梅挽着小腿洗衣服。吴响装作正巧经过的样子，和尹小梅亲昵地打招呼。尹小梅顿时涨红了脸，没等吴响再说什么，抱着衣服逃了。这个女人一定读懂了吴响的眼神，害怕了。第二次是在尹小梅家，吴响给尹小梅下一份通知。吴响是护林员，有资格给各户下"通知"。尹小梅接过那页写着黑字的黄纸，吴响趁机抓住她的手。手很软，似乎没有骨头。尹小梅惊恐地一缩，但没抽出去。她往后撤着身子，脸漆一样白。吴响微微笑着，加重了力气。黄宝在县水泥厂当壮工，两星期才回来一趟。尹小梅的公公黄老大住在隔壁的院子，吴响有恃无恐。两个人拽着，很有些游戏的成分。尹小梅突然低头咬了吴响一口。不是一般的咬，是拼了性命的。吴响带着血青色的牙印悻悻离开。尹小梅竟然如此刚烈，出乎吴响意外。说到底，吴响不敢把事情做得太绝。和女人好，要来软的，或软中带硬，一味硬肯定糟。吴响清楚这点。

吴响没得手，但想头更厉害了，几近痴迷。就像摁弹簧，摁得越紧，撑得越长。越是得不到，越是想得到。吴响虽是一介光棍，但身边不缺女人，可谁也代替不了尹小梅。谁也代替不了尹小梅在吴响心中的位置。吴响发誓一定要把尹小梅搞到手。机会像旱天的雨，好容易飘过一团云，没等掉下一滴，又忽忽悠悠飘走了。

吴响是光棍，在村里的地位却不低，因为他是护林员，挣着一份工资，享受村干部待遇。吴响比村干部还会享受，他把地包给别人种，平时除了去树林里转一遭，再无事可干。多余的精力没处打发，只能找女人。

吴响鼻子很灵，如果发现树被砍掉，只消一个时辰就会嗅着木头的气息追到偷伐者家。那些人讨好着、恭维着、检讨着，然后往吴响兜里塞两盒烟，或三五块钱，吴响训斥两句也便作罢。村民砍树都是自家用，没有卖掉，吴响睁只眼闭只眼。村长找过吴响，怪他没原则。吴响很干脆地说，那就把我换掉。村长没换吴响，在村里找不出能替换吴响的人。吴响有一股蛮劲、一股驴劲，拉下脸六亲不认，村民心里骂吴响驴，都怕吴响。护林员就得吴响这种人，换了别人，那些树早就光秃秃的了。吴响的"身份"对尹小梅不起任何作用，尹小梅连树林都不进，总是离吴响远远的。

但转机还是来了。两年前，吴响又多了一份职务：护坡员。以前草场可以随意放牧，随意挖药材，现在不行了，要保护草场。草场都用铁丝围栏圈住，护坡员的职责就是防止人和牲畜进入。和护林员不同的是，护坡员的工资由乡里出。吴响去乡里开了一个会，回来把乡里的禁令贴到村头。那份禁令主要是罚款数额：人进草场挖药材，一次罚六十；牛马进入罚一百；羊进入一只罚五十。禁令贴出第二天，吴响就抓住了挖药材的王虎女人。吴响沉着脸问，没看见禁令？王虎女人笑嘻嘻地说，看见了。吴响说，看见还进来？王虎女人撇撇嘴，你黑夜敲窗户，白天就正经了？吴响说，一码归一码，乡里让我管我就管。王虎女人瞅瞅四周，我就不信这一套，说着就脱裤子。白晃晃的屁股一闪一闪，吴响的眼便眯成了一条线。送到嘴边的肉，吴响哪有回绝的道理？吴响心疼嫩绿的花草，紧抓着王虎女人的腿，不让她来回翻滚。事后，吴响在白屁股上拍一巴掌，下次别进来了。可过了没几天，王虎女人又进去了。吴响还是老规矩。吴响的窍就是被王虎女人捅开的，再逮住别的挖药材或放牧的女人，吴响就罚她们的款，一直罚到女人脱裤子。

吴响又瞄上了尹小梅。尹小梅可以不去树林，但她躲不开草场。尹小梅家有一头奶牛，奶牛当然要吃草，哪里的草有围栏里的茂盛？只要她钻进一次，他就牢牢套住她。尹小梅似乎觉到了吴响的阴谋，要么自己割草，要么在地畔放牧，始终不越过那道线。直到最近，吴响才发现尹小梅的蛛丝马迹，原来她和他打游击呢。尹小梅利用吴响中午吃饭的机会，把牛牵进草场大吃一顿。没想到尹小梅竟有这鬼心眼，吴响意外而窃喜。

吴响继续盯着尹小梅。尹小梅穿了件浅绿色衬衣，吴响看不清她突出的胸部，这使他对那个地方有了更多想象成分。尹小梅鬼鬼祟祟地望着村里的方向，又望一眼，确定没有人影，牵着牛朝围栏豁口走去。吴响的心跳撞在芨芨草上，击出空空的声音，生怕自己飞起来，紧抓着细长的草叶。吴响为了套尹小梅，只是回村绕了一圈，又悄悄潜回草场。

六月的阳光骨白骨白的，很重。

吴响特意选在毛文明来的日子收网。如果尹小梅不给面子，就把她交给毛文明。毛文明是副乡长，包着北滩的工作。吴响刚当护坡员那会儿，毛文明郑重其事地找吴响谈话，老吴啊，咱俩拴在一条线上了，你可不能吊儿郎当的。吴响拍着胸脯保证，毛乡长放心，我吴响不是吃素的。毛文明赏了吴响一盒烟，就靠你了。过了一段，毛文明又找到吴响，说别的村罚了多少多少钱。毛文明说护坡员的工资就由罚款出，罚不上款，年底吴响就甭想领工资。吴响听出意思，光护不行，罚款也是一项重要任务。

罚就罚，吴响随时能把脸拉下来。进草场的并非都是女人，是女人也不是都给吴响脱裤子。吴响挑挑拣拣的罚，不过没按照乡里的禁令罚，咋说也是一个村的，该抬手还得抬手。比如柳老汉，快七十的人了，一听罚钱，扑通一声就跪下了，求吴响放了他。慌得吴响搀他起来，让他赶紧走。比如哑巴女人，穷得连袜子都穿不上，唯一值钱的就是那两只羊，吴响忍心罚吗？对那些要赖的，吴响就交给毛文明处理。别看毛文明嘴巴的毛没长齐，很有手段。毛文明嫌吴响罚的少，北滩的草场面积全乡最大，别的村都罚到北滩的几倍了。毛文明给吴响弄了一辆旧摩托，还说罚款额增加了，给吴响换辆新的。毛文明也不闲着，三天两头检查。吴响充其量是刀背，毛文明则是刀刃。尹小梅若是不识好歹，就让她碰碰刀刃。

尹小梅牵着牛从豁口进了草场。她终于进去了，吴响轻轻咬咬嘴唇，生怕一不小心笑出声。豁口是那些进草场的人弄出来的，吴响曾报告过毛文明，想把口子补住。毛文明说算了吧，补上还是往坏弄，乱花钱。后来吴响琢磨出这句话的味儿了，毛文明确实比吴响心深，一种探不到底的深。

吴响匍匐爬行，慢慢向草场豁口靠近。吴响搞女人是老手了，但从来没有现在这么兴奋过。他实在太喜欢尹小梅了。

尹小梅盯着牛的嘴巴，轻声催促，快点儿！快点儿！！吴响暗笑，就算牛长了一丈长的舌头，也得一口一口吃。

吴响站起来，喊了声尹小梅。声音很轻，他怕吓着她。

尹小梅猛地一抖，迅速回过身，满脸的惊恐和慌乱。她的嘴唇碰了碰，却什么也没说出来，只是吃力地挤出一丝生硬、干巴的笑。

吴响绷住脸，你这是第几次了？

尹小梅紧张地说，三次。

她显然吓坏了，想撒谎又不敢彻底地撒。

吴响说，你根本不止三次。

尹小梅躲避着吴响的目光，就三次。

吴响说，就算你三次吧，一次一百，三次罚三百。

尹小梅仰起苍白的脸，这么多？

吴响问，禁令上怎么写的？你没看？

尹小梅小声说，我没钱。

吴响说，没钱拿牛顶。

尹小梅下意识地牵牵绳子。她用央求的口气说，放了我吧，下次不敢了。

吴响为难地说，我放了你，乡里可不放过我。

尹小梅的目光在草上跳闪着，无措的样子。如果是王虎女人，早就把裤子脱了，哪用费这个唾沫？尹小梅守得紧紧的，一点儿不懂利用自己的资源。可吴响喜欢她的也正是这点儿。吴响想尹小梅永远不会主动，自己动手得了。他试探地拍拍她的腰，她马上躲开，敌视而慌张地瞪着他。吴响笑笑，放你倒是也行，不过……尹小梅已经明白，脸上飞起一抹红晕，但还是警觉地问，你要干啥？吴响说，我喜欢你，从你嫁到北滩那天就喜欢你了。尹小梅扭转头，胸脯迅速起伏着，不知是紧张还是害羞。

吴响觉得时机成熟了，突然抱住她。

尹小梅大惊，奋力挣扎着、叫着，别……声音很轻，但很执拗，没一点儿妥协的意思。

牛受到惊吓，挣脱缰绳跑了。

尹小梅没有像上次那样咬吴响，她躲避着，眼睛湿淋淋的。

吴响松开了，他不想强迫她。

尹小梅惊喘着，满脸是泪。她瞪了瞪吴响，往草场深处追去。那头牛快跑得没影儿了。

吴响帮尹小梅牵回牛，毛文明恰好到了草场边。毛文明带着三轮车，每次来他都雇一辆三轮。人证物证俱在，尹小梅抵赖不了。吴响憋了一肚子火，当然不会帮尹小梅说话，是她自己撞到枪口上的。毛文明要罚款，尹小梅一口咬定没钱。她的语气很硬，直到毛文明要拉牛，她才慌了。毛文明虎着脸说，明知故犯，乡里正想抓个典型呢。尹小梅求救地望着吴响，吴响的心动了动，但他闪开了。这个女人，得让她吃点儿苦头。

尹小梅撒泼了，她竟然撒开泼了。她拦着毛文明，并且在毛文明手上咬了一口。她咬顺口了，可那是毛文明的手，怎么能咬呢？可她就是咬了。似乎还想咬第二口，毛文明躲了。尹小梅没能拦住谁，牛被强行弄到车上。尹小梅疯了似的，扒到车上，紧紧抱住牛腿，像抱着命根子。毛文明冷笑，我正想让你去呢，和政策对抗，就不光是罚款的事儿了。那时，吴响确实想替尹小梅说句话，可毛文明正在气头上，他刚吐出一个字就被毛文明挡回来。吴响的舌头转了转，叫，小梅！尹小梅抬起头，她的眼睛有些肿，有些红，水汪汪的，可目光分外地硬，直直地刺进吴响心里。一绺头发垂下来，在眉角拐了个弯儿，贴在鼻翼一侧。吴响哆嗦了一下，嗓子忽地哑了。

这是尹小梅留给吴响的最后形象。

吴响很蔫。尹小梅和她的牛被毛文明拉走，一股黑烟扑到吴响脸上，吴响就蔫了。吴响蓄谋多日的计划扑了个空。那情形就像一个胸有成竹的猎手，火都架好了，就等夹子一响收猎物了，没想到猎物和夹子一块跳进了别人怀里，自己扑到的只是一团风。尹小梅这个死心眼女人，碰都不让他碰。撞到毛文明枪口上，有你好受的。甭说罚三百，罚六百也得交。毛文明要是算起老账，也许不止六百。毛文明不是吴响，不会给尹小梅留面子，更有办法撬开尹小梅的嘴巴，让她交代私进草场的次数。尹小梅自作自受，怨不得吴响。可吴响的心是那样的空，空得能装下整个草场。尹小梅在空旷中固执地长出来，柔软而坚硬地直视着吴响。吴响的腿颤了颤，一弹一弹往回走。他得通知黄老大，早点儿往回领人。他只想让尹小梅吃点儿苦头，一点点儿就够了。

黄老大驴个子，只是背总是驼着，随时给人鞠躬的样子。黄老大空长一副大骨架，看起来壮，身体非常虚弱，常年吃药，秋天的脚步还没到就捂上了大口罩，整个一个病老爷。性格也弱，女人在的时候，什么都是女人拿主意；女人死后，黄老大没了主心骨，就向别人讨主意。吴响平时很少和黄老大打交道。

吴响叫了半天，没人答应，便推门进去。黄老大正睡觉，身上搭一块厚厚的棉垫子。吴响举起手，又缓缓放下了。黄老大未必吃得住他这一拍。吴响重重地嗨了一声，黄老大抬起被炕席印出各种图案的脸，吃惊地看着吴响，嘴里呼出厚重的铁锈味。吴响说得简短，但很清楚，黄老大慌慌地点头。吴响一转身，黄老大叫住他，问，她进草场了？吴响说，当然进了。黄老大嘀咕，这可咋办，这可咋办？吴响强调，拿钱领人。他到了街上，黄老大又三摇两晃追上来，问带多少钱。吴响说二百吧。黄老大几乎哭出来，我没钱啊。吴响说，没钱去借，一头奶牛，一个儿媳，总不止二百吧？黄老大的眼球艰难地滑动着，似乎在算这笔账。

吴响泡了碗饭，还没扒拉两口，黄老大又躬腰进来。吴响为了套尹小梅，没顾上吃午饭，这阵儿饿了，懒得理他。吴响不问，黄老大也不开口，紧盯着吴响的碗。吴响实在憋不住了，问他有什么事。黄老大抻长脖子，什么时候领人？吴响粗声道，什么时候都行，越早越好。黄老大愁眉苦脸地说，我借不上钱啊。吴响没好气，借不上找我干吗？黄老大说，你替我想个主意。吴响不耐烦地说，给黄宝打电话，让他回来。黄老大垂着手，我……没他的电话。吴响说，那就去找他。黄老大想了想，也只好这样了……我坐车去？吴响几乎气笑了，那么远的路，你想爬着去？黄老大哎哎着退出去，我坐车去，坐车快。

再他妈啰唆，黄花菜也凉了。吴响暗骂。这句话倒提醒了他自己，不知毛文明把尹小梅怎样了。毛文明的目的是罚款，尹小梅老老实实的，不会有别的问题。如果尹小梅不知轻重就难说了。那可是乡政府，那可是毛文明啊。吴响不踏实了，决定去探探风。

吴响把自己的坐骑推出来。吴响对它是又爱又恨，虽说是旧摩托，骑着还是蛮威风，恨是因为它不长脸，往往在关键时刻熄火，怎么踹也不哼一声，还特别费油，像喝一样。汽油比麻油都贵了，所以每次加油，吴响都想扇它几个大嘴巴子。

又是一顿乱踹，脚脖子都麻了，仍没响声。吴响骂声×，村长走过来，说，连摩托都×，你小子鸡巴是铁打的啊。村长冬夏扣着一顶蓝帽子，除非发脾气骂人才会摘下来。吴响漫不经心地瞅村长一眼，说，这破货，我真想×了它。村长问，尹小梅让毛乡长拉走了？吴响说，谁让她往枪口上撞？村长说，毛乡长不好惹，你求求情，一个女人，罚几个钱算了，黄宝又不在家，黄老大缠我半天，我就差给他下跪了。吴响乐了，村长也害怕？村长说，当然怕了，我担心他栽在我家门槛上。说着踢了一脚，摩托忽地发动着了。两人愣了愣，同时笑了。吴响骂，这小子，见了村长就不敢装哑巴了。

乡政府东面有一排旧房，是原先的兽医站。兽医站盖了新房，这里就做了乡里的临时仓库。吴响趴在门口，看见木桩上拴了两头牛，却没有尹小梅的。吴响纳闷，尹小梅关在什么地方？他憋足嗓子喊了两声，两头牛又是叫又是抻脖子的。

乡政府的院子很普通，还没有电管站的气派。吴响每次进来，目光都要往紧缩缩，不像在北滩那样肆无忌惮，随便乱撞。这是一种发怵的感觉。吴响很恼火，他一直认为自己天不怕地不怕。为了掩饰心虚，他就吹口哨，让口哨敲开毛文明办公室。

毛文明正往手心倒药片，桌上好几个药瓶子。他冲吴响点点头，指指沙发，让吴响坐。吴响问，毛乡长不舒服了？说着从烟盒抽出一支，自己点了。毛文明并不回答，将满满一把药片搁进嘴里，咕咚咽进去，方说，胃疼。末了又痛苦地补充，喝酒喝的。在北滩，吴响和村长是喝酒次数最多的人，也没喝到胃疼的份儿上。吴响用关心的语气说，以后少喝点儿。毛文明骂着脏话，你以为我想喝？不喝不行呀，天天有检查的，哪个也得罪不起，都得陪。我这还算轻的，李乡长最多一天陪了六班客人。李乡长是一把手。毛文明伸过头，让吴响看他的嘴。他的嘴唇上有几个黄豆大小的黑斑。毛文明说，看见了吧，这叫酒苔，肝胃吸收不了，就逼到嘴唇上了。吴响表示同情地叹口气，心里却巴不得自己长几个酒苔。

毛文明忽然问，那女人叫什么？

吴响马上坐直，叫尹小梅，她咋没在兽医站那个院子？

毛文明说，我把她关别处了，她态度实在不好。

吴响解释，她有病，这种人犯不着和她计较，我就怕她骂难听的，所以赶过来。

毛文明说，她骂倒好了，现在她死不开口，问她话，理都不理，紧抱着牛腿，好像我要把牛吃掉。

吴响说，我已经通知她家里人了，交了罚款，把她放了算了。

毛文明摇头，别人可以，她不行，必须让她从思想上认识到错误。想搞对抗，没门儿！都像她这样，乡里的威信往哪儿搁？我以后怎么开展工作？

吴响说，女人嘛，没啥见识，我说服她。

毛文明冷笑，你不相信我的能力？

吴响忙说，我没那意思，谁不知道毛乡长的能力，掏出来装两大麻袋。

毛文明说，我要是连个农村女人都治不了，就没脸在营盘乡待下去。你等着瞧，交罚款的时候让她服服帖帖。

吴响呆了几呆，再次提醒，天黑前她家就能送来罚款。

毛文明摆摆手，这里没你的事了，你走吧。她家来人，找我就是。

吴响提出看看尹小梅。毛文明奇怪地说，看她干啥？她又不是你的相好。吴响没再坚持，这个时候看尹小梅，是自讨没趣。

吴响在乡政府门口守着，想等黄老大父子来了一块儿找毛文明。夜色重得抹都抹不开了，黄老大父子也没露面。这个黄老大，莫非在路上养孩子了？吴响骂着黄老大，去食品店买了两个麻饼一瓶橘汁，想送给尹小梅。毛文明办公室锁着，吴响转了半天也没找见。当然没法给尹小梅送去，他将东西放在毛文明门口，怏怏离开。

吴响一天没吃上囫囵饭，想去东坡解解馋。东坡有他的铁杆相好。到了村口又没进去，只要进去，一时半会儿就走不了。吴响怕黄老大找他扑空。家里没剩饭，吴响懒得生火，吃了一袋方便面，灌了两瓶啤酒。光棍的日子总是马马虎虎。夜短得还没火柴棍儿长，吴响睡了一会儿，天就亮了。吴响去找黄老大，两家门都锁着。难道黄老大走丢了？也不知尹小梅这一夜怎么过的。吴响惦记着尹小梅，如果黄老大还不露面，他一定要把她保出来。

一出村，看见被牛牵着的黄老大。牛饿了一夜，急于找吃的，疯疯癫癫的。黄老大弓腰拽着缰绳，脸憋成黑紫色，豆样的汗珠叮满每一道皱纹。黄老大想站住，可牛看见吴响，走得越发快了。吴响赶上去拽住绳套子，问，怎么才回来？尹小梅呢？黄老大喘着粗气说不出话。村长怕黄老大栽在门槛上，还真是这样，怎么看黄老大都是一盏纸灯笼。好半天，黄老大的喘才平息下去。他说天晚了，没赶上车，他和黄宝步行回来的。吴响吃了一惊，你也是走回来的？黄老大说，走……走回的。吴响问，尹小梅咋没回来？黄老大说，她在医院呢。吴响听出自己的声音抖了，她怎么在医院？黄老大的皱脸几乎垂下来，她犯病了，我紧走慢走，她怎么就犯病了呢？

吴响急赶到卫生院。院里站着三个人，毛文明、派出所焦所长、卫生院长独眼周。三个人围成半圆形，中间坐着一个抱着头的男人，是尹小梅的丈夫黄宝。站着的三个人都盯着吴响，黄宝依然是那个姿势，仿佛凝固了。焦所长和独眼周面无表情，毛文明则显得不安。

毛文明向另外两人介绍，这是北滩的护坡员吴响。

吴响问，尹小梅呢？

焦所长和独眼周冷漠地看着他，毛文明给吴响使个眼色，示意吴响走到一边。这时一直抱着头的黄宝突然仰起脸，眼睛红红地盯着吴响。吴响意识到黄宝的目光不对，尚未做出反应，黄宝猛地跳起来扑向吴响。焦所长和独眼周及时抓住黄宝，黄宝仍将一口痰吐到吴响脑门上。

吴响没有抹掉那口痰。听到尹小梅死去的消息，他彻底傻了。

尹小梅的死在村民嘴里嚼了一阵，便剩下几缕叹息。死是伤感的，带着寒意的，可死亡又是不可抗拒的，谁挡得住呢？

吴响不这么认为，尹小梅的死与他有着极大的关系。其实他能拖住死亡的腿，不让它靠近尹小梅。如果他不设套子，完全可以阻止尹小梅越过围栏；如果他不蓄谋搞她，就不会故意把她交到毛文明手里；如果她不被毛文明带到乡里，不被关起来，就不会丢掉性命。吴响被难过与自责纠缠着，怎么也挣不脱。

那些日子，吴响干什么都打不起精神。每天上午骑着摩托疯转，下午一头扎进三结巴酒馆，要一瓶酒，一盘花生米，一盘猪耳朵，提前了夜晚的生活。三结巴乐坏了，从乡里买了五十个猪耳朵，冻进冰柜，专供吴响。吴响的脑袋喝成斗篷，天差不多就黑透了。三结巴拿来纸笔，吴响歪歪扭扭写个"吴"字。三结巴赔着笑，让吴响再加一个字。吴响毫不客气地把笔扔掉。三结巴捡起笔，自己补个"响"。吴响看不见这些，他已踉踉跄跄在路上了。

吴响醉酒是为了躲开尹小梅。她把他折磨得精疲力竭，恍恍惚惚，实在吃不消了。如果脑袋不被酒精挤满，尹小梅就会钻进去。可后半夜酒醒之后，尹小梅还是往脑里钻。一绺头发垂下来，在眉角拐个弯儿，贴在鼻翼一侧。她的眼睛有些肿，有些红，水汪汪的，目光则硬得枪一样。她的嘴巴抽动着，似乎要说什么。吴响大汗淋漓，等尹小梅把那句话说出来。尹小梅却把嘴巴闭上了。吴响说，小梅，我对不起你。吴响说，小梅，我他妈不是人。尹小梅只是冷冷地望着他。

吴响期盼白天，到了白天又早早地把自己拽进夜晚。吴响想找个藏身处，哪里找得到呢？

吴响对尹小梅三个字格外敏感，怕经过尹小梅家门前，怕别人提到尹小梅，谁说到尹小梅就和谁干架。村民摸透吴响的毛病，宁可跟黄宝、黄老大说尹小梅，也不跟吴响说。村民还摸透了吴响的习惯，只要吴响一进酒馆，便飞快地牵着牛赶着羊往围栏里去。其实，吴响知道，每日酒馆前总有一两个孩子或妇女，那是监视吴响的。吴响有意外的举动，比如突然离开酒馆，他们就迅速把消息传递开。但吴响懒得管，他想用稀里糊涂减轻一些罪责感，尽管他的马虎已和尹小梅无关。

那天，吴响刚喝了两口，村长进来了。吴响指指对面的凳子说，坐下，喝几口。村长把帽子抓下来，往桌上一砸，你还有心思喝酒？你去看看围栏里成啥了？吴响说，不就是草吗？今年吃掉，明年又长出来了。村长说，扯鸡巴淡吧，那样还要你这护坡员干啥？你以为看草场是你一个人的事，弄不好，我跟着挨训，我也和乡里签了责任状。吴响灌下一杯酒，打着嗝说，那你护算了。村长说，工资呢，你也不要了？吴响说不要了。三结巴慌了，吴……响，不……能……不要……工……资，没工……资，咋……喝酒？吴响不言声了，三结巴说的全是大实话。村长说，毛乡长给我打电话，问你是不是整天睡大觉？吴响问，他呢？咋不来？出了尹小梅的事，毛文明很少在北滩露面。村长说，他去学习了，刚回来就听说你吊儿郎当的。吴响的心动了动，谁说我不管了，一天耗两个油呢。村长把酒瓶拿开，对三结巴说，不能让他喝酒了，他喝一次，我罚你一次，你挣十块我罚你二十，你挣二十我罚你四十。三结巴看看吴响，又看看村长，一脑门愁云。他刚又进了五十个猪耳朵。村长拽吴响，走，驮我去草场。吴响没犯拗。

两人一出门，一个妇女慌慌张张地跑了。

村长骂，×，都成游击队了。

吴响的院墙是黄土夯的，不足半人高，形同虚设。老远就看见院里一股黑烟，吴响说声糟了，大步跑起来。

摩托被烧得面目全非，只剩下一副污黑的骨架。地上的木条还未燃尽，仍在冒烟，显然是有人故意点的。尹小梅死后，村民对吴响有成见，吴响觉得出来，但没想到有人报复他。吴响的脸慢慢黑了。

村长安慰，反正是破车。

吴响踢了一脚，去草场。

第二天，毛文明打电话，让吴响去乡里找他。毛文明没有任何变化，还是平头，喜欢眯着眼看人，嘴唇上的酒苔又密了些。想必学习期间也没少应酬。毛文明说他刚回来就打问北滩的事，听说禁牧工作做得不好，是不是这样？吴响含含混混地说，是不太好。毛文明问吴响罚了多少钱，吴响说一个没罚上。毛文明沉下脸，怎么搞的嘛？既然有人违反政策，为什么不罚款？你的工资可是从罚款中扣的，你是不是想撂挑子？毛文明不是村长，吴响不敢那么随意，诉苦说，我一去他们就跑了，根本逮不住。毛文明说，想办法嘛，这能难住你？而后语气一转，问吴响摩托是不是烧了。吴响点点头。毛文明说，知道别人为啥烧你的摩托？为啥你管的时候不烧，你马虎了反而烧你的车？因为你管是代表政府，是在执行政策，所以没人敢烧你的车。谁敢和政府对抗？你不管，白挣着那份钱，大家心里不平衡，就烧你的车。你再这么没原则，下一步还要烧你的房子，烧你这个人。吴响辩不过毛文明，唯有点头。毛文明说，摩托烧就烧了，我给你弄辆新的。毛文明没说尹小梅，吴响也不敢提。

吴响从乡里回来，屁股底下已是一辆崭新的摩托了。毛文明的话起了作用，吴响在村里转了两圈，便去了草场。

晚上，吴响轻松下来，就去东坡找徐娥子。他和徐娥子相好很多年了，两个村的人都知道。先是地下行动，后来就公开了。徐娥子不怕，吴响当然更不在乎。

吴响的摩托一停，徐娥子就跑出来。探着头佯问，这是谁呀？吴响明白她嫌他不来了，在她胸上摸了一把。徐娥子有一对大奶子。徐娥子低声斥责，少占我便宜。吴响把摩托推进院，先一步进了屋。徐娥子的丈夫正吃面条，四十几岁的人已完全谢顶，亮闪闪的。他和吴响打声招呼，加快了吃饭的速度。徐娥子问吴响吃了没，吴响说没呢。徐娥子的丈夫搁下碗，对吴响说你慢慢吃，我得去菜园下夜。吴响掏出一盒烟，徐娥子的丈夫装上走了。

剩下两个人，徐娥子的气就粗了，你还能想起我呀？

吴响嘿嘿一笑，我把自个儿忘了，也忘不了你。

徐娥子呸了一声，没良心的东西。

吴响说，良心中看不中用哦。

徐娥子端上面条，上面卧了两个鸡蛋，一个红辣椒。吴响喜欢吃辣椒，徐娥子每年都腌一大罐子。吴响要酒，徐娥子说，骑摩托还喝酒，出事我可担待不起。

吴响知徐娥子还在闹气，想揪她的鼻子，她躲开了。吴响暗暗一乐，低头吃面。徐娥子说，吃了走吧，我今儿不舒服。

吴响挤挤眼，我带你去医院。

徐娥子骂声赖皮，给吴响倒了一杯酒。

吴响从怀里掏出一盒化妆品。这盒化妆品花了三十多块钱，是买给尹小梅的。吴响原打算把尹小梅搞到手后，送她一盒化妆品，怎料半点儿用场也没派上。

　　徐娥子说谁稀罕，还是接过去。打开，嗅了嗅，叹口气，我老眉老眼的，搽灵芝也不灵了。

　　吴响说，谁说你老了？掐都能掐出水来。

　　徐娥子翻吴响一眼，神情已经鲜活了。男人送一句讨好的话，比化妆品还灵验。

　　徐娥子把碗筷一收拾，吴响就拽过她。徐娥子说，我得洗把脸呀，你个饿死鬼！吴响说我帮你洗，一出汗连澡都洗了。徐娥子骂驴，呼吸已经不匀了，反手箍住吴响。女人就这样，只要往一块儿一睡，天大的怨气都能消。

　　折腾得湿漉漉的，两人歇着喘气。

　　徐娥子问，你刚换了摩托吧，那辆彻底烧毁了？

　　吴响问，你怎么知道？

　　徐娥子反问，我怎么不知道？美国总统搞女人我都知道，两个村离这么近，咋也没美国远吧？

　　徐娥子向来嘴快。吴响在她身上拍了拍，旧的不去，新的不来，这辆摩托是乡里给我买的。

　　徐娥子问，乡里给你一辆新摩托？

　　吴响有些得意，毛文明亲自给我挑的，别看我不是村长，可比村长的待遇高。

　　徐娥子嘘了一声，啥待遇？怕是堵你的嘴吧。

　　吴响愣住，堵我的嘴？

　　徐娥子说，给你摩托，你还能把黄宝女人的事说出去？

　　吴响嗖地坐起来，黄宝女人有什么事？

　　徐娥子说，瞧你吓成这样，还把我当外人呀！黄宝女人的事谁不知道？她死在了乡政府，乡里怕黄宝告状，给了他八万块钱呢。唉，说来说去，谁死谁可怜，黄宝有那八万块钱，娶两个都够了。

　　吴响怔怔的，尹小梅死后，这是他第一次听说她的事。徐娥子说得有板有眼，他竟一无所知。

吴响问，你知道她是咋死的?

徐娥子说，谁知道呢，听说发现的时候人就凉了。忽然想起什么，问，她到底怎么死的? 是不是让那个姓毛的乡长……?

吴响打断她，胡说!

徐娥子说，一辆摩托就把你的嘴堵死了，我又不跟别人说。

吴响说，她死在了医院，是犯病死的。

徐娥子道，哄鬼去吧，她死了才抬到医院的。

吴响审视着徐娥子，这是谁告诉你的?

徐娥子说，反正不是我胡编的，人们都这么说，你审问我干啥?

吴响忽然说，我得走了。

徐娥子急了，你这是咋了? 坏了良心的，吃完就走! 看你明儿还来!!

吴响回到家已经半夜。他急匆匆的，并不清楚自己要干什么。徐娥子的话让他震惊。尹小梅死在了乡政府。死后拉到医院。八万块钱。这些话不停地在脑里撞，撞得眉骨都要裂了。尖厉的声音在耳膜上穿啸，搅得尘土飞扬。无风不起浪。徐娥子绝不会凭空捏造，她又有什么理由捏造呢? 尹小梅和她没任何关系。毛文明说尹小梅犯了病，独眼周抢救半天也没抢救过来，这是吴响刚到医院时，毛文明讲的。吴响信以为真，他打算到停尸房瞅一眼的，被毛文明制止了。毛文明指指黄宝，狂怒的黄宝刚刚消停，吴响也就作罢。此刻他才明白过来，毛文明不想让他知道真相。如此推想，疑点确实很多: 毛文明说尹小梅犯病，特意强调一犯病就送过来，乡里和医院尽了最大力，他为什么要强调? 乡下人有句话，叫瓦片盖屁股，越盖越露。还有，为什么毛文明一脸不安? 为什么焦所长也在医院? 吴响当时没有细想，尹小梅的死把他搞蒙了。如果没有问题，黄宝不会得到八万块钱。吴响试图找出传言的漏洞，如此推测下去，却对徐娥子的话做了一个论证。

尹小梅死后拉到了医院。

一条八万块钱的协议拴住了黄宝。

尹小梅的死就这么简单地结束了。更让吴响喘不上气的是，他对尹小梅死后的事一无所知。他沉在自责和悲痛中，堵住了自己的耳朵，害怕听到尹小梅的任何消息。

东方的曙光一点点挤进来，夜色一层层褪去。待吴响灰白的脸露出清晰的轮廓，他终于清楚自己要干什么了。他要弄明白尹小梅的死亡真相。他不知道弄清楚了又怎样，他没想那么远，他就是想弄清楚。吴响当然不会想到，他的决定会击碎一个封冻的冰面，会把自己拖进泥浆中。

吴响站在尹小梅家门口。院门用粗铁丝绞着，已然有了斑斑锈迹。吴响拧了拧，放弃了。不是拧不动，是没必要。拧开，他会进去吗？窗户已经用泥坯封住，牛圈敞着门，鸡窝寂静无声，整个院落一派荒凉，唯有屋檐下两串孤零零的干豆丝，显示不久前还有人住过。吴响凝视片刻，缓缓移开。

旁边的院子却是另一个样子。没到门口，新鲜的牛粪味就扑进鼻孔。那头奶牛，就是尹小梅经常牵的那头，警惕地打量着吴响。吴响稍稍慌了一下，重重咳嗽一声。牛低下头吃草，吴响竟然长舒一口气。

吴响喊了两声，窗帘拉开一角，黄老大的脑袋闪了闪。尹小梅死的当天，黄老大找过吴响一次。一向懦弱的黄老大骂吴响害了尹小梅，拿头撞吴响。黄老大嘴角泛着白沫，喉咙呼哧呼哧响，吴响担心黄老大晕过去。人们把黄老大拉开，黄老大又是拍胸又是跺脚，乱叫，天呀，天呀！黄老大这样的人一旦发怒，是很难缠的。吴响想好了怎么对付他，可黄老大没再上门。

黄老大猛烈地咳嗽一阵，抱怨被苍蝇吵得没睡好，往天早起了。

吴响说，我路过这儿，顺便看看你。

黄老大略显不安，我这药罐子，一碰就碎。

吴响说，别让我站外面呀。

黄老大道，我打开门？

吴响笑笑，我飞不进去。

黄老大迟迟疑疑打开木栅门，却没有让吴响进屋的意思。吴响不轻易登别人的门，他去谁家，说明谁家有"事"了。黄老大盯着吴响，吴响却不看他，沿着院子扫视一圈，小房、鸡窝、柴垛，最后落在电视杆子上，黄老大买电视了。

黄老大问，又丢树了？可不是我干的。你瞧瞧，我这样子哪扛动一棵树？这根电视杆子是旧的。

吴响说，我不是来搜查的。

黄老大疑疑惑惑的，那你干啥？……那天的事是我不对，我老糊涂了，明明和你没关系的。

吴响说，过去的事，提它干啥？很随意地问，买电视了？

黄老大有些兴奋，但又不想让吴响看出来，别别扭扭地说，一台旧电视，和我一样的毛病，动不动就喘。

吴响说，黄宝也真抠门，买一回为啥不买新的？新的也没几个钱。

黄老大说，有个看的就行了。

吴响低声问，那钱全拿到手了吧？

吴响问得突然，黄老大措手不及，慌了慌，一副要说又不情愿的样子。

吴响笑笑，我不是找你借钱的，再说钱也不是你的，那是黄宝的嘛。

黄老大终于吐出三个字，到手了。

吴响问，八万块一分没少？

黄老大惊愕地看吴响一眼，马上躲开。

吴响说，这有啥怕的，谁不知道？我是怕黄宝吃亏，这个钱不像别的，不能拖欠。

黄老大不好意思地说，毛乡长说话倒是算数，只是……这事不好听，说来是拿黄宝媳妇换的。

吴响的心被刺了一锥子似的，脸变得极其难看。

黄老大不解地看着吴响。

吴响说，人死了，他们应该赔，这头牛你可得喂好。

黄老大忙不迭地答应，那是，那是。

吴响套问尹小梅的死因，黄老大却说不上来。他说尹小梅身子骨挺差，但没听说她有什么病，平时也很少吃药。人就是这么不结实，说没就没了。黄老大回忆那天凌晨的过程，他和黄宝到了乡里，听说尹小梅已经送到医院。他急着把牛牵回来，就没随黄宝去。他觉得占了便宜，因为没人让他交罚款。黄老大后悔地说，要是知道黄宝媳妇病得那么重，他说什么也要去看看。吴响不怀疑黄老大的难过，黄老大不是会演戏的人。可他的难过能持续多久？一个喷嚏、一口唾沫的工夫。如果尹小梅不死，那头奶牛不会归黄老大，黄老大也不会得到一台彩电。这笔硬账足以抹掉黄老大那点儿难过。黄老大算没算过？吴响不好推测，黄老大不会再想那件事，则可以肯定。

尹小梅是怎么死的？有四个人肯定最清楚不过：毛文明、焦所长、独眼周和黄宝。吴响不敢贸然找前三个人，但可以找黄宝。黄宝承了他娘的性子，很精明，毛文明就是想瞒也瞒不住。吴响从黄老大嘴里得知，黄宝辞掉水泥厂的活儿，在县城开了个小店。黄宝封了家里的门窗，显然是不再回北滩了。

毛文明给吴响买的新摩托就是管用，百十里的路，没用两个小时。在县城找黄宝却费了一番周折。黄老大不清楚黄宝开什么样的店铺，吴响一家一家地转，晌午时候才找到。黄宝开了个果品店，店不大，二十几平米，货种倒很丰富，干果、水果，有的吴响叫不出名字。八万块钱撑起了黄宝的腰。过去黄宝再精，也得靠卖苦力挣钱。店名叫方圆，吴响琢磨不出这个店名有什么含义，至少，与尹小梅无关。

黄宝正给一位妇女称瓜子。黄宝剪去了长发，显得很精神，脸上是买卖人常有的那种虚浮的笑。你买点啥？认出是吴响，突然间，他的目光跳了一下，笑意稀里哗啦洒到地上。

那位大鼻子妇女叫，你的秤准不准，一斤就这么点儿？

黄宝说，大姐，看你说的，少一两，我赔你一斤。

可黄宝的神色实在让人起疑，大鼻子妇女不甘地掂了掂。黄宝抓了一大把，大姐，算我送你的。妇女却忽然不买了，说没装钱。显然，她不信任黄宝了。

吴响问，生意怎么样？

黄宝说，刚开，看不出来，买卖不好做，见谁都装孙子。黄宝已镇定下来，表情冷淡。吴响还记得那天黄宝悲愤交加的样子，现在一点儿痕迹也没了。黄宝眼里的敌意不是仇视，吴响虽是粗人，还是觉得出来，那是对吴响的防范。黄宝肯定猜出吴响不是无缘无故来的。

吴响问黄宝没个坐的地方。黄宝拽把凳子丢给他。吴响掏出烟给黄宝，黄宝摆摆手，掏出烟，自己点上。

吴响说，我早就想来看看你。

黄宝无言。

吴响说，那件事我很难过，一直想找你说说。今儿就是向你赔罪，你有火就发，哥这张脸由你糊，你就是撕下来卷了烟抽，我也不吭一声。

黄宝的手抖了抖，轻声说，过去的事别再提了，和你也没啥关系。

吴响叹口气，干那个破差事，得罪了不少人，可我也得挣钱呀。别人养活一家，我不能连自个儿也养活不了。要是有你这么个摊子，谁还干它？

黄宝问，你骑摩托来的？显然，他不愿提及自己的果品店。

吴响点点头，一年多少租金？

黄宝说，一万，借了点儿，自个儿贴了点儿，总卖苦力也不是办法。

黄宝藏得严严实实，一个洞也不想露给吴响。吴响憋不住了，黄宝得了八万块钱已不是秘密，还有什么藏头？于是径直问，乡里答应的钱还没到手？

黄宝顿了顿，缓缓地摇摇头。

吴响说，去告他呀。

黄宝冷笑，告谁？

吴响说，告乡政府，告毛文明，你一告，他们就乖乖给你钱了。

黄宝说，我不想惹这个麻烦。

吴响说，尹小梅的死和他们有关。

黄宝纠正吴响，她犯了心脏病。

吴响说，不对吧，你到乡里的时候，尹小梅已经不行了，你怎么肯定她犯了心脏病？是毛文明告诉你的，还是独眼周告诉你的？尹小梅有心脏病吗？

黄宝噌地站起来，青着脸说，你什么意思？审问也轮不着你。

吴响说，我没别的意思，就是想弄清楚尹小梅怎么死的。

黄宝几乎吼了，你掂清了，她是我媳妇！

吴响反而笑了，所以我才来问你，你看过尹小梅了，肯定知道她怎么死的。

黄宝问，你跑这么远，就为问这个？这和你有啥关系？你不要欺负人，捅人伤疤自个儿取乐。我知道你厉害，没人敢惹。这儿可不是北滩，我不怕你。

吴响说，我没让你怕我，我只想知道真相。

黄宝说，她犯了心脏病，信不信由你。

吴响说，你撒谎，你肯定撒谎了，你的眼睛都是蓝的。

黄宝怒道，你出去，别影响我做生意。

黄宝像个木头疙瘩，吴响啃了半天，什么也没啃上。他不仅不肯说出尹小梅怎么死的，连那八万块钱也不肯承认。他不敢讲尹小梅的死因，他一定保证过。看得出，他得了钱，心里并不轻松。或者说，他本来轻松了，吴响提起，他又压了块石头。黄宝的严加防范没让吴响放弃，相反，越发揪紧了吴响。那感觉是痛中夹着痒，痒中又掺着痛，极其难受。吴响不信撬不开黄宝的嘴巴，他的嘴就是铁水浇铸的，也有漏缝儿的地方。

吴响在一个小吃摊停下来，要了一盘猪头肉，四个羊蹄，一盘花生米，一碟辣椒，一瓶白酒。摊主乐坏了，颤着肥胖的红脸恭维，一瞧您就是条汉子。吴响笑笑。和黄宝磨嘴皮子那阵儿，肚子就提抗议了。吴响边吃边瞅着街上的行人。他很少到县城。他喜欢待在乡村。一个男人，尤其像他这样的光棍，有酒有女人足够了。县城好是好，可在这儿，谁能认得他吴响？行人的目光从吴响脸上溜过，没有丝毫停顿，在他们眼里，吴响和一块砖头、和油腻腻的桌子没什么区别。终于有一位中年妇女多看吴响一眼，吴响感激地冲她一笑。那妇女受了惊吓似的，突然加快步子，走过去，又回了回头，表情已是相当厌恶了。吴响的情绪顿时糟糕透了，觉得自己坐在这儿实在愚蠢。尹小梅已经死了，知道她的死因又有什么用？黄宝不愿提，黄老大不愿提，毛文明肯定更不愿提，他干吗要翻出来自找没趣？没人说吴响的不是，吴响犯不着折腾。这个时候，他应该躺在家里睡大觉，夜里找相好的痛快一番。他妈的，自己和自己过不去。吴响抓起酒瓶子猛灌，决定喝完就回家。

摊主劝，兄弟，你骑摩托可不能这么喝酒。吴响说我不会少给你钱。摊主说，兄弟，我是为你好，你非这么喝，我可报警了。吴响迟疑，摊主趁机把酒瓶盖住，留着下次喝，我送你一碗面。兄弟，遇事想开些，瞧我，头天离婚，第二天就娶一个。只要别把自己搞垮，这年头要啥有啥。

吴响脱口道，我要一个尹小梅，你搞得来？

摊主怔了怔，尹小梅？是个女人吧？我搞不来尹小梅，但能搞来张小梅、刘小梅，这有什么区别？

吴响打断他，别啰唆，算账！

摊主乐颠颠地说，我眼力不错，兄弟够汉子。

吴响问附近有没有小店，摊主往巷子里一指，八九家呢，随你挑。

吴响把那半瓶酒揣进怀里，找了个旅店住下。不能这么回去，还得找黄宝。摊主劝吴响想得开，吴响反想不开了。一个鲜活的人瞬间就没了，他怎么想得开？事情是过去了，也没人责罚吴响，就算有人提起，吴响也能推得干干净净，正因为这样，吴响就更为不安。尹小梅的死毕竟和他有关系，他为什么不能知道真相？他一定要弄清楚。

吴响睡了一会儿，被吵闹声惊醒。坐起来，看见对面床上躺着个破提包，想必是他睡觉时又住进一个。吴响正要出去，一个男人神色诡秘地探进头，问吴响醒了，可惜把好戏误了。男人的嘴唇又宽又扁，似乎和鸭子有血缘关系。吴响一头雾水。鸭嘴问吴响是不是要出去，咬在吴响屁股后面说他暂时歇歇脚，不打算住。吴响没理他，这家伙肯定吃错药了，他住不住与吴响有什么相干？

黄宝靠在门口，两手抱着一个钢化塑料杯。杯里泡着厚厚一层茶叶和金莲花。他盯着水杯，仿佛水底藏着鱼。吴响咳嗽一声，黄宝抬起头，稍稍有些慌乱。吴响说，我又来啦。黄宝静静地看着吴响，慢慢将慌乱抹去，伸长腿，有意阻挡吴响进去。

吴响左右看看，忽然笑了，其实外面比屋里好，别看到处是人，可谁也不认识谁，和野滩没啥区别。

黄宝的表情动了动，却不想就范，依然保持那个冰冷的姿势。一个行人在摊前停了停，黄宝赶紧迎上去。黄宝返回，径直进屋。吴响发现黄宝的腿似乎有点瘸。

黄宝把凳子重重地搁在地上，粗声粗气地问，你究竟要怎样？

吴响说，咱俩好歹一个村的，就算你现在是老板，也不能这么瞧不起人吧。

黄宝说，你影响我做生意了。

吴响说，屁股上的泥点子还没揩干净，就一口一个生意，钱就这么当紧？

黄宝敌视地瞅着吴响，这话该问你自己。

吴响说，我的钱来路正当。

黄宝马上敏感地问，谁的钱来路不正当？

吴响怕搞僵，打哈哈，那些贪污犯呀！毛乡长说前几天又判了个死刑，咱们没这资格。

黄宝问吴响喝水不。

吴响说当然喝了，最好把你的茶叶给我泡点儿，别加金莲花，草场到处是那玩意儿。你说草场看得那么严，城里人从哪儿搞到的？

黄宝端杯的手抖了抖，水晃出来，手背顿时湿了。

吴响说，哎哟，可别烫着。

黄宝和吴响隔开距离，道，别绕弯子了，你到底要干什么？

吴响笑笑，我想请你吃饭，今天晚上，怎样？

黄宝说，我没空儿。

吴响说，不着急，你什么时候关门咱什么时候去。你晚上没约会吧？

黄宝皱皱眉，干吗不在这儿说？

吴响说，我住下了，咱哥俩好好聊聊。

黄宝无法摆脱吴响，又不能彻底翻脸，鼻子几乎错位。吴响清楚黄宝不好受，他恶意地想，谁让你把尹小梅忘掉了呢。吴响固执地认为黄宝已经把尹小梅忘了，黄宝的眼里没有悲痛和哀伤，至少不是吴响想象中的样子。

黄宝早早收了摊。旁边有个饭馆，黄宝不乐意去，而是选了车站对面的爆肚馆。黄宝的心思曲曲折折的。两人面对面坐了，黄宝脸色活络了点儿，说这顿饭他做东。吴响说不，这次是我提出来的，下次你来。黄宝眼里滑过一丝阴影，吴响装没看见。

吴响说咱俩还没喝过酒吧，今儿放开喝。黄宝喝酒绝不是吴响的对手，吴响想灌醉他。酒后吐真言，吴响非得从他肚里掏点儿东西。吴响说还是县城好啊，要啥有啥，不像三结巴酒馆，就那点儿头蹄杂碎。不过，在三结巴那儿喝酒能听戏。黄宝问，什么戏？吴响说，听三结巴和女人吵架啊。我在外边喝，他俩在里面吵。三结巴女人也有点儿结巴，那次最好玩，三结巴女人骂三结巴，脑袋像……裤……裤……怎么也骂不出裤裆。三结巴急了，回骂，你才是……裤……裤……三结巴比女人反应快，拍着腿说，这儿！这儿！

黄宝笑了，但依然保持警惕，一再强调自己喝不了酒，每次只抿一小口。吴响两瓶啤酒光了，黄宝仅喝下小半瓶。吴响说，这么不给面子？黄宝愁眉苦脸地说，我喝酒跟喝毒药差不多，实在咽不下去。吴响说，哪有爷儿们喝不了酒的？来，我帮你。抓起酒杯端到黄宝嘴边，几乎是灌了。黄宝往旁边一拨，酒杯摔在地上。

黄宝恼火地说，你怎么灌我？

吴响的喉结动了动，挤出点儿笑，我脾气急。

服务员换了个新酒杯。吴响说，你不想喝算了。

黄宝放缓语气，你也少喝点儿。

吴响问，这么长的夜，你怎么打发？一个人的日子难过啊。

黄宝目光迷离，扑闪着阵阵雾气。

吴响压低声音，我知道你不好过。这么多年的夫妻，最后一面也没见上，放在谁头上也受不了。好端端的一个人……她怎么就……唉！

黄宝倒了杯酒，一饮而尽。

吴响趁机问，她怎么死的，说说……别一个人憋着。

黄宝呆滞地瞪着吴响，那话就在嘴边了，吴响伸手就能接住，可黄宝突地一拧脖子，我都说过了，你别再问我。

吴响乞求，兄弟，你告诉我好不？我没别的意思，就是想知道。

黄宝冷冷道，我说的你不信，我编不出来。

吴响想抓黄宝的手，黄宝缩回去了。吴响问，毛文明不让你说？

黄宝霍地站起来，别乱扯好不好？你没资格审问我。

吴响呆了呆，脸上就现出寒气，我不信你敢走出这个门。黄宝，别把自个儿当回事，逼急了，有你难堪的。

黄宝问，你要怎样？他用愠怒掩饰着胆怯。

两人僵持着。

吴响摆摆手，算了算了，你走吧。

吴响带着醉态回到旅店，没把黄宝灌醉，倒把自己灌晕了。黄宝难对付啊，吴响恨不得砸他几拳。

对面床上的黑提包不见了，吴响的半瓶酒也没了影儿。吴响躺了躺，鸭嘴又贼兮兮地进来，从提包拿出半瓶酒，正是吴响的。鸭嘴解释，他收拾东西不小心装进去的，发现就赶紧送回来，本来他已经退床，现在还得住一宿。吴响说，半瓶酒还值得送？鸭嘴正了脸色，东西再小，不是自己的，也不能乱拿。

吴响不想说话，可鸭嘴很饶舌，几乎问到吴响三代以上的事。说一会儿，鸭嘴探出头听听，很神秘的样子。吴响猜不出他干啥。过了约半个小时，外边传来嘈杂的声音。鸭嘴兴奋地说，又一对野鸳鸯撞枪上了。他拍拍吴响，喊吴响出去喝酒。吴响说喝不动了。鸭嘴出去拎了颗羊头，说，你的酒，我的菜，咱俩就在这儿喝。难得一个陌生人如此热情，吴响坐起来陪他。

　　鸭嘴酒量并不大，二两酒下肚，烧得耳朵都红了，话也越发多了。他问了吴响一年挣多少钱，说不行啊老弟，你得想法子，这个社会遍地是钱，就看你会不会捡了。鸭嘴把自己的底儿亮出来，吴响听出意思了。

　　鸭嘴是线人，专盯嫖娼。他不是盯小姐，小姐在豪华宾馆，他进不去，只盯那些三四十岁的妇女。她们专在车站拉客，要价也低，谈成就到附近小店开房。鸭嘴打个电话，公安迅速出击，便能现场抓获。公安按罚款的百分之二十给鸭嘴提成。下午鸭嘴举报了一下，已经领到手八百。本来鸭嘴准备回去了，又撞上一对野鸳鸯。鸭嘴咬着舌头说，今天太走运了。

　　若不是发现那对野鸳鸯，鸭嘴就把吴响的酒顺手牵羊了。鸭嘴太得意了，说漏了嘴。吴响没想到县城还有这号人，真是林子大了啥鸟都有。他那么想让黄宝酒后吐真言都白费劲儿，他提个头儿，鸭嘴全吐了出来。鸭嘴说，咱俩有缘分，我教给你条经验，你领相好的过夜，就去住宾馆，可别心疼钱住这种小店，让公安查住，拿不出结婚证就算嫖，罚你没商量。吴响说，这么厉害呀。鸭嘴说，那当然，我再交个实底，我举报的多是偷情的，就算他们不开房，在家，我知道一样报。

　　吴响对鸭嘴厌恶到嗓子眼儿了。如果他知道吴响和徐娥子的事，恐怕吴响被罚得下辈子也翻不起身。吴响在黄宝那儿窝了一肚子火，正没地方发泄呢。他一拳打过去，骂，滚，少烦老子！

　　鸭嘴被吴响打蒙，脖子起伏着，不知还有多少话想蹿出来。他说，你醉了吧？我是你的朋友。吴响骂，谁他妈醉了，老子打的就是你，交你这号朋友，下辈子连条长虫都转不了。鸭嘴紧张地退到门口，我去派出所告你，逃了。

　　吴响挥挥拳头，兀自笑了。这一闹，酒意全无。吴响担心鸭嘴算后账，那家伙毕竟是线人，和公安套得上关系。于是退了房，连夜赶回。

第二天，吴响还睡着，村长就上门了，身后是阴着脸的毛文明。吴响以为草场出了问题，忙问，逮住了？毛文明对村长说，你忙吧，我和老吴谈谈。吴响听毛文明语气不对，做了挨训的准备。毛文明眯着小眼，使目光有了更坚硬的力度。吴响有些心虚，他没完成毛文明交代的任务。

过了好久，毛文明声音空空地问，听说你调查黄宝女人的事？

吴响吃了一惊，毛文明这么快就知道了？随即说，我随便问问。

毛文明生气地说，你是护坡员，不安心看草场，瞎鸡巴跑啥？你咋就有这么大兴趣，那女人和你有屁关系！想知道啥，问我好了。

吴响不敢和毛文明硬碰，又不甘心彻底投降，毛文明如此迅速地上门，足以说明他的重视与心虚。吴响笑笑，柔软的话里夹了几根硬刺，我没别的意思，就是觉得奇怪，尹小梅死了，好多人都怕提她。死人有啥可怕的？还能从土里钻出来咬一口？

毛文明说，这有啥奇怪的？说句难听的，摊在你身上，你愿意别人抓你的伤口？

吴响说，那是。

毛文明说，那件事乡里已做了妥善处理，作为死者家属，黄宝没有任何异议。已经过去这么长时间，你冒冒失失提起来，不是有别的用心吧？

吴响检讨，我吃饱了撑的。

毛文明说，老吴，我是代表乡政府和你谈，你可别做傻事啊。已经是警告了。

吴响保证，再不多嘴了。

吴响对毛文明毕恭毕敬的。他清楚自己是鸡蛋，毛文明是坚硬的石头。可他并没有被毛文明的话压住，那些话在耳旁停了停，羽毛一样飘走了。心中的疑团也越发重了。越怕他知道，他越是想知道。其实知道了又怎样呢？在北滩，吴响算一号人物，出了北滩，他就是一只蝌蚪，掀不起任何风浪。

吴响沿着草场转了一圈，没发现人，也没发现牲畜。他把摩托放倒，躺在一个芨芨丛旁。吴响敞开口袋，等别人往里钻。那天，他就是这样把尹小梅套进去的。现在，他没有明确的目标，谁钻进去，他都要把口子系住。尹小梅出事后，吴响没再设这种套子。他不是想玩这种游戏，他得向毛文明交差。他想让毛文明相信，他没有失职，一直在按毛文明的要求做。毛文明不怀疑他，他就有机会搞清尹小梅的死因。

天蓝得没一丝杂质，仿佛过滤了。阳光盖下来，有股咸咸的味道。尹小梅喜欢在阳光很好的日子洗衣服。天还是这样的天，日光还是这样的日光，尹小梅再也洗不成衣服了。吴响没有成心害她，他怎么会呢？他是那么喜欢她。至今，他也说不出喜欢她什么，可就是喜欢。尹小梅嫁到北滩那天，吴响喝过她的喜酒。那种场合当然少不了吴响，吴响只是喝酒，他的身份、岁数都不允许他耍什么花样。尹小梅和黄宝过来敬酒，吴响很随意地瞟她一眼。不知为什么，尹小梅慌了一下，躲着他的目光，不再触碰。尹小梅的神态攫住吴响，吴响突然就喜欢上了她。那种感觉很要命，吴响搞过那么多女人，从来没有那么挠心、蚀骨。尹小梅像一只蝴蝶，在他眼前飞来飞去，却怎么也捕不到。是他费尽心机的捕捉，让她撞进了一张丢掉性命的大网。

脸湿漉漉的，吴响抹了抹，举起手指端详。他不相信这是自己的泪，他从来不会流泪。当然，如果往前追溯，吴响还是有过一次不光彩的流泪经历。忘了是什么时候，家里突然来了两个陌生人，一个鼠眼，一个疤脸。他们要把母亲带走，那个鼠眼竟然是母亲第一个男人。吴响的父亲，生产队脾气最暴躁的车倌提着菜刀横在门口，做出拼命的架势。疤脸夺过父亲的菜刀，让母亲选择。母亲几乎没有任何犹豫地选了鼠眼，父亲的头颓然垂下。吴响明白母亲要离他而去，抱着母亲哇哇大哭。母亲咬着吴响的耳朵说她还会回来。鼠眼和疤脸到底把母亲带走了。吴响依然号哭，父亲恶狠狠扇他一巴掌，吴响的眼泪戛然而止。母亲从此音信全无，他的眼泪像母亲一样不再露面。吴响没有眼泪，北滩的村民都可以做证。没了母亲，父亲更加暴戾无常，村里来了要饭的、流浪的艺人，只要是女人，不管是聋的瞎的老的少的，父亲都要领回过夜。那种时候，父亲就把吴响撵出去。吴响缩在窗户底下，听着父亲雷一样的吼叫。吴响一滴眼泪也没掉过。父亲死得很惨，那次喝醉酒，他从车上栽下来，三匹马把他拖了二十多里。他习惯把缰绳缠在手腕上。被人发现，父亲半个脑袋和半个身子已经磨没了，露出白森森的骨头。

可是，吴响没有流泪，他抽动得嘴巴都歪了，眼睛依然干涸。

怎么就流泪了呢？吴响觉得奇怪，再抹，又没了。他合上眼，尹小梅突然跳出来。她脸上没有一丝娇羞，生硬如铁，目光冒着水汽，也是硬邦邦的。一绺头发垂下来，在眉角拐了个弯儿，贴在鼻翼一侧。

吴响哆嗦了一下，猛地坐起来。

日光白得晃眼，吴响还是看清了钻进草场的两个人。一个是王虎女人，一个是黄老大。黄老大拔腿想跑，见王虎女人靠近吴响，他也迟迟疑疑跟过来。

王虎女人提着筐，筐里是刚挖的药材，老远就冲吴响挤上眼睛了。吴响没想到装进袋里的是这两个，一个比一个难缠。吴响沉下脸，斥责，狗改不了吃屎。王虎女人笑嘻嘻地说，早就等上了吧。吴响厉声道，别跟我套近乎，公事公办。王虎女人撇撇嘴，你有啥公事？还不是裤裆里的。手已伸向腰带，她一解，吴响就拿她没奈何了。亏得黄老大过来，她才没下一步动作。黄老大神色慌张，喉咙里拉锯一样。吴响问，袋子里装的是啥？黄老大几乎没了声音，草。黄老大挺狡猾，没把牛牵进来，而是割了草喂。吴响说，你这是和政策对抗啊。黄老大的腿软下去，腰更弓了，脸上泛出黑黢黢的颜色。吴响怕他倒下，忙说，你走吧，下次不能这样啊。黄老大哎哎着，吴响，我正要找你呢。吴响问，找我干啥？黄老大看看王虎女人，又看看吴响，王虎女人马上道，我先走了。吴响大声道，你站住！王虎女人嘟囔，我还不清楚你肚里那点儿货色。她让黄老大走，黄老大坚持要和吴响说事。黄老大很固执，吴响只得让王虎女人走。王虎女人嬉笑道，这可不怨我，是你让我走的。

吴响看着黄老大，什么事？

黄老大的眼和鼻子几乎抽到一条线了，吴响，黄宝没得八万块钱。

吴响愣住，黄老大要把吐出来的东西吃回去。他问，得了多少？

黄老大摇头，没有，一分没有。

吴响冷笑，那你是胡说了。

黄老大说，我糊涂得白天黑夜都分不清了。

吴响突然问，黄宝几时回来过？

黄老大慌忙摇头，他……没回啊。

吴响说，算了吧，以为我眼睛瞎了？这是他教你的，对不对？

黄老大可怜巴巴地说，我是个糊涂虫。

吴响毫不客气地说，你不糊涂，糊涂的是黄宝。

黄老大说，乡里没给他八万块钱啊。

吴响说，行了行了，给不给钱与我无关，你不赶紧走，就把你送到乡里。黄老大这才慌慌地离开。

吴响望着黄老大的背影想，黄宝给黄老大嘴巴上锁了。其实这已经不是秘密，黄宝并不是怕别人知道那笔钱，而是怕人知道钱背后的事。

吴响原打算歇几天再调查，现在等不及了。

傍晚时分，吴响打着嗝敲开独眼周的门。独眼周最擅长治打嗝，村长得了打嗝病，用了好几个偏方都没效果，最后找独眼周，独眼周两耳刮就打好了。独眼周虽然一只眼睛，亮度却强过常人的两倍。他堵在门口，炯炯地盯着吴响。吴响说，周……嗝……院……嗝……独眼周明白了，摸摸吴响的头，突然扇了一巴掌。吴响的脖子火辣辣的，暗想，独眼周倒像打铁的出身，若套不出他的话，这一巴掌就白挨了。吴响抻了抻，周……院长。独眼周迅速抽回手。吴响扭扭脖子，讨好地说，周院长，你真是神了。独眼周傲然道，我治这种病，没超过两巴掌的……我好像见过你？吴响说，周院长好眼力，我是北滩的。独眼周点点头，想起来了。

吴响给钱，独眼周不收。吴响说那咋行，干脆我请你吃饭得了。独眼周说我今儿值班。吴响说我买回来，在值班室……有意停了一下。独眼周说，改天吧。吴响听出他口气松了，说我去去就来。

吴响买了两瓶好酒，一只熏兔，两只切好的猪耳朵，一瓶鱼罐头。独眼周已经把桌子腾开。独眼周嗜酒，喝了酒，胆子就出奇的大，什么样的病人求到他都敢下手。据说独眼周曾要锯掉一个罗锅背上的肉疙瘩，让罗锅变得像木板一样直，罗锅家人不接受独眼周的治疗方案，只好作罢。吴响走这着棋，就是冲独眼周的大胆来的。

开始，吴响百般恭维独眼周，说上次在县里住店，听说他是营盘的，同屋的马上问你们那儿是不是有个姓周的医生特厉害，瞧瞧，周院长名气有多大吧。独眼周先前还谦虚，后来瘪了的那只眼都隐隐地发亮，嘴巴关不住了。治病治病，一半是医术，一半是胆量，医术总是有限的，多高的医术也超不过病。世上的病千奇百怪，好些甭说没见过，听都没听过，咋办？靠胆量。治好一个没人说你凭了胆量，只夸你医术高。治死了呢也不要紧，反正他总要死的，治也是死不治也是死。姚家庄有个女人，肚里长个瘤子，在大医院转遍了，都说没必要治了，连三个月也活不出去。后来我给她做了手术，反正有用的就留下，没用的就割掉。医生不但要给自个儿壮胆子，还得给病人壮胆子，不然，她哪能活两年？还有东坡一个男人，摔断腿非要跑县里去接，接是接好了，可钢钉锈住了，谁也不敢取。要不是我，钢钉还在他骨头里长着呢。我靠啥？胆量。医院的器械根本用不上，我从街上修车铺借来家伙，没费劲儿就搞出来了。

吴响频频点头，佩服得要趴下了。他不清楚哪件是真的，哪件是假的，任由独眼周吹嘘。独眼周绝口不提败走麦城的事，去年他就吃过一场官司。

喝到八九成时，吴响截住独眼周的话，难怪别的乡卫生院都塌了，就咱们乡好好的，全凭周院长了。

独眼周说，我有多大劲儿使多大劲儿。

吴响遗憾，周院长要是自己干，早就发了。

独眼周说，这倒不假，可医院十几多个职工，都指着我吃饭呢。

吴响说，你们凭脑瓜子吃饭，咋都容易，我们靠力气挣钱就难多了。

独眼周姿态很高地说，一样的，分工不同嘛，当年我还背过砖呢。

吴响说，咋会一样？卖力气永远挣不了大钱，除非像黄宝那样。

独眼周说，死女人那个吧？那钱……咳，谁挣那个钱啊。

吴响附和，这倒是，不过，乡里赔偿也不能不要，农村人多少年才能挣到？

独眼周笑笑，老弟，心思可不能歪了。

吴响正色道，周院长，我可没把你当外人啊。

独眼周点点头，那女人是旺夫命，死了也不忘给男人挣一把。

吴响说，周院长还记得那天的事吧，黄宝好像疯了，没过两天他啥事都没了，这会儿在县城开了个店，成了小老板。谁死谁可怜，亏得她死在乡政府，要是死在医院，黄宝肯定得不到那么多赔偿。

独眼周那只眼终于模糊了，要是在医院，我还能让她死了？就是早送来半个小时，也不至于……忽然停住，谁说她死在乡里了？目光又有了亮度。

吴响嘿嘿笑，表情暧昧。

独眼周说，兄弟，这话可不能乱说。

吴响诓他，我不光清楚她死在哪儿，还清楚她怎么死的。

独眼周果然上钩，你说她怎么死的？

吴响说，周院长想考我？

独眼周警觉地说，你是想套我的话吧，看不出，你还长了几根弯弯肠子。

吴响没料到独眼周一眼识破他的阴谋，赶紧给独眼周倒酒，激他，我以为周院长的胆子有脸盆大，原来也就一只核桃。全乡都传遍了，你还不敢说。

独眼周比刚才还清醒，谣传不当真，说塌天都没事，我讲一个字都要负责的。你请我喝酒，也是这个目的吧？

吴响老老实实地说，周院长眼睛真厉害。

独眼周自诩，我一只眼顶别人三只眼。

吴响问，你不敢说？

独眼周很滑地说，怎么不敢？她是突发心脏病，我在死亡证明上签了字的。你问这些干吗？想和黄宝分一股？黄宝能答应？

吴响耐着性子，我只是想知道她是怎么死的。

独眼周打着哈哈，心不跳动，人就死了，这么简单的常识，你还不懂？独眼周彻底把话封死了。

这顿酒钱算白花了，还被他捆了一巴掌。吴响心底呼呼冒火，还是赔出笑脸说，我随便问问，没别的意思。想求独眼周别告诉毛文明，最后意识到那是很愚蠢的，于是再次笑笑。

吴响想徐娥子了。遇到不痛快，吴响就找徐娥子放松。和她在一起，吴响很随便。徐娥子对什么都满不在乎，这是吴响最看重的地方。别的女人只让他一个地方痛快，只痛快那么一会儿，徐娥子让他里里外外痛快。所以，两人的关系没有断过。

吴响从来不把女人往家里领，或者直接去找，或者在野外。有一次，徐娥子使性子，说吴响不领她去就别碰她。吴响坚决不同意。徐娥子问为什么，她不是非去不可，只是奇怪。吴响说没理由，不行就是不行。吴响忘不了父亲把女人领到家里的事，那些回忆肮脏而惨痛，吴响决不那么做，也决不把屈辱说出去。如果吴响一门心思娶个女人，也不成问题。他脾气刚了点儿，并没有穷得揭不开锅。吴响不娶，也是因为少年的伤痛。女人拴不住，万一她离开呢？他的担心似乎很可笑，却是千真万确。和别的女人保持关系，不用担心哪个女人突然从身边跑掉，总有替补的。

迎头碰见三结巴。三结巴在脸颊上比画着，他酱了几个特大的猪耳朵。三结巴说不出话，就用手比画。吴响拐到酒馆，要了五个猪耳朵，一瓶酒。三结巴乐得鼻孔能插大葱。当然，他再怎么高兴，也不会忘了让吴响签字。每年年底，吴响会把一年的账全部结清。三结巴心中有数，吴响赊多少都不怕。刚上车，又被黄老大腻上了。黄老大已经是第四次找吴响了，反反复复就那句话，黄宝没得八万块钱。吴响对他又烦又怕。吴响说我相信我一百个相信，你就别缠我了。黄老大问，你真信？吴响说，我就是不相信自己是人养的，也相信你。乘黄老大咳嗽的空儿，吴响嗖地射出去。

这一耽误，吴响没赶上徐娥子家的晚饭。徐娥子拉长脸说，你想来就来，想走就走，多好的东西也留不住你，是不是又占了别的地盘子？吴响嘿嘿笑，哪个地盘子也没你的地盘子肥。问清她男人已经去了菜地，吴响的手就不老实了。徐娥子啪地打开，急啥？吃饱想跑？吴响说，今儿不走了。徐娥子的眉尖挑起来，哟，邀功请赏？我不领情。她的佯怒搞得吴响越发痒痒，从后边抱住她，咬着耳朵说，我就喜欢你生气，你越生气越好。徐娥子耳根腾地红了，骂，你个驴。吴响说，我不驴你还不喜欢我呢。徐娥子在吴响手背拧了一把，吴响哎呀一声，这就使上劲了？

两人刚解开衣扣，门咣咣响了。吴响问，他回来了？徐娥子摇摇头，不可能。吴响恼火地说，让人讨厌。徐娥子抱怨，我说不能性急吧，天还没黑透呢。两人快快地穿了衣服，徐娥子打开门。

竟然是村长，吴响愕然，你怎么找到这儿了？

村长瞅徐娥子一眼，说，我去哪儿找你呀？

吴响看出村长的严肃，帽子几乎遮住额头，脸就显得格外突兀。忙问，出了什么事？

村长说，没啥事，你跟我回村。

吴响把村长拽到一边，小声问，到底怎么了？

村长说，让你回你就回，别多问。

吴响望望徐娥子，徐娥子给他使个眼色，让他赶紧走。可吴响心有不甘，诡秘地对村长说，你先走，我一会儿就回。

村长生气地说，你脑袋没浑吧，怎么连个轻重缓急也分不出来？

吴响悻悻地说，走就是了，发啥火呀。

路上，吴响又问村长什么事，村长阴着脸说回去就知道了。吴响稍有些不安，但并没太往心里去。他没惹出祸端，别的还怕啥？等看见停在村委会的警车，吴响胸腔内扑腾出声音。难道又出了人命案子？

焦所长和一位小个子警察同时站起来。吴响一瞅两人的架势，明白他们是专等他的。焦所长脸上长着丘陵状的疙瘩，脸本来就黑，村委会灯光暗，他的脸更显黑了。这样一张脸扣上警帽，威严咄咄逼人。吴响故作轻松地笑笑，焦所长来啦？

焦所长粗硬的目光在吴响身上绕着，绕得吴响骨头都紧了。你叫吴响？

吴响心里咯噔一下，答了声是。焦所长应该认识吴响的。

焦所长说，去趟派出所。

吴响问，现……在？

焦所长面无表情，当然现在。

吴响稍一迟疑，还是硬着头皮问，找我有事？

焦所长说，去就知道了。

吴响被带到派出所，已经很晚了。吴响一路忐忑不安，到那儿反而镇定了。他除了爱搞个女人，没有别的毛病，更不干杀人偷盗的勾当。他也没强迫哪个女人和他睡觉，焦所长能把他怎样？吴响惋惜没来得及和徐娥子痛快一回，而且还饿着肚子。他暗骂村长，村长天生狗鼻子，竟找到徐娥子家。哪怕晚半个小时呢。骂过村长，又骂三结巴和黄老大，好事生生让他们耽搁了。

那间屋子不大，也就两间房的面积，可因摆设简陋，灯光刷亮刺眼，给人一种异常空旷的感觉。从吴响的长凳到焦所长的椅子似乎有几百米。

焦所长的脸在白花花的光亮里泛出冰冷的青色。他审视着吴响，好半天不说一句话。吴响摆出一副无所谓的架势，时间一点点过去，焦所长依然沉默着。吴响的呼吸不再均匀。他掏出烟，想递给焦所长，焦所长突然喝道，你给我坐好！吴响的头皮呼地一麻。

审讯开始。吴响已清楚这是审讯了。焦所长问，那个小个子警察记录。焦所长再次问吴响的姓名、年龄、居住地，吴响一一回答了。

焦所长：七月二号那天你在什么地方？

吴响想了想，心中一惊，那天他去县城找黄宝。他没隐瞒，难道找黄宝还犯法了？

焦所长：住什么旅店？

吴响答了。

焦所长：你都干了什么？

吴响：没干什么，睡觉。

焦所长：你再想想。

吴响：喝了点儿酒，我就睡了。

焦所长：你什么时候离开旅店的？

吴响犹豫着：第二天。

焦所长：胡说，当天夜里你就离开了。

吴响的表情倏地抽紧，焦所长怎么知道？

焦所长问，你为什么连夜离开？

吴响说，我回去看草场。

焦所长道，胡说！有人举报，你还不坦白。

吴响诧异，举报我？

焦所长问，一个男人是不是和你同住？

吴响说，是。

焦所长问，你给他买酒喝了？你为什么给他买酒？

吴响忙道，那是我喝剩的。

焦所长厉声道，别狡辩！

至此，吴响才明白自己为什么被带到派出所了。那个鸭嘴举报他嫖娼。那一拳让鸭嘴怀恨在心，所以报复吴响。鸭嘴打听吴响的情况，吴响没有丝毫隐瞒，有什么可隐瞒的？没想到让鸭嘴派上了用场。吴响纳闷的是已经过去八九天了，怎么才扯出来？如果鸭嘴举报，也应该是第二天啊。

吴响坚决不承认自己嫖娼。只要他咬紧嘴巴，焦所长就不能把他怎样。焦所长能凭空捏造一份证据吗？鸭嘴举报他嫖娼他就嫖娼了？

焦所长说吴响态度不好，搞对抗，又说吴响记性太差，给点儿时间让吴响想。焦所长和小个子警察离开，空阔的屋子只剩下吴响一人。吴响的心却堵得连一个缝隙也没有。焦所长真的认为她嫖娼了，还是借此紧紧他的骨头？他没得罪过焦所长呀。也许，和他调查尹小梅的死因有关？吴响不由一哆嗦，如果是那样，事情就麻烦了。

第二天，吴响第一个见到的不是焦所长，而是毛文明。没等吴响开口，毛文明便痛惜地说，老吴，你怎么能做出这种事呢？你可不是一般百姓，是乡里雇用的护坡员，按过去的说法，是编外合同，传出去，影响乡里形象啊。吴响急忙辩解，发誓自己没干。毛文明说，没干怎么举报你？要说，这也没啥大不了，不就搞点儿乐子吗？你没家没口的。可是，你不能把老底全交了，不然怎知道你是营盘乡的？知道你是北滩的？知道你叫吴响？有一样对不上号也白搭，哎！说啥也是没经验。毛文明语速很快，嘴唇上的酒苔都要撞碎了，吴响急得汗毛孔都龇了牙。好容易截住毛文明的话，吴响重申，毛乡长，我没干，真的没干，那家伙污蔑我。毛文明顿时显出不快，他为啥不污蔑我？不污蔑别人？他和你又没深仇大恨，干吗要污蔑你？老吴啊，你要不是北滩的护坡员，我才不管呢。我一听到消息，赶紧来看你。你这个样子，好像我诬陷你了。吴响说，毛乡长，我没怪你的意思。毛文明说，这就对了嘛，不能把我当外人，这种事也就罚几个钱，不会把你咋的，我和焦所长说说，尽量少罚点儿。吴响越听越不对，这不是给他定性吗？便用抗议的语气说，我要和举报人对质。毛文明理解地点点头，你可以提，不过，什么事都宜在小范围解决，闹得沸沸扬扬，没好处。

终于等到焦所长，吴响提出和鸭嘴对质。焦所长说你是不见棺材不掉泪，那就对质吧。吴响想看看鸭嘴怎么给他泼脏水。半天过去了，没见鸭嘴，焦所长也没了影儿。小个子警察把吴响照顾得很周到，照顾他吃，照顾他拉。吴响问焦所长哪儿去了，小个子警察说焦所长去找那个举报人。吴响问得等到什么时候，小个子警察说，这可说不准，你不是想对质吗，总得找见那个人呀。其实，想快点了结也容易，罚几个款完事。吴响梗着脖子，我没干，凭什么承认？小个子警察说，不会刑讯逼供，强迫你承认，一定让你心服口服，想赖也赖不掉。吴响愤愤地想，除非你们拔掉我的牙。

又过去一天，焦所长依然没影儿。吴响终于失去了耐性，这么下去，他会疯的。小个子警察态度倒是挺好，问吴响想不想吃包子，他说在办过的案子中吴响享受着最好的待遇。吴响哪里吃得下？吴响生气也罢，发怒也罢，小个子警察就一句话，必须等焦所长回来。吴响实在耗不起了，试探着问，如果罚款，得罚多少？小个子警察瞄他一眼，五千。吴响失声，这么多？小个子警察说，态度端正了，可以象征性地罚点儿。吴响问，象征性是多少？小个子警察说一到两千。吴响咬了牙想，罚就罚吧，说什么也不能在这里待了，就当出门让车撞了，认个倒霉吧。

总算见到了焦所长。吴响在口供上捺了手印，但一下拿不出一千五百块钱。毛文明帮了吴响的忙，把这几个月工资结了。毛文明责备，早知今日，何必当初？吴响说，我确实没干啊。毛文明不客气地说，你没干交什么罚款？吴响被噎得脖子都是硬的。

毛文明让吴响交钥匙，原来他已经把摩托拉了回来。吴响问，不是解雇我吧？毛文明反问，你觉得还能再雇你？毛文明十分冷淡，与说服吴响时大不一样了。吴响问，不能通融了？毛文明摇摇头，我向乡里汇报一下，看以后有没有可能。吴响说不必了。临出门，毛文明意味深长地说，老吴，想开些，可别犯了打嗝病啊。

吴响吸口寒气，什么都明白了。

黄昏时分，吴响从他的黄泥小屋出来。他一天没出屋了，仰躺一会儿，侧躺一会儿，或者趴在冰凉的炕席上发一阵儿呆。吴响打算去三结巴酒馆喂喂肚子，不能拿肚子撒气。

突然被解雇，吴响一时难以适应。清闲总是让人发空、发慌。他表面装着不在乎，心里则窝着气。毛文明最后那几句话已经说得很清楚，问题还是出在吴响的调查上。毛文明知道吴响去套独眼周，肯定非常恼火，所以就借那件"案子"教训他。鸭嘴的举报本来是狗操猪，扯不上的，可正好给了毛文明借口。吴响真正生气的还不是丢掉差事，而是背后的缘由。他只是想搞清尹小梅的死因，并没干什么呀。张嘴咬苹果，却崩了牙。吴响不是个服软的人，认定的事就不会放弃，越是阻止他越上瘾。

他需要时间梳理自己的脑袋。

三结巴正和女人吵架，吴响坐下好一会儿，两人也没露面。话扯不出几句，声音一个比一个高，吵完怕得后半夜。吴响喊了一声，红头涨脸、青筋暴露的三结巴挑帘出来，身后是同样怒容的女人。吴响笑了，吵什么架啊。三结巴猛一抽搐，脸难看得要变形了。吴响大声说，发什么呆，切一盘猪耳朵，我饿透了。三结巴瞄女人一眼，女人丢给三结巴一个冷眼，返身进屋了。三结巴苦巴巴地说，没……猪耳……吴响说，不是冻了好些吗？没猪耳，切猪头、猪肘、猪屁股也行。三结巴说，都……没有……吴响的目光不再柔和，没有开什么饭馆？有什么？有什么上什么！三结巴说，啥……啥……都……没有……吴响瞪着他，明白了几分，气呼呼地说，怕我欠下你的？没钱我卖器官，卖一个吃你三年。三结巴讨好地说，那……当然……吴……响……你结——一下……账……很利索地从怀里掏出个小本。吴响瞥了瞥，阎王爷还能欠下小鬼的？三结巴说，我……和……她……就……为这……事……三结巴指指里屋。原来两人吵架是因为吴响。吴响越想越火，丢了差事，难道连饭也吃不起了？他指着三结巴鼻子好一顿损。三结巴并不恼，连一句硬话也没有，就那么稀软地求吴响，一副可怜样儿。吴响闭了嘴。还能把三结巴咋办？可吴响又不肯狼狈离开，恼怒地沉默着。

这时，村长背着手进来。三结巴像见了救星，想说什么却没说，忙用袖子擦了凳子。村长便坐在吴响对面。

吴响虎生生地说，你不是告诉我，连护林员也不让我当了吧。

村长很吝啬地笑笑，好大的火气，不知道的还以为你立功了呢。他让三结巴上酒，说算在他头上，三结巴哎哎着去了。

吴响说，狗眼看人低，我什么时候欠过账？

村长说，凤凰下了树，鸡也要啄一口，何况你不是凤凰。三结巴也不是故意为难你，你吃了那么厚一沓，搁谁头上也害怕。村里人都知道，你的屁股都罚光了，你想想三结巴什么心情。

吴响一顿，谁说我罚光了？

村长说，你还有钱？那给三结巴结了呀。

吴响说，欠不下他的。

三结巴端上一盘猪耳朵，一盘花生米，四瓶啤酒，还不忘强调，都新……鲜……着呢……吴响暗暗骂娘。

村长叹口气，你说你，鬼迷心窍了，干吗去那地方找女人。那地方的女人也是你搞的？那不是真东西，是胶皮套，套子就是用来套人的，专套不长眼的。

吴响截住他，我没干，谁说我干了？

村长摇头，算了吧，罚款你都交了，还不承认。

吴响解释，他实在不想在那鬼地方待了，交罚款是为早点出来。说他嫖娼是扯鸡巴淡的事，他是因为调查尹小梅的死才惹出麻烦的。

村长显出吃惊状，你调查尹小梅的死因？

吴响说，尹小梅根本不是犯心脏病，去医院前就死了，你该听说过吧？

村长慌忙摇头。然后不解地问，你调查这干吗？那是黄宝媳妇啊。

吴响说，不干啥，我就是想搞清楚。尹小梅是黄宝媳妇，可她是因为我才弄到乡里的，我问问有什么不对？

村长突然哎哟一声，随后捂着肚子，问三结巴东西是不是变质了。三结巴慌得失了颜色，要扶村长。村长摆摆手，对吴响说他先回了，让吴响一个人喝。

吴响轻轻滑出两个字，泥鳅。

第二天，吴响去县里找黄宝。现在唯有问黄宝了，不管怎样，也要撬开黄宝的嘴巴。没了摩托，只能坐客车。从营盘到县里的车少，错过一辆，等下一辆差不多要三个小时。到了黄宝的店，已经中午了。

黄宝看见吴响的那一刻，像被蜂蜇了，整张脸往一个方向抽。他警惕、敌视着吴响，又不想表现得过于明显，且故意做出轻松的样子，实在别扭。

吴响喜欢黄宝这样。至少在心理上，黄宝是虚的，惧怕吴响。

吴响大声说，兄弟，我又看你来啦。

黄宝往屋里溜一眼，下意识地竖在门口，防止吴响进去。

吴响觉出黄宝神色怪异，顺着黄宝身边的缝隙望去，见一个穿浅紫色半袖的女人正在炒菜，煤气罐太低，女人蹲在地上。吴响嗬了一声，问，有目标了？

黄宝皱皱眉，别胡说，是我才雇的。

吴响暧昧地笑笑，到底是老板，什么都有人侍候。人活着还是好啊。

黄宝厌烦得脑门卷成卷儿了，低声道，你又来干吗？

吴响戏他，你说我来干啥？

黄宝紧紧嘴巴，对女人说他要和朋友一块儿吃饭。女人抬起头，吴响终于看清她的面目。三十来岁，长相很普通，脸倒还白净。

在饭馆坐下，黄宝说我来吧。吴响不客气地说当然是你来啦，我现在穷得就差卖屁股了。可惜卖屁股没人要，不然我真要当街吆喝。黄宝不接吴响的话，点了三个菜，歪头瞅旁边的食客。

吴响说，有什么看的，脸上又没长钱。

黄宝不情愿地回过头，没有一点儿温度地问，今天有空了？

吴响说，那份差事丢了，以后我天天有空。

黄宝的吃惊倒不像装出来的，怎么会呢？

吴响松松垮垮靠在椅子上，知道为啥丢的吗？因为我问了尹小梅的事，就这么简单。我一问，有人就害怕，就想法子搞我，你说怪不怪？

黄宝躲开吴响的目光，没人怕你。

吴响咄咄逼人地说，错了，怕我的不止一个。噢，你为啥把我找你的事告诉毛文明？是他让你报告的？

黄宝说，我干吗告他？

吴响说，你肯定告诉他了，要不他咋会知道？

黄宝端起杯喝了一口，刚刚露出的慌色消逝了，代之的是浅怒和嘲讽，你一来就审我？

吴响停了停，我口气冲是吧？好，我说慢点儿，乡里赔了你多少钱？

黄宝说，我凭什么告诉你？

吴响的口气终于软了，声调里有一丝乞求，你告诉我，黄宝，我就是想知道，我真没别的意思呀。

黄宝骂神经病，声音很低，似乎没打算让吴响听见，可那三个字落在吴响耳边却异常清脆。吴响说，我真神经了，你帮帮我。

黄宝说，我饿了。

吴响说，你是胆小鬼。

黄宝说，我真饿了。

吴响骂，你他妈是胆小鬼。

黄宝低头吃饭，声音很响。

吴响抓起酒瓶往黄宝头上浇去。吴响失去了耐性，想和这个暴发户干一架，他实在憋得太久了。黄宝不肯吃软的，就让他吃拳头。浅黄色的液体顺着黄宝刚刚长起碴的头发流下来，脸上、脖子上、衣服上霎时洇出一大片。服务员和旁边的食客都惊愕地看着。黄宝的脸涨得通红，肌肉抽动着，随时要飞溅起来，可跳了几下，竟然又平静了。他抹一把脸，拿起餐巾纸缓缓擦着，他还笑了笑，仿佛这一浇，让他无比舒坦。

黄宝没被激怒，吴响一时无措。总不能把酒瓶子砸他头上。

黄宝冲服务员喊，再上一瓶。

吴响龇着牙说，黄宝你行啊，修炼成仙了。

黄宝说，谁还不开个玩笑，哪能当真？

吴响逼住他的眼睛，我没开玩笑，我真想把你的脑袋捅个口子。

黄宝的脸颤了颤，又平稳了，我要是得罪了你，随你便。

吴响忽地笑了，怎么会呢？我还打算去你店里上班呢。

黄宝神色平静，吴响还是捕到了他眼中的惊慌。

吴响不是威胁黄宝，吃完饭就去了黄宝的店。吴响用黄宝的茶杯泡了一大杯茶，坐在门口看黄宝卖东西。有时，吴响还和那个女人开句玩笑。女人脸上有一丝不快，因为摸不准吴响和黄宝的关系，也就低头不吭声。黄宝则木着脸。吴响很是痛快，看你能忍耐多久。夜里，吴响住进原先那个小店。如果碰见鸭嘴，吴响非得让他的鸭嘴变成猪嘴。鸭嘴不知在哪个店放套子呢，影儿也没有。

吴响到黄宝店里上了两天班，那个女人不见了。吴响觉出黄宝脸色不对，故意问，她呢？怎么随随便便就不来了？这工钱一定得扣。黄宝突然咆哮，你管得着吗？你算什么东西？吴响明白女人不会再来了。吴响想激怒黄宝，黄宝真的怒火冲天了，吴响反没了脾气。他拍着黄宝的肩，干吗这么大火？不就个干活的吗？又不是你的相好。不是你的相好吧？黄宝甩开吴响，青着脸坐下，无赖，你彻底是个无赖。吴响说，这不用你说，北滩谁不知道我是无赖？黄宝痛苦不堪，你干嘛缠着我？吴响说，因为你撒谎。黄宝无奈道，你不相信，我也没办法。

　　吴响的纠缠已经奏效，黄宝被吴响整得焦头烂额。吴响从他疲倦的眼神推断，就算他不是噩梦不断，也睡不得安稳。吴响捋住他的脖子，慢慢往前挤，挤到最后，他的嘴自然就张开了。可一天天过去了，黄宝依然咬得死死地。吴响的情绪坏到顶点，忍不住大骂黄宝。吴响生气，黄宝反又平和了。他说，你真是不讲理，天天吃我的喝我的，还要骂娘，我爹也不敢这样。你是我爷爷！太爷爷！行了吧?！吴响说，屁，想让我入土啊，没门儿！

　　吴响回到北滩。身上的钱花光了，再住下去就得趴车站。吴响缠着黄宝，黄宝硬是没吐出一个有用的字。吴响打算回村弄几个钱，村里还欠着他一笔护林费。还有，吴响馋女人了。一种渗进骨缝的馋。好久没找徐娥子了，尹小梅出事，打乱了吴响和徐娥子的规律与默契，搞得饥一顿饱一顿。

　　吴响想顺便到林带瞅瞅，就绕了几步路。没发现树木被砍，吴响松了口气。他是快走出林带的时候看见王虎女人的。王虎女人正撅着屁股挖什么东西，大概是药材吧。吴响嗨了一声，王虎女人受了惊吓，险些跌倒，看清是吴响，没好气地说，我以为撞上鬼了呢。吴响用目光摸了她一遍，问，你干吗呢？王虎女人说挖药材。吴响说北滩的药材都挖你们家去了。王虎女人冷冷地说，这又不是草场，你少管，我不挖药材，去哪儿弄钱？不像有些人从棺材缝还能抠钱，我没那能耐！王虎女人的话有些奇怪，但吴响没琢磨出味儿来，沉了脸说，树林也归我管。王虎女人说，少来这套，我不吃。吴响想抓她，王虎女人灵猴一般躲开，别碰我！吴响以为王虎女人故意吊他胃口，这个女人很懂得骚，便嬉笑道，两日不见，长刺儿了？王虎女人骂，也不撒泡尿照照，提着筐就走。声音极轻，但穿过密密匝匝的树叶，陡然有了坚硬的力度，狠狠撞了吴响一下，吴响愣住，继而恼羞万分，王虎女人的裤带松得很，谁碰都开，她有什么资格寒碜他？可她就是寒碜他了。

　　吴响愤愤地骂句脏话。

　　进屋不久，黄老大和三结巴先后追上门。这俩人让吴响头疼，怎么也躲不开，似乎一直在门外嗅着。炕上、桌上积满灰尘，吴响抓着一块破布狠狠地拍，屋内顿时弥漫起呛人的尘雾。黄老大和三结巴躲着看吴响的布子，却不肯退出去。

吴响冷着脸，你俩有事？

黄老大和三结巴用眼神商量谁先开口，后又加了动作。吴响示意着黄老大先讲。黄老大扭捏着，满脸皱纹绞出一个旋状的疙瘩，方说，吴响，黄宝没得过八万块钱呀。吴响已经对这句话过敏了，不耐烦地挥挥手，我向龙王爷发誓，我相信你，他得不得实在和我没关系。黄老大问，那你找黄宝干吗？吴响反问，谁说我找他了？黄老大一副看透吴响的样子，你能瞒谁啊？吴响不想理他，让三结巴讲。三结巴看着黄老大，想等黄老大离开。黄老大却把脸扭到一边。三结巴冲黄老大做了个厌恶的表情，然后赔着笑，吴……吴……吴响问，带来了吗？三结巴赶忙掏出账本。吴响拿了，瞅都没瞅，一下撕成两半。三结巴急的眼珠要冒血了，你……你……猛地扯住吴响，吴响说我和你说不清，找村长打这个官司，走出一段，见黄老大没跟上来，低声对三结巴说，你用透明胶先粘了，弄乱我就不认账了，放心，我跑不了。三结巴想了想，认为保存好账本还是重要，不情愿地撇下吴响。

这成啥了？竟混得没法在村里待了。吴响没找村长，径直去了徐娥子家。

吴响进屋就觉出气氛异样，但没往心里去，也没听懂徐娥子的暗示。两口子都在，男人编筐，徐娥子躺着。徐娥子男人看见吴响，眼神里闪过一丝兴奋、一丝紧张。吴响早已习惯了无视他的存在，只是笑了笑。徐娥子男人借口去菜地，徐娥子张张嘴，似乎阻止男人离开，可男人已经出去了。

吴响关切地问，你没事吧？徐娥子摇摇头，刚才躺在那儿，她慵懒又略带感伤，此时则显得忧心忡忡，还有几分焦灼不安。

吴响再次问，吵架了？

徐娥子说没有。

吴响问，生我的气了？

徐娥子幽怨地盯住吴响，这些日子，你干啥了？吴响说，没干啥，去县城办了点儿事。

徐娥子问，你是不是想和黄宝分钱？

吴响几乎咬断舌头，你说啥？谁这么编排我？

徐娥子说，都这么说，还有假？你往县里跑，是找黄宝吧？我上次一说黄宝得了钱你是不是就动了心思？吴响，听别人这么说，我的心就像掉进茅厕，难过得要死，你咋就这样了？

一股冷飕飕的寒气逼进心口，难怪王虎女人用那副腔调和他说话，说他从棺材缝儿扒钱，原来她们都认为他想和黄宝分一股。吴响问，你也信？

徐娥子问，那你找黄宝干啥？

吴响把他怎么怀疑尹小梅的死，怎么找黄宝的事说了。

徐娥子凄然道，我信你，别人谁信？再说，过去的事你翻搅它干啥？不管她是咋死的，黄宝不追究，你跳腾个啥？搞清了又咋样？你想治谁的罪？就算治了谁的罪，你能把尹小梅救活？你一定是哪股筋抽住了，吴响，可别自个儿往烟囱里撞啊。

吴响说，和你说不清楚。

徐娥子恨铁不成钢地说，你中邪了，你以为你是谁？你走吧，以后甭来了。

吴响板了板脸，忽又笑了，这就要分手啊？我可天天想你，都快想疯了。顺手一拉，把徐娥子拽进怀里。

徐娥子挣扎着，不行，今天真的不行。

徐娥子的不合作反激起吴响的欲望，当然，夹杂了些愤怒。吴响没强迫过别的女人，更没强迫过徐娥子，可今天他管不住自己，他彻底地疯了。

徐娥子急得脸都绿了，快走！……我男人……？

吴响已经把徐娥子扑倒，徐娥子气恼而委屈地呀了一声，泪水倾泻而出。她咬住牙，任泪水狂奔。吴响顿住，没想到徐娥子会这样。在这短暂的静默中，门咣地开了。

冲进来好几个人，徐娥子男人、焦所长、小个子警察，还有两个陌生人。

吴响的脑袋顿时大了，死死盯住徐娥子。徐娥子羞愧而慌乱，让你……说出两个字便咬住嘴唇，痛怨的目光碰碰吴响，迅速躲开。直到吴响被带走，徐娥子方扭过头。她的眼神彻底乱了，如开得正浓的杏花遭了冰雹，纷纷飘落。她似乎要跳起来，男人死死拖住她。

吴响没想到他会再次被推进那个空得让人发慌的屋子。他钻进了别人的套子，就像当初尹小梅钻进他的套子一样。

　　焦所长沉着焦炭一样的脸斥责，狗改不了吃屎，这回捂到炕上了，你还有什么话说？我这个所长好像专为你当的，整天就处理你的事了。吴响垂着头，却没有愧色，鸭嘴说在县城和相好搞也不行，在家里也不行，吴响庆幸自己的活动仅限于乡村，没想到乡村也不行了。哪条法律规定男人不准找相好了？

　　焦所长说，你是死猪不怕开水烫了，还想搞对抗？

　　吴响觉出焦所长话里的火药味浓了，老老实实地说，没有。

　　焦所长说，营盘的治安一直搞不上去，就是你这种人搅的。

　　吴响稍一沉吟，神色变过来，焦所长，我和徐娥子是十几年的相好了，这是周瑜打黄盖，两相情愿，你要是管，在全乡不得抓几百号？

　　焦所长厉声道，少跟我滑，徐娥子丈夫不告你，哪怕你好一百年呢，现在他告，派出所就得管。

　　吴响的目光疲软下去，淋湿了似的。徐娥子丈夫早已默认了他和徐娥子，为什么现在突然告发？显然是被人鼓捣的。不管什么原因，只要他告，就没那么简单了。

　　焦所长冷笑，咋不硬了？还相好呢，徐娥子说你一直纠缠她，不跟你好，你就威胁她。

　　这不可能！吴响大叫。徐娥子虽然在这个圈套里扮演了角色，但吴响相信她不会乱咬，决不会！

　　焦所长问，你是不是想对质？

　　吴响一顿，他对这两个字心有余悸。就算和徐娥子四目相对，又能有几成胜算？

　　焦所长说事情已经犯了，抵赖狡辩全没用。如果把吴响送交刑警队，判他个强奸罪也不是没可能。所里也不想让事情搞大，尽量做徐娥子男人工作，吴响给他点赔偿，让他放弃上告。两条路任吴响选。

　　吴响长叹一声。他还有别的选择吗？

　　第二天，村长把吴响领出来。村长把吴响的护林费结清，全部交给派出所。吴响身无分文，账上也无分文，彻底成了光棍。账倒也有，那是他欠别人的。村长知吴响饿着肚子，随吴响走进饭馆。村长说，你一直催我要钱，亏得没给你，不然去哪搞这笔救命钱？吴响说，啥人啥命。村长咦了一声，你怎么一点儿不伤心？吴响说，伤心顶个鸟用？要伤心，我能死一百回。村长感慨，你这号人也少见。说愣不愣，说傻不傻，就是脑袋太拧，还不老实，全栽在女人身上了。女人呀，那可是一股水，流到一个地方就变一个形状，没把握可千万别上。吴响笑笑，与女人无关。我不就是想搞清尹小梅怎么死的吗？我问问有错了？一问就惹祸事，你说怪不怪？村长显出一丝紧张，可别乱说啊。吴响道，我怎么乱说了，她死得稀里糊涂……你别走，我不说了。村长又把屁股稳在凳子上，沉默了几分钟，小声说，你知道了又怎样？别人说你想从中分一股。吴响恶声道，谁他妈乱嚼，我撕他的嘴。村长踢踢吴响，低点声儿，我搞不明白，你到底为啥？吴响想了想，我也不知道，真是说不清。村长说，你天生是个不安分的主，噢，林子你也甭护了。吴响急道，不护林，我吃啥？村长说，我连你的影儿都逮不住，有你没你还不一个样？吴响说，没饭吃，我就赖在你家。村长骂，狗日的，一条喂不饱的狼。吴响大声说，再切一盘猪耳朵，反正你也心疼了。

从饭馆出来，吴响说，我不回去了。

村长硬扎扎地看着他，想让我雇轿子？

吴响说，我找黄宝去。他还能回村吗？三结巴不把他嗡嗡死才怪。吴响原打算去找徐娥子，狠狠质问她一番，又觉得没意思。现在，他最想找的是黄宝，黄宝怕，他偏要找。反正他已落魄成这样，更没啥顾忌了。

村长抓抓帽子，又扣上了。你这根筋算是绷住了，算我白费唾沫，腿是你自己的，爱往哪儿呱嗒往哪儿呱嗒，往坑里掉吧你。

吴响说，还得借我十块钱。

村长没有好脸色，穷得就剩一张嘴了，还借，我再当两年村长，这条命也得让你借了去。掏出十块钱，狠狠拍给吴响。那顶帽子终是被他揪下来，那时，他已离开吴响很远了。

吴响踩着太阳的余光走进黄宝果品店。他的脸一半红，一半灰。红的那面是衬了霞光，灰的那面是挂了太多的尘土。

吴响没赶上客车，只好截了一辆收猪的三轮。收猪的汉子死活不拉，他说我开车是二把刀，摔了猪我不怕，摔了你我担待不起。你这么高，猪这么矮，也装不到一块儿，警察瞅见以为我贩人呢。吴响抓着汉子胳膊一定要坐，并把那十块钱塞到他兜里。汉子说我没见过你这么不要脸的人，上车吧。车上已有一头猪，吴响又随他收了一头。汉子怕猪跑掉，用脏兮兮的网连同吴响一块罩住。吴响说我护着不行吗？汉子说到时护住你自个儿就不错了。三轮车在乡间的路上颠簸，卷起一条飞扬的土龙。吴响蹲在那儿，死死抓着车沿，躲着猪的碰撞，躲着车帮的摔磕，等下车时，汗水和尘土把他裹成了一个泥人儿。

黄宝惊愕的目光在吴响身上扑了几扑，问，怎么弄成这样？

吴响说，给我来一缸子冷水，渴死了。喝下三大杯，吴响的气才匀了点儿，再次用袖子抹了抹脸，涂出一幅劣质地图。

黄宝疑惑着，被抢了？

吴响扑哧一笑，谁抢我？一定瞎眼了。

黄宝问，你怎么来的？

吴响说乘专车，你信不信？

黄宝别扭地笑笑。

吴响大咧咧地坐下，抓起一张旧报纸来回扇着。咱店的生意咋样？吴响的样子狼狈，说话却镇定自若，暗藏机锋。

黄宝说，你来得正好。

轮到吴响发愣了。

黄宝不理吴响，转身打开抽屉，拿出一个纸包。纸包得不严实，从敞开的缝角能清楚地窥见包里的东西，那是钱，摞在一起的钱。黄宝说，我没和你说实话，乡里确实给了我一笔钱，我拿来开这个破店了，就剩了这点儿，这是五千，你先拿着。你也不容易，可我帮不上更多的忙。

吴响的脸慢慢黑了，黑得能滴出墨来。难怪都说吴响想和黄宝分一股，连黄宝也这么认为。他抓起纸包，手微微抖着。

黄宝说，是上午取的，没假。

吴响突地把纸包摔在黄宝头上。纸包松开，钱撒了一地。

黄宝猝不及防，连连后退，你嫌少？

吴响说去你妈的，扑上去擂了黄宝一拳。黄宝也怒了，叫骂着砸了吴响一拳。两人互相扯拽着，在地上翻滚。沿墙的纸箱翻了，瓜子、杏核、杏、桃早就不想在那个地方待了，趁机跑出来，滚得满地都是，几个不安分的桃还跑到了门外。

旁边的人打了110，警察赶来，吴响和黄宝已停了手，喘着粗气对视着。衣服撕破了，脸上挂了彩。

警察要带走吴响，黄宝拦住了，说和吴响是一个村的，两人发生了点儿误会，没啥事，实在是没啥事。警察瞄一眼垂着头的吴响，说都快赶上伊拉克了，还没事？出了人命就晚了，有纠纷必须通过法律手段解决。黄宝赔着笑，小心翼翼地把警察送走。

两人沉默了一会儿，然后收拾满地的狼藉。瓜子、杏核已经混得难分难舍了，只好草草地装在一块儿。钱被重新包好，黄宝又把它锁进抽屉。

吴响没做任何解释，想看看黄宝还能搞什么花样。黄宝倒是老实，领吴响洗了澡，又走进一个小酒馆。喝了酒，黄宝的眼球不再僵滞，摸着腮帮子说，你真狠啊，牙都活了。吴响扬扬手，亏你牙活了，要不我手背上的肉还不少一块儿？你咋像个娘们儿？黄宝说，吴响，你太欺负人了。吴响说，是你先寒碜的我，你把我看成啥人了？我凭什么要你的钱？钱都肯给我，为啥不敢说句真话，我只要你一句话！黄宝愁眉苦脸地说，我说什么你都不信，你要我怎么办？吴响说，你骗不了我。黄宝说，她的死和你有啥关系？你到底想干什么？声音里又露出几分绝望。吴响的神色茫然而决绝，干什么？我也说不清楚，我非知道不可。谁也吓不倒我，谁也拦不住我。我已经进了两次派出所，不问尹小梅的事，我也不会进那个鬼地方。不就是让我尝点儿苦头，再罚几个钱吗？我不怕。你可以再告诉毛文明，让他再想法子整我。除非把我投进牢，就算坐了牢，只要放出来，我还是要问。黄宝发誓，从没和毛文明说过。可他的目光虚软、无力，如一蓬永远晒不到阳光的草。吴响说，混了这么多年，把自己混成一个闲人。黄宝，你别嫌弃我，我要死心塌地在你店里上班了，工钱我不要，供我个吃住就行。黄宝说随你便，下意识地抚抚头。吴响说，放心，我没讹你的意思，你说出真相，我马上离开。黄宝轻声道，真相！真相在哪儿？吴响忍不住骂，在狗肚里。

睡觉成了问题，店里只有一张单人床。黄宝为难地说，大热天的，没法挤啊。打了一架，黄宝谦恭了许多，还有点儿无所谓。当然，这是表面上的，一个不经意的眼神，便滑出恼怒和焦灼。掏黄宝的话，只有让他的忍耐达到极限，彻底崩溃。吴响也怕耗，他强迫自己拿出全部耐性。已经到河中心了，必须咬牙走过去。吴响笑笑，咱俩轮着睡，一个前半夜，一个后半夜。黄宝一头躺倒，我困了。可他睡不着，翻来覆去地滚，滚到半夜，眼皮刚碰住，吴响拍拍他，该我了。黄宝气呼呼地说，你讲不讲理，这是我的床。吴响说，咱们商量好的，你可不能耍赖。黄宝嘟嘟囔囔地起来，拽出鱼泡一样的哈欠。哈欠还没落完，吴响已扯出鼾了。黄宝气不过，故意搞出很大的声音，吴响依然睡得死死的。

白天，吴响拿个凳子靠在门口，打量着过往行人。他很容易就能分辨出哪些是城里的，哪些是刚从乡下来的。城里人也长不出三只眼，女人穿的露点儿，男人肚子挺点儿罢了。困了闭会儿眼，听到声音，冲屋里喊一声，有人。黄宝便出来了。到了吃饭时间，黄宝就领他去小馆子。吴响体恤地说，自个儿做吧，这么吃馆子太浪费。黄宝骂，吃他个狗日的。夜里还是轮着睡。熬了几天，黄宝毛了，夜里清醒得像水洗过，一到白天就犯困。他给吴响租了间房，让吴响搬到那儿住。

那屋子也就小半间，一张床，一卷行李。待住下，吴响的心忽然就沉了。黄宝竟然给他租房，这是要拉开架势打持久战了。黄宝宁可破费也不肯讲那句话。究竟有什么复杂的原因，让黄宝惧怕到这个程度？他畏惧毛文明，还是畏惧别的？吴响难以想象。吴响嘴上硬，心里也很急。耗到什么时候是个头？

一个阴沉沉的日子，一位妇女领着一个小女孩买了二斤杏。吴响盯着妇女的背影，一下感伤起来。活了半辈子，什么事都没干成。没娶过女人，没弄个像样的家，干的事都是别人让他干的，自己想干的没有。现在，他想按自己的意思干一件，一件简单的事，竟是这样困难。

徐娥子就在吴响阴郁的思绪中撞进他的视线。

吴响的目光抖了抖，想，怎么像徐娥子呢？她笑着过来，真是徐娥子。吴响一阵惊喜，但他控制住自己，淡淡地说，你怎么来了？

徐娥子说，我来找你。

吴响飘出一丝冷笑，又摆什么宴席了？

徐娥子脸色暗下去，可嘴巴依然那么快，吴响，就是有天大的仇，你也不能在大街上砍我的头吧。

吴响把徐娥子领到租住的小屋。他不能把她晾在街上，毕竟两人好了近二十年。徐娥子打量着——其实一眼就看遍了，你就住这儿？吴响说，有地儿住就不错了，总比坐牢强。徐娥子歉疚地说，我对不住你，当时……唉，说啥也没用了，我今儿来，任你打任你骂。吴响说，我哪敢呀。徐娥子猛地抱住吴响，你受了委屈，我也难过呀。吴响推推她，这可是县城，警察随时都会闯进来。徐娥子的声音铮铮硬了，吴响，我知道你不是小肚量男人，要不也不敢来找你。我后悔了，后悔透了，我由你罚，你还想怎样？你不理我？算我贱！吴响一下抱紧她。说得没错，他不是小肚量男人，不记仇。说到底，他还恋着她。

徐娥子住了一夜，第二天走的时候，掏出两千块钱，她说这是你的，还给你。吴响让她拿回去，到三结巴酒馆结一下账。三结巴两口子每天不知吵几架呢，吴响可不想让他俩反复嚼他。徐娥子问吴响什么时候回去，其实夜里已经问好几遍了。吴响明白她的意思，再次说，等弄清楚就回去。徐娥子说，我还赶不上一个死人？吴响说，这是两码事。徐娥子叹口气，提醒他多长个心眼儿，别再撞进套子。

徐娥子的话让吴响想到了毛文明。这么长时间过去了，为什么没人找他的茬儿？揪他的辫子？是黄宝没再通报，还是毛文明已经不再把他当回事？这个谜底——如果算谜底的话，几天后解开了。

那天，吴响经过医院门口，意外地碰上了毛文明。毛文明正住院呢。见吴响疑惑，毛文明解释，没啥大病，肝出了点儿问题，喝酒喝的。毛文明嘴唇上的酒苔果然变厚了，像长了一圈小蘑菇。毛文明问，听说你还在调查那件事？吴响点点头。毛文明摇头，你的脑子真有问题了。吴响说，我还没到住院的份儿上。

到了晚上，吴响忽然想去医院看看，顺便探探毛文明的口风。他从来没问过毛文明，为什么不问问他？

毛文明正看电视，看见吴响也不意外，点点头，让他坐。过了一会儿，毛文明关了电视，问，找我有事？吴响稍一迟疑，干脆不绕弯子了，我还想问。毛文明笑笑，我猜你就会来，好歹你在我手下干过，我不计较你，你不用再折腾了，我全告诉你。尹小梅确实是发病死的，送往医院途中就不行了。这不是秘密，也没想瞒谁，人死就按死的处理，依你还能怎样？吴响说，我不信，她是病死的，为什么焦所长也在现场？毛文明火了，你什么意思，怀疑是我整死的？你去调查吧，没人拦你，看你能调查出什么？白的就是白的，黑的就是黑的，你一个农民能把黑白颠倒了？我不过可怜你，你倒上脸了！

吴响悻悻离开。他调查与否，毛文明似乎已不太看重。果如毛文明说的，是他胡乱猜疑？还是毛文明已经看出，吴响再折腾也溅不起水泡？吴响琢磨着毛文明的话，突然想出个主意，何不诈诈黄宝？在这次事故中，真正的主角是吴响和黄宝。只有他俩因尹小梅的死而留下了阴影，只不过黄宝掩盖住了。黄宝绝不可能像毛文明那么坦然，吴响再用把劲儿，黄宝没准就吐出来了。

黄宝已经睡了，他嘟嘟囔囔地打开门，又歪在床上。吴响大声说，我知道尹小梅怎么死的了！黄宝打个激灵，猛地坐起，紧张地盯着吴响。吴响迎视着他，我见到毛文明了，我刚从他那儿来，他住了院，把什么都告诉我了。黄宝的脖子抻长了，眼球渐渐变硬，哆嗦着问，她怎么……吴响激愤地说，你凭什么问我？事情早就过去了，毛文明都说了，你这个胆小鬼，还想烂在肚里，亏你和尹小梅做了这么多年夫妻，还给她编排出一个心脏病。黄宝红着眼催促，你倒是说呀。吴响冷笑，想考我？我偏不说。黄宝的头如晒蔫的柿子耷拉下去，我真不知道她是怎么死的，我没见上她的面，医生说啥我就信啥，我心里也犯嘀咕，可不敢问，我害怕问。我以为处理完，事儿就过去了，等你找来，我才知道不是这样的。从你来那天我就做噩梦，我不是怕你，我是怕……如琴弦突然崩断，余音不绝。

吴响目瞪口呆。没想到是这样。黄宝不是不告诉他，而是不清楚。他的躲闪和惊慌是因为再无法糊涂下去。吴响很恼火，因此没告诉黄宝刚才的话是编的，让黄宝折磨自己吧。

吴响走时，黄宝依然反复念叨，我怕呀，我是怕呀……

第二天，吴响起晚了些。尹小梅的死，怕是再也搞不清了。他心情灰暗，就像暴雨将至的天空。吴响不想再折磨黄宝了，得告诉黄宝，夜里是诓他。黄宝愿意糊涂就糊涂吧。只是，吴响总有些不甘心。

果品店门敞着，黄宝不见踪影，几只苍蝇倒是忙活得飞出飞进。吴响等了半天，还是不见黄宝。胡乱猜疑一番，直到半上午才听说，黎明时分，一个男人在大桥上撒了一大把钱，然后跨过栏杆跳下去了。吴响的心迅速沉下去，冲到大桥上。正是雨季，浑浊的河水如脱缰野马，滚滚而去。但愿那个人不是黄宝。尹小梅的死，已把吴响压得喘不过气，如果黄宝再出事，吴响会被碾成碎末。

吴响沿着河边疾走，目光是焦急的，而心是忧伤的。他只想问个清楚，没别的意思；难道，他真的错了？

马嘶岭血案

陈应松

　　我就要死了，脑壳瘪瘪的，像一个从石头缝里抠出来的红薯。头上现在我连摸也不敢摸，九财叔那一斧头下去我就这个样子了。当梨树坪的两个老倌子把我从河里拉起来时，说这是个人吗？这还是个人吗？可我还活着，我醒过来指着挑着担子往山上跑的九财叔说："他、他要抢我的东西！"我是指我们杀了七个人后抢来的财物，又给九财叔一个人抢走了。医生在给我撬起凹进去的颅骨时说："撬过来了反正还是得崩。"还有一个寡瘦的护士给我扎针时说："你还晓得怕疼，我的天，到时一枪下去，那么大的洞看你喊疼去。"我疼得天昏地暗，这不是报应吗？九财叔砸我，我砸了别人，别人都死了，我却活着。

　　就这么等死的时候，前天老婆水香捎来了儿子的照片，一张嫩生生的照片，背景是红的，是在镇照相馆刘瘸子那儿照的。儿子还在向我傻乎乎地笑着，咧着没齿的嘴巴，眼泡肿肿的，耳朵大大的，活脱脱一个水香，活脱脱一个我。

　　现在是深冬了，早上放风出去地上有凌。再有一个月我就要与这世界再见了。

　　今年秋天，九财叔来找我，让我跟他一起去当挑夫。我走的时候，水香肚子鼓鼓的，还没有生。九财叔睁着那只没眼皮的右眼睛，问我一个月三百块，你去不去？我当时想都没有想就答应了。一个月三百块呀，不少了！尽管是到很远很高的马嘶岭，但是为了水香，为了水香肚子里的娃儿我也应该去。

我们两天以后才到了马嘶岭。

五十多岁、戴着眼镜、头发爬顶的祝队长拿出一个仪器来，说："到了，就是这儿。"另一个姓王的拿出一张地图，说："正是这儿。"又问九财叔："这是马嘶岭吗?"九财叔说不清。小王又问炊事员老麻，老麻也是我们当地人，他说这应该是马嘶岭，说他听打猎的讲过，马嘶岭到处是野葱野蒜。"这就是了。"他扯了一大把野葱，他说以后我们就有野葱吃了，特别好吃的。他掐着野葱的根须，一根根把它们分开，让那些人闻。小杜就接过去闻了，她是踏勘队唯一的女娃子。她说："好香，好香。"

我们就这么住下来了。他们住一块，我们住一块。我们住一块是三个人，炊事员老麻、九财叔和我。老麻后来嫌我们，住到厨房小棚里去了，在灶口柴窝里铺一床絮，比我们强多了。我一床被，九财叔一床絮，我们合伙用。他的絮又破又烂又薄，怎么也隔不断冰冷的地气，第二天我去割了几捆巴茅垫在下面，才略微暖和些。我们的棚子是塑料纸的，而祝队长他们是帆布的，还没有缝隙，完整的帐篷，像一个屋子，里面还有间隔，那女娃子小杜就睡在最里头。

刚开始我们知道他们是找矿的，第二天就得知他们是专来找金矿的，是为我们县找金矿的。也许就是那个该死的"金"字，这黄灿灿的让人想到荣华富贵的"金"字，就开始撩拨我们了。准确地说应该是撩拨九财叔了，撩拨他心中早已枯死的那个欲望。本来他都老了，两条腿虽说能挑个百八十斤，但常也有蹒跚的样子了，眼睛也没什么神了，内心快坍熄了，只等哪一天一场大病，或是喝酒喝死，阎王爷安静地把他收去。

第二天就听到祝队长说："这就是我们的踏勘靶区了。"他指着马嘶岭和岭下的马嘶河谷，声音洋溢着一种轻松和喜悦，好像是来这里玩耍的。其实这里荒无人烟，崇山峻岭，巨大的河谷吞噬着天空，马嘶河和雾渡河在这儿汇合，流淌着的河水在秋天通体泛红，好像一头巨蟒吐出的信子。我听见小杜那女娃子说："好美呀。"还拿着一个很小的相机咔嚓咔嚓地给他们拍着照片，也让人给她拍。小杜这女娃子长得像山里的洋芋果，圆圆叽叽的，个头也不高，爱笑，爱唱歌，我就暗自给她取了个洋芋果的诨名。那个身子单薄的小谭长得像根峨眉豆，他的刀条脸和身子，不是峨眉豆是什么。我听见他们说着那周围的岩石，祝队长指着河谷说："这就是开门金。"他比画说："河流骤然变宽了，流速减慢了，上游带来的泥沙、砾石、沙金都沉积于此了，看见了吧，开门金！"他说了几遍开门金，说过去这儿因为没有人烟也没被开采，可能有小量开采，因为这周围是土匪窝子，没人敢来，就算淘出了金子，也会被抢被杀的。

　　我的心那时有一种豁然开朗的感觉——开门金！我忽然对这些产生了兴趣，仿佛也成了他们中的一员，完全忘了我不过是他们的苦力和挑夫。祝队长是头儿，他总是站在中间，那几个人站在两旁，听他手拿着小锤敲打着岩石讲解，那个常在他手上的有数字跳闪的东西我也知道了，它叫GPS，卫星定位的。后来洋芋果小杜给我说它是用十二颗天上的卫星定位的，我们现在站在哪儿，经度多少，纬度多少，海拔多高，它一下就显示出来了。她说我们现在站的这个地方，马嘶岭的海拔是三千四百零九米。我问她这个东西值多少钱，一头牛钱吧？她当即就笑起来，把我笑毛了。可我之所以敢问她，是那天大家喝了点酒后我在他们的怂恿下唱了几个山歌。她说我的山歌唱得好，当即就把我的山歌录下来了。我知道那是录音机，可没见过那么小那么薄的录音机。我还问过她关于剥夷面的事。她指着祝队长指过的河谷对岸，高耸入云的一扇巨大石壁，光秃秃的，我只能隐约知道"剥夷"是怎么回事。剥夷面上，经她的指点，我似乎看到了一条石英矿脉，因为在夕阳里那儿闪着耀眼的光斑，还有云母。她说在它的顶上，也就是台面上的塔状熔岩，很好看吧，是一种碳酸盐岩。她说她们去看过了，那儿曾有炼过硝盐的痕迹，地图上有个地名叫晒盐坡，估计是那儿。她说你们这地方保存了第四纪冰川地貌，也就是七八十万年前的，那刃脊、冰斗、冰蚀槽谷，还有漂砾。"你看，"她指指河谷中那些巨型的石块说，"那些石头不是原本在此的，是从别处搬运来的，谁有这么大的力量？就是冰川，冰川就是神仙，力大无比。你看那三角面，很清晰的冰川流动时削磨的痕迹，把巨石从远处搬来了。"

　　她轻描淡写地给我说着这些，我却觉得她的话撼人心魄。在那个晴朗无风的傍晚，无数玄燕和蝙蝠滑翔的河谷上空，我听到了冰川轰隆隆运动的声响，而当时的山冈是寂静的，旷古的寂静，这女娃子的话让我仿佛眼际滚过了那个壮观的七八十万年前的场景。我真的佩服他们。这女娃子跟我跟水香一般年纪，可我没读过多少书，初中没读满就辍了学。我爹是个"八大脚"，八大脚就是抬死人的杠夫，他除了抬死人，挣几双草鞋钱，没屁的本事。

这天晚上，西南方的山坡上突然射出了一道强光，有如电焊的弧光，一直刺入云天，把周围的山坡、沟坎都照得如同白昼。那边帐篷就有人惊醒了，问是谁在照。大家都起来了。忽然那强光变成了两个光点，一上一下。大家以为是野兽，五六只电筒一起射去，那光点一动不动，祝队长就叫大家操了家伙跑过去扑打，不见了形影，也没有什么野兽，遂回到帐篷。而这时那光点又只剩一个了，在帐篷顶不远的崖上直射我们。

"这莫不是鬼吗？"九财叔说。方圆百里无一个人，无村庄和电线，这么强的光是从哪儿来的呢？又是什么东西所为？这个问题困扰着我们，祝队长宽大家的心说，你们不要怕，长期在野外生存，什么神秘的事儿都有。这个地方，听说怪事不少。九财叔坚持说是野鬼，还说是什么独眼鬼，见了我们这些人稀奇。他说南山里有几丈高的红毛大野人，还有鬼市。你们不知道鬼市吧？有一年来南山采药的一群人，晚上在老林里看到了一条小街，好不热闹，什么京广杂货都有，买货卖货的人把衣裳都挤破了。几个采药人也去买了些东西，有买鞋子的，有买衣裳的，便宜得不得了。第二天早晨一看，鞋子变成了草鞋，衣裳变成了棕叶，店家找给他们的钱全变成了冥钱，再去找那条街，哪儿找去，莽莽森林，除了树还是树，什么都没有。做饭的老麻也附和道，他们隔壁村也有过怪树的，有棵叫水洞瓜的树，是千年老树，从来只结籽不开花的，只要六月开花，这年必山洪暴发，开花的时候，树心里面就传出叮叮哐哐的锣鼓声，天一放亮就没了。说有个小娃子去上面掏鸟窝，掏出了三双草鞋云云。事情越说越玄乎了，说得大家脸色发白，倒抽冷气。祝队长就严厉制止道："老官，老麻，你们不要在这儿瞎说了。老官，你要是信鬼，今晚你跟我捉一个来，如果捉不到，你就走人。"

一开始祝队长就不喜欢九财叔，九财叔本来就不是一个讨人喜欢的人，所以祝队长就想赶他走，这是九财叔恨祝队长的起因。另外，那个一听九财叔说话，就从喉咙深处发出一种怪笑的姓王的博士也不喜欢九财叔。姓王的博士总是干干净净，头发方寸不乱，油水很厚的样子，不过他那个头好像是个大田螺。他说："别吓唬我们了，我们这些人都是久经沙场的，别看你们经常在山里转悠，但也比不上我们在野外生活的人。"

九财叔没有捉到鬼，踏勘队就响起一片嘲笑之声。我们跟在他们屁股后面，挑着一两百斤的东西随行。我们挑夫挺苦，一天十块钱，赚得很难。挑着一两百斤的东西，翻山越坎，过河上坡，他们徒步都困难，更何况我们这些挑夫。一头是他们刻槽取样的石头，剥离的石头，一大块一大块的，就往我们箩筐里丢。有时候，扁担上肩，腰却挺不起来，咬着牙，腰椎一节一节地压趴了，人站起来了，腿都在哆嗦。担子的另一头有石头，也有一些贵重的东西，那个像夜壶一样的家伙是个水准仪。水准仪不止一台，有一台是日本的家伙。这些仪器常被分成几段拆卸后放进箱子里，再装入箩筐。祝队长虽然讨厌九财叔，可还是信任他的力气，认为让他多挑贵重的东西牢靠些。

两天后，祝队长和小谭去了一趟山外。为了防止野兽和坏人，他们上山时配了一杆闪闪发亮的双筒猎枪，还给他们每人带来了一把跳刀，祝队长的绑腿里原来就插了一把美国猎刀，一尺多长。听他说，是一个外国同行送给他的。我慢慢才知道祝队长其实是去替他们领钱去的，还买烟买电池买扑克，给洋苹果小杜买来了许多糖果和女人用的东西。小杜把祝队长喊祝老师，小谭把他喊祝教授。听说祝队长是小杜的导师。小杜是他的研究生。小谭不是，他只是祝队长手下的一名工作人员，他下山是去给他在乡下读书的妹子寄学费去的。我听小杜问他："寄了吗？"他说寄了。这是与钱有关的事。每当这时，九财叔的耳朵就支棱得很长，好像是与自己有关的。他晚上愤愤不平地告诉我说："他×的，他那娃子一个月就能赚两千多块钱。"他说的是瘦小的小谭，我们都知道他是个山里娃子，与我们的口音相近。我问那祝队长是不是更多？九财叔说，听说他有好几个金矿。我说他有金矿？九财叔说是人家的金矿，他会找金子，所以人家就拉他入伙，那金矿他还不占一份？这儿要是找到了金矿，他也会有一份。听说他光乌龟车就有两部，有一部现在停在县城里，是他自己从省里开来的。我不知道九财叔是怎么知道的，你别看他平时闷声不响，瞪着一只永远也关闭不上的可怕的眼睛，可他知晓别人的事来，好像他长了好几个耳朵。

祝队长回来说到那怪光的事，说调查了，周围没有电焊的，山下的人说，南山山里是有一种奇怪的光，学大寨那会儿，山下一个村里有一块田也发出过怪光，也是贼亮贼亮的，像探照灯。他说是否与我们踏勘的岩层有某种关系，比如是一种石英，反射了太阳光或者别的什么光，透明石英也就是水晶。离这里不远据说有几个水晶洞，而且可能还含磷。在那个剥夷面上，你们看见没有，有许多水晶亮点，在早晨尤其清楚，已经可以断定，这是石英脉型的金矿。那边的剥夷面，花岗闪长岩与石英闪长岩的身边，与金矿最密切，所以，这是金矿给我们的强烈信息。他转过头来对我跟九财叔说："有了金矿，当地政府开始开采，你们这儿的经济就会有大发展，农民就会富起来，公路就会修通。这儿，说不定你们说的那个鬼市就真变成了现实哟。"他对九财叔说："你会顿顿有酒喝。"祝队长罕见地给他开了个玩笑。这种未来的憧憬把老麻说得一愣一愣的。老麻对我们说："祝队长是给我们做好事来了。"

晚上他的菜做得格外有味，野葱拌上了更多的香油和野花椒，加上祝队长与小谭提回来的两瓶酒，我们一人分了一杯。九财叔和老麻看到酒，眼睛就放光，他们眼里充满了对祝队长的感激。上山来的这几天，我、九财叔和老麻，跟他们六个踏勘队的人是分开吃的。我知道他们的饭比我们好，每顿都有肉，做的时候九财叔就闻到了香味。我想要是我们天天也能吃到他们城里人那样的饭，也就等于做上了城里人。

下山了，我那想做城里人的想法，让那一担沉沉的石头压得无影无踪。

我们要挑出他们取样的石头，到山下一个地方交给后勤分队，然后再挑回大米、面粉、菜、油盐。下山就是出山，得来去三四天。当你挑着那么沉重的石头走在无穷无尽的山道时，你的心里就像压着一块石头，脚上绑着两块石头。石头缠上了你，百多里的路，峡谷，险峰，乱石滚滚的高地，龇牙咧嘴的悬崖，全是石头。我们上山时还行，与九财叔下去，两担石头，两个无声的人，走在茫茫的石头上，走在深深的石缝里。从出生以来，哪挑过这么沉重的东西呀。九财叔一句也不吭，我在苦巴巴地想着家里待产的老婆水香，我想人与人的差别真是太大了，过去在家不觉得。原以为一月三百块的工钱，是抱金娃儿呢，而人家小杜、小谭、王博士他们一月就能轻松地拿好几千。我们村长听说一个月才拿一百五呢，人家还羡慕得要死。今年天旱，庄稼没啥收成，羊也渴死了几只，收农特税的村长上了几次门，威胁我爹说，你不交税就不让你家媳妇生娃子。八大脚的我爹是横了，叫嚣说我倒要生生看，生下来你村长有种的把他掐死。我挑了石头就能生娃子，我挑了石头就能给家里交税，还能给水香和娃儿买吃的穿的。就为这，我也要挑啊。

那天晚上，我累得开始屙血。

我给九财叔说我屙血了，九财叔不相信，到草丛里一看，九财叔叹着气，说屙两天就好了，人的力气都是压出来的。九财叔说，你知道祝队长有两辆乌龟车吗？我问他是听谁说的，他说总有人给他讲。他躺在葛藤攀附的石头上，望着林子上面的天空，用石头敲着石壁，说："村里的吉普是村长三千块钱买回来的，那他的两辆乌龟车不要几万吗？"我们那儿的人把小车都叫乌龟车，因为它们都像个骚乌龟。我没有搭理他，我在想水香肯定不知道这会儿我在荒郊野地屙着血，对着一担死石头无可奈何。她以为我是到外头寻快活见世面去了。没有我在身边，水香肯定是眼巴巴地望着念着我，被子里也空凉凉的。从她嫁过来，我还没离开过她，她也没离开过我。我揉着自己已经开始磨烂的肩膀，看着箩筐里的那些石头，想着想着，泪就出来了。九财叔吃惊地看着我，那只没有眼皮的眼睛像一颗苦桃一动不动，突然从他背着的垫絮里"哧啦"撕下一块棉絮，过来垫到我渗出血水的肩上，又抱出我箩筐里的一块石头，"哗啦"丢进了沟壑里。

我一见慌了神，喊："甩不得的，甩不得的。"我顾不了一切滑进深沟去捡那块石头，"这不能甩，这编了号的！"

我抱着石头爬上来，九财叔还是那么瞪着我。

"这是编了号的！"

九财叔什么都不知道，人家在石头上写了字，也在他们的图纸上记下来了，画了好多图。可九财叔什么都不懂。

我把矿石重新放进箩筐里。"这是矿样！"我对九财叔说。

"这不就是石头吗？"九财叔说。他没有文化，我跟他是说不清楚的，只当跟猪说。

"好，你屙血，屙！屙！"他恶狠狠地说。

他不理我，挑上石头一个人向前走了，我也只好又把石头上肩，扁担在磨破的肩上吱咯，吱咯，吱咯……

我正在埋头一步一挨着，听见前面一阵响声，我猛然一抬头，看到九财叔握着扁担，站在那儿，一动不动。前面的箭竹丛里，蹿出来一群野猪，就在九财叔不远处！

"上树！"九财叔一声喊，我甩下担子就往最近的一棵树上爬。我还没有看见过那么多拖儿带女黑压压的野猪群，我往上爬，踩断了一根枝丫，从树上掉下来，摔得屁股一阵锐疼。我看见九财叔非常紧张，可他又不能动，只能对峙在那儿。我这摔下来的一声，让野猪们警觉了，一个个竖起毛刺刺的耳朵，亮出尖尖的豁嘴和寒光闪闪的獠牙对着我们。我接着又往树上爬去。"叔，你上啊！"我拼了老命喊。这一喊，野猪们出击了，箭竹丛一阵哗哗的骚乱，滚滚黑浪就向我们卷来。

"你混蛋！"九财叔拉下我就朝陡坡下跳去，至少有三米高的陡坡，我落到地上，卡在一个石缝里，脑袋好像撞上了什么，一阵迷糊。野猪的吼叫声在岩上面，过了一会儿，我头脑清醒了，听见九财叔说："治安，治安，你在哪儿？"我说："叔，你在哪儿？"九财叔爬过来替我翻了个身，恶声恶气地说："让野猪把你吃得干干净净！"我摔得不轻，懒得跟他论理，他又吼着要我快抽出开山斧来。我从腰里抽出了开山斧，我们听到头顶上的野猪们急吼吼的，但并没往下面跳。我们贴在石头下，大气不敢出。"得亏没有血腥味。"九财叔说，他是指我们没有摔出血来，野猪没有对我们继续追击。我看九财叔，已摔得鼻青脸肿，那只没眼皮的眼睛里已经充血，红森森的，脸上手上都有深深的划痕。我知道自己也摔得不轻，浑身疼痛。天渐渐黑了，我们不敢上去，就着石崖，点燃了一堆火。这深山里的秋夜，寒气侵人，又冷又饿。九财叔说千万别动，野猪是很有头脑的。坐了一夜，第二天天亮后，见没什么动静了，我们手拿开山斧小心翼翼地爬上岩去，看到我昨天爬的那棵树，已经被野猪撞倒撕烂了，我们的箩筐也被掀翻，矿石、被子被践踏得脏乱不堪，沾满了臭熏熏的猪屎。我们收拾好石头，只好慌乱地逃出这个野猪出没的野猪坡。

这一趟，少了两块石头，是九财叔担子里的。他不知祝队长都标了记号，回来签收单上都记下了。估计是在野猪坡被猪拱翻后弄丢的。为此祝队长又狠狠批了九财叔一顿，并且宣布扣他两天的工钱。为这两块石头，九财叔这趟白挑了。九财叔言语不多，没有解释，只是瞪着那只没眼皮的眼睛看着祝队长。我给他们解释说我们遇到了野猪群，可能是野猪把我们的石头掀到山下了，我们还差一点没了命。可是办事认真的祝队长说这不是理由，这些矿样比生命还珍贵。

"你以为石头跟石头都是一样的？"姓王的博士歪着田螺头给祝队长帮腔。他们不相信我们的话，以为我们是故意丢弃的。

"你这么一丢，我们这么多人至少一天的劳动白费了。"洋芋果小杜笑着想缓解气氛。

事实上那天的气氛并没有缓解。那天晚上吃饭的时候，小谭还给了九财叔一杯酒，说是请他"代"了。九财叔把酒喝了，连谢也没谢人家，倒头就睡。

我怀疑那头是他故意丢的，在半道上趁我没注意把它丢掉了，以减轻肩上的重量。

深秋的马嘶岭夜晚，寒风比白天严厉千百倍，有时候飘下一点小雪，有时候飘下一阵细雨——雨是由浓雾而来的，滚滚的浓雾时常淹没我们。那些天，我听到的总是黑压压的野猪在奔跑和狂叫的声音，仿佛它们就在我们头顶，不断地来去，不断地聚散，没有停歇，让我噩梦不断。老麻听了我们的经历啧啧称奇，说："我不信，你惹了野猪没被吃掉，这说不过去嘛。熊比虎狠，猪又比熊狠，这谁都知晓，你们就损失了两块石头？哄鬼。"我说："钱就是用命换的嘛。"老麻就劝九财叔说："有命在，二十块钱就不算啥了，留得青山在，不怕没柴烧。说不定哪一天，你们在这山上能捡块狗头金回家呢。"

没有灯，我们坐在火堆旁，火堆是抵御这凶恶寒夜的一道温暖的屏障。用盐粉揉着一盆野葱的老麻来了兴致，说给我们讲一个狗头金的故事。

老麻那天说的是他们雾渡河上游上辈子人的事。他说马嘶河沿途是有金子的。他说的是旧社会。他说有个人捡了一坨金子，刚开始只觉得是块石头。他把话岔到九财叔丢矿石上去，说，你看起来是块石头，他们看起来里面就有金子，听说含金量还蛮高呢。他说有这么个人，是到河滩刨地刨的一块石头，黄黄的，也没做金子想，捡回去丢到猪栏屋里了。晚上起来拉尿，看到那块石头闪闪发光，就知道有内容了，找人一问，我的娘呀，是块狗头金，这么大——他比画有一个狗脑壳大——于是就到宜昌去，换了足足五百大洋。他揣着这么多叮当乱响的洋钱，就想到窑子里去嫖一嫖。问好了，宜昌城有个最有名的婊子，长得闭月羞花沉鱼落雁掐得出水来，于是就寻去了。嫖过之后，两人互问籍贯姓名。那婊子一听，知道遇上了自己的亲生老子。为何呢，因这男的生了五六个妮子，后又生了一个妮子。这妮子长到六七岁时，家中无力抚养，便卖给了别人，哪知这妮子长大后误入妓院。虽然与父母姐妹分别时还小，互不认识了，但那妮子还记得自己的老家，记得亲娘老子的大名。于是在生父离开时，在他一双备用鞋里插了根针，针下附了一信。那男的离开后，到晚上在一客栈里洗脚换鞋，一穿发现鞋内有一根针，还扎了一张信笺，展开一看，上写：您是我的亲老子，做了不该做的事，云云。这人读完后觉大事不好，赶去那妓院，一问，知自己的女儿因羞愧难当，已经投江自尽了。

讲过这故事后，老麻对我们说："你们天天跟他们一起出去挖，说不定走狗屎运，真挖出一坨金子，也有可能。运气来了，门板都挡不住。"九财叔苦笑了一声，沉默了。我给老麻解释说："你以为这石头是狗头金啵，听说最富的矿，一吨石头才能炼出几克来。"我用手指抓了一撮冷灰示意，"就这么多。不过，也有的一吨石头里含一斤多金子的，但这少而又少。"九财叔横了我一眼道："你懂！"我拿出枕头下的一本书给他们看说："这里面全有。"他们就像看生人一样看着我，我便有点得意了："这是小杜借给我看的。"

的确是她借给我看的，是一本《金矿地球物理找矿》。我跟她出去有几天，我们是分两个组，我帮小杜她们挑东西，小杜给过我一种糖吃，不知啥糖，吃到口里一股煳锅巴味，我就问这是啥糖，她说叫巧克力。"一颗抵你们小卖部一斤水果糖的价。"她对我说。这么贵！怪不得包得这么精精巧巧的，我就把那红色的玻璃糖纸留住了。她之所以给我糖吃，是听了我唱歌。她有个小机器，里面放一张薄薄的闪亮的圆盘，然后就戴上耳机听，估计里头也是歌。

有一天她要我再唱，我就给她唱了"阳呀阳坡的姐，阴呀阴坡的郎"。我说，我再给你唱几首五句子吧。我想了想就唱了一首："吃了中饭下河游，一对石磙顺水流，你要沉来沉到底，你要流来流到头，半路丢郎短阳寿。""很好听，"她说，"也很有意思。"我就又唱了一首："吃了中饭巴门站，泪水滴得千千万，可惜泪水捡不起，捡得起来用线穿，情哥来哒把她看。"她一个劲说好，我胆子就大了，就唱起邪一点的："吃了中饭下河耍，河下公鸭撵母鸭，公鸭撵得喳起个嘴，母鸭撵得叫喳喳，扁毛畜牲也贪花。"小杜和大家都笑了。小杜用那小机子把我的歌都录下来了，她还边听边记下那词儿："为什么总是以'吃了中饭'开头？"是啊，这一问问得我也有点傻了，我说不知道。王博士却说："这还不简单，饱暖生淫欲，饥寒起盗心嘛。吃饱了饭没事干，就想那公鸭撵母鸭的事，听说这山里的女孩子是很开放的喔。"我说："也不见得吧。"我说可能是与我们这儿只吃两餐有关，我们这儿早上起来是不吃不喝的，洗了懒就出坡干活。洗懒就是洗脸，因为早晨起来人容易懒，吃了喝了更懒。干了一气活，太阳当顶了，才回家吃中饭。所以，人吃了饭，才有劲，才想唱歌做别的。因小杜喜欢听我的歌，我的胆子也大了，见到丢在她旁边的一本书，就拿起来翻。他们测量、刻槽、取石，我没事就看那本书，全是怎么找金矿的，后来她就借给了我。

在我得到那本书以后的几天里，山岭却是极安静和明朗的。白云在天空如影随形，有时候，一股小风吹过，会带来一种强烈的野果成熟的气味。野柿子啦，五味子啦，鲜红的茶果啦，咧着大嘴傻笑的"八月炸"啦，还有吊在藤上快撑不住了的沉甸甸的猕猴桃啦。我钻进林子中去摘，我把五味子、"八月炸"给小杜，把酸不啦唧的猕猴桃给两个背测杆的杨工与龙工，把不软不硬的野柿子给王博士。他们吃着，不停地点头说："嗯，好吃。"我又给他们唱了一首："吃了中饭肚里嘈，要到后山摘仙桃，七尺竿竿打不到，脱了草鞋上树摇，摇得仙桃满地抛。"

那天小杜、王博士和小谭出去了，回来时每人都弄到了大大小小的水晶，就是那种透明得像玻璃和冰块的玩意儿。小杜还意外地弄到了一块红水晶。原来他们是去了一个水晶洞。那块通体透明红如胭脂的水晶让大伙啧啧称奇。可是祝队长却把他们几个人熊了一顿，说他们是胡来，说我们要把一个完整的矿山留给县里。祝队长因为激动两腮都出现了红疹子，摘下眼镜蒙眬着眼瞪他们说是搞破坏，当场就把小杜说哭了，大家也就不敢吭声，连晚上吃饭的时候也鸦雀无声。那块红水晶是否被祝队长没收了，我不知道。

一般来说，每天天刚亮，祝队长的哨子就响起了："起床了，起床了！"大家惺惺忪忪地起来，不辨滋味地把稀饭裹着馍馍吞下肚去，然后灌水，拿上馍馍和腌野葱野蒜，摇摇晃晃地走了，到了傍晚我们就回到营地，几乎每天如此。这群人——祝队长他们，无论男的女的，就像我们村头磨苞谷的水磨子，不停地干活，爬坡下坎，下坎爬坡，写写画画，然后收了仪器，抱来石头丢进我们担子里让我们挑回来。

好天气并不是经常有的，没过几天，寒风就缠在岭上、河谷间不走了，黏黏的浓雾悄悄地泛上来，与寒风一起，搅得天昏地暗。但是即使能见度非常低，祝队长还是催促大家出去，他的要求是：赶在大雪封山之前完成此次踏勘。在雾里我们挑着仪器以及他们中午的饭食，甚至还有睡袋，还有我们的被子，往勘测点走去。等到中午难得的太阳出来的一会儿，赶紧工作。如果晚上回不来，走得太远了，就随便找一个岩洞住一晚。在那样的晚上好歹他们会给我们一张塑料布，也不能抗拒石头上的矽骨冰凉，人像赤身裸体丢在冰窖里。他们虽然有睡袋（是鸭绒的），睡袋下又有油布，拉上了拉链就隔开了寒风，可我看见他们还是在睡袋里瑟瑟发抖。这些城里来的知识人，还真能吃苦呢，虽然抖，第二天一爬起来，又有了精神，又抖擞着活了，而且他们还啥病都不生。我却因受了风寒发起高烧来，浑身滚烫发热，还咳嗽。小杜小谭他们给了我几颗药吃，老麻还给我熬了些姜汤。我时冷时热地躺了一天，天一放亮，祝队长就进了我们棚子说："你们得挑粮食去了哦。"

挑粮食就意味着又要挑石头下山，听到这话，我骨头都软了，我看见九财叔的脸也阴沉了下来。可那是跑不脱的，堆在帐篷里的那些石头，迟早得要我们把它们挑下山去。我就说，那就走吧。我往箩筐里装着石头，杨工和龙工记着数，记着，然后将记了的纸装入一个信封，封上口，让我们带着一起送下山去。

我们正准备要走的时候，小谭突然说要跟我们一起出山，他说他请了个假。是不是又要给他上学的妹子寄钱呢？当时不知道，走到半道上，他才说是想下山打个电话。小谭穿着一双旧旅游鞋，披着油布（又防下雨又可垫着睡），背着旅行包。他说他母亲得了绝症，做了手术，家里欠了许多债。他说他早就不想在祝队长这儿干了，才两千块钱一个月，他早在深圳那边联系好了，一去就是八千的月薪。可祝队长留他，说不能缺少他，他是看祝队长的面子才留在他身边的，祝队长对他有知遇之恩。当他说深圳有八千块钱的月薪，着实让我有点吃惊，我们那儿也有人去深圳打工的，不就几百块钱一个月吗？来去的车费一除，也就跟在宜昌打工差不多。我说起这，小谭就说：这就是知识值钱。他说他们那儿也是穷山沟，他家有五姊妹。他问九财叔几个孩子，九财叔说三个女娃，老婆死了，还有个八十多岁的老母。他问我为何没读高中，我说没钱嘛。他说他母亲之所以得绝症，是因为卖血给他读书，他说他还有个姐姐，成绩很好，为了他，就辍学去打工了。九财叔在后面暗暗地对我说，别听他说得可可怜怜的，他是防我们呢。我不解，九财叔就说：很明显嘛，我们两个，他一个。可是我不信，回来的时候我见他眼睛红红的，看来电话是打通了，他说他母亲不行了，他抽着鼻子，说等这次踏勘完了就回家去，还不知能不能见上母亲。

好在来回都没有再碰到野猪，多了个人，胆也大些。我因为感冒，四肢无力，回来时挑着挑着就实在挑不动了。我挑着各四十斤的两袋面粉，一袋五十斤的米，加上蔬菜、肉鱼，足有两百斤。小谭说："看你这瘦小的个子还真能挑啊。"我说哪是能挑，还不是为了一天十块钱。你们是知识值钱啊，我们这儿也有个说法叫力大养一人，志大养千口，而我连力也不大，唉。我挑不动了，就让他们先走，反正有床被子，挑到哪儿睡到哪儿。九财叔说不行，你一个人，碰上野猪和其他野牲口了怎么办？我们出山的那天，在野猪坡的箭竹林里虽没遇见野猪，但看见过一头老熊，可能快冬眠了，躺在竹窝里没理我们。九财叔说："万一不行小谭你就先走，我跟他慢慢来，你反正知道的，跟祝队长说一声，小官他病没好，路上要耽搁一些。"小谭说："我倒也不怕，一个人走，我身上又没有钱，连手机都没有，就一块手表，还是电子表，十几块钱的。"这话是说给我们听的，意思是跟我们一样，穷鬼，让我们打消打劫他的念头，他已经暗示过无数次了。他说的也是实话，那么多人里，就他没手机，那些人都有手机，是他告诉我们的。他说手机是个寻常物，城里一人两三部也不稀奇，而且淘汰很快，年把就得换个新式的。小谭说还是大家一起走吧，安全些。他把我箩筐里的那袋米背上，这样我就轻了许多，但腿还是软的，又加上咳嗽，人一咳，就气喘，气一喘，心就慌，心一慌，身子就飘，一步不稳，就歪下了沟坎去。

这一跤人没摔坏，爬起来，面粉袋子摔破了一个，白花花的面粉撒了一地。我很害怕，说："小谭，你得给我做证啊。"九财叔把我从沟里拉起来，又去收拾面粉。小谭说："这不是你们的错，面粉就算了，树叶石子的，收起来也没法吃。"

好在有小谭做证，我又是带病，祝队长没扣我的工钱。可到营地我就倒下了，有种快死的感觉。八大脚我爹说人死就是一口气，一口气上不来，人就死了，就归他抬上山了。如果就一口气的有无来证明一个人的死活，那死就是很轻松的事。为什么有的人临死前疼得清喊辣叫？为什么有人死时流着不断线的泪水？我认为我那一次体验到了死亡，在那个垭口，三两里地外的营地在向我招手，可是我再也挑不动了。"你真的不能挑了吗？"小谭问我。我说我挪不动了。他说时间还长啊。意思是你这个样子，不能跟我们干到头啊。我一想，又怕他们赶我走，不要我了，我就咬了牙，不让担子歇下来，一歇下来，担子就成了座山。我走，那两个筐子就像有两个魔鬼一前一后使劲扳着你的扁担，筐脚还时常绊着石头或者树枝、葛藤，脚下又是沟坎又是悬崖。每当筐脚碰一下，手抓住的绳子就会拧圈儿，人就晃悠，就像无常鬼来拽你的命让你进地狱。脚下没有弹性，扁担就没有弹性，就会东磕西绊，这是挑担的人都知道的。看着破了的面粉口袋，祝队长一言不发。小谭真的就为我说话了，我终于等到了一个主持正义的人，他说你病得不轻。我坐在地上，浑身汗泥，真的病得不轻了。祝队长挥挥手说："好吧，好吧，赶快吃药。"

祝队长没有扣罚我的工钱，这刺激了九财叔，他大着胆子去找祝队长说："能不能不扣我上次的二十块钱？"

"这次与上次无关。"祝队长说。

"可我这次什么也没撒呀！"

他在表功，他在把我做错的事与他作为对比。这让我十分恼怒，再怎么我们是一起来的，还是你的表侄，你这个表叔哪像个长辈？你的意思是不是说，该扣的要一起扣，一视同仁？他就是这个意思，九财叔。九财叔就这样让我看轻贱了他。

然而过了一天，又要我们下山。说是我们捎回的信上说，就这两天就有发电机了，是山上要的，要我们去挑上来。

　　祝队长催促我们，是因为头一天晚上那该死的怪光又出现了。我们的营地黑咕隆咚，那光白魆魆地出现，照过来，就像被坏人，被土匪团团围住似的，十来个人无路可逃了，末日来临了。

　　"大家拿上家伙！"

　　半夜就听见那边的帐篷里祝队长他们吼叫着。我们操起了开山斧——一般我们都是插在后腰的木叉子里的，山里的每个男人都这样，每天出门上山都要带上，可以砍葛藤荆棘树枝开路，可以对付野牲口，还可以对付歹人。我们拿着开山斧出去，老麻拿着一根棒子，就见一道白光从崖顶直射下来，令人睁不开眼睛。一声果断的枪响，那光倏忽消失了。祝队长提着枪，大家的电筒一起照着，手举刀棍跑过去，中弹的地方什么也没有，是一块石头，上面留着清晰的弹痕。姓王的博士接过枪去，又朝林子深处开了一枪，大喊道："有种的出来！"

　　"出来！出来！出来！"大家齐声喊。

　　没有东西出来。祝队长就说，赶快把发电机挑上来。

　　九财叔要提条件了，因为他有气，所以他提出了条件。他说要把那管双筒猎枪给我们带着，因为野猪坡的野猪很厉害，人命关天。另外能不能少挑一点，下山后再叫两个挑夫来。没有一个条件能让那个古板的祝队长答应的。祝队长说枪不能带，队里只有一杆枪，要保护那些仪器，还有这么多人。他说，你们两个在山里钻惯了，多留个心眼没事的。九财叔说，那要是有个三长两短呢？祝队长火了，说，你们的开山斧是吃素的吗？可是，要是再碰上那群野猪，甭说是开山斧，就是枪也没用，野猪横了，一头猪顶三只虎两头熊。我和垂头丧气的九财叔就商量着怎么样躲过野猪坡，九财叔说反正这命要丢在马嘶岭了，回不去了。那怪光缠着我们不走，野猪又来撵我们，未必来这儿就是命？九财叔就对着山磕起了头，他拜了几拜，也没说话，站起来，从背后抽出开山斧，朝一棵红桦猛地砍去，哗啦啦，红桦上飞出了两只大鸟，呱呱叫着消失在林子上空。我看见红桦淌出了乳白色的汁液。那大鸟凄厉的叫声萦绕在山冈上，久久在我们心上盘旋。

　　我们走了，九财叔好像攒着一把劲，匆匆走在前面。我心里好害怕，只得紧紧跟着。走了一气，九财叔在前面歇下来了，把扁担横在两筐上，坐在上面，敞着怀，吼着气。我们已经过了河谷，望不见营地了。九财叔说，见了野猪别跑。九财叔又说，光是冲他们来的，我算了算，我们熟，他们生，要害害他们，他们这么不讲道理，还是读书人，种田搓泥巴的就不是人吗？我也替九财叔说话，他们太要不得了，我们命都快丢了，他们还扣二十块钱。九财叔恶狠狠地说："有独眼鬼干脆把他们都吃掉！不讲理！"在枯死的箭竹林里，光秃秃的风发出翻来覆去的沙沙声，好像也在恶咒，好像有无数的野牲口和野鬼来了，被九财叔召唤来了。"来一个敲他们一个！来一个敲他们一个！"我听他说。他一定是很恨了。忽然，我听见"哗"的一声，抬起头一看，九财叔把一箩筐石头全倒出来了。

"九财叔，你这是干什么！"

"嘿嘿，"九财叔干笑了，九财叔踢了箩筐一脚，那颗快蹦出来的眼珠子对着我，"我找狗头金。"

我跑过去，他在石头里扒拉着。

我赶快帮他把石头往箩筐里装。他说："你不要怕，你何必这么怕他们。"我说："我不是怕，我怕哪个，我是想平平安安回去，弄完了我们好回去，我去伺候月子。"九财叔说："二十块钱哪，你晓得，二十块钱！"他仰天长叹，我看见他那只不能闭合的眼里流出了浑浊的泪水。我的心里也沉重起来，我知道这二十块钱对他来说是个大数字；我知道他家徒四壁，三个女娃挤一床棉被，那棉被渔网似的；我知道他常年种洋芋刨洋芋用一张板锄一张挖锄，第三张锄都没有；我知道他家房里作牛栏，牛栏破了没瓦盖，另外也怕人把他家的牛偷走了，这可是他家最值钱的家当；我知道有一年他胸口烂了一个大洞，没钱去镇上买药，就让它这么烂，每天流出一碗脓水；我知道去年村长找他讨要拖欠的两块钱的特产税，他确实没有，村长急了，扇了自己一嘴巴，说："我他妈这么贱让人磨，我给你付了。"二十块钱对祝队长他们来说也许什么也不值，可对于九财叔来说，那可是十年的特产税啊。

我这么想着我也心酸得不行，可我又无能为力。

菩萨保佑，这一趟出山还顺。在山洞里待了一晚。我已经不屙血了，肩膀和脚上的血痂也慢慢好了。这次回来时我们挑着小发电机、汽油，小心翼翼地蹚河爬垭，翻山越岭。我们大多走兽道。兽道是野牲口们走的，野牲口爱走熟路，走多了，就有一条道。回到马嘶岭之后，晚上发电机一响，电灯亮了，营地有了从未有过的生机。

不过这次回来后，有好几次，我就发现九财叔站在祝队长的身后，也不说话，也不动。他也站在我身后过，不动，把我吓一跳。他是不是想说那二十块钱的事？不得而知。祝队长爱坐下来抽一支烟，眯着眼望群山。祝队长似乎知道九财叔站在他身后，有时慢慢转过头来，看九财叔一眼，表情平静，这时候，九财叔就会走开。祝队长有时候也摆弄他的手机，按去按来的，因为这里没有信号。老麻说，上次那两个人给祝队长又带上来一个手机。他伸出三个手指，表示有三个手机："喷喷"了几下，说："有五十多个电话找祝队长，可找不到他，都是要他下山去。他说他不理会这些，在春节之前把这次踏勘搞完了再说。"老麻说，我们可能还得待一两个月。我愕然了，说："那我媳妇就要生了。"老麻说："多一个月是一个月的工钱啊。"

老麻显然心安理得，可能为多待一些时日暗暗叫好。这老麻顶多是跟别人整零席的红案师傅，平时也没啥人找他，在这儿吃了喝了还拿工钱，又不挑又不扛，又不早出晚归又不吹风淋雨，他当然喜欢了。

好像要下雪的样子。半夜果然下起了雪子儿，然后就是雨，这场雨来势可凶猛，雨夹雪霰，打得我们的塑料布顶像要穿洞了一样。正迷糊间，雨水漫进了我们的帐篷。我是做梦梦见掉进了村里的那口深潭，腆着个大肚子的水香硬是不来救我，她就站在潭上面。我冷啊，醒来一看，我们已经泡在水里了，外面已经闹哄哄一片。

"快转移！快转移！"

许多电筒的光柱在那儿横来扫去。我们出去一看，崖上的雨水就像瀑布一样朝我们泻来，非常急遽。我们按指挥把东西挑往一个不远的小山洞，先到洞口的杨工和龙工说刚才洞里出来了一头野兽，但我们没有看见。他们说像羊，进去后里面果然有一些野牲口的粪便，根据我的经验，好像是明鬃羊，个头挺大的那种。洞里本来就有水流出来，现在更大了，我们把他们认为贵重的东西搬进去。搬完东西，就生火烤衣裳。可烟雾出不去，熏得大家都受不住，特别是九财叔，那只不能闭的眼睛里就哗哗地淌泪，他后来干脆就出洞去了。他披着雨布，坐在洞口，那只眼睛亮晶晶地看着远处我们被淹的营地。我们就睡在门口，其实是坐，裹着湿漉漉的被子，坐等天亮。

天亮后又因柴火全湿了，没有吃的，他们给了我们一人一块压缩饼干。九财叔说："这石头一样难啃啊。"老麻说："他们有凤尾鱼。"我已经看见了，是一种铁盒罐头。我们闻见了鱼香。

中午太阳出来了，我们抱被子翻晒，拉垫絮的时候，从絮里抖出一个红红的东西，我一看，是个女人的发卡。这是小杜的，小杜夹在前额上的，是其中的一个。小杜有两个，那两天我看见她只夹了一个，原来这一个到我们絮底下来了！那东西抖搂出来后，九财叔就飞快地抢了过去，对我说："你小子别管。"他藏进了内衣口袋，把个破毛衣领拉得大大的，往胸里头塞。他露出宽大的烟牙，嘴巴就不由自主地缩到了耳根。那只可怜的右眼珠好像要跳出来，变成一颗落地的秋板栗，会发出"啪"的一声。这使我不再敢惊讶，装着没事的样子，继续晒着被子。不管怎么说，小杜的红发卡都是很漂亮的。小杜长得不漂亮，但不知怎么，夹上那两个红发卡在右前额的头发上后，就显得好洋气，头发还是黄的，染了的，黄发加红发卡，跟咱们山里人夹发卡又不一样，夹在不该夹的地方。

我明白九财叔是在暗中弥补他的那二十块钱，他要把它补回来。吃饭的时候他死胀，一碗一碗添。人家要四个馍他要五个六个。"我能吃，怎么的？"他说。若在家里，顶多一碗洋芋就解决了肚子，他是个铁骨朦，瘦，肚子并不大。他吃得直翻白眼，嗳气，打嗝，我都看不下去了。踏勘队的人已经看出了他是在闹情绪，他故意夸张地吃饭，是在与祝队长作对，是在表示他的抗议和愤怒。

就在我们遭水劫没几天，好消息传来了，祝队长他们在那剥夷面的西南，发现了一个厚度达三十多米、斜深达千米的富金矿，说还伴生有黄铁矿、铜、锌、铅等多种矿物。这是初步证实的结果。祝队长说，最保守估计，以后一年可以给县里带来几百万的财政收入。那天营地真的是一片欢呼。姓王的博士在回来之前还用红油漆在那儿的石壁上写下了"我来也"三个大字。祝队长余兴未尽地用望远镜望着河谷对面，望着小王写过字的地方，说："证明我当时的推测没错。"我记住了他们那天所说的"斜卧矿柱"。我没有用望远镜从远处看他们的发现，河谷总是雾霭蒙蒙。我在想象这个斜卧矿柱的巨大，它哪一天站起来，像一个有生命的东西站起来，站得比马嘶岭还高，浑身是金黄色，金灿灿的，该是一种什么气魄啊。

"关你××事！"九财叔对我说。他拍了我一下肩。他在我的傻傻的表情上看出了高兴——分享着踏勘队的喜悦。他忌恨地说："咱们后山的磷矿也说是国家的，给谁包了？给乡长的一个朋友包了，金子再多，会多给你二十块?！"

我说："这总归是好事呀。"

老麻说："老官的气还没顺。我说，矿是肯定给人包的，但承包款和税收是每年得给当地政府交的啊，祝队长说的财政收入，是指这个。"

九财叔讽刺他说："你是乡长的口气咧。"

老麻说："有一说一嘛。"

我说："我不管金矿银矿，他们早点结束了，我们就可以早点滚蛋了。"

我想的是这个，我真的想这个，想回家，想水香，想她那么沉甸甸的肚子。我只想水香生娃子时我在她身边，我拿了踏勘队的工钱，我就去县城给水香买一对那样的红发卡，穿了洞的小树叶一样的，也夹在水香右额的头发上。黄连垭的人都不知道这种夹法，也没有这么漂亮的发卡。九财叔的三个妮子虽然长得还不错，可一个发卡，看他给谁。我们水香脸型好，眼睛、嘴巴都比小杜好看，皮肤也比小杜好，又不戴眼镜，怎么看都舒服。别看山里人，山里人喝的水好，人就是灵性。小杜的胸奶也不大，我看比野柿子大不了多少，早上不吃，大家笑她减肥。这么不肉气的妮子为什么还要减肥呢？我突然想到我买了红发卡，还要给水香买一条红牛仔裤，就像小杜身上的那条。可我想了想县城我见过的衣摊，似乎没有红牛仔裤，只怕是要到武汉城去买。红牛仔裤真是很亮，贴身贴肉，裹得屁股大腿怎么看怎么舒服。我真的有愧于水香，什么都没给她买过，她跟上我了，吃没吃什么，穿没穿什么，在家里地里忙这忙那。去了集上，买这不敢，买那没钱，几个小票子捏出水来了，回来时，还捏着，还是没用，还对我说："不要买，街上净宰人，哪儿都贵！"

踏勘队遭了水劫后，许多图纸淋湿了，丢失了不少数据，祝队长为此闷闷不乐，说时间又耽误了，要加紧补数据。他的情绪影响了踏勘队。踏勘队的人都木着脸干自己的事，一点儿笑声都没有。那一天他们去补数据，我们就在姓王的博士指挥下，在营地加固帐篷，把帐篷四周的土堆堆高夯实，以防崖上的雨水再下浸。小王不让我们进他们的帐篷，这没什么。他守在帐篷的门口，看着我们挖土，挑土，培土。那天天气尚可，雾渐渐开了，他就搬出一个仪器来，许是没事，就摆弄那玩意儿，朝河谷和河谷对面看着。这小子一定是在观察祝队长他们。远处的森林浓如烟霞，依山势的爬高而呈现出陡峭的层次，树干白得耀眼，山壁黄得瘆人，天空云彩斑驳。我们的一双肉眼看到的就是如此。不知怎么，九财叔被那个仪器引诱了，他想看看让王博士入迷的东西究竟是什么。于是趁姓王的去山崖边解手时，跑过去瞄了那仪器一眼，他还没看清楚仪器里面的东西，身后就传来一声怒吼："干什么！"

又说："这个值几十万！"

九财叔腿一软，当时脸都白了。九财叔就赶忙跑到一边去了，几十万哪，九财叔还真没把它碰倒，碰坏了，他拿什么赔？

九财叔躲到了一边去挖土，锹怎么也插不进去，没力了，整个身子都软了。一种深深的委屈和愤恨从他的那只眼里射出来，像刀子一样，让人心尖发寒。到了晚上，他开始发烧，躺在床上，身子发着抖，还四肢抽筋，发出喊叫，像被鬼掐了喉咙一样。

他说："治安，快去喊我的魂回来。"他从头上扯了一把头发下来，让我用一张树叶包好，烧了，放进他装水的碗里，喝了，用一块石头刮着空碗。他把碗交给我，说："你就这么刮着到外面去，喊我的名字，要我回来。"他指示我往黑夜的深处走去，越远越好。我走着，喊着："官九财，回来啊，回来啊，官九财。"我在向深邃无边的黑暗走去，昏暗的星星，陌生的荒野，还有一些绿荧荧的野兽的眼睛……我喊着，浑身汗毛倒竖。我刮着碗，吱啦吱啦，吱啦吱啦，走了没一阵，我就丢下了碗，朝棚子里狂跑，大叫一声，与老麻撞了个满怀，顿时委地瘫了下去。

唤魂的事让老麻说出去了，祝队长气急败坏，说："好啊，你们在这儿装神弄鬼，这是什么地方？这不是你们的村子！"他拿我们没有办法，他那些东西要挑，他只能发发脾气。奇怪的是，九财叔的烧不吃药就慢慢退了，这做何解释，这是啥原因？

这以后，九财叔又盯上了王博士，只要姓王的背对着他，他就会不顾一切地站到姓王的后头，就那么站着，等姓王的回过头，他又没事似的走开。有一天，在踏勘休息时我看见姓王的拿着一个钱夹子大声追着九财叔质问："你看什么嘛？你看什么嘛？"王博士并不知道他吓掉了九财叔的魂，只当是他爱看个稀奇。祝队长就说："这老官，有病。"王博士晃动着他那个钱夹，意思是没什么钱。钱夹里夹有一张照片，与一个女的合影，两个人戴着那种方帽子，从上面还坠下黄璎珞。听他们说那就是他的老婆。不过我心里清楚，九财叔不是想看稀奇或者好奇才站到他后面的，那是九财叔一种无声的示威。他恨，执拗的、单刀直入的愤恨。一个不能表达、无从表达、不敢表达的人，很快就将一般的成见变成了仇恨。这太正常了，可是，也许祝队长和王博士并没有察觉，这非常危险。为什么不让他表达出来呢？可怜的九财叔，沉默的九财叔。他这以后真的就像掉了魂似的，躲在一处抽烟，发呆，丢三拉四，爱理不理，眼神恍惚。

我的印象也被搞坏了，我给九财叔唤了魂的，装神弄鬼也有我一份。我发现小杜都懒得理我了，他们瞧不起我们。那天晚上，当我把书拿去还给小杜时，经过他们的床铺，他们问我干什么，我说给小杜还书。他们要我丢在那儿，可我又想再借一本，我就说我亲手交给她。我进去时感到他们的目光像针扎在我的背上，让我变成了一个刺猬。那些目光是审视的，冷漠的，也是不屑一顾的。我那天知道不该闯入他们的帐篷，但我那天实在想再弄点东西看看，特别是关于"斜卧矿柱"的内容，书上肯定是会有的。我进去后看到洋芋果小杜在一个本子上记着什么，已经偎在她的睡袋里。她见了我，像被火烫了一样往里缩，慌乱地"哦"了一声。我说我是来给你还书的。我再没敢说什么，便飞快地出来了。前面的火塘边，祝队长他们正在分烟说着话，看到我，就像看一个怪物。我本来想好了，出他们帐篷时说一句客套话"你们歇吧"，可出来根本轮不到我说，我是个很让人小瞧的乡里人。

外面一片漆黑，那天我真希望神奇的怪光出现，照着我，我就要向它走去，告诉它这里的一切，向它讲我心里的话。我什么也不会怕的。我在心里喊："光，光，你怎么还不来啊！"那像利剑一样骇人的光，刹那间照彻了这深广黑暗的光，刺中了什么，还真是一种惊异呢。我真希望这儿多出现点怪事，冲冲这里的压抑，冲冲人心里黏稠的东西，让人振奋得发一下抖！我走进我们那塑料布吹得呼呼乱响的棚子，摸黑钻进被子，听见九财叔磨牙的声音多么响亮，就像在磨一把斧头。

其实，我知道踏勘队他们是对着九财叔来的。他们对九财叔有些警惕，他们就把我们一起防了。这些都让老麻无意中说出来了。有一天老麻弄了几个套子，套了一只经常出没在坡上的麂子，弄了一锅热气腾腾的麂子肉汤，结果祝队长不但不领情，还硬要把老麻赶走，说是"两个山字一垛，请出"。老麻好心办了坏事，祝队长从不吃野味的。老麻背着行李卷就只好走了，但是踏勘队其他人替老麻求情，因为做这么多人的饭是件大事，炊事员一走，工作就乱了。于是祝队长便去追赶老麻，把老麻从路上截了回来。老麻好像知道他们会来截他，在山道上紧走慢走哼着歌儿，见他们赶来，故意说，缺了我这个烂萝卜，还整不出酒席来，再请个好厨师，比如说老官，可以给你们做饭蒸馍呀。姓王的博士就说，你就别假客套了，你明知道我们不放心那个老官。

老麻重返营地拿起锅铲的那个晚上，在棚子里他对我们说："读书人认死理，犯牛偪。我在镇委会给镇长他做饭，点着要吃野味，县里的干部下乡来了，也是说：老麻，今天吃啥呀，有没有鲜一点的炉子（火锅）？你看人家！山上的野牲口，不是吃的是干什么的？我们镇长最有能耐，为了把家鸡混成野鸡，他可以把鸡脖子抻到一尺多长，乍一看，就像野鸡了。上头来的人也不知道，放了一把花椒，以为就是野鸡，就说还是野鸡鲜。"老麻给我吹嘘说："我说不回来了，他们几个人拉脱了我的袖子。我说，衣裳拉坏了是有价的，他们就说，拉坏一件赔你两件。嗬咳！不是我说，你叔走，他们还巴不得呢。"

老麻得意了好几天，把姓王的说的话全透给了我。他还唱歌："远望姐儿穿身白，擦身过去不认得，鹞子翻身掐一把，桃红脸儿变了色，如今的姐儿挨不得。"他唱起歌来，棚边的几棵拍手树就一阵乱响，像喝倒彩。他剁着砧板边剁边唱，我不能把那些话告诉九财叔，告诉了就会乱套，说不定九财叔会做出什么出格的事来。我只好也恨起了田螺头王博士来。九财叔他做了什么呢，不是你吓他，他会站在你后头？每天给你们担着担子，这么辛苦这么可怜，你们还提防着我们，发烧了叫个魂还不是没药吃，又没碍你们什么事。这老麻就他妈话多，你得意个什么呢？我要是告诉了九财叔，你那颗黄姜鼻子只怕要搬家。

九财叔不是不知道，其实九财叔是个非常有心的人，他肯定感觉到了，他在想着怎么扭转这个局势。

短暂的秋天就像一片浮云欸乃而过，马嘶岭白天的风跟夜里的风一样不分伯仲，凌厉凶猛了，落叶像波浪一样翻滚在山坡上，整个山岭笼罩在死灰色的烟幕中，密匝匝、枯蔫蔫的箭竹丛在北风的打压下发出荒凉如梦魇的声音，与河谷呼啸的风声一起遥遥呼应着，天空、山冈、森林都在哆嗦。而我们的营地好像要被彻底掀翻了，要掀下河谷去，落到乱石累累的地方，摔得粉身碎骨。

踏勘队的两支队伍合了起来，变天后他们的主要工作是圈定矿体的边界线，还要圈定"矿化富集地和蚀变带"。早晨起来，冒着风出去，走得很远很远。

好像要下雪的样子了，早晨起来，有厚厚的霜，到处一片白。雪没有下时，大雨呼呼地来了，来了还不走，还很绵很赖的，圈定的活儿圈不了啦。

大雨不急不躁，从河谷里腾起的浓雾霎时弥漫了山岭，所有的植物都在雨水中无奈地蔫卷着，高的、矮的、粗的、细的。森林一片昏暗，千万年的山崖和天空死气沉沉。两天之后，河谷的水满了，河道消失了，狂乱的水流在巨石间粗野地激荡着，把河岸推向角落，山与山之间的联系湮没在一片啸声中，远远地制造着深沉的恐怖。

在风雨的摇撼中踏勘队龟缩了三天，大家坐在火堆前不停地抽烟，去外面看雨势和水势，但情况如故。

接下来的就是，没有粮食了，没有菜了，要断顿了。

九财叔不等祝队长他们安排，就说要下山挑粮食去。

他们也不是傻瓜，这一河的滚滚河水，插翅也难飞过。祝队长看着九财叔，像不认识似的，说，你怎么过去？九财叔就说是到四川那边去买米。"那，谁陪你们一起去呢？"九财叔说不要谁陪，他跟我俩去。祝队长说："把钱给你，你去买？"九财叔说，是啊。我们买，我们挑不我们买？但是祝队长扬起的眉宇间有无数个问号。九财叔根本不知道祝队长不想把钱交给他，九财叔还以为他们会笑眯眯地送我们上路呢，九财叔肯定在想他筹粮的高招，以为他们会感谢他，改变对他的看法。可是祝队长就是不同意，说不行。他一定是以为我们要偷懒，少挑一趟石头下山。但到四川虽然远点，可以不过河谷，可以马上弄到粮，路上还可以收一些老乡家的腊肉与鸡。这确是一个好点子，老麻破天荒地与九财叔站在了一起，但祝队长就是不松口。他说他想办法送我们过河谷。

那就过吧，看他们怎么让我们过。他们还是要我们带点钱下去，帮他们买香烟之类的东西。在祝队长进去拿钱的时候，九财叔突然出现在祝队长面前！九财叔看见了祝队长长期捆在腰间的一个大腰包，那里面的三部手机和四五千块钱全暴露在九财叔的眼底，那是踏勘队的所有经费。过了几天，九财叔就把他看到的告诉我了。当时祝队长想掩藏已来不及了，他把钱塞回腰包，可由于慌乱，怎么也塞不进去。他朝九财叔说："我没叫你，你进来干什么？"呵退了九财叔，祝队长又在帐篷里弄了半天，出来时他拿出来的不是钱，而是一封信。他把信裹了几层，用塑料纸包好了，对九财叔说："交给下面，他们会买齐的，买齐了你们带回。"他又说，"快去快回，别把大伙饿死了。"

他们有雨靴，我们没有。九财叔的力士鞋还破了后跟，他用一根布条把鞋捆好，这样的鞋一上路就会湿透，这么寒冷的天气我们要穿两天的水鞋。好在，他们给了我们一个电筒，一个换过电池的三节电筒。他们几乎倾巢出动了，说是要把我们送过河谷。我和九财叔都知道，这是枉然。我们是当地人，我们还不知道这样的河谷在连阴大雨中是一个什么情况吗？到了河边，那真是望河兴叹了。溯河而上，他们也绝望了，就开始砍树，他们说要临时搭成一个"桥"。树放下了，树扑倒在河里，眨眼间就无影无踪，被湍急的河水卷走了。接着他们又砍了一棵更长的树，又放到河中，但是树一头扎进水中，离对岸还有好远。就算搭上了，谁敢往这样的"桥"上挑担过去？谁不想要命？

折腾了一整天，晚上一个个浑身泥水地回了营地，他们中的有些人就开始倒向九财叔了，可祝队长还是不表态。小谭自告奋勇地说："我陪他们一起去四川。"祝队长摇头不同意，就发动大家一起上山去挖野葱采野菜野果。吃了两天野菜，大家意见大了，逼着祝队长来跟我们说"去四川吧"。

我们便怀揣着他们给的三百块钱，踏着采药人隐约走过的路，像两头野牲口没入了雨雾茫茫的无边荒岭。

又是一趟生死路。

那一天我们遇到了许多可怕的事儿。我们走进一个峡谷时，在一个凹进去的石崖边，遇到了一群躲雨的鬣羚，怕有百十只。鬣羚胆小，见了我们，就开始逃跑，只有一条窄窄的崖路，那些鬣羚朝我们跑来，我们贴着石壁给它们让路，九财叔那件破烂的棉衣还是给一只鬣羚角挂住了。我看见九财叔一下子飞了起来，箩筐也飞了起来。好在九财叔那衣服不经拉，"刺啦"撕了个大口子，重重地摔在了地上，后面的鬣羚从他身上跃过去，竟没伤着皮肉。九财叔叹他命大，骂着要拐下鬣羚的角来。"那倒是一味不错的中药呢。"他说。

我们想走进一个山洞中休息，生点火烤干衣服，黑黢黢的山洞里扑棱棱飞出了一大窝秃头老鹰。进得洞去，一股腥气，也没在意。生了火后，又有老鹰窥伺在洞口想往里钻，我们烤着衣服，火越烧越旺，九财叔突然指着我身后说："那、那是个什么？"我回过头去，妈耶，一副骨头架子朝我们走来！

我们爬起来挑上箩筐就跑，跑出山洞，跑了两里开外，跑得天有些开了，峡谷矮了，才停下来。

"那真是鬼吗？"我问九财叔。

九财叔到底比我有山中经验，说："那不是鬼，是一副被鹰啄净了的骨头架子。"

九财叔说，不是冻饿死的就是被人害了。他说，鹰子吃腐物，山里头什么事都会发生，没事谁愿意到山里头来呀。我就问到四川还有多远，九财叔说他也不知道。我说："九财叔，那三百块钱，你给我一百五十块，让我回去吧。"九财叔听了痛骂我："命都快赔了，你就值这一百五？桩桩件件的，你就值一百五？！你这没出息的，这点钱打瞎你的眼睛！"我说："那总比被老鹰啄吃了强些。"九财叔就说："我要走，我给他抢完了走。"我说你抢哪个？他说我总不能就这么走。他就溜出了那话："光一百元的就有这么一扎。"他用指头示意。他说出了祝队长腰包的秘密。他说："你不想把它抢过来？为什么他们那么有钱，而我们啥都没有？"我说咱是农民，人家是大学搞研究的，不能比。九财叔却说："咱受的苦比他们多，都是一样的人，不该这样啊。"我直笑九财叔愚笨，认死理。我知道他不懂，他没想过来。我说，人家的钱与我没有关系，我只想回家，水香要生了。九财叔说，抢，我们抢他个精光。你不会不要钱吧？我说我要钱。我咋不要钱？他说那就抢。我说抢不来的，他们人多。他忽然说他想了个好法子，看那边有没有老鼠药，把他们毒了再抢。我说这是犯法的，抓到了咋办？他说你胆子咋这么小，麻雀胆也比你大呀。这里神不知鬼不觉的，这次不干以后就没机会干了。你到哪儿能碰到这么有钱的？他还说那个值几十万的家伙，有好几个，不得了。其实那个家伙，王博士说的值几十万的那仪器，就值两三万块钱，是王博士吓唬我们的，唬我们这些乡下人的，如今进了监狱，我才知道。当时因为恨吧，在路上没事，就胡乱商量着怎么抢。我说还是不要抢的好，偷，偷了就走。九财叔说："你能飞走？他们一赶来，咱们就被抓住了。"他说我想好了，就这么做。我说没有老鼠药呢？他就不吭声了。过了一会儿，他回过头举起开山斧对我说："一不做二不休，杀，杀了抢。要得你安逸，就不得他安逸。"九财叔想横了，想窄了。我只是觉得他是开玩笑的，心里恨，才这么说，图个嘴巴快活。

不过那些钱确实让我有些兴奋，九财叔认真的撩拨让我在这荒岭寒雨中有些走神。二十块钱的不满已经演变成了抢劫更多钱财的企图，不，是决心。我感觉到我将要与这个九财叔大弄一笔了，可这是冒险，如果真能做得万无一失也未尝不可以干干。听打工回来的说，外面这年头都是撑死胆大的饿死胆小的。抢的，偷的，骗的，拐的，杀人的，海了，有几个抓住了？又一想，九财叔，哼，你胆大，你这个熊样子，你也什么都敢？我不信。在他动手的那一刻，我都没法相信他是那种敢出手杀人的人。

九财叔与我走在寒雨淋淋的山岭上，挑着湿漉漉的空箩筐。他胡子拉碴的，鼻子里喷出的团团热气变成水珠子，挂在他花白的胡碴上，那只不能关闭的阴冷的眼睛向远处看着，好像多有不甘似的，有一种念头燃烧在他眼睛深处。我好像重新认识了一个人，这个人不是那个死了老婆、家庭负担蛮重、蔫不啦唧、又脏又烂的九财叔，不是的，是另一个。大前年，九财叔老婆腹疼，一阵抽搐，还没等到抬去医院，就半道上死了。死了女人的家里还有什么好呢，三个妮子整天在那儿哭着，他八十多岁的老母亲还得给他们烧饭和喂猪。三个妮子是被他打着去山上放羊的，后来又打着她们去山里采药，去山里割猪草，去地里刨洋芋种苞谷。就这样，三个妮子越长越像人了，老婆坟上的草也越长越高了。九财叔就不爱理人了，瞪着眼看山，坐在地头打盹儿。后来他家里就放进了牛，牛就在房屋中拉屎，屋里就飘出了畜便的气味，被子越来越薄成了渔网，一直到两块钱的特产税也交不起了，让村长大骂他的祖宗十八代。三个小妮子又没读书，又无娘调教，村里的人都在想，这三个妮子咋办呢，送一两个去学校也好呀。村里人就说，如果这三个妮子长大了，九财叔的好日子就会来了。可惜的是，日子很慢，三个妮子还远没有到谈婚论嫁的年龄。因此，遭孽的还是九财叔，一个人扶犁，一个人还得背篓，一个人赶集担柴，一个人还得照秋收秋。脸也黄了，皮也松了，他多大的年纪呀，跟他同庚的八大脚我爹，见了都不敢喊他九财弟，恨不得喊叔。八大脚我爹对我说："九财，三个酒坛子是泥巴捏的，难出头啊。"

我们披着雨布坐在冰冷的石头上，九财叔说："腰酸。"他揉着两边的腰，我怀疑他是肾有问题了，他脸上浮肿，眼珠发黄。我扶着他找了个背风的石坎，想拾点柴生火，这个念头被吸一锅烟取代了。九财叔费劲地点燃烟锅，递过来要我吸。我就接过吸了几口，那种冲人的辣味差一点把我呛翻了。我咳嗽了一会儿，又犯起了迷糊，竟坐着睡着了。再醒来，天已经大亮，我浑身似乎都没了热气，脚已冰凉得失去了知觉，雾，雨，风，冷冷地包裹着我们。好在不一会儿我们闻见了柴烟，就知道有了人家。

我们见到的第一个人是个女人。这女人在家煮猪食，头脑不太清醒的样子，她回答我们这儿没有粮食和腊肉卖，她甚至说不出她是在四川还是在湖北。我们只好再继续走，可是，没走多远，就听见前面的九财叔一声尖叫，接着响起了枪声，九财叔中了安放在大蕨丛中的垫枪。

那垫枪先从笭筐穿过，再擦过他的小腿肚。只见九财叔一个前扑，笭筐就丢了，倒在地上喊："我中枪了！我中枪了！"

血从九财叔的裤腿里流了出来，他抱着腿左顾右盼，我一时也愣在那里不知如何是好。我听见他呻吟，就去找枪。九财叔大喊道："别动枪，别动那枪！"

他自己的手里抓了一绺破茎松萝，水淋淋的，他掸着水，慢慢捋起裤子，把松萝往流血的地方按。肯定很疼，按得他歪了嘴，眼珠子凸得更厉害，眼里全是浑浊不清的念头和绝望。雨还在下，雨挂在他凄凉焦黄的脸上。我扶他拖着腿坐到扑过来的箩筐上，坐在一棵大树的背后，他才说："把那该死的垫枪给我取出来。"

我慢慢走进大蕨丛中，找到了绳子。我解开绳子，再找枪，是一杆只有铁管和木头枪托的很简单的土铳。这就是垫枪，它绑在一根树桩上，专杀游走的野牲口。我把枪递到九财叔手上，九财叔没细看那枪，他的心里好像还平静，他从头上解开宽宽的帕子，去缠伤口，他小心翼翼地缠着伤口，血还是往外渗。我问他究竟怎么样，他摇摇头。

就在这时，我们的面前出现了一个男人。这个男人问我们是干什么的，口音是四川的。九财叔见了他眼睛就绿了，知道是他的垫枪，九财叔看样子要爆发了，要跟他拼命了。可他的腿又负了伤，还加上没睡没吃，显然他在克制。他对那个男人说："这里是四川吗？你的枪打着我了。"那人说："你们是干什么的？"我给他说，我们是探矿队的，是从马嘶岭过来的，是来买粮食的。那人"噢"了一声，想走。九财叔喊住他："你卖点粮食给我们，我们用钱买。"他这么克制，是想用他的枪伤来换取那人卖给我们东西。那人想了片刻，就点头让我们跟他走。那人在前面走，走了一截，在前面转过头等我们，并不想帮我们一把手。

到了他的家里，也就是遇见那个女人的家里，这男人就很热情了，他解开九财叔缠伤的帕子，用熊油给九财叔抹了伤口，又用干净的布给九财叔包扎，并吩咐他老婆给我们一人炒了一大碗香喷喷的洋芋。我们已经看见了他堂屋里堆着的一大堆洋芋，个儿很小，估计是剁了给猪吃的，但卖给我们就能解决问题。

我们吃了洋芋，烤干了衣裳，就被安排到他的牛栏屋的楼上，那上面堆着柔软干爽的苞谷衣壳子，还盖着他给我们的一床被子，美美地睡了一觉。就在我们睡觉的当儿，那个人给我们准备了一担洋芋，只准备了一担，因为九财叔有伤，他的箩筐就空着了，担子里还有他们种的一些水菜，如茄子和香荽。香荽不多，只有一把。我们醒来后见到那担洋芋，九财叔又问他有肉吗？他说真要的话他可以杀一头羊给我们。我们说要，他就把一头山羊牵来了，一刀下去，羊就倒了，就剥皮，掏肚，把肚里的下水煮了一锅，让我跟九财叔吃。九财叔看着那满满一担问他多少钱，要他说个价，他说，你们看着给吧。九财叔想了想，说八十块钱。那人说随便吧，就给了他八十块钱。九财叔又问有没有"三步倒"，那人说，你们要"三步倒"干什么？九财叔说山上老鼠太多。那人找了半天，出来说没有了，用完了。那人又给九财叔砍了根拐杖，问他碍不碍事？九财叔拄着拐杖走了几步，还行。交易完我一直想提醒九财叔，让那人打个收条，但九财叔似乎不给我机会，我以为他会记着这事的，因为祝队长交代过，但这事让九财叔忘了个一干二净。

回程的路上，我就问这事，九财叔不置可否，含糊其词。问急了，九财叔就说，到时我们做个证就行了。他对我说："我们讲一百二十块。"我说："为什么？"他说："你二十我二十。"他就先把二十块钱给了我，要我拿上。他不打条子是想黑踏勘队的钱，我说这干不得吧。他说天知地知你知我知。"老子把那二十块钱终于搞回来了。"九财叔的表情已经是一种很舒畅的表情，甚至把腿伤都忘了，虽然拄着拐杖，但走得比我还雄壮。他说他们难不倒我，你做初一我做十五，老子也不是好惹的。他在雨水和泥泞中瘸着腿兴奋地絮絮叨叨，带着凯旋的气势。二十块钱终于愈合了他心中那撕裂的巨壑般的伤口。九财叔骂那个人道："他×的，这屎人，我还没找他付医药费呢。"他说："他为什么要杀羊给我们，还不是理亏了，送给我补枪伤的。"他要我估这一担的价，我摇摇头，估不好，他说怎么估至少也得一百五。

我们在半路上意外地碰到了老麻和小谭，他们等不及了，说大伙都饿着。老麻说话很不利索，原来他一边接我们一边沿途采野蘑菇，为试蘑菇有没有毒，把舌头试麻了，毒蘑菇是麻舌头的。

回到营地，听说九财叔绊上了垫枪，都来看他。洋芋果小杜还来给他治了伤，擦了药，用白纱布包扎了。但是九财叔的伤红肿了，他们说是感染了。九财叔吃了他们的药，晚上大家吃羊肉，吃洋芋，非常高兴。虽然没能吃上大米，但那些瘦小的洋芋果也是九财叔差一点用命换来的。看来他们对我们的印象就要好起来了，九财叔这条腿的血流得值。

但是事情总是莫名其妙地凑巧碰在一起，就在这天的晚上，发生了一桩意想不到的怪事。我们回来后就雨如瓢泼，还响起了罕见的冬雷。我们正脱衣睡觉时，就听见王博士喊我们："你们都过来！"我和老麻披衣过去，不知道发生了什么事，他们的帐篷里没有光，熄灭了灯。有人打电筒，也被喝令关了，他们手上都攥着东西，有刀，有枪。等大家都安静下来，祝队长在黑暗中说：

"刚才听见了枪声。你们没听见吗？"

他问我们。我们就竖起耳朵来听。果然，有隐隐约约的枪声。后来枪声越来越大，好像在周围的山头，还能听见人的喊叫声，好像有一伙人！

"都听见了！我们怎么办？"姓王的博士说，声音有点颤。

接着又响起了一阵轰隆隆的冬雷声，还有风雨声，呜呜的，一阵一阵地扑向悬崖。加上河谷里澎湃愤怒、捶胸顿足的水声，还有那本已存在的马嘶声，尖声的、固执的马嘶，现在全来了，在我们吃掉了一只羊后全来了。

"你们真是买来的吗？"祝队长这时突然说出了这么一句。我忙说："是买来的。""带上重要的东西，赶快撤退！"祝队长端着枪说。

枪声东一阵，西一阵，是不是有人包围了我们？我们在密集的枪声里赶快带上东西，特别是仪器，他们包上重要的资料，往后山一条隐蔽的路而去，那儿通向一块高岩。上去有个一线天，易守难攻，一夫当关，万夫莫开。九财叔因枪伤和发烧，就留在了棚子里。我心里挺纳闷的，我们花钱买了东西，人家来找我们什么事啊，未必是打劫的？那时候我没时间想了，我给他们挑着东西，往上爬着。人没休息，又出怪事。来打劫就打劫吧，反正我们没啥。就在我们往上走时，枪声模糊起来。小谭说："这只怕是个误会。"我听见小杜说，这可能是个自然现象。也许是杨工也许是龙工在黑暗中说："马嘶岭没马，为何能听见马叫？我看都是风声作怪。"王博士说："马嘶岭之所以叫马嘶岭，据当地的地方志说，是因为过去这山上有许多野马。"

争论不休时，祝队长一声吼说："都不许说话！"

我们选定了一线天的一个凹处，那儿背风，避雨。坐下来后，他们又忍不住继续说话了。有说是风声，有说是自然现象，说是一种什么磁铁矿现象，因为这一带过去打过不少仗，土匪火并，官府剿杀，恰好打仗时遇打雷下雨，把那些枪声喊声全录进去了，以后一打雷下雨，这声音就出现了。他们争论我们无权插嘴。不过我心中支持这种说法，这等于是替我跟九财叔解脱，不然就会让祝队长怀疑我们，以为我们是偷了别人的东西，让人追赶了。不相信我们的还有王博士，他对那种说法反唇相讥道："老官中了枪也是磁铁矿现象？"

哦，我明白了，枪声加上九财叔腿上的枪伤，这一串起来，我们就完蛋了！难怪难怪！我们成了嫌疑人，这一趟是黄泥巴掉到裤裆里，不是屎也是屎了。我好一阵绝望，这些人咋就不信我们？这些人还是有文化的人呀，咋就跟乡清算队的横子们一样蛮不讲理呢？事情就问到为什么没让对方写个收条。这事我们有愧，这事都是九财叔的鬼点子。我就只好说我不知道，是九财叔办的。这事我不能多讲，免得两人讲的对不上。我只是说羊肯定是买的，我们要人家杀的，全部是一百二十块钱。

"我们可没有偷羊啊！"我喊道。

"或者，你们是不是跟山里的人说了这儿的事？说我们有钱，有物？"他们问，"你们暴露了我们。"

我对他们说："我们去四川什么也没说，我们只说我们是探矿队的，在马嘶岭探矿。"

"问题是，你们没有打收条。"他们说。再问收我们钱卖羊卖洋芋的那一家姓什么，我也回答不出，我们真没有问人家姓什么。在我们山里，吃过人家的饭不问人家姓名很正常。你走累了，一声大哥，一声大姐，就可以找人家借宿，吃饭，然后只记得"松树坡""柏子岩""赵家坪"这些地名，并不知这家姓甚名谁。

越问我越说不清，他们就越不信任我们。是偷的，抢的，哄骗来的，要追杀我们，老官已经负伤了，他是逃脱的，人家又追过来了……这些狐疑正在我们那里悄悄蔓延，我已经嗅到了那种气味。

我在恐惧中坐着，我希望出现一些有利于我们的结果。

下半夜还没有动静，他们要我去"侦察侦察"，我就下去了。我亟亟去棚子，九财叔躺在那里，发着高烧，眼睛瞪得贼圆贼圆，嘴里吐着火红的热气，脸颊像泼了一桶猪血。我给他额上敷了个冷毛巾，他醒过来恍恍惚惚地看着我，说："红薯都收不回来了……"

"你说家里的红薯吗？"我问。

"地里的……"

他记挂着他地里的红薯，肯定想着这么大的雨他三个妮子怎么去挖红薯。他问我怎么人都不在了？我说你不知道？我问他听见枪声和喊声没有，他摇摇头。他烧昏了，他肯定没听见，他可能梦见了家里还未挖的红薯地。我弄醒了他，我说坏事了，你中了枪，周围又响起了枪声，没打收条的事他们又问得紧，是不是他们知道了那四十块钱的事？我心里很害怕，就把二十块钱掏了出来，塞到九财叔手里。九财叔不接，说："到哪儿知道去？你这成不了大事的，你就死咬着一百二！"

　　天亮了，雨住了，几只猕猴在树上发出了呼唤太阳的安静唤叫。东边，有一晃而过的朝霞，只有浅浅一线，但很爽眼。视野渐渐地开阔起来，我等着踏勘队的回来。没有事的，他们没有事，我们也没有事，没有什么来打劫他们的人，全是雨天的怪现象，这马嘶岭就是这样奇怪，不过是虚惊一场。他们没有发现那四十块钱的事，发现不了的，一切随着白天和天晴的到来都会过去。他们会把这一切忘了。我这么祈祷着，祝队长他们果然回来了。

　　整整一天都平安无事，阳光亮得人晕晕醉醉的，风也温暖柔和起来。睡了一天，那些人神清气爽了，呼朋唤友，要打牌了，要唱歌了。哪来的侵扰我们生活的四川劫匪和捉拿我跟九财叔的农民啊，没有！我真高兴。

　　平安无事了。他们吃着我们的洋芋，也无话了。

　　他们继续在周围圈定矿体边界线。

　　那天傍晚我们回到营地时，却没见炊烟袅袅，厨房冷火无声。这就奇怪了。大家紧张地走进营地，去厨房一看，翻了天，老麻和九财叔双双躺在各自的铺上，两人头破血流，老麻最可怕，嘴张着，却掉了几颗牙齿。

　　他们两个打架了。九财叔先动的手，他为什么要动手，他肯定有他的道理。是在替老麻择菜时，老麻伤了九财叔的自尊。老麻像个领导喊九财叔过去择菜，他是想埋汰九财叔几句，因为那些茄子是些收尾的茄子，又有筋又有虫眼。老麻说："老官哪，你碰见了鬼市吧？"九财叔眼就直了。老麻又说："这像是鬼市上买回来的菜。"他显然不满意这些菜。九财叔就没好气地回了一句："我买的羊肉呢，你切的时候是不是变成了人肉？"老麻一听就打了个寒噤。这营地没人，就他们两个，老麻可能因为害怕而觉得要在气势上压倒对方，便说："老官你有什么资格凶啊，我说你碰见鬼市又不是我说出来的。""那是谁说的？"九财叔当时就浑身乱颤得不能自持，他又问，"你说是谁说的？"他要问个所以然。他忽然就站起来揪住了老麻的衣领，唾着老麻的鼻子说："我跟你说，你不要仗势欺人，你跟老子一样，出苦力的，你能得到个什么？这些东西是我拿命换来的，用命换的，你知道吗?!"他可能越想越气，一拐杖扫过去，老麻就倒了。老麻做垂死挣扎，抓到锅铲就铲九财叔的头，九财叔脑袋一偏躲过了，一拐杖再横扫过去，打到了老麻的嘴。老麻哇地号了起来，他喊："让省里的领导来判你的刑！"

他把踏勘队的说成是省里的领导。最后"省里的领导"祝队长他们决定扣老麻三天工资，让九财叔挑上箩筐回家。

这是打架后的第二天早上。九财叔听了那个决定，眼珠子就要掉出来了，他的嘴唇嗫嚅着，想说话，说不出，后来终于哭号起来："为什么要我走？为什么要我走?!"

所有人都蒙了，看他哭。祝队长说，因为你打掉了人家的门牙，这儿不准打架，不是放牛场。因为是你先动的手，为了维护踏勘的正常秩序，经研究，只好让你下山了。可九财叔不走，只是哭，哭得鼻涕都流了下来，埋着头，用一双锉子般的手揩着涕泪。他不接工钱，不签字，坐在那儿，好不伤心。

这事就僵了，也没人再说什么。可老麻急，老麻肿着牙床和腮帮，眼巴巴地要等着九财叔走。他没有等到那个激动人心的时刻，他看见九财叔还在这里，赖着不走。他不服啊，不解气啊，就用猛烈的剁刀声表示着他的态度。等人散了，九财叔偶然抬起头来，看一眼厨房，眼里全是刀子！

"叔，你怎么办？"我问他。

他没回答我，嘴巴在动着。后来我听清了，他在说："我给妮子筹几个学费……"

我听见了"学费"这两个字，我听得很清楚。他未必还想让三个妮子去读书？我后来突然想他真的会的，他多少天来都是这么想的。就冲着那一个红发卡，冲着那些手机和钱，冲着小他一辈的人对他的吼叫，他迟早会下决心把孩子们送到学校去的。

"你是说，让她们去上学？"我问。

他点点头。

看来他们真的想要他走了；我也不想待了，我更加思念我身怀六甲的水香，我拼命地想她。我就对九财叔说："算了吧，要走我们一起走。"可九财叔摇着头。这样僵持着怎么办呢，九财叔竟挑起箩筐跟踏勘队一起外出了！并没有要他去，再说他的腿还没有痊愈，走路还有点瘸。小谭就出来说老官你不能做，你的腿挑不起。这样行不行，除了不少你的工钱，还补助一百块钱，你走吧。这不少了，我想九财叔会同意的，可九财叔不表态，以沉默作答，这更坚定了他们要赶九财叔走的决心。我当时不知道，踏勘队一致认为九财叔是个危险人物，在这样的荒山野岭，必须要提高警惕。种种印象加迹象表明，九财叔对踏勘队有威胁，并非是个善良之辈，这一次斗殴就是一个证明。

多难受啊，九财叔和大家。大家干着活，九财叔挑着空筐跟着他们。我把我挑的东西分给他挑，他感激地看着我。这一天非常难熬，非常漫长。

而老麻在营地整整一天都在盼着九财叔灰溜溜地回来，乖乖地卷起他的破铺盖滚蛋。老麻甚至用老虎钳子将九财叔的碗夹掉了一只角，并在那个缺角碗里撒了一泡尿。老麻看着黄灿灿的尿，咧着嘴笑。到了夕阳西下时，九财叔也没一个人孤零零地出现在老麻面前，而是跟大家一起回的。老麻于是将那些烂了的、长了芽的小洋芋果都煮进了锅里。结果可想而知，那天晚上大家吃了这些毒洋芋后，一个个都拉起了肚子。

在拉肚子中大家把九财叔忘了，我和九财叔什么都没拉，肚子好好的，我们扛得住。老麻对他导演的这出戏很高兴："看你们都吃了些什么！"他说，"我也没办法，就这些洋芋了。"老麻把责任推给了九财叔和我，煽动踏勘队对我们的仇恨。九财叔在晚饭吃洋芋的时候吃出了一股尿臊味，可是他没有说什么。即便是大家不停地拉肚子，也没把怨气撒到我们头上，至少没有公开撒到我们头上。老麻就开始索赔了。那天晚上，老麻高声在营地说："一百一颗！"

他要九财叔赔他的牙齿。若是一对一，老麻是不敢在九财叔面前这么嚣张的，九财叔那只右眼里透出的寒气，让人见了会不由自主打三个激灵，但老麻仗着祝队长们对他的暗地支持，有恃无恐。算算，我们来马嘶岭有二十一天了，也就二百一十块钱，九财叔扣掉二十，只有一百九十块钱，要按这个价赔老麻的两颗牙齿，九财叔还得倒贴十块钱。当九财叔听到他还得拿出十块钱来，他的脸一下子就垮了，他是多么无望。他张着嘴看着祝队长和在灯光尽头豁牙暗笑的老麻，除了乞求之外，看不出他要大肆行凶的念头。他的嘴巴两边稀黄的胡子和皱褶成了一个大大的括号，宽大单薄的下巴就托着那个"括号"，十分的无奈。那只鼓起的眼睛现在只是一个浑浊的晶体，充满了惶然，另一只有些塌陷的眼睛眯缝着，满是意想不到的驯良。

九财叔走出来，他一定是很难办，他算了算，他走，工钱加上踏勘队补助一百，还有个两三百块，不走，赔了老麻的，能剩多少？但现在老麻又不让他走，要索赔——他走又不能走，留又不能留。

晚上的风很大，依然是北风，河谷的冬汛好像在做最后的挣扎，在宽阔无边的河床上扑腾着，整个山岭到处是它们的腥味。九财叔在吃着什么，我闻到了一股刺五加果的味道。九财叔摘了不少的刺五加，那种豌豆样大的黑果子。这两天因为他无法安眠，就吃这个。

"把他们杀了！"

这天晚上，九财叔做出了最后的决定。他狠狠地嚼着刺五加，开始看他的斧头。

"你，咋说？"他问我。

"我，我……"

"事情成了，我们就安逸了。"他说。

"你跟我搞。"他鼓着劲说。

"搞了，我们就过安逸日子了。"

"叔，你声音小点行吗。"我说。

"不要怕的，跟我搞。"

我也觉得九财叔进退两难的时候他是会什么也不顾的。他的这个决心让那些钱和财物如此逼近我们，好像就在手边，唾手可得。我在被子里，闭着眼睛，那些钱啊仪器啊就在我的头顶飘荡，还有红牛仔裤和发卡和小小的薄薄的录音机，还有好多手机。它们飘呀飘呀，它们穿行在蓝色的天空里，像一些鸟飞着，穿梭着……我看见水香穿着红牛仔裤，别着红发卡，站在马嘶岭河谷的对面向我喊着：

"回来啊治安，治安快回来！"

我的梦被惊醒了！我听见了真实的男人的喊声："有东西！有东西！"

睁眼一看，营地亮如白昼，瞬间，又倏地进入了黑暗。怪光又出现了！这光总是在晴朗的晚上出现！有人敲起了脸盆搪瓷碗，并且放起了枪。马嘶岭是一片恐慌中的混乱。

"注意隐蔽，不要面对它！"有人喊。

光没有了。

"这东西把我们折磨得太苦了！"祝队长啐着，"怪事，他×的！"

大家一字排开在门口，要死守我们的营地。老麻抱出了柴火，说："点火吧？"

"点！"火就点起来了。因为没了汽油，已经有几天都没发电了。火点了起来，半干半湿的柴烧得啪啪乱响。

"是不是有什么东西把远处县城或镇上的灯光反射过来了？"有人说。

"别想那么多，把火加大些，烧！去砍树，砍棒子给我们！"祝队长敞着羽绒衣，哑着喉咙在那儿指挥。我就跟九财叔去坡上的灌木丛砍树了。大家打着电筒，有的举起箭竹做的火把。找准了树，一顿砍伐，一根根胳膊粗的树棒就到了大家手里，树枝就被他们抱去投进了火里。

在砍树时九财叔很兴奋，我听他说："来了，来了好！都来都来！"我们砍了一会儿，回到棚子里，祝队长他们的帐篷里全是削砍木棒的声音，是在把木棒砍光滑。老麻一个人也在厨房里砍，还发出"嘿嘿"的虚张声势的声音。九财叔一头的汗，对我说："机会来了，一定要搞！"

"咋搞啊？"我说。

"一斧头一个，你管那么多！"他说。

我说："不能啊，叔，这是犯法的。"

"鸡巴法，"他说，"跟我搞。"

"现在就动手吗，叔？"我真的好怕。

"迟早的事，要趁他们分散，下狠手，让他们连哼都不能哼。"他咬牙切齿地说。

我松了一口气。他说的是白天趁他们在野外分散工作时下手。

他躺下来又说："搞一次，用一辈子。"

九财叔呀，你害了我！我又想，跟着这种胆大的人，说不定真能一下子翻身呢。谁不想翻身啊，有这个机会，说不定是老天促成的。黄连垭的人没这个机会，我跟九财叔有这个机会，为什么不干呢？

"要是山下的人知道了来找他们呢？"我担心地问。

"我们早就走了，山下的人又不知道我们是哪里的。我估了估，马上要落大雪，大雪封山，进不来了，雪一埋，一直到来年的五月，野牲口都会把他们啃干净了。寻不到，还以为他们跌进河里淹死了……"

早晨，在水沟边洗脸时，眼睛充血的九财叔转过头来问我："今年七月你家的羊渴死了几只？"我说三只。他喔了一声。"我两头种羊全渴死了。"九财叔说。他摸着包头的帕子，帕子上有斑斑血迹，那是头被老麻打破了流出的血。

我正准备走，他突然叫我："你磨磨。"

他要我磨斧！昨晚所说的一切又在我头脑里响了起来。他还是要杀呀？我看看他，就蹲下身在水边磨起斧来。我在问我，我要杀人吗？今天的天气没有什么不同，气氛也没有什么两样。开山斧本来就很快，我无力地磨着，瞅瞅旁边的九财叔，他无事一样，好像很平静，没有什么恶念。

一切都跟往常一样，我庆幸一样。这天继续圈定矿界。

早晨的雾气很大，我们出去四面都没有路，到处烟雾腾腾，像着了山火一般，我们摸索着走路。九财叔跟上来了，他箩筐里的东西不知是谁装的。"带上了吗？"他小声地问我，是指我的开山斧。开山斧本来就在身上，每天都插在腰间的。我感到他这天真要动手。我借故扯鞋跟，落在了后头。我忐忑地走着，雾越来越浓，有人在路上说着话，我什么也没听见。

到了工作地，雾还是很浓。我到处找九财叔，我希望见不到他，可还是看到了他。他袖着手，干坐着，抽着烟，烟锅在雾中忽闪忽闪。我们的浑身都被雾打湿了，雾里有很稠密的鸟叫。这天只要雾散，肯定是个焦晴焦晴的天气。我在想着我怎么办，我浑身不自在，心上巨石滚动的声音又响起了，轰隆隆，轰隆隆……好不容易熬到快中午的时候，突然有人喊我，要我到祝队长那儿去一下。当时我就快昏厥过去了，我在想完了，他们发现我们的计划了！我冒着冷汗，不由自主地摸着腰上的斧子，好在还有雾，喊我的龙工没有看到。到了祝队长那儿，祝队长若无其事地说："明天，你们挑石头下去，水退了。"我没说话。祝队长又说："老麻也去，他说他要补牙齿，他去补完牙齿，再挑东西回来。"我放心了，就说："行哪。"我又问："那……我表叔也下去吗？祝队长说："下去，怎么不下去，你们三人一起下去。"当时他们做了决定，把九财叔交给山下后勤分队的处理，这比较安全些，他们带了信下去。可我不知道，我当时只是说："他们在路上打起来咋办？"祝队长说："你们前后走嘛，不要一起走。"我说："三个人怎么走还是一条路，老麻也不情愿的。"祝队长就说："你劝劝他们嘛。"我说："劝不住的。"

九财叔正抻着颈子在坡上等着我，见我来了，他哼了一声，说："没用的，留与不留都没用了。"我给他说："他们要我们明日下山。"他却说："没用了。"我说老麻也要跟我们一起下山。他说你别给我说这个，没用了。我就骗他说，他们要你挑。他从鼻子里哼了一声，削断了一根树枝，他用手试试开山斧的刃口，说："没用了。"他站起来，用斧头砍进一棵树，一棵糙皮松里，我看到新出的太阳正好照在了那把斧头上。

雾渐渐开了。九财叔的手指头有血珠子滚了出来。他放进嘴里去吮吸，我就开始吃早上带出来的煮洋芋，吃得冷揪揪的。九财叔也吃，木木地嚼着，从嘴角往外掉着洋芋渣儿。

雾全开了，这每天金贵的好时间他们就抓紧忙活起来。我正在搬仪器，就听见有人在树林里大声说："你干吗老跟着我？"是树林中的一个坎子下，而当时并没有人，我没看到人。但循声看去，坎子上却出现了九财叔。说话的好像是王博士，我没见到他的人。我正在找是不是王博士，总算看见了那个田螺头，黑油油的头发在白晃晃的巴茅里，像一只头朝下的鸭子的尾巴浮在水中。就在这时，只见一道寒光一闪，那黑油油的头发就不见了！我听见了什么东西倒地的声音，有点像鹞鹰拍击着翅膀的声响，估计是压下了一些树枝和草丛。

九财叔动手了！

九财叔已经冲到了我面前，握着开山斧，脸色惨白地说："搞！"

我的第一个反应是：王博士已经不在了！九财叔拽住了我，他是在"告诉"我发生的事，指令我赶快行动。他拽着我向另一个地方跑，说："快！"

我的大脑无法反应过来，就已经被他拖下水了。事情来得太突然，已经出了人命，一条人命跟十条人命是一回事，必须赶快灭口。这容不得我多想，也容不下九财叔多想。就听见有人喊："小王，小王！"话音未落，斧头就落到了祝队长头上。只见祝队长头上有白花花的东西飞溅出来，眼镜弹到一棵树干上，手晃晃，就倒地上了。不知为什么，九财叔并没有再给他一斧头，而是挥舞起斧子在树丛中左右开弓乱砍一气，见什么砍什么。

"九财叔！"我喊。

九财叔转过头来，注视着我，他醒了神，丢下斧头就蹲下地去，拉祝队长腰上的那个腰包。没有声息了的祝队长这时候突然在草丛中动弹起来，一只手捂着头，一只手捂着包，不让拉。我看到祝队长睁开了血淋淋的眼睛，九财叔在地上摸起开山斧，祝队长用颤抖急迫的声音对九财叔说："你、你放了我，我给你一、一辆小汽车。"

九财叔大声问："在哪儿？"

祝队长气短，半天才说出："在……县城。"

因为祝队长捂包的手死死不松开，九财叔就与他争夺着，回头对我吼道："快来呀！"

我的开山斧已抽出来了，可我迟迟下不了手，我看看祝队长说："叔，他给你乌龟车啊！"

我的话让祝队长听到了，他睁开一双血淋淋的眼睛向我求救："你、你、你……"

"还不快动手！"

九财叔的一声断喝，让我手起斧落，我闭上眼睛就是一下，我听到祝队长在我的斧下一声惨号，就像年猪在刀下的惨嚎一样！我再一睁眼，祝队长的口里就冲出一块黑红色的血块来，并从嘴里发出"噗"的一声，脸突然变成紫茄色，头坚定地歪向了一边。

九财叔拉开了那个腰包，果然掉出来手机，他又抓钱，完全是钱，全都是一模一样的大钱。他要我解祝队长腰包的带子，我去解，解不开，他就用斧头一刀割了，割开了，他把钱再塞进那个腰包。此刻祝队长已经三魂绍绍，七魄飘飘。九财叔抓上那个黑色的腰包，还抽出了祝队长绑腿里的那把美国猎刀，要我提上遗弃在草丛中的那个像夜壶一样的数字水准仪。我们又去搜王博士的口袋，搜出了手机，还有钱包。没有多少钱，有一张他经常看的照片，他与他老婆的照片，戴方形帽子的照片。

"咋办，叔？"我浑身哆哆嗦嗦地问。

九财叔把箩筐倒空，然后装那些搜来的东西，我也学着他把资料和石头倒出来，只装仪器。我们挑着担子往营地跑去时，就撞上了那四个人。离营地不远，在一个冈坡上，估计全在那儿。杨工和龙工这两个烟鬼都抽着烟在小声嘀咕并记录什么，都蹲着的。九财叔向我一招手，丢下箩筐就蹿过去了，照那两个人一人一斧，像敲岩羊的头。两个人手上的东西一撒手，就仰面倒地了，烟在草丛里还冒着烟。

这时可能让小谭听到了什么，他突然站起来，像一只受惊的兔子，抻起脖子朝我们这边看。他看到了什么？他看到了两个杀红了眼的人，两个农民，手上提着山里人特有的开山斧，他还看见了两个倒地的人。他拔腿就跑！洋芋果小杜还弓着背对着仪器看什么。她背对着我们，耳朵里塞着耳机，什么也没听到。小谭撒开脚丫子跑时也没喊什么，他跑错了方向，一堵石崖拦住了他的路。他想爬崖，却又转过身来往另一个方向跑，九财叔已经离他不远了，他就一头迎了上来，从绑腿里抽出一把跳刀："我跟你们拼了！"我听见他这么从喉咙里大吼道，声音是一种哭声，一种类似于哭泣的愤怒的声音，从牙齿缝里射出来的声音。我一转头忽然看到了一双好柔亮的眼睛，是小杜的眼睛！她带着诧异的眼睛！她一定看到了撂在坡上的倒在那儿的杨工和龙工。她一定惊诧，那些低矮的巴山冷杉的枝条把她看到的一切都割得零零碎碎。

"你死了！"

九财叔向我喊，高声骂我。他的声音也变了形。我转过身去看时，他已经与小谭扭打在一起了，我看见血花飞翔，就像有无数只红色的蜻蜓从风中溅了起来，一定有人中了刀！

九财叔完了，我就完了！我拼命向他们跑去，树枝一路抽打着我的脸，好像全是在与我作对，整座山，全在反抗！我被抽打着，脸上火辣辣的，眼睛都花了，我不顾一切地冲了过去。我看见了一只龇牙咧嘴的猴子，薄薄的刀条脸上全是汹涌的血水，现在已经扭曲得像棵秋扁豆了。

"你们这些土匪！"

他来夺我的斧，我不能让他夺我的斧，我的斧举得很高，只是没有砸下去。可九财叔不知出于什么原因，一把将小谭推到我怀里。他手上的跳刀就刺进了我胸口，我一阵尖锐的疼痛，本能地一让。听见了一声尖细的叫喊，是发生在那边的，九财叔的斧敲中了小杜。我看见小杜摇晃着抓住了一棵树，头发散开了，一眨眼，那头又埋在了九财叔的手上，好像是在咬他。

我这儿的事依然在发生，面前的小谭再一次用头向我撞来，我一个趔趄，后退一步，站稳了。他全身都在淌血，像一匹发了疯的野牲口。我看看胸前，棉衣破了个小口，没血出来。我听见九财叔在狂骂我，他用手挡着小杜，向我挥着开山斧，好像在示意要我用家伙。我又闭上眼睛，朝小谭的头上砍去。斧背砸瘪脑壳的声音真的很难听，短促，沉闷，哑声哑气，就像砸一个未成熟的葫芦。我干完了一件事，我握着开山斧站在山坡上，我看到的小谭扑倒在地上，抱着一块大石头，好像要亲吻。这个山里娃子就这么完了。接着又响起了小杜的几声连续的尖叫，油嫩嫩的声音，后来就没有了，我知道小杜也完了。我最后看见九财叔直起了他的腰杆，在扬眉吐气，手上拿着一个红彤彤的东西，是一只发卡！

我抹了一把脸上憋出的汗，心尖又疼。我瘫坐在地上，看到旁边的小谭正怒目直视着我。他没有闭眼。我想把他的眼珠子挡住，我没有力量了，我只好自己闭上眼，泪水突然从紧闭的眼里往外咕噜噜冒出来。我怀疑冒出的是血，是从心里流出的血，又从眼里流出了。我不想证实。那一摊摊的血在我的眼前恣肆飞旋，我一阵恶心，胃里似有千百条蠕虫搅动，胃液顿时冲天而出。

我吐得一塌糊涂。我无力地抬起头，看到九财叔正在拉小杜红裤子前的拉链。

"别这样，叔！"

我冲过去就拽住了九财叔的手："叔，别这样！"我死死地拽着，我一掌就把九财叔推出了老远。九财叔在地上爬着，支棱起脑壳不解地望了我一眼，他手上拿着许多东西，估计洗劫得差不多了。他恶毒地骂了我一句，就说："快！快！"他挑上了箩筐就跑。

我跟在他后头，我看到了前面不远的树丛间出现了一群红腹锦鸡，这些林中的舞女，发出一阵振聋发聩的聒叫："茶哥！茶哥！茶哥！"这时，天已经大晴，西坠的夕阳突然间挂在万山空阔的天边，苍山滚滚，晚霞滔滔，好像在洗浴那一轮夕阳！我回过头，马嘶岭上，那几个或蜷或卧的人，都在夕晖里透明无比，像一块块形状各异的红水晶，静静地搁在那儿，神奇瑰丽得让人不敢相信！

我被这壮观的景象惊呆了。我站在那儿，手拿着开山斧，脚下像生了根一样。我发现我另一只手在裤兜里紧紧攥着，好像捏着一个东西，拿出来一看，是一张玻璃糖纸。那时候我听见河谷的风吹过来一阵喧哗之声，好像一个窥视的人一样。那声音在山岭上曲曲折折地游动，又折回了河谷，在群山间回荡，就像一阵惊叫！我发现我的泪水像泉涌一样不可遏止，澎湃而下。

我在后头慢慢走到营地，九财叔正在往箩筐里装东西，他要我快装。老麻不在了，我四下寻找，在一个坡前看到了倒下的老麻。

"装啊！装啊！"九财叔喝令我。

"装，你要什么？装！"他说。他问我。他要给我分钱，还丢给我一把好跳刀。

我说："我不要钱，我不要刀，我只要那个录音机。那里面有我，有我唱的歌！"

他不听我的，硬是把一些乌七八糟的东西塞进我箩筐里。他教训我："你这个小杂种，你想跟老子过不去？"

我只好挑上他给我装得满满的一担。他还说："睡袋也是好的，他娘的，他们睡这么好的褥子。"

我们挑着东西，开始往河谷溯水而上。我发现九财叔从离开马嘶岭起就已经神经错乱了，他在前头亟亟挑着，不停地说："装啊，装啊，装啊……"

九财叔时不时回过头来骂一句："蛋屎！蛋屎！"不知道骂谁。他目空一切了，那只杀人不眨眼的右眼环顾四周，真像一个独眼鬼。我陡然觉得那奇怪的白光就是从他的右眼里发出的！

我们在河谷转悠的第三天，天空乌云滚滚，九财叔突然甩下担子，纵身跳进河中。他飞快地划着水，在水中又拍又打，他真的疯了。好在他没被河水卷走，我喊着他，把他从河里拉上岸来，他浑身抖得不行；那天傍晚，我们又遇见了几头野猪，九财叔毫不惧怕，抽出开山斧就杀入野猪群，奇怪的是，那些凶猛的山中之王，那天被他砍得哇哇大叫，四散奔逃。九财叔砍跑了野猪，又在地上拔食野草。

确实没有吃的了，我只好跟着疯了的九财叔啃吃野草、吃蛐蛐菜、鹅儿肠、云雾草。我们在山里转悠了九天，衣衫褴褛，饥寒交迫。第九天的夜里，山里飘起了大雪，这一场大雪一下子就没了膝。九财叔不让我歇息，不让我们进山洞，那个大雪纷飞的晚上，我们不停地在森林里转圈，早晨到了梨树坪河边。白雪皑皑的黄连垭已经在望了！已经快走出森林了，快到家了。我给他说快到家了。我说："九财叔，那是黄连垭。"我指给他看。九财叔恍恍惚惚地看着远处的山冈，看看我，又看看自己挑着的担子，停了下来。我们坐下，他好像清醒了。他问我："我们是到哪儿去的？"我说是回家呀。他说我们从哪儿来的？我说是马嘶岭啊。他左看右看，说："我们杀了他们是吧？"我说是的。他说："这是他们的东西？"我说是的，我就拿出他给我的钱来说这是你分给我的。他问多少？我数数说三千多。

"三千多？"他说。

我说："还有这些东西。"我翻出藏在睡袋里的三个手机说："还有这个。"

他想起了什么，就去翻自己的箩筐，也翻出了手机和钱，还有那两个红发卡，还有一些仪器。他指着我的东西："都是我们两人对半平分的？"

我说："是啊，平分的。"

"我们杀了人，你也杀了人，我们都杀了人。你杀了几个？"

我忙说："我没杀人，我没有！"

他说："这些钱够你用了。水香生了吗？"

我说："我不知道。"我说："他们不会沿我们的脚印找来吧？"

"你看看哪有脚印？"他说。

我去看来路，雪真的掩盖了我们走来的脚印。森林里一片恍白，阳光在云中模模糊糊，好像天要晴了。

"你发财了。你没杀人却发财了。"

"我们一起干的！"我说。

"你是个无用的卵货。你这家伙。"九财叔说，"我肚子饿了，你能弄点吃的来吗？"

到哪儿弄吃的去，前面梨树坪我记得是有个代销店的，在福利院门口。我说："前面能买到吃的了，快到家了。"

他说："我们商量这些仪器先藏哪儿？"

我说："随便吧，叔，先找个山洞藏着吧。"

他直直地看我，好半天，笑了，说："今年能过一个好年了。"

我说："我心不安实。"

九财叔就站起来，重新挑上了担子。走了几步，他忽然指着河里，对我说："看，水里是什么？"我放下担子就去河边，一阵狂风袭来，我的头上就落下了重东西——九财叔在背后冷不丁给了我一斧头，用的是斧背，就觉得脊椎一阵压榨，我的颅骨顿时瘪进去了，脚一失重，扑通一声，跌进冰冷的河里，就什么也不知道了。

我没想到九财叔会对我动手，他是想独吞那些财产——他清醒过后后悔了，那么些现钱，也不排除他彻底地想杀人灭口。我根本没防备。所有的经过就是这样——我被人救了起来。

九财叔被梨树坪的几十个村民围着搜山抓住了。那也保不了命，他和我一样得毙。我等待死期来临，等着当八大脚的爹来收他儿子的尸骨。

八大脚我爹怕是没想到，他会从这么远的县城抬回他的儿子。又一想，小谭得绝症的母亲假如还活着，她又未必想到会这么远从南山抬回她的儿子——这全乡第一个大学生，魂都丢在了南山的马嘶岭。

高墙外的那轮太阳照着铁窗，我无意间从兜里掏出了那张糖纸——这是唯一没被警察搜走的东西。我把糖纸放在眼前，对着那轮可爱的温暖的太阳，天空全变成了红色。我又想起那个让我惊讶的傍晚，我们离开马嘶岭的那个傍晚，那些红水晶一样透明无声的死者。我的意识突然觉得，结局只能是这样的，他们最后只能在那儿——在那个时刻，安安稳稳地躺在那里，永远地躺在那里。

这是为什么呢？这种想法让我至死也弄不明白。

跑步穿过中关村

徐则臣

一

　　我出来啦。敦煌张开嘴想大喊，一个旋风在他跟前升起来，细密的沙尘冲进鼻子、眼睛和嘴里。小铁门在他身后咣地关上了。天上迷迷蒙蒙一片黄尘，太阳在尘土后面，像块打磨过的毛玻璃，一点都不刺眼。又有股旋风倾斜着向他旋过来，敦煌闪身避开了。这就是沙尘暴，他在里面就听说了。这几天他们除了说他要出去的事，就是沙尘暴。敦煌在里面也看见沙尘扬起来，看见窗户上和台阶上落了一层黄粉，但那地方毕竟小，弄不出多大动静。他真想回去对那一群老菜帮子说，要知道什么是沙尘暴，那还得到广阔的天地里来。

　　眼前是一大片野地，几棵树上露出新芽，地上的青草还看不见。都被土埋上了，敦煌想。用脚踢一下门旁的枯草，伸着头看，还是一根青草也找不到。三个月了，妈妈的，一根青草也长不出来。他觉得风吹到身上有点冷，就从包里找出夹克穿上。然后背上包，大喊一声：

　　"我出来啦！"

　　敦煌走了二十分钟，在路边拦了一辆小货车。车到西四环边上停下，敦煌下了车，觉得这地方好像来过。他就向南走，再向右拐，果然看见了那家小杂货店。敦煌稍稍安了一点心，他一直担心一转身北京就变了。他买了两包中南海烟，问售货小姐还认识他吗，那女孩说有点面熟。他说，我在你们家买过四包烟呢。出门的时候，他听见女孩吐完瓜子壳后嘀咕了一句：神经病！

敦煌没回头，长这么丑，我就不跟你计较了。沿着马路向前走，他知道自己一定像个找不到工作的愣头青，干脆摇晃着背包大摇大摆地反道走。走反道不犯法。走得很慢，慢慢品尝中南海。在里面跟在家一样，难得抽上这东西。第一次他把两条中南海带回家，他爸高兴坏了，一来客人就散，庄严地介绍，中南海，国家领导人待的地方，他们都抽这个。国家领导人待的地方。其实敦煌只经过中南海门前一次，为了赶去看升旗，凌晨四点就爬起来，被保定骂了一顿。保定说，升旗哪天不能看，非赶个大雾天。那天大雾，他们上午要去交货，但敦煌就是忍不住了要去看。那会儿他刚来北京，跟着保定混，梦里除了数不完的钱，就是迎风飘扬的国旗，他能听见仪仗队咔嚓咔嚓的脚步声整齐划一地经过他的梦境。他骑着辆破自行车一路狂奔，经过一处朦胧闪亮的大门，好像还看见了几个当兵的站在那里，没当回事。回来后跟保定说，才知道那就是中南海，后悔没停下来看看。后来他一直想再去仔细看看，总不能成行。就像保定说的，哪天不能看啊，所以就哪天也没能看成，直到现在。

敦煌也不知道要去哪里，没地方可去。一窝都进去了，保定，大嘴，新安，还有瘸了一条腿的三万，熟悉的差不多一个不剩。而且现在手头只有五十块钱，还得减去刚才买烟花掉的九块六。太阳在砂纸一样的天空里直往下坠，就在这条街的尽头，越来越像一个大磨盘压在北京的后背上。敦煌在烟离嘴的时候吹口哨，就当壮胆，又死不了人。当初来北京，跟来接他的保定走岔了，在立交桥底下抱着柱子还不是睡了一夜。先熬过今晚再说。

一抬头，前面是海淀桥。走到这个地方非他所愿，敦煌停下了，看着一辆加长的公交车冲过桥底下的红灯。其实不想来这里，尽管他也不知道想去哪里。他就是在海淀桥旁边被抓的。他和保定从太平洋数码电脑城一口气跑过来，还是没逃掉。东西还在身上呢。早知道逃不掉就把货扔了，他跟保定说，没关系，那两个警察胖得都挂不住裤腰带了，没想到跑起来还挺溜。他们的车堵在跟前，再扔已经晚了。这是三个月前的事。那时候天还冷，风在耳边呜呜地叫。现在，他出来了，保定还在里面。不知道保定被警察踹伤的左手好了没有。

敦煌拐弯上了一条路，再拐，风从地面上卷起沙尘，他躲到一栋楼底下，天就暗下来。他拍打着衣服上的尘土，一个背包的女孩走过来说："先生，要碟吗？"从包里抽出一叠光盘。"什么都有，好莱坞的、日本的、韩国的，流行的国产大片。还有经典的老片子，奥斯卡获奖影片。都有。"

在昏暗的光线下，敦煌看到碟片的彩色包装纸上有点说不清的暧昧。那女孩的脸被风吹干了，但不难看，她好像还有点冷，偶尔哆嗦一下像要哭出来。敦煌判断不出她的年龄，也许二十四五，也许二十七八，不会超过三十。三十岁的女人卖碟不是这样，她们通常抱着孩子，神秘兮兮地说：大哥，要盘吗？啥样的都有，毛片要吗，高清晰度的。然后就要从后腰里摸出光盘来。

"便宜了，六块钱一张卖给你。"女孩说。敦煌把包放到台阶上，想坐下来歇歇。女孩以为他决定挑了，也蹲下来，在一张报纸上一溜摆开碟片。"都是好的，质量绝对没问题。"

敦煌觉得再不买自己都过意不去了，就说："好，随便来一张。"

女孩停下来："你要实在不想买就算了。"

"谁说我不想买？"他让自己笑出声来，"买，两张！算了，三张！"他担心女孩怀疑，就借着楼上落下的灯光挑起来。《偷自行车的人》《天堂电影院》《收信人不明》。

"行家啊，"女孩声音里多了惊喜，"这些都是经典的好片子。"

敦煌说，不懂，瞎看看。他真的不懂，《偷自行车的人》看过；《天堂电影院》是在公交车上听两个大学生说的；挑《收信人不明》仅仅是因为名字别扭，他觉得应该是《收信人下落不明》才对。买完碟，他在台阶上坐下来，对面的楼前亮起霓虹灯。他掏出一根烟，点上，对着霓虹灯吐出一口烟雾。女孩收拾好碟片，站起来问他走不走。

"你先走，我歇会儿。"敦煌觉得没必要跟一个陌生人说其实自己没地方可去。

女孩和他再见，走几步又回来，在他旁边的台阶上坐下。敦煌下意识地向外挪了挪屁股。

"还有吗?"女孩说的是烟。

敦煌看看她,把烟盒和打火机递过去。他听见女孩说,中南海的口感其实挺好的。敦煌和很多人打过交道,但那都是交易,冲着钱去,所以女孩的举动让他心里突然没了底。恐慌只持续了几秒钟,他想,都这样了,光脚的还怕穿鞋的。进都进去过了。整个人放松下来,主动问她:"生意还好?"

"就那么回事,天不好。"她指的是沙尘暴。闲人都关家里了,而买碟的大多都是闲人。

敦煌深有体会,他那行多少也有点靠天吃饭。刮风下雨像个乱世,谁还有那个心思。

女孩对烟不陌生,烟圈吐得比他好。两个人就这么坐着,看着天越来越黑,行人越来越少。旁边一个小书店里有人在说,关了吧,飞沙走石的,谁还买书。然后就是卷帘门哐的一声被活生生地拽下来踅到地上。飞沙走石,夸张了。敦煌尽量不去看那女孩,他不知怎么跟她说话,不习惯,和一个从没见过的姑娘不三不四地干坐着,这成什么事了。他想离开。

"你是干什么的?"女孩突然说话。

"你觉得呢?"

"学生?说不好。"

"什么也不干,无家可归的。"敦煌发现说真话简直像撒谎一样轻松。

"不信,"女孩说,站起来,"不过无家可归也好,一起去喝两杯?"

敦煌在心里笑了,终于露馅了,就知道你还兼了别的职。他没嫖过,但保定和瘸腿三万嫖过,女人那一套他多少知道一点。只是这样的女孩也干这个,他揪了一下心,然后说服了自己,报纸上说,现在干这行的姑娘相当比重的都是大学生。大学生,多好的名字。敦煌又想起那些抱孩子鬼鬼祟祟卖光盘的女人。"还是我请你吧。"敦煌做出一副慷慨来,死猪不怕开水烫,无所谓了。

二

他们去附近的"古老大"火锅店。女孩说，得热乎一下，都冻透了。敦煌附和，他没想到沙尘暴一到，又把北京从春天刮回去了。从外面看，火锅店的玻璃上雾气沉重，里面鬼影憧憧。人叫那个多，半个北京好像都挤进来了，无数的啤酒杯被举过头顶，酒味、火锅味和说话声跟着热气往上浮。如此亲切的温暖敦煌至少三个月没有感受到了，心头一热，差点把眼泪弄下来。

女孩靠墙，敦煌背后是闹哄哄的食客。鸳鸯火锅。三瓶燕京啤酒。敦煌注意到女孩点了两份冬瓜和平菇。女孩喝酒爽快，但没有她表现出来的那样能喝。喝酒敦煌有经验，这是他唯一过硬的特长，保定以为自己酒量不错，但半斤二锅头下去就不知道敦煌到底能喝多少了。在女孩面前敦煌很谦虚，说自己酒量不行，一瓶下去就说胡话。

"说吧，我听。"女孩大大咧咧地捋起袖子。她没发现敦煌喝酒几乎没有下咽的动作，而是直着流进去的。"就喝到说胡话为止。"

接下来两人半杯半杯地碰。热气腾腾的火锅让人觉得他们俩是一对亲人。敦煌三个月没见过如此丰盛的诱惑，两眼放光，大筷往嘴里塞涮羊肉。女孩脸色也红润多了，看起来年龄比在风里要小。还是挺好看的。鼻梁上长着两个小雀斑。谁的手机响了，女孩赶紧到包里找，等她拿出来，旁边的一个男人已经开始说话了。她的失望显而易见。她把手机在手心里转几圈，放在面前的桌子上，问敦煌叫什么。

"敦煌。"

"听起来很有学问啊，真的假的？"

"当然真的，我爸取的。他基本上等于文盲，歪打正着。听我妈说，我刚生下来那两天，他愁坏了，找不到好名字，都憋成便秘了。没办法，从邻居家抱来一堆报纸，翻了一天也定不下来，最后在《人民日报》第一版上看到'敦煌'两个大黑字，就是我了。"

"你爸真是，早该取好了名字等你出生。"女孩空洞地笑起来，瞟了一眼手机，"我叫旷夏。空旷的旷，夏天的夏。好听吗？"

"好听。比敦煌强多了，我老觉得自己是块黄土夯出来的大石头。"

女孩笑得有点内容了，说旷是父亲的姓，夏是母亲的姓。敦煌不觉得这名字有多好，父姓加母姓，满世界的人都这样取名字。但他还是说，好。他得让她高兴。所以接着就夸卖碟好，说自己刚到北京时也想卖碟，苦于找不到头绪，遗憾至今。

"那你现在干吗?"旷夏问。

"瞎混。这儿干两天，那儿干两天，北京这么大，总饿不死人。"

"回老家去啊。北京就这么好?"

"也不是好不好的问题。混呗，哪里黄土不埋人。"

旷夏又转她的手机，脸色沉静下来。"要不是卖碟，我早回老家了。北京风大。"

"那倒是，好在吹不死人。"

谁的手机又响了，旷夏把手机重新拿起来。还是跟她没关系。敦煌觉得她有事，心想算了，见好就收吧。就说，要不就吃到这里，见到她很高兴，他请客。然后招手要买单。

"我来，我来。"旷夏争着掏钱包，"说好我请的。"

敦煌做一个制止的动作，旷夏真就听话地把钱包放下了。敦煌脑子嗡的一声，你怎么就这么实在呢。他装作到挂在椅背上的衣兜里找钱，感觉全身在两秒钟之内起码出了一斤的汗。只好冒险用一次保定教他的方法了。他在左口袋里摸索半天，眉头皱起来，赶快又去右口袋里摸，立马跳起来，惊慌失措地说:

"我钱包没了! 手机也没了!"

"不会吧? 你再找找。"旷夏也站起来。

敦煌又去摸口袋，干脆把衣服提起来，当着旷夏和服务员的面将内侧的两个口袋翻出来，当然空空如也。"一定是被偷了!"他说，"我进来的时候还在。"然后对服务员说，"你们店里有小偷!"服务员是个十八九岁的小姑娘，吓得直往后退，好像害怕小偷附了她的身，连连摆手，说:"没有，没有啊。"她惊恐的样子让敦煌有点不忍，但戏开始了就得演下去。

周围的客人筷子停在半空，扭过头来看，热情洋溢地看着丢了钱包和手机的敦煌，又稍稍后仰身子，以便证明自己的清白。舞台越搭越大了，敦煌硬着头皮也得把独角戏唱下去。

"你没记错？没放包里？"旷夏说。

"不可能错。钱包里有六百块钱，好像不止，记不清了。还有一张建行的卡、身份证、一张五十块钱的手机充值卡，都丢了！钱无所谓，关键是身份证，补办一个太麻烦了。我那手机才买了不到一个月，一千多块钱哪。"

他竭力把自己弄成一个唠唠叨叨的祥林嫂，所有顾客都往这边看。小服务员果然怕了，赶快去找领班。等领班过来，旷夏发现了一个问题，服务员竟然没用衣服罩罩住敦煌的上衣。如果罩了，钱包和手机就不可能被偷。部分责任在火锅店。衣服罩的确没罩，反而是敦煌的上衣套在衣服罩上。领班没承认是店员失职，气短是有了一点，解释说，店门上已经写明，顾客的钱财自己保管好，丢失本店概不负责。敦煌和旷夏不答应了，如果罩了衣服还丢，当然不会连累饭店，问题是现在没罩啊，谁知道是否有意不罩。意思很明白了。

"对您丢失的财物我们十分抱歉，"领班最后扛不住了，"要不给你们打个八折，这事就到这里。再送两瓶免费的压惊啤酒，怎么样？"

旷夏说好吧。敦煌不答应，至少五瓶！

领班说："先生，我只有这么大的权限。"

敦煌说："那好，让你们经理来。"

领班犹豫一下，走了。旷夏问敦煌手机号多少，拨一下看小偷还在不在店里。敦煌说了一个号，旷夏拨了，已关机。彻底没戏，死心吧。敦煌心里说，早就死心了，那是三个月前的号，手机早不知道扔哪去了。过两分钟领班回来了，身后的服务员端着五瓶啤酒。敦煌让打包给旷夏带走，很不好意思到头来让她破费。旷夏说本来就该她请，看了看手机，塞进了包里，让服务员打开，现在就喝！敦煌想，喝就喝，谁怕谁，正好没过瘾。

现在才真正开始。旷夏喝得更爽快了，如同易水送别，酒杯碰得决绝悲壮。喝，喝。两瓶下去她就只会说喝喝了，慢慢歪倒在桌子上。

"没事吧你？"敦煌说。

"没事，喝，喝。"旷夏嘴里像含了个鱼丸子。然后突然就哭了，"我想回家，送我回家。"

敦煌说好，现在就送你回家，一边把剩下的那瓶酒嘴对嘴喝完了。还好，旷夏基本上明白家在哪里，一说敦煌就知道了。三个月前，他对海淀一带和老北京一样熟悉。她住芙蓉里西区一个一居室的房子，三楼，租的。敦煌把她弄上楼，开了门发现满屋都是大大小小的白柳条筐子，一筐筐的碟片。筐上贴着纸签，注明欧美、印度、韩国、日本、武侠，等等。他正打算找"三级"和"毛片"字样，旷夏在床上闭着眼说：

"水，喝水。"

水瓶空的。敦煌让她忍一忍，等把水烧开，旷夏睡着了，还打着小呼噜。敦煌端着水杯在一把旧木椅子上坐下，等水凉下来。屋子里陈设简陋，除了旷夏身底下的大双人床，大家伙就一张桌子和一把椅子，桌子上是旧电视机和一台八成新的影碟机，此外就是碟片筐子。他东瞅瞅西看看，一杯水被自己喝完了。他想不出今晚余下的时间该怎么打发，准确地说，这一夜他该到哪里去安顿自己。听着旷夏的小呼噜，敦煌突然觉得自己挺可怜的，连个窝都没有。他在北京两年了，就混成这样，静下来想想，还真有点心酸。当时把那半死不活的工作辞掉，满以为到了北京就能过上好日子，现在连人都半死不活了。口袋里只有二十二块四毛钱。他又倒了一杯，打算等她再要就端过去。

敦煌一筐筐找，没找到毛片，连张名副其实的三级片也没找到，只有"情色"片。看封面上的女人都露胳膊露腿的，那都是虚张声势，很可能整部片子里就露那么一下子。最后找到一部应该会黄的碟，《色情片导演》，打开影碟机和电视，在静音状态下悄悄看起来。看了半截还没有激动人心的场面，敦煌兴味索然，坐在椅子上就睡着了。等他猛然醒来，碟片已经放完了。

此刻凌晨两点半。他把电视和影碟机关上，感到腰酸背疼和冷。旷夏蜷缩在床的另一边像只猫，呼噜声没了，被子跟着呼吸起伏。敦煌想，随他去了，从背包里找出皱巴巴的呢子大衣，谨慎地躺倒在那张双人床上，把身子蜷得像一条狗。大衣拉过头顶，世界黑下来。他的夜终于来到了，他想挠挠下巴上的一个痒处，手伸到一半就睡着了。

三

醒来时敦煌先感觉到眼前有光，睁开眼吓了一跳，眼前悬着另外两只眼，还有一张精神饱满的脸。接着清醒过来，那是旷夏，他睡在别人的床上，身上暖和和的，摸一把，一床蓬松柔软的被子。敦煌尴尬地笑笑，欠起身想坐起来，旷夏用嘴制止了他，她把她的嘴放到敦煌的嘴上，敦煌就一点点向后倒，重新躺在了床上。

整个过程他们只说了一句话，旷夏说的，旷夏说："踩着我的脚。"

当时敦煌手脚忙乱。他看过不少毛片，在梦里也排练过很多次，但真刀真枪动起来，敦煌头脑里一片空白，整个身体沉在黑暗里无法调遣。旷夏帮了他，一只手默默地指路，跟他说，"踩着我的脚"。敦煌踩到了她的脚，然后就明白了前进的方向和办法，意识逐渐回到了大脑里。敦煌越来越清醒，片子上和梦里的经验转变成现实。他看见旷夏眉毛像绳索拧在了一起，咬牙切齿的模样比受难还痛苦。她毫无规律地抖成一团，但除了那句话她一声没吭。

敦煌从旷夏身上滚下来，身心一派澄明，无端地觉得天是高的云是白的风是蓝的，无端地认为现在已经是惠风和畅，仿佛屋顶已经不存在，沙尘暴也从来没有光临过北京。两个人都不说话。床头的鸡眼闹钟嘀嗒嘀嗒独自在走。

"我好看吗?"过了很久，旷夏说。

"好看。"

又是沉默。

"你多大?"旷夏又问。

"二十五。"

"和我弟弟一样大，"旷夏幽幽地说，"我二十八。"

敦煌突然觉得对不起身边的这个女人，结结巴巴地说："其实，我是个，办假证的。"

"哦，办假证的。我卖盗版碟，算同行了。"

敦煌听见她笑了两声。敦煌又说："我刚出来，从，就那里。"

旷夏没像他想象的那样惊叫一声，她只是重复了一下刚才的语气词："哦。"然后说，"我叫夏小容。"敦煌很想扭头看看她，还是克制住了。她继续说，"旷夏是给我孩子取的名字。"敦煌突然觉得有点难受，仿佛有一条尖利的线从小腹往上蹿，闪亮地开了他的膛。他说："你结婚了？"

"没有。我还没孩子。男朋友姓旷，我叫夏小容。"

敦煌觉得不能再这样漫无边际地躺下去，起身开始穿衣服，速度很快，裤带没勒好就往卫生间跑。他穿着裤子坐在马桶上抽了一根烟，出来时从裤兜里掏出了所有的家当，二十二块四毛钱。经过客厅的小方桌时，把钱压在了烟灰缸底下。放好钱，透过卧室和客厅之间的玻璃窗，他看见名叫夏小容的旷夏正侧着脸看他。"我想喝杯水。"夏小容说。

敦煌倒了水端过去，说："热。"

夏小容从被子里伸出了光胳膊，握住他的手："有女朋友了？"

敦煌莫名其妙地觉得受了伤害，"有！"他说，"在北京。"当然他没有，但他觉得应该说有。说有的时候他想到了进去时保定跟他提到的七宝，嘱咐他出来了就去找七宝，照顾好她。对七宝敦煌一点都不熟，只见过一个背影。他去保定的屋里，看见一个年轻的女人从保定屋里出来，身材高挑，屁股挺好看。保定说，那就是七宝，也是做假证的。此外没说。没说他也就不去问。

"好看吗？"夏小容继续握着他手，说话的口气像他妈。

"还行，看着能吃下饭。"

夏小容缩回了胳膊，咯咯地笑，身体带着被子一颤一颤地抖。等身体和声音平静下来，她才说："你站在客厅里的时候，很像我在老家的弟弟。他整天混日子，爸妈为他操碎了心。"然后又说，"有时间带给姐看看。"

她一下就成姐姐了。敦煌说："我也不知道她具体在哪儿。"

"只要在北京，总能找到。你不想知道我为什么请你喝酒？"

敦煌没吭声。

"我们吵架了。他说我这样的女人没意思，"夏小容继续说，"老想着回家，想着生个小孩过日子。不如分手省心。"

"我也不理解。"

"不理解我?"敦煌没说话。夏小容突然生气了,"出去!男人都他妈一个德行!"

走就走。敦煌背上包刚出卧室门,又被叫回来。她声音缓和一些,穿衣服的时候让他背过脸。她只穿了上衣,坐在被窝里,递给他一百块钱。"我手头就这一点了,"夏小容说,"你先应应急。"敦煌一声不吭地接过钱,经过客厅时把二十二块四毛钱重新装回口袋里。

这一天对敦煌来说,只有早上那一个钟头是好时光,整整一天他都在浮尘天气里跑。风小了,沙尘悬在半空上不去也下不来,大街上到处是戴着眼镜、口罩和头蒙纱巾的人。他背着包先去了西苑,三个月前他和保定住在这儿的两间民房里。女房东装作不认识他,因为他俩被抓后,她就把他们剩下来的行李能卖的卖,不能卖的就扔了,而且,他们的租期还有一个月才到期。敦煌火了,骂她见利忘义。房东就说好啊,你还有脸找上门来,警察过来搜查时我们的脸都给你丢光了!这是狡辩,当初租房子时可不是这样,他们干啥关她屁事,她只是把房子租给钱的。最让敦煌气愤的是,房东嘀咕一句,怎么这么快就出来了。她还希望我一辈子都耗在里面呢。他就让房东退房租,两间屋,八百。

"可我真的没钱,"房东说,突然从口袋里摸出个手机,喂喂起来,然后像列宁一样抱着电话走来走去,边走边说,"啊?急救室?这么严重?好,好,我马上到,马上来!"放下电话脸像根苦瓜,"大兄弟,你看看,说来事就来事,我妈不行了,我得赶紧去医院。实在没钱,要不还你一百,我就这一百了。"她从口袋果然就掏出一张老人头来,"就当帮大姐了。"

敦煌一把夺过来,总比空手好。房东转身就往胡同外跑,说是去医院。敦煌看她两个仓皇跑动的大屁股,有点后悔拿了钱,却突然不合时宜地想起房东说过,父母早就没了。然后想起刚刚就没听到手机响,震动都没有,这他妈的老女人!他追出胡同,房东的影子都没看到。一气就捡了一堆砖头,一块块往房东的屋瓦上扔,瓦片哗啦哗啦地碎。扔一块说一句,一百,两百,三百。扔最后一块时说:

"×你妈,七百。"

他又去找另外几个办假证的朋友。一个没找到,不是搬走了就是被抓了。保定刚进去时就说,遭人算计了,要不哪会都进来。谁在算计,保定也说不好，京城里干这行的不少，各有自己的来路和地盘。敦煌还是死马当活马医，他得找个落脚的事，还得干这行。一天下来一张认识的脸都没碰到，那个只看过背影的七宝更不用说了，站他眼前也未必认识。到了晚上九点半，敦煌只吃了两个烧饼喝了一瓶水，在硅谷门前下了车，两脚着地发现自己还是无路可走。他晃晃荡荡来到芙蓉里，夏小容的灯亮着。他说，来还钱。

夏小容看他一身尘土，像从建筑工地上刚回来。"这么快就发了？做小偷还是抢银行？"

"造假币了。"敦煌说，去翻背包口袋，摸一把没有，再摸一把还是没有。"我明明放在里面了，怎么会没了？"

"算了，别演。难道又被小偷偷了？"

敦煌的脸立刻挂不住了，憋得通红。"昨晚你都知道了？"

"你当我是傻子？拨你手机时就明白了，是空号。"

"对不起啊。"敦煌窘迫地说，继续到包里找钱，发现背包口袋被划了一道口子，真遇上小偷了。他没有解释，拿出夏小容给他的那张钱放到桌上，"谢谢。"拎起包就走。到了楼下，敦煌觉得累得不行，在台阶上坐下来点上根烟。声控的门灯灭了，他坐在黑暗里有种被彻底遗弃的孤独感。楼上几乎每家灯都在亮，暖气还没停掉，他们不知道现在冷风钻进裤腿里是什么滋味。他们在自己家里。他现在觉得夏小容其实也没错，不就想要一个自己的家吗，有个老公，有个孩子，这有什么错！一根烟没抽完就觉得，那姓旷的狗日的应该好好修理修理。

有脚步声从楼梯上下来，敦煌站起来让路，踩灭烟头向小区外走。背后有人说："上来吧。"他回过头，看见夏小容穿着棉睡衣站在门灯底下，"就算被偷了，好了吧？"

"不是就算，就是被偷了。"

"好，就是。上来吧。"

敦煌跟着上了楼。夏小容说，你怎么跟我弟弟一样倔。敦煌说，我哪里倔。夏小容说，倔就倔呗，你可别跟我弟弟一样混。到了房间，夏小容进厨房给他下了鸡蛋面，敦煌就在外面说打碎房东家瓦片的事，听得夏小容咯咯笑，说他比她弟弟还坏。吃完面，敦煌在热水器下洗了个澡，换了一身干净衣服出来，夏小容已经关了电视躺到床上了。敦煌心虚地问："那个，旷，没来？"

夏小容冷冷地说："不会来了。"

敦煌掀开夏小容的被子。开始的时候夏小容哭了，后来就不哭了，但还是不出声。为了让她随便发出一点声音，中间的时候敦煌气喘吁吁地问："卖毛片吗？我怎么没找着？"

夏小容艰难地说："在床底下。"

四

第二天早上，敦煌醒来时听见厨房里锅碗在响。他想到此刻醒来的应该是一个姓旷的家伙时，身上还是出了一些汗。她说他叫旷山。敦煌听到这名字的第一感觉是，取名字的人跟他爸一样懒惰和头脑简单，瞎猫逮着了死耗子，所以都还有点意思。夏小容从厨房里出来，敦煌又问，那个他，不会回来吧？

"怕了？"

"我怕个鸟，大不了再进去。"

"那就别问。我不认识这个人。"

吃完饭谁也没有询问对方今天的安排，然后一起出门。夏小容背一包碟，敦煌背着全部行李家当，在海淀体育馆门前分手，除了"再见"一个字没说。

敦煌又漫无边际地跑了一天，一个熟人没见到，还是两个烧饼一瓶水熬到晚上，下了车直接去芙蓉里。夏小容开门时一副日常表情，接着就去厨房下面条，区别在于昨晚一个荷包蛋，今晚两个。今天沙尘暴基本平息，敦煌简单洗了洗，把脑袋钻到床底下，果然看到两筐碟，随便抓出来两张，封面上的裸体女人长相完全不同。

接下来三天，敦煌吃了六个烧饼喝了三瓶水，在公交车上浩浩荡荡地穿过七八趟北京城，跑过了三十多条巷子，终于绝望了。找不到组织，一点东山再起的苗头都没有。他背着大包回到芙蓉里，夏小容说："回来了？明天咱别跑了。要是不觉得委屈，就跟我卖碟去。"

第二天，敦煌背起了碟包。上午在西苑，马路边上，找一个人多的超市门口摊开几十张碟。夏小容对她的碟很熟，提起某一张，伸手就从众多的碟里准确地拎出来。若是谁找香港的枪战、武侠类的，敦煌就能说上话，他整个中学和大学的课外时间都耗在简陋的录像厅里，因为无聊，成龙、周润发、周星驰的片子他反反复复看。跟夏小容相比，他和顾客更谈得来，瞎说，办假证时练就的嘴皮子。

　　下午去了农业大学门口。这地方敦煌也熟，办假证的时候常来。学生甚至比社会上的人还需要假证，尤其找工作时，成群结队地办假成绩单、荣誉证书，胆大的毕业证和学位证都要，专科要本科的证，本科的要硕士，硕士的要博士。当然也有倒过来，为了逛公园景点半票，一把年纪的老博士也搞个本科的学生证。这帮学生买碟的热情也高，用夏小容的话说，那是相当专业，都冲着艺术去，经典的，越老越好卖。这是敦煌不太理解的，他一看黑白片头就晕。玩不了这个票。

　　反正那一天敦煌跟顾客聊得口干舌燥，生意做得不错。夏小容说，没看出来啊。敦煌说，办假证不就靠张嘴嘛，你得让人家相信，假的也比真的好使。跟算命一样。夏小容说，那好，聘你做我卖碟的秘书吧。敦煌说，没问题，不就小蜜嘛，三陪都行。夏小容的脸一下子撂下来，敦煌知道过头了，赶紧做小学生认错状，心里却开始犯嘀咕。不是三陪是什么，我陪你，当然你也陪我。

　　总的来说，敦煌是个称职的秘书，数钱、游说、当托，兼做保镖和跟班。最关键的，如果不是特殊情况，他能让夏小容不高兴的时候高兴，高兴的时候更开心。特殊情况主要和旷山有关，一看到夏小容说话间走神了，敦煌就在周围找是否有手拉手的情侣，或者抱孩子散步的一家三口。这样好，敦煌想，跟我没关系。但忍不住就想抽烟，吸了一口呛得咳嗽，还跟自己说，就这样好。

　　因为卖碟，敦煌开始大规模地看文艺片，得恶补。但常常看着看着就睡过去，梦里开演的变成商业片，爱情、暴力、凶杀、恐怖，当然还有相当比重的色情。他不明白，为什么夏小容从来不卖床底下的毛片。夏小容说，那都是原来旷山卖的，她说不出口，也卖不出手。

　　敦煌说："那有什么，劳动人民需要这个。"

　　"劳动人民需要？是你需要吧。"

　　"我需要，劳动人民也需要。我们要从群众中来，到群众中去。你看我们卖碟的大嫂做得多好，抱着孩子都不忘阶级弟兄，见人就问，大哥，要盘吗？刺激的！"

他的模仿把夏小容乐坏了，乐完了又气："好啊，在你眼里，我也就是一个大嫂，鬼头鬼脑地抱个小孩。"

敦煌说："错，大嫂哪能跟你比，我们的夏小容同志年轻又漂亮，坚决只卖文艺片。"

"荷包蛋也堵不上你的嘴！刷碗去！"

敦煌就去刷碗，在水龙头下就走神了，想毛片的事。这东西没有通常的碟好卖，你不敢明目张胆拿出来，但价钱高，卖一个赚一个。手中没粮，心里发慌，他现在太想赚钱了，不能这样像个背包似的赖着别人过日子。来北京不是为了做包袱。他想起了还在里面的保定。

保定大他五岁，来北京五年了。个大，身板硬，天生就是做大哥的料。在家敦煌就知道办假证这行一本万利，动动嘴皮子，然后跷着腿等人送钱。事实上也差不多，跟保定见习了半个月就把大概的程序摸清了。保定也只干最基础的那道活儿，揽生意。见着东张西望的人就凑上去问，办证吗？啥都有，护照也没问题。然后谈价，交定金，再找人定做顾客想要的证件。证件加工是另外一套程序，保定他们不管，也是谈价和交钱交货的问题。完全按劳分配，多劳多得。如果隔三岔五就能逮到个冤大头，那一年到头等于不停过节，好日子看得见摸得着。除了假冒之外，还有一点和卖碟相同，那就是需要充分掌握假证的相关知识，比如大学的文凭通常长啥样，一般小区的停车证有哪几张类型，个人档案袋中主要有哪些材料，等等。你不仅要讲道理，还要摆事实。事实代表经验、可信度和成功指数。这些难不倒敦煌，很快就了如指掌。最大的问题是应付突发事件，主要是警察。遭遇警察时要清醒果断地做出决定，沉着顽抗还是溜之大吉，是把假证坚决藏在怀里还是随手扔掉，因为不同表现会导致不同程度的罪行。这需要足够的经验。

敦煌的问题就出在这里。那天他跟保定去太平洋电脑城旁边交货，他揽的生意，证件也在他身上，一个硕士学位证。说好上午九点一刻碰头，等到九点二十也没看见客人，倒是看见突然冲过来的两个警察。敦煌跟着保定就跑，经过北大南门向海淀方向跑。逃跑的过程中保定问他，要不把假证扔了吧，人赃俱获，麻烦就大了。敦煌对逃脱充满信心，他的自信感染了保定，后面那两个警察实在太胖了，几乎要抱着肚子才能跑起来。他们没法甩得很远，但绝不会被抓住。他们从硅谷往南跑，希望过了桥往图书城跑，那里人多门也多，找一个人不比找一只老鼠更容易。但他们的运气实在糟糕，刚过海淀桥就看见一辆警车，四个警察摆在路边。事大了，证必须扔掉，敦煌从未被围追堵截过，假证拿手里不知道往哪儿扔，保定只好代劳，刚扔掉警察就围过来了。他们看见是保定扔掉了假证。

警察问："谁的?"

保定说："我的。"

后来敦煌很多次为当时的怯懦自责，他的确是慌了。但在当时，聊以自慰的是，他看见保定的右肩向上耸了两下，那是他们早就约定的暗号，以便在和顾客洽谈中统一口径。意思是：听我的。敦煌听了，一直到三个月后从里面出来。而保定因为那个学位证，可能要去一个更远的地方待上不知多久。敦煌出来的时候，他还没有真正开始判。

那天他和夏小容卖碟经过海淀桥，想起保定。他决定挣钱把保定赎出来。保定是为了他进去的，这两年在北京，保定没少为他操心。干他们这一行的都明白，能进去就能出来，找到合适的人，打点也到位，就没问题。尤其保定这样的还没判的。敦煌就在心里念叨，钱哪。

晚上两人躺在床上，一身的汗不想动，谁也不愿伸把手去关正在播放的情色电影。两个人就在被窝里石头剪刀布，敦煌输了。他关了电视和影碟机，食指插在光盘的眼里，打算装进袋子里又停住了。他说："我想卖毛片。"

"你疯了，被抓住要惹麻烦的。"

"我得挣钱，把保定弄出来。"敦煌装好碟片躺下来，从侧面抱住夏小容，"我帮你卖毛片，放着也是放着。你要是不好意思，"敦煌停顿一下，盯着夏小容的耳朵看，觉得自己有了勇气，"我不跟着你，到别处卖。"

"这才是你真正想说的，是吧?"

"你别误会，我只是想尽快赚点钱把保定弄出来，不是要算计你。"

"没那意思，"夏小容翻个身，背对了敦煌。"我只是想，男人怎么都这样，一心想着自己闯，单干，总要把女人扔一边。"

"不是扔一边，是怕你们受伤害，一边玩多好。男人也不是神仙，哪能都顾上。"

过一会儿夏小容说："随便吧。到时候你再拿些其他碟，搭配着卖。本钱给我就行了。"

五

敦煌挑了三百块钱的碟，全部卖完可以净赚五百，要是毛片的价抬得上去，还不止这个数。敦煌立马觉得整个人像刚从浴室里出来一样，清爽开阔，天高云淡，好日子说来就来了。当初第一次脱离保定去揽生意可不是这样，那时候还有点慌，还有点害羞，还有点不知深浅，怎么说也是犯法的事。现在不一样，混久了脸老了皮厚了耐折腾了，卖碟比起办假证也不知要合法多少倍。最重要的，创业生活又开始了，等于在北京这地方开始了新生。

他和夏小容每天早上从芙蓉里出来，开始分道扬镳。敦煌有自己的想法，不能这么零散卖，打游击只能挣小钱，还忙得跌跌爬爬，最好能找到点，建立固定的客源。他分析，能固定的只有三块：一是大学生，这帮年轻人花钱眼都不眨，那是为艺术；另一块是坐办公室的，翻翻报纸修修指甲那种的，为了解闷，坐办公室的文化人更如此，心思多，总觉得生活对不起他们，看看碟平衡一下，比抱老婆老公有意思，还不失身份；第三种是公司的白领金领，忙得蹲马桶都得看时间，最需要休闲，歪在沙发上把胳膊腿摊开，看一个好故事，不是书，谁还看书，是碟，故事片，片越大越好，好莱坞的，最好斯皮尔伯格每周都能整出一部来。

现在的问题是，怎样才能和这些人搭上钩，建立长久的合作关系，顺便把毛片也高价卖给他们。当然要一点一点来，挣钱首先得有耐心，然后才会产生加速度。这个敦煌懂。

一天敦煌都在想怎样才能赚到更多的钱。生意也做，他在一家超市门口打开背包，这地方的好处是，从超市购物出来的人兜里都有不少零钱，花掉也不心疼。而且大部分都是家庭主妇，她们更希望从平庸烦琐的家务里逃出来。她们喜欢爱情片，越能掉眼泪的越好。所以敦煌一看她们围上来，就找碟包上有男女拥抱接吻的片子推荐。新华字典可以不看，这电影一定要看。敦煌也不管靠不靠谱，爱情的鸡汤，情感的圣经，听过的时髦词全搬出来。女人其实好打发，只要你愿意把爱情抬高到生活的头顶上，问题基本上就解决一大半了。

相对来说，超市门口的男人钱包就不太好开。他们总把自己弄得跟个成功人士似的，不屑去看盗版碟。实际上敦煌知道，这帮家伙只是不好意思而已，只要旁边没人，他们就会往花花绿绿的包装纸上瞟，单瞟那些没穿好衣服的女主角，眼光准得如同带了红外线瞄准仪，瞟第一下时就能把这样的碟从碟堆里挑出来。所以男顾客需要引导，要循循善诱。"故事嘛，可能不耐看，"敦煌说，"谁愿意把同一个故事翻来覆去看？生活的，那就不一样了，它跟你靠得更近，它比你自己还了解你，每看一次都会有新的收获。好碟不厌百回看，就像报纸上天天说的，这东西更符合人性，对现代人的身心健康发展大有好处。"他努力把毛片的价值往日常的道德和伦理上引，为的是消除这帮家伙的尴尬。你想想，都提高到精神文明建设的高度了，还有什么羞耻和猥琐可言。买的时候就可以心安理得，脸可以不那么红，心可以不那么跳。多好。这种碟一张能赚普通碟的两三倍。

傍晚收工时敦煌算了算，赚了一百二，轰轰烈烈的开门红。他买了夏小容爱吃的鸭脖子和一扎啤酒，又叫了水煮鱼外卖，喜气洋洋地回到芙蓉里。和夏小容一起庆祝独立的卖碟生涯从此开始。一高兴就不自觉地发挥了，夏小容一瓶，他四瓶喝完了还要喝。夏小容让他打住，喝多了怕出事。敦煌一高兴就忘了，再来四瓶又算个鸟！骗你是小狗。喝啤酒除了上厕所，我还真没有过其他反应。

夏小容的鸭脖子啪的摔桌子上："你他妈就是条狗！你骗我，你说你那天晚上喝醉了才睡到我家里的！"

敦煌早把这茬给忘了。女人的记忆力怎么就这么好呢。"绝对没骗你，"敦煌说，"那天刚出来，身体不行，真有点晕了。不过要说没骗也不对，不骗我哪敢待下来，我是喜欢你才想着留下来。"

"稀罕！谁要你喜欢！"

夏小容明显有所缓和，敦煌暗自得意，好，都扛不住"爱情"这东西的小虚荣。他重新拿一根鸭脖子递到夏小容嘴边，"不仅是喜欢，"他说，用自己的酒杯碰了一下夏小容的杯子，"完全是一见钟情。"

敦煌的碟卖得好，几乎每天挣的都比夏小容多，就主动要求把夏小容转手给他的碟每张提价五毛钱。夏小容不答应他也这么干。此外他还注意回来之前买点烧饼、馒头和菜，他跟夏小容只说是顺带，内心里却是不想成为她的负担。他不知道这样寄居的生活哪一天会突然结束，最要命的是，他不愿意靠着这种含混的关系继续含混地寄居下去。单干后第五天，敦煌用挣到的钱买了个二手的诺基亚手机，憋着嗓子用苍老的声音给夏小容打电话，说你认识敦煌吗？夏小容说，你是谁？找他干什么？敦煌说，公安局。他涉嫌倒卖黄碟，已被依法拘留。夏小容啊了一声，声音都变了，说他在哪里？你告诉我他在哪里？敦煌忍不住大笑，嘎嘎嘎。夏小容愣一下才回过神来，说，你，是敦煌吗？敦煌说，当然，俺买手机了！夏小容气得大骂，你去死！挂了电话。敦煌很开心，接着发了条短信：有人关心真他妈的幸福，进去了也值！夏小容回：臭美！谁关心你了，我自己都他妈的关心不过来！敦煌还是觉得幸福，一下午都笑眯眯的，见谁都笑，怪吓人的。

手机很快就派上了用场。他在北大南门外卖碟，两个学生找《罗拉快跑》。敦煌有一张。他从来没看过这片子，当初挑来是因为包装纸上有个红头发的女孩在跑，他只是喜欢这样动感的画面。这片子对他们挺重要，老师要做文本分析，整个班都在找，就是找不到。敦煌一听三四十人在找，立马来了精神，给夏小容打了电话，夏小容说没问题。敦煌嗓子眼里都有了心跳，乖乖，钱来了。跟两个学生约好，明天就送过来。第二天果真就卖了三十张。

两个学生拿着碟走远了，敦煌掉头追他们，以后再想找什么碟，他会在第一时间送到，只要有货。敦煌怕他们转身就忘了他的号，特地找张纸把手机号写下来，一人送了一份。这两个学生一个姓黄，一个姓张，后来还真找过敦煌，头一回要《柏林苍穹下》；第二回要两个版本的《小城之春》，费穆导演的老版本，田壮壮导的新版本。都是电影文本分析课上用的，三种碟一共要了九十八张。

六

寄居生活在第二十一天晚上结束了。那晚风大，窗外像有一群小孩在集体哭泣。夏小容的窗户有点问题，风一吹就哐啷哐啷响，在屋里就觉得那群小孩不仅集体哭，还集体拍打窗户。十一点十分，夏小容已经坐进被窝，正翻一本过期杂志。手机的信息提示铃响了，她打开信息，眼神就复杂了。直到敦煌从卫生间出来，她的头一直低着，把那条短信翻来覆去地看了几十遍，直至最后眼睛里一个字也看不见。她在等着敦煌出来。

敦煌只在腰以下裹了条大毛巾，内裤都没穿。嫌麻烦，上了床还得脱。进了卧室，夏小容说："他要来。"敦煌边解毛巾边说："它当然要来。它这就来了。"干坏事时，敦煌常说"它"。

"他十二点左右过来。"夏小容看见敦煌有点愣，声音更低了，"说过来道歉。"

解开的毛巾将要从身上滑下去，敦煌感到下身一阵清凉，一把抓住毛巾，重新扎好。他听懂了。夏小容的头低下去，刘海遮住了脸看不清表情。敦煌缓慢地转过身，去椅背上拿衣服，内裤，衬衣，毛衣，秋裤，牛仔裤，包括地上的皮鞋和袜子。他抱着衣服去卫生间里换。热气还没散，敦煌换衣服时摸到肩膀上起了一层鸡皮疙瘩。换好衣服，他把毛巾叠整齐放好了才出来，顺便收拾了牙刷、牙膏、面霜和剃须刀。他把这些小东西装进一个方便袋里，还有其他一些零碎东西。然后再装进他第一次来到这个房间时背的包里。才几天啊，他发现自己零零碎碎的东西竟然一个包装不下了。生活再简单也琐碎，你不知不觉就把它弄得膨胀了，毫无必要地铺张开来。过去敦煌只偶尔认为自己是生活的累赘，他总觉得自己站在世界的最外围，像个讨厌的肿瘤岌岌可危地悬挂在生活边上。现在，所有和他有关的原来都是累赘。他找了一个最大号的家乐福超市的方便袋，坚持把多余的东西也装进去。都装进去，他得在另一个男人进来之前把自己从这里消灭干净。应该的。收拾妥当，他背起包，拎着方便袋要走。夏小容终于先说话了。夏小容说：

"你把碟带上。"

敦煌没说话，继续往门口走。夏小容从床上跳下来，抓住他的背包带子把他拽了回来。敦煌转过身看见夏小容光着两条腿，准确地说是光着整个下身，他看见她两腿之间的那团黑。夏小容拿过敦煌的手，放在自己的光腿上，然后向内侧移动，敦煌感觉到了毛发的卷曲、清洁、光滑甚至油亮的光泽。

"我们好了十年。"她幽幽地说。用另一只手去摸敦煌的夹克拉链，轻轻地上下拉动，她喜欢听拉锁走动的声音，"我现在只想回去，有个家，有自己的房子和孩子。我不想再在这里待下去。"

敦煌对她笑笑，说："应该回去。"他的手还在她皮肤上，她也冷得起鸡皮疙瘩。天气预报说，又来沙尘暴了，气温开始降，也许明天又会回到冬天。

"把碟带上，"夏小容又说，"卖完了就打电话，我给你送去。"

敦煌想了想，说好，把手抽出来去拎整理好的那包碟。有普通碟，也有毛片。大大小小三个包，他像远行的游子出了门。临走时看见夏小容的眼泪终于掉下来。

楼下的风大得要死，一下子就把敦煌吹歪了。他想去看楼上的窗户里夏小容是否把脑袋伸出来看他，他的头仰了一半又低下来，顶着风出了小区的大门。头发还没干透，风吹进去像往头发里泼凉水。他想抽根烟。而在前些天，夏小容规定他晚上刷完牙之后不许抽烟。为什么刷完牙就不能抽烟，他不明白。现在，他觉得这些天积攒的烟瘾赶一块儿犯了。他在抖动的路灯底下跑起来，找了个避风的墙根才点上烟，包扔在脚边，一屁股坐到地上。连抽了五根烟盒就空了，还想抽。已经夜里十二点多，敦煌拍着凉屁股站起来，决定去买烟。

路上几乎看不见行人，有限的几个也缩在车里，那些车穿过大风像一个个怪异的孤魂野鬼。杂货店和超市都关着门，北京繁闹的夜生活在这个大风天里被临时取消了。敦煌怎么也想不起来哪个地方有彻夜不眠的超市。他在北京两年了，自认为对海淀了如指掌，没想到天一黑下来，完全不是那回事。白天再熟悉有个屁用，那只是看见，真正的熟是夜晚的熟。现在夜晚来了，敦煌两眼一抹黑，他眼睛里的黑比北京的夜还黑。他就背着一个大包，提着两个小包沿着马路走，走到哪儿算哪儿，直到看见灯火通明的超市。

凌晨一点半的时候敦煌找到了，买了两包中南海。在一个避风的墙角迫不及待地连抽了六根，抽完之后感到了冷、累和困。两点了。敦煌考虑要不要找个地方睡一觉。这时候大部分旅馆都已经关门，他也想不起附近有哪个廉价的小旅馆。他只想简单地睡一觉，一张床就行，只要付一张床钱的旅馆。想来想去依然两眼一抹黑。敦煌觉得有点失败，这就是北京，混一辈子可能都不知道门朝哪边开。鉴于不能确定住一夜的费用，其实只是半夜，敦煌摸摸口袋里那点可怜的钱，决定不找什么旅馆了。先熬着，熬到几点算几点，天总会亮的。

敦煌在大风里走走停停，嘴里源源不断地落进沙尘。在这个夜里，他得用莫名其妙的事情把时间打发过去，他就看风，看行道树，看地面、高楼、招牌和一切可以看见的东西。他发现大风经过树梢、地面和高楼的一角时被撕破的样子，和故乡的风像水一样漫过野地丝毫不同。北京的风是黑的，凉的；老家的风是淡黄的，暖的。然后就抽烟，沙尘混在烟味里，嘴巴干涩而麻木。敦煌慢慢地走，到了三点半钟整个人有点呆掉了，木，像块凉透了的木头。他觉得身体越来越轻，浑浊不堪的轻，要不是三个包坠着，可能早就跟着风飞起来。现在他想找个地方躺一下，五分钟也好。他已经走到了一个自己也认不出的地方。前面有个卖早餐的简易小屋，斜在一家店铺的门前的人行道上，屋檐伸出来挺长。敦煌想躺到那个屋檐底下。

早餐屋的门窗紧闭，因为背着路灯光，看不清里面细小的东西，但整体上的空荡荡的昏暗还是能分辨出来。看样子已经废弃有些日子，要不也不会斜在路上。敦煌推推门和窗户，都关得严实，他在想要不要找块砖头把玻璃敲碎，睡在里面好歹避点风。没风会好过得多。没找到砖头，正想用胳膊肘捣出个洞来，一辆汽车在附近拐弯，灯光打在店铺的白铁卷帘门和窗玻璃上，光反射到早餐屋的玻璃上，敦煌看到了玻璃上的一个洞。他把手指伸进去，摸到了窗户的插销，拨一下，窗户竟然打开了。

卖早点的窗户足够大，他先把三个包递进去，然后从窗口爬了进去。满屋呛人的灰尘味，起码半年没用过了。两只眼逐渐适应屋子里的光线，敦煌发现墙角有一堆报纸，突然明白了，这地方一定有人待过，很可能和他一样，临时过了一夜。越想越对，玻璃上的那个小洞应该也是那家伙敲出来的。

他把报纸摊开，铺上他的呢子大衣，躺下来，身上随便盖了件衣服。风在屋外，从小孔里进来的可以忽略不计，敦煌感到了前所未有的温暖。先来的那家伙头脑也不错啊，敦煌生出了惺惺相惜之感，那家伙是个流浪汉呢，还是和他一样，是个突然间无家可归的人，或者干脆是个迷路的女孩。猜不出来，但有一点可以肯定，就是那人也在这里住了一夜，或者两夜甚至更多。敦煌对自己的这个结论很满意，在黑暗里笑了，头歪一歪，睡着了。

一夜好觉，梦都没做。睁开眼世界一片明亮，阳光大好的天气，车声、人声涌进来。北京恢复了正常的乱糟糟的热闹。敦煌坐起来，动一动嘴觉得满嘴沙尘，像吃了一夜土，连吐了十来口唾沫才清爽些。屋里铺着厚厚的一层灰尘，比他昨天晚上看见和想象的要多得多。敦煌觉得足够清醒了就站起来，拉开窗户，门前不时有行人经过，几步外有个大妈在卖煎饼果子。风停了，世界百无禁忌。行人都很从容，扭头看这个从早餐屋里往外爬的人。敦煌对他们视而不见，拍打身上尘土的时候闻到了煎饼果子的香味，他感到了饥饿和口渴。他走到大妈的摊子前，要了一个煎饼、一杯豆浆。大妈开始烙煎饼时，敦煌拿起一杯压过膜盖的豆浆，插一根管子喝起来。喝完煎饼也做好了，上面还摊了个鸡蛋。

"多少钱？"他问，已经把煎饼送进了嘴里，烫得他直想蹦。

"不要钱，"大妈说，"送你的，吃吧。"

敦煌脑子有点短路，接着就明白了，一把将煎饼摔在地上，然后从口袋里掏出十块钱拍在摊子上，说："我他妈的不是个要饭的，不要人可怜！"拎着包就走，大妈在后面说哎哎，钱，敦煌没回头。他的腰杆僵硬挺直，步子迈得像个悲壮的大僵尸。又有人从他身边走过去了还回头看他，他们奇怪这小伙子为什么满脸亮堂堂的眼泪。敦煌不管他们，继续直直地往前走，在拐弯的地方遇到一个交通用的大圆镜子，他在镜子里看见了一个陌生的自己。满头满脸的尘灰，不算长的头发变成灰白色，眼泪经过的地方一道道水槽，一个大花脸。夹克吊在身上，左边高右边低，圆领毛衣也这边松那边紧，裤子皱得不像样，低头看见脚上的鞋子仿佛刚从沙漠里出来。不是流浪汉是什么。不是个乞丐是什么。三个包也难看得要死。敦煌抹把脸往回走。卖煎饼的大妈在低头给别人烙煎饼。

敦煌说:"大妈。"

大妈抬头看看他,又低下头做煎饼,跟没看见似的。

"大妈,对不起,"敦煌机械地点着头,"您别生气。我,想再买一个煎饼和一杯豆浆。"

"等这个烙完的。瞧你这小伙子,冲的。"

敦煌谦恭地笑笑,又说对不起。

现在的问题是找住处。房子暂时租不起,北京的房东刁得不行,都要求季付、半年付甚至年付。一把手拿出起码三个月的房租,除了卖身他没别的办法。所以他想先找个按天或者按周算钱的房子,最好是床位,一间屋四个人或者更多,越多越好,多一个人就少花一点钱。敦煌去了北大,三角地那里这类广告铺天盖地。

离北大不远的承泽园的一个地下室,四个床位,每个每天二十五块钱。敦煌约好房东在北大西门见面。一个四十来岁的病恹恹的瘦男人,腰有点弓,昨晚的大风把他吹上天应该问题不大。穿过蔚秀园,过一座桥就是承泽园,敦煌一年前交货时来过这里,园子里有棵连抱的老柳树,肚子是空的,能钻进去一个人。

地下室不大,有种阴森的凉,摆设像一间逼仄的学生宿舍。两个学生用的高低床基本上就把空间挤满了,其余的地方只能放一张小桌子和一个盆架。桌子上放点小杂物,脸盆毛巾牙缸啥的都放在盆里。三个床位上已经住了人,还剩一个上铺。行李箱都塞在床底下。房东说那三个都是来北大听课的,准备考研究生,绝对安全可靠。但敦煌感觉极其的不好,好像在哪部恐怖片里见过类似的房间。他不打算住这里,就随口压了价,说住一周。房东及时地答应了,然后神秘兮兮地说,他们三个回来了你可别说是二十啊,他们都交二十五。

敦煌想了想,住就住吧,总比早餐屋舒服点。"好,我就说三十。"

七

就这么在一张高低床的上铺住下了。收拾结束,敦煌洗了个澡,光鲜体面地去了北大，在32号楼前面的跳蚤街上摆起摊子。

到天黑之前敦煌卖了十一张碟，其中一张是用来换书的。临摊是个卖旧书的，敦煌拿起一本研究电影的书，竟有一篇专门谈《罗拉快跑》的文章，一看竟也看进去了，觉得人家说的都在理儿。这碟片他卖了三十一张之后，因为好奇也硬着头皮看完了，不喜欢，不知道导演和来来回回跑的罗拉到底要说啥。这篇文章解释得头头是道，看得他直咬手指头。一部电影竟能搞得这么高深。又翻到其他地方看，居然也看懂了。他一直以为学术文章山高水深，艰涩难懂。这让他兴奋。知识分子了都。就用一张碟换到了手。

那本书敦煌一直看到地下室的床上。书中有对香港电影的评论。这块他熟，提到的电影几乎都看过，更觉过瘾，还有难得的成就感。其他三个十点半后才陆续回来。一个要考北大外语系的硕士，长一张崇洋媚外的大胖脸；一个考数学系的硕士，戴眼镜，一看就营养不良，下巴尖尖的，体型如同一个放大的问号；另一个考哲学系的博士，眼神不好，却喜欢从眼镜上面看人，挂在鼻尖上的眼镜仿佛只为了摆设。哲学博士看见敦煌在看一本电影研究的书，就问他考艺术系还是中文系。敦煌想了想，说艺术系。听起来气派。搞艺术的，听听。

"硕士还是博士？"

"博士，"敦煌谦虚地说，"考着玩。"

哲学博士的眼光立马从镜片上方向他看过来，那两只小而无神的眼。敦煌觉得这家伙挺傻。他说："咱俩一个战壕的，我也考博士。哲学博士。"敦煌欠了欠身子，有点慌。这谎撒大了。人家是考哲学的。那是所有学问里敦煌最崇敬的一门，他不知道那种玄而又玄的学问怎么玩，看不见抓不着啊，对他来说，那完全和呼风唤雨一样是门巫术。敦煌看见哲学博士没头没脑地爬上床，脑袋伸得像只鹅看手里的书。他怎么就觉得哲学博士的样子挺傻呢。

外语硕士和数学硕士对他这个艺术系博士不感冒，直到睡着了开始磨牙说梦话，跟他说的也只有一句话，"刚来的啊"。

第二天一早他们就去北大吃早饭和看书了。敦煌不急，没人一大早忙着买碟。他睡到八点才起，在承泽园门口的小摊上吃了豆浆油条，决定去人大和双安商场那儿卖碟。中关村大街早就开始堵了，从早堵到晚。为什么要修一条用来堵车的马路呢，敦煌在车上想了十分钟，车只移动了不到五米。他干脆下车步行。大学门口比较清静，敦煌不敢造次，就去了双安，刚过马路就有几个女人围上来，奇了怪了，几乎每个女人都抱着个小孩。

她们说："大哥，要办证吗？发票也有。"

敦煌说："发票你们也卖啊？"

她们说："早就卖了。你要多少？"

敦煌说："我办证的时候没卖过假发票。"

女人们面面相觑。一个女人怀里的小孩哭了，她气愤地说："哭什么哭！神经病！"其他几个都瞪了他一眼才走。敦煌心里挺高兴，他妈的，骂我。他办假证的时候的确没卖过发票，看来能公费报销的人越来越多了。

敦煌刚走几步，又上来一个背孩子的女人，黑瘦，应该是从农村出来的，正在吮手指头的小男孩被捆在她腰上。女人凑近了说："要光盘吗？什么样的都有。"

敦煌看她空荡荡的双手，问："盘呢？"

"跟我来，在那边。"

她对着路边的大楼画了一个弧，手指抽象地落在了楼后面。敦煌本来想跟她去看看，又觉得没意思。装作突然发现手机上的短信，说有人急着找他，得马上走。女人很失望，在身后喊，要买再过来啊，我一直在这地方。随后又遇到几个办证和卖光盘的。敦煌发现，现在办证的和卖光盘的主力是女人，而且大部分都带着一个正吃奶的小孩。带孩子当然是为了安全，逮住了你也没辙，孩子的奶你来喂？另一个发现是，这地方一定常有警察出没，否则她们也不会空着两只手来卖碟。敦煌一想，还是换个地方放枪吧，别给自己找不痛快。就去了北太平庄附近的牡丹园小区。

打了两天游击，生意不好不坏。到第三天就难以为继，时下流行的大片卖光了，挑选余地也越来越小，剩下的几张碟留不住客人的眼。当初这些光盘只是为一天准备的。第三天下午敦煌早早收工，没的卖了。接着就茫然，他没有货源，后悔当初没和夏小容一起去拿碟。不过他要去夏小容也未必答应，他知道往往这种生意的货源都是保密的。就像他当初和保定揽了生意，做假证也是定点的，这个点他们也不告诉别人。敦煌几次要给夏小容打电话，拨了半截子号又把电话掐了。这个醋吃得没道理他懂，但一想到此刻停留在夏小容大腿上的手是一个名字叫旷山的家伙，他心里还是相当的不舒服。她把另一个人的手拿到她腿上了，敦煌觉得牙根有点痒。他把手机塞进兜里，没路了。没路也跟自己耗着。

他去了一个小饭店，吃了三个大馒头才把牙根里的痒止住。然后步行回承泽园。路上经过一个专卖五元十元盗版书的铺子，买了一本关于电影的随笔集，那本书看完了。快到海淀体育馆，夏小容打了他手机，问卖完了没有？

"卖完了。"

"卖完了为什么不给我打电话？过来拿碟吧，他不在。"

"刚卖完。"

碟已经分好了，每一类若干张。他们相互不看对方，说话时眼盯着光盘，像在对电影里的人说话。"够你卖三天的，"夏小容把一张碟翻来翻去，"那种碟还在床底，要多少你自己拿。"敦煌弯腰从床底拿出一堆毛片，扭头时看见夏小容拖鞋里的脚，灰色的棉袜子让他觉得温暖。他抬头顺着她的腿往上看，看到了她的胸部和脸，夏小容看见他的目光立刻改向别处看。敦煌慢慢地站起来，把夏小容扑到在床上。毛片扔了一地。夏小容叫了一声，敦煌才对自己的行为感到吃惊，但他停不下来。夏小容推他，再推他，就不推了，她箍住敦煌后背的两只胳膊越来越紧。

开始急鼓繁花，后来像一部二三十年代舒缓的默片。结束时如同悠远的一声叹息。结束了敦煌不知道怎么办，他把头埋在夏小容胸前，一声不吭，然后爬起来穿好衣服，收拾好碟，背着包就要走。夏小容说："你说北京好吗？"

"挺好的。"

"我还是想回去。"

在敦煌听来，这句话的意思是：只能和"他"一起，某一天回到老家去。但敦煌的脑子里却出现一溜女人，孩子在怀里或者背上，见人就问，要光盘吗？办证吗？敦煌头一次看见夏小容眼角出现了四条皱纹，一边两条。它们的队伍将会不断壮大。

敦煌临出门时说："应该回去。"

他们没有谈到这些碟卖光了该怎么办。敦煌第二天打电话还是犹豫了一下。他跟她说，北大的一个学生要三十五部《柏林苍穹下》。夏小容挂了电话，过一会儿又打过来，没问题，让他晚上过去拿。

敦煌去的时候他们在吵架。旷山是个瘦高男人，三十多岁，鼻子底下留一道精明的小胡子。夏小容坐在床上哭得像打嗝，脖子直抻，气不够喘似的。敦煌多少年前见过他妈也这样哭过，那会儿他爸他妈闹离婚。敦煌说："小容，姐，她怎么回事？"

旷山一挥手说："没事瞎闹呗，女人嘛，能有什么事。"

夏小容歪倒在床上，因为委屈，哭声扬起来。

"你欺负她了。"敦煌的脸跟着撂下来。

"跟你没关系，拿碟走人。"旷山斜着眼看敦煌，"买碟的钱留下。"敦煌没动。旷山说："怎么，碟不要了？"这时候夏小容停止哭声，走过来推敦煌，让他赶快回去。推几下没推动。旷山的脸色就不好看了，他不知道他们俩的事，但他感觉出敦煌有点不对。他说："怎么，我跟老婆吵吵架也不行？"

夏小容说："谁是你老婆！我跟你没关系！"

旷山说："别蹬鼻子上脸啊，就是你亲弟弟来了，我也照样抽你。"

敦煌的拳头就上去了，一拳打得旷山两鼻孔蹿血。夏小容没想到敦煌这么快就动手，半个身子都用上了要把他往门外推，敦煌不得不后退。旷山急了，跳过来要还击："你他妈的打我！你他妈凭什么打我！"敦煌的拳头越过夏小容的头顶，又是一下子，打在旷山的左眼上。敦煌说："打的就是你！"

"好啊！"旷山气急败坏地说，"你弄出一个野弟弟来对付我！有种你丫别走！"

这家伙一急把北京土话都用上了。还你丫你丫的，你丫算个什么鸟，还真把自己当首都人民了。敦煌没骂出口，就被夏小容推出门外。夏小容说，求你了，别给我添乱。敦煌心里一凉，把准备好的钱扔进屋里，转身下了楼。旷山急于捞回脸面，冲出来要还以颜色，夏小容拦了半天没拦住，敦煌出了楼道他也下来了，一路骂骂咧咧，你丫给我站住！

敦煌转过身："你丫想怎样？"

旷山下意识地后退一步："你他妈有什么资格打我？"

敦煌抬头看见一个脑袋从三楼的窗户里伸出来，语气一下子温和下来。"你该好好待她，"敦煌说，"这么好的女人。"

"为什么非要我好好待她，她就不能好好待我？还有，你丫算哪根葱，上来就打我？"旷山的喊声把周围的几个声控的门灯都震亮了，看得见暴起的脖筋在跳。

敦煌正想发作，夏小容在头顶喊："敦煌！"她担心他再次出手。敦煌知道自己已经失败了。然后觉得好笑，谁也没有设置一场比赛，完全是他自己把自己弄到了一个挑战者的位子上。他不过就是个"干弟弟"。他对楼上的"干姐姐"说："你放心，我陪姐夫喝两杯就没事了。"然后对旷山说："走吧，我请客。"

旷山半天没回过神："请客？请什么客？"

八

敦煌今晚对酒没兴趣，只想用酒来对付旷山。有夏小容在，拳头不好再动了，灌他一下总还是无伤大雅的。"每人先来五瓶。"敦煌说。

"五瓶？"旷山看看摆在他面前的五个瓶子，有点懵，咬咬牙说，"好吧。"他不打算在拳头之外再输一次。

开始敦煌一个劲儿地劝酒，他不想和对面的家伙多废话，早灌倒早完事。旷山酒量不算太差，抵挡了一阵子就慢下来了。慢不是找借口推辞，而是止不住要说话。敦煌能感觉他的舌头在一点点变大。舌头大了，目光就柔和了，慢慢就有了他乡遇故知的表情。敦煌觉得旷山喝了酒虽然有点脸红脖粗，但看起来还真诚一点，比清醒时抖着个傲慢的小胡子让人舒服点。

"你是她干弟弟，所以你打我？"

"你让她不高兴了。"

"我他妈的还不高兴呢！我容易吗，一天到晚东奔西跑，做梦都想着赚钱、发财，想着在这鬼地方安身立命。"

"那是你的事。她要回老家。"

"回个屁老家！老家有金子还是有银子？我们都出来五年了，回得去么？拿什么回去？再说，我的事业刚开始，我得等着它发展、壮大。我要让别人知道，我旷山混了几年还是弄出了点名堂！"

敦煌转着酒杯看旷山，用嘴角和鼻子在笑。就你！呵呵。喝酒。

旷山这次喝得爽快。"兄弟，"他把脑袋凑过来，右脚一抬，后跟踩到了凳子边上。敦煌一看见他抖动的右脚尖，就觉得老家可能更适合他。"小容没跟你说？我开了家光盘店，当然了，是跟朋友一起搞的。生意那个好啊，像你这样卖散碟的，都去我那里进货。你说我能走吗？经营一个店不容易，这是北京，不是咱们老家，随便哪地方杵间屋子就能卖东西。你懂我的意思？"

"不懂。"

"你看，在这点上你们姐弟俩一样，一根筋。我跟小容说，我都做老板了，你就是老板娘，咱别到处跑去卖碟，把店看好就成，钱别人会送上门来。她死活就是不干，就想回老家。老公孩子热炕头，你说这不是小农思想嘛，小市民思想嘛！她认为卷进了店里就出不来了，所以坚决不去，只有拿碟的时候才去。让她搭把手都不干。小容她什么都好，就是在这点上不行，不能理解我。要是能干得了别的，光盘她都不会卖。这不是要和我划清界限嘛！"

"她急着回老家的原因你知道？"

"不是说了嘛，小农思想、小市民思想在作怪。"

"错！"敦煌说，恨不得把一整瓶酒都倒进旷山的酒杯里，"她是女人你想过吗？二十八，奔三了。说老就老了。她跟我说，你以为女人能有几个三十。她就是想有个家，不想再漂了，有个孩子，把自己实实在在地放下来。"

"还不是小市民思想！"旷山说，他用一大口酒继续表示自己的不屑，"我拼命挣钱为什么？不就为了能让她有个安定的家，好生孩子，把自己放下来？"

敦煌说："你是为自己。你敢说不是？"

"天地良心！"旷山说了半截打住了，去拿刚烤好的羊肉串。羊肉串让他声音变得含混，"是为自己，你是男人你就得干事情，我也没办法。你不想成功？你不想在这他妈的首都混出个人样来？是，我有自己的想法，可你也不能说我做事业挣钱跟她没关系啊。"他赌气似的连吃了三串，缓过劲来才说，"我要你一句实话，兄弟，你是我，你回去还是不回去？"

"如果光棍一条，我当然不回去。要是有小容，"敦煌踌躇半天，他看见旷山一直盯着他喝完杯子里的酒。"我也不知道。"

旷山笑起来："老弟，不行了吧。男人都他妈一路货，大哥别说二哥。"

敦煌对自己相当失望，也就是说，如果有了夏小容，他也不可能是想象中的自己，而是另一个他妈的旷山。他看着旷山的那一撮小胡子得意地抖啊抖，真想上去给揪下来。喝到最后，没把旷山放倒，敦煌自己倒醉了，出了门就撕心裂肺地吐，酒肉、胆汁、鼻涕和眼泪都出来了。他让旷山先走。旷山走时跟他说，以后要碟，直接去他店里拿。

敦煌在万泉河边上坐到后半夜才回地下室。三个研究生都睡着了，呼噜声磨牙声此起彼伏。简单洗了洗，一觉睡到上午十点半。醒来时看到哲学博士在翻他昨夜随手扔在桌上的碟包，博士拿着一张毛片，对着包装纸上的丰乳肥臀直咽口水。

"喜欢吗？"敦煌从床上坐起来，"喜欢就送给你。"

博士吓了一跳，丢烫山芋似的丢进背包里，尴尬地笑笑："不喜欢。"接着满怀幽怨地补充，"没地方看啊。"

敦煌也想，有个影碟机就好了。博士对敦煌的一大包碟很感兴趣，敦煌解释说，认识一个卖碟的朋友，托付给他的，顺便帮着卖一点。那，你是卖盗版碟的了？哲学博士眼白又出来了。敦煌说算是吧。他不相信博士用他的大眼白能做出好学问来。

敦煌认为给黄同学送《柏林苍穹下》的那天是他的好日子。黄同学那层楼住的都是中文系和艺术系的硕士生，周围宿舍的人都围过来挑碟。他喜欢这些真正的研究生们的慷慨，人手一台电脑，看碟方便，一买就是一堆，毛片也要。一个家伙写小说，没女朋友，但是小说里要有床上戏，就把不同民族和人种的毛片分别买了一张，观摩之用。除了预定的碟，敦煌在两个小时里卖掉了四十五张。但这样的大宗买卖可遇不可求，所以还得照旧到处跑。

地下室条件差了点，不过还算便宜，用水用电都不要钱，敦煌也就懒得再折腾，打算先住着，等钱挣得差不多了再去找个单间，顺便把电视和影碟机也买上。很多碟要看。看了两本相关的书，对一般的艺术片都有兴趣了。一周住下来，敦煌接着交了下一周的住宿费。还是卖碟，早出晚归，偶尔跟几个呆子扯几句谎，冒充玩艺术的他觉得很有意思。甚至在一个风和日丽的上午，坐在万泉河边的剃头老师傅的大椅子上，剃了个秃头。

光头让他觉得体重减轻不少，路跑得也轻快，一天跑了四个地方，回到地下室已经晚上十一点。哲学博士劈头就问，见着我的手机没有？敦煌说没有。真没有？博士又问。敦煌担心他耳朵不好，就对着他摇摇头。

"出鬼了！妈的出鬼了！"博士说。他手机丢了，昨晚睡觉前放在桌上，早上走得早，忘了拿，回来就不见了。"就四个人，还能有第九只手？"

"鬼没出，人出了。"数学硕士面无表情地说，下巴拉得更长了。

"一定是，"学英语的胖子表示肯定，"要不，报案吧。"

敦煌看看这个，再看看那个，发现他们三个都在看他，他往后跳了一步，坚决支持报案。哲学博士打了110。他在电话里一遍遍重复，知人知面不知心。敦煌觉得这是一句毫无意义的屁话。他们四个被带到派出所隔离审问，审到他时已经凌晨一点二十了。这之前他一直坐在一张椅子上，看对面两个女孩。她们也是来报案的，丢的是钱，像他们一样住集体宿舍。普通话里一半是外地口音，两个口音显然不是一个地方的，都穿低领的小衣服，挺着白花花的大胸脯，说话的时候直往敦煌这边瞟。敦煌觉得半夜三更来这里，简直就是为了看那两个肉乎乎的姑娘。

"哦，没看见，"警察有点累，点了一根烟，"听说你卖盗版光盘？那可是违法的。"

"我就是帮个忙，回去就还给朋友。我要考博士，真的，北大艺术系的博士。"

"哦。博士。"

"对，博士。那手机我真没看见，长什么样都不知道。"

"出鬼了。"

"对，出鬼了，"敦煌放松了一点，"他们说，出现第九只手了。"

警察笑起来："你那盗版碟，小心点。我们要严打。"

那天晚上只审出一堆文字，手机依然下落不明。在哲学博士的强烈要求下，警察还是说，今晚就算了吧，别弄得四邻不安，明天上午我们过去，就不信它飞了。你们四个，上午十点之前谁也不许离开。

凌晨五点敦煌突然醒了，这在过去是没有过的。胖子和博士在打呼噜，瘦子偶尔凄厉地磨牙，一到夜晚，他的嘴里就像关了只老鼠。门外走廊里的灯光照进来，敦煌看见放在桌上的碟包，知道自己醒来的原因了。他谨慎地穿好衣服下了床，几件多余的衣服塞进背包里，拎着包向外走，开门的时候顺手把洗漱用具也塞进去。他们还在睡。敦煌关上门，觉得不辞而别颇为可疑，就写了张字条插在门把手上：偷手机烂手指，娶个老婆没屁眼。

还有两天租期才到，敦煌管不了那么多，四十块钱就四十块钱吧，总比所有碟被警察没收掉好。如果这些碟全被收，他就相当于再次一穷二白地从里面出来。

敦煌是当天第一个到三角地找租房信息的人。早上七点半，他按提供的联系方式给五个房东分别打了电话。第五个成功了。在蔚秀园，独立单间，每月四百块钱，外加水电费五十，一共四百五。这个单间在三角地所有小广告提供的信息里，差不多是最便宜的。房东是老太太，不到六十岁，打扮的还可以。自称退休之前曾是某单位的党委书记。敦煌觉得有那么点意思，谁知道呢，没有人规定书记该长什么样。但她的口臭让敦煌很失望。比口臭更失望的是房子，他没想到所谓的单间就是他身后那间比他高不了一尺的小棚屋。在院子里临时搭建的，材料是单砖跑到顶，几块楼板盖顶，再上面是弄成一面坡的石棉瓦，以便雨水顺利地不流到屋里。如果说这也能叫房子，那真是建筑史上的奇迹。里面摆了一张床，一张桌子，一个凳子，还有一个小书架，就没有了，有也摆不下。她分文不让。

"我这可是单间，多安静。不是北大的学生我还不放心租呢。什么？不是？考研的也行，早晚还不是嘛。"

单间。单间。敦煌这里拍拍那里打打，一不小心拽了灯绳，白灰粉刷过的墙壁四下生辉。他突然觉得有一间自己的小屋有多好，他可以买电视，看碟，夜晚在北京有了一块可以安心放置身体的地方，风吹不到雨打不着。还有，他不想继续忍受房东的口臭。于是他说："好吧。只有一个条件，房租一个月一个月付。我还在等着家里寄钱来。"

"也行，押一付一。"

押一付一敦煌懂，就是付这个月的，押着下个月的。她担心房客提前跑了，把值钱东西啥的也顺手捎了。敦煌想，就这两件破玩意儿，还当宝贝，送人都寒碜。他租下了，付了两个月的房租，挣的钱基本全光了。敦煌坐在床沿上感到了饥饿。

九

安定了住处，就像扎下一点根，敦煌可以按部就班地展开生活了。卖碟赚钱。合适的时间里去探望一下保定。这之前最好能把七宝找到，他不想让保定失望。到哪里去找是个问题。除了一个背影、七宝这个名字以及她那时候办假证，敦煌别无所知，连她姓什么都不知道。如果还在北京、继续做假证生意还好，否则，就是大海捞针也搞不清在哪个海里捞。这个保定，早点说多好，非等到要被警察带到别的地方才紧急托付。也怪自己，以为只要自由了，找一个人还不是小菜一碟，没往细里问。敦煌初步的打算是，一边卖碟一边找，多往办假证的人群里凑。卖碟的时候就四处瞅，专拣年轻姑娘的背影和屁股看。他相信自己能把七宝从众多的屁股里认出来。

那些天他看了无数的屁股，直看到两眼发花，闭上眼也觉得有两片肥硕的东西在眼前动。他根本没有能力把它们一一区分开来。不好看的屁股各有各的不好看，而漂亮的屁股差不多总是一个样。一点办法都没有。他也在不同场合向不同办假证的人打听过七宝，三分之一的人摇头。三分之一的人答非所问，说办证吗？另外的三分之一只是给他白眼和神经病！想一想敦煌也觉得挺滑稽，坚持不懈地见人就问，这多像是某个童话里的故事啊。

但不问肯定一点头绪也不会有，问了也白问，白问也得问。敦煌基本上已经对这样当面打听失去信心，北京办假证他妈的那个多，集合起来肯定乌泱乌泱成千上万。为了不至于把寻找七宝这事做得百无聊赖，他把它当成卖碟之外与人交流的一种古怪的方式来看。卖碟结束，他就会没头没脑地问一句，您认识一个叫七宝的女孩吗？客人一听，惊讶地看看他，赶紧走了。敦煌就对人家的背影抱歉地笑笑。

只要天气正常，每天都能赚到钱。缺碟了，他直接去旷山和朋友开的那家叫"寰宇"的碟店进货。不想再去打扰夏小容的生活。都这样了，继续你来我往，说好听点是相互温暖，难听点就是通奸。敦煌不在乎什么通奸不通奸，他担心夏小容。这女人心思其实相当重，见了面欲罢不能，他穿上裤子利利索索走了人，她还不知道要在两个男人之间煎熬多少。当断就断吧。他觉得夏小容也应该有此意。有一天她给他电话，开始还幽怨地质问，为什么这些天不去看她，几句话之后就软下来。敦煌说，刚从旷山那边拿了碟，然后说，你方便的时候我就过去。夏小容就沉默了，自始至终都没告诉他什么时候方便。所以，敦煌悲壮地决定，长痛不如短痛，是个男人就得先扛住。他们此后很少见面，连电话也几乎不通。

"寰宇"在骚子营的一条巷子里，店墙上贴满花花绿绿的碟片海报。门左边是店名，门右边写着：绝对正版！货架上摆的大部分都是正版，做样子，盗版要穿过一个耳门，生意在里面做。敦煌第一次去，旷山把他介绍给合伙人周老板和两个店员，这是小容的干弟弟，好哥们，最低价给他。两个店员对电影都很精通，每拿一部片子都能解释出一大堆东西来，甚至拍摄时的花絮和八卦都了如指掌。敦煌及时表示了崇拜，两个店员说，崇拜啥，多看。

搬到蔚秀园的第十三天，敦煌买了电视机和影碟机。影碟机是新的；电视机从旧货市场买的，七成新，两百块。效果很不错。那晚上他吃了两袋方便面，一口气看了四部电影。后半夜出来上厕所，一天的大风，呼啸着经过石棉瓦屋顶，尘沙眯了他的眼。他没去巷子头的公共厕所，在大门口的槐树底下撒了泡尿，赶紧回去。狗日的沙尘暴，半夜三更跑来了。

次日上午，窗外有人兴奋地说话，土啊尘的。敦煌睡不下去，就起来了，出门看他们还在说。房东指着他脚下说，小伙子，看，土。敦煌看看脚下，一层细腻的黄土，踩一脚，溅起一团尘烟，再踩一脚又溅起一团尘烟。敦煌连踩了几十脚，周围尘土飞扬，老太太和邻居一个劲儿地往后躲："别踩！别踩！呛死了！"敦煌停下来。"哪儿来的土？"他看到周围所有东西上都均匀地覆盖了一层厚厚的黄土，"沙尘暴？"现在风停了，太阳在天上，因为浮尘的原因看起来发白。黄天白日。

"下土啦！"房东兴奋地说，"老天下土啦！"

邻居们一样的兴奋。不管老人孩子，长这么大谁见过天上下土？反正敦煌没见过。他踹了一脚门前的槐树，一阵黄土飘飘悠悠落下来。真他妈的下土了。敦煌也跟着兴奋。洗漱完了，收拾背包去卖碟。一路上东张西望，到处都是土，黄澄澄，灰扑扑的，很多小孩都像他一样踩脚玩。有的地方清洁工还在扫大街，积到路边的黄土堆得老高。奇了怪了。怪不得假证办得好好的就进去了，年头不对啊。

真正让敦煌觉得好玩的是在天桥上。他站在高处，看到眼前低矮的居民区和街道一夜之间变成了单纯的土黄色，如同冬天看见大雪覆盖世界。但和那感觉完全不同，落了土的房屋和街道看上去更像一片陈旧的废墟，安宁，死气沉沉。很难相信除了雪之外，还有东西能让世界变得单纯和平面起来，而且竟是如此颓败和荒凉。再看那些面无表情匆匆经过的行人，敦煌陡然生出一股破坏的欲望。他脱口大喊：

"夏——小——容！"

谁都不知道夏小容是谁，但都转过脸来看这个莫名其妙的疯子。敦煌对他们点头微笑，一阵窃喜，觉得这帮家伙愕然地大幅度扭转身子，使得眼前的世界多少动了起来。然后他看到路边停的一辆汽车上，谁在上面的黄土里写了六个字：狗日的沙尘暴。敦煌觉得这个有点意思，下了桥在后面加上三个字：当然是。写完了还不过瘾，又转到后备厢上写了五个字：不是我写的。

写完继续走，看见一辆宝马停在路边，就上去写：狗日的宝马。连写了三辆车，什么牌子的车就狗日的什么。到第五辆车前，刚想写狗日的，忽然想起办假证时到处写小广告，用签字笔或者喷漆，行人能看见的地方就写：办证130……。为什么不能给卖碟做个广告呢？敦煌顺手写下自己的电话：卖碟133……

他为这个天才创意兴奋不已。一路写下去，见到车就写，车头没擦的写车头，车头擦过的就写车尾，直写到手指发麻，胳膊变酸，右手看上去就像黄土抟成的。有人看他也不管，只顾闷头写，写完就走。写到下午两点，粗算一下，不下三百辆。然后找了个小馆子犒劳自己。看吧，等着别人来找吧。卖光盘的同志们多年以后应该也会感谢他，是他真正开创了光盘的外卖业务。

一顿饭没吃完，果然手机响了。敦煌兴高采烈地去接，对方说："是卖碟的吗？"

"是。小姐您好，需要哪部电影？"

"有病啊你！"

敦煌觉得不对劲儿，想缓和一下气氛，就说："小姐您好，我好像没有这部电影。"

"你别装疯卖傻，我告诉你，别到处乱写乱画，爪子痒了到石头上磨去！"说完就挂了。

敦煌很高兴，回骂道："磨你奶奶的腿！"这种事办假证时常遇到。广告写在人家讨厌的位置，或者带背胶的小广告贴错地方，无聊的家伙就会打电话来撒气。敦煌高兴的原因是，广告的效果出来了。有人吐口水，一定也会有人送钱来。

买单时手机又响了。是个小伙子，要买碟，也是在车上看到的广告。单位在长虹桥，敦煌就坐车过去了。到那里四点半，小伙子在五楼。几个办公室的同事都围过来，每个人对影视都在行。他们对影片的随口评论相当地道，后来敦煌离开，才发现那是专门搞文艺的单位。那一座楼全是搞文艺的。不是玩小说、诗歌、戏剧的，就是弄舞蹈、音乐、影视和出版的。小伙子说，一直有个卖碟的定期来，最近三个月不见了人影。敦煌说，那以后我定期来，想要什么碟可以提前打招呼。单位里的人对碟片的品相比较满意，这个敦煌还是有点自信的，虽说是盗版，他的碟盗得好。"盗"亦有道嘛。卖了三十一张。

离开时敦煌问："其他单位能去吗？"

小伙子说："没问题，直接上门就是了。原来那个就是直接上门推销。"

敦煌高兴得快晕过去，真是天上掉了泡狗屎落他粪筐里了。十几层的楼，他只跑了两层，人家下班了。就这两层也卖了八十多张。八十多，啥概念啊，纯利润两三百块钱。

上公交车前敦煌买了份报纸，吓一跳。报纸上说，昨夜北京下了三十万吨的土。他对三十万吨的唯一想法是，那能垒出多少个坟堆啊。报纸还说，这三十万吨土，一部分是北京自产自销的，北京现在就是一个大工地，没风的时候都可能尘土飞扬；另一部分是从新疆、内蒙古和大沙漠里刮来的。想想风这东西真他妈伟大，硬挺着把一粒粒尘埃千里迢迢地送过来，大工程啊。还有一个耳目一新的消息，新疆某列火车遭遇沙尘暴，一侧的车窗玻璃全被击碎，乘客只好一边站俩人，拿被褥堵住窗口，千里迢迢地与天斗与地斗。敦煌估计，这种事可能一点乐趣也不会有。但对这些消息，敦煌莫名地兴奋，很想找个人说一说。找谁呢？除了七宝好像没别人了。七宝，七宝呢，你在哪里。

十

又去一趟长虹桥，卖了一堆碟。下午回来就得进货。敦煌来"寰宇"的频率让旷山吃惊，一个人零散地卖，生意竟能如此之好。敦煌说，就一条：拼命。书面语是：敬业。

他每次进货回来，都要抽样把碟片在机子里试一下，以免客人买了放不出来。进货时，同样的盗版碟挑质量最好的，少赚一点无所谓，信誉要保证。这是他办假证积累的经验，回头客很重要。他们满意了，会主动替你做广告。然后就是送货及时。敦煌从汽车广告里尝到了甜头，买了几盒带背胶的口取纸，写上小广告，逮着机会就在闲人出没的地方贴。铺开来效果就显著了，经常有人电话订购。私人订购量都不大，有时候只要一部两部，敦煌也尽量送货上门，再游说一番，又可能多卖出几部。有个女孩不吃他这套，每次只一两张，绝不会多，而且只要暴力和恐怖片。

她住在知春里，敦煌过去要穿过大半个中关村。要命的是，从蔚秀园到知春里公交车不好坐，要么转，要么下车再走一大截。第一次去花了敦煌近一个小时。她住那小区最里的一栋楼，最高层。女孩挺漂亮，就是喜欢板着脸，跟别人欠她钱似的，经常叼着细长的女士烟，吸烟的动作有时候颓废不振，有时候咬牙切齿。她的烦躁和焦虑显而易见。不让敦煌进门，从防盗门的铁栅栏间交货。透过防盗门可以看到房间里面惊人的豪华，起码把敦煌给吓着了。他只在电视和电影里看过如此的排场。所以敦煌不理解，都天上人间的日子了，还苦大仇深的。有一回送碟，敦煌忍不住问她，为啥老看暴力和恐怖片？文艺片、爱情片、经典的获奖影片都可以看看嘛。他没说完，女孩就烦了，有完没完？爱卖不卖！把刚点上的香烟都扔地毯上了。地毯发出了怪异的焦味。

"对不起，我就随口说说，"敦煌说，转身要走，"地毯烧了。"

女孩说："我知道！"

敦煌气鼓鼓地下了楼。拽什么拽，长得好看就可以随便发火啊。敦煌决定下次不要这个外卖了，一次一两张碟，赚几块钱都送给公交车了，还惹一身刺。但下次女孩打电话要碟，敦煌又送过去了。一个小丫头，跟她计较什么呢。还有就是，他对女孩的状况隐隐有点好奇，也有点担忧，他从没看见过她房间里有别人。这无论如何有点不正常。也许看点其他片子对她有好处。敦煌交货时就多了一个心眼，不去推荐，只聊天，随口说，你们这个小区跟某部电影的小区很像，那电影看得我眼泪稀里哗啦往下掉，女孩子要看，起码得准备一条毛巾被。或者是，对不起，路上堵车，出租车追警车的尾了，有意思吧。这情节好像某部电影有过，你看过吗，那电影简直像《圣经》一样感人肺腑，这后一句是他从书上看来的。

那女孩开始还一脸的嘲讽，像看马戏一样。她一下子就看穿了敦煌的小把戏。几次以后态度好转一点，不那么焦躁了，烟抽得也淑女了一点。但依然不主动去打听那部电影。敦煌有了成就感，决定继续说下去，他相信总有一天那女孩会接受暴力和恐怖片之外的电影。

因为女孩几乎隔一两天要一次碟，敦煌不得不考虑买一辆自行车。他的生活也需要。早上在北大三角地贴了求购二手车的启事，中午就有人要求面谈。是个三十来岁的男人，穿西装打领带，文质彬彬。他带着敦煌在图书馆、教室和宿舍楼前转，一排排自行车看过去，问敦煌哪种车子比较合适。敦煌觉得一辆六成新的山地车看着更舒服，又怕买不起。西装说，没问题，价钱好商量，就这样的？

"差一点的也行。"

傍晚敦煌到北大西门外取货，那家伙已经等在石狮子旁边了，戴墨镜，屁股底下那辆车越看越觉得眼熟。敦煌就纳闷，跟中午那辆怎么这么像？"什么叫像？就是。"西装嘿嘿地笑，"当然锁不一样。刚装上的。"敦煌看车锁，果然变了，中午车上还挂着两把上好的链锁，现在只有一个最简单的那种插锁。"这样不行吧？"敦煌说，"认出来就麻烦了。"

"全中国这种车子多了去了，怎么认？"西装说，"怕认？好办，"他从口袋里掏出一把小刀，嘎吱嘎吱对着横梁一阵刮，油漆落了一地。敦煌还犹豫。西装说："你这人，搞一辆破车都这么磨叽，找不到老婆吧？找到也早晚要被甩。不要我可扔了。他以为上了两把锁就安全了。"

最后八十块钱成交。敦煌骑上车子，感觉相当不错，有车阶级就他妈爽。西装分手时嘱咐他，回去最好加把好锁，这种车子最不安全。又给了他一张名片，以后有哥儿们想要自行车，一个电话就成。名片上的头衔是：张先生，"二手"自行车店总经理。敦煌觉得这名片颇具收藏价值。世界已经疯了，这就是见证。他喜欢那辆二手山地车，跨上车顿时觉得生活充满激情。捷安特。他妈的捷安特山地车。

他骑着这辆车去给知春里的女孩送碟片，越发觉得应该把她从暴力和恐怖片的世界里拯救出来。敦煌甚至想，看看三级片、毛片也不错啊，至少能学点生活常识，打打杀杀午夜凶铃有啥意思呢。女孩没有接受他的建议，但还是有所改观。接碟时不再像过去那样随意地穿着睡衣，而是稍微正式了一点，头发也出现了梳理过的痕迹。那天敦煌跟她说，你骑过捷安特山地车吗？感觉真他妈好。我刚买了一辆。来你家的路上。我可以把车子借给你骑骑。

最后这个"借给你骑骑"终于让她笑了一下，准确说是笑了一半。当她发现自己在笑，果断地把另一半扼杀了。"谢谢，"她说，"再见。"开始关门。

敦煌赶紧说："你看过《偷自行车的人》没有？拍得非常好！"

他出了楼道，自行车不见了。他明明记得放在楼底下的，插在两辆自行车之间，那两辆自行车还在，都是破车。敦煌楼前楼后找了好几圈，连个影都没有。完了，被偷了。敦煌一下子想起西装。他调出西装的电话打过去。

"你好，你朋友也想买一辆？"

"他们都开轿车。"敦煌说，"我的自行车丢了！"

"你的意思是，还想再搞一辆？"

"去你妈的，我的车丢了！"

"车丢了找警察，找我有屁用！"

"只有你认识那辆车！"

"×，你丫脑子进了水是不是？只搞认识的车子，我他妈的喝西北风去啊？"

"那我车子怎么会被偷？"

"问小偷去！问你的锁去！"西装在那头也挺来火，"你以为我三包啊，神经病！"

敦煌不吭声了。他忘了给他的捷安特山地车加一把好锁。他觉得车子白天靠在身边，晚上锁在院子里，不可能丢，就没买锁。

西装说："谁让你舍不得那几个钱？就那种插锁，别说小偷，随便抓个小孩，一伸手也拽下来了。活该！我一点都不同情你！要不，再给你搞一辆？五折？"

敦煌说："去你妈的！"沉痛地挂了电话。越想越气，最后决定，要什么鸟自行车，自行车没发明之前人类不是照样活得好好的。我跑，不信两条腿也能被偷去。

真就跑步去了知春里。敦煌发现跑起来速度并不比自行车慢多少。他一路跑得意气风发，闯了三次红灯，两辆车为他紧急刹车，很多人盯着他看。在拥挤繁华的中关村，很难看到狂跑不止的疯子。他把《杀死比尔》和《暴力街区》从防盗门里递进去。女孩穿着裙子，披一条火红的披肩。她想看一下《偷自行车的人》。

"没有偷自行车的人，"敦煌开了个玩笑，"只有自行车被偷的人。"

"你的车子被偷了？"

"嗯，前天在你楼下被偷的。"

"多少钱？我赔你。"

"八十，二手的。"

"八十？还捷安特？"女孩终于笑出了声，从旁边桌子上拿起钱包，掏出五张一百的要给敦煌。"骗人！哪有这么便宜的捷安特。"

敦煌当然不会要。此后，三公里之内他基本上都是跑步送碟。念书的时候他长跑不错，多少年不动，开始跑还有点不适应，跑了几次感觉就上来了，觉得运动的确是种乐趣。下一次给女孩送了两部碟，外加《偷自行车的人》，还是跑着去。女孩还要赔他钱，再不要就赔他辆捷安特了。敦煌说千万别，我现在跑得正高兴，别放我的气，再不锻炼这一百四十斤就该废掉了。

十一

那天他从知春里回来，刚到魏公村，接到一个陌生电话，那男人压低声音问，看到你的广告了，有光盘吗？毛的。敦煌犹豫一下说，要多少？那人说，越多越好。在哪儿？北京航空航天大学北门，穿灰色夹克，红领带。

敦煌坐车过去，看见灰夹克坐在北航大门对面的马路牙子上。你要碟？灰夹克点点头，找个没人的地方说。他们在僻静的街道拐角停下来，敦煌从背包的夹层里拿出三张毛片。还有呢？敦煌把背包放到脚前，又拿出十来张，都在这了。灰夹克看了看敞开口的背包，不少碟啊，三级的有吗？敦煌从一大堆碟里准确地抓出五张来。他带的不多，三级并不好卖。灰夹克翻看碟片包装纸时一条腿不停地抖，一张张都看遍了，突然说：

"我是警察！"

敦煌一愣，马上笑了笑，说："大哥，别吓我，我胆小。"

"不信？"灰夹克左手从兜里掏出个证件，迅速打开，果然是警察；与此同时，右手已经抓住了背包的一根带子："所有碟没收！"

敦煌指着地上说："你的钱？"灰夹克低头去看，敦煌一把抓过背包，拖着就跑。灰夹克上了当，想用另一只手去抓包，已经晚了。那根带子被他扯断然后脱了手。他喊站住！敦煌拼命地跑，背包口张着，一路往外掉了好几张碟片。幸亏跑得快。灰夹克追了不到五十米就停下了。敦煌一口气跑到中科院门口才停下，逃跑中间结结巴巴拉上了背包链。他没看见灰夹克跟上来，才一屁股坐到马路边上。腿肚子直哆嗦，吓得转筋了。海淀桥那次记忆犹新。

还好，这回逃掉了。

整整一天敦煌都没缓过劲儿来，妈的，出门撞见鬼。碟卖得三心二意，猛不丁就张皇四顾，担心警察冲过来。损失了不到三十张碟，够他心疼的了。后遗症不仅是下意识就要警觉一下，手机响一声都让他惊心。第一个打来的是旷山，用的是别人的手机，告诉他要的《漂流欲室》已经到货，随时可以拿。因为号码不熟，敦煌犹豫半天才接。第二个电话还是陌生的号，敦煌咬咬牙接了。对方张嘴就说：

"喂，乌鸦吗？你丫是不是又钻李小红裤裆里出不来了？半年没见你了！"

敦煌松了口气："对不起，你打错了。"

"老子会打错？你那鸟腔烧成灰我都听得出来，丫还装。"

"我再说一遍，你丫打错了！"

"啊？真不是？"

"是你妈个头啊！"敦煌就挂了。对方又拨过来，一直响，敦煌只好又接。

对方居然还能沉得住气："不好意思，打扰了。那你知道乌鸦的电话吗？朋友给我你的号码。"

"找乌鸦到故宫去，我只认识喜鹊。"

骂完人敦煌舒服了一点，准备专心卖碟。天黑了，于是忍不住又开始骂灰夹克，一路都在说，狗屎警察，狗屎警察。快到海淀时，脑袋里一亮，想起灰夹克拿的那个证件，老觉得哪地方有问题。他转着脖子找毛病，想起来了：灰夹克的证件上，落款的最后一个字挤在边线上。正常的落款不可能设计得如此局促。挤在边线上是他们故意做出来的。保定接过一单这样的生意，敦煌陪他一起去取货。当时保定还问了一句，落款是不是有点问题？制作的家伙说，都这样，做公安局的假，得留点破绽，给自己一条后路，就像假钞，细微处总有点明显的区别。那家伙还大义凛然地说：这是我们这行的职业道德。

敦煌又仔细回忆了灰夹克的证件，绝对有问题。心情立马好起来，狗日的，造假造到老子头上了。他连着对找乌鸦的那家伙的气也消了。谁知道是不是找错人了，说不准是无聊的骚扰电话。这么一想，脑袋里又一道光，为什么不能照葫芦画瓢，打电话找七宝呢？敦煌忍不住夸奖自己的智商，人要聪明起来，那是一点办法都没有。

他转身往回走，到人行道上、公交车站牌上、灯箱广告上包括垃圾筒上找办假证的小广告，那些广告上写着：办证，上网，发票，然后是手机号码。敦煌见一张撕一张，回到小屋里开始照着搜集来的号码一个个打过去。是女人接，敦煌就说："是七宝吗？我是乌鸦啊。"

对方就回答："不是。打错了。"

敦煌就再问："不会吧，朋友给我的这号码。那你认识七宝吗？"

"不认识。没听过。"

"哦，对不起，打扰了。"

是男人接，敦煌就说："你好，我是乌鸦啊，最近见到七宝了吗？"

对方说："乌鸦是谁？我不认识你。七宝我也没听过。"

敦煌就说："哦，对不起，打错了。谢谢。"

对方南腔北调，带着夹生的京腔。态度好的，咕哝一声挂电话；碰上正吃火药的，那就自认倒霉，忍几句骂。二十二个号码打完一无所获。敦煌没有失望，这应该是寻找七宝的最好办法，以静制动，以不变应万变。只要七宝还办假证，总会找到。若改了行，那没辙，保定那里倒容易交代了。要操心的就是搜集小广告，他贴自己的一边撕别人的。

七天内打了不下三百个电话。他不指望七宝就是那三百分之一，但三百个里哪怕有一个人认识七宝，事就成了。但七宝还是遥遥无期。敦煌看着抽屉里一堆用过的手机充值卡，咬咬牙继续打，就当给保定买二锅头喝了。一天下午，敦煌在航天桥附近卖碟，在天桥上看到一个十岁左右的小孩边走边弯腰，弯一下腰就在地上贴一张小广告。他跟上去看，那是个新号码，就揭下一张开始打。半天对方才接，是个女声："乌鸦？没听过。"

"你认识七宝吗？"

"你到底是谁？"

"那你到底认不认识七宝？"

"认识。"

"太好了。我是敦煌，你能告诉我她在哪儿吗？"

"你他妈的到底是谁？"

"敦煌，敦煌啊。保定让我来找七宝的。"

"哦，早说啊。我就是。"

她住在附近的花园村，刚睡醒。敦煌约了她一起吃晚饭。敦煌坐在天桥下抽烟等她，兴奋得直搓手。终于他妈的找到了，对保定的歉疚可以减少一点了。有人从后面拍了他肩膀，敦煌转脸看见一个个头不错又比较丰满的女人，挺年轻，挺漂亮，还是烫成小卷卷的长头发，上面一件对襟小毛衣，外面是件象征性的罩衫，底下是条裙子。领口开得很低，看得见幽深的乳沟。他不敢肯定这样的女人是不是也可以称为女孩。敦煌绕半圈转到她身后，没错，背影和屁股摆在那里。七宝说，干吗？敦煌说，请你吃饭哪，保定特地交代，把你照顾好。

"他人呢？还说请我去看长城的。"

"你不知道？在里边。我也刚出来不久。"

"×，我说呢。有烟吗？"

敦煌给她点上一根烟："你也抽烟？"

"烟都不抽，还不无聊死。"七宝说，"今天就够无聊的，没生意，盯着电视就睡着了。"

"没生意还雇小孩给你贴广告？"

"你看见了？总不能我去贴，笑也被人笑死。包里什么宝贝？"

"光盘。我卖碟。"

他们进了一家不大的川菜馆。敦煌翻开菜单吓一跳，贵得离谱，一份宫保鸡丁都要十八块，简直不要脸。敦煌把菜单推给七宝，狠狠心说，你来。七宝说，这家不错，朋友一请客我就提议来这里。七宝点了水煮鱼、鸡丝荞麦面、东坡肘子、青菜钵和四川泡菜。敦煌想，就当又遇到两次假警察吧。七宝说，怎么卖起盗版碟了？这活儿不干了？

"刚开始找不到门路，临时卖卖碟。现在觉得这也挺好，没事看看电影。"

"进去一次进出个文化人了，"七宝说，"你们一块进去的？"

"嗯。其实，保定是因为我进去的。"

"这种屁话就不要说了。干这行，说到底都是为自己进去的。"

敦煌对她感激地笑笑："你多大了？"

"不知道女人年龄不能问啊。猜。"

"二十二。"

"你比保定那狗日的还会说话。"七宝又要了一根烟，"二十三。都记不清他长啥样了。"

"他记得你呢。"

"×，记得我的男人多了去了。你记不记得我？"七宝两嘴角上翘，笑起来，"说正经的，菜的味道不错吧？"

饭后，敦煌去了七宝的住处认认门。与人合租的两室一厅，七宝住一间，另外一间还有一个女孩。房间不大，摆弄的不错，一张席梦思，电视、影碟机、音响，还铺了一小块地毯。被子没叠。"有点乱，别往床上看啊。"七宝说。敦煌喜欢七宝的爽快。他捏着指头数一下，觉得七宝完全符合保定的胃口，怪不得放心不下。七宝给他冲了杯速溶咖啡。咖啡的香味混杂在女人房间的味里，敦煌有点犯晕："房租不低吧？"他问。

"还行。一个人在北京，只能自个心疼自个了。"

还是女人会过日子。自己倒小气了，不小气怎么办，还指望挣钱把保定赎出来。

一杯咖啡没喝完，有人打电话找七宝。七宝看看敦煌，敦煌说，没事，我也得回去了，还要拿货。七宝就在电话里说，好吧，一会儿到。敦煌让她想看碟就随便挑，七宝挑了五张。

十二

两天后他们又见了一次。七宝请客。她把碟片还给敦煌，另挑了五部别的。都在北京混，很容易谈得来。敦煌开玩笑说，保定托我照顾你，有什么体力活需要我干吗？七宝说，你也就能干点体力活了，不过现在还轮不到你。敦煌说，我等啊，轮了一个招呼就到。七宝伸手在他脸上左右各拍一下，小心保定出来扁你。他们一起哈哈大笑。

下一次见面是七宝来海淀交货，顺便给敦煌送碟。傍晚，敦煌从外面刚回来，北大的黄同学要新旧两个版本的《小城之春》，他在小屋里等他的电话。百无聊赖正看一张日本的毛片，七宝打他手机，人已经到了北大西门。敦煌赶紧关了影碟机出来接她。屋太小，一个坐椅子上，一个坐床上，挤得腿碰腿。敦煌不太自在，七宝穿裙子，虽是长筒袜，碰着一下还是觉得靠到了她皮肤，越发找不到话题来说，就让她再挑碟片带回去看。这时黄同学电话到了，让他把碟片送过去。

　　大半个小时后，敦煌回到小屋。他推开门，七宝叫了一声，赶紧摁遥控器，满脸涨红。敦煌看见电视屏幕上一对赤身裸体的男女静止地缠在一起。七宝摁错了键，正暂停。七宝很窘迫，一把甩掉了遥控器。敦煌觉得有责任消除她的尴尬，就从地上捡起遥控器，说：

　　"看看毛片有什么？大惊小怪！我刚才看的那个嘛，要不我们一起看？"

　　"去，谁跟你一起看！"

　　"不看别后悔，老了想看都没劲看了。"

　　敦煌大大咧咧在七宝边上坐下，摁了播放键。之前七宝调成了静音。敦煌一不做二不休，让声音也出来。七宝坐着不动，谁也不说话，直挺挺地看着屏幕，不看都不行，脖子不能打弯似的。那对男女动作流畅，声音起伏有致。暧昧的声音充满小屋。两个人像两块僵硬的大理石坐在床沿上，慢慢听见了对方的呼吸声。敦煌动了一下，七宝也动了一下，两个人的膝盖碰到了一起。心都悬着，膝盖没有收回，好像那只膝盖与他们无关。然后两人莫名其妙地侧过脸，看见了对方冒火的眼睛和脸，七宝一把抱住了敦煌。

　　七宝说："敦煌。敦煌。"

　　敦煌说："七宝。七宝。"

　　就乱了。跟屏幕上的男女一样乱。七宝脱衣服的速度让敦煌吃惊，七宝的表现更让他吃惊。完全可以用狂野来形容。他从夏小容那里得到的经验根本用不上，太安静，太本分，总是慢半拍，跟不上。七宝那才叫肉搏。她在他身上时，敦煌觉得那就是半空挂下来一条奔腾不息的河流，他都忘了自己还要干什么。后来河流回到平坦的大地上，敦煌趴在上面，多么柔软丰饶。敦煌恍惚了几秒钟，觉得身下是一张宽阔的水床。

　　屏幕上的搏斗也结束了，出现一片单纯的、死亡一样安静的蓝。七宝拍拍他的脸说："你真年轻。"这叫他妈的什么话。"我打了三四百个电话才找到你。"敦煌说。

　　"三四百个电话就为了这个？"七宝笑起来，笑得都有点不要脸了。

　　敦煌翻下身来："保定让我照顾你。"

"你他妈别提他好不好！我又没卖给他，不就睡一觉吗，有什么？他凭什么让你照顾我！"七宝坐起来要穿衣服。

"要走？"敦煌也坐起来，把衣服从床下捡起来递给七宝，"我送你。"

"赶我走？"七宝说，一把将衣服甩回床下，"我还不走了，今晚就住这儿了！"

七宝说到做到。和敦煌出去吃了晚饭，又一起回来了。两人看了一部周星驰的老片子《九品芝麻官》，上了床忍不住又乱了。夜深人静，两个人躺在一起，七宝抱着敦煌。七宝说："抱着你真实在。"

"现在瘦了，胖的时候抱着更实在。"

"贫嘴！我是说，抱着你有种落了地的感觉。有时候一个人孤单了，想哭都哭不出来。"

"找个人嫁了不就完了。"

"你以为嫁人就容易啊。"

"难么？实在没人要，我就委屈一下吧。"

"做你的大头梦！钱呢？跟着你吃沙尘暴啊。"

他们不再说话，抱着睡了。敦煌梦见夏小容在天桥上喊他的名字，就像那天他在天桥上一样。夏小容喊得泪流满面，然后像一件旧衣裳，从桥上飘飘而下。敦煌就醒了，一身汗。七宝把脑袋放在他的胳肢窝里，睡得正甜，嘴还吧嗒吧嗒地响。这个做梦都在吃东西的七宝才像二十三岁。敦煌抱紧了七宝，像她说的那样，此刻他想哭都哭不出来。

敦煌尽量不去想保定。进货。卖碟。想七宝的时候就给她打电话。七宝要过来，他就提前在小屋等着；七宝让他过去，他就会放下手里的事坐车或者跑步去见她。他的生活比较规律，七宝不一样，办假证没法规律，她朋友也多，常常会一起闹腾，那就更没个点了，有时候半夜十二点还在外面。敦煌劝过她，一个女孩子，回去太迟不安全。七宝说，死了最好。

敦煌正在给碟片分类。他说："怎么说话呢？要被流氓劫了怎么办？"

"你说的是劫钱还是劫色？"

"你说呢？"

"要钱没有。要色嘛，正好，我正想看看哪个比你更厉害。"

"你他妈成心气死老子！"

七宝专心致志地涂黑色指甲油，头都不抬："你这样人，一会儿想这个，一会儿担心那个，别人不气你，你迟早也被自己气死。"

敦煌觉得她说的还是有点道理的。什么时候变得婆婆妈妈了，我他妈的才二十五岁啊。恨完自己了又忍不住说："说正经的，要不，一起租个房子吧。你也别办假证了，最近风声好像有点紧。"

"别，千万别，"七宝脚都跷起来了，"你住你的，我住我的。我一点都不想管别人，也不想别人把我系在裤腰带上。"

"你看你那环境，那女孩的叫声简直惨不忍睹。"敦煌说的是她的室友。有天傍晚，七宝说同屋今晚不回来了，让敦煌过去。敦煌就去了，半夜里那女孩又回来了，还带回一个男人。然后就大呼小叫，好像带回了十个八个男人。弄得敦煌一夜没睡好。

"你这人，人家高兴了喊两声有什么！都跟你似的，喜欢闷头大发财。"

敦煌憋了憋不吭声，看七宝对着脚趾头精耕细作："不是关心你么，好歹是我女朋友。"

"喊，稀罕！"

一点办法都没有。

继续分碟。《偷自行车的人》在手里晃了一下，敦煌想起知春里的那个女孩。好多天没有她的电话了。最后一次电话是在拿到《偷自行车的人》的第三天，她说，看完了，再要一部暴力一部恐怖的，顺便带两部别的片子，《偷自行车的人》那样的。敦煌想问她《偷自行车的人》感觉如何？她说有客人来了，抽空再说。就再也没有打过来。敦煌算了算，十七天。不正常啊。他给那女孩拨过去，没人接。他决定去看看，七宝听说是个漂亮的女孩，叫着要去，看着他。一听要跑着过去，又叫，要穿过一个中关村呢，没病吧？坐不起车我可以请你。敦煌说，不去拉倒。七宝嘟囔半天，好吧，就当同甘共苦了。他们出了门就开始跑。跑到太平洋电脑城七宝就不行了，赖赖巴巴过了中关村桥，一屁股坐到路边，死活不动了，非要打车，理由也是同甘共苦。七宝在车上说，你疯了。

他们在楼下摁门铃，没人答话。敦煌不死心，终于等到有人进门，他们跟着进去。一直爬到顶楼，看见门上两道又大又白的封条。他想透过猫眼往里看，猫眼正好被封住了。他们下了楼，碰到一个楼下的大妈，就问她顶楼的房间为什么被封了？大妈摇摇头。又问一个路过楼前的人，更不知道。七宝说，这么关心，有情况吧？

"我就是想知道她看过碟觉得怎么样。"

"《偷自行车的人》？这么简单？"

"想复杂也复杂不了。"敦煌说，"哪一天我突然不见了，活不见人，死不见尸，你会怎么想？"

"你这王八蛋，一定跟哪个女人私奔了！"

"你就不难过？"

"难过有屁用！谁知道你为什么失踪，要是好事呢？那女孩家被封了，说不定因为别的人。比如说，她是贪官的二奶啦，有钱人的小妾啦，好日子大把大把的都过腻了。"

"会不会是抑郁症、幽闭症什么的，然后出事了？"

"幽闭症你都懂啊，真有学问。没准是因为钱多花不完才抑郁幽闭的呢。"

"那倒也是。"敦煌站起来，看了一眼最顶上的窗户，半天才说，"你就不能往好处上想想？又是二奶又是小妾的。"

"二奶怎么了？小妾怎么了？多少人想做还没机会呢。"

这个问题争下去会没完没了，敦煌没理她，觉得这丫头才没心没肺。七宝看敦煌不理自己，也不理他，有什么了不起。两人打车回蔚秀园，快到硅谷，七宝说，我要喝酸奶！敦煌说，好吧，让师傅把车直接开到超市发超市门口。两人就算和好了。

十三

那夜里，敦煌又做了和上次类似的梦，夏小容喊着他的名字从天桥上飘下来。他在梦里看得非常清楚，像电影里的慢镜头，慢得他怎么也抓不住。夏小容快落到地上时，变成了知春里那女孩的脸。醒来敦煌有种莫名的恐惧，他向来不迷信，但知春里的封条让他有恍惚无常之感。这梦有点蹊跷。第二天早上一醒来，就给夏小容打了电话。管不了那么多了。

夏小容的声音开始有点生，很快就正常了。有事吗？夏小容说，把主动权一下子推到他这里。敦煌期期艾艾半天，我就是想告诉你，七宝找到了。

"找到了？太好了。"夏小容说，"太好了。你一定要带给我看看，今天就看。"

敦煌决定在"古老大"火锅店请客。还是上次那张桌子。夏小容和旷山一进来就看见他们，七宝的好模样让夏小容心里一惊。夏小容说："敦煌，这就是七宝吧。真年轻。"

七宝说："小容姐好，敦煌总在我面前夸你。"

"他夸我？"夏小容笑笑，"一把年纪，老姐姐了。"

敦煌说："老什么！"

七宝也说："小容姐端庄娴静，正是男人最喜欢的成熟时候，也说老，哪跟哪呀。"

夏小容说："他都不想要我了，还不老？"

七宝对旷山说："这就是你不对了，吃着碗里看锅里。"

旷山摆摆手："没有，绝对没有。人家锅里的，想看也看不着啊。"

敦煌点了鸳鸯火锅、两份冬瓜、两份平菇。剩下的他们点。热气腾腾把敦煌和夏小容他们那边隔开来，尽管都觉得不说话也挺安全，还是主动找话，生怕冷了场。敦煌找旷山说卖碟，夏小容关心七宝在北京的生活，相互又讨论化妆品和零食问题，反而比他们预想中的热烈很多。只是吃到后半截，旷山提前离开，最近几天忙着店里盘点。过一会儿，七宝出去接了个电话，朋友生日，坚持让她过去。敦煌有点恼火，关键时候掉链子。桌子空了一半。

"再叫两瓶酒？"夏小容说，"一转眼就记不起你喝酒的样子了。"

敦煌就沉默着一杯一杯喝给她看，一直喝到十一点，然后把她送到楼下。夏小容说，上来喝杯水？这几天晚上他都在店里。敦煌就上去了。房间里的碟少了，白条筐好几个摞在一起。夏小容说，都拿回店里了，一起盘。敦煌嗯嗯点着头，觉得有点晕。一个人喝酒不吭声就会这样。

"七宝真不错。"夏小容说。

"谢谢。"敦煌看着她。夏小容把脸转到一边，看见了热水瓶，"还说给你倒水呢。"就拿敦煌前些天一直用的杯子，加了很多茶叶倒上水。"喝点浓茶，解酒。"水递过来，敦煌接过的却是夏小容的手。夏小容说，敦煌敦煌。杯子掉下来，人被拽到他怀里。

"我梦见你从天桥上跳下来，"他说，"像一块布。就吓醒了。"

夏小容声音低下去："我活得好好的，干吗要死？"然后把敦煌的头揽在胸前。敦煌觉得更晕了，头脑嗡嗡地响，顺手把她歪倒在床上。这地方实在太小了。

夏小容说："不能敦煌，我有了——"

"我也有！"敦煌说。

他把嘴巴和舌头放在夏小容的下巴和脖子之间。这是夏小容最软弱的地方。夏小容的反抗只在喉咙里，听起来像哭，慢慢地手脚就摊开了，然后开始收缩和颤抖。敦煌已经到了她的身体里，这时候夏小容反而没声音了。她从来都是在地上流淌，永远也不会像七宝那样挂到空中去。夏小容把枕巾塞进嘴里时，敦煌觉得自己也差不多了。一边工作一边打开床头柜，尾声到来之前必须戴上安全设备。这是他们的习惯。夏小容拿出枕巾，说：

"没必要，我有了。前两天刚发现。"

敦煌停在那里，头脑里闪过"旷夏"两个字。血液从身体中间的某个部位开始退潮，像一杯水在迅速减少。那地方逐渐失去知觉，一点点失去形状和体积，最后像一缕烟从夏小容的身体里飘出来。夜车经过窗外的声音。哪个地方有一声暴响，楼下停的几辆汽车同时报警。后来，所有的声音都消失，夜安静得像闹钟里的时间，只有嘀嗒嘀嗒大脑转动的声音。

"你打算怎么办？"

"还能怎么办？我下不了手。"

"然后结婚，生孩子，留在北京？"

"到哪天算哪天吧。在这儿，只有它是我自己的。"

敦煌一下子想到那些卖碟、办假证的女人，孩子背着、抱着，当众敞开怀奶孩子。她们说，要光盘吗？办证吗？夏小容穿上衣服去卫生间，上衣斜在肩膀上，背影一片荒凉。敦煌觉得她不是去卫生间，而是去大街上，孩子出现在她背上和怀里，然后坐到路边的马路牙子上，撩起上衣，用一只白胖的大乳房止住一个叫旷夏的孩子的哭声。敦煌点了根烟。夏小容从卫生间里出来，衣服已经弄整齐，头发也梳理过了，她说，别抽了吧，对孩子不好。敦煌顺从地掐掉，觉得未必就如他想得那么坏，也许她整天端庄地坐在"寰宇"音像店里，对每一个到来的客人微笑，然后优雅地数钱。谁知道呢。

敦煌离开的理由是，出来抽根烟，瘾上来了。再也没有回去。在楼底下他抬头看上面的窗户，大部分是黑的，有亮的窗口始终没有谁的脑袋伸出来。敦煌想，这样好。这样最好。

十四

春天终于真正来了。但是北京的春天一向短得打个哈欠就过去，不定明天就一下子二十七八度，让你脱衣服都来不及。敦煌和七宝的新鲜劲也过去了，开始为生活跑，各干各的事，往来不再像过去那么频繁。七宝还是不答应和他住到一起，她说别再逼我啊，再逼就散伙。所以敦煌还住在蔚秀园的小屋里，也挺好，半夜里撒尿在槐树底下就能解决。七宝有小屋的钥匙，闲得无聊敦煌不在她也会过来，买点小零食，看着碟等敦煌。有时候她会给敦煌洗洗衣服。女孩子用水就是费，房东看见了脸上的肌肉就开始哆嗦，因为水电费是和房租算在一起的。又不好直接挑明，就拐弯抹角说：

"哎呀，两件衣服洗这么久，我还以为十件八件呢。"

七宝一听就明白。她当初来北京，租的房子还不如这个，房东整天让她换十五瓦的灯泡，跟她说，别相信电饭煲能做出什么好吃的米饭，姑娘，还是煤球炉好，买个煤球炉吧。七宝坚持不换不买，半年就被房东赶走了。七宝想，老东西，抠门都抠到水里了，就说：

"大妈您不知道，敦煌是个苦孩子，就这两身衣服换着穿，脏得跟铁匠似的，不花点工夫哪洗得干净。床单被罩啥的，更得好好洗。"

还有床单被罩，房东心疼得差点昏过去，照这么洗下去，水管里流出来一条长江也不够用。水表还不转坏了。房东说："敦煌真是有福气，找到你这么个女朋友。"

"大妈您过奖了。"七宝暗暗得意，"我也就会洗洗衣服。这活儿简单，只要水用到了，就能做好。"

七宝一走，房东就在院子里直转圈，想着该怎样涨房租。她又去看了趟水表，回来小屋里的灯就亮了。她推门进去，看见满床的碟片。这是什么？她指着床上。敦煌说，电影。不，是光盘，盗版光盘。哪来的？买的。买这么多干什么？卖的。哦，你是卖盗版光盘的，房东说，手指着敦煌，原来你在干违法的事情！

"大妈，这也叫违法啊？"敦煌说，"满大街都是。音像店都在卖。"

"盗版的就是违法，我是书记，你骗不了我！你还骗我说是考研的！"

"我可没说，那是您自己说的。"

"我说的？你不告诉我我怎么知道？"

敦煌懒得跟她吵，开始收拾碟片："大妈，想说什么您就说吧。"

房东说："那好，我就直说。我不能留一个卖盗版光盘的住在自己家里，一个月才四百五十块钱！被警察知道了，我这张老脸往哪儿搁？我怎么说也是个书记！"

"您想加多少？"

"一百。"

敦煌拍拍墙皮："大妈，我租期还没到您就加价，没道理吧。还有，趁这会儿天还没黑透，您可以到外边好好打量一下这小屋，还觉得值这价，您就回来收钱。"

房东到底当过书记，立马改变策略："钱不钱我不在乎，我在乎自己名声。我不能随随便便就留一个违法分子在家里。你觉得贵，可以不租，在北大、中关村这里，还愁房子租不出去？我没听说过。"

"您还指望学生来租？北大的公寓楼新盖了一座又一座，他们早住上高楼了，一年才一千零二十块钱！万柳那儿的学生公寓，原来挤不进去，现在都空着往里灌风呢。算了，我也不跟您争，加五十，租就租，不租我明天就去找房子。"

房东说考虑考虑，一会儿就过来敲门，在门外说，五十就五十，下个月就开始算啊。敦煌说，妈的，钻钱眼里了。房东问，你说什么？敦煌说，我说没问题，我又赚了。

敦煌把这事告诉了七宝，七宝说："要是我，就跟死老太婆耗到底，大不了挪个窝。北京这么大，还找不到放张床的地方？奶奶的，哪天我有了钱，盖他几百座楼，起码得五十层，全租出去。我专门在家收房租。"

敦煌说："钱数不过来我帮你。"

"你这样的，也就能在家数数钱了。你他妈的就不能说，娘希匹，我到外面去给你挣房租去？腰杆挺起来，说你呢！"七宝给了他后背两巴掌。有点疼。"你看，我就说，两巴掌又傻了，你怎么整天搞得像忧国忧民似的？"

敦煌一激灵，像小时候下巴被马蜂蜇了。是啊，什么时候成了他妈的这副忧世伤生的烂德行。当初从里面出来，那一身死猪不怕开水烫的豪气哪儿去了？那会儿想，不就是一个北京吗，没地方住桥洞总还有吧；没东西吃饭还是可以讨的吧，要饭不犯法。那种过一天算一天赤条条没牵没挂的好感觉哪儿去了？当初还想，女人嘛，能搞就搞一个，搞到了拉倒，搞不到也拉倒，只要不被人关着，不被人管着，都是好日子。为什么现在日子就越过事越多，越过心思越麻烦呢。见了鬼了。

"操，又玩深沉？"七宝拍拍他的脸，"我怎么就看上你了呢？不发呆就犯傻，现在又灵魂出窍。醒醒啦！"

"我想去看看保定。"敦煌说，"你跟我去？"

"不去！"七宝开始换运动鞋，"让我跟他说，一直都在跟你睡？"见敦煌不吭声，七宝就说，"好了，走了。"

他们要夜游圆明园，从一条巷子头翻墙进去。前几天他们和几个朋友翻墙进去过，半个小时就出来了。七宝没过瘾，拽着敦煌再去一次。敦煌托着七宝的屁股把她送过墙，没到福海就听见一片蛙声。七宝说，真他妈大，清朝的这帮龟儿子才是会过日子的主。圆明园的夜安静得有重量，沉沉地压在福海水面上。七宝的胆量让敦煌开了眼，她在黑灯瞎火的圆明园里到处跑，煞有介事地跟敦煌介绍，这个地方死过哪个宫女，那个地方杀过某个太监。冤魂累累。在大水法那儿，敦煌觉得寒毛都竖起来了，七宝倒无所谓，在残垣断壁里躲躲藏藏，学怪异的鸟叫。那声音比乌鸦婉转，更荒凉得揪心。学完了她就笑。敦煌让她小点声，别把管理人员招来。后来七宝累了，在一块大残石上躺下来，让敦煌也躺。七宝说，要不是石头凉就睡一觉，天亮了从大门出去。敦煌说嗯，一翻身到了七宝身上。

"你别瞎来啊，这地方！"

"想瞎来也来不了，都冻得找不到了。"敦煌亲了她一下，"打听个事。"

"说，只要是跟钱没关系的。"

"老夫老妻怎么也得给点面子嘛。男人借钱都会还的。"

"男人就不该借钱！"七宝把敦煌抱住，眼睛瞪眼睛地说，"就你那点小心思！我跟你说过了，别去赎什么保定，你把咱俩全卖了，也未必填得上那坑！三千两千能办的，我早替你出了。你认识谁？烧香都找不着菩萨！"

"那我也得他妈的找啊，我总不能眼睁睁地看别人替我耗在里面。"

"他是替你？他在替钱！干这行，谁都跑不掉，早一天晚一天的事。"

"跟你说不清，"敦煌扳开她的手，滚到石头上，"男人的事你们女人理解不了。"

"你们男人都他妈的是女人生出来的，还有什么女人理解不了！你就是那种标准的大脑缺氧型的，一点儿都不会错。你就不能把钱攒着，等他出来再给他？那时候他比现在更需要钱。"

敦煌又翻到七宝身上："操，老婆，你真厉害，我刚出来的时候缺钱，也是这么想的。"

"死一边去！"七宝把他推下来，"我十八岁就来北京，那会儿你在哪儿喝凉水？"

"应付考试，学分子式，氢二氧一是水。"

"你应该去当大学教授啊。"

"是啊，我也这样想。人家不要我。"

七宝笑起来："没皮没脸。"敦煌也跟着笑。这女人可能不是他妈的女人生的，是妖精生的。一点儿都不会错。

十五

七宝给敦煌置办了一身新行头，穿在身上远看近看都人模狗样。七宝说，就得人模狗样，给自己长脸，也给保定长脸，省得那帮站岗的把白眼珠翻到天上去。吃的东西除了烟，只带了一点，不好存放，带了保定也吃不上。买了一些常用药，保定胃不好。另外就是带了些钱，到时候按照保定的意思打点一下合适的狱警。敦煌不敢肯定保定是否还在原来的地方，如果不在，他再去在的地方看他。

站岗的已经不认识敦煌了。他也不便说，塞给带路的警察两包好烟，就被带到了头头那里。继续递烟。一查，保定还在。然后跟着警察一路曲曲折折地穿堂过廊，这些他不陌生。和几个月前没什么变化，警察的表情和脸色都没变，走廊拐角处墙上的半个脚印也还在。院子里的草已经油汪汪的发亮，背荫的石阶上苔藓开始往上爬。那些站在岗楼上的抱枪的，枪还在怀里，他们站得高看得远。敦煌听见很多人在喊号子，脚步声咔嚓咔嚓像无数把刀在同时切菜。这个声音被敦煌从整个大院的寂静里准确地分离出来。这在过去是无法做到的，那时候他要么身处寂静，要么就在火热的切菜的队伍里，即使一个人站在队伍外面，也只能听见一种声音：要么是寂静，要么是切菜。

敦煌在一间大屋子的椅子上坐下。过了一会儿，他听见有人说："进去！"保定就从铁栅栏对面的一扇门里走进来，瘦了两圈。敦煌站起来，说："哥。"

"我猜就是你，敦煌，"保定在对面坐下，"这身不错，新买的？平时也得把自己收拾好。"

"左手怎么样了？"

"早没事了，要不也不敢跟那湖北佬打。"

"我还担心在这里找不到你。"

"应该快换地方了，反正不能在这羁押七个月。"保定说，"你怎么样？"

"卖点碟片，还行。我没弄到足够的钱。"敦煌头和声音一起低下去。

"头脑没坏吧，早跟你说过。判也就是一年半载，又不会死人。弄点钱容易啊？我有吃有喝，操你自己的心。有时间给我送两盒烟就行了。七宝找到了？"

"找到了。吃的东西和药都是七宝帮我买的，衣服也是她挑的。她有点忙，过不来。"敦煌盯着玻璃板上的一个黑点，觉得那应该是苍蝇去年拉在上面的一粒屎。他听见寂静的声音在耳边没完没了地蔓延，然后听见保定说："她不错吧？"

"挺好的。"

保定笑起来，笑了一半慢慢停下。"没事，"他说，"谁让我是当哥的。好好挣钱。"

"嗯。"

"不管干什么，都要多长个心眼。回去吧。"

"嗯。"

他们没有用够时间就结束了探视。敦煌看着保定被带出门，步子有点拖拉，鞋子摩擦水泥地板的声音一下下惊心，他就轻描淡写地说一句，回去吧。七宝。七宝。敦煌看着那扇空荡荡的窄门，在心里大骂七宝，你他妈妖精生的，你他妈的就是妖精生的！守卫说："人已经走了！"敦煌才发觉自己还煞有介事地坐在那里。他自作主张挑了几个人打点一番，折腾了好半天才结束。在看守所大门外抽烟时，他觉得疲惫不堪，回家时身上已经没有几个钱。

车到航天桥天就黑了，敦煌下车到七宝那里去。七宝手机关了，十有八九在睡觉。她划分白天黑夜依靠的不是时间和光线，而是困不困，一困黑夜就来了，大白天也拉上窗帘呼呼大睡。她像某种无所畏惧的泼辣小动物，她自行其是。敦煌在楼下摁好多次门铃也没人搭茬。妈的，睡死掉了。再摁，终于有人拿起对讲电话，是七宝的室友。一个两条腿瘦得跟筷子似的女孩，七宝说她是骨感美人，敦煌觉得叫骷髅美人更合适。瘦成那样了还生机勃勃，隔三岔五就把男人往家带，敦煌搞不懂那些男人，为什么都喜欢趴在一副排骨上。

骨感美人没好气地说，谁啊，不怕把门铃摁坏了！听说是敦煌，口气好了一点，七宝不在。敦煌问七宝去了哪里，她说不知道，问她手机去。这话说的，问她手机去。能问到还有你的事？敦煌初步认为，骨感美人不高兴的原因是，她不得不把身上的男人临时掀下来去听电话。他去超市买了一盒口取纸，开始写小广告。广告词改成：啥碟都有。写完了，又去找犄角旮旯处贴。现在环卫工人在清除小广告，称之为"城市牛皮癣"，贴在显眼的地方纯粹是为了让他们撕。贴完了又去马兰拉面馆吃了碗面，七宝还没回来。骨感美人这回没发脾气，让他上楼等。敦煌说就在下面等吧。他怕听到骨感美人令人发指的叫声。他在楼前小花园的矮墙上坐下来，脑袋放到膝盖上，两分钟不到就像一个坚硬的三角形一样睡着了。醒来时已经凌晨一点，七宝站在他面前，满嘴酒气，你怎么在这儿？

敦煌站起来，浑身的骨头咔嚓咔嚓响，肚子里有莫名的悲愤要冲出来："我该在哪儿？"

"对不起啊，跟朋友玩去了。"

"都什么神仙朋友，非玩到三更半夜？"

"酒肉朋友好了吧。走，我扶你上楼。"七宝做着样子要来搀敦煌的胳膊。敦煌一把甩过去，说："我他妈的不想上！"

"你小点声。"

"我为什么要小点声？"敦煌突然就歇斯底里喊起来，"睡什么睡！都他妈的给我起来！"

跟着就有好几扇窗户亮起灯，伸出脑袋喊："号什么号，还让不让人睡觉！神经病！"

敦煌指着他们喊："你他妈的才神经病！"

"你疯了你？"七宝说，"跟我上去！"

"我他妈的不上！"敦煌转身往外走，七宝叫他也不理。七宝跟到小区外的街上，说："敦煌，再不站住我杀了你你信不信？"

敦煌站住了，说："杀吧。现在就杀。"

七宝走到他面前，发现敦煌眼泪都下来了，心就软了，掏出纸巾给他擦眼泪。"我知道你是为保定的事，"她说，"今晚的确是跟朋友吃饭，手机下午就没电了。骗你是这个。"她用手指作四条腿的小狗状。

敦煌点上一根烟，此刻一点幽默感都没有，觉得心里长满了荒草。他对七宝说："你回去吧。"然后继续走，他不知道如果关在里面的不是保定，而是他，保定会怎么做。他一根接一根抽，烟屁股随手扔到地上。七宝一直跟在后面，敦煌扔一个烟头她就捡一个，一直捡到苏州桥。一个多小时的路，七宝在北京多少年没走过这么远的路了，累得脚疼，多一步都不想再走，就拦了一辆出租车，开到敦煌边上。

"上车。"七宝向他摊开手里的一堆烟头，"你要再摆这臭德行，打明天起，你他妈的别来找我。"敦煌看看她手里的烟头，一共十三个，拉开门上了车。

十六

五月里又来了一场沙尘暴。天气预报说，这在北京的历史上也属罕见。但它就是来了。一天一夜的长风鼓荡，尘沙被送到天上。为防止落进低胸的裙子里，女人们加了一件高领的罩衫；男人把领子竖起来，鼻梁上架起墨镜。北京的五月很少如此庄重和严谨。然后风就停了，很突然，气象部门都没反应过来。像百米冲刺跑了一半，硬生生收住了脚。细密的沙尘在天上下不来，天地昏黄，空气污染指数高得可怕。新闻里说，这种浮尘天气不宜外出。说得相当正确，敦煌每天都外出，在避风的地方也卖不出几张碟片。碟不好卖不算太正常，也不算太不正常，消息说，风声有点紧，这回是真的。敦煌开始谨慎，磨磨叽叽地卖，一周没进货。浮尘被人工降雨弄下来了，天开始变高变蓝，敦煌数了数碟，该去"寰宇"了。

站在路边上看"寰宇"，门上多了两张交叉的封条。封条上的日期是前天。敦煌背着空包站在门前，手机在掌心里转。夏小容，旷山，他在掂量给谁打更合适，最后决定给旷山打。旷山的声音像个紧张的老头子，听说是敦煌才放松下来。旷山说："兄弟，我栽了。"

旷山早上刚从拘留所里出来，夏小容把家里的积蓄差不多全送进去才把他弄出来。那帮警察大白天就进去，直接掀开布帘子进了后面的小仓库。盗版碟成捆成袋码在架子上。刚进的货，要不是这场沙尘暴早散出去了。一张没剩，他们是开着小货车来的。车里已经堆了不少，看来倒霉的不止他们一家。他们能够上来就挑布帘子，显然是对所谓的音像店心知肚明。正版的光盘贵得要死，不卖盗版吃个屁啊。幸亏毛片大部分都放在家里的床底下，否则出来怕没现在这么容易。他跟周老板一起被带走的，当然都出来了，也是家人拿钱赎出来的。

"有什么打算？"

"喘口气再说，"旷山说，"有空过来喝两杯？"

"好的。小容怎么样？"

"她倒比我想得开。女人你真搞不懂，过去整天叨叨挣钱回老家，现在穷得光屁股了，反倒什么都不提了，就跟那些钱不是她辛苦赚来似的。折腾成这样，真有点对不起她。你要进货？找冯老板。"

敦煌按地址找到叫"大天鹅"的小饭店，一个大胡子男人在门口等他。店在一里地外，一个类似地下车库的地方。敦煌跟着大胡子下了楼梯，曲曲折折绕了不下八个弯子才来到店铺。那简直是个垃圾场，到处都是光盘。有包装纸的花花绿绿，没包装纸的银光闪闪，地上铺了一层，里面的人直接从光盘上走。这是敦煌这辈子看到光盘最多的地方，大约一百平米的空间，一座座光盘的山，完全是一个光盘工厂。大胡子看敦煌眼都圆了，就说，这不是最大的，不太全，凑合着挑点吧。

敦煌挑碟的时候想，真他妈开了眼了，然后感到自己作为一个小打小闹的卖碟人是多么可笑。他把一个背包和一个行李箱全装满，吃力地拎着它们走过光盘山时，觉得自己更可笑了。一背包一提箱，十头牛一根毛而已。当初旷山一定也有相同感受，所以刺激了几次，他就拼了命要开一个音像店了。

这里的光盘价格比"寰宇"还要便宜，敦煌后来都在这儿进货。风声的确有点紧，他尽量不在大街上招摇，免得撞到警察和城管的枪口上。而是过几天就把过去的几个点走一圈，像北大的学生宿舍、长虹桥的那栋大楼，以及其他一些小的单位，都是见缝插针，打完一枪赶快换地方。另外就是偶尔电话联系的散客，都是老主顾。哪一天感觉不对了，就待在家里看碟，或者陪七宝逛街。也会陪七宝去送货，假证生意好像也不景气，七宝干活有一下没一下的。他们的关系说好不好，说坏不坏，在一起的时候不坏，见不着人影的时候不好。七宝觉得这样好，别捆一块儿过日子。

敦煌一直没去找旷山喝酒，不想听他诉苦。有一次旷山打电话给他，说夏小容的肚子已经显山露水啦，他就躺在床上想象显山露水是什么样子，更不想去看他们了。旷山喘了几天气，就和夏小容一起卖碟，照他说的，重新积累，早晚东山再起。

有相当长一段时间，敦煌都觉得没劲，天热了，出来进去都不舒服。外面阳光鼎沸，白花花晃得人气短；小屋也开始热，墙顶都薄，太阳一晒就透。小屋就像个温度计，外面温度一高，里面噌噌噌就跟着上去了。弄得他里外都焦虑，觉得生活漫无边际又无可奈何。七宝也懒得往他的小屋里跑，觉得那不是人待的地方，两人见面自然就少了。偶尔打个电话或发发短信，仿佛也就为了证明对方还都活着，就在零散的电话和短信里，漫长的一天又一天就过去了。

生活倒因此重新变得简单，敦煌得以把更多的心思用到碟片上来，看和卖。新找了几条线，卖得都还不错，最重要的是安全。这也是保定临走时告诫他的，进去了就等于什么都没干。敦煌偶尔也能在马路边或者超市门口看到夏小容，肚子已经颇具规模，按照月份和大小推算，应该是个双胞胎。如果是双胞胎，哪一个叫旷夏呢。夏小容面前是一个不大的碟包，跟客人说话时常往旁边看，旷山坐在远处抽烟像个闲人，脚前放着一个密码箱。这狗东西被吓怕了，把挺着肚子的夏小容推到前面来。

那天凌晨四点他被手机吵醒，电视屏幕上一片蓝，碟片放完了。一个陌生的女声，说，七宝被抓了。敦煌问你是谁？对方不说，只是说，一起抓了十几个姐妹。敦煌就明白了，他都奇怪自己竟能有如此冷静的反应，他说，要多少钱？女声说，五千，一般都这个价。挂了电话敦煌才想起来，这声音是骨感美人的。他早该看出来她们是同行，看来她躲过了这一劫。五千。敦煌手头的钱大大小小加起来只凑够一半，只能找夏小容和旷山。他到芙蓉里把他们叫醒，只说借钱，急用。旷山还想再问，被夏小容挖了一眼。

旷山说："那钱说好明天去进货的。"

夏小容说："迟两天会死啊？"

旷山不情不愿地从抽屉里拿出钱来。敦煌没理他，只跟夏小容说了声谢谢。

早上七点敦煌到了派出所，一直等到所有人的笔录做完。敦煌说，他从外地赶来，不容易，希望能早点把人带走。领导说，都一样，这种烂事谁也不想拖。做决定的时间很短，价钱也没有商量的余地，五千。交了罚款就可以领人。敦煌站在门口，看见七宝头发凌乱地跟在警察身后走过来。一直到敦煌面前七宝也没抬头，就低头站着。敦煌把她垂在前额的一绺头发拨到耳后，揽住她的肩膀说："我们回去。"

一路无话。到了花园村，骨感美人开了门，看见他们什么也没说，进自己房间了。七宝躺到床上，点了一根中南海，敦煌一把夺过来扔到了窗外。

"钱，钱，要那么多钱干吗？"敦煌终于忍不住了，"陪葬啊？"

"没钱怎么活？"

"活不下去不能走吗？非要赖在这里？"

然后两人都沉默。骨感美人的房间里传来怪异的声音，这次是男人在叫。

敦煌说："我们换个地方住。就这么定了。"

第二天他们搬到北太平庄附近的牡丹园，租的一居室，价钱还比较公道。七宝用过去的积蓄还了钱。新家收拾好了，敦煌前前后后看一圈，说好，就这样。这是六月底。接下来是七月和八月，北京的天先是热到了头，然后开始逐渐凉爽。在这个八月，敦煌和七宝各长了一岁。敦煌二十六了，七宝二十四。他们选了两人生日的中间一天，买了一个小蛋糕，切开来一人一半吃了。七宝做了几个菜，喝了几瓶啤酒，就算庆祝过了。

敦煌说："咱俩加起来已经过了半辈子了。"

"就你那身板，"七宝开他玩笑，"上了床半场足球都踢不下来，我看大半辈子都过了。"

"过了就过了，只要高兴，过一天算一天。"

这个八月里他们前所未有地快乐，该经过的也经过不少了，两个人生活透明起来的感觉很好。生意也不错，盗版碟和假证都好卖。敦煌发现，八月里三级片和毛片相对来说更好卖。他问七宝，是不是天要凉快了，男男女女就想学坏了？当时他们在床上，七宝翻到他身上，说，你问问你自己就知道了。敦煌说，哇，泛滥成灾了。他说的是七宝这条河泛滥成灾了。

一天下午，敦煌在卖碟时听见有人叫他，是旷山，左手是夏小容的碟包，右手是他自己的密码箱。夏小容挺着大肚子跟在他后面。他们打了招呼，旷山把夏小容的碟包在两米之外打开，跟敦煌说，咱们邻一回摊。

夏小容说："七宝最近怎么样？"

"就那样。"敦煌说，"还办她的假证。你们呢？"

"刚领了证，他托老家的朋友帮着办的。"

"结婚了？祝贺祝贺，也不跟我们说一声。"

"都老夫老妻了，"旷山摸着夏小容的肚子，"还玩那花样干啥。呵呵，要当爹了。"

夏小容打一下他的手，满意地摸着自己肚子，两个酒窝里都散发出温暖的奶香味。旷夏还没出生，她做娘的感觉早早就到位了。

敦煌低头翻看一张碟，听见旷山的手机响了。旷山对着手机说："已经到了。好。好。"

大约五分钟，两个穿大裤衩染红毛的年轻人走过来，对旷山打了个响指。旷山对敦煌笑笑，我先过去一下，有点生意。他就带着红毛们走到十几米外的雪松底下。旁边是正在修建的地铁的工地，铁的挡板、一个不规则的土堆子，以及一条通往另一条街道的小路。敦煌知道这家伙又弄到一笔大生意。他不愿意表露出自己的艳羡，只在转身的时候，用眼睛余光看见旷山正蹲在地上打开他的密码箱，两个红毛伸着脑袋围在他身边。他们在翻看，然后合上箱子，开始小声说话。头碰头说了好一会儿。

夏小容有点担心，对敦煌说："怎么这么久？你帮我去看看？"

敦煌说："放心，他们在讨价还价。"

正说着，两个警察从挡板那边冒出来，敦煌迅速合上背包，然后跑过去帮夏小容收拾，快走，他对夏小容说。夏小容没回过味来，张皇地左右看，那两个警察已经跑到旷山那里了。他们喊："干什么的！"两个红毛站起来就跑，警察只抓住了旷山和密码箱。

夏小容慌了，一手抚着肚子，一手哆嗦指着旷山，声音都变了："旷山！敦煌，快，快，旷山！"夏小容的脸上露出敦煌从未见过的复杂表情。"敦煌，快！求你了！"

背包掉落地上时，敦煌已经冲出去了。他冲到警察面前，大喊一声："别动我的碟！"一把从一个警察手里抢过密码箱，抢到手就沿那条小路往北跑，边跑边喊，"我的碟！"两个警察没想到半路杀出一个人来，丢下旷山就去追敦煌。敦煌拎着箱子拼命跑，警察在后面追，喊着让他站住。他哪里敢停下，见路就跑，转了一圈竟然跑回来了。他看见夏小容坐在地上，一股红色的液体从她两腿之间流出来，几个好心人正围上来要扶她。旷山不知道去了哪里。敦煌想往夏小容身边跑，一转身密码箱绊到了腿，一个跟头摔在路边。密码箱也摔开了，花花绿绿的碟片包装纸摊出来。他听见围观的人惊叫一声，哇。他还看见几乎每张包装纸上都有两条白花花的大腿和两只白花花的大乳房。

　　警察跑到他跟前时，他听见手机响了，是七宝给他设置的曲子《铃儿响叮当》。摸了两下才在地上找到手机，七宝在电话里大喊：

　　"敦煌，你这王八蛋，我在医院里，我怀孕啦！我要杀了你！"

　　然后他的手被警察举起来，连同手机和七宝的声音，吧嗒，锁进了手铐里。